KB031472

월례소전

월례소전 하근찬 전집 11

초판 1쇄 발행 2022년 11월 12일

지은이 하근찬
펴낸이 강수걸
기획실장 이수현
편집장 권경옥
편집 오해은 신지은 이선화 이소영 김소현 강나래
디자인 권문경 조은비
펴낸곳 산지니
등록 2005년 2월 7일 제333-3370000251002005000001호
주소 부산시 해운대구 수영강변대로 140 BCC 613호
전화 051-504-7070 | 팩스 051-507-7543
홈페이지 www.sanzinibook.com
전자우편 sanzini@sanzinibook.com
블로그 http://sanzinibook.tistory.com

ISBN 979-11-6861-105-4 04810
ISBN 978-89-6545-749-7 (세트)

* 책값은 뒤표지에 있습니다.
* 잘못 만들어진 책은 구입처에서 교환해드립니다.
* 본 전집은 백신애기념사업회가 영천시의 지원을 받아 제작되었습니다.

하근찬 전집 11

월례소전

산지니

발간사

밑바닥을 향한 진실한 시선

세상은 속도에 차이는 있겠지만 늘 변해왔다. 그 변화에 사람들은 순응하기도 하고 저항하기도 하면서 발걸음을 맞춰왔다. 좋은 작가에게 우리가 거는 기대가 있다면, '새로운 눈'으로 세상의 변화를 보여주는 것이다. 작가가 보여주는 세계는 새로운 세상의 창조와 같다. 작가가 개성적으로 바라보는 창조적 관점은 세계에 새로운 옷을 입히는 것과 같기 때문이다.

하근찬은 한국전쟁 이후의 상처를 민중의 관점에서 어루만지면서 '치유의 서사'를 펼쳐 보인 좋은 작가다. 그는 전쟁 이후의 혼란한 세계 속에서 '새로운 눈'으로 창조적 소설 작품을 써낸 존재다. 진실을 향한 집념을 가진 작가는 좋은 작품들을 남긴다. 하근찬은 '새로운 눈'과 '진실을 향한 집념'으로 사실의 기록자에 머물지 않고 진정한 창작자가 되었다.

작가는 맑고 정상적인 눈을 가져야 한다. 건강한 눈으로 항상 세상을 골고루 넓게, 그리고 똑바로 바라보아야 한다. 똑바로 바라본다는 것은 바꾸어 말하면 어떤 현상의 밑바닥에 흐르는 진실을 꿰뚫어 보아야 한다는 뜻이다.

세상을 골고루 넓게 바라보는 것도 중요하지만, 똑바로 바라보는, 즉 꿰뚫어 보는 안광이 작가에게는 더욱 중요하다. 그렇지 않고서는 세상이 빚어내는 갖가지 일들의 의미를 파악할 수가 없는 것이다.(하근찬, 「진실을 꿰뚫어야 하는 안광(眼光)」, 『내 안에 내가 있다』, 엔터, 1997, 274쪽.)

하근찬은 세상을 바라보는 '눈'에는 두 가지가 있다고 보았다. 하나는 '세상을 골고루 넓게' 바라보는 눈이고, 또 하나는 '세상을 똑바로' 바라보는 눈이다. 그렇다면 작가가 강조하는 '똑바로 바라보는 눈'이란 무엇일까? 그것은 나타나는 현상에만 머물지 않고, 그 현상의 밑바닥에 있는 원인을 꿰뚫는 혜안을 말한다. '사건이 있었네!'에서, '왜 이 사건이 일어났을까?'라고 질문하는 탐구정신이기도 하다. 하근찬은 '바로 본다는 것'은 보이는 것에만 시선을 두지 않고, "밑바닥에 흐르는 진실"을 밝히는 것이라고 했다. 진실을 위해서는 깊이, 그리고 많이 생각해야 하고, 현상 이면에 담긴 원리와 작용하는 힘을 밝혀내는 노력을 해야 한다.

하근찬은 밑바닥에 흐르는 진실을 탐구한 작가였다. 웅숭깊은 그의 이 시선과 거룩한 문학적 성취는 한국문단에서 보기 드문 문학적 자산이다. 그럼에도 그의 문학세계를 전체적으로 살필 수 있는 전집이 없었으며, 참고할 만한 좋은 선집도 간행되지 못했다는 것은 참으로 안타까운 일이었다.

하근찬 탄생 90주년을 맞아 구성된 '하근찬 문학전집' 간행위원회는 다음과 같은 목표를 설정하였다.

첫째, 하근찬 작품 세계 전체를 충실히 복원하고자 했다. 그간 하근찬의 소설세계는 단편적으로만 알려져 있었다. 하근찬의 등단작 「수난이대」는 일제강점기와 한국전쟁으로 이어져온 민중의 상처를 상징적으로 치유한 수작이다. 그러나 그의 문학세계는 「수난이대」로만 수렴되는 경향이 있었다. 하근찬은 「수난이대」 이후에도 2002년까지 집필 활동을 하면서, 단편집 6권과 장편소설 12편을 창작했고 미완의 장편소설 3편을 남겼다. 문업(文業)만으로도 45년을 이어온 큰 작가였다. '하근찬 문학전집' 간행위원회는 하근찬의 작품 세계를 '중단편 전집' 8권과 '장편 전집' 13권으로 나눠 총 21권을 간행함으로써, 초기의 하근찬 문학에 국한되지 않는 전체적 복원을 기획했다.

둘째, 하근찬 문학세계의 체계적 정리, 원본에 충실한 편집, 발굴 작품 수록을 통해 자료적 가치를 확보하려고 노력했다. 하근찬 문학전집은 '중단편 전집'과 '장편 전집'으로 구분하여 간행했다. 먼저 '중단편 전집'은 단행본 발표 순서인 『수난이대』, 『흰 종이수염』, 『일본도』, 『서울 개구리』, 『화가 남궁 씨의 수염』을 저본으로 삼았다. 이때 각 작품집에 중복 수록된 작품은 제외하여 편집하였다. 또한 단행본에 수록되지 않은 알려지지 않은 하근찬의 작품들도 발굴하여 별도로 엮어냈다. 이를 통해 전집의 자료적 가치를 높였다. 다음으로, 장편의 경우 하근찬 작가의 대표작인 『야호』, 『달섬 이야기』, 『월례소전』, 『산에 들에』 뿐만 아니라, 미완으로 남아있는 『직녀기』, 『산중 눈보라』, 『은장도 이야기』까지 간행하여 전체 문학세계를 조망할 수 있도록 했다.

셋째, 젊은 세대들의 감각과 해석을 반영하여 그의 문학에 새로운 생명력을 불어넣고자 했다. 하근찬의 작품세계가 펼쳐 보이고 있는 한국현대사의 진실한 풍경들도 젊은 세대들에 의해 읽히지 않으면 의미가 반감될 수밖에 없다. 하근찬 문학의 새로운 해석의 발판을 마련하기 위해, 젊은 연구자들의 충실하고 의미 있는 해설을 덧붙였다. 또한, 개작, 제목 바뀜, 재수록 등을 작품 연보에서 제시하여 실증적 가치를 높이기 위해서도 노력했다.

한 작가의 문학적 평가는 전집이 간행되었을 때 비로소 그 발판이 마련된다고 한다. 1957년에 등단, 집필기간만도 45년의 문업을 이루어온 장인적 작가에 대한 본격적 연구의 발판이 60여 년이 지난 이제야 비로소 마련되었다는 것은 안타까운 일이다. 하근찬의 문학세계에 대한 새로운 조명이 2021년 문학전집 간행과 함께 활기를 띨 수 있기를 기대한다.

2021.10.

『하근찬 문학전집』 간행위원회

송주현 · 오창은 · 이정숙 · 이중기 · 장수희

일러두기

1) 『하근찬 중단편전집』과 『하근찬 장편전집』은 하근찬의 소설세계를 일반 독자들에게 널리 소개하고, 그 문학적 의미가 현대적으로 재해석되도록 하는 데 목적이 있다.

2) 『하근찬 전집 11 월례소전』의 작품 수록 순서는 단행본으로 발간된 순서에 따랐으며, 출전을 작품의 끝부분에 밝혀두었다.

3) 『하근찬 전집 11 월례소전』은 작가가 일부 개작한 가로판 『삼성당메아리 한국문학전집 26』(삼성당, 1993)을 저본으로 삼았다.

4) 작가가 지문에서 사용한 방언과 비표준어는 작품을 훼손하지 않는 범위 내에서 현대어로 바꾸었으며, 작가가 의도적으로 구분해서 사용한 '목덜미'와 '목줄기'는 그대로 살렸다.

5) 작가 고유의 표현은 그대로 살렸다.
예 : 오리막(오르막), 고깃전(어물전), 변솟간(변소), 동넷방(동네 방), 생각키는/생각히는(생각나는) 등.

6) 한 작품에서 같은 뜻의 단어를 표준어와 비표준어 또는 방언을 혼용해서 사용한 경우에는 하나로 통일했다.
예 : 뒤안/뒤란 → 뒤안, 복받치는/북받치는 → 복받치는, 무신/무슨 → 무슨, 잘몬/잘못 → 잘못, 부시시/부스스 → 부스스, 돋우다/돋구다 → 돋우다 등.

7) 다음과 같은 표현은 어법에 맞게 수정했다.
예 : 소중스리 → 소중하게, 뭐라고든지 → 뭐라든지, 칭칭하게 감은 → 칭칭 감은, 그리고 나서 → 그러고 나서

8) 본 전집에선 말없음표 뒤의 쉼표(……,)는 삭제하는 것을 원칙으로 하면서 경우에 따라 쉼표 대신 마침표를 사용했으며, 굳이 필요 없을 것 같은 문장에서는 삭제하기도 했다.

9) 영어 표현의 경우 현행 '외래어표기법'에 따르는 것을 원칙으로 했다.

차례

제1장

1

그해엔 어찌된 셈인지 서리가 내리기 전부터 벌써 하늘에 까마귀 떼가 떴다. 어디서 몰려오는지 수없이 많은 까마귀들이 하늘 한쪽을 온통 까만 반점으로 물들이면서 휘휘 회오리를 쳤다.

여느 해는 추수가 끝나고 눈이라도 한두 번 희끗희끗 비친 뒤에야 까마귀 떼가 보이는데 말이다.

까마귀들의 수효도 여느 해보다 월등히 많았다.

겁나도록 많은 까마귀들이 하늘 높이서 회오리를 치다가는 땅 위로 내려앉는 것이었다. 까욱까욱까욱…… 울어대면서 서서히 고도를 낮추어 오다가 지상과의 거리가 얼마 안 되면 별안간 좌르르 쏟아지듯이 떨어졌다. 수없이 많은 반점들이 좌르르 떨어지는 것이 먼 데서 보면 마치 하늘에서 무슨 새까만 우박이라도 쏟아지는 것처럼 보였다.

들에서 일하던 사람들은 허리를 펴고 그 광경을 바라보았다.

"우야꼬— 저 까마구들 좀 보소—."

"하따! 억씨기 많네."

"올갠(올핸) 벌써부터 까마구들이……."

"얄궂어라, 얄궂어라—."

아낙네들은 눈이 휘둥그레 가지고 혀를 내두르기도 했고,

"백 마리도 넘겠제?"

"백 마리라이, 천 마리도 넘겄다."

"천 마리? 그렇게사 어디 되겠나."

"와 안 돼? 된다."

"좌우간 겁나네. 우짠 일이지? 벌써부터."

"길조는 아니지, 길조는 아니라……."

남자들은 이렇게 주고받기도 했다.

까마귀란 언제 보아도 기분 좋은 새가 못 된다. 부리까지 온통 시꺼먼 그 생김새부터가 그렇지만, 까욱 까욱 우는 소리는 정말 어쩐지 무언가 불길한 일의 예고인 것처럼 들리는 것이다. 그런 까마귀가 한두 마리도 아니고 수백 마리가 떼를 지어 하늘을 휘젓고 들을 뒤덮는 판이니 누구나 기분이 좋을 턱이 없었다. 더구나 여느 해와는 달리 추수도 하기 전부터 설쳐대는 판이니 불길한 생각이 들 만도 했다.

그러나 그런 까마귀 떼가 아이들은 신나기만 했다. 까마귀 떼가 하늘에 뜰 것 같으면 아이들의 입에서는 절로 환성이 터져 나왔다.

"야— 까마구 봐라—."

"야— 많다—."

"빙빙 돈데이!"

"신난다—."

"햐—."

"햐—."

그리고 그 까마귀 떼가 땅 위로 내려앉을 것 같으면, 그쪽을 향해 마구 달려가기도 했다.

아이들 못지않게 좋아하는 어른이 한 사람 있었다. 벌보였다.

벌보란 벙어리라는 뜻이다. 이름이 따로 삼바우라든가 뭐라든가 있기는 있으나, 아무도 그 이름을 불러주는 사람은 없고, 그저 벌보라고 부른다.

벌보는 사십을 넘은 어른이었다. 몇 살 먹었느냐고 손짓으로 물어볼 것 같으면, 두 손의 열 손가락을 활짝 활짝 네 번 펴 보이고 손가락 한 개를 쳐들며 헤벌레 웃었다. 마흔하나라는 것이다. 마흔하나가 맞는지 어떤지 확실한 것은 알 길이 없지만, 좌우간 그쯤 된 것만은 틀림없었다.

그러나 나이만 그렇게 먹었을 뿐 하는 것은 영 형편없었다. 애들과 다름이 없었다. 어쩌면 애들보다도 못했다. 그래서 노상 아이들에게도 놀림감이 되었다. 아이들도 그를 부를 때는 예사로 '벌보야' 혹은 '야' 하고 불렀다. 그렇게 부른다고 귀까지 먹은 벌보가 알아들을 턱이 만무하지만 말이다. 말하자면 벌보는 사십이 넘은 어린애인 셈이었다. 그런 병신이 대체로 그렇듯이.

그런 벌보이긴 하지만, 어엿한 여편네가 있었다. 사지가 멀쩡한 여자였다. 오분네라고 했다. 성이 오가고 이름이 분네였다. 그래서 짓궂은 사람들은 더러 벌보를 오벌보라고 부르기도 했다. 그의 여편네 성을 따서 말이다. 벌보라고 성이 없을 턱이 없었다. 추가라든가 했다. 그러나, 벌보에게는 자기 성보다도 여편네 성을 갖다 얹는 편이 어울리는 것이었다. 매사를 여편네가 휘둘러대는 판이니 말이다. 말하자면 벌보는 오분네에게 얹혀사는 셈이었다.

그렇다고 그들 내외가 살고 있는 집이 오분네 것이냐 하면 그렇지는 않았다. 역시 임자는 벌보였다. 몇 마지기 되는 논도 밭도 다 벌보 것이었다. 물려받은 재산이었다. 그러나 실제로 그것들을 꾸려나가고 있는 것이 오분네이니, 오분네가 임자고, 벌보는 얹혀사는 거나 다름이 없었다.

오분네는 서른 조금 넘은 터였다. 그러니까 벌보와는 거의 열 살이나 차가 있었다. 그런데도 오분네는 열 살이나 위인 서방을 제멋대로 다루었다. 화가 나면 주먹으로 등줄기를 쾅쾅 두들겨주기 예사였고, 때로는 부지깽이를 가지고 사정없이 궁둥이께를 갈겨주기도 했다. 그래도 벌보는 눈 한 번 부릅뜨는 일 없이 그저 쩔쩔매며 두 손을 싹싹 비비다가, 안 되면 비명을 지르며 냅다 뺑소니를 치는 것이었다. 되게 화가 치밀었을 경우에는 오분네는 부지깽이를 휘두르며 뺑소니치는 서방의 뒤를 마구 쫓기도 했다.

그럴 때면 사람들은 좋은 구경거리라도 생긴 듯이 싱글벙글 웃어댔다. 사실 그것은 재미있는 구경거리가 아닐 수 없었다. 사십이 넘는 남자가 열 살이나 밑인 여편네에게 부지깽이로 쫓기는 판이니 말이다.

"벌보, 또 무신 잘못을 저질렀노?"

"벌보 혼나는구나."

"저 바짓가랑이 흘러내리는 거 좀 보소, 헛헛허……."

열 살이나 위인 서방을 부지깽이로 쫓아도 사람들은 아무도 오분네를 욕하지 않았다. 오히려 당연한 일로 보아주었다. 저런 답답한 병신과 살자면 더러 울화통이 터질 만도 하지 않겠느냐고. 오죽하면 부지깽이를 들고 나서겠느냐고.

그리고 사람들은 오분네가 벌보와 함께 사는 것을 이상한 일로 생각했다. 사지가 멀쩡하고, 나이도 젊은 여자가 그런 병신을 서방으로 삼고 살다니, 알 수 없는 노릇이었다. 어쩌면 매사를 자기 마음대로 할 수 있고, 화가 나면 서방을 쾅쾅 두들겨줄 수 있는 그 맛에 사는지도 모를 일이었다.

그러나 알고 보면 그게 아니었다. 벌보는 의외로 남자 구실이 대단했다. 사십이 넘었는데도 곧잘 여자를 곤죽이 되도록 했다. 한창 젊은 오분네를 감당하고도 남았다. 그러니 이왕에 만난 인연, 오분네는 보따리를 쌀 생각을 않는 것이었다. 비록 족두리를 쓰고 맺은 연분이 아니고, 오다 가다 만난 사이기는 하지만.

어쨌든 그들이 만나 사는 지도 어언 오륙 년이 되었다. 그런데 어찌 된 셈인지 아이가 없었다. 여느 부부들보다 훨씬 많은 교섭을 가져온 터인데, 아이가 생기질 않았다. 어느 쪽이 잘못되었는지 알 수가 없었다.

그렇게 벌보와 오분네는 아들도 딸도 없이 단둘이 조그마한 오두막집에서 살고 있었다.

2

어느 날 오후, 벌보는 몹시 심심했다. 논에서 새를 보라는 여편네의 분부대로 논둑에 도사리고 앉아 있었으나, 몇 마지기 안 되는 논이라 그런지 아무리 기다려도 새가 오질 않았다. 새가 오지 않으니 심심할 수밖에 없었다. 새가 좀 와주면 우어— 우어— 소리도 질러보고 좋겠는데, 뭐 이러노 싶었다.

심심해도 자기의 임무가 무엇인가를 알고 그 자리를 뜨지는 말아야 할 것인데, 벌보는 그게 아니었다. 새도 안 오고, 심심한데, 뭣하러 논둑에 앉아 있느냐, 등신처럼……. 제법 이렇게 생각했다.

벌보는 자리에서 일어나 크게 기지개를 켰다. 그리고 어슬렁어슬렁 신작로 쪽으로 논둑길을 걸어 나갔다. 무어 특별히 가볼 만한 곳이 있는 것은 아니었다. 좌우간 신작로로 나가서 아무 데나 마음 내키는 곳으로 가보는 것이다. 언제나처럼 말이다.

언제나 벌보는 심심하면 어슬렁어슬렁 학교 쪽으로 가보기도 하고, 면사무소에 가보기도 하고, 혹은 동척농장에 가보기도 하고, 때로는 주재소 쪽으로 가서 안을 기웃거려보기도 했다. 그리고 삼거리에 서서 오가는 사람들을 멀뚱히 바라보기도 했고, 아랫거리*(거리의 중심을 기준으로 하여 아래쪽에 있는 거리)에 있는 수문 쪽으로 가서 서성거리기도 했고, 이따금은 마을 뒷동산에 올라가기도 했다. 말하자면 그렇게 어슬렁거리는 것이 벌보의 일과인 셈이었다.

신작로 쪽으로 어슬렁어슬렁 걸어 나가며 벌보는 어디로 가볼 것인가 두리번거렸다.

멀리 면사무소가 보였다. 그러나 비뚜름한 국기게양대가 여느 때와 마찬가지로 지붕 위로 솟아 있을 뿐 사람의 그림자 하나 보이지 않았다. 가보아야 별로 신통한 일이 있을 것 같지가 않다.

저쪽으로 학교도 보인다. 학교 교문으로는 지금 막 아이들이 쏟아져 나오고 있다. 그러나 역시 벌보는 별로 마음이 내키지 않았다. 학교 아이들은 자기를 보면 곧잘 놀려대고 귀찮게 구는 바람에 싫었다.

동척농장 쪽을 바라보았다. 그쪽도 마찬가지였다. 별로 심심찮은 일이 있을 것 같지가 않았다. 큰 창고가 세 개 나란히 서 있는 농장 마당에 달구지가 한 대 보일 뿐이었다.

동척농장 근처에 숲이 있었다. 제법 큰 숲이었다. 나지막한 언덕인데, 한쪽은 나무가 빽빽해서 대낮에도 우중충한 그늘을 이루고 있었고, 한쪽은 드문드문 몇 그루의 나무가 서 있을 뿐이었다. 나무가 빽빽한 쪽에 상엿집이 있었다. 그래서 그 숲을 사람들은 생이(상여)숲이라고 했다.

언뜻 그 숲을 바라본 벌보는,

"으!" 하고, 우뚝 걸음을 멈추었다.

까마귀 떼였다. 까마귀 떼가 온통 숲에서 야단인 것이었다.

일단 까마귀들은 땅에 내려앉으면 잠잠한 법인데, 내려앉았다가 날아올랐다가 파닥파닥 날개를 쳐대다가는 냅다 밑을 향해 내리꽂히곤 했다. 수많은 까마귀들이 새까맣게 덩어리져 온통 법석이었다. 필경 무슨 일이 있는 게 틀림없었다.

"으어!" 벌보는 환성을 울렸다. 됐다는 것이다. 심심한 판인데, 신난다는 것이다.

냅다 그쪽을 향해 달리기 시작했다.

염소였다. 염소를 까마귀들이 못살게 굴고 있는 것이다.

드문드문 나무가 서 있는 쪽에는 언제나 소 아니면 말, 혹은 염소가 매여 있었다. 가축을 내다 매놓기에 안성맞춤이었다.

그날은 소와 말은 보이지 않고, 염소만 나무에 매여 있었다. 어미 염소 한 마리가 나무에 매여 있고, 새끼 염소 두 마리는 그냥 곁에서 놀고 있었다. 새끼 염소는 아직 젖도 떨어지지 않은 어린것들이었다. 뽀얀 털이 아직 햇솜 같았다.

그 흰 염소 어미 새끼를 까마귀 떼가 몰려들어 온통 못살게 야단인 것이었다. 마구 꽉꽉 무는 판이었다. 참 별일이었다. 까마귀가 염소에게 달려들다니……. 좀처럼 없는 일이었다. 병아리를 채가지고 달아나거나 개구리나 뱀을 무는 수는 더러 있어도, 짐승에게 덤비는 일은 거의 없는데 말이다.

까마귀들은 나무에 매인 어미 염소보다도 주로 두 마리의 새끼 염소에게 달려들고 있었다. 두 새끼 염소는 곧장 맴매! 맴매!…… 비명을 지르며 이리 뛰고 저리 달아나고 있었다.

새끼가 그렇게 까마귀들에게 당하는 게 견딜 수 없는 듯 어미 염소는 대고 대가리를 휘둘러대며 훌떡훌떡 뛰고 있었다. 명색이 머리에 뿔이 있는 것이었다. 그 뿔을 휘둘러대는 셈이었으나, 날짐승인 까마귀들을, 더구나 수없이 많은 그 떼서리*('떼거리'의 방언)들을 도저히 어찌할 수가 없었다.

맴맴매— 맴맴매— 어미 염소의 질러대는 소리와 맴매! 맴매! 맴매!…… 새끼 염소의 울어대는 소리가 까욱까욱까욱…… 요란한 까마귀들 소리 속에 비통하게 울리고 있었다.

까욱까욱까욱까욱…….

맴매! 맴매! 맴매!…….

맴맴매— 맴맴매—.

까욱까욱까욱까욱…….

숲은 온통 난리판이었다.

잠시, 눈이 휘둥그레 가지고 어이가 없는 듯 바라보고 있던 벌보는,

"으억— 으억—."

냅다 고함을 질렀다. 이놈의 까마귀들아— 싶은 모양이었다. 그리고, 돌멩이를 집어 들더니 까마귀 떼를 향해 힘껏 던졌다.

그렇게 마구 돌멩이질을 해댔으나, 소용이 없었다. 까마귀들의 기세는 여전했다.

마침내 염소 새끼 한 마리가 꼬꾸라졌다. 기진한 모양이었다. 꼬꾸라지자 그 위로 까마귀들이 새까맣게 내리 덮이는 것이었다. 마구 뜯어먹기라도 하려는 것처럼.

"으억!" 벌보는 질겁을 하며 내달았다.

벌보가 달려가자, 까마귀들은 일제히 날아올랐다. 그러나 결코 하늘 높이 날아 올라가는 것이 아니라, 곧장 날개를 퍼드덕거리며 머리 위에서 떠나질 않았다. 더욱 요란하게 소리를 질러대는 것이 아무래도 미련이 있는 모양이었다.

벌보는 화가 머리끝까지 뻗쳐서,

"으억! 으억!" 혹은, "이힝! 이힝!" 고함을 지르며 냅다 두 주먹을 휘둘러댔다.

그래도 쉽사리 물러갈 것 같지가 않자, 벌보는 사방을 두리번거

렸다. 연장을 찾는 것이었다. 마침 저쪽에 작대기 부러진 것이 하나 굴러 있었다. 벌보는 얼른 가서 그것을 집어 들었다.

작대기를 휘둘러대자 그제서야 까마귀들이 겁을 먹고 대부분 하늘로 날아오르기 시작했다. 그러나 일부는 여전했다. 쓰러져 꿈틀거리는 새끼 염소를 아무래도 못 잊겠다는 듯 곧장 오르락내리락하며 퍼드덕거렸다. 지독한 것들이었다.

그러다가 용케 까마귀 한 마리가 작대기에 걸렸다. 휘둘러대는 작대기에 맞아서 보기 좋게 땅바닥에 나가떨어지고 만 것이다. 나가떨어져서 몇 번 날개를 퍼드덕 퍼드덕하다가 바르르 떨더니 그만 잠잠해져버렸다. 직사였다.

그제야 모든 까마귀가 놀라서 앞을 다투어 하늘 높이 날아오르는 것이었다. 까욱까욱까욱……. 마치 벌보를 저주하는 것처럼 우짖어대면서.

벌보는 물러가는 까마귀들을 쳐다보며 빙글빙글 웃었다. 그리고 쓰러져서 꿈틀거리고 있는 새끼 염소 곁으로 갔다.

"으? 버버버버……."

새끼 염소를 들여다본 벌보는 그만 놀라서 뭐라고 자꾸 소리를 질렀다.

새끼 염소의 눈 하나가 엉망이 되어버린 것이다. 눈깔은 어디로 갔는지 보이지가 않고 피가 지르르 흐르고 있었다.

"버버버버…… 버버버버……."

벌보는 어쩔 줄을 몰랐다. 남의 눈을 이 지경으로 만들어 놓다니, 정말 어처구니가 없었다. 더구나 어리디어린 염소 새끼의 눈을 말이다.

맴맴매— 맴맴매— 어미 염소는 나무에 매인 채 곧장 울고 있었다. 벌보는 후닥닥 가서 땅바닥에 떨어져 죽은 까마귀를 집어 들었다. 그리고 "버버버버 이잉!" 하면서 힘껏 그것을 때기장*('패대기'의 방언)쳤다. 한 번 더 죽어보라는 듯이.

학교가 끝나 집으로 돌아가던 생도들이 하늘로 파닥파닥 요란하게 떠오르고 있는 까마귀 떼를 쳐다보며 무슨 일이 있는가 하고 우루루 숲으로 뛰어왔다. 남생도들의 뒤를 여생도가 몇이 따라왔다.

생도들이 숲으로 몰려오자, 벌보는 다시 때기장친 까마귀의 시체를 집어 들었다. 그리고 그것을 번쩍 쳐들어 보이면서,

"버버버버…… 어으어으 이잉이잉 버버버버……."

제 딴은 뭐라고 열심히 지껄여댔다. 손짓 몸짓을 해가면서.

"이이이, 버버버버……." 하면서, 손에 든 까마귀를 가리켰고,

"어으! 어으! 어으!……." 하면서, 쓰러져 있는 염소 새끼를 손가락질해댔다. 까마귀들이 염소 새끼를 물어뜯었다는 뜻이었다.

쓰러져 있는 염소 새끼를 들여다본 여생도 하나가,

"우야꼬—." 소리를 질렀다. 그리고 뒤를 돌아보며,

"아이고, 월례야, 이것 좀 보래." 했다.

뒷전에 섰던 월례가 그 말에 슬금슬금 다가왔다.

염소 새끼의 한쪽 눈을 보자, 월례는 그만,

"어메야—." 질겁을 했다. 벌어진 입이 좀처럼 다물어지지가 않았다.

남생도들은,

"까마구가 그랬는 모양이제?"

"얼매나 아프겠노."

"눈깔은 빼 묵어버린 모양이제?"

"그런 모양이지."

"염소가 까마구한테 지나?"

"까마구는 공중에 날아다니니까 말하자면 히꼬오끼(비행기) 앙이가, 염소는 땅에 있으니까 당꾸(탱크)고. 당꾸가 히꼬오끼한테 이길 수 있나?"

"헷헷헤……."

"와 웃노?"

무슨 재미있는 일이라도 생긴 듯이 곧장 떠들어대며 웃기도 했다.

월례는 남생도들의 그런 소리는 귀에 들어오지도 않는 듯 명자에게,

"우야노— 누 집 염손고?" 물었다.

"몰라. 누 집 염손지……. 임자가 알면 얼마나 속상하겠노, 그제?"

"글씨 말이다."

벌보는 월례를 보자 공연히 기분이 좋은 듯 얼굴에 벙그레 웃음을 띠었다. 그리고 손에 든 까마귀를 다시 땅바닥에 때기장치고는,

"버버버버…… 어으어으 버버버버…… 이잉이잉……."

자랑스럽게 손짓 몸짓을 해댔다. 자기가 염소를 못살게 구는 이 나쁜 까마귀를 때려잡았으며, 또 많은 까마귀들을 쫓아버렸다는 자랑인 것이다.

월례도 그제야 얼굴에 약간 웃음을 띠며,

"벌보 최고! 벌보 최고!" 하고, 엄지손가락 하나를 흔들어 보였다.

벌보네 오두막집과 월례네 집은 바로 앞뒷집인 것이었다.

맴맴매— 맴맴매— 나무에 매인 어미 염소는 여전히 울고 있었

고, 새끼 염소 한 마리도 곧장 맴맴거렸다.

3

그런 일이 있은 뒤부터 벌보는 까마귀 떼를 보면, "으어— 으어— 버버버버 버버버버……." 전보다 훨씬 요란하게 소리를 질렀다.

조금 전에 "으어—" 하고 지른 소리는 심심한 판인데 구경거리가 생겼구나 하는 기쁨의 뜻이었으나, 이제 그게 아니었다. 오냐, 왔구나, 이놈의 까마귀들 어디 보자— 하는 소리였다. 그리고 우선 작대기부터 찾는 것이었다. 허옇게 이를 물면서.

벌보의 까마귀 잡이는 그렇게 해서 시작되었다.

처음 얼마 동안은 작대기로 때려잡는 방법을 썼으나, 날짐승인 까마귀가 작대기에 쉽게 걸릴 턱이 없었다. 까마귀 떼가 땅에 내려앉는 것을 보고 다가가서 작대기를 휘둘러댔으나 번번이 허사였다. 작대기를 들고 다가가면 벌써 까욱까욱까욱……. 소리를 지르며 하늘로 날아올라 버리는 것이었다. 날아오르는 까마귀들을 향해 공연히 허공에 작대기를 휘둘러댈 따름이었다. 그러니까 땅에 내려앉은 까마귀 떼를 하늘로 쫓아버리는 것이 고작이었다.

그런 식으로 해서는 도저히 안 되겠다고 생각한 벌보는 한 가지 좋은 수를 생각해냈다. 그것은 까마귀들이 잘 내려앉는 장소에 미리 숨어서 기다리고 있는 방법이었다. 기다리고 있다가 내려앉는 놈들은 마구 후려잡는 것이다. 말하자면 잠복 작전인 셈이었다.

까마귀 떼가 가장 잘 내려앉는 장소는 바로 그 생이숲이었다. 그래서 벌보는 그 생이숲에서 작전을 폈다.

아닌 게 아니라 그 방법은 효과가 있었다. 그냥 작대기를 들고 다가가는 방법과는 현저히 달랐다.

우선 기분부터가 달랐다. 하늘에 뜬 까마귀 떼가 내려올 동안 나무 그늘에 숨어서 기다리는 그 초조하고 자릿자릿한 맛은 여간이 아니었다. 그리고 마침내 까마귀들이 땅으로 좌르르 쏟아져 올 때의 그 긴장감은 무엇에 비길 바가 아니었다. 그렇게 쏟아져 내려오는 것들을 난데없이 나타나서 "어으! 어으! 어으!" "이잉! 이잉! 이잉!" 혹은 "버버버버" 소리를 지르면서 닥치는 대로 마구 작대기로 휘둘러 갈겨대는 맛은 정말 기가 막혔다. 통쾌하기 이를 데 없었다.

그렇게 해서 작대기에 걸려 즉사를 한 까마귀가 네댓 마리라도 되었을 경우에는 기분은 더욱 그만이었다. 콧구멍이 그저 절로 벌름거렸다.

그런데 그 방법에도 어려움이 없는 게 아니었다. 오히려 어떻게 생각하면 아주 무모한 방법이라고 할 수 있었다. 까마귀 떼가 몰려오는 시간이 일정한 것도 아니고, 또 온다 하더라도 반드시 생이숲에 내려앉는 것도 아니니 말이다. 언제 올지도 모르는 까마귀 떼를 기다리며 노상 숲에서 살 수도 없는 노릇이고……. 벌보니까 생각할 수 있고, 또 실제로 그렇게 할 수 있는 방법인 셈이었다.

벌보는 어떤 날은 아침 먹고 나가서 점심때까지, 또 점심 먹고 나가서 해질 때까지 종일 숲에서 서성거리며 애타게 하늘을 바라보고 있기도 했다.

허탕 치는 일이 대부분이었으나, 어쨌든 그렇게 해서 요행히 들어맞아 까마귀를 한 마리라도 잡는 날이면 벌보의 의기는 양양했다. 잡은 까마귀를 손에 들고 두 마리 이상일 경우에는 반드시 두 손에 나누어 들고 의기양양하게 집으로 돌아오는 것이었다. 그리고 사람들을 만나기만 하면 무슨 대단한 자랑거리라도 되는 듯이 손에 든 까마귀를 번쩍 쳐들어 보이며, "버버버버……. 히힝히힝……." 입이 째지게 웃어댔다. 포수가 노루 같은 것을 잡아가지고 돌아오는 기분도 결코 그처럼 대단하지는 않을 것이다.

그렇게 까마귀를 잡아가지고 돌아오는 벌보를 볼 것 같으면 남자들은 어이가 없는 듯 허— 웃었다. 그리고 알아듣지도 못하는 그에게,

"야 이놈아, 까마구를 잡아가지고 뭐 할라카노?"

"보신할라카나?" 이렇게 말하기도 했고,

"빙시이(병신)는 할 수 없구만."

"꽁(꿩)이라도 잡은 기분인 모양이지?"

"그런 모양이지." 하고 웃기도 했다.

아낙네들은,

"우야꼬— 까마구 앙이가?"

"아이고 징그럽어라."

"까마구를 우예 잡았노. 재주도 좋제?"

"참 벨 일도 다 많구만."

"저 까마구 주딩이 좀 보소. 꿈에 나올까 겁나네."

이렇게 이맛살들을 찌푸렸다.

좋아서 야단인 것은 아이들이었다.

"까마구다, 까마구—."

"야— 두 마리 잡았구나."

"까마구는 다리도 새카맣대이."

"주딩이도 새카맣다."

"그러니까 까마구 앙이가."

아이들이 좋아서 떠들어대면 벌보는 더욱 신이 나서 까마귀를 아이들 얼굴 앞으로 바짝 갖다 대 보이기도 하며 벙글벙글 웃었다.

까마귀를 잡아가지고 돌아오는 날은 바로 집으로 향하는 것이 아니라 일부러 골목을 빙빙 둘러서 집으로 가는 것이었다. 되도록 많은 사람들에게 자랑을 하려고 말이다.

처음으로 까마귀를 잡아가지고 양쪽 손에 덜렁덜렁 들고 벌보가 집으로 돌아왔을 때 오분네는 어떻게 된 영문인지 몰라 눈이 휘둥그레 가지고 그저 멀뚱히 바라보고만 있었었다.

"버버 으으 버버버버……." 벌보는 뭐라고 열심히 설명을 해댔다. 자기의 무공을 여편네에게 알리는 셈이었다.

양쪽 손에 까마귀를 덜렁거리며 손짓 몸짓을 해대는 꼬락서니가 어이가 없으면서도 오분네는 그만 웃음이 나와버렸다. 쓸개가 어떻게 잘못 움직였는지 어찌 된 셈인지 오분네는 "핫핫핫하……." 소리까지 내어 웃었다.

여느 때 같으면 의당 말썽꾸러기 아이를 꾸짖는 어머니처럼 주먹으로 쾅쾅 두들겨주었을 것인데, 참 별일이었다.

까마귀를 잡아 오다니, 너무나 뜻밖의 일이어서 그런 모양이었다.

오분네가 그렇게 웃자 벌보는 더욱 기분이 좋아서 자기도 "히힝히힝히힝……." 마주 웃어댔다.

그리고 까마귀를 오분네 앞으로 불쑥 내밀었다. 마치 무슨 진귀한 선물이라도 마련해 온 것처럼.

오분네는 그것을 받기는 받았다. 그러나 그녀는 웃음을 거두고 정색을 하며 그것을 훌떡 두엄더미에다가 던져버렸다. 그리고 눈을 허옇게 흘겼다.

처음에 일이 그렇게 끝났기 때문에 벌보는 까마귀를 잡아가지고 집에 오는 것은 오분네도 좋아한다고 생각하게 되었다. 다만 그것을 오분네에게 주어서는 안 되고, 두엄더미에 던져버려야 되는 것이로구나 하고 생각했다.

그래서 다음에는 그렇게 했다. 오분네에게 까마귀를 쳐들어 보이며 자랑을 하고는 두엄더미에 던져버렸다. 그랬더니 오분네는 그저 뭐 저런 인간이 다 있나 싶은 듯 살짝 눈을 한 번 흘기고는 그만이었다.

그런데 어느 날이었다. 벌보는 오래간만에 까마귀 한 마리를 잡아가지고 집에 돌아왔다. 한동안 번번이 허탕을 치다가 모처럼 한 마리나마 잡고 보니 기분이 새삼스러웠다.

벌보는 마당에 들어서면서 냅다, "버버버버……" 소리를 질렀다.

그러나 오분네의 얼굴은 나타나지 않았다.

벌보는 방문을 열어보았다. 없었다. 부엌을 들여다보았다. 역시 보이지 않았다. 뉘엿뉘엿 해가 저물고 있는데 저녁을 안 하고 어딜 갔는지 몰랐다.

벌보는 몹시 시장했다. 그래서 까마귀를 손에 든 채 부엌으로 들어갔다. 식은 밥이라도 한 덩어리 있는가 찾아보았으나 없었다. 보시기에 먹다 남은 김치만 몇 가닥 담겨 있었다. 우선 그것이나마 입에 끌어넣었다. 그러나 그게 시장기에 도움이 될 턱이 없었다.

슬그머니 부아가 치미는 판인데, 성냥갑이 눈에 띄었다. 벌보는 빨간 성냥갑을 보자 언뜻 한 가지 생각이 머리에 떠올랐다. 손에 든 까마귀를 내려다보았다. 그리고 싱그레 웃었다.

벌보는 부엌 아궁이 앞에 웅크리고 앉아 불을 지피기 시작했다.

아궁이에 불이 활활 타오르자 벌보는 그 불 속에 까마귀를 집어넣는 것이었다. 불 속에 들어간 까마귀는 처음에는 피지직 피지직 하면서 잘 불이 붙지 않았으나, 곧 노르끄레한*(아주 밝거나 진하지 않게 노랗다) 연기를 내뿜으면서 온몸의 털이 타기 시작했다. 한 번 불이 붙자 화르르 화르르 잘도 탔다. 노리하고 야릇한 냄새가 온통 부엌 안에 가득했다. 말하자면 까마귀구이를 만드는 셈이었다.

털이 다 타고, 살이 바싹 구워지자 벌보는 빙글빙글 웃으면서 그것을 꺼냈다. 그리고 그을음을 탁탁 털어버리고, 우선 살이 탄탄한 허벅다리께를 한 입 물어 뜯어보았다. 먹을 만했다. 그러나 싱거웠다. 벌보는 간장 종발을 찾았다. 간장에 찍으니 한결 맛이 괜찮았다.

진작, 내버릴 것이 아니라, 이렇게 구워 먹을 것을…… 싶으며, 와작와작 뜯어 먹고 있는데, 오분네가 나타났다.

부엌으로 들어서려던 오분네는 우선 코를 찡긋했다.

"이기 무신 냄새고?" 그리고 이맛살을 찌푸렸다.

그녀는 손에 뚝배기를 받쳐 들고 있었다. 이웃 월례네 집에서 호박범벅을 얻어 오는 참이었다. 자기는 거기서 한 그릇 얻어먹고 서방 주려고 한 뚝배기 얻어 오는 것이었다. 월례네 집 목화 따는 일을 좀 거들어준 것이다.

오분네가 나타나자 벌보는 이것 참 맛이 있다는 듯이 뜯어 먹고 있던 까마귀 고기를 쳐들어 보이며, "히힝……" 웃었다.

오분네의 눈이 삼각형으로 변하며 안색이 확 달라졌다.

"까마구 앙이가?" 삼각형으로 변한 두 눈이 바르르 떨렸다.

"맞제?"

그러나 말이 들릴 턱이 없이 벌보는 그저 눈만 끔벅끔벅했다. 그러다가 마저 먹어버리려는 듯이 남은 고기를 간장에 찍었다.

"아이고— 이 문둥아! 문둥아!"

오분네는 뚝배기를 내던지듯이 아무렇게나 부뚜막에 내려놓기가 무섭게 와락 서방에게 달려들었다.

"환장했나? 환장했어!"

까마귀 고기를 빼앗아 냅다 부엌 밖으로 내던져버렸다. 그리고 부지깽이가 눈에 띄지 않자, 그만 밥주걱을 집어 들었다. 밥주걱으로 마구 서방을 갈기는 것이다. "아으! 아으!……." 벌보는 비명을 지르며 후닥닥 밖으로 튀어나갔다.

튀어나가는 서방의 뒤를 쫓아나가며 오분네는 밥주걱을 휘둘러댔다.

"이누무 문둥아, 뒤져라! 뒤져!"

"아으! 아으!……."

"까마구 고길 묵다이! 까마구 고길!"

"버버버버……." 벌보는 마구 내달았다.

그러나 오분네는 여느 때와는 달리 뒤쫓을 생각을 않고, 마당 한가운데에 퍽 주저앉아버렸다. 그리고 그만, "아이고— 아이고—" 목을 놓아 울기 시작했다. 마치 초상이라도 난 것처럼. 복장이 터져서 도저히 견딜 수가 없는 모양이었다.

"아이고— 아이고— 저런 것을 서방이라고 데리고 우예 사노—

우예 살아— 아이고— 아이고—." 화가 설움으로 바뀌어 신세한탄이 쏟아졌다.

난데없이 오분네의 울음소리가 일어나자 이웃 사람들은 무슨 일인가 하고 뛰어나왔다. 월례네 집에서도 뛰어나왔다. 방금 호박범벅을 한 그릇 잘 먹고, 서방 준다고 한 뚝배기 얻어 가지고 가더니, 별안간 어찌 된 울음인지 알 수가 없어 월례 할머니 모량댁이도 나왔고, 월례 어머니 배성녀도 나왔고, 물론 월례도 뛰어나왔다.

사람들이 모여들었으나, 오분네의 울음은 그치지 않았다. 오히려 더 서러워지는 듯 치맛자락을 걷어 콧물을 팽 풀면서 울었다.

도대체 왜 우는지 알 수가 없어 모여든 사람들은 서로 마주보며 눈만 끔벅끔벅했다. 머리가 하얗게 센 모량댁이가 다가가서,

"앙이, 와 우노? 응? 와 울어?" 하고 물었다.

"아이고— 할매예, 내가 우예 살까 싶습니더."

오분네는 그제야 울음을 그치고 입을 열었다.

"우예 살다니! 벨안간 와?"

"글씨, 환장했는동 까마구 고길 안 묵십니꼬."

"까마구 고길?"

"예, 어디서 까마굴 잡아 와쌌더니, 글씨 오늘은 그걸 부엌에서 끓어서 뜯어 묵는다니까예."

"그거 참, 빈했나(변했나), 와카노."

"그런 걸 서방이라고 믿고 우예 삽니꼬. 할매예."

"그래도 우야노. 살아야지."

"아이고—." 오분네는 다시 설움이 복받치는 듯 조금 더 훌쩍거렸다.

오분네가 이렇게 서럽게 울기는 처음이었다. 더구나 남들이 보고 있는 앞에서 말이다. 그녀는 비록 병신이긴 하지만 나이가 열 살가량이나 위인 서방을 주먹으로 쾅쾅 두들겨주기가 예사고, 부지깽이로 갈기기도 하는 그런 억센 여자였다. 어지간한 일에 눈물을 보일 여자가 아니었다. 그런데 서방이 까마귀 고기를 먹는 것을 보자 그만 그렇게 어이없게 눈물을 흘려버리는 것이었다. 속에서 무엇이 와르르 무너지는 모양이었다.

월례는 오분네의 훌쩍거리는 모습을 바라보며 공연히 저도 눈물을 글썽거렸다. "그런 걸 서방이라고 믿고 우예 삽니꼬, 할매예." 그 소리가 가슴을 짜릿하게 긋는 듯했다.

4

월례는 열여섯이었다. 그런데 이제 5학년이었다. 열두 살에 학교에 들어간 것이다. 그러나 학교에서의 나이는 열넷이었다. 호적상으로는 그렇게 되어 있었다.

호적상으로 열넷이라 하더라도 5학년이면 열 살에 학교에 들어간 셈이니 적령에 입학을 한 것은 아니었다. 두 차례나 시험에 떨어지고 세 번째에 겨우 붙었던 것이다.

그 무렵은 국민학교에 들어가는 데도 시험을 쳐야 했다. 시험에 떨어지면 국민학교도 다닐 수가 없었다. 의무교육이 아니었다. 그래서 월례는 결국 열여섯에 국민학교 5학년생이 되어 있는 것이다.

열여섯이면 충분히 여자로서의 부끄러움을 알 나이였다. 그리고 더러 하나씩 여드름도 돋아날 시기였다.

아닌 게 아니라 월례의 이마에도 여드름이 뾰족이 돋아나 있었다. 이마 한쪽에 뾰족이 돋아난 것이 여드름이라는 것을 처음 알았을 때 월례는 어쩔 줄을 몰랐다. 곧 누가 보는 것 같고, 공연히 부끄럽고 창피해서 견딜 수가 없었다. 그래서 월례는 거울을 들여다보며 기어이 그것을 뭉개버리고 말았다. 그러나 처음에는 불그레한 흔적이 있을 뿐 없어진 듯하더니 나중에 보니 오히려 더 톡 불거져 올라 있었다. 월례는 그만 안타까움에 못 이겨 질금질금 눈물을 흘렸다. 부끄러워서 학교에 어떻게 다닐까 싶은 것이었다.

결국 월례는 그 여드름을 머리카락으로 살짝 가리고 다니는 수밖에 없었다.

월례는 가르마를 타고, 머리를 뒤로 짤막하게 묶고 있었다. 다행히 여드름이 이마 한쪽 머리숱이 있는 바짝 가까이에 돋았기 때문에 머리를 빗을 때 머리카락으로 그것을 안 보이도록 살짝 덮을 수가 있었다. 그렇지 않고 만일 딴 곳에 여드름이 났더라면 어쩔 뻔했는지 몰랐다. 말하자면 여드름은 월례의 여자로서의 최초의 고민거리인 셈이었다.

그리고 월례는 여드름이 돋아나면서부터 공연히 자꾸 부끄러우면서도, 웬일인지 곧잘 밖으로 나돌아 다니고 싶었다. 별일이었다. 특히 달이 밝은 밤 같은 때는 도저히 가만히 집에 있을 수가 없었다. 그래서 월례는 저녁으로도 곧잘 집을 빠져나가 친구한테 놀러가곤 했다. 낮에 학교에서 친구를 만나는 것만으로는 어쩐지 흡족하지가 않았다.

그날 저녁도 월례는 그냥 집에 가만히 있을 수가 없어서, 교과서

와 공책을 들고 명자를 찾아갔다. 저녁으로 놀러갈 때, 월례는 으레 교과서와 공책을 들고 나갔다. 명자한테 숙제를 하러 간다는 핑계인 것이다. 사실 때로는 숙제를 하러 찾아가는 수도 없는 건 아니었다.

명자는 같은 5학년이었다. 그러나 나이는 월례보다 두 살 밑인 열넷이었다.

한 마을에서 다니는 유일한 동급생이기 때문에 월례는 명자와 매우 친했다. 비록 나이는 두 살 차이가 있었지만, 명자가 숙성한 편이어서 키는 거의 비슷했다. 아직 덜 여물어서 좀 호리호리하긴 했지만.

그런데 명자는 어딘지 모르게 우울한 구석이 있었다. 친구들과 어울려 놀 때는 그렇지도 않은데, 늘 보면 어쩐지 무언가 근심이라도 있는 아이처럼 보였다. 활짝 밝지가 못했다.

그럴 수밖에 없는 것이 명자는 부모가 없었다. 부모가 없는 것이 아니라 부모와 떨어져 있는 것이었다.

지금 명자가 있는 집은 이모네 집이었다. 이모네 집에서 학교에 다니고 있었다. 아버지는 일본 동경에 있다는 것이었고, 어머니는 만주에 있다는 것이었다. 일본 동경에 있거나 만주에 있거나 아버지 어머니가 함께 있다면 모르겠는데 그렇게 따로따로 있다니 도대체 어떻게 된 영문인지 알 수가 없었다. 일본 동경에서 아버지는 무엇을 하는지, 만주에서 어머니는 무엇을 하고 있는지, 그리고 왜 그렇게 따로따로 떨어져 있는지, 명자 자신도 잘 모르는 모양이었다. 혹 무슨 이야기 끝에 그런 말을 붙여볼 것 같으면 명자는 그만 샐쭉하게 토라져버렸다. 왜 남의 아픈 데를 건드리느냐는 듯이.

명자는 집에 없었다. 덕심이네 집에 놀러 간다고 나갔다는 것이었다. 월례는 오히려 잘됐다고 덕심이네 집으로 잰걸음을 쳤다. 셋이 함께 시시덕거리며 놀게 됐으니 말이다.

덕심이는 학교에 다니지 않는 처녀였다. 그러나 전혀 학교 문턱에도 가보지 않았느냐 하면 그건 아니었다. 2학년까지 다니다가 그만두었다. 집안 형편 때문이었다. 어머니가 죽었던 것이다. 어머니가 죽고 나니 그때 나이 열세 살이긴 했지만 맏딸인지라 자연 집안일 때문에 학교에 다닐 수가 없었던 것이다. 학교에 다닐 때는 월례와 한 반이었다. 나이도 월례와 동갑이었다.

그러니까 월례와 명자와 덕심이는 마을에서 단짝이었다.

덕심이네 집 사립에서 월례는 잠시 안을 기웃거렸다. 혹시 마당에 덕심이 아버지나 어머니가 있지 않나 해서였다. 덕심이 아버지는 밤에 놀러 가면 곧잘 한마디 듣기 싫은 소리를 했다. 다 큰 처녀가 밤에 놀러 다니다니 하고. 다 크지도 않았는데 말이다. 그리고 덕심이 어머니 역시 좋은 얼굴을 하지 않았다.

덕심이 어머니가 좋은 얼굴을 하지 않는 것은 처녀들이 밤에 어울려 노는 일은 좋지 않다는 뜻에서가 아니라 귀찮다는 뜻이었다. 계모란 대체로 다 그렇듯이.

마당에 아무도 보이지 않자, 월례는 얼른 가서 작은방 문을 열었다.

그러자 대뜸 덕심이가,

"아이 문둥아, 어서 온나. 올 줄 알았다." 하고, 웃었다.

명자도

"글안해도*('그렇지 않아도'의 영천말) 니 얘길 하고 안 있었나." 공연히 반가운 모양이었다.

늘 만나는 사이지만, 셋이는 언제나 대하면 반가웠다.

그날 저녁의 화제는 주로 까마귀에 관한 것이었다. 까마귀 고기를 먹어도 되느냐, 안 되느냐 하는 문제로 떠들어댔다.

월례가 해 질 무렵 벌보네 집에서 있었던 일을 이야기했기 때문이었다.

"까마구 고길 사람이 우예 묵노." 이렇게 말하는 것은 명자였다.

"묵으면 묵지, 와 못 묵노? 그럼 벌보는 사람이 앙이라 말이가?" 이렇게 말하는 것은 덕심이었다.

"벌보는 벙어리 앙이가. 벙어리라 그런 걸 묵어도 되는지 안 되는지 모른단 말이다."

"좌우간 묵는다고 어디 죽나."

"안 죽으만 그럼 뭐든지 다 묵는다 말이가?"

"배고프만 묵지 우짜노."

"그럼 니도 배고프만 까마구 고기 묵을래?"

"굶어 죽을 지경이 돼 보래. 그럼 니는 안 묵을 것 같으나?"

"내사 안 묵는다."

"잘 안 묵을 끼다. 넘보다 더 잘 묵을 끼이."

"뭐라꼬?"

곧 싸움으로 바뀔 것 같아 월례는, "핫핫핫하……." 웃었다.

이렇게 하찮은 일을 가지고 때로는 싸움을 벌이는 수도 없지 않은 것이다.

월례는 마치 무슨 판정이라도 내리듯이,

"아주 숭년(흉년)이 들면 쥐도 잡아 묵는다카더라. 그러니까 그런 땐 까마구도 안 잡아 묵겠나. 그렇지만 보통 때 누가 까마구 고길 묵나. 약으로는 쓴다 카더라만도…….”

이렇게 말했다. 양편에 다 섭섭하지 않은 판정을 내린 셈이었다. 판정이 아니라 싸움이 안 되도록 한 것이다. 그러자 덕심이가 재빨리,

“까마구 고기가 쥐 고기보다사 안 낫겠나.” 했다.

명자도 가만히 있지 않았다.

“까마구 고기나 쥐 고기나 다 환장하기 전에는 못 묵는 기라.”

월례는 또 웃었다. 그리고,

“좌우간 오분네 참 안됐더라. 얼매나 우는동…….”

하고 말머리를 돌리려 했다.

그러자 명자가 다시,

“글씨 아무리 벙어리지만 까마구 고길 다 묵으이 기가 안 차겠나 말이다.” 했다.

명자의 그 끈질김에 그만 덕심이도 월례도 함께 웃음을 터뜨렸다.

5

황전(黃田)공립국민학교는 꽤 역사가 있는 학교였다. 그해 봄에 19회 졸업생을 내보냈으니, 개교한 지 이십여 년이 된 것이었다. 그러나 아직 학급 수는 7학급에 불과했다. 그것도 그해 들어 처음으로 1학년을 두 학급 뽑아서 그렇게 되었을 뿐, 그 전해까지는 6학급이었다.

교실이 일곱 개에 교무실이 하나였다. 여덟 칸짜리 교사가 한일자로 기다랗게 서 있었다.

운동장 한쪽 가에는 교장 관사가 있었고, 관사 곁에 학교 실습지가 있었다. 그리고 교사 뒤쪽에 숙직실이 있었으며 숙직실 곁에 조그마한 농구(農具) 창고와 축사가 있었다. 그것이 학교의 전부였다.

직원은 모두 아홉 사람이었다. 교장과 일곱 명의 훈도(그때는 국민학교 교사를 훈도라고 했다)와 소사가 한 명이었다.

교장은 일본 사람이었다. 니시지마라는 일인인데, 코밑에만 조금 수염을 남겨 놓고 있어서 얼른 보면 마치 붓으로 답삭 먹물을 묻혀 놓은 것 같기도 했고, 새까만 나비 한 마리가 붙어 있는 것 같기도 했다.

일곱 명의 훈도 가운데 여선생은 한 사람뿐이었다. '쓰루미 하루에'라는 일인 여선생이었다. 웃을 때면 곧잘 한쪽에 덧니가 내다보이는 것이 오히려 매력적인 여자였다. 나이가 서른이 가까운 터인데 어찌 된 셈인지 결혼할 생각을 안 하는 노처녀 선생이었다.

여섯 명의 남선생 가운데서 가장 젊은 선생은 임상기였다. 그해 봄에 사범학교를 졸업하고 이 학교로 부임을 한, 말하자면 훈도 초년생이었다. 그는 창씨(創氏)를 안 하고, 그냥 하야시(林)라고 했다. 그것이 곧 창씨인 셈이었다.

임상기는 숙직실에서 자취를 하고 있었다. 자취라곤 하지만 주로 취사는 소사인 백일출이가 맡아 했다. 말하자면 두 총각이 살림을 하고 있는 셈이었다. 백일출이는 집이 학교에서 오 리 남짓 되는 곳에 있었으나, 어차피 매일 밤 숙직을 해야 하기 때문에 숫제 그냥 숙직실에서 임 선생과 함께 자취를 하고 있는 것이었다.

임 선생은 5학년을 맡고 있었다. 그러니까 월례네 담임선생이었다.

6

쓰스리카다(글짓기) 시간이었다. 임 선생은 흑판에 커다랗게 아키(가을)라고 썼다. 생도들은 모두 그 두 글자로 시선을 집중했다.

운동장 쪽 창변의 뒤에서 둘째 번 자리에 앉은 월례도 그 두 글자를 멀뚱히 바라보았다. 월례는 졸음이 오고 있었다. 오후의 햇볕이 창으로 비껴들고 있어서 그런 모양이었다. 늦은 가을이긴 하지만, 오후의 햇볕은 졸음이 오기에 알맞았다.

'아키'라는 두 글자를 써놓고, 이 시간에 지을 글에 대해서 설명을 하고 있는 선생님의 말을 가만히 듣고 있긴 했지만 월례는 도무지 흥미가 없었다. 월례는 졸음이 올 뿐 아니라, 쓰스리카다 시간이 어쩐지 싫었다. 왜 그런지 알 수가 없었다. 글을 지을 줄 몰라서 그런 것은 아니었다. 다른 생도들이 짓는 만큼은 월례도 지을 수가 있었다. 몇몇 빼어난 생도들에겐 당할 수가 없었지만.

월례는 대체로 다른 교과도 마찬가지였다. 잘하는 축은 못 되었지만, 제법 하는 축이었다.

설명을 마치고 난 임 선생은,

"자— 그럼 조용히 짓기 시작해라." 하고 교단에서 내려섰다.

생도들은 모두 연필을 들었다. 월례도 연필을 쥐었다. 그러나 무엇을 써야 할지 막연했다. 자꾸 졸음이 오기만 했다.

흑판에 '아키'라고 쓰기는 했지만, 바로 그것을 제목으로 글짓기를 하라는 것은 아니었다. 가을에 관한 것이면 무엇이든지 좋으니 마음대로 지어보라는 것이었다. 이번 가을에 있었던 일이라도 좋고, 가을에 관한 기억이라도 좋고, 그렇지 않으면 가을과 관계가 있는 물건에 관해서라도 좋고……. 말하자면 소재를 가을과 관련된 것으로 택하라는 것이다.

무엇을 썼으면 좋을지 막연해서 한참 멀뚱히 앉아 있던 월례는 그만 자기도 모르게 하품을 해버렸다. 커다란 하품을 하고 나서 월례는 흘낏 선생님을 바라보았다. 창가에 기대선 선생님이 재수 없게도 마침 이쪽을 보고 있었다. 선생님과 시선이 마주치자 월례는 온 얼굴이 홍당무가 되며 얼른 고개를 숙여버렸다. 선생님의 꾸중이 날아올 것 같아 잠시 어쩔 줄을 몰랐다. 그러나 아무 일이 없자, 슬그머니 고개를 들었다. 선생님은 뒷짐을 지고 어슬렁어슬렁 낭하 쪽 창변으로 걸어가고 있었다. 그제야 월례는 마음이 놓이며 정신이 바짝 차려져 연필을 똑바로 고쳐 쥐었다. 졸음이 어디론지 날아가버린 것이다.

바로 앞자리에 앉은 명자는 어떤 내용을 쓰는지 고개를 약간 옆으로 기울여 가지고 열심히 쓰고 있었다.

월례는 명자의 하얀 목덜미를 바라보며 무엇을 쓸 것인가 바짝 생각하다가 문득 시선을 창밖으로 보냈다. 창밖 멀리 구름 한 점 없는 하늘에 까마귀 떼가 새까맣게 떠 있는 것이 보였다. 까만 반점들이 무수히 떠서 빙빙 돌고 있는 것을 보자 월례는 옳지! 싶었다. 까마귀에 대해서 쓰면 되겠구나. 까마귀와 염소, 그리고 벌보, 오분네……. 그런 것을 쓰면 될 것 같았다.

일단 쓸 것이 정해지자 수월하게 연필이 움직여졌다. 우선 제목부터 가라수(까마귀)라고 썼다. 그리고 "까마귀는 기분 나쁜 새입니다"라고 허두를 떼어 차근차근 써나가기 시작했다.

까마귀는 기분 나쁜 새입니다. 올해는 가을에 벌써 기분 나쁜 까마귀들이 몰려 왔습니다.

얼마 전에 까마귀들이 숲에서 염소 새끼의 눈알을 하나 쪼아 먹어버렸습니다. 눈에서 피가 흐르는 염소 새끼를 보고 나는 불쌍해서 못 견뎠습니다. 귀여운 염소 새끼의 눈알을 쪼아 먹다니, 까마귀는 참 나쁜 새입니다.

벌보 아저씨가 그것을 보고 까마귀 한 마리를 때려잡았습니다. 참 벌보 아저씨는 잘했습니다. 그 뒤부터 벌보 아저씨는 까마귀만 보면 때려잡습니다. 나쁜 것을 미워하는 마음이겠지요.

그런데 벌보 아저씨가 며칠 전에는 까마귀 고기를 먹었습니다. 때려잡은 까마귀를 집에 가지고 와서 구워 먹었습니다. 그래서 아주머니가 마당에 앉아 울었습니다. 그런 걸 서방이라고 믿고 우예사노, 하면서 우는데 그 소리에 나는 몹시 가슴이 아팠습니다. 나도 여자기 때문에 그런 모양이지요.

월례는 연필을 놓았다. 됐는지 어떤지 알 수가 없었다.

그러자 마침 땡땡 땡땡 땡땡……. 수업 끝을 알리는 종소리가 울렸다. 마치 월례가 연필을 놓길 기다리고나 있었던 것처럼.

쓰스리카다 시간은 일주일에 한 시간뿐이었다. 그러니까 다음 주의 쓰스리카다 시간이었다. 그 시간은 이제 감상인 것이었다. 임 선생은 한 시간은 글을 짓도록 하고, 다음 주 한 시간은 지은 글을 감상하는 시간으로 하고 있었다. 쓰스리카다뿐 아니라 도화, 수공, 습자 같은 것은 모두 그런 식으로 해나가고 있었다.

임 선생은 지난주에 지은 생도들의 작문을 한 무더기 교탁 위에 놓고, 한 장 한 장 이름을 부르기 시작했다. 아무개 하고 부르면 대답을 하고 나가서 작문지를 받는 것이다. 받아보면 점수가 매겨져 있는 것이다.

그런데 재미있는 것은, 임 선생은 언제나 성적 차례로 나누어주는 것이었다. 차례라도 성적이 좋은 쪽으로부터가 아니라, 반대쪽으로부터였다. 역순으로 말이다. 그러니까 맨 먼저 이름이 불리면 가장 성적이 나쁘다는 것을 의미했고, 맨 나중에 불리면 가장 좋다는 것을 뜻했다. 여러 사람 앞에 몇 점이라고 점수를 공개하지는 않았지만, 이런 식으로 간접적으로 성적을 알려서 분발하도록 하는 것이었다. 보통 다른 선생들은 점수를 매겨서 그냥 아무 순서 없이 나누어주거나, 아무개 몇 점, 아무개 몇 점 하고 여러 사람 앞에 성적을 서슴없이 공개해가며 나누어주거나, 그렇지 않으면 숫제 도장이나 한 개씩 쿡쿡 찍어 가지고 급장을 시켜 나누어주도록 하는데 말이다. 역시 갓 사범학교를 나온 젊은 선생이 좀 달랐다.

그러니까 생도들은 자기 이름이 될 수 있는 대로 늦게 불리기를 바랐다. 빨리 불리면 그만큼 수치인 터이라 대답하는 소리도 힘이 없었고, 얼굴이 붉어지기 마련이었다. 절반가량을 넘어가면 그런 대로 체면이 서는 셈이어서 싱글 웃으면서 대답을 할 수가 있었다. 절반이 넘어서 점점 남은 수효가 줄어들어 가면 다시 묘한 긴장과 흥분이 교실 안을 팽팽하게 했다. 뉘 것이 맨 나중까지 남는가 하고 말이다. 말하자면 누가 장원인가 하고.

그 시간 역시 절반을 넘어서서 점점 줄어들어, 이십 명에서 십오 명으로, 십오 명에서 십 명으로, 구 명으로, 팔 명으로, 칠 명으로…… 좁혀져 나가자 묘한 긴장과 흥분이 감돌았다.

월례는 얼굴이 서서히 상기되고 있었다. 상기된 얼굴로 곧장 속눈썹을 깜짝이면서 선생님을 지켜보고 있었다. 다른 때 같으면 벌써 자기 이름이 불리어졌을 터인데 어찌 된 셈인지 이번엔 아직 부르질 않는 것이었다. 이렇게 끝까지 남는 일이 처음이어서 월례는 가슴까지 두근거렸다.

……사 명, 삼 명, 이 명, 그리고 맨 마지막으로,

"야스모토 게쓰레이(安本月禮)!" 하고, 임 선생은 유난히 힘을 주어 월례를 불렀다. 야스모토는 월례의 창씨였다.

월례가 이번 글짓기의 장원을 차지한 것이었다.

월례는 너무나 뜻밖의 일에 온 얼굴이 홍당무가 되어 대답도 제대로 하질 못했다. 그리고 교실 안의 모든 시선이 자기에게 집중되자, 그만 고개를 푹 숙여버렸다.

"야스모토!"

"……."

"야스모토 없나?"

그제야,

"하이(예)." 하고, 월례는 고개를 들었다. 그리고 부스스 자리에서 일어났다. 기쁘면서도 몹시 부끄럽고 쑥스럽기도 한 모양이었다.

언제나 맨 마지막에 이름이 불린 생도는, 다시 말하면 장원을 한 생도는 앞으로 나가 교단 위에 서서 자기가 지은 글을 읽는 것으로 되어 있었다. 그러면 다른 생도들은 가만히 듣고 있다가 다 읽고 나면 감상을 발표하는 것이었다. 그리고 선생은 그 글을 가지고 잘된 점, 고쳐야 할 점, 틀린 글자 같은 것을 지도했다. 말하자면 장원으로 뽑힌 그 글은 바로 한 시간 동안의 교재가 되는 셈이었다.

월례는 앞으로 나가 선생님한테서 작문지를 받았다. 그러나 어쩐지 부끄럽고 어색해서 교단 위로 올라설 수가 없어 그 자리에서 머무적거리기만 했다. 그러다가 그만 돌아서서 자리로 들어가 버리려 하자,

"아니 왜 이래. 교단 위에 올라서서 읽어야지." 임 선생은 정색을 했다.

그래도 월례는 선뜻 용기가 나질 않았다. 지금까지 한 번도 교단 위에 올라서서 자기가 지은 글을 읽어본 일이 없기 때문인지 가슴이 걷잡을 수 없이 뛰었다.

"어서!"

"……."

"일등을 했는데 뭐가 그리 부끄러워."

여기저기서 웃음소리가 일어났다.

그제야 월례는 아랫입술을 자그시 물며 교단 위로 올라섰다. 그리고 작문을 읽기 시작했다. 막상 그렇게 교단 위에 올라서서 읽기 시작하니 별것 아니었다. 생각했던 것과는 달리 별로 떨리지도 않았다.

차근차근 읽어나가자, 교실 안은 조용해졌다. 임 선생은 운동장 쪽 창변에 기대서서 월례의 글 읽는 옆모습을 가만히 바라보고 있었다.

"……그런 걸 서방이라고 믿고 우예 사노 하면서 우는데……."

이런 대목을 읽을 때는 목덜미까지 연분홍빛으로 물들면서 아주 다 큰 처녀의 수줍음 같은 것이 얼굴에 어리기도 했다.

'서방'이라는 말이 재미가 좋은 듯 히히…… 헤헤…… 웃는 생도들도 있었다.

"……그 소리에 나는 몹시 가슴이 아팠습니다. 나도 여자기 때문에 그런 모양이지요."

다 읽고 난 월례는 꾸벅 절을 하고는 얼른 교단에서 뛰어내려 자기 자리로 돌아가기에 바빴다. 박수소리가 요란하기 때문에 더 얼굴이 붉어지는 모양이었다. 처음과 마찬가지로 온통 홍당무였다.

"자, 감상을 말해 볼 사람……."

임 선생의 말이 떨어지자, "하이" "하이"…… 하고 몇몇 생도가 손을 들었다.

"어디 너 말해봐."

지명을 받은 생도는 자리에서 일어섰다. 남생도였다.

"염소 새끼의 눈알을 쪼아 먹은 까마귀들을 미워하는 마음이 잘 나타나 있습니다. 까마귀들은 정말 나쁜 새입니다. 그 나쁜 까마귀들을 때려잡는 벌보 아저씨는 훌륭한 아저씨라고 생각합니다."

"좋아, 또……."

임 선생은 고개를 끄덕거리며 생도들을 바라보았다. 그러나 또 "하이" "하이"…… 하고 손들을 쳐들어댔다. 다음 지명을 받은 것은 여생도였다.

"나쁜 까마귀를 때려잡는 것은 좋지만, 그것을 구워 먹는 것은 좋지 않다고 생각합니다. 그러니까 벌보 아저씨는 훌륭한 사람이라고 할 수 없습니다. 더구나 아주머니가 한탄을 하며 마당에 앉아 울도록 했으니 어떻게 훌륭한 사람이라고 할 수 있습니까."

이것은 감상이라기보다도 남생도의 감상에 대한 반박이라고 할 수 있었다.

그러자 남생도 하나가 지명도 받지 않고 얼른 일어서서,

"마당에 앉아 우는 아주머니가 잘못입니다. 여러 사람이 보는 데서 울다니…… 부끄러운 줄도 모르고…… 여자가……."

벌겋게 열을 올리며 말했다. 와— 웃음이 터졌다.

웃음이 가라앉자, 이번에는 여생도 하나가 벌떡 일어섰다. 명자였다.

"얼마나 복장이 터지면 부끄러운 줄도 모르고 마당에 앉아 울겠습니까. 여자를 울리는 남자는 어떤 남자든지 다 나쁜 사람입니다."

명자는 눈꺼풀을 바르르 떨었다. 마치 자기 자신이 남자 때문에 운 일이라도 있는 것처럼.

어쩌면 명자의 의식 속에는 그런 것이 잠재하고 있는지도 몰랐다. 지금은 일본 동경과 만주 땅으로 각기 헤어져 있지만 아버지와 어머니가 한집에 살 때, 정말 어머니는 아버지 때문에 무척도 속이 썩였으며, 많이 울었던 것이다. 왜 그러는지 어린 명자로서 알 수는 없었지만, 좌우간 우는 어머니 곁에서 아버지를 속으로 무척 미워했던 것만은 사실이었다.

명자의 말에 월례는 절로 웃음이 나왔다.

결국 감상 발표는 남생도와 여생도의 의견 대립이 되고 말았다.

이쪽에서 일어서면 저쪽에서 나서고……. 일종의 소란한 논쟁이었다. 팔십 명 가까운 학급 생도 가운데 여생도는 불과 이십 명 정도밖에 되질 않았다. 4대 1이었다. 그러니 수적으로도 여생도가 당할 수 없었다.

"그만— 조용히!"

임 선생은 일갈했다. 그리고 판정을 내리듯이 말했다.

"에— 까마귀란 원래 기분 좋은 새가 못 된다. 우선 보기부터 그렇고, 우는 소리도 그렇다. 그런 기분 나쁜 까마귀가 염소 새끼의 눈알을 쪼아 먹다니 참 어처구니가 없는 일이다. 정말 염소 새끼가 가엾다. 염소 새끼를 가여워하는 마음이 글에 잘 나타나 있다. 그리고 그 용서할 수 없는 까마귀를 때려잡는 벌보 아저씨는 훌륭한 사람이라고 할 수 있다. '나쁜 것을 미워하는 마음이겠지요'라고 썼는데, 정말 나쁜 것을 미워하는 마음은 훌륭한 마음인 것이다."

생도들은 숨을 죽이고 듣고 있었다. 어떤 결론이 내리는가 싶어서.

"그런데, 에— 까마귀를 구워 먹는다는 것은 안 될 말이다. 까마귀 고기를 먹는 사람이 어디 있느냐 말이다. 까마귀 고기도 고기는 고기니까 먹으면 먹을 수는 있겠지만, 그러나 사람들이 아무도 안 먹는 것을 구태여 먹는다는 것은 좋은 일이 아니다. 그래서 아주머니가 울었는데 그 심정을 이해해야 한다. 부끄러운 줄도 모르고 여자가 남들이 보는 앞에서 울었다고 덮어놓고 잘못은 아닌 것이다."

여생도들의 얼굴엔 희색이 떠오르고 있었고, 남생도들은 표정이 굳어지고 있었다. 임 선생은 빙그레 웃었다.

"에— 그러니까 벌보 아저씨는 훌륭한 사람이기도 하면서 한편 훌륭하지 못한 사람이기도 하다. 반반씩이다. 반반!"

판정이 내린 것이다. 공정하면서도 공평한 판정이었다.

남생도들의 얼굴에도 웃음이 떠올랐다. 교실 안의 분위기가 마냥 흐뭇해지는 것이었다.

임 선생은 다시 입을 열었다.

"그리고 월례의 글에서 제일 잘된 곳이 어딘가 하면 맨 마지막이다. '그런 걸 서방이라고 믿고 우예 사노 하면서 우는데, 그 소리에 나는 몹시 가슴이 아팠습니다. 나도 여자기 때문에 그런 모양이지요'가 제일 잘된 곳이다. 이런 말은 아무나 할 수 없는 말이다. 월례는 아주머니가 우는 심정을 잘 이해할 뿐 아니라, 어쩌면 그것이 남의 일 같지가 않다고 생각한 것이다. 다시 말하면 여자의 설움 같은 것을 자기도 함께 느낄 수가 있었던 것이다. 5학년생으로서는 정말 놀랄 만한 표현이다."

그러자 남생도 가운데 누군가가 소리를 질렀다.

"선생님! 월례 벌써 이드름도 났심더!"

와— 교실 안이 웃음바다가 되었다. 임 선생도 그만 헛헛헛…… 소리를 내어 웃었다.

월례는 온통 홍당무가 될 대로 되어 두 손으로 얼굴을 가리고 얼른 책상 위에 엎드려 버렸다. 빌어먹을 자식, 문둥이 같은 자식……. 하필이면 남의 여드름을 들먹일 게 무언가 말이다. 가뜩이나 창피하고 부끄러워서 머리카락으로 살짝 안 보이도록 가리고 다니는 여드름을……. 월례는 곧 울고 싶었다.

7

그런 일이 있은 후로 월례는 선생님과 시선이 마주치면 공연히 얼굴이 붉어지고 부끄러웠다. 임 선생 역시 예사롭지가 않고 어쩐지 웃음이 나오는 모양이었다. 낭하 같은 데서나 운동장 같은 데서 마주치며는 임 선생은 곧잘 뭐라고 한마디 말을 던졌다.

"월례, 어디 가나?" 혹은, "월례, 뭐 하나?"

때로는 공연히, "월례야." 이름을 부르고는 싱긋 웃기도 했다.

그럴 때면 월례는 부끄러워서 어쩔 줄을 몰랐지만, 그러나 결코 싫지가 않았다. 싫기는 고사하고 야릇하게 가슴이 두근거리며 좋기만 했다. 참 묘했다. 그리고 선생님이 자기의 얼굴을 바라볼 때면 어쩐지 머리카락으로 살짝 가려 놓은 여드름을 찾는 것 같기만 해서 월례는 절로 얼굴이 붉어지며 여드름 근처가 공연히 간질간질해지는 것이었다.

어느 날 방과 후였다. 월례는 명자와 함께 토끼 당번이었다.

축사에 토끼가 일곱 마리 있었다. 그 토끼의 사육을 5학년생들이 맡고 있었다. 6학년생들은 학교 전반을 보살피는 주번 근무를 하기 때문에 토끼 사육은 5학년생들의 몫이었다. 5학년생들은 하루 두 사람씩 교대로 토끼 당번이 되었다. 토끼 당번은 해 질 무렵까지 남아서 토끼 먹이를 주어야 하기 때문에 자연히 귀가가 늦었다. 6학년인 주번생들보다도 늦게 집으로 돌아가는 것이었다. 그래서 같은 마을 생도 두 사람씩을 당번으로 짜놓았다.

월례와 명자는 학교 실습지 가에서 토끼풀을 뜯고 있었다. 토끼풀이란 클로버를 말한다. 클로버를 토끼가 잘 먹기 때문에 그런 이름이 붙게 되었는지 모른다.

토끼풀을 뜯어서 바께쓰에 담으면서 명자는 월례에게 자기 어머니 이야기를 하고 있었다. 좀처럼 없는 일이었다. 남이 그런 이야기를 물어도 새쭉 토라질 뿐 좀처럼 대답을 하지 않는 명자가 그날은 어찌 된 셈인지 묻지도 않는 말을 자기 입으로 곧장 지껄여대는 것이었다. 아마 무척 어머니 생각이 나는 모양이었다.

"만주는 벌써 춥다 카더라. 벌써 눈이 다 오고……."

"벌써?"

"응, 며칠 전에 우리 엄마한테서 편지가 왔어. 돈도 보내오고……."

"돈?"

"그래, 우리 엄마가 만주서 돈 벌어서 우리 이모한테 안 보내주나. 나 때문에 애묵는다고……."

"뭐 해서 돈 버는고? 여자가……."

"그걸 내가 우예 아노. 여자는 와 돈 못 벌까 봐."

명자의 말씨가 약간 토라지는 듯해서 월례는 가만히 입을 다물었다.

잠시 명자도 말이 없다가 다시 입을 열었다.

"우리 엄마 결방학에 한 번 다니로 온대. 내 오바 사 가지고……."

"좋겠다."

"우리 엄마 참 이쁘다 아나. 맘씨도 좋고……."

"……."

"이쁘고 맘씨 좋은 우리 엄마를…… 우리 아버지는……."

그리고 명자는 말끝을 흐려버렸다. 얼굴에 쓸쓸한 빛이 떠오르는 것이었다. 월례는 너거 아버지가 어쨌는데 하고 물어보려다가 그만두었다. 대략 어떻게 된 일인지 짐작이 가는 바였다. 월례는 공연히 자기도 쓸쓸해지는 것을 어쩌지 못했다.

잠시 말없이 토끼풀을 뜯고 있던 월례가 마치 침울한 기분을 털어버리기라도 하려는 것처럼 호들갑스럽게 소리를 질렀다.

"우야꼬— 네잎구로바다. 네잎구로바!"

네잎클로버를 하나 발견한 것이다. 그러자 명자도 표정이 활짝 달라졌다.

"어디, 어디?"

"이보래."

"어머나—."

"하나 둘 셋 넷, 틀림없는 네 잎이지."

"맞다."

월례는 네잎클로버를 바짝 눈앞에 들고 좋아서 야단이고, 명자는 그게 몹시 부러운 모양이었다.

"난 인제 네잎구로바가 네 개다."

월례는 책갈피 속에 네잎클로버를 이미 세 개 간직하고 있는 것이었다.

"좋겠다. 네 개나 되는데 이건 나 도고."

"싫어. 행운의 구로발 누가 남 준다 카더노. 핫핫하……."

"욕심쟁이 앙이가. 지 혼자만 행운의 구로발 모아 가지고 나중에 좋은 데 시집가겠다 그 말이제?"

"시집은, 별안간……."

"니가 전에 한 번 안 캤나. 행운의 구로발 많이 모으면 좋은 데 시집간다고……."

"가시나도, 핫핫하……."

"와 내가 거짓말 했나? 핫핫하……."

이렇게 둘이 기분 좋게 웃고 있는데, 누군가가 뒤에서,

"뭐가 그렇게 재미있나?" 하고, 소리를 질렀다.

월례와 명자는 얼른 뒤를 돌아보았다. 선생님이었다. 선생님이 무를 덜렁덜렁 손에 들고 벙글벙글 웃으면서 이쪽으로 오고 있었다. 실습지의 교직원용으로 할당된 밭에서 무를 몇 개 저녁 반찬거리라도 하려고 뽑은 모양이었다. 월례는 선생님을 보자, 공연히 얼굴이 붉어졌다. 혹시 시집…… 어쩌고 한 말을 듣지나 않았을까 해서 더 어쩔 줄 몰랐다.

"토끼 당번이로구나."

"예."

명자가 대답했다. 그리고 명자는 묻지도 않는 말을 곧장 지껄여 댔다.

"선생님예, 월례 네잎구로바 뽑았심더."

"네잎구로바?"

"예, 벌써 네 개째랍니더. 책갈피에 세 개 가지고 있답니더."

"……."

"선생님예, 행운의 구로발 많이 모우면 저— 히히히……."

명자는 말을 하려다가 그만 킬킬 웃어버렸다.

그러자 월례는 얼굴이 홍당무가 되며,

"아이 가시내 지랄!" 하고, 눈을 흘겼다.

그러자 명자는 히히 짓궂게 웃고 나서 결국 말을 꺼냈다.

"저…… 시집을 좋은 데 갑니꼬?"

"뭐, 시집을?"

"예, 월례가 안 캅니꼬. 행운의 구로발 많이 모우면 시집을 좋은 데 간다고예."

"헛헛헛……."

임 선생님은 그만 커다랗게 웃었다. 그리고,

"그럴지도 모르지." 했다.

"월례 시집 좋은 데 갈라꼬 행운의 구로발 열심히 모은답니더."

"그래?"

"지만 혼자 좋은 데 갈라꼬 한 개 달라 캐도 택도 없심더. 히히히……."

"헛헛헛……."

월례는 온통 목덜미께까지 홍당무가 되어 어쩔 줄을 모르다가 그만,

"가시나 지랄 안 하나!" 하고, 명자를 꼭 꼬집어 주었다.

"아이과야! 선생님예, 월례가 막 꼬집심더!"

"헛헛허……."

"아이과야! 아이과야!"

"헛헛허……."

임 선생님은 공연히 재미가 좋은 듯 무릎 덜렁거리며 웃어댔고, 월례는 부끄러워서 어찌 할 바를 모르며 곧장 명자를 꼬집어댔고, 명자는 곧장 호들갑을 떨었다.

그런데 참 얄궂은 것은 그처럼 홍당무가 되어 명자를 곧장 꼬집어 주면서도 월례는 결코 기분이 나쁘지가 않고 속으로 마냥 좋기

만 했다. 가슴 안이 달아오르는 듯 묘하게 기분이 화끈화끈 좋은 것이었다.

8

며칠 뒤, 달이 좋은 밤이었다.

월례는 명자를 불러내어 함께 마을 골목길을 빠져나갔다. 그리고 신작로를 나란히 걸었다. 학교 쪽으로 가는 것이었다.

월례는 손에 보자기를 들고 있었다. 물론 책보는 아니었다. 밤에 책보를 들고 학교에 갈 턱이 없는 것이다. 떡이었다. 떡을 찬합에 담아 가지고 보자기로 싸 들고 학교 숙직실로 선생님을 찾아가는 것이었다.

그날이 월례네 아버지의 생일이었던 것이다. 그래서 집에서 햅쌀로 떡을 했는데, 월례가 우리 선생님 숙직실에서 자취하는데 좀 갖다 주었으면 좋겠다고 했더니 그러라고 하면서 어머니가 두 찬합 담아주었던 것이다.

월례는 5학년이 된 지금까지 선생님한테 무엇을 선물로 가지고 간 적이 한 번도 없었다. 전 같으면 선생님한테 선물을 갖다 주라고 집에서 시켜도 마다고 했을 것이다. 그런데 글짓기로 칭찬을 받은 뒤부터 더구나 며칠 전 실습지에서 그런 일이 있은 뒤부터 공연히 자꾸 선생님 생각이 머리에서 떠나지 않고, 부끄러우면서도 곧장 선생님 곁에 있고 싶은 야릇한 심정이 되기도 했다. 참 묘한 일이었다. 이렇게 떡 보자기를 들고 더구나 밤에 선생님을 찾아가다니, 전 같았으면 어림도 없었을 터인데 말이다.

달빛이 하얗게 깔린 신작로를 걸어가는 월례의 발걸음은 가볍기만 했다. 그리고 가슴은 공연히 설레었다. 명자도 달밤에 이렇게 학교로 선생님을 찾아가는 것이 마냥 재미있기만 한 모양이었다.

월례와 명자는 나란히 교문을 들어섰다. 달빛이 하얗게 깔린 운동장은 낮에 보는 것보다 한결 넓어 보였다. 국기 게양대의 그림자가 하얀 달빛 위에 선명하게 그려져 있었다.

월례와 명자는 운동장을 지나, 교사 모퉁이를 돌았다. 교사 모퉁이를 돌면 거기 변소가 있었다. 가장 오래된 변소였다.

그 변소에 대해 괴상한 이야기가 전해 오고 있었다. 아카이 만토(붉은 망토)의 귀신이 있다는 것이었다. 비가 오거나 눈이 오는 밤에 그 변소에 들어가 용변을 보면 어디선지, '아카이 만토오 야로오카, 시로이 만토오 야로오카'(붉은 망토를 줄거나, 흰 망토를 줄거나) 하는 소리가 난다는 것이다. 이럴 때 '시로이 만토오 구다사이'(흰 망토를 주세요) 하고 말하면 괜찮지만 그렇지 않고 만일, '아카이 만토오 구다사이'(붉은 망토를 주세요) 하고 대답하면 휙— 바람소리와 함께 붉은 망토를 걸친 귀신이 변소 문을 삐거덕 열고 얼굴을 들이민다는 것이다. 머리를 산발하고 입에 피거품을 문 여자귀신이 말이다.

옛날, 이 학교를 갓 지었을 무렵, 붉은 망토를 좋아하는 일인 여선생이 변소에서 목을 매달아 죽었기 때문에 그렇다는 것이었다. 그러나 변소에서 여선생이 목을 매달아 죽은 게 사실인지 아닌지도 확실치 않았고, 또 그 아카이 만토의 귀신이 나온다는 것도 분명치가 않았다. 직접 자기가 그 아카이 만토의 귀신을 보았다는 사람은 없고, 누가 보았다더라, 누가 그렇게 당했다더라 하는 식이니 말이다. 그저 그렇게 허황하게 생도들 사이에 전해 내려오는 이야기에 불과했다.

그러나 어쨌든 밤에 그 변소 곁을 지나자니 불현듯 그 생각이 떠올라서 월례는 등줄기에 오스스 소름이 돋았다. 명자 역시 마찬가지인 모양이었다. 월례 곁으로 바싹 다가붙으며 월례의 팔을 두 손으로 꽉 붙드는 것이었다. 그리고 다음 순간, 월례와 명자는 마치 무슨 약속이라도 한 것처럼 숙직실의 불빛을 향해 냅다 달리기 시작했다. 절로 입에서는,

"아이고메—."

"선생님예—." 하는 소리가 나왔다. 숙직실의 문이 열리며 임 선생의 약간 눈이 휘둥그레진 얼굴이 나타났다.

선생님을 보고도 명자는 곧장,

"아이고 무섭어서 혼났네. 아이고……."

호들갑을 떨었다. 그러나 월례는 선생님을 보자 그만 아카이 만토 생각 같은 것은 어디론지 날아가 버린 듯 금세 수줍어졌다.

아닌 밤에 난데없이 웬일인가 싶어서 눈이 휘둥그레진 임 선생에게 명자가 말했다.

"선생님예, 월례가 이바지*(혼례 전후로 신부 집과 신랑 집에서 마련해 주고 받는 음식) 가지고 왔심더."

"이바질 가지고 오다니?"

"뭔동 알아 맞춰 보이소."

"자, 좌우간 어서 들어오너라."

명자와 월례는 숙직실로 들어갔다.

숙직실이긴 하지만, 지금은 임 선생이 혼자 거처하는 방이었다.

말하자면 총각 방인 것이었다. 소사 백일출은 저쪽 건넌방을 쓰고 있었다. 백일출은 벌써 잠이 들었는지 아무 기척이 없었다.

임 선생은 혼자 남포등 밑에서 시험지 채점을 하고 있는 중이었던 것이다. 아랫목에 배를 깔고 엎드려서 채점을 하고 있었던 듯 방바닥에 시험지가 널려 있었다. 임 선생은 시험지를 주섬주섬 치웠고, 월례와 명자는 윗목에 다소곳이 앉았다.

"선생님예, 우리 시험 본 기지예?" 명자가 물었다.

"그래."

"우리 몇 점입니꼬?"

그러나 임 선생은 싱글 웃고는,

"나중에 알 거 앙이가." 무뚝뚝하게 말했다. 그러자 명자는 재빨리,

"선생님예, 이거 월례 이바집니더." 하고 월례 대신 떡보자기를 선생님 앞으로 내밀었다.

"이바지라니, 도대체 뭐고?"

임 선생은 약간 멋쩍은 표정을 지으며 보자기를 풀었다.

보자기 속에서 찬합이 나오고, 찬합 속에서 떡이 나오자, 임 선생은 그만 "야—" 하고 입을 크게 벌렸다.

인절미였다. 한 찬합에는 콩고물을 묻힌 노오란 인절미가 가득 담겨 있었고, 한 찬합에는 팥고물을 묻힌 불그스레한 인절미가 먹음직스럽게 담겨 있었다. 이거 정말 고마운 이바지라는 듯이 임 선생은 눈을 크게 뜨고,

"웬걸 이렇게…… 이렇게 많이……."

곧장 어린애처럼 좋아했다. 그제야 월례는,

"오늘 아부지 생신이라고……. 선생님예, 잡숴 보이소. 맛이 있는동 모르겠심더." 하고 수줍게 웃었다.

"아, 그래. 아부지 생신이라……."

임 선생은 팥고물 쪽을 한 개 집어서 냉큼 입에 갖다 넣었다.

"자, 같이 묵자."

그리고 불룩불룩 씹기 시작했다. 인절미가 꽤 큼지막해서 한 입에는 좀 과해 보였다. 볼을 불룩거려대는 선생님의 모습이 월례는 약간 우스우면서도 몹시 좋기만 했다. 임 선생은 인절미를 매우 좋아하는 듯 팥고물 쪽 두 개, 콩고물 쪽 한 개를 연달아 불룩거리고 나서,

"너거는 안 묵나? 그럼 심심할 텐데……. 내 아루바무나 보여 주까?" 하고 책상서랍에서 앨범을 꺼냈다. 월례와 명자는 선생님의 앨범을 펼쳤다.

"야 선생님이다."

"선생님 여깄네. 학생 때다."

"여기는 어딨노, 보자……."

"여깄네. 국민학교 졸업사진인 갑다."

"지금 얼굴하고 닮았데이."

"선생님 어릴 땐데 그럼 안 닮았을까 봐."

한참 펼쳐 나가다가 월례가,

"우야꼬! 이 알라(아기) 선생님이제?" 했다.

"맞다. 기다."

"아이 우야꼬—."

"입이 좀 합죽한 기 닮았다."

"아이고— 선생님예, 이 알라 선생님 맞습니꾜?"

임 선생은 빙그레 웃으며 고개를 끄덕거렸다. 여전히 인절미를 불룩거리면서.

"아이고 이뻐라! 아이고—." 월례는 곧 자지러지는 것이었다.

엄마의 품에 안긴 사진인데, 아마 돌 때 찍은 것인 듯했다.

월례는 그것을 들여다보느라고 정신이 없었다. 명자가 딴 장을 넘기려 하자, 앨범을 빼앗듯이 하며 그 사진에서 눈을 떼지 않았다. 곧장 아이고— 아이고— 못 견디면서.

월례가 그처럼 그 사진을 보고 귀여워서 못 견디는 모습을 임 선생은 약간 묘한 기분으로 가만히 지켜보고 있었다.

9

밤에 명자와 함께 인절미를 싸 들고 학교 숙직실로 선생님을 찾아가 놀다온 그 일이 월례는 왜 그렇게 머리에서 떠나질 않는지 몰랐다. 생각할수록 재미가 나고 야릇하기만 했다. 매일 밤 그렇게 놀러갔으면 싶었다. 그러나 그날 저녁처럼 집에서 만든 인절미를 갖다 드린다는 그런 무슨 구실이 있으면 모를까, 그렇지 않고 아무 볼일도 없이 그저 덜렁 놀러만 간다는 것은 어쩐지 쑥스럽고 계면쩍은 노릇이었다. 한 번은 명자가 먼저,

"월례야, 우리 오늘 밤에 또 선생님한테 놀로 안 갈래?" 했다.

명자 역시 밤에 선생님한테 놀러 간 일이 몹시 재미있었던 모양이다. 그러나 월례는 이렇게 대답했다.

"아무 볼일도 없이 우예 놀로 가노. 멋쩍구로……."

말하자면 제법 철이 든 셈이었다. 열여섯이니 그럴 수밖에.

그리고 그렇게 밤에 선생님을 찾아간 일이 있은 뒤부터 월례는 공연히 학교에 가는 일까지가 즐겁기만 했다. 종전에는 학교라는 곳이 뭐 그다지 즐거울 것도 싫을 것도 없는, 그저 그렇고 그런 곳이었는데 말이다. 참 별일이었다. 선생님의 얼굴을 대하는 것이 공연히 즐겁기만 한 것이었다. 선생님이 웃으면 필요이상으로 자기도 우습고 기분이 좋았으며, 선생님이 화를 내면 필요이상으로 긴장이 되고 맥없이 마음이 아프기도 했다. 종전엔 선생님을 그저 우리를 가르치는 담임선생이거니 싶었을 뿐인데, 이제 그게 아니라, 우리를 가르치는 담임선생인 동시에 어쩐지 소중한 나의 선생님이라는 그런 생각이 들었다. 말하자면 선생님과 자기와의 사이에 어떤 사적인 친밀감이 통하게 된 듯한 느낌이었다. 다른 여생도가 혹시 선생님을 눈에 띄게 좋아할 것 같으면 슬그머니 그 생도가 미워졌고, 선생님이 다른 여생도를 지나치게 칭찬하는 일이 있을 것 같으면 공연히 속으로 슬퍼지는 것이었다. 남생도들이 선생님을 좋아하거나 선생님한테 칭찬을 받는 것은 아무렇지도 않은데, 참 얄궂은 일이었다.

그리고, 월례는 어처구니없게도 밤으로 오래 잠을 이루지 못하는 일이 있게 되었다. 귀뚜라미 우는 소리를 들으며 아무 까닭도 없이 안타까워지기도 하고 외로워지기도 하고, 그런가 하면 어떤 아련한 그리움 같은 것에 젖으며 온몸에 묘한 미열 비슷한 것을 느끼기도 했다. 방문 밖으로 바람이 지나가며 우스스 나뭇잎 떨어지는 소리라도 날 것 같으면 맥없이 심란해지고, 두 눈에 눈물이 어리기도 했다.

그리고 그런 밤이면 월례는 곧잘 선생님의 앨범에 붙어 있던, 돌 때 사진인 듯한 그 귀여운 아기 사진이 생각났다. 약간 입이 합죽한 것이 어쩌면 그렇게 어른이 된 지금의 선생님과 똑같은지……. 그리고 네댓 살 때의 선생님, 국민학교 때의 선생님, 중학교 때의 선생님……. 월례는 혼자 좋아서 곧장 헤죽헤죽 웃기도 했다. 그 앨범을 좀 실컷 보았으면 얼마나 좋을까 싶은 것이었다.

그 앨범을 볼 기회가 또 닥쳐왔다. 닥쳐왔다기보다도 월례가 스스로 만든 셈이었다. 고구마를 선생님에게 갖다 드려야겠다고 생각한 것이다. 반드시 선물은 떡이라야 된다는 법은 없으니 말이다. 고구마도 쪄서 먹으면 떡 못지않게 맛이 있으며 또 출출할 때면 생으로 깎아 먹어도 먹을 만한 것이다.

밭에서 고구마를 캔 날 저녁, 월례는 어머니에게 그런 말을 했다.

"고구마를?…… 선생님한테?……."

어머니는 좀 무엇하지 않느냐는 투였다.

"고구마가 어때서예? 햇고구마라 선생님 좋아할 긴데……."

"니 벨안간 요새 선생 어지간히 생각는구나. 우짠 일이고? 핫핫하……. 갖고 가고 싶으면 갖고 가라마."

"……."

"무겁어서 우예 갖고 갈라카노."

"한 책보만 싸 갖고 갈끼다. 무겁우면 이고 가지 뭐."

"명자캉 같이 가라마."

"응."

그러나 그날 밤은 월례 혼자 가는 수밖에 없었다. 명자를 찾아가니, 저녁 먹고 아랫거리에 심부름을 갔다는 것이었다. 월례는 처음에는 기다렸다가 함께 갈까 했으나, 명자가 곧 돌아올지 어떨지도 모르겠고, 또 이상스럽게도 명자와 둘이 가는 것보다 혼자 가는 것이 더 좋을 것 같은 생각이 슬그머니 드는 것이었다. 혼자 가면 더 부끄럽고 쑥스럽긴 하겠지만, 그러나 어쩐지 그러고만 싶었다. 둘이 선생님을 대하는 것보다 혼자 대하는 것이 얼마나 더 흡족하겠는가 말이다. 그래서 월례는 좀 무서운 생각이 들기도 했지만, 혼자 밤길을 학교를 향해 걷기 시작했다.

달이 없는 밤이었다. 그러나 별이 유난히 총총해서 별로 걷는 데 지장은 없었다. 한 보자기의 고구마였지만, 들고 가기엔 힘이 차서 조금 가다가 머리에 이었다. 머리에 물건을 이고 길을 걷기는 처음이었다. 어쩐지 이제 자기도 어엿한 한 사람의 아낙네가 된 듯한 느낌이었다. 누가 보면 좀 창피할 것 같기도 했다. 그러나 사방이 알맞게 어두워서 그런 걱정은 필요 없었다.

월례가 고구마를 한 보자기 가지고 찾아오자, 임 선생은 뜻밖의 일이라는 듯 놀란 얼굴을 했다. 전번에도 한 번 인절미를 선물로 가지고 밤에 찾아왔었으니, 뭐 뜻밖의 일일 수는 없었으나, 그러나 그때는 명자와 둘이었던 것이 아닌가. 그런데 이 어두운 밤에 혼자 찾아오다니 뜻밖의 일이 아닐 수 없었다.

"어서 들어온나. 어서."

놀란 얼굴이면서도 무척 고맙고 반가운 모양이었다. 대견스럽기까지 한 듯, 방에 들어와 윗목에 다소곳이 앉은 월례에게,

"안 무섭더나? 혼자서……. 자, 이리 내려온다. 거긴 찹다."

하고, 흐뭇하게 웃었다.

그런데 왠지 월례는 가벼운 실망 같은 것을 느꼈다. 선생님이 혼자 있지 않기 때문에 그런 모양이었다. 명자를 기다렸다가 함께 오지 않고 혼자 온 것은 선생님을 혼자서 대하고 싶은 생각에서였는데……. 다시 말하면 선생님과 단둘이 있고 싶은 생각에서였는데 말이다. 전번에 명자와 함께 왔을 때는 백일출이가 없더니, 하필 오늘 밤엔 혼자서 오니 백일출이가 있을 게 뭣인가 말이다. 더구나 백일출이는 선생님과 함께 바둑을 두고 있었다. 제까짓 것이 바둑을 둘 줄이나 아는지…….

"나가도 소용없어. 축이란 말이다, 축."

선생님의 하는 말투로 보아 분명히 바둑도 제대로 둘 줄 모르는 모양이면서……. 축이 뭔지 모르지만, 그런 것도 모르는 녀석이……. 월례는 공연히 선생님과 바둑을 두고 있는 백일출이가 못마땅한 것이었다.

"월례야, 심심한데 이리 와서 바둑 두는 구경이나 해."

임 선생은 월례를 한 번 돌아보고는 다시 시선을 바둑판으로 가져갔다.

"바둑을 어떻게 두는지 알아야 말이지예." 이런 소리가 목구멍으로 넘어오려고 했으나, 월례는 꿀꺽 삼켰다. 그리고 잠시 그 자리에 가만히 앉아서, 바둑에 열중하고 있는 선생님의 옆모습을 지켜보고 있다가,

"선생님예, 아루바무 구경 좀 해도 괜찮지예?" 하고 입을 열었다.

"아루바무?"

"예."

"요전에 안 봤나." 임 선생은 빙그레 웃었다.

월례는 약간 얼굴을 붉히며,

"또 보고 싶어예." 했다.

"그래, 봐라. 심심한데……. 저기 있지. 저 책꽂이에……."

"예."

월례는 일어나 책꽂이에 꽂혀 있는 앨범을 뽑았다.

그래서 월례는 실컷 좀 보았으면 싶었던 사진들을 다시 하나하나 볼 수가 있었다. 오히려 선생님과 백일출이가 바둑을 두고 있어서 앨범을 구경하는 데는 잘 되었다 싶었다.

재차 보는 사진들이었지만, 차근차근 들여다볼수록 재미가 났다. 특히 그 아기 때의 사진은 볼수록 웃음이 나오고 좋기만 했다. 그래서 월례는 그 사진이 붙어 있는 곳을 몇 차례나 다시 펼쳐서 들여다보았는지 모른다. 그 아기 때의 사진과 지금의 선생님의 얼굴을 번갈아 바라보며 공연히 수줍은 웃음을 띠며.

앨범 구경을 실컷 하고 나도 바둑은 끝이 나질 않았다.

하는 수 없이 월례는 자리에서 일어났다. 바둑이 끝난다 하더라도 뭐 별다른 재미있는 일이 있을 턱이 없었지만. 그러나 어쩐지 허전하기만 했다.

"와, 더 놀지. 갈라카나?"

선생님이 바둑알을 놓고 마루까지 나와 주긴 했으나, 월례는 역시 허전했다.

"선생님, 안녕히 주무시이소."

신을 신은 월례는 선생님에게 나붓이 절을 했다.

"그래, 조심해서 가거래이. 어둡다."

"예."

돌아서는 월례는 역시 허전하기만 했다. “선생님예, 교문 있는 데까지만 좀 바래도 주이소.” 이런 소리가 하고 싶었으나, 할 수가 없었다. 그렇게 선생님과 단둘이 걷는다면 얼마나 좋을까, 그저 안타까울 따름이었다.

그처럼 어쩐지 뭔가 못다 이룬 것 같은 허전함을 느끼면서 돌아가던 월례는 신작로 꺾어지는 길목에 있는 점방 앞을 지나다가 주춤 걸음을 멈추었다.

“누고? 월례 앙이가?”

누군가가 점방 한쪽 모서리에 서서 이쪽을 지켜보고 있더니, 불쑥 이렇게 말을 던졌던 것이다.

“월례제? 맞제?”

그러면서 건들건들 다가오는 것을 보니, 다름 아닌 명자 이모부 홍 주사였다. 점방에서 술을 마시며 화투를 치다가 소변을 보러 나왔던 모양으로, 건들건들 다가오며 바지를 추슬러 여미고 있었다.

“월례야, 어디 갔다 오노? 이 밤중에…….”

홍 주사의 걸걸한 목소리에 월례는 저도 모르게 한 걸음 뒤로 물러서며 대답했다.

“학교예.”

“뭐, 학교에?”

“예.”

“이 밤중에 학교엔 뭐 하로……?”

“…….”

“응? 월례야, 학교엔 뭐 하로……?”

홍 주사는 몹시 궁금한 일이라는 듯이 바짝 다가들었다. 물씬 술 냄새가 풍겼다. 월례는 또 한 걸음 뒤로 물러서며 이맛살을 찌푸렸다. 남이야 밤중에 학교에 가거나 말거나 무슨 상관인가 말이다. "몰라예" 하고 내달아버릴까 하다가, 그래도 친구의 이모부라 그럴 수는 없어서,

"학교 선생님한테예." 하고 마지못해 대답을 했다.

"선생한테? 선생이라니, 어떤 선생?"

"우리 선생님예."

"너거 선생?"

"예."

"너거 선생이 밤에 학교에 있나?"

홍 주사는 점점 더 수상한 일이라는 듯이 두 눈에 짓궂은 웃음을 띠었다. 점방에서 흘러나오는 불빛에 한쪽 눈이 유난히 번질거렸다.

그 기분 나쁘게 번질거리는 한쪽 눈을 보자, 월례는 섬찍했다. 의안(義眼)인 것이다.

홍 주사의 그 의안을 사람들은 흔히 '개눈'이라고 했다. 원래의 눈이 상하자, 대신에 개눈을 박았다는 것이었다. 개눈을 박았기 때문에 성한 한쪽 눈을 감고 보면 세상이 개가 보는 세상처럼 보인다는 것이다. 말하자면 똥 같은 것이 맛있는 떡 같은 것으로 말이다. 참 허황한 이야기였다.

그러나 아이들은 그 말을 곧이 믿었고, 또 한쪽 눈을 감으면 세상이 그렇게 보이는 홍 주사는 얼마나 재미가 있을까 싶기도 했다. 월례는 그 말을 반신반의하고 있었다. 어쩌면 그럴 것 같기도 하고, 또 그럴 턱이 만무할 것 같기도 했다.

실은 그게 개의 눈알일 턱도 없는 것이었다. 개의 눈알을 사람에

게 박아서 온전할 턱이 없는 것이다.

아무튼 월례는 그 기분 나쁘게 번질거리는 '개눈'을 보자, 섬찍해서 그만 저도 모르게 도망을 치려고 했다. 그러나 허사였다. 어느 결에 홍 주사의 손이 덥석 한쪽 팔을 와서 거머쥐었다.

"어메야—." 월례는 가볍게 비명을 질렀다.

그러나 홍 주사는 약간 격한 목소리로,

"어른이 묻는데, 와 도망갈라카노. 응?" 하고, 눈을 부라렸다.

'개눈'이 더욱 번질거리는 듯해서 월례는 겁이 나 어쩔 줄을 몰랐다.

"바른대로 말해. 그라느면*('그렇지 않으면'의 영천말) 큰일 날 끼다. 밤중에 뭐 하로 학교 갔다 오노? 너거 선생이 밤에 학교에 있다 말이가?"

"예! 학교 숙직실에서 자취 안 합니꼬!"

월례는 쏘아붙이듯이 대답했다.

"응, 그래? 그래서…… 밤에 혼자 뭐 하로 선생한테 갔더노? 선생이 오라카더나?"

부라렸던 홍 주사의 눈에 다시 짓궂은 호기심 같은 웃음이 번들거렸다.

"오라캐서 갔디나?"

"아니예."

"그럼?"

"……."

"니가 그저 가고 싶어서 갔디나?"

월례는 그만 울고 싶었다. 뭐 이런 사람이 다 있는지 몰랐다.

"고구마 좀 갖다 디렸심더. 와예?" 대들 듯이 말했다.

"뭐라, 고구마……."

그러더니 홍 주사는 그만 무엇이 그리 우스운지, "헛헛헛허……." 너털웃음을 웃었다. 물씬물씬 술 냄새를 풍기면서.

"고구말 선물하고 오는 길이구만. 난 또…… 헛헛헛허……."

월례는 재빨리 홍 주사의 손을 뿌리치고 냅다 내달았다.

"헛헛헛허……." 홍 주사는 여전히 웃고 있었다.

10

사무실 창밖으로 눈부신 아침 햇살을 내다보며 홍 주사는 커다랗게 하품을 했다. 간밤에 너무 늦게까지 술을 마시고 화투를 쳤기 때문에 잠이 매우 부족한 것이었다. 그리고 속도 좋지가 않았다. 곧장 헛구역질이 올라왔다.

말 구루마 하나가 덜거덕거리며 들어오는 것이 창밖으로 내다보였다.

"창고 문을 열어야제."

홍 주사는 중얼거리며 열쇠 꾸러미를 들고 사무실을 나섰다.

가을 아침의 공기는 속이 서늘하도록 맑았다. 그러나 홍 주사는 으억, 으억 헛구역질을 하며 창고 쪽으로 걸어갔다.

커다란 창고가 세 개 나란히 서 있었다. 그중 한 창고의 큼직한 자물쇠를 땄다. 그리고 창고 문을 드르렁 열어젖혔다.

홍 주사는 이곳 동척농장의 서기인 것이었다. 이 동척농장의 서기가 되기 전에는 면사무소 서기로 다녔다. 그래서 홍 주사를 더러 홍 서기라고도 불렀다.

동척농장은 동양척식주식회사에서 경영하는 말단의 농장이었다. 농장이라고 하면 흔히 벼농사를 짓거나 과실이나 야채 같은 것을 재배하는 곳으로 생각하기 쉬우나, 이건 그게 아니었다. 농사를 짓는 농장이 아니라, 지은 농사를 거둬들이는 농장이었다. 다시 말하면 영농이 목적이 아니라, 수탈이 목적인 것이었다.

일본은 1905년에 을사조약을 체결하여 조선에 통감부를 설치하자, 모든 분야에 걸쳐 침략정책을 실현해 나갔다. 경제 분야에 있어서는 먼저 조선의 토지를 수용하는 일이었다. 비옥한 농토를 점유해서 일본의 농민들을 조선에 이주시켜 영농케 하는 것이었다. 즉, 식민사업이었다. 그 식민사업의 일환으로 설립된 것이 동양척식주식회사였다.

갖은 방법으로 점유한 농토는 이주해 온 일본 농민들의 소유가 되게 하여 그들을 자작농 혹은 소지주로 길러주거나 아니면 그것을 도로 조선 농민들에게 경작토록 해서 5할 이상의 소작료를 거둬들이는 것이었다. 말하자면 본래의 소유주인 조선농민들은 자기의 논을 소작하는 결과가 되었다. 그리고 고리 대여 양곡제, 즉 춘궁기에 벼 한 가마니를 빌려주고, 가을에 벼 한 가마니 반, 혹은 두 가마니까지를 받는 그런 제도를 실시해서 이중 삼중으로 조선의 농민들을 수탈했다.

동척농장은 바로 그런 일들을 맡아 하는 곳이었다. 커다란 세 개의 창고는 그런 일들을 맡아 하는 이 농장의 상징이라고 할 수 있었다. 소작료로 거둬들이고, 고리 대여 양곡제로 거둬들인 곡물을 보관하는 창고이니 말이다. 그리고 그 창고를 관리하는 것이 바로 홍 주사의 직무인 것이었다.

홍 주사가 드르릉 열어젖힌 창고 안에는 하곡이 삼분의 일가량 쌓여 있었다. 그 하곡을 요 며칠 동안 읍내로 실어내고 있는 중이었다.

하곡을 실어내고 창고를 비워놓아야 되는 것이었다. 멀지 않아 볏가마니들이 쏟아져 들어올 판이니 말이다. 추수가 끝나면 곧 소작료와 고리 대여 양곡의 수납이 시작되는 것이다.

홍 주사는 창고 문 앞에 쭈그리고 앉았다. 그리고 으억 으억…… 또 몇 번 헛구역질을 했다. 그러고 있는데, 덜거덕거리며 말 구루마가 다가왔다.

"속이 안 좋으신 모양이죠?"

안삼도였다. 안 서방은 구루마를 바짝 창고 밑에 갖다 붙여 세우며 홍 주사에게 인사말을 건넸다.

"응."

"어제 술이 좀 과하셨는 모양이지예?"

안 서방은 필요 이상으로 헤— 웃었다. 비위를 맞추자는 듯이.

"응."

"해장을 하시지 와예."

"했어."

홍 주사는 무뚝뚝하기만 했다. 그러다가 별안간 무슨 생각이 났는지, 자리에서 일어나며,

"안 서방, 나 좀 보게."

하고, 싱긋 웃었다. 한쪽 '개눈'이 유난히 번질거렸다.

안 서방이 무슨 일인가 하고 다가오자, 홍 주사는 곧장 싱글싱글 웃으며 말을 꺼냈다.

"자네 혹시 선생 사우 볼라고 생각하고 있는 거 앙이가?"

"예?"

"선생을 사우로 삼을라 카는 거 앙이가 말일세."

"선생을 사우로 삼을라 카다니예? 그기 무슨 말씀인지……."

안 서방은 어리둥절해지지 않을 수 없었다. 도대체 무슨 뜻인지 알 수가 없었다.

"헛헛허……. 뭐 그렇게 놀랠 끼사 없네. 혹시 월례를 선생한테 치울라 카는 거 앙이가 싶어서……."

안 서방은 얼굴이 약간 붉어지는 듯하면서 히들히들 웃음이 나왔다. 어이가 없는 것이었다. 이제 국민학교 5학년인 월례를 더구나 학교 선생한테 시집보내려고 하다니, 말도 되지 않는 소리다.

"무신 그런 말씀을……."

"응, 그래? 난 혹시 자네가 속으로 그런 생각을 묵고 있는 거 앙이가 싶었지."

"홍 주사님 참 오늘은 벨 말씀을 다……."

안 서방은 또 필요이상으로 헤— 웃었다. 무슨 일이 있었기에 난데없이 그런 말을 하느냐고 물어보고 싶었으나 혹시 비위를 거스를까 해서 그만두었다.

안 서방이 홍 주사 앞에서 곧장 필요 이상으로 헤— 웃어가며 그의 비위를 맞추려고 애를 쓰는 것은 그럴 수밖에 없는 일이었다. 그의 손아귀에 자기의 목줄기가 쥐어져 있다고 해도 과언이 아니니 말이다. 자기의 목줄기뿐 아니라, 온 식구의 목줄기가 말이다.

지금 안 서방이 부치고 있는 아홉 마지기의 논 가운데 일곱 마지기가 동척농장의 소유일 뿐 아니라, 말 구루마를 가지고 품을 파는 것도 주로 동척농장의 일들인 것이다. 그리고 한두 가마니 장리(長利) 벼를 얻는 일도 그를 통해야만 되었다. 그러니 어찌 그의 비위를 안 맞출 수가 있겠는가 말이다.

만약 그의 눈 밖에 나서, 그가 그러려고 마음만 먹으면, 일곱 마지기의 소작도 떼일 것이며, 말 구루마로 동척농장의 품을 팔 수도 없을 것이며, 또 장리벼*(춘궁기에 양식이 모자라는 사람이 연 5할에 빌려 추수해서 갚는 벼) 한 가마니도 잘 얻을 수가 없을 것이다. 말하자면 홍 주사는 일종의 염라대왕인 셈이었다. 그러니 그의 '개눈'이 아무리 기분 나쁘게 번질거리더라도 헤— 웃으며 비위를 맞출 수밖에 없는 것이다. 비단 안 서방만 그러는 것이 아니라, 이 고장의 농사짓는 사람들은 대부분 다 그러는 것이다. 동척농장의 그늘 밖에 사는 사람이면 몰라도…….

히히힝! 말이 코를 불었다. 물론 조랑말이었다. 안 서방의 손때가 묻은 지도 어느덧 네 해가 되는 말이었다. 비록 몸집은 작지만, 다부지기가 이만저만이 아니었다. 하곡 따위는 열댓 가마니 문제가 없었다. 그리고 사람은 남의 비위를 맞추어야 하는 그런 구차한 데가 있었으나, 물론 그런 것도 없었다.

히히힝! 코를 불면서 이번에는 냅다 똥을 내깔겼다. 홍 주사 앞이고 뭐고 아랑곳이 없었다. 땅에 질펀하게 떨어진 말똥에서 김이 무럭무럭 올랐다.

안 서방은 약간 난처한 모양으로,

"해필 여기 와서 똥을 누노!" 하면서, 홍 주사에게 보라는 듯이 말의 엉덩이께를 손바닥으로 철썩 한 대 갈겨주었다.

"다른 구루마는 와 아직들 안 오노!"

홍 주사는 농장 정문 쪽을 바라보며 이맛살을 찌푸렸다.

"글씨요. 와 이렇게들 늦노." 안 서방은 덩달아 맞장구를 쳤다. 그리고,

"먼저 신지예 뭐." 했다.

"그래, 먼저 싣게."

홍 주사의 말이 떨어지자, 안 서방은 얼른 창고 안으로 들어가 보리가마니 하나를 별로 힘 안 들이고 등에 지고 일어났다. 그리고 그것을 구루마에 갖다 실었다.

그렇게 여섯 가마니째를 싣자, 그제야 구루마 하나가 덜거덕거리며 정문을 들어서고 있었다.

11

읍내까지는 이십 리 남짓한 길이었다.

구루마에 보리가마니를 싣고 하루에 읍내까지 두 차례 왕복하는 것이었다. 아침 일찍부터 시작해서 밤늦게까지 무리를 하면 세 차례까지는 해낼 수가 있었다. 그러나 그러면 오히려 이튿날 일에 지장이 있었다. 사람보다도 말이 더 견뎌내질 못했다. 사람은 짐을 싣고 갈 때는 말을 몰고 걷지만, 돌아올 때는 빈 구루마에 올라앉아서 콧노래라도 부를 수 있으니 말이다. 아무튼 두 차례 왕복이 하루 일로 알맞았다.

그날도 두 차례 왕복이었다. 그런데 그날, 두 번째 짐을 싣고 간 안 서방은 참으로 어처구니없는 일을 당했다.

짐을 정거장 화물 창고에 부리고 돌아오는 길이었다. 그날은 마침 장날이었다. 그래서 길에는 장꾼들이 허옇게 널려 있었다.

안 서방은 시장 근처에 이르자 아무래도 그냥 지나칠 수가 없었다. 해가 서쪽으로 뉘엿뉘엿 기울어지고 있었다. 배에서 꼬르르…… 소리가 났다. 그래서 말을 장터 쇠전거리로 몰았다. 쇠전거리 한쪽 가의 말뚝에 말을 매어 구루마를 세워 놓고, 주막을 찾아갔다. '분통이 집'이라는 단골 주막이었다.

안 서방은 술은 과히 많이 하는 편은 아니었다. 그러나 일을 하고 나서 두어 사발은 거뜬히 마셨다.

"어서 오소. 삼도 서방."

분통이는 분을 보얗게 바른 얼굴로 빙긋 웃으며 반겼다. 얼굴에 분을 너무 보얗게 바른다고 해서 분통이라는 이름이 붙은 주모였다. 그래서 자연히 주막 이름도 '분통이 집'이 되고 만 것이었다.

분통이는 나이도 요량이 없는지, 마흔이 가까운 얼굴에 온통 분을 보얗게 바르고는 누구에게나 서방이라고 아양을 떨었다. 서방도 성을 따서 김 서방, 박 서방, 안 삼도에게는 안 서방, 이렇게 부르는 것이 아니라, 그 이름을 붙여서 아무개 서방 하고 부르는 것이었다. 그래서 안 서방이 아니라, 삼도 서방인 모양이었다. 그 편이 훨씬 감기는 맛이 있고, 당기는 맛이 있어서, 분통이에게는 단골이 많은지도 몰랐다.

그러나 얼굴에 그렇게 분칠갑을 하고, 곧잘 아무개 서방, 아무개 서방 하고 아양을 떨지만, 그게 다 술 많이 팔자는 상술이지, 다른 무슨 생각이 많아서 그러는 것은 아니라는 것이었다. 은근히 다른 마음을 먹고 수작을 걸어 접근해 볼 것 같으면 의외로 깐깐하고 힘드는 여자라는 이야기였다. 시시한 정도로는 결코 떨어지지 않는, 겉보기와는 다른 여자라는 소문이었다.

"마느래, 오늘은 더 이쁜데……."

안 서방은 목로 앞에 걸터앉으며 농을 걸었다.

"헷헷헤, 자꾸 이뻐져야제."

"자꾸 이뻐지는 거 보니 무슨 좋은 수가 있는 모양이지?"

"있고말고, 좋은 수가 있어야 좀 살맛이 나제."

그러나 분통이의 눈언저리를 지나가는 엷은 웃음은 결코 뭐 그렇게 좋은 수가 있는 것 같은 웃음은 아니었다. 그런 소리 다 시시하니, 어서 술이나 마시라는 투의 웃음이었다.

술대접이 앞에 놓이자 안 서방은 우선 깍두기부터 한 개 집어 먹었다. 그리고 뿌연 막걸리가 철철 넘치는 대접을 들어 벌컥벌컥 마셨다. 하루 일을 잘 끝내고 마시는 술은 정말 그만이었다. 출출한 뱃속에 술이 들어가자, 대번에 아련한 주기가 온몸에 자릿하게 배는 듯했다.

두 대접을 마시고 나니 그르르 트림이 올라왔다. 그리고 훈훈한 술 냄새가 코에서 풍겼다. 홀쭉하던 배도 부듯해졌다.

술값을 치르고 거스름돈을 받으면서 안 서방은 마침 아무도 다른 사람이 없는 터이라, 슬그머니 손목을 잡아보았다. 헤— 웃으면서.

그러나 분통이는 재빠르게 그 손을 뿌리쳤다. 그 동작은 의식적인 것이라기보다도 반사적인 것이었다. 그런 점으로 보아서도 겉

보기와는 다르게 깐깐하고 힘 드는 여자라는 말이 맞는 듯했다.

상대방이 무색할 정도로 매정하게 뿌리치면서도,

"삼도 서방, 손버릇이 얄궂대이." 하고, 조금도 언짢은 기색이 없이 여전히 보오얀 얼굴로 웃고 있었다. 말하자면 보통내기가 아니었다.

아무튼 안 서방도 기분이 나쁠 것은 없었다. 잠깐 동안이긴 하지만, 좌우간 분통이의 손목을 한 번 만져보기는 만져본 셈이니까.

"마느래, 손목도 못 만지게 하는 마느래, 그럼 잘 있게. 서방은 가네."

안 서방은 제법 호기 있게 뇌까렸다. 다분히 술기운이었다.

"아이고, 삼도 서방, 잘 가소. 또 오소 잉?"

분통이는 손목도 한 번 못 만지게 하면서 아양은 떨어댔다.

그렇게 한잔을 하고 콧구멍으로 훈훈한 술기운을 내뿜으면서 말 구루마를 몰고 기분 좋게 돌아가고 있던 안 서방은 난데없이 어처구니없는 벼락을 맞았다. 물벼락이었다. 물이라도 그냥 보통 물이 아니라, 시꺼먼 물감을 탄 물이었다. 시꺼먼 물을 온통 머리로부터 뒤집어썼던 것이다. 말 구루마가 읍 들머리께를 빠져나가고 있을 때였다.

길에는 장꾼들이 삼삼오오 허옇게 떼를 지어 집으로 돌아가고 있었다. 장꾼들은 거의 모두가 한복이었다. 여자들은 말할 것도 없고, 남자들도 거의 전부 바지저고리 아니면 그 위에 두루마기를 입고 있었다. 그리고 그 한복은 또 거의 전부가 흰 빛깔이었다. 무명베로 만든 것이니 그럴 수밖에 없었다. 간혹 여자들은 검정 치마나 노랑 저고리 같은 것을 입고 있기도 했지만. 물론 안 서방도 한복이었다. 흰 바지저고리에 흰 조끼를 입고 있었다.

안 서방은 구루마 앞쪽에 올라앉아 곰방대를 꺼내어 담배를 피워 물고 있었다. 읍내에서는 마바리꾼*(삯을 받고 마바리 모는 것을 업으로 하는 사람. '마바리'는 '짐을 실은 말')이 구루마에 올라앉아 길을 갈 수는 없었다. 만약 순사한테 들키면 불호령을 당하는 것이다. 그러나 이제 읍내를 다 빠져나온 셈이니, 안심하고 구루마에 올라앉은 것이다.

술기가 혼혼한데다가 담배를 뻐끔뻐끔 피우니, 기분이 더욱 괜찮았다. 이런 때는 판소리나 노랫가락 같은 것이라도 가볍게 한가락 뽑아야 제격이지만 안 서방은 그런 데는 영 소질이 없었다. 소질이 있었다 하더라도 이렇게 길을 가면서 목청을 뽑을 그런 위인은 못 되었다. 콧노래를 흥얼거리는 정도는 가능하겠지만. 그래서 그저 눈을 지그시 감아보기도 하면서 건들건들 구루마에 흔들려 가고 있었다.

그런데, 삼거리에 이르러 막 길모퉁이를 돌아가는데, 난데없이,

"이노무 짜식아!" 고함소리가 날아왔다.

안 서방은 정신이 번쩍 들었다. 순사였다. 새까만 복장을 하고, 허리에 칼을 찬 일인 순사가 마치 길모퉁이에 숨어서 기다리고나 있었던 것처럼 불쑥 나타났다.

안 서방은 얼른 구루마에서 뛰어내리려 했다. 마바리꾼이 구루마에 올라앉아 가기 때문에 고함을 친 줄 알았다. 물론 그래서 '이노무 짜식'인 것이었다. 그러나 순사가 거기 대기하고 있는 것은 그런 것을 감시하기 위해서가 아니었다. 달리 목적이 있는 것이었다.

순사는 손에 웬 물바가지를 들고 있었다. 손잡이가 달린 바가지

였다. 그리고 곁에 바께쓰가 놓여 있었다. 순사는 얼른 물바가지로 바께쓰의 물을 떴다. 그리고 구루마에서 뛰어내리려는 안 서방을 향해 냅다 그 바가지의 물을 뒤집어씌워버리는 것이었다. 시꺼먼 물이었다.

물감을 탄 시꺼먼 물을 온통 머리로부터 뒤집어쓴 안 서방은 정신이 하나도 없었다.

"아이고메! 아이고메!" 소리를 지르면서 구루마에서 뛰어내려 마구 내달았다. 무엇이 어떻게 된 영문인지 알 수가 없었다.

히히힝! 히히힝! 말도 놀라서 코를 불어대며 구루마를 끌고 안 서방의 뒤를 따라 뛰는 것이었다.

비단 안 서방만 그런 벼락을 맞은 것이 아니었다. 뒤따라온 장꾼들도 옷에 그런 벼락을 맞았다. 순사가 한 사람뿐이 아니었다. 여기저기 골목에서 순사들이 불쑥불쑥 튀어나와,

"코노야로다찌!(이 새끼들!)"

"이지오 미요!(맛을 보라구!)" 하면서, 지나가는 장꾼들에게 물을 뿌려대는 것이었다.

물론 전부가 시꺼먼 물이었다. 어떤 순사는 대나무로 만든 물총에다가 물을 넣어가지고 사람을 향해 찍— 찍— 내깔겨대기도 했다. 마치 무슨 재미나는 장난을 즐기는 것처럼.

흰 한복을 입은 사람들에게 그런 물벼락을 내리고 있는 것이었다. 흰옷을 시꺼먼 물로 엉망을 만들어 못 입게 해놓는 것이었다. 말하자면 백의(白衣) 퇴치 작전인 셈이었다.

남들은 대개 옷에 벼락을 맞았는데, 안 서방은 오지게 머리로부터 온통 물을 뒤집어쓴 것은 마바리꾼이 구루마에 올라타고 길을

갔다는 그 까닭이 한 가지 더 첨가되었기 때문인 듯했다.

그렇게 무슨 영문인지도 모르고 시꺼먼 물세례를 받으면서도 사람들은 한마디 대들지도 못하고 그저 도망치기에 바빴다. 마치 무슨 잘못이라도 저지른 것처럼. 멀찍이 도망을 가서 그제야 눈들을 부릅뜨며, 개 같은 놈, 콱 밟아 죽일 놈, 제 어미 뭣 할 놈, 하고 욕지거리를 해댔다.

안 서방도 멀찌막이 도망을 가서야 겨우 정신을 좀 차리고, 얼굴이랑 옷에 젖은 시꺼먼 물을 대강 닦아내며,

"저런 때리직일 놈이 있나! 이기 무슨 짓이고! 이기! 응? 나 참, 살다 보니 벨놈의 꼴을 다 당하네. 벨놈의 꼴을……." 하고, 눈을 허옇게 흘겨댔다.

술기가 말짱 가셔버린 듯 별안간 와들와들 떨렸다. 물벼락을 맞아 선뜻해서 떨리는 것만은 아니었다. 참 살다 보니 별놈의 꼴을 다 당하는 것이었다.

그날 저녁, 마을은 온통 그 이야기 일색이었다. 읍내에서 그렇게 옷을 망쳐가지고 돌아온 사람이 비단 안 서방뿐이 아니었으니, 그럴 수밖에 없었다. 흰 한복을 입고 장에 갔던 사람들은 대개가 그런 봉변을 당하고 돌아왔던 것이다. 돌아오는 길목을 지키고 있다가 난데없이 그렇게 물을 뿌려댔으니, 누구나 도리가 없었던 것이다.

그날 밤 월례는 이슥토록 잠을 이루지 못했다. 귀뚜라미 소리와 나뭇잎 떨어지는 소리 때문에 공연히 잠이 오지 않는 것이 아니었고, 선생님의 돌 때 사진이 머리에 떠오르는 것도 아니었다. 그런 것은 오늘 밤은 아무것도 아니었다.

도대체 알 수가 없는 것이었다. 왜 순사들이 아버지의 옷을 그렇

게 엉망진창으로 만들어 놓았는지……. 아버지뿐 아니라, 많은 동네 사람들의 옷을, 더구나 여자의 옷까지 시꺼먼 물로 못 쓰게 만들어 놓았는지……. 왜 흰 바지저고리, 흰 치마저고리는 그렇게 만들어버리는지……. 왜 흰옷을 못 입도록 하는 것인지……. 도무지 알 수가 없었다.

젊은 여자들은 또 무색옷을 입는다고 하지만, 할머니들은 어쩌라는 것인지……. 할머니들까지 물을 들인 옷을 입으란 말인지……. 검정 물을 들인다고 하지만, 할머니들이 보기 흉하게 어떻게 검정 치마저고리를 입는단 말인지……. 그리고 할아버지까지 흰옷을 못 입게 하면, 그럼 어떤 옷을 입으란 것인지……. 흰 무명베 두루마기를 안 입고, 그럼 모두 세루 두루마기를 입으란 말인지……. 돈이 어디 있어서 모두 세루 두루마기를 해 입으란 말인지……. 세루 두루마기 감을 한 벌씩 주고 그런다면 또 모르지만……. 참 생각할수록 얄궂은 일이었다.

그리고 그렇게 온통 시꺼먼 물벼락을 맞고 창피해서 어떻게 모두 이십 리 길을 걸어왔는지……. 밤이 되어 돌아왔기에 망정이지, 그렇지 않고 대낮에 돌아왔더라면 얼마나 더 그 꼴들이 말이 아니었을지……. 그렇게 터무니없는 물벼락을 맞고도 한 번 따져보지도 못하고, 그냥 모두 돌아왔는지……. 하기야 순사한테 따지고 대들다가는 어떻게 된다는 것은 뻔한 일이지만…….

머리로부터 온통 시꺼먼 물벼락을 뒤집어쓴 몰골로 구루마를 끌고 이십 리 길을 돌아오는 아버지의 모습을 상상해 보며, 월례는 입으로 이불을 자그시 물었다. 두 눈에는 눈물이 핑 괴어올랐다. 말하자면 월례의 최초의 색다른 회의인 동시에 색다른 슬픔인 셈이었다.

월례는 속으로 가만히,

"내일 학교에 가서 선생님한테 물어봐야지." 하고, 뇌었다.

12

"쓰루미 센세이(선생), 오후 가사 시간엔 미안합니다만 숙직실 이불 세탁 좀 안 해주시겠어요?"

임 선생이 쓰루미 하루에 선생에게 웃으면서 말했다.

점심시간이었다. 자리에 앉아 타원형의 조그마한 벤또를 들고 젓가락질을 하고 있던 쓰루미 하루에는,

"소레가 난데 숙쪼쿠시쓰노 후돈데수카?"(그게 어째서 숙직실 이불인가요?) 하고, 한쪽 덧니를 힐끗 드러내 보이며 웃었다.

"숙직실 이불 아니고, 그럼 무슨 이불입니까?"

"숙직실 이불이 아니라, 하야시 센세이의 자취방 이불이죠."

"핫핫하……. 자취방 이불은 좀 빨아주시면 안 되나요?"

그러자, 벤또를 다 먹고 나서 비스듬히 의자에 기대앉아 담배를 한 대 피워 문, 교두(教頭)(그때는 수석교사를 교두라고 했다)인 가네모도 선생이 히죽이 웃으며 입을 열었다.

"안 되지. 처녀 선생이 총각 선생 이불을 빨아주다니…… 소문날 일이지."

교무실 안에 웃음이 넘쳤다.

물론 임 선생도 웃었고, 노처녀인 쓰루미 하루에도 약간 귀밑을

물들이며 웃었다. 그러나 쓰루미 하루에는 이렇게 말했다.

"걱정 마세요, 총각 선생님. 처녀 선생이 이불을 빨아드릴 테니까요. 소문 같은 것 두렵지 않아요."

그러자,

"야—."

"노처녀 선생이 다르긴 다르군."

"자칫하면 우리 학교 경사 나겠는걸."

선생들은 제각기 한마디씩 떠들어댔다. 정말 노처녀 선생이 다르긴 달랐다. 총각 선생이 무색해질 지경이었다. 실은 노처녀가 돼서 그런 것이 아니라, 그녀는 본래 그처럼 성품이 활달했다. 화를 내는 일이 없었다. 남선생들이 약간 지나친 농을 걸어도 두어 번 긴 속눈썹을 끔쩍끔쩍하다가는 힐끗 덧니를 드러내며 웃어버렸다. 그리고 어지간한 농에는 서슴없이 응하는 것이었다. 한마디로 말하면 서글서글한 여자였다.

일본 여자이면서도 조금도 그런 티도 내지 않았다. 콧대를 높이기는 고사하고, 매사에 있어서 혹시나 그런 일이 없도록 오히려 신경을 쓰는 편이었다.

그녀는 3학년을 담임하고 있었다. 그리고 4,5,6학년 여생도들의 가사 시간도 맡고 있었다. 여선생이 한 사람뿐이니 그럴 수밖에 없었다.

점심시간이 끝나고, 오후 수업 시작종이 울리자, 5학년 교실로 들어간 쓰루미 하루에는 가사 교과서를 내놓고 앉아 있는 여생도들에게,

"이 시간에는 가사 실습을 하기로 한다." 하고 말했다. 여생도들

이 가사 시간일 때는 남생도들은 실업 시간이었다. 실습지에 가 일을 하는 것이었다.

가사 실습이라는 말에 여생도들은 모두 얼굴이 활짝 희색을 띠었다. 무슨 실습인가 싶은 모양이었다. 교과서를 차례차례 읽어나가며 배우는 공부는 도무지 딱딱하고 지루해서 재미가 없는 것이었다.

"세탁하는 실습이다. 숙직실 이불을 빤다."

그러자, 여생도들은,

"에—."

"빨래……."

"히히히……."

"숙직실 이불……."

"헤헤헤……."

기대에 매우 어긋난다는 듯이 재잘거리며 웃었다.

월례 역시 웃었다. 그러나 월례의 웃음은 다른 여생도들의 웃음과는 달랐다. 기대에 어긋나서 웃는 것이 아니라, 썩 마음에 당기는 일이어서 절로 미소가 지어지는 것이었다. 뭐 이불 빨래라고 해서 그런 것이 아니었다. 그것이 숙직실의 이불이었기 때문이었다. 선생님이 덮는 이불이기 때문에 말이다. 그렇지 않고, 그저 여느 이불이었다면 뭐 월례라고 해서 다른 여생도들과 다를 턱이 없었다.

"자, 그럼 교과서를 넣고, 모두 숙직실 앞으로 나가자."

쓰루미 선생의 말이 떨어지자, 여생도들은 좌우간 교실에 앉아서 골치 아픈 교과서를 들여다보는 것보다는 신난다는 듯이 우루루 자리에서 일어났다.

숙직실 마루에 이불과 요, 베개 따위가 한 무더기 쌓여 있었다. 얼른 보아도 그게 두 사람 몫의 침구라는 것을 알 수 있었다.

침구 무더기를 본 월례는 어쩐지 좀 기분이 이상했다. 묘하게 반갑다고 할까, 약간 부끄러운 듯한 생각이 든다고 할까, 야릇했다. 그 이 인분의 침구가 누구와 누구의 것이라는 것을 잘 알기 때문이었다. 말할 것도 없이 하나는 임 선생의 침구였고, 하나는 소사 백일출이의 침구였다. 그러니까 월례가 묘하게 반갑기도 하고 부끄럽기도 한 것은 선생님의 침구에 대해서이지, 백일출이의 것에 대해서는 반가울 것도 부끄러울 것도 아무것도 없었다. 얼른 보아도 어느 것이 선생님의 침구인가를 월례는 대번에 식별할 수가 있었다. 두 침구 다 숙직실용으로 학교에서 만든 것이었지만, 선생님의 침구가 백일출이의 침구보다 약간 크고 두꺼울 뿐 아니라, 우선 좀 덜 때가 묻어 보였다. 백일출이의 것은 때가 시꺼멓게 절었는데 선생님의 것은 아직 별로 그렇지는 않았다. 시꺼먼 백일출이의 침구가 선생님의 침구 위에 아무렇게나 얹혀 있는 것이었다.

선생님의 침구는 묘한 반가움과 부끄러움을 느끼게 했으나, 시꺼멓게 때가 절은 백일출이의 것은 어쩐지 월례를 약간 불안하게 했다. 혹시 그 시꺼먼 백일출이의 것이 자기 몫으로 돌아오지나 않을까 해서였다. 선생님의 침구를 다른 여생도들의 손에 맡기고, 백일출이의 것을 세탁한다는 것은 월례로서는 견딜 수 없는 노릇이었다.

"자, 우선 몫을 나눌까. 모두 두 줄로 정렬!"

쓰루미 선생의 말이 떨어지자, 여생도들은 두 줄로 열을 지어 섰다. 여생도는 모두 스물한 명이었다. 그러니까 한 줄은 열 사람, 한 줄은 열한 사람이었다.

쓰루미 선생은 앞에서부터 사람을 떼어 일감을 나누어 주기 시작했다. 맨 앞의 두 여생도에게 각각 베개 한 개씩을 맡겼다. 그리고 네 사람을 떼어 요 한 개를 맡겼다. 또 네 사람을 떼어 요 한 개, 그리고 이번에는 다섯 사람을 떼어 이불을 한 개 맡겼다. 나머지 여섯 사람에게 마지막 이불. 이렇게 해서 배당은 끝났다.

"야, 됐다!" 월례는 절로 환성이 나왔다. 월례가 섞여 있는 맨 뒤의 여섯 사람에게 가장 힘이 들 임 선생의 큼지막한 이불이 배당되었던 것이다.

아무리 큰 이불이라도 여섯 사람이면 충분했다. 더구나 뒤쪽의 큰 여생도들이니 말이다. 월례 생각 같아서는 뭐 여섯 사람이나 그렇게까지 필요가 없었다. 자기하고 한 사람만 보조역이 있으면 실컷 될 것 같았다. 빨아서 물을 짜는 일만 아니면 까짓 것 혼자서도 능히 해낼 수 있을 것 같았다. 이불이 돼서 워낙 빨랫감이 큰 터이라, 혼자 힘으로 물을 깨끗이 짜낼 수는 도저히 없는 것이었다.

아무튼 월례는 즐거웠다. 이불 껍데기를 따는 데도 남 먼저 대들어 솜씨를 보였다. 솜씨가 남달리 있는 것이 아니라, 말하자면 선생님에 대한 넘치는 마음이 절로 솜씨로 나타나는 셈이었다.

각각 맡은 침구의 껍데기를 뜯고 비누를 한 토막씩 지급받아 가지고 여생도들은 학교를 나서 냇가로 나갔다. 학교에서 조금 가면 냇물이 있었다. 자갈이 깔린 시내였다. 자갈 위로 흐르는 물이라 사철 맑았다. 여생도들은 각 조별로 적당히 자리를 잡고 앉아 빨래를 하기 시작했다.

월례네는 다시 편을 나누어서, 세 사람은 얼룩덜룩한 거죽 껍데기를 맡았고, 세 사람은 이불에 덧시치는 흰 홑이불을 맡았다. 월례는 홑이불 쪽이었다. 거죽 껍데기보다도 홑이불 쪽이 훨씬 힘이 들 판이었다. 때는 주로 홑이불에 묻어 있으니까. 그러니까 세 사람씩 나누어 맡은 것은 불공평하다고 할 수 있었다. 그래서 누군가가 세 사람과 네 사람으로 해야 된다고 주장했다. 그러나 월례는 말했다.

"됐다. 그냥 하자. 내가 한 사람 몫을 더 할 끼니까. 이런 것쯤이사 나 혼자라도 문제없다."

"핫따 오늘 월례 와 이카노. 혼자라도 문제없어?"

"문제없지."

"그럼, 혼자 좀 빨아라. 우린 놀 끼니까."

"그래, 그래." 월례는 오히려 기쁜 모양이었다.

빨래를 하면서 월례는 곧장 선생님 생각을 했다. 선생님의 홑이불을 자기가 빨고 있는 것을 좀 보아주었으면 얼마나 좋을까 싶었다. 그러나 그것은 도저히 있을 수 없는 일이었다. 지금 임 선생은 실습지에서 남생도들의 실업을 지도하고 있는 것이다. 직접 빨래하는 장면을 보지는 못하더라도, 나중에라도 홑이불을 하얗게 빤 것이 자기라는 것을 알아주었으면 싶기도 했다.

그런 생각을 하면서 부지런히 세탁을 하고 있는데, 쓰루미 선생이 다가왔다.

월례는 쓰루미 선생을 돌아보았다. 그리고 물었다.

"선생님, 옷에 묻은 껌정물을 빨라면 어떻게 해야 됩니꼬?"

"옷에 묻은 껌정물?"

"예."

쓰루미 선생은 웃으면서 대답했다.

"표백제라는 게 있지. 옷에 묻은 껌정물 같은 것을 빼는 약인데, 그걸 사용하면 잘 빠진다."

"그런 약 어디서 팝니꾜?"

"구하기가 힘들걸."

"읍내에도 없을까예?"

"글쎄…… 아마 없기가 쉬울 거야. 왜? 옷에 누가 껌정물이 묻었나?"

"예."

월례는 잠시 망설이다가,

"저…… 어제……." 하고, 마침내 어려운 입을 열었다.

월례는 아침에 등교를 할 때는 어제 있었던 그 고약한 일에 대해서 선생님에게 물어보리라 마음먹고 있었다. 그러나 막상 학교에 와서 선생님을 대하고 보니, 그런 이야기를 꺼내기가 왠지 자꾸 주저되었다. 그런 이야기를 꺼낼 만한 어떤 계제가 되질 않는데, 선생님! 하고, 불쑥 뚱딴지같이 그런 질문을 할 수가 없었다. 그렇게 불쑥 난데없는 질문을 하면 선생님이 불쾌하게 생각할 것 같아, 그 점이 마음에 걸리기도 했다. 그리고 교실에서 여러 생도들이 있는 앞에서 그런 질문을 꺼내기도 뭐했다. 결국 자기 아버지가 봉변당한 사실을 공개하는 셈이니 창피하기도 한 것이었다. 그렇다고 그런 일을 교무실에 찾아가서 물어볼 수도 없는 노릇이었다. 그럴 만한 용기도 월례에게는 없었다. 혹시 어젯밤처럼 마음이 격앙되어 있는 상태라면 능히 그럴 수도 있는 일이지만 말이다. 그래서 몇몇 친한 여생도들과 그 이야기를 숙덕거렸을 뿐 나중에 적당한 기회가 있으면 물어보리라고 뒤로 미루어버렸던 것이다. 실은 물어보나마나 그 까닭을 모르는 바는 아니지만.

그런데 우연히 이렇게 빨래를 하다가 쓰루미 선생에게 그 이야기가 나오게 된 것이다.

"우리 아부지가 읍내에 가셨다가 옷을 몽땅 베리가지고 돌아오셨어예."

"왜?"

"아 글쎄, 순사들이 옷에다가 껌정물을 막 뿌리더랍니더. 아무 잘못한 일도 없는데."

"아무 잘못도 없는데 그럴 턱이 있나?"

"정말입니더. 아무 잘못한 일이 없는데, 흰옷을 입었다고 그런답니더."

"……."

"우리 아부지뿐 아니라, 흰옷을 입고 장에 갔던 사람들은 다 껌정물을 맞았답니다."

"……."

"선생님, 와 그라지예? 와 순사들이 흰옷을 몬 입게 하지예?"

"……."

"예? 선생님."

쓰루미 선생은 대답이 없었다. 약간 굳어진 얼굴로 월례를 가만히 바라보고만 있었다. 매우 난처한 듯한 표정이기도 했고, 그런 일이 다 있는가 싶은 듯 속으로 약간 놀라운 것 같은 표정이기도 했고, 또 그런 이야기를 꺼내어 자기에게 추궁하는 것처럼 자꾸 묻는 월례가 얄미워서 슬그머니 화가 나는 듯한 표정이기도 했다. 그런 착잡한 표정으로 잠시 말이 없던 쓰루미 선생은 마치 혼자 중얼거리듯이 입을 열었다.

"흰옷은 때가 잘 묻어서 비경제적이기 때문에 그러겠지."

그 말에 월례는 대꾸를 하듯이 말했다.

"그렇다고 남의 옷에 껌정물을 뿌립니까? 말로 하면 안 되능가예?"

쓰루미 선생의 긴 속눈썹이 바르르 떨렸다. 그러나 그녀는 속을 눌러 가라앉히는 듯 잠시 지그시 어금니를 물고만 있었다. 그러다가 입을 열었다.

"네 이름 뭐지?"

몰라서 묻는 것인지, 알면서도 위협조로 묻는 것인지…… 좌우간 월례는 가슴이 덜컥했다. 이런 경우 선생이 이름을 묻는다는 것은 결코 심상한 일이 못 되는 것이다. 월례는 약간 겁을 집어먹는 눈빛으로 쓰루미 선생을 바라보며 대답했다.

"야스모토 게쓰레이데수.(安本月禮입니다)"

그러자 쓰루미 선생은 무뚝뚝하게 내뱉었다.

"야스모토 게쓰레이? 알았어. 어서 빨래나 해!"

그리고 성큼성큼 그 자리를 떠버리는 것이었다.

13

쓰루미 하루에가 교무실로 돌아오자,

"수고가 많았습니다." 임 선생은 고맙다고 인사를 했다.

"뭘요, 수고는 생도들이 했죠."

쓰루미 하루에는 아무 표정이 없이 말했다. 이런 경우 무표정하다는 것은 그녀의 기분이 별로 좋지 않다는 것을 의미했다. 기분이 괜찮으면 결코 무표정한 그녀가 아닌 것이다. 그래서 임 선생은 입을 다물어버렸다.

자기 자리에 앉은 쓰루미 하루에는 잠시 무슨 생각에 잠기는 듯 가만히 책상 위의 백묵통 모서리에 시선을 고정시키고 있었다.

그녀가 그러자, 자연히 교무실의 분위기가 무겁게 가라앉는 듯했다.

그렇게 정물처럼 앉아 있다가 한참 후에 그녀는 임 선생을 바라보았다.

"선생님, 잠시 밖에 나가 이야기 좀 할까요?"

착 가라앉은 목소리였다.

"그러죠."

뜻밖의 말에 임 선생은 약간 얼떨떨해지며 그녀의 뒤를 따라 낭하로 나갔다. 제법 긴 낭하에 오후의 가을 햇빛이 비껴들고 있었다.

단둘이 창가에 서자, 쓰루미 하루에는 좀 멋쩍은 듯 살짝 한 번 웃었다. 그리고 입을 열었다.

"야스모토 게쓰레이라는 여생도 어떤 앱니까?"

"왜요? 무슨 일이 있었나요?"

"애가 반항적이죠? 반항심이 많은 애죠?"

"아니요. 전혀 그런 일이 지금까진 없었는데요. 오히려 지나치게 수줍어하고, 얌전한 앤데요."

"그래요?"

"예, 무슨 일이 있었는데요?"

쓰루미 하루에는 잠시 또 무슨 생각에 잠기는 듯 긴 속눈썹만 대고 깜작거렸다. 그러다가,

"얌전한 애군요. 나도 그렇게 보긴 보았어요. 그런데……." 했다.

"그런데, 무슨 일이?……"

"……."

"예? 선생님, 어서 말씀해 보세요."

그러자 그녀는 억지로 웃음을 띠며 고개를 내저었다.

"아무 일도 아니에요, 그저 좀 물어보았어요."

그저 좀 물어보았을 턱이 만무하며, 그녀의 관용성이라는 것을 임 선생이 모를 턱이 없었다. 그럴수록 더 궁금한 것이었다.

"말씀해 보시라니까요."

못 이기는 듯, 그러나 그녀는 이렇게 말했다.

"선생질하기가 힘 드는군요. 나까지 원망하는 것 같아서."

"예? 원망하다니요?"

"아무것도 아니라니까요. 혹시 그 앨 나무라지 마세요."

"……."

"나무랄 일이 아니에요. 공연히 내가……."

그리고 쓰루미 하루에는 싱긋 한 번 웃고는 돌아서 교무실로 들어갔다.

임 선생은 점점 더 궁금할 따름이었다. 잠시 그 자리에 못 박힌 듯 섰다가 교실 쪽을 찰딱찰딱 슬리퍼를 끌었다.

월례는 선생님이 들어오자, 그 기색부터 살펴졌다. 혹시 쓰루미 선생한테 이야기를 들어서 화를 내지나 않았는가 해서였다. 화를 낸 얼굴은 아니었다. 그러나 어쩐지 좀 무엇이 궁금한 듯한, 예사롭

지 않은 표정이었다. 월례는 절로 가슴이 약간 죄어드는 듯한 느낌이었다.

교단 위에 올라 선 임 선생님은 여느 날의 종회 때와 마찬가지로 내일 일에 대해서 몇 가지 지시를 했다. 그리고,

"오늘 소제는 몇 조지?" 물었다.

"5좁니다."

5조는 여생도였다. 운동장 쪽 창가의 열이 5조였다. 월례네 조였다.

"됐어. 그럼 5조는 속히 소제를 하고, 다른 사람들은 곧장 집으로 돌아가도록. 학교에 남거나 중도에서 노는 일이 있어서는 안 돼. 얼른 집에 돌아가서 집안일을 돕도록. 요즘 추수 때문에 일들이 바쁠 테니까. 알았지?"

"예—."

5조만 소제를 시작하고, 다른 생도들은 일제히 하교했다.

소제를 마치고, 5조 여생도들이 낭하에 열을 지어 서자, 임 선생은 보통 때와 달리 소제 검사를 생략하고,

"수고했어. 모두 속히 돌아가도록." 했다. 그리고,

"야스모토, 너는 잠시 남아. 물어볼 일이 있으니."

문득 생각이 난 듯이 말했다.

월례는 가슴이 약간 덜컥 내려앉는 듯했다. 그러나 뭐 별로 두렵게 생각되지는 않았다. 선생님의 표정이 담담하고, 목소리가 부드러우니 말이다. 설사 그렇지 않고, 기색이 좀 안 좋다 하더라도 그다지 두려울 것은 없었다. 별로 잘못한 것이 없으니까. 그리고 좀 잘못한 일이 있다 치더라도 설마 선생님이 자기를 크게 꾸짖기야

하랴 싶은 것이었다. 오히려 잘됐다 싶기도 했다. 궁금한 일을 선생님에게 직접 물어볼 수 있으니 말이다. 그리고 선생님과 단둘이 있게 된 것을 생각하면 잘됐다 뿐이 아니었다. 월례와 임 선생은 창가에 책상 하나를 사이에 두고 마주 앉았다. 월례는 자기 자리에 앉고, 그 앞 걸상에 임 선생이 걸터앉은 것이다.

월례와 임 선생이 이처럼 가까이 마주 앉기는 처음이었다. 밤에 숙직실에 찾아갔을 때도 이처럼 가까운 거리에 앉진 않았었다. 그리고 그때는 또 단둘이도 아니었던 것이다.

그런데 이렇게 단둘이 가까이 마주 앉고 보니, 월례는 공연히 가슴이 두근거렸다. 왠지 절로 시선이 밑으로 떨어지는 것이었다. 부끄럽고, 이상했다. 그러나 임 선생은 아무렇지도 않은 듯 말했다.

"월례, 아까 가사 시간에 무슨 일이 있었나?"

"……."

"쓰루미 선생한테 무슨 꾸지람을 들었나?"

"아니예." 월례는 조그마한 소리로 대답했다.

"그럼?"

"……."

"어서 말해 봐."

"왜, 말 못할 일인가?"

월례는 얼굴을 들고 선생님을 똑바로 바라보았다. 선생님이 무슨 일이 있었는지 그 내용을 모르는 것 같아 이상한 것이었다. 내용은 모르면서 어떻게 무슨 일이 있었다는 것은 알았을까. 아무튼 월례는 선생님의 얼굴에 조금도 언짢은 기색이 보이지 않아 마음이 놓였다. 그리고 입을 열었다.

"쓰루미 선생님한테 옷에 묻은 껌정물을 어떻게 하면 뺄 수 있는가 물었심더."

"옷에 묻은 껌정물?"

"예."

"그래서?"

"표백제라카던가 그런 약을 쓰면 된다 카십띠더."

"그래서?"

"그 약을 어디서 파느냐고 물었지예. 그랬더니 읍내에 가도 구하기가 힘들 것이라 카시면서, 누구 옷에 껌정물이 묻었느냐고 물으십띠더."

"그래서?"

"그래서 말씀을 디렸지예."

"누구 옷에 껌정물이 묻었는데?" 임 선생도 궁금한 모양이었다.

월례는 잠시 입을 다물었다. 막상 그 이야기를 꺼내려 하니 어쩐지 가슴이 벅찬 것이었다. 월례는 나직이, 그러나 큰 숨을 쉬고 나서,

"아부지 옷에 묻었심더." 하고 입을 열었다.

"묻어도 보통 묻은 기 아닙니더. 어제 읍내에 가셨다가 돌아오시는 길에 순사들한테 물벼락을 맞으셨답니더."

"순사들한테?"

"예, 시꺼먼 물벼락을예. 그래서 온통 옷이 형편없이 됐어예."

"음―"

"흰옷 입었다고 그랬답니더."

"……."

"아부지뿐 아니라, 흰옷 입고 장에 갔던 사람들은 다 그런 꼴을 당했대예. 순사들이 길목을 지키고 있다가 흰옷 입은 사람한테는 사정없이 막 껌정물을 뿌리더랍니더."

임 선생은 얼굴이 굳어지고 있었다. 미간에 굵은 주름을 세우고, 약간 합죽한 입을 꾹 다물고 있었다.

"선생님, 와 흰옷을 몬 입게 하지예?"

"……."

"와 그라지예?"

임 선생은 묻는 말에는 대답을 안 하고,

"그래, 쓰루미 선생한테 그런 이야길 했었나?"

"예, 그런 얘길 하고, 와 흰옷을 몬 입게 하느냐고 물어봤지예."

"그랬더니?"

"그랬더니, 흰옷은 때가 잘 묻어서 경제적이 아니기 때문에 그런다 카십니더."

"흥!" 임 선생은 실소하듯 코로 웃었다.

그렇게 웃는 것을 보자, 월례는 선생님이 자기편이라는 것을 알 수 있어, 안심하고 지껄였다.

"그래서 부애가 나서, 그렇다고 남의 옷에 함부로 껌정물을 뿌립니꾜, 말로 하면 안 되능가예, 캤심더."

"그랬더니?"

"그랬더니, 니 이름이 뭐냐고 묻십띠더."

"음—."

임 선생은 고개를 끄덕였다. 그래서 쓰루미 선생이, "월례가 반항적이죠? 반항심이 많은 애죠?" 하고 물었구나, 그제야 납득이 가는 것이었다. 임 선생은 심중이 착잡했다. 슬그머니 분노 같은 것이 치밀어 오르기도 했고, 가슴 밑바닥이 써늘해지는 슬픔 같은 것을 느끼기도 했고, 한편 그런 감정이 끓어오르는 자체가 어쩐지 두렵기도 했다. 말하자면 감정이 외곬으로 흐르질 않고, 뒤엉켜 뒤숭숭한 것이었다. 국민학교 훈도라는 신분이니, 그럴 수밖에 없는 모양이었다.

그 역시 직접 목격한 일은 없지만, 전부터 왕왕 흰옷 입은 장꾼들에게 순사들이 껌정물 세례를 주는 사실이 있다는 것을 모르는 바 아니었다. 학생 시절 그런 이야기를 듣고는 남몰래 이를 갈기도 했었다.

백의는 곧 한민족의 상징이니 민족정신을 말살하려는 방책의 일환으로 그런다는 것이었다. 그리고 또 왜놈들 자기네가 만든 직물을 많이 팔기 위한 수단이기도 하다는 것이었다. 어쩌면 이 경제적인 이유가 더 직접적인 원인일 것이라 했다. 그들이 조선에 직접 공장을 세워서, 광목이니 옥양목이니 그런 것을 생산해 내는데 조선 농민들이 그것을 사서 옷을 해 입을 생각을 않고, 주로 손수 짠 무명베로 옷을 해 입으니, 자기네 직물이 많이 나가지 않아 매상을 올리기 위해서 그런 야비한 짓을 감행한다는 것이었다. 그러니까 흰옷이라도 공장에서 나온 직물로 만들어 입었을 경우에는 껌정물 세례에서 제외된다고 했다. 결국 왜놈들 자기네의 방직공업을 위해서 조선 농민의 가정 수공업을 탄압하는 수단이라는 것이었다. 다시 말하면 일본의 식민지 경제정책이라는 검은 구름이 뿌리는 껌정물인 셈이라는 것이었다.

그게 사실인지 어떤지 임상기로서는 알 수가 없었으나, 아무튼 그런 까닭 때문에 남의 옷에 껌정물을 뿌린다는 이야기를 은밀히 상급생들에게 들으니, 으스스 소름이 끼치면서 절로 이가 악물어지는 것이었다.

그러나 학교의 훈도가 된 지금은 그렇게 감정이 외곬으로 흐르질 못하고 뒤숭숭하게 겉돌기만 하는 셈이었다.

"선생님, 흰옷은 때가 잘 묻기 때문에 못 입게 한다는 말이 맞습니꾜? 그래서 그렇게 껌정물을 뿌리는 깁니꾜?"

월례가 자꾸 캐어묻는 것이 괴롭기만 했다. 뭐라고 대답을 했으면 좋을지 몰랐다. 그러나 임 선생은 자기도 모르게 고개를 끄덕거리고 있었다. 그 말을 수긍하고 있는 것이었다.

임 선생은 입맛이 썼다. 사실을, 자기가 알고 있는 그대로를 이야기해 주었으면 시원하겠으나, 그것은 안 될 말이었다. 그러나 그냥 고개를 끄덕거리는 것만으로 그쳐버릴 수는 도저히 없었다. 너무나도 자신이 서글픈 것이었다. 그래서 임 선생은 기어이 한마디 했다.

"그렇다고 남의 옷에 함부로 껌정물을 뿌리다니……. 나쁜 놈들."

나직한 목소리였다.

그 말에 월례는 두 눈이 반짝 빛났다.

"그렇지예? 나쁜 놈들 맞지예?"

그러자 임 선생은,

"월례야!"

다급히 월례의 입을 막듯이 불렀다. 그리고 똑바로 월례를 바라보며 말했다.

"그런 말을 자꾸 꺼내면 안 된다. 못써. 만일 교장 선생님 귀에 들어가면 큰일 난다. 퇴학당할지도 모른다. 알겠나?"

월례는 두 눈이 휘둥그레질 뿐 대답이 없었다.

"다시는 그런 얘기 꺼내지 마라. 알겠제?"

"예." 월례는 숨을 조심히 들이쉬었다.

임 선생은 시선을 돌려 창밖의 허공을 멀뚱히 바라보았다. 쓰루미 선생 말마따나 선생질하기가 힘드는 것이었다. 그녀와는 다른 각도에서이긴 하지만.

잠시 두 사람은 말이 없었다. 그러다가 월례가 가만히 침묵을 깨트렸다.

"선생님."

"응?"

"저……."

"……."

"선생님 이불 호청 지가 빨았심더."

월례는 활짝 얼굴을 붉혔다. 그리고 살짝 시선을 떨어뜨렸다.

"그래?" 임 선생도 어쩐지 약간 상기되는 듯했다.

그때, 낭하에 찰딱찰딱 이쪽으로 오는 슬리퍼 소리가 들렸다.

그러자 월례와 임 선생은 마치 약속이라도 한 것처럼 얼른 자리에서 일어났다.

14

추수도 끝나고 첫눈이 희끗희끗 비치면서 추위가 몰려오기 시작했다.

겨울이 닥쳐오자, 까마귀 떼들은 더욱 제 세상인 듯이 설쳐댔다. 생이숲이나 들녘, 시냇가 같은 데뿐 아니라, 때로는 학교 운동장에 새까맣게 내려앉아서 까욱까욱…… 우짖어대기도 했다.

그런 어느 날 오후였다.

땡땡땡땡땡땡땡…… 학교 종이 요란하게 울렸다. 전교생 집합을 알리는 종소리였다. 하급생들은 오전 수업을 마치고 모두 집으로 돌아갔으나, 4,5,6학년생들은 교실에서 오후 수업을 하고 있었다. 그런데 난데없이 집합 종소리가 울려 퍼진 것이다. 좀처럼 없는 일이었다.

공부를 하고 있던 생도들은 모두 눈이 휘둥그레졌다. 선생들 역시 마찬가지였다. 무슨 비상한 일이 일어난 게 분명했다.

땡땡땡땡땡땡땡땡…….

생도들은 공부하던 것을 그대로 놓아두고, 우루루— 모두 교실을 뛰어나갔다. 무슨 일인지는 모르지만, 좌우간 신이 나는 것이었다.

"집합이다—."

"야—."

"무신 일이고—?"

"빨리 가자! 빨리!"

"밀지 말아! 이놈 자식아!"

"밀긴 누가 밀어! 이누무 가시나야!"

우루루— 낭하를 쏟아져 나가면서 일부러 여생도를 밀어내는 짓궂은 녀석도 있었다.

운동장 지휘대 앞에 집합을 한 생도들은 곧장 무슨 일인가 궁금한 듯 교무실 현관 쪽으로 시선을 보내고 있었다.

교무실 현관으로 곧 선생들이 나오고, 조금 뒤에 니시지마 교장이 나타났다. 그런데 교장 선생을 본 생도들은 모두 눈을 번쩍 떴다. 어떤 아이는 어메― 하고 입을 딱 벌리기도 했다. 교장 선생의 한쪽 손에 커다란 칼이 들려 있었던 것이다.

"닙뽄또(日本刀)제?"

"맞다."

"햐―."

"억씨기 크다."

아이들은 수군수군 감탄을 하기도 했다.

일본도를 한쪽 손에 든 니시지마 교장은 성큼 지휘대 위에 올라섰다.

"기오쓰께! 게이레이!(차렷! 경례!)"

6학년 급장이 지르는 구령소리도 어쩐지 여느 때보다 더 힘찬 듯했다.

생도들의 경례를 받은 니시지마 교장도 다른 때보다 한결 긴장이 되어 보였다. 입을 필요 이상으로 꾹 힘주어 다물고 있었고, 가슴도 보통 때보다 훨씬 쩍 펴고 있었다. 그래야만 일본도와 어울리는 모양이었다.

니시지마 교장은 지금은 향군(鄕軍)에 속하지만, 젊은 시절 한때는 현역 육군 오장(伍長, 지금의 하사 정도)이었다. 빨간 바탕에 노란 줄이 하나, 별이 하나였다. 그러나 그 일본도가 육군 오장 시절의 것은 아니었다. 그것은 물려받은 것이었다. 그러니까 니시지마 교장의 조상은 사무라이였던 모양이다.

니시지마 교장은 그 일본도를 가보로 여겨 늘 도코노마상(床間)에 안치해 두고 있었다. 그런데 오늘 오후는 난데없이 그것을 학교로 들고 나온 것이다.

교장 선생 집에 일본도가 있다는 것은 대개 모두 알고 있었으나, 그것을 교장 선생이 직접 들고 나와 이렇게 지휘대 위에 올라서기는 처음이어서, 생도들은 호기심과 함께 어떤 긴장감을 느끼지 않을 수 없었다.

월례도 난데없이 무슨 일인가 하고, 긴장된 시선으로 교장 선생을 바라보고 있었다.

"우고쿠나! 키사마라!(움직이지 마! 이놈들아!)"

니시지마 교장은 단단히 화가 난 사람 같았다. 코밑에 새까맣게 묻은 나비 같은 수염이 바르르 떨렸다.

생도들은 더욱 부동자세를 취했다.

"에— 가시코쿠모 덴노오헤이카가 교오 아메리카, 이기리수니 다이시데, 에— 센셍오 호오코쿠시다노다.(에— 거룩하시게도 천황 폐하께서 오늘 미국과 영국에 대해서, 에— 선전포고를 할 것이다)"

교장 선생의 말이 떨어졌으나, 생도들 대부분은 그게 무슨 뜻인지 잘 모르는 모양이었다. '센셍오 호오코쿠시다'(선전을 포고했다)라는 말이 무슨 의미인지 말이다.

"와캇다카?(알겠나?)"

"하—이!(예!)" 잘 알지도 못하면서 대답 소리들은 컸다.

"센소오가 오콧다노다.(전쟁이 일어난 거야)"

그제야 모두 잘 알았다는 듯이 옆을 돌아보며 수군거리기도 했다.

"시스카니시로!(조용히들 해!)"

또 일갈하고 나서, 니시지마 교장은 더욱 엄숙한 표정을 지었다.

"에— 무데키 고오궁가 교오노 아사 하와이노 신쥬왕오 부찌쑤부시단다. 에— 소시데…….(에— 무적 황군이 오늘 아침 하와이의 진주만을 쳐부셨단 말이야. 에— 그리고……)"

생도들 앞에 서서 교장의 말을 듣는 임 선생은 드디어 올 것이 왔구나 싶었다. 이미 얼마 전부터 일촉즉발의 위기를 느껴오고 있었는데, 마침내 일본은 연합국을 상대로 전쟁을 시작한 것이다.

조선을 합방하여 식민지 수탈에 맛을 들인 일본은 다음엔 만주를 손아귀에 넣는 데 성공했다. 1931년 9월에 일본은 유조구사건이라는, 자기네가 경영하는 남만주 철도 폭파사건을 자기들 스스로가 일으켜서, 그것을 중국군의 소행으로 몰아, 마침내 만주 전토를 점령하고 말았던 것이다.

대륙 침략의 야욕은 거기에서 그치지 않고, 1937년 7월에는 노구교사건을 일으켰다. 북부 중국의 노구교에서 무력 도발을 감행한 것이다. 그리하여 일본은 동양의 맹주를 꿈꾸며 중국에 대한 침략 전쟁을 시작했던 것이다. 소위 지나사변, 즉 중일전쟁이다.

그러나 중국 대륙은 워낙 방대해서 생각했던 것처럼 그렇게 용이하게 뜻이 이루어지지가 않았다. 중국의 힘도 컸지만, 그 뒤에 강대한 미국이 도사리고 있었던 것이다. 중국 점령은 단순히 중국과의 전쟁만으로 해결될 문제가 아니었다. 미국의 원조가 있는 한 결말은 요원한 것이었다.

그런 판세인데, 구라파에서 먼저 대전이 발발했던 것이다. 구라파의 여러 나라를 침략해 나가던 독일이 이태리와 함께 마침내 연합국을 상대로 세계 대전의 불길을 올렸던 것이다.

그들에게 추파를 던져 오던 일본은 마침내 그들과 동맹을 맺고, 1941년 12월 8일 미명에 하와이의 진주만을 기습함으로써 소위 대동아전쟁, 즉 태평양전쟁의 막을 올렸던 것이다.

"와레라모 교오카라와 잇소오 훈바쓰시나카 이캉! 와캇다카?(우리들도 오늘부터는 한층 더 분발하지 않으면 안 된다! 알겠나?)"

니시지마 교장은 한쪽 발로 지휘대를 쾅 내리굴렀다.

"하—이!(예!)" 생도들의 대답하는 소리가 교사에 쩌렁 울린다.

학교 앞 생이숲 위에 또 까마귀 떼가 떴다.

제2장

1

눈이 두어 차례 내리더니 날씨는 하루하루 추워져 갔다. 바짝 겨울이 다가드는 듯했다. 그리고 그 해도 차츰 저물어 갔다.

눈이 내리고, 날씨가 추워지면 어른들은 누구나 고개를 움츠리고, 아랫목으로만 파고들게 마련이지만 아이들은 그게 아니었다. 눈이 오면 아이들은 왜 그렇게 좋은지 몰랐다. 특히 첫눈이 더했다. 아이들은 눈만 좋아하는 것이 아니라 추위도 좋아했다. 추위 그 자체를 좋아한다기보다도 추우면 냇물이 얼기 때문에 좋은 것이었다. 썰매타기, 스케이트 지치기, 얼음 위에서 팽이치기 같은 것은 겨울 동안의 아이들의 더없는 즐거움이었다. 심지어 어떤 아이는 연을 날려도 얼음판 위에 와서 미끄럼을 지치면서 날렸다.

그 무렵 아이들의 스케이트란 말이 스케이트지, 발바닥 크기만 한 나무때기 밑에 철사를 한 줄 붙인 그런 것이었다. 그런 것을 오른발에만 하나 칭칭 감아 붙여 가지고는 쭉쭉 밀고 다니는 것이다. 밀고 다니다가 왼발을 번쩍 쳐들어 제법 멋지게 한 발로 미끄러져 나가기도 한다. 그러면 그게 멋있는 스케이팅이 되는 셈이다. 그런 스케이트를 아이들은 '수케토'라고 했다.

온통 아이들의 세상인 얼음판 위에 곧잘 나타나는 어른이 한 사람 있었다. 말할 것도 없이 그것은 벌보였다. 벌보는 매우 추위를 타는 성미였다. 그래서 겨울이 되면 오분네가 바지저고리에 솜을 남달리 두껍게 놓아서 입혔다. 솜이 탱탱하게 든 바지저고리를 입은 벌보의 띵띵한 모습을 볼라치면 사람들은 우선 웃기부터 했다. 그리고 한마디씩 던졌다.

"벌보야, 뜨뜻해서 좋겠다."

"벌보는 참 처복도 많제."

"꼭 뙤국놈 같구나."

"띵호알라……."

그런 되국 사람 같은 모습을 하고 벌보는 곧잘 얼음판에 나타났다. 매우 추위를 타면서도 다른 사람들처럼 방 아랫목으로 파고드는 것이 아니라 바깥으로 나서는 것이었다. 마을 사랑방 같은 데 어울릴 주제도 못 되니 방이라면 으레 자기 집 방인데 노상 방 안에서 천 날 만 날 대하는 여편네의 신물 나는 상판대기만 지켜보고 있을 수는 도저히 없는 노릇이었다. 더구나 잔소리만 하고 걸핏하면 한 대씩 쥐어박는 여편네니 말이다. 무슨 잔소리를 하는지 들리지가 않으니 그것은 상관이 없지만 한 대씩 쥐어 박히는 일은 결코 기분 좋은 일이 못 되는 것이다. 설사 그런 일이 없고, 여편네가 곰

살갑다 하더라도 결코 벌보는 방 안에서만 지낼 수 있는 그런 위인은 못 되었다. 아무리 추워도 좀 쏘다녀야 직성이 풀렸다. 답답하고 따분한 것은 질색이었다. 허파에 늘 바람이 들어가야 살맛이 난다고나 할까. 그리고, 또 그는 얼음지치기의 재미를 썩 잘 알고 있기도 한 것이었다.

"흐아—." 벌보는 얼음판에 나오기만 하면 으레 환호성부터 질렀다. 그리고

"버버버버…… 어으어으……."

제 딴은 좋아서 뭐라고 지껄여대기 일쑤였다.

벌보가 나타나면 아이들은 더 재미가 났다. 유일한 얼음 타는 어른이니, 우습기도 하면서 친밀감 같은 것이 우러난다고 할까. 그래서 어떤 아이는 자진해서,

"벌보야, 한 번 타 볼래? 자, 한 번 타 보래."

하고, 자기의 썰매랑 스케이트를 빌려주기도 했다. 그리고 얼음 위를 지쳐 나가는 그의 뒤를 따르며 좋아서 히히히…… 웃어대기도 했다.

말하자면 벌보는 얼음판의 인기라고 할 수 있었다. 비록 움직이기는 만화 같은 우스갯거리기는 했지만. 그러나 벌보의 그런 인기도 오래 가지는 않았다. 움직이는 만화 같은 인기가 아니라 이번에는 진짜 인기 있는 것이 나타났던 것이다. 그것은 광웅이었다. 광웅이가 진짜 스케이트를 가지고 등장한 것이었다. 광웅이는 중학생이었다. 이마뿐 아니라 턱에까지 여드름이 툭툭 불거진 중학 3학년이었다. 나이는 열일곱이었다. 겨울방학이 되어 귀성을 했는데 귀성을 한 날부터 그는 당장 인기였다.

읍에서 오는 신작로를 그 역시 터벅터벅 걸어서 돌아왔다. 버스 같은 것이 다니지 않으니 그럴 수밖에 없었다. 그러나 몇몇 다른 중학생들이 돌아오던 모습과 다른 것은 그의 교복이 다리미질을 해서 줄이 쭉쭉 세워졌고, 까만 학생화를 신고 있다는 그것뿐이 아니었다. 그는 가방과 함께 어깨에 척 스케이트를 매고 있었던 것이다. 그러니 당장 인기가 있을 수밖에.

그렇지 않아도 그는 몇몇 다른 중학생들보다 한결 마을 아이들의 관심의 대상이었다. 다른 중학생들은 모두 도내의 중학교에 다니고 있었으나 유독 그 혼자만 경성에 있는 중학교에 다니고 있었던 것이다. 경성이라고 하면 어딘지 모르지만 총독부가 있는 굉장히 큰 도회지라는 것을 알고 있기 때문에 아이들은 그저 절로 눈이 휘둥그래지고 가슴이 두근거리기까지 하는 판인데, 그런 경성에서 중학에 다니고 있는 판이니 선망의 대상이 아닐 수 없었다. 말하자면 경성 유학을 하고 있는 것이니 말이다. 알고 보면 실은 도내의 중학교보다도 못한 경성의 삼류 중학에 다니고 있는 터이지만, 아무튼 그런 그가 진짜 스케이트까지 척 둘러메고 돌아왔으니, 아이들의 눈길이 집중될 수밖에 없었다.

광웅이는 홍 주사의 맏아들이었다. 그러니까 명자의 이종사촌 오빠이기도 했다.

광웅이의 진짜 스케이트가 등장하자, 얼음판은 온통 새로운 활기에 넘쳤다. 벌보의 움직이는 만화 같은 그런 인기는 아무것도 아니었다. 이제 아무도 벌보의 수케토에 대해 관심을 가지는 아이가 없었다. 모든 아이의 관심은 광웅이에게 집중되었다. 그의 진짜 스케이트로 말이다. 진짜 스케이트는 신기하기만 했다. 구두처럼 양쪽 발에 신고, 두 발로 쭉쭉 미끄러져 나가는 것이 희한했다. 칼날 같은 것 위에서 어쩌면 넘어지지도 않고 용케 미끄러져 나가는지 볼수록 재미가 났다. 그러나 시골구석에서 진짜 스케이트 타는 것을 처음 본 아이들이라 그렇지 실은 광웅이의 스케이트 실력은 별로 신통한 것이 못 되었다. 이제 겨우 비틀거리는 것을 면한 정도였다. 그리고 그 정도지만 시골 아이들 눈에는 신기하기만 한 것이었다. 그리고 때가, 또 타는 당자로서도 가장 재미가 나는 때라고 할 수 있다. 스케이팅의 묘미에 몸이 달아오르는 것이다. 중심을 잡기에 여념이 없던 두 손을 제법 허리 뒤로 갖다가 뒷짐을 짚어 보는 맛이랄지, 가다가 한 번씩 번갈아 가며 다리를 번쩍번쩍 쳐들어 보는 맛이란 이만저만이 아닌 것이다. 그래서 광웅이는 매일같이 얼음판에서 놀았다. 여간 열심이 아니었다. 광웅이의 스케이팅 소문에 마을 여생도들은 물론 큰 아기들까지가 슬금슬금 냇가로 구경 나오기도 했다. 여생도들은 주로 처음 보는 스케이팅에 혹하는 것이었으나 큰 아기들 중에는 더러 스케이팅과 함께 경성 유학생인 광웅이의 툭툭 불거진 여드름에 은근히 가슴이 부풀기도 했다. 아무튼 계집애들은 한 시도 입을 가만히 두질 않았다.

"수케토가 구두구나, 그제?"

"응, 구두 밑에 칼 같은 기 달렸네."

"저런 거 살라카만 억씨기 비쌀 끼라."

"비싸고말고……."

"경성에서만 파능강? 읍내에선 안 파능동?……."

"와? 니도 하나 살라카나?"

"가시나, 하하하……."

"히히히……."

여생도들은 주로 이런 식의 말들이었고,

"옷에 줄이 쭉쭉 섰제?"

"경성 학생이라 다르지."

"태가리(턱)에 하얗게 뭘 붙있대이."

"히히히…… 반창고 안 붙있나. 이드름이 곪아서."

"히히히…… 태가리에 다 이드름이 나고……."

"태가리에 나는 이드름은 오모와래 니끼빈 기라."

"오모와래 니끼비(사랑 받는 여드름)가 뭐고?"

"오모와래 니끼빈 말이다 뭔고 하니, 누가 자기를 억씨기 사랑하고 있을 때 나는 이드름인 기라."

"그럼 광웅일 누가 억씨기 사랑하고 있는 모양이제?"

"그런 모양이지."

"그기 누굴꼬?"

"핫핫…… 가시나야, 니 앙이가?"

"힛힛히…… 니 앙이가?"

큰아기들은 이렇게 곧장 알롱달롱한 데로 화제가 흘렀다.

이렇게 계집애들이 냇가에 나와 서서 시시덕거리며 구경을 할 것 같으면, 광웅이는 한결 신명이 나는 듯 멋진 폼을 뵈려고 애를 썼다. 필요 이상으로 곧장 다리를 번쩍번쩍 쳐들기도 했고, 실력 이상으로 계속 두 손을 뒷짐 지고 있기도 했고, 허리를 앞으로 굽히려고도 했다. 그리고 속으로는 바짝 더 긴장이 되면서도 겉으로는 그저 수월수월하게 지쳐 나가는 것처럼 보이려고 일부러 빙글빙글 얼굴에 웃음을 띠기까지 했다. 그럴 때면 벌보도 덩달아 신이 나는 모양이었다. 마치 누가 빠른가 경주라도 하듯 쭉쭉 있는 힘을 다해 내닫기도 했다.

월례도 명자와 함께 또는 덕심이까지 셋이 함께 이따금 냇가로 나와 광웅이의 스케이팅 구경을 했다. 그러나 월례는 처음 한두 번 말이지, 뭐 별로 신통하게 여겨지지가 않았다. 별로 내키지도 않는데, 명자가 곧장 이끄는 바람에 마지못해 따라 나오는 판이니, 그럴 수밖에 없었다.

"멋지게 타제?"

"응."

"벌보 같은 거 어룸도 없제*(어림도 없다)?"

"응."

"우리 오빠가 카는데, 경성 학생들은 다 수케톨 잘 탄대. 못 타는 사람이 한 사람도 없대."

"그래?"

이종사촌 오빠의 자랑스러운 모습에 기가 나서 못 견디는 명자의 말을 월례는 그저 건성으로 받아넘길 뿐이었다. 시들한 것이었다.

참 이상한 일이었다. 제법 멋지게 스케이트를 타는 중학생, 더구나 경성의 중학생을 보고도 월례는 그저 시들하기만 하니 말이다. 그럴 수밖에 없는 것이 월례의 머릿속에는 그런 것은 아무것도 아닐 만큼 간절하고 절실한 것이 안개처럼 자욱하게 서려 있는 것이었다. 그것은 물론 선생님 생각이었다.

방학이 되어 선생님을 못 대하게 되자 어쩐지 허전하고 안타까워서 곧잘 짜증이 나기만 했다. 하루하루가 시시해서 입맛까지 떨어지는 듯했다. 숙직실로 찾아가 보면 될 것 같지만, 그게 아니었다. 방학을 했는데도 숙직실에서 자취를 하고 있을 턱이 만무했다. 고향에 다니러 간 것이었다.

1월 1일 신년식 때 월례는 가슴을 설레며 학교엘 갔었다. 방학을 한 지 불과 오륙 일밖에 되지 않았으나 무척 오래간만에 선생님을 대하게 되는 것 같아, 가슴이 부풀고 즐겁기만 했던 것이다. 그러나 선생님의 얼굴은 보이지 않았다. 다른 선생들은 다 나왔는데 말이다. 식을 하는 동안 내내 월례는 무엇이 허물어진 것 같은 기분이었다. 어떻게 된 영문인지 알 수가 없어 슬그머니 걱정이 되기도 했다. 식이 끝나자 월례는 곧 숙직실로 가 보았다. 그러나 선생님은 없었다. 혹시 감기라도 들어 누워 있는 것이나 아닌가 싶었던 것이다. 말하자면 월례는 열일곱이 되는 첫날부터 기분이 어둡기만 했다.

그러나 집에 돌아올 때는 그런대로 좀 기분을 돌이켰다. 마침 교문을 나서는 쓰루미 선생의 뒤를 여러 아이들과 함께 따르게 되어 용기를 내서 물어보았던 것이다.

"선생님예, 우리 선생님 어디 가셨어예?"

"고향에 가셨다."

쓰루미 선생은 월례를 힐끗 돌아보더니 약간 묘한 표정으로 웃었다. 월례를 잘 알아보았던 것이다. 그리고 묻지도 않은 말을 덧붙였다.

"보자……. 하야시 선생이 내 다음에 일직이니까 11일부터구나. 11일부터 일직이니까, 10일에는 돌아오실 거다."

10일에는 돌아오신다. 11일부터 일직이다— 월례는 그래서 그것이 머릿속에 짙은 안개처럼 서려버렸던 것이다. 그날을 기다리는 것만이 오직 즐거움인 것이었다. 그러니 경성의 중학생이건 스케이트건 뭐 별로 신통할 것이 없을 수밖에.

광웅이가 보라는 듯이 제법 폼을 재며 앞을 지나갈 것 같으면 명자는 좋아서 공연히,

"오빠! 핫핫하……." 하고, 웃기도 했으나 월례는 그저 속으로 여드름은 어지간히도 많이 났네, 태가리에 다 났네, 싶을 뿐이었다.

2

임 선생은 난롯가에 앉아 신문을 읽고 있었다. 고향에 다녀오느라고 그동안 못 본 신문을 한창 뒤적여나가고 있었다. 그의 고향은 이곳보다 훨씬 구석진 시골이어서 신문 같은 것도 한 장 볼 수가 없었던 것이다.

신문은 온통 전쟁에 관한 기사 투성이었다. 대본영(大本營, 전시에 일본 천황 밑에 두었던 최고의 통수부統帥部)에서 발표한 황군의 눈부신 진공과 혁혁한 전과가 1면마다 거의 톱으로 게재되어 있었다. 그리고 어느 면을 보아도 전쟁 냄새가 물씬물씬 풍겼다. 어느 날 것이나 다 마찬가지였다. 대충대충 훑어나가던 임 선생은,

'반도 청년의 징병제 실시 검토'

라는 기사가 눈에 띄자, 바짝 긴장이 되는 듯 비스듬히 의자에 기대앉았던 몸을 후닥닥 똑바로 고쳐 앉았다. 그리고 숨을 죽여 가며 그 기사를 읽어 내려갔다.

"음—"

기사를 다 읽고 난 임 선생은 무거운 신음소리 비슷한 소리를 토했다. 육군성에서 반도 청년들에게도 영광의 징병제를 실시하고자 목하 검토 중이라는 것이었다. 그리고 그 기사와 더불어 각계인사들의 의견 같은 것이 실려 있었다. 읽어보나마나 뻔한 것이었다. 제목들만 보아도 반대 의견은 하나도 없었다. 반대 의견은 고사하고 회의적인 의견도 전혀 없었다. 모두가 한결같이 절대 찬성이었다. 징병제의 영광을 반도 청년들도 하루 속히 누리게 되기를 바란다는 식이었다.

임 선생은 신문을 팩 집어던져 버렸다. 알맞게 달아서 열을 내뿜고 있는 난롯가에 앉아 있는데도 온몸이 으스스 떨렸다. 난데없이 찬물을 끼얹힌 듯한 느낌이었다. 징병제라니— 그렇다면 바로 자기 자신이 덜커덕 걸리는 것이다. 아직 결정이 된 것은 아니지만, 그쯤 신문에 보도가 될 단계면 이미 결정된 거나 다름이 없었다. 임 선생은 가벼운 현기증 같은 것이 눈앞을 지나갔다. 참 세상 입맛 떨어지게 되어가는 것이다.

중일전쟁이 일어난 이듬해, 그러니까 1938년 2월에 일본 육군성은 조선육군지원병령이라는 것을 제정 공포해서 지원병 제도를 실시했다. 그래서 수많은 조선청년들을 감언이설로 군문에 끌어들여 중국대륙 침략의 일선에 투입했다. 그러다가 태평양전쟁이 일어나자, 이번에는 징병제라는 제도를 실시해서 꽃다운 조선청년들을 모조리 긁어 들여 제물로 삼으려고 하는 것이다.

잠시 넋 나간 사람처럼 멀뚱히 앉아 있던 임 선생은 문득 창밖을 바라보았다. 눈이 내리고 있었다. 함박눈이었다. 목화송이처럼 탐스러운 눈송이가 푸덕푸덕 소리 없이 내리고 있었다.

"음—."

그러나 임 선생은 도무지 기분이 더럽기만 한 것이다. 함박눈 같은 것이 무슨 소용이란 말인가. 팔자에 없는 일본 병정이 될 것을 생각하니, 딱 기가 차는 것이다. 병정이 되는 것까지는 또 괜찮다 치더라도 재수가 없으면 전장에 나가 획 날아가 버릴지도 모를 일이 아닌가. 누구를 위해서 말이다. 임 선생은 공연히 난로의 아궁이를 열어 부젓가락으로 이글이글 타는 석탄을 쿡쿡 두어 번 쑤셨다. 그리고 난로 위에서 푸— 푸— 김을 내뿜기 시작한 주전자를 번쩍 들어 책상 위에 놓인 고뿌*('컵'의 일본식 표기)에다 철철 넘치도록 따라 가지고 공연히 후후 불어가며 마셔대는 것이었다. 김이 물씬물씬 오르는 입천장이 벗겨지도록 뜨거운 놈을 말이다. 그렇게라도 해야 좀 뒤숭숭한 속이 가라앉을 것 같은 모양이었다. 그러고 있을 때, 쏟아지는 함박눈 속으로 교문을 들어서는 사람이 있었다. 얼핏 임 선생도 그것을 보았다. 여생도인 듯했다. 그러나 그 모습은 곧 교무실 현관 앞에 있는 대마봉안전(大麻奉安殿, 신사에서 나누어준 일본 國祖의 신위를 모신 곳)에 가려 보이지 않았다. 임 선생은 그저 누가 한 사람 오는가 보다 싶었을 뿐, 아무런 관심도 없었다. 곧장 뜨거운 물을 홀짝거릴 따름이었다.

교문을 들어선 것은 월례였다. 월례는 온몸에 함박눈을 뒤집어쓰며 눈 속을 걸었다. 며칠 전에 내린 눈 위에 또 함박눈이 쏟아지는 터이라, 발목이 푹푹 묻혔다. 그러나 월례는 걸음이 마냥 가볍기만 했다. 교무실이 가까워질수록 가슴이 설레었다. 대마봉안전을 돌아 교무실 현관으로 걸음을 옮길 때는 온통 두근두근 가슴이 뛰기까지 했다.

월례는 지그시 아랫니로 윗입술을 당겨 물며 현관 위로 올라섰다. 두 눈엔 절로 웃음이 반짝거렸다.

교무실 문은 굳게 닫혀 있었다. 창문도 굳게 닫혀 있었다. 다만 벽을 뚫고 밖으로 솟아오른 연돌에서만 연긴지 아지랑인지 모를 그런 것이 피어오르고 있었다. 월례는 잠시 가만히 서서 귀를 기울였다. 아무 기척도 들리지가 않았다. 그래서 월례는 몸에 묻은 눈을 대강 가만가만 털고 살금살금 다가가 살짝 창문으로 안을 들여다보았다. 선생님은 있었다. 난롯가에 앉아서 홀짝홀짝 물을 마시고 있는 선생님의 모습이 얼른 눈에 띄자, 월례는 그만 자기도 모르게 얼굴에 함박 같은 웃음이 피어올랐다. 소리 없는 웃음이 말이다. 마침 선생님이 혼자 있어서 얼마나 다행인지 몰랐다. 선생님은 이쪽을 못 보고 그저 무뚝뚝한 표정으로 물만 대고 홀짝거렸다. 그런 모습이 월례는 재미있기만 해서 곧장 혼자 생글생글 웃었다. 그러나 차츰 얼굴에서 웃음이 희미해져가 마침내 깨끗하게 사라져버렸다. 그 대신 슬그머니 긴장이 되는 듯한 낯빛으로 변했다. 물을 홀짝거리고 있는 선생님의 표정이 아무래도 심상치가 않았던 것이다. 어쩐지 무언가 몹시 불안하고 덜 좋은 일이 있는 것 같은 그런 얼굴인 것이었다. 무슨 기분 나쁜 일이 있는 것일까? 고향에 갔다 오시더니…… 고향에 혹시 무슨 걱정되는 일이라도 생긴 것일까? 월례는 슬그머니 자기도 걱정이 되는 것이었다. 그렇다고 이렇게 언제까지나 창으로 살짝 들여다보고만 있을 수는 없는 노릇이었다. 어떻게 하면 좋을까? 기침이라도 해서 인기척을 낼까? 아니면 한번 하하하…… 나직하게 웃어버릴까? 노크를 할까? 노크를 하고 성큼 문을 열고 들어갈까? 아이고, 어떻게 그렇게…… 여러 가지로 궁리를 하며 머뭇거리고 있는데 마침 선생님이 물을 다 마신 듯 고뿌를 탁! 하고 소리를 내며 책상 위에 놓았다. 그리고 벌떡 의자에서 일어났다. 마치 벌컥 화라도 난 사람처럼. 순간, 월례는 반사적으로 후닥닥 얼굴을 감추었다. 후닥닥 창문 밖에서 무엇이 숨어버리는 것을 임 선생이 보았다. 누굴까? 임 선생은 얼른 그쪽으로 갔다. 그리고 창문을 드르릉! 열어젖혔다.

"오, 월례 앙이가?" 임 선생은 뜻밖에 월례가 거기 서 있는 것을 보자 처음에는 약간 놀라는 빛이었다. 이렇게 함박눈이 쏟아지는데 무슨 일로 찾아온 것일까? 그러나 임 선생은 곧 얼굴에 반가운 기색이 역력히 떠올랐다. 밤에 숙직실에도 찾아온 월렌데, 이런 함박눈쯤이야…… 싶으니, 약간 우스우면서도 왈칵 반가운 것이었다. 월례는 어쩐지 부끄러워서 좀 외면을 하고 있다가,

"선생님……." 하고, 얼른 고개를 숙여 인사를 했다. '선생님 그동안 안녕하셨습니까?' 하려고 했으나 '그동안 안녕하셨습니까?' 소리는 왠지 입에서 밖으로 나오질 않는 것이었다. 얼굴이 공연히 화끈 붉어지기만 했다.

"어서 들어온나. 춥다."

임 선생은 창문을 닫고, 대신 현관문을 열어주었다. 월례는 머리랑 옷에 묻은 눈을 말짱 털고 신을 벗었다. 버선에도 온통 눈이었다. 교무실에 들어온 월례는 어쩐지 어릿어릿했다. 평소에 교무실이라고 하면 아무 까닭도 없이 조심스럽고 두렵기까지 한 곳이었으니, 그럴 수밖에 없었다. 선생님과 둘이뿐이라고는 하지만 역시 교장 선생의 책상이랑 여러 선생들의 책상, 그리고 벽에 걸려 번들거리는 여러 가지 액자 같은 것이 기를 못 펴게 하는 것만 같았다.

"이리 와 불 쬐라. 옷이 많이 젖었네."

"……."

"웬 눈이 이렇게 오제?"

"……." 월례는 말없이 난롯가로 다가와 섰다.

"저 의자 갖다 앉아."

"……."

"어서."

"예."

그러나 월례는 그 자리에 가만히 서서 움직이질 않았다.

"그럼 내가 갖다 주까?" 임 선생이 일어나려고 하자,

"어마야, 선생님."

그제야 월례는 얼른 가서 의자를 가져왔다. 그리고 의자에 궁둥이를 조금만 대고 조심스럽게 앉았다.

난로가 한창 달아오르고 있는 터이라 월례의 치마저고리에서는 곧 김이 피어올랐다. 버선에서도 모락모락 피어올랐다. 월례는 오래간만에 선생님을 대하면 어쩐지 할 말이 여러 가지일 것 같았는데 막상 대하고 보니 도무지 무슨 말을 했으면 좋을지, 한 가지도 입에서 나오지가 않았다. 그저 부끄럽고, 좀 어색하고, 그러면서도 묘하게 좋기만 했다. 가슴이 야릇하게 벙벙한 것이었다.

"그동안 뭐 했노? 집에서." 결국 임 선생이 먼저 물었다.

월례는 묻는 말에도 얼른 대답이 나오지가 않았다.

"숙제 다 했나?"

"아니예. 잘끔*(조금) 남았십더. 선생님예, 도화 숙제는 어떻게 합니꼬? 뽀스다 어렵어서 잘 몬 기리겝띠더. 어떻게 기리면 되는동 쫌

가리쳐 주이소."

그제야 월례는 입이 잘 떨어졌다. 그리고 마치 도화 숙제인 포스터 그리기가 어려워서 어떻게 그리면 되는지 그걸 물어보려 찾아오기나 한 것처럼 말했다.

"도화시간에 한 번 안 그려 봤나."

"그래도 잘 몬 기리겠어예. 숙제 중에서 젤 어렵어예."

"뭐가 그리 어렵노. 비행기도 그리고 군함도 그리고 당꾸(탱크)도 하나 그리고 헤이따이상(병정)이 총을 들고 돌격하는 것도 하나 그리고……."

"아이, 선생님도, 핫핫하……. 어떻게 그런 것을 다 기립니꾜."

"와 몬 그리노?"

"선생님은 잘 기리시니까 그렇지만……."

월례는 방그레 웃으며 살짝 얼른 한 번 눈을 흘겼다.

헤이따이상이 총을 들고 돌격하는 것도 하나 그리고— 임 선생은 예사로 이 말을 했으나 그로 인해서 잠시 동안 잊었던 징병제 생각이 또 머리에 되살아 올랐다.

"비행기하고 군함은 기리겠는데예, 당꾸하고 헤이따이상이 총을 들고 돌격하는 것은 억씨기 어렵심더. 비행기하고 군함만 가리면 안 됩니꾜?"

"……."

"예? 선생님."

"개않다." 임 선생은 무뚝뚝하게 대답했다.

별안간 선생님의 표정이 굳어진 것 같아, 월례는 두 눈을 대고 깜작거렸다. 혹시 자기가 귀찮아서 그러는 것이나 아닌가 싶어 가슴이 덜컥 내려앉기도 했다. 그러나 그게 아니라는 것을 알고 월례는 가만히 안도의 숨을 내쉬었다. 잠시 굳어진 표정으로 말이 없던 선생님이,

"월례야." 하고, 다시 입을 열었던 것이다.

"예."

"헤이따이상 좋아하나?"

난데없이 그게 무슨 질문인지 월례는 어리벙벙했다.

그러자 임 선생도 자기의 질문이 뚱딴지같다고 생각했는지, 씩 웃었다. 그리고 가라앉은 목소리로 말했다.

"어쩌면 나 헤이따이상으로 나갈지도 모른다."

"예? 헤이따이상으로예?"

"응."

"선생님이예?"

"그래."

"아이고 우야꼬—."

월례는 그만 자기도 모르게 비명 비슷한 소리를 질렀다. 너무나도 뜻밖의 말이었던 것이다. 선생님이 헤이따이상으로 나가다니……. 월례는 눈앞이 캄캄해지는 느낌이었다.

그렇게 새파랗게 놀라는 월례를 보자, 임 선생은 무엇이 가슴 속에서 후끈하게 고개를 쳐드는 것 같았다. 눈시울도 약간 뜨거워지는 듯했다.

"선생님, 정말이예?" 월례는 곧 울음이 터질 것 같았다. 살짝 건드리기만 하면 주루루 쏟아질 것 같은 두 눈이었다.

"아니다. 내가 백제(괜히) 한 번 그래 봤지."

임 선생은 허— 웃었다. 그러나 그 웃음은 어쩐지 헛바람이 새는 것 같은 공허한 웃음이었다. 월례는 대고 두 눈을 깜작거렸다. 미심쩍은 것이었다. 스스럼 같은 것 조금도 느끼지 않고, 똑바로 선생님의 표정을 지켜보았다. 임 선생은 벌떡 자리에서 일어났다. 가슴이 묘하게 벅차서 후끈후끈한 난롯가에 그대로 앉아 있을 수가 없는 모양이었다.

"풍금이나 한 번 타 보까, 오래간만에."

하면서 창가에 놓인 풍금 쪽으로 갔다.

곧 교무실 안에 풍금소리가 넘쳐흐르기 시작했다. 경쾌하면서도 매우 요란한 맛이 풍기는 그런 곡이었다. 무슨 행진곡인 듯했다. 뒤숭숭한 기분을 애써 발산해버리려는 듯 임 선생은 필요 이상으로 북적북적 냅다 베이스를 넣어댔다. 월례는 풍금을 시뤄 대는 선생님의 뒷모습을 가만히 바라보았다. 어쩐지 선생님이 들떠 있는 것처럼 느껴져 별로 안 좋았다. 그러나 그 행진곡 비슷한 요란한 것이 끝나자, 심호흡을 하는 듯 허리를 쭉 펴더니 이번에는 부드럽고 은은한 가락을 뽑기 시작했다. 〈고오조오노 쓰키〉(황성의 달)였다. 부드럽고 은은하면서도 어딘지 모르게 쓸쓸하고 아리한 것이 가슴에 스미는 듯한 그런 곡이었다.

월례도 노래를 잘 알고 있었다. 5학년이라 아직 배우지는 않았지만 6학년생들이 창가 시간에 부르는 것을 들어서 절로 익혔던 것이다. 묘하게 마음에 드는 노래여서 쉬 익힐 수가 있었고 또 곧잘 애창하는 터였다. 그런데 그 노래가 선생님의 능숙한 솜씨에 의해서 흘러나오니, 정말 듣기가 좋았다. 6학년 선생이 그것을 풍금으로 시룰 때도 좋기는 좋았지만 6학년 선생은 베이스를 그저 삐빼삐

빼…… 하고 단음으로만 시루는('돌리다'의 방언. 여기에서는 풍금을 타는 것을 말함) 정도의 솜씨인데, 선생님은 화음으로 북박빅백…… 하고 시루어 나가기 때문에 훨씬 부드럽고 유창하게 들렸다.

임 선생은 사범학교에서 정식으로 풍금 교육을 받았고 또 취미도 있었기 때문에 풍금 솜씨가 학교 선생들 중에서 제일이었다. 쓰루미 선생도 곧잘 시루었으나, 그녀보다도 한층 위였다. 은은하면서도 아리한 선율에 월례는 야릇하게 가슴이 부풀어 올라 가만히 앉아 있을 수가 없었다. 발딱 일어났다. 생각 같아서는 풍금에 맞추어 노래를 부르면서 후닥닥 선생님 곁으로 가고 싶었으나 그럴 수는 없었다. 월례는 가만가만 걸음을 내디뎠다. 그리고 선생님 곁으로 바싹 다가서질 않고, 두어 걸음 떨어져 섰다.

임 선생은 월례가 곁으로 온 줄을 아는지 모르는지, 그저 지그시 눈을 내리감기도 하면서 멋지게 가락을 넘겨나갔다. 그러다가 곡이 끝나자 두 손을 무릎 위로 내리고 싱글 웃으며 월례를 돌아보았다. 월례가 곁으로 온 줄을 알고 있었던 것이다.

"월례야, 이 노래 아나?" 하면서, 임 선생은 다시 두 손을 건반 위로 얹었다.

아련한 가락이 흘러나오기 시작했다. 애수에 젖은 곡이었다. 그러나 그저 쓸쓸하기만 한 것이 아니라 야릇하게 가슴 속을 긁어 일으키는 것 같은 짜릿한 선율이었다. 〈쓰키노 사바꾸〉(달밤의 사막)라는 노래였다. 역시 제목에 '달'이라는 말이 붙어 있어서 그런지 좋았다. 아까 그 〈고오조오노 쓰키〉가 아리한 노래라면, 이 〈쓰키노 사바꾸〉는 아리아리한*(계속해서 약간 아픈 느낌이 있다) 노래였다. 월례는 온몸을 짜릿한 것이 흘러 내려가는 듯했다. 곡이 끝나자,

"무슨 노랩니꼬? 선생님" 하고, 대뜸 물었다.

"〈쓰키노 사바꾸〉라는 노래지. 좋지?"

"예, 정말 좋네예. 선생님 그 노래 좀 가리켜 주이소."

"허허허…… 너거는 아직 빠르지."

"……?" 월례는 그게 무슨 뜻인지, 얼른 알 수가 없었다.

임 선생은 자기도 그 노래를 썩 좋아하는 듯, 다시 그 노래를 시루기 시작했다. 이번에는 곡과 함께 노래를 불러나가는 것이었다.

—달밤의 사막을 끝없이 정처 없이

낙타에 몸을 실은 나그네는 갑니다…….

어쩌고 하는 가사였다. 임 선생은 노래도 보통은 넘었다.

월례는 마치 꿈을 꾸는 듯한 기분이 되며 자기도 모르게 선생님 곁으로 바싹 다가서고 있었다. 1절을 끝내고 난 임 선생은,

"자, 그럼 한 번 따라 불러 볼래?"

하고, 웃었다. 그리고 다시 풍금을 시루면서 한 구절씩 선창을 했다. 흥에 겨웠는지 심란해서 들떴는지 좌우간 좀 상태가 이상했다.

"달밤의— 사마악을—" "달밤의— 사마악을—"

월례는 얼굴이 발그레 물들며 약간 떨리는 목소리로 따라 불렀다.

"끝없이— 정처어 없이—" "끝없이— 정처어 없이—" "나악타에— 몸을 실은—" "나악타에— 몸을 실은—"

그렇게 따라 불러나가던 월례는 별안간,

"선생님!" 깜짝 놀라는 것이었다.

"와?"

"교장 선생님이 오십니더."

"응? 어디?"

임 선생은 얼른 풍금에서 일어나 창밖을 내다보았다. 눈은 어느덧 멎어 있었다. 수북이 눈에 뒤덮인 운동장을 니시지마 교장이 사택 쪽에서 걸어오고 있었다. 멀리서 보아도 코밑의 그 까만 나비수염이 선명하게 보였다. 풍금소리와 노랫소리를 듣고 오는 것인지, 아니면 그냥 심심해서 나오는 것인지 알 수가 없었다. 아무튼 임 선생은 당황했다. 임 선생은 얼른 풍금 뚜껑을 닫았다. 그리고 난롯가로 가서 책상 위에 아무렇게나 흩어진 신문을 대강대강 정리했다. 그리고 월례를 돌아보았다.

월례는 마치 기분 좋은 꿈을 꾸다가 별안간 깨어버린 사람처럼 서운하고 허전한 표정으로 서 있었다. 그러면서도 어찌 해야 될지 모르겠는 듯 바짝 긴장이 되는 모양이었다.

"월례야……." 임 선생은 그다음 말이 얼른 입에서 나오지가 않았다.

그러나 월례는 대뜸 알 수가 있었다. 선생님의 눈을 보면 말이다.

그래서 월례는 얼른 낭하 쪽 문을 열었다. 마치 무슨 잘못이라도 저지른 것처럼 후닥닥 교무실에서 빠져나가는 것이었다.

후닥닥 문을 열고 나가는 월례를 향해 임 선생은,

"내일 또 놀로 온나." 했다.

월례는 "예" 대답했다. 그러나 월례는 몹시 서운하고 안타까웠다. 내일 또 놀러 오라니……. 선생님이 원망스럽기도 한 것이었다. 교실에 가 있다가 교장 선생이 돌아가면 다시 오려고 생각했는데 말이다. 낭하의 공기는 싸늘했다. 월례는 목을 움츠렸다. 울고 싶은 심정이었다.

3

이튿날도 월례는 학교로 선생님을 찾아갔다. 그러나 허사였다. 교무실에 선생님이 없는 것은 아니었다. 일직인데 없을 턱이 없었다. 있기는 있었으나 혼자 있지가 않았다. 쓰루미 하루에 선생도 나와 있었고, 소사 백일출이도 있었다. 세 사람이 난롯가에 둘러 앉아 불을 쬐며 이야기에 꽃을 피우고 있었다. 이따금 하하하 허허허…… 소리를 내어 웃기도 하는 것을 보니, 꽤 재미있는 화제가 무르익고 있는 모양이었다.

분위기를 보아서는 문을 열고 들어서도 무방할 것 같았으나 그게 아니었다. 그냥 맨입으로 둘러 앉아 있는 것이 아니라, 마른오징어를 난로 위에 구워서 찢어 씹어가며 이야기들을 하고 있는 것이었다. 그런 자리에 들어설 수는 도저히 없었다. 가뜩이나 쑥스러운 판인데 말이다. 무슨 볼일이라도 있다면 또 모르지만.

그리고 월례는 선생님 혼자가 아니고, 딴 사람도 있는 교무실로 들어서고 싶은 생각은 조금도 없었다. 선생님을 찾아온 목적이 결코 그게 아닌 것이다. 심심해서 찾아온 것이 아니라, 너무나도 간절해서 찾아온 것이다. 어제처럼 어쩐지 부끄럽고, 공연히 가슴이 두근거리기도 하고, 야릇하게 기분이 좋기만 한, 그런 선생님과 단둘이만의 시간을 가지고 싶은 것이다. 말하자면 은밀한 시간을 말이다. 그래서, "달밤의 사막을 끝없이 정처 없이……." 어쩌고 하는 그 아련하면서도 가슴 속을 긁어 일으키는 것 같은 짜릿한 선율의 노래를 오늘은 완전히 익히고 싶은 것이다. 그러니, 딴 사람이 단 한 사람이라도 있어서는 아무것도 아닌 것이다.

월례는 현관에 웅크리고 서서 살짝살짝 안을 들여다보며 조금 분하기도 한 것 같은 안타까운 심정으로 거의 반 시간가량을 머무적거렸다. 그러다가 아랫입술을 자그시 물고 돌아섰다. 하는 수 없이 오늘은 단념을 한 것이다.

단념을 하고 돌아서긴 했지만, 기분이 개운할 턱이 없었다. 그래서 월례는,

"눈도 지랄같이 녹지도 않네." 공연히 발에 밟히는 눈을 욕하기도 했고,

"아이고 춥어라. 날씨도 참 지랄 같다, 지랄……."

하고, 필요 이상으로 이맛살을 찌푸리며 목을 움츠리기도 했다.

마을로 돌아왔을 때는 기분이 대체로 누그러져 있었다. 그러나 월례는 어쩐지 집으로 들어가고 싶지 않았다. 어디 가서 좀 실컷 떠들고 놀았으면 싶었다. 그래야만 가슴 속에 남아 있는 찝찝한 찌꺼기가 말끔히 가시고, 기분이 개운해질 것만 같았다.

월례의 걸음은 절로 명자네 집으로 향했다.

명자네 집은 함석집이었다. 정확하게 말하면 명자네 집이 아니라 명자 이모네 집, 아니 이모부네 집, 즉 홍 주사네 집 말이다. 함석이 낡아서 뿔긋뿔긋 녹이 슬어 먼 데서 보면 마치 붉은 함석집인 듯했다.

대문을 들어서면 마당이고, 마당 한 쪽은 남새밭이었다. 그러나 말이 남새밭일 뿐 그냥 아무렇게나 버려둔 터전이었다. 겨울이라서 그런 것이 아니라 사철 마찬가지였다. 그 버려진 남새밭을 보면 이 집의 형세라 할까 사람들의 됨됨이라 할까 그런 것을 대뜸 짐작할

수가 있었다. 여느 집 같았으면 결코 남새밭을 그렇게 버려두지는 않을 것이다. 하다못해 상추를 심어도 심어 먹고 알뜰한 집이면 겨울에도 마늘이나 장다리 무 같은 것을 묻어 놓을 것이다. 바깥주인이 그런 데 무관심이라면 안주인이라도 관심을 두어야 할 것이다. 울타리 안의 남새밭이니 오히려 바깥주인보다 안주인 쪽이 더 마음을 써야 옳을 것이다. 더구나 바깥주인은 매일 직장으로 나가고 있는 터이니 말이다.

그러나 이 집 안주인 즉 명자 이모는 그런 데 전혀 관심이 없었다. 관심이 없다기보다는 그녀는 그런 데 관심을 가질 만한 기력조차 없는 것이었다. 노상 자기 몸도 잘 추스르지 못하고 고랑고랑하는 판이니 그럴 수밖에 없었다.

이 집 대문을 들어서면 우선 한약 냄새부터 나는 것이다. 늘 약탕관이 화로 위에서 모락모락 김을 피우고 있는 것이다. 벌써 그런 지가 삼 년째로 접어들었다. 어지간한 살림 같았으면 이미 기둥뿌리가 뽑힌 지 오래일 것이다. 그러나 동척농장의 서기 집인지라 기둥이 죄다 아직 끄떡없는 것이다.

"서기댁은 복도 많지."

"많고말고."

"순전히 한약 힘으로 살고 있으니……."

"우리 같았으면 벌써 골로 갔을 끼다. 논밭을 다 팔아도 그 약 감당을 못 할 끼니……."

"홍 주사가 사람이 어떻다 어떻다 캐도 그런 양반 드물지. 아무리 마느래지만 그렇게 몇 핼 한약으로 뒷바라지할 수가 있나 말이다."

"암, 그런 양반 드물고말고. 서기댁 좌우간 서방 복은 많은 여자지."

마을 아낙네들이 하는 말이었다.

명자 이모를 마을 사람들은 서기댁이라고 불렀다. 홍 주사가 면서기로 다닐 때부터 그렇게 불러 오는 것이었다.

서기댁이 복이 많은지 어떤지는 모르지만 아무튼 심란한 집안이었다.

마당을 조금 걸어 들어가면 바로 사랑챈데, 사랑채에 방이 두 개였다. 하나는 손님을 위한 사랑방이었고 하나는 공부방이었다. 공부방은 방학이 되어 광웅이가 돌아오면 둘이 함께 쓰지만 그렇지 않을 때면 명자 혼자 차지였다.

그리고, 조금 떨어져서 안채가 있는데, 안채는 사간(四間)이었다. 부엌이 있고, 큰 방이 있고, 대청이 있고, 작은 방이 있고…… 부엌에는 또 조그마한 골방이 마련되어 있었다. 그러니까 방이 전부 다섯 개인 셈이었다. 그러나 그 다섯 개 가운데서 주로 큰방, 작은방, 공부방 세 개를 사용했다. 큰방은 병객인 서기댁이 둘째 아들이며 막내둥이인 네 살짜리 송웅이와 부엌 할멈과 함께 쓰고 있었고, 작은방은 홍 주사의 잠자리였으며, 공부방은 명자의 차지였다. 요즘은 광웅이가 귀성을 해서 밤으로 잘 때는 명자도 큰방에서 함께 잤다. 사랑방과 부엌 골방은 쥐들이나 이따금 뛰어다닐 뿐이었다.

월례가 대문을 들어서자, 마침 사랑채 공부방에서 핫핫하…… 웃음소리가 터져 나왔다. 마치 월례가 들어서기를 기다렸다가 웃기라도 하는 것처럼 서너 사람의 웃음소리 같았다.

월례는 얼른 가서 왈칵 방문을 열어 젖혔다. 그러나 월례는 주춤 놀라며 반사적으로 도로 방문을 닫으려 했다. 광웅이가 있었던 것이다.

"아이고 어서 온나. 개않다. 어서 들어 온나." 명자가 반겼다.

"들어온나." 덕심이도 반겼다.

"됐다. 한 사람 더 불어서." 광웅이는 빙그레 웃었다.

광웅이와 명자와 덕심이 셋이서 방바닥에 무언지 화투장 같은 것을 널펀하게*(널찍하고 평평하다) 깔아 놓고 떠들어대고 있는 것이었다.

월례는 광웅이가 있어서 성큼 방으로 들어가기가 좀 뭐 했으나 덕심이도 있고 해서 마지못한 듯 신을 벗었다.

"어디 갔띠노? 너거 집에 부르로 안 갔띠나. 가루다 놀이 할라고."

"이기 뭐고?"

"가루다 앙이가."

"가루다?"

"그래."

"뭐 어떻게 하는 긴데?"

월례는 약간 부끄러운 듯 광웅이 쪽을 힐끗 본다. 그러자, 광웅이가 싱그레 웃으며 설명을 해 주었다.

"어떻게 하능가 하만 말이지……. 한 사람이 이 읽는 가루다를 가지고 한 장 한 장 읽어 나가는 기라. 가령 '니꼬니꼬 와라우 유끼다루마'(벙글벙글 웃는 눈사람) 하고 읽으면, 여기 방바닥에 깔린 가루다 중에서 '니' 자가 있는 눈사람 '가루다'를 얼른 찾아서 짚는 기라. 그래서 많이 짚은 사람이 일등이고, 그 다음이 이등이고……."

그러자 명자가,

"알겠제? 참 숩다(쉽다). 맨 첫 대가리 글잘 얼른 찾으만 되는 기라."

먼저 익혔다고 한마디 거든다. 생글 웃으며.

덕심이도,

"참 재밌대이. 진 사람은 코를 쥐고 절을 한다, 아나?"

매우 재미가 나는 모양이다. 침을 꿀컥 삼키기까지 한다.

"그럼, 자— 이번에는 세 사람이니까, 일등 한 사람은 두 사람한테 절을 받는다. 맨 꼴등은 두 번 절을 하기다. 알겠제?" 광웅이가 선언을 하듯이 말했다.

"그래, 그래."

"내가 일등 해야지."

월례도 빙그레 웃으며,

"우예 하는동…… 내가 아무래도 꼴등 안 하겠나." 하고 다가앉았다.

"그리고 인제부터는 일등한 사람이 가루다를 읽어 주기로 한다. 말하자면 선생님이 되는 기지. 교대로. 자— 그럼 시작한다—."

광웅이의 말에 세 사람은 바짝 긴장이 되어 방바닥에 널편하게 깔린 가루다를 초조히 내려다본다.

"아까이 돔보가 돈데 이루.(빨간 잠자리가 날고 있다)"

광웅이의 입에서 가루다 문구가 떨어지자, 셋은 곧 어쩔 줄을 모르고 가루다 위로 둘레둘레 고개를 내두르며 눈들을 굴렁거린다.

"'아' 자다, '아' 자!"

"아, 아, 아……. '아' 자가 어딨노?"

"여깄다!" 얼른 짚은 것은 월례였다.

"우야꼬!"

"어메— 월례 잘한대이."

그러자 광웅이도,

"정말 잘하는데……." 공연히 기분이 좋은 듯 싱글벙글한다.

월례는 얼굴을 살짝 붉혔다. 그리고, "히히히" 조금 웃었다. 다음은,

"가라수가 까아까아 나이데 이루.(까마귀가 까욱까욱 울고 있네)"라는 것이었다.

"'가' 자, '가' 자……."

"가, 가, 가……."

"'가'가 어딨더라……. 본 것 같은데……."

"여깄네!" 이번에는 명자였다.

"우야노, 나만 하나도 못 찾았네." 덕심이는 슬그머니 야코가 죽는다. 다음은,

"무네니 가가야꾸 긴시군쇼.(가슴에 번쩍이는 금치훈장金鵄勳章)" 이었다.

"여깄다!" 대번에 월례가 찾았다.

"아이고— 내사 몰라—" 덕심이는 곧 울상을 하며 힐힐 웃었고,

"잘한대이. 요오씨!" 명자는 바짝 도사려 앉으며 자그시 이를 물었다.

"우미니 히루가에루 닛소끼.(바다에 나부끼는 일장기)" 이번에는 덕심이가 찾았다.

"바꾸옹 도도로꾸 다이헤이요.(폭음 울려 퍼지는 태평양)"

이번에는 명자였다.

"와까이 도노사마 긴노가부도.(젊은 사도의 황금투구)"

이번에는 월례, 그리고 명자, 월례, 또 월례, 덕심이……. 이렇게 판은 무르익어 나갔다.

방바닥에 깔린 패가 차츰 줄어들어 몇 장 안 남게 되자 경쟁은 더욱 불을 뿜었다. 그럴 수밖에 없는 것이 이제 몇 장 안 되니까 누구나 얼른 알 수가 있는 것이었다. 한 사람이 먼저 짚으면 그 손등을 다른 두 사람의 손바닥이 냅다 덮치기 마련이었다. 거의 동시에 두 사람이 패를 짚어서 실랑이가 벌어지기도 했다. 그래서 맨 마지막 한 장은 결국 '장껨뽕'(가위바위보)을 하는 도리밖에 없었다.

판이 끝나, 각기 딴 것을 헤아려 보니 월례가 일등이었다. 명자가 다음이고, 덕심이가 꼴찌였다. 일등과 이등의 차이는 불과 두 장이었다.

"아이고— 두 장 모자라누나. 헤 참, 한 장만 더 땄어도 비기는 긴데……." 명자는 곧 안타깝고 원통해서 못 견디었다.

이등과 열 몇 장이 차이가 나는 덕심이는 떡심이 풀리는 듯,

"참 안 된대이." 하면서, 힘없이 패를 떨어뜨릴 따름이었다.

"야— 실력 좋은데……. 자, 어서들 코를 쥐고 절을 해. 덕심이는 꼴등이니까 두 번 하고."

가루다 놀이를 처음 하는 월례가 의외로 일등을 차지하자, 광웅이는 마치 무슨 대단히 놀라운 일이기나 한 듯이 좋아서 야단이었다.

지나치게 그러는 바람에 명자는 약간 새치름해졌고, 덕심이는 풀이 죽은 채 시죽시죽 웃었다.

"자, 받아라." 명자가 먼저 얼른 한 손으로 코를 쥐어 납작 고개

를 숙인다.

"자, 자." 덕심이도 코를 쥐고 넙죽넙죽 두 차례 절을 바쳤다.

월례는 그런 절을 받으니 좀 멋쩍기도 하고 우습기도 해서 킬룩킬룩 웃었다.

다음은 월례가 가루다를 읽어 나갔고 광웅이, 명자, 덕심이 셋이 다투었다.

광웅이는 중학 3학년이었지만 별수 없었다. 중학생이라고 해서 반드시 가루다 같은 것도 잘한다는 법은 없는 모양이었다. 명자와 아슬아슬한 게임을 벌여 나가는 것이었다. 역시 덕심이는 상대가 되질 않았다. 학교를 다니지 않는 표가 나는 셈이었다. 그렇다고 글자를 잘 모르는 것은 아니었다. 2학년까지는 월례들과 함께 다니다가 그만두었으니 말이다.

결국 광웅이가 한 장 차이로 명자를 이겼다. 명자는 한 장만 자기가 더 땄으면 오빠가 코를 쥐고 절을 하는 것을 받아 먹는 것인데 하고 안타까워 못 견디었다.

그러니까, 다시 광웅이가 월례와 교대로 가루다를 읽게 되었는데, 광웅이는 딴 제의를 했다. 가루다를 읽어 주는 것은 덕심이가 맡기로 하고 월례랑 셋이서 심패 때리기*(내기에서 이긴 사람이 진 사람의 손목 안쪽을 두 손가락으로 때리는 것) 내기를 하자는 것이었다. 일등은 이등, 삼등의 심패를 때리기로.

그것 좋다고, 명자는 활짝 반색을 했고, 월례도 재미있겠다고 웃었다. 덕심이는 자기만 따돌림을 받는 듯한 느낌이 들었으나 매번 꼴찌를 해서 창피를 독차지하는 것보다는 차라리 그러는 편이 낫겠다고 고개를 끄덕거렸다. 가루다에 적힌 글이 어렵지나 않을까,

슬그머니 걱정이 되기도 했지만.

그러나, 가루다에 적힌 글은 별로 어려울 게 없었다. 한자가 한 자도 섞여 있지 않으니 말이다. 그리고 가령, "다까이 다까이 후지 노야마(높고 높은 후지산)" 하고, 글을 미처 다 읽기도 전에, '다까이'의 '다' 자가 입에서 떨어지기만 하면 세 사람은 그 패를 찾느라고 정신이 없는 판이니, 뭐 글을 다 읽을 필요도 없었다. 말하자면 첫 대가리 한 자만 읽어주어도 되는 것이었다.

심패 때리기 내기이고 보니, 경쟁은 불꽃이 튀는 듯했다. 더구나 세 사람의 실력이 어슷비슷한 터이라 더했다. 세 사람의 손이 거의 동시에 패 위에 떨어지기도 했다. 때로는 광웅이가 짚은 위로 월례의 손이 떨어지기도 했다. 그럴 때면 월례는 무슨 닿아서는 안 될 물건에 손이 닿기라도 한 것처럼 움찔 놀라며 손을 떼버리는 것이었다. 마치 감전이라도 된 듯이 말이다. 이따금 월례의 손등 위로 광웅이의 손바닥이 덥석 덮치기도 했는데, 그럴 때 역시 월례는 찔끔 놀라는 것이었다. 광웅이 역시 멋쩍은 듯 후딱 손을 떼버리는 것이었다.

이제 새해가 되었으니 월례는 열일곱, 광웅이는 열여덟, 그러니, 충분히 그럴 만도 했다.

판이 끝났다. 뜻밖에 명자가 일등이었고, 광웅이가 이등, 월례가 꼴찌였다. 불과 한두 장 차이였지만 도리가 없었다. 월례는 히죽히죽 웃으면서 한 쪽 팔뚝을 내밀어 주었다.

명자는 그 손목을 찰싹 때렸다. 그리고 오빠의 손목 역시 찰싹 때렸다.

"뭐 이렇게 간질간질하게 때리노. 눈물이 쏙 빠지도록 때려야 재미가 나지."

그러면서 광웅이는 오른손의 인지 · 중지 두 손가락을 입에 갖다 대고 호— 호— 입김을 묻혀 댔다.

"자, 어서 내."

"아이고, 살짝 때리라."

월례는 약간 얼굴을 붉히면서 슬그머니 팔뚝을 광웅이 앞으로 내밀었다. 광웅이는 왼손으로 월례의 손을 덥석 거머쥐었다. 그래야만 심패를 다구지게*('다부지게'의 방언) 때릴 수가 있는 것이었다. 움찔 월례는 놀라며 오스스 몸을 떨었다. 자르르— 온몸에 야릇한 기운이 흘러 내려가는 듯했다.

월례의 손을 덥석 거머쥔 광웅이는 그녀의 하얗고 포동포동한 손목을 철썩! 냅다 사정없이 내리쳤다.

"아야!" 월례는 두 눈에 불이 번쩍 하는 듯했다. 한 대에 그만 팔뚝이 얼얼해지는 것이었다. 되게 매운 손끝이었다.

"요오씨, 보제이." 월례는 절로 이런 소리가 나왔다. 그러나 어쩐 일인지 팔뚝이 얼얼하도록 아프면서도 조금도 기분이 나쁘지가 않았다. 오히려 묘하게 온몸이 화끈해지며 기분이 야릇한 것이었다. 얄궂은 일이었다. 만일 명자한테 그처럼 되게 맞았다면 결코 기분이 괜찮을 턱이 없는데 말이다.

판은 곧 또 시작되었다. 월례의 하얗고 포동포동한 손목을 오지게 한 대 갈겨준 그 맛이 여간 짜릿하지가 않은 듯 광웅이는 곧장 기분이 좋아 싱글거렸다. 그럴수록 월례는 히죽히죽 얼굴로는 웃었지만 바짝 속으로 정신을 차리곤 했다. 또 진다면 큰일인 것이다. 어떻게 해서든지 광웅이만은 눌러야 되는 것이다.

아닌 게 아니라, 이번에는 월례가 일등을 차지했다. 명자가 이등이고, 광웅이가 꼴찌였다. 한 번 이겼다고 싱글벙글할 게 아닌 것이다.

"야— 됐다!" 월례는 절로 환성이 나왔다. 일등을 해서 됐다기보다는 광웅이를 눌러서 된 것이었다. 보복을 할 수 있게 됐으니 말이다.

우선 명자부터 가볍게 한 대 때렸다. 그리고 월례는 호— 호— 저도 두 손가락에 입김을 묻혔다.

"자, 어서 내."

"오냐, 자."

여자의 손끝쯤 두려울 게 없다는 듯이 광웅이는 불쑥 팔뚝을 내밀었다. 그러나 손은 슬그머니 주먹을 쥐고 있었다.

월례는 그 광웅이의 주먹을 잡고 때려야 오지게 복수를 하겠는데, 막상 잡으려고 하니, 어쩐지 쑥스럽고 이상해서 킬 웃음이 나왔다. 그러나 안 잡고 그냥 때릴 수는 없었다. 그냥 때리면 어쩌면 손목에 명중이 안 될지도 모르는 것이다. 재빨리 손목을 피해 버릴지도 모르니까.

도리 없이 월례는 킥킥 웃으면서 마치 무슨 불결한 물건이기나 한 것처럼 손가락 끝으로만 어설프게 그 주먹을 잡았다. 그리고 냅다 힘껏 내리쳤다. 찰싹! 제법 오지게 소리가 났다. 그러나 어찌 된 셈인지, "아야야!" 소리가 나온 것은 도리어 월례의 입에서였다. 내리치는 순간, 주먹에 발끈 힘을 주며 손목을 살짝 돌렸던 것이다. 그래서, 월례의 손끝이 손목의 뼈를 때렸던 것이다. 고약한 수작이었다.

"안 돼 안 돼. 새로 새로……." 월례는 떼를 썼다. 광웅이의 손을 도로 잡으려고 마구 달려들었다. 부끄럼이고 뭐고 그런 것 생각할 겨를도 없이. 제대로 보복이 안 된 셈이니 그럴 수밖에 없었다.

월례가 그렇게 떼를 쓰며 덤비는 것이 오히려 기분 좋기만 한 듯 광웅이는 곧장 빙글빙글 웃으면서 팔뚝을 뒤로 감추어댔다. 뒤로 감춘 그 팔뚝을 월례는 한사코 잡으려고 벌겋게 달아서 야단이었다. 마구 광웅이의 몸뚱이를 끌어안을 듯이 덤볐다. 기어이 새로 때리고 싶어서 그런다기보다도, 그렇게 떼를 쓰는 것이 기분이 좋아 그러는 것처럼 보였다.

"핫핫하 핫핫하……." 명자는 구경 좋다는 듯이 웃어댔다.

그러나, 덕심이는 휘둥그레진 눈으로 월례를 멀뚱히 바라보기만 했다. 월례가 참 얄궂은 것이었다. 평소에 부끄럼도 많고, 얌전한 편인 월례가 난데없이 오늘은 이게 어찌된 일인가 말이다. 심패 한 차례 때문에 부끄럼이고 뭐고 없이 남자 손을 마구 끌어 잡으려들고, 심지어 몸뚱이를 덮쳐 안을 듯이 덤비니 말이다.

"저런 저런……." 하마터면 광웅이의 가슴팍에 얼굴이 묻힐 뻔도 했다.

결국 광웅이가 졌다. 사정없이 달려드는 여자 앞에는 남자도 져주는 수밖에 없는 모양이었다.

아무튼 참 얄궂은 일이었다. 월례의 어디에 그런 괄괄한 성질이 숨어 있었는지 덕심이는 그런 말괄량이 같은 월례를 처음 보는 터이라 그저 놀랍기만 한 것이었다.

4

가루다놀이는 의외로 재미가 좋았다. 그런 재미있는 놀이가 있는 줄을 월례는 미처 몰랐던 것이다. 월례뿐 아니라 명자, 덕심이도 마찬가지였지만.

가루다놀이 그 자체도 재미가 있긴 했지만, 그것보다도 어쩌면 월례는 심패를 때리고 맞고 하는 그 따끔따끔하고, 화끈화끈하고, 얼얼한 맛이 더 좋은지도 몰랐다. 그것도 그냥 싱겁게 여자끼리만 그러는 것이 아니라, 남자와 함께 어울리는 판이니 말이다. 더구나 남자도 그냥 마을의 시시한 아무나 하고가 아니라, 경성 유학생인 광웅이하고니 말이다.

아무튼 뜻밖에 가루다놀이의 재미를 익힌 월례는 곧잘 명자네 집을 찾아가곤 했다.

어느 날, 그날도 월례는 점심을 한 술 뜨자 곧 명자네 집을 찾아갔다. 그런데 명자는 없고 광웅이도 없었다.

"어디 갔노? 누부(누나)."

마루 끝에 서서 고추를 내놓고 토방에다가 아무렇게나 오줌을 깔기고 있는 송웅이에게 물었더니, 녀석이 묻는 말엔 대답을 안 하고,

"나 여기다 오짐 눈다. 아나?" 하면서 생글생글 웃기만 했다.

"누부 어디 갔노 말이다!"

"몰라."

그제야 부억 할멈이 큰방 문을 열고 내다보았다.

"들어가 있거라. 곧 올 끼다. 올바이(오빠) 부르로 갔다. 얼음 타

로 나가더니 점심 묵으로 안 와서 가보라 캤다. 춥다. 들어가 기다리라."

"예." 월례는 공부방 문을 열고 들어갔다.

방 한쪽 구석에 가루다가 흩어져 있었다. 월례는 가루다를 보자 절로 반가운 생각이 들어, 가서 끌어 모아 가지런하게 간추렸다. 이렇게 소중한 물건을 아무렇게나 흩어놓다니 얄궂다 싶으면서. 그리고 월례는 따뜻한 아랫목에 앉아 그 가루다를 한 장 한 장 넘기기 시작했다.

글이 적힌 가루다는 별게 아니지만, 그림 가루다는 매우 들여다볼 만했다. 별 그림이 다 있었다. 빨간 잠자리 그림, 까마귀 그림, 비행기 그림, 총을 멘 헤이따이상 그림, 칼을 찬 사무라이 그림, 군함들이 떠 있는 바다 그림, 산 그림, 꽃 그림……. 그런 꽤 눈에 익은 그림들을 한 장 한 장 자세히 보아 나가던 월례는 그만 커다랗게 하품을 했다. 따뜻한 아랫목에 앉아 있으니 궁둥이가 물렁물렁해지며 절로 졸음이 오는 것이었다. 그래서 월례는 슬그머니 팔 하나를 접쳐 베고 옆으로 몸을 눕혔다.

옆으로 누워서 계속 가루다를 뒤적뒤적하던 월례는 그만 스르르 잠이 들어버렸다.

얼마 후 방문이 열렸으나 월례는 그런 줄을 모르고 그냥 자고 있었다. 점심을 먹은 바로 뒤라 그런지 낮인데도 꽤 깊이 잠이 들었던 것이다.

방문을 연 것은 홍 주사였다. 홍 주사는 점심을 먹으러 집에 오는 때도 있었고, 객줏집에 가서 먹는 때도 있었다. 객줏집으로 가는 것은 대개 자기 발로 가는 것이 아니라 대접을 받으러 가는 것이었다. 그럴 때면 으레 술도 몇 잔 걸쳐가며 먹기 마련이었다. 오늘도 그는 어떤 농장 소작인의 대접을 받았던 것이다.

얼굴이 붉을 정도는 아니었으나 두 눈언저리가 아무래도 좀 번질번질했다. 한쪽 개눈도 어쩐지 평소보다 더 기분 나쁘게 미끈거렸다. 보통 주량이 아니었지만 그러나 역시 낮술에는 휘감기는 모양이었다. 석 잔인가 마셨는데 눈시울이 곧 감길 듯이 찌뿌드드했다. 이제 확실히 나이 탓도 있는 모양이었다. 그래서 그는 객줏집을 나와 집으로 향했던 것이다. 농장에 별일도 없고 마침 토요일이기도 해서 잘 됐던 것이다. 집에서 한숨 자고 슬슬 화투치기나 하러 갈까 하고 말이다.

제법 혼혼한 기분으로 대문을 들어선 홍 주사는 공부방 앞에 놓인 까만 운동화 한 켤레가 눈에 띄었다. 그런데 얼른 보아도 어쩐지 그게 명자 것은 아닌 듯했다. 좀 큰 것 같기도 하고 아무래도 눈에 익은 운동화는 아닌 것이었다.

누구 운동활까? 누가 혼자 공부방에 와 있는 것일까? 그래서 홍 주사는 방문을 열어보았던 것이다.

그런데 뜻밖에도 월례가 혼자 아랫목에서 자고 있는 것이 아닌가. 이게 어떻게 된 일인가? 홍 주사는 곤장 두 눈을 끔벅거리며 멀뚱히 월례의 잠든 모습을 바라보고 있었다.

그러다가 별안간 야, 그거 희한하다는 듯이 번쩍 한쪽 성한 눈에 번질번질한 빛을 띠었다. 한쪽 개눈도 어쩐지 더 반질거리는 듯했다. 월례가 꿈틀하면서 새우처럼 옆으로 꾸부러져 자던 몸을 뒤척였던 것이다. 그러자 치마 한쪽이 약간 걷혀 올라가면서 다리 하나가 쑥 나타났는데, 그 다리의 오금께가 그냥 맨살로 드러났던 것이다. 오금 윗부분부터는 속바지에 가렸지만 말이다. 월례의 살결은 매우 흰 편이었다. 흰 살결인 데다가 포동포동 한창 부드러운 살이 오르고 있는 터이라 오금은 유난히 희고 야들야들해 보였다. 그러니 홍 주사의 눈이 번쩍 뜨일 수밖에.

홍 주사는 무슨 생각에서 안채 쪽을 힐끔 한 번 돌아보았다. 그리고 그만 슬그머니 방 안으로 기어 들어가는 것이었다.

가만히 방문을 닫은 홍 주사는 처음으로 그저 멀뚱히 서서 월례를 내려다보고 있었다. 그러나 성한 한쪽 눈의 번질번질한 빛은 점점 더 짙어가고 있었다. 거미줄 같은 핏발이 온통 흰자위에 서리기도 했다. 개눈 쪽도 더욱 괴상한 빛을 발하는 듯했다. 방 안에는 월례의 잠자는 숨소리가 있을 뿐이다.

잠시 후 홍 주사는 훅— 하고 더운 숨을 조심스레 내뿜었다. 그리고 한쪽 손을 방문 쪽으로 뻗었다. 방문 고리를 잡아 그것을 안으로 거는 것이었다. 문고리를 거는 손가락이 가늘게 떨렸다.

그런데도 월례는 세상 모르고 자고 있었다. 오히려 또 한 차례 몸을 뒤척여 이번에는 네 활개를 아무렇게나 내던지며 반듯이 드러눕는 것이 아닌가. 고개만 한쪽으로 살짝 눕힌 채, 마치 홍 주사의 거칠게 끓어오르는 음행한 수작을 받아들이기라도 하려는 것처럼.

홍 주사는 그만 풀썩 꺾어지듯이 월례 곁으로 다가앉았다. 그리고 월례의 살짝 옆으로 눕힌 얼굴을 벌겋게 번질거리는 눈으로 어루만지듯이 들여다보았다. 월례의 얼굴은 예쁘게 생긴 편은 아니었다. 그렇다고 못 생긴 얼굴도 아니었으며 살색이 희고 포동포동 살이 오른 터이라 제법 탐스럽고 수수하니 괜찮은 얼굴이었다. 표현을 하자면 허연 박꽃 같은 얼굴이라고 할 수 있었다.

그 허연 박꽃 같은 얼굴을 벌그레 핏발이 선 눈으로 내려다보고 있던 홍 주사는 무슨 생각이 떠올랐는지 그만 빙그레 웃음을 띠었다. 지금까지의 마치 무엇에 굶주린 짐승 같은 표정으로 스스로 김이 빠지듯이 어디론지 사라져버리고 대신 매우 기분이 좋고 만족스럽기까지 한 그런 표정이 떠올랐다. 빙그레 웃으면서 고개까지 서너 번 끄덕거렸다. 무슨 아주 그럴듯한 생각이 떠오른 모양이었다.

"그렇지, 됐어 됐어. 그라만 되고말고……."

홍 주사는 입속말로 중얼거리기까지 했다.

그 허연 박꽃을 한 번만 가질 것이 아니라, 자기 것으로 만들어서 두고두고 가져야겠다는 생각이 번쩍 머리에 와 닿았던 것이다. 한 번만 가진다는 것은 창피한 노릇일 뿐만 아니라, 가질 수 있을지도 어떨지도 모르는 것이다. 말하자면 위험성이 많은 것이다. 순순히 응해준다면 모르지만, 그렇지 않고 냅다 비명이라도 지른다면 그런 망신이 어디에 있겠는가 말이다. 더구나 대낮에 자기 집에서 십 중 구는 그럴 가능성이 있는 것이다. 십 중 구가 아니라 십 중 십일 것이다. 그러니 그런 무모한 짓을 저지르지 말고 떳떳한 방법을 택하자는 것이다. 말하자면 합법적으로 나가자, 이것이었다.

"그라만 안 될 턱이 없지. 지까짓 놈이 내 말을 안 들어? 흥, 안 들었다가는 목구녁에 거미줄 칠라고……." 홍 주사는 곧장 기분 좋게 웃었다.

월례 아버지 안 서방의 얼굴이 눈앞에 떠오르는 것이었다. 언제나 필요 이상으로 굽실굽실하는 그 비굴한 얼굴이 말이다.

언제던가, 지난해 가을…….

"자네 혹시 선생 사우 볼라고 생각하고 있는 거 앙이가?"

"예?"

"선생을 사우로 삼을라 카는 거 앙이가 말일세."

"선생을 사우로 삼을라 카다니요? 그기 무슨 말씀인지……."

"헛헛허…… 뭐 그렇게 놀랠 끼사 없네. 혹시 월례를 선생한테 치울라 카는 가 앙이가 싶어서……."

"무신 그런 말씀을……."

"응, 그래. 난 혹시 자네가 속으로 그런 생각을 묵고 있는 거 앙이가 싶었지."

"홍 주사님, 참 오늘은 벨 말씀을 다……."

그러면서 그때도 필요 이상으로 헤— 웃던 안 서방의 얼굴. 왜 그런 말을 묻는지 어리둥절하면서도 왜 난데없이 그러느냐고 한 번 물어보지도 못하던 비굴한 그 표정.

"헛헛허……." 홍 주사는 머리에 와 닿는 생각이 너무나 멋지고 통쾌하기까지 한 듯 그만 소리를 내어 웃었다. 왜 진작 그런 생각이 떠오르지 않았던가 싶기까지 했다. 그러나 그런 생각이 너무 일찍 떠올랐어도 곤란할 뻔했다. 아무래도 나이라는 것이 있으니 말이다. 이제 이만하면 어느 모로나 어엿한 색싯감이 아닌가. 홍 주사는 큰아기 티가 무르익어가는 월례의 이모저모를 뜯어보며 꿀꺽 뜨거운 침을 삼키기도 했다.

사실 요 몇 해 홍 주사는 매우 쓸쓸한 형편인 것이다. 마누라라는 것이 몇 해를 내리 고랑고랑하는 판이니 말이다. 더러 밤으로 찾아가는 일이 없는 것은 아니지만 고랑고랑하는 몸이라 도무지 시원찮기만 한 것이었다. 결국 좀 피둥피둥한 것을 물색하는 수밖에 없는데 이 시골 마을에 그런 게 좀처럼 있을 턱이 없었다. 이따금 객줏집에 술을 따르는 명색이 기생이라는 것이 흘러 들어오긴 했지만 그런 퇴물도 여자라고 들어오기만 하면 이놈 저놈 넘보는 터이라, 한두 번 말이지 좀처럼 얻어 걸리지가 않았다. 더구나 이 근래에 와서는 그런 여자가 들어와 노는 것을 주재소에서 단속을 하는 모양이었다. 시국을 인식하지 못한 처사라고 말이다. 그래서 얼핏 모습을 보였다가는 이내 어디론지 흘러가 버리곤 하는 것이었다. 그러니 자연 홍 주사는 술이나 화투 쪽으로 기울어지는 수밖에 없었다.

그런 판국인데, 번쩍 멋진 생각이 떠올랐으니 썩 기분이 좋을 도리밖에. 좀 엉뚱한 생각인지는 모르지만 그러나 그런 무슨 수라도 있기 전에는 도무지 살맛이 나지가 않는 것이다. 좀 엉뚱한 생각이고, 어쩌면 남들에게 되게 욕을 얻어먹을 일인지도 모르지만 좌우간 밀어붙여야지 싶었다. 시퍼런 여편네를 두고도 또 하나를 거느리는 사람도 많은데 말이다. 자기는 마누라가 고랑고랑하는 병객이 아닌가. 까짓것 남들이야 욕을 하건 말건 조금도 상관이 없는 것이다. 그런 데 개의할 홍 주사가 아닌 것이다. 그런 데 일일이 개의하다가는 세상일 아무것도 못하는 것이다.

"암, 그렇고말고……."

그러고 있는데 대문 밖 골목에서 까르르 웃는 소리가 들려왔다. 명자의 웃음소리에 틀림없었다. 그리고 광웅이의 목소리도 들리는 듯했다. 둘이 함께 오는 모양이었다.

홍 주사는 번쩍 정신이 들며 후닥닥 자리에서 일어났다. 얼른 문고리를 벗기고 방문을 열었다.

그 바람에 월례가 눈을 떴다. 열린 방문으로 바깥 찬 공기가 확 밀어닥치자 월례는 벌떡 일어났다. 어떻게 된 영문인지 알 수가 없어 월례는 눈이 휘둥그레질 뿐이었다.

후닥닥 방문 밖으로 뛰어나가던 홍 주사는 그 경황 중에도 힐끗 월례를 돌아보며 싱그레 야릇한 웃음을 웃었다.

월례는 오스스 떨었다. 밀어닥친 찬 공기 탓만은 아닌 것이었다. 홍 주사의 그 묘하게 기분 나쁜 웃음이 절로 등골을 으스스하게 했던 것이다. 기분 나쁘게 반질거리는 그 개눈이 말이다.

탁! 방문이 닫히자 월례는 그제야 옷매무새를 내려다보았다. 치마랑 속바지랑 다 별 이상이 없는 것을 알자, 좀 마음이 놓이는 듯했으나 역시 얼떨떨하기는 마찬가지였다. 언제 잠이 들었는지, 명자 이모부가 들어왔는지, 그 개눈이 무엇하러 들어왔는지, 도무지 알 수가 없는 것이었다.

5

광웅이의 일과 중에 중요한 몫을 차지하고 있는 것이 거울을 들여다보는 일이었다. 거울을 들여다보며 여드름을 짜는 것이었다. 심심하면 혼자 조그마한 손거울을 책상 위나 방문턱 같은 데 세워놓고 웅크리고 앉거나 엎드려서 얼굴의 이모저모를 비추어가며 불거져 나오는 여드름을 짜댔다. 어떻게 된 셈인지 짜도 짜도 끝이 없고, 언제 들여다보아도 새 여드름이 눈에 띄었다. 말하자면 여드름 성적은 대단히 좋은 셈이었다. 요 며칠 사이엔 바짝 더 성한 듯했다. 자꾸 짜대서 그런지 찝찝하고 근질근질하게 느껴지기까지 했다.

어쩌면 요 며칠 사이에 바짝 더 성한 것은 까닭이 있기 때문인지도 몰랐다. 요 며칠 도무지 밤으로 잠이 오질 않는 것이었다. 잠이 안 온다기보다도 일부러 잠을 쫓아버리고 있는 셈이었다. 곧장 한 가지 생각을 불러일으키고 있는 터이니 말이다. 불러일으켜 가지고는 칭칭 휘말려 헤어나질 못하고, 밤이 이슥토록 애꿎은 이불만 이리 불끈 저리 불끈 휘감아댔다.

한 가지 생각이란 다름 아닌 월례 생각이었다. 어떻게 된 영문인지, 월례가 요 며칠 전부터 놀러 오질 않는 것이었다. 가루다놀이를 하자고 일부러 명자를 시켜 부르러 보내도 집에 일이 있다는 핑계로 오질 않았다. 왜 그러는지 알 수가 없었다. 혹시 심패를 너무 세게 때려서 틀어진 것일까? 아니면 무슨 달리 일이라도 있었던가?

처음에는 이런 생각을 하느라고 잠을 자지 않던 것이 차츰 안타까운 쪽으로 기울어지더니 결국 못 견디게 그만 월례가 보고 싶고, 만나고 싶고, 이야기를 나누고 싶고, 그리고 심패도 때리고 싶었다. 심패가 때리고 싶다기보다는 그 포동포동한 손목에 닿고 싶은 것이었다. 손목뿐 아니라 말이다.

그렇게 잠을 못 이루는 밤이면 또 으레 거울을 들여다보기도 했다. 물론 여드름을 짰다. 그러나 이제 여드름만 짜는 것이 아니라 얼굴을 이리 돌리고 저리 돌려가면서 잘 생겼는가 어떤가를 살펴보는 것이었다. 마치 자기의 얼굴이 어떻게 생겼는가 처음 보는 사람처럼 웃어보기도 하고 약간 찡그려 보기도 하면서.

그날 밤도 광웅이는 월례 생각에 몸이 달아서 마치 어디가 아프기라도 한 것처럼 끙끙 앓는 소리 비슷한 소리를 곧장 내뱉다가는 슬그머니 일어나 교복 윗 포켓에서 손거울을 꺼냈다. 그는 언제나 그것을 교복 윗 포켓에 넣어가지고 다니며 아무 데서나 생각이 나면 꺼내어 들여다보곤 하는 것이었다.

손거울을 베개에 기대 세워 놓고는 그 앞에 납딱 엎드려서 들여다보기 시작했다. 우선 눈두덩 위의 커다란 여드름 바싹 곁에 새로 돋아나는 조그마한 놈을 퇴치했다. 조그마한 놈이 매우 아팠다. 고놈이 아프다기보다도 그 곁의 커다란 놈이 아픈 것이었다. 몇 번이나 짜댔던지 푸르죽죽하게 염색이 되기까지 한 놈이었다. 가장 큼직하게 자리를 잡고 있는 놈이었다. 나중에 그 자리에 흉터로 남지 않을까 싶었다. 바로 눈두덩 위에 말이다. 흉터가 되면 큰일인데…… 그런 생각을 하며 그 왕여드름을 중심으로 해서 얼굴을 이리 돌려 보기도 하고 저리 돌려 보기도 했다.

그리고 새 여드름을 몇 개 더 찾아서 박멸하고 나서는 거울 속에 얼굴을 고정시켜 놓고 멀뚱히 들여다보고 있었다. 월례가 이렇게 여드름이 난 것을 어떻게 생각할까? 문득 또 월례 생각이었다. 여드름도 적당히 나야지, 너무 무더기로 났으니 좋게 보지는 않을 테지. 그렇다고 저절로 그렇게 난 것을 나쁘다고 생각하지는 않겠지. 자기도 얼핏 보니 한 갠가 두 개 나 있지 않던가 말이다.

월례의 이마 한쪽 머리카락 밑으로 뾰족이 돋아나 보이던 여드름 생각이 나자, 절로 미소가 지어지며 불현듯 또 그녀가 가슴을 메우는 것이 아닌가.

아무래도 도리가 없는 것 같았다. 아무래도 월례를 자기 것으로 만들어야만 될 것 같았다. 그렇지 않고는 밤으로 잠을 이루지 못할 뿐만 아니라 입맛도 뚝 떨어지고 말 게 틀림없었다. 방학도 어느덧 열흘가량밖에 남지 않은 것이다. 그동안에 월례를 자기 것으로 만들어놓고 경성으로 돌아가야 학교엘 가도 제대로 공부가 될 것 같았다. 그렇지 않고 그냥 떠나가서 경성에 돌아가서도 이렇게 잠을 이루지 못하고 입맛까지 잃어버린다면 큰일이 아닌가. 공부도 될 턱이 없는 것이다. 그러니 학교 공부를 위해서도 아무쪼록 월례를 자기 것으로 만들어야만 되겠는 것이다.

"요—씨!" 그는 어금니를 물며 두 주먹을 불끈 쥐었다.

그러면 어떻게 해야 될까? 맨 처음 어떤 방법으로 나가는 것이 좋을까? 월례가 요즘 부르러 보내도 놀러오지 않는 것을 보니 아무래도 뭔가 틀린 일이 있는 게 분명했다. 그렇다면 먼저 그 오해가 풀리도록 해야 할 것이다. 무슨 오해인지는 모르지만 무슨 오해를 했기에 가루다놀이를 하러 놀러 오지 않느냐, 한 번 조용히 만나서 이야길 나눌 수 없느냐, 오해는 풀어야 되지 않겠느냐……. 그런 내용의 편지를 써서 먼저 보내는 수밖에 없었다. 끝에다가 살짝 너를 사랑한다는 말을 비칠까? 그러나 그러면 안 될 것 같았다. 그런 말을 처음부터 집어넣으면 어쩌면 만나주지 않을지도 모르니 말이다. 우선 무엇보다도 단둘이 만나는 것이 중요한 것이다. 단둘이 만나 이야기를 나누게 되면 차츰 설마……. 다 일에는 순서라는 것이 있는 법이지.

"히히히……." 광웅이는 웃었다.

'일에는 순서가 있는 법'이라는 말은 학교에서 배운 말인 것이다. 학교 수신 선생이 곧잘 그 말을 하는 것이다. 일종의 그 선생의 애

용어였다. 언제나 사람은 덤비지 말고 차근차근 무슨 일을 해나가야 된다는 것이었다. 말하자면 침착을 강조하는 말이었다. 참 좋은 말이지. 잘도 그 말을 배워 두었지.

"히히히……." 광웅이는 벌떡 자리에서 일어났다. 책상 앞에 가 앉는 것이었다. 펜을 쥐고 허두를 어떻게 뗄 것인가 잠시 생각하다가 그는 문득 이 편지를 써서 어떻게 전달할 것인가 하는 생각이 났다. 명자를 시킬 것인가? 명자를 시키면 혹시 뜯어보지 않을까? 만일 뜯어보면 단둘이 만나기가 어렵게 될지도 모르고 또 아무래도……. 그럼 송웅이를 시킬까? 네 살짜리가 잘 될까? 그러다가,

"그렇지, 일에는 순서가 있는 법이지. 히히히……." 웃었다.

그것은 다음 순서인 것이다. 우선 편지부터 써 놓고 생각할 일이다.

"월례야, 왜 우리집에 놀러 안 오나?"

이렇게 허두를 떼다가 아무래도 편지는 경어로 하는 것이 나을 것 같아 북 찢어버렸다. 말하자면 애인한테 쓰는 편지인 셈인데 말이다. 그런 심정을 호소하는 것은 아니지만 좌우간 비슷한 성질의 편지가 아닌가.

그는 새 종이에다가 다음과 같이 써나갔다.

월례 씨, 왜 우리집에 놀러 안 옵니까? 무슨 오해가 있습니까? 혹시 내가 심패를 너무 아프게 때려서 기분이 나빠졌습니까? 그렇다면 미안합니다. 한 번 만나서 오해를 풀고 싶습니다. 오해는 푸는

것이 좋은 일이 아닐까요? 그럼 내일 저녁 생이숲에서 기다리겠습니다. 꼭 나와 오해를 풉시다. 꼭 나와 주십시오. 꼭 나오리라 믿고 기다리겠습니다.

광웅이로부터

간단했다. 뭐 심중을 호소하는 글이 아니니, 간단해도 무방한 것이다. 이만하면 됐지? 글씨도 깨끗한 편이고……. 광웅이는 빙그레 웃었다. 학교에서 작문 시간에 지은 글보다는 어쩐지 좀 낫게 됐다 싶은 것이다.

그는 그것을 네 겹으로 접었다.

"자, 그럼……." 내일 봉투를 사 가지고 밀봉하기로 하고……. 그는 가볍게 휘파람으로 〈궁깡 마아치〉(군함 행진곡)의 첫머리를 불면서 편지를 책상 서랍 속에 깊숙이 넣었다. 그리고 자리에 벌떡 드러누웠다. 이번에는 편지를 어떻게 전달할 것인가 그것을 궁리해야 할 순서인 것이다.

남포등의 불이 차츰 작아지고 있었다. 기름이 다 된 모양이었다.

훅! 꺼버렸다.

불을 끄고도 그 궁리는 얼마든지 할 수 있으니 말이다.

6

해 질 무렵이었다. 월례는 〈달밤의 사막〉을 흥얼거리면서 아랫거리까지 빈 비룻병*(맥주병)을 들고 석유를 사러 갔다. 그런데 기름

집에서 이제 석유를 마음대로 팔지 못한다는 것이었다. 그럼 우째야 되느냐고 물었더니, 주인 여자는 자기도 잘 모른다면서, 씩 웃기만 했다.

“모르시다니예? 그럼 우예야 됩니꼬? 석유가 뚝 떨어졌는데예.”

“배급이란다, 배급.”

“배급이 뭡니꼬?”

“배급도 모르나? 하하하…….”

주인 여자가 웃는 바람에 월례는 살짝 얼굴을 붉히며 돌아서 버렸다.

빈 비룻병을 들고 집으로 돌아가며 월례는 곧장,

“배급, 배급…….” 하고, 중얼거렸다. 배급이라니, 뭘 우짜는 긴가 싶었다.

그러나, 그런 생각은 잠시고, 곧 또,

“달밤의 사막을 끝없이 정처 없이…….” 하는 노래가 흥얼거려졌다. 선생님한테 조금 배우다 만 그 노래가 아련하게 늘 머리에 남아, 심심할 때면 곧잘 혀끝에 감도는 것이었다. 곡을 제대로 알지도 못하면서 말이다.

“……낙타에 몸을 실은 나그네는 갑니다…….”

제멋대로 적당히 흥얼거리면서 어둠이 끼는 골목 모퉁이를 돌아서는데,

“누부야!” 하고, 뻥긋 웃으면서 튀어나온 것은 동생 용길이었다.

용길이는 아홉 살. 지난해 한 번 입학시험을 쳐서 떨어져 집에서 놀고 있는 남동생이었다. 월례에게는 용길이와 용례 두 동생이 있었다. 용례는 여섯 살짜리였다. 그러니까, 월례 바로 밑으로 동생이

둘 더 있었는데 죽은 것이었다.

용길이가 골목 모퉁이에 숨어서 기다리고 있기라도 했던 것처럼 난데없이 튀어나오면서 웬 봉투를 하나 불쑥 내밀었다.

"이기 뭐고?" 월례는 절로 눈이 휘둥그레졌다.

"누가 주더노?"

"히히히……."

"응? 누가 주더노 말이다."

"히히히……." 용길이는 곧장 웃기만 했다. 제 딴은 무슨 대단한 의미가 있기라도 한 것처럼. 용길이는 입에 무언지 볼록한 것을 물고 있었다. 눈깔사탕인 모양이었다. 그런데, 키득키득 웃으면서, 그 입에 든 것을 마치 자랑이라도 하듯 더 볼록하게 앞으로 빼무는 것이 아닌가.

"니 입에 사탕이제? 누가 주더노?"

"헤헤— 학생이."

"학생? 어느 학생."

"겡성 학생." 용길이는 '경성'을 '겡성'이라고 한다.

"경성 학생? 명자 오빠 말이가?"

"그래."

"이것도?"

"응, 헤헤헤……." 용길이는 제가 뭘 아는 듯 조금 묘하게 웃었다.

월례는 이상하다 싶었다. 광웅이가 무슨 편지를 보내다니…… 용길이한테 눈깔사탕도 사 주고 말이다. 얼른 봉투를 뜯었다.

봉투 속에서 하얀 편지 종이가 나오자, 어쩐지 월례는 가슴이 약간 두근거리면서 절로 사방이 살펴졌다. 혹시 누가 보는 사람이 없는가 해서 말이다. 그러나, 골목 안엔 어둠살이 깔리고 있을 뿐, 아무도 보는 사람은 없었다. 월례는 얼른 편지를 읽어 보았다.

월례 씨, 왜 우리집에 놀러 안 옵니까? 무슨 오해가 있습니까? 혹시 내가 심패를 너무 아프게 때려서 기분이 나빠졌습니까?

여기까지 읽자, 그만 월례는 킥! 웃음이 나왔다. 심패를 너무 아프게 때려서 기분이 나빠지다니 천만의 말씀인 것이다. 심패는 오히려 얼얼하도록 아프게 맞으니 기분이 좋기만 했다. 놀러 안 가는 까닭은 결코 그게 아닌 것이다. 말 못할 사정이 있는 것이다. 월례는 속으로, 내가 왜 너거 집에 안 가는지 그 까닭은 너거 아버지한테 물어보면 잘 알 기다, 싶었다.

……그럼 내일 저녁 생이숲에서 기다리겠습니다. 꼭 나와 오해를 풉시다. 꼭 나와 주십시오. 꼭 나오리라 믿고 기다리겠습니다. 광웅이로부터

다 읽고 난 월례는 키드득키드득 웃었다. 오해를 풀다니, 저하고 무슨 오해가 있길래 푼단 말인가. 저거 아버지에 대한 오해를 저하고 풀 수는 없는 일이고…… 그리고, 월례는 왜 하필 오해를 푸는데 저녁에 생이숲에서 풀자고 하는지, 얄궂다 싶었다. 오해를 풀려면 밝은 대낮에 풀 일이지 말이다.

"누부야, 뭐라고 썼는데 자꾸 웃노?"

용길이는 다 녹아가는 눈깔사탕을 바사삭 깨물며 묻는다.

"뭐라고 썼기나 말기나……." 월례는 퉁명스럽게 말했다. 그러나, 곧 이래서는 안 되겠다 싶었는지 은근한 목소리로,

"용길아, 니 고구마 좋아하제?" 물었다.

"고구마?" 난데없이 고구마는 싶은 듯 용길이는 누나를 빤히 쳐다본다.

"그래, 찐 고구마 니 잘 묵제?"

"응."

"고구마 내가 많이 쪄줄 끼니까, 엄마나 아부지한테 이 편지 이야기 하지 마래이!"

"안 한다!" 웬일인지 용길이는 단호히 말하는 것이었다.

"겡성 학생도 이얘기 하지 말라카더라. 사탕 사 주면서."

"호호호……." 월례는 절로 웃음이 나와 그만 그 편지를 손아귀 속에 조그맣게 구겨 쥐고, 빈 비룻병을 덜렁거리면서 집으로 달리기 시작했다. 용길이도 뒤따라 달렸다.

편지에 적힌 대로 생이숲으로 나가야 할 것인지, 어째야 할 것인지, 월례는 몹시 망설여졌다. 저하고는 아무 오해도 없는데, 오해를 풀러 나간다는 것도 이상하고, 그렇다고 그처럼 간곡하게 나와 달라고 하는데, 안 나간다는 것도 무엇 하고…… 월례는 어떻게 해야 될지 공연히 마음이 들떠서 이튿날 종일 아무 일도 제대로 손에 잡히지가 않았다. 어떻게 생각하면 아주 재미있고 희한한 일이 생길 것 같기도 했고, 어떻게 생각하면 슬그머니 겁이 나기도 하는 것이었다. 낮에 만나서 오해를 풀자고 했으면 모르겠는데, 낮이 아니라 밤에, 더구나 생이숲에서 말이다. 생이숲 깊숙한 곳엔 상엿집이 있어서 낮에도 혼자 가면 으스스한 판인데, 저녁에 그곳으로 나오라

니, 남자 간덩이는 얼마나 크길래…… 싶기도 했다.

아무래도 그만두는 수밖에 없다고 월례는 마음먹었다. 그러나, 어찌 된 셈인지, 그렇게 마음을 먹었는데도 곧장 궁둥이가 가만히 자리에 붙어 있으려 하질 않았다. 좀이 쑤시는 것 같아 견딜 수가 없었다. 결국 월례는 저녁을 먹고 나서, 망설이고 망설이다가 살짝 사립을 빠져나갔다.

달이 꽤 좋은 밤이었다. 그러나, 마을을 빠져나가 생이숲으로 가는 길에 나선 월례는 절로 목이 움츠러들며 걸음이 얼어붙는 듯 멈추어지고 말았다. 때마침 매운 겨울밤바람이 지나가기도 했지만, 그것보다도 푸르스름한 달빛 아래 시꺼멓게 깔려 있는 숲 그림자가 별안간 등에 찬물을 끼얹는 듯 으스스하게 느껴졌던 것이다. 저 시꺼먼 숲속에 상엿집이 있다는 생각이 퍼뜩 머리에 떠올랐던 것이다. 만일 저 숲속으로 갔다가 광웅이가 나와 있지 않을 경우를 생각하면 지금부터 벌써 온몸에 식은땀이 내배는 듯했다.

"아이고 무시라!" 월례는 공연히 온몸을 바르르 한 번 떨고는 후딱 그만 돌아서 버렸다.

돌아서서 도로 마을 쪽으로 온 월례는 그러나 그대로 집에 돌아갈 수는 아무래도 없는 모양이었다. 마치 무엇이 치마를 잡고 놓아주지 않은 것처럼 어느 볏가리 옆에 가만히 서서 움직일 줄을 몰랐다. 그렇게 겁을 집어먹으면서도 곧장 생이숲 쪽을 바라보고 있는 것이었다. 얼마나 지났을까, 생이숲으로부터 새까만 그림자가 하나 이쪽으로 움직여 오고 있는 것이 보였다.

"우야꼬……." 월례는 절로 입에서 그런 소리가 나왔다. 광웅이가 숲에서 기다리다가 돌아오는 게 틀림없는 것이다.

푸르스름한 달빛 속으로 차츰 가까워지는데 보니, 그것은 틀림없는 광웅이었다. 광웅이는 오버 포켓에 두 손을 찌르고, 목을 자라목처럼 움츠리고는 성큼성큼 걸어왔다. 추워서 그런지, 별로 실망을 한 사람 같은 걸음걸이가 아니었다.

월례는 얼른 볏가리 그늘 쪽으로 몸을 숨기듯 붙어 섰다. 왠지 몹시 부끄럽다는 생각이 들었던 것이다. 한 방에서 가루다놀이를 하면서 서로 심패를 때리기도 했지만, 이렇게 밤중에 만나기는 처음인 것이다. 더구나 단둘이 말이다.

그러나 광웅이는 볏가리 그늘에 월례가 숨어 있는 줄을 모르고 그냥 성큼성큼 지나가버리는 것이 아닌가. 월례는 이거 우야노 싶었다. 광웅아 하고 부를까 했으나, 웬일인지 그 소리가 목에서 쉽게 튀어나오질 않았다.

"하하하하……." 그만 월례는 소리를 내어 웃었다.

그런데도 광웅이는 오버 깃을 세우고 그 속에 푹 묻혀서 그런지, 돌아보질 않고, 그냥 성큼성큼 걸어가는 것이었다.

월례는 이번에는 냅다 큰 소리로,

"핫핫핫하……." 웃어젖혔다. 그것은 웃음이라기보다도 안타까운 일종의 신호인 셈이었다.

그제야 광웅이는 걸음을 멈추고, 오버 깃 속에서 목을 뽑아 얼굴을 돌렸다.

"아! 아— 여기 있었구만요."

광웅이의 얼굴에 대번에 함박 같은 웃음이 피었다.

월례도 웃었다. 그러나, 월례의 웃음은 무의식중에 나오는 그런 웃음이 아니라, 어쩐지 우습기도 하고, 어색하기도 해서 킥킥거리는 그런 웃음이었다. 광웅이가 자기에 대해서 경어를 썼기 때문이었다. 가루다놀이를 할 때나 지금까지는 경어를 쓰는 일이 없었는데 말이다. 그리고, 월례는 자기에게 경어를 쓰는 사람을 난생 처음 대하는 셈이어서 몹시 묘한 느낌이기도 했던 것이다.

광웅이가 곁으로 다가오자, 월례는 절로 한 걸음 뒤로 물러서지는 것이었다.

"여기서 기다렸구만요. 나는 그런 줄을 모르고…… 하하하……."

광웅이는 여전히 경어로 말하며 기분 좋게 웃었다.

월례는 아무 말도 안 하고, 자꾸 웃음이 나오려는 것을 꾹 참고만 있었다. 잠시 광웅이도 본론을 어떤 식으로 꺼내야 될지 모르겠다는 듯 말없이 서 있었다.

볏가리 그늘 속은 어쩐지 더 추운 듯했다. 월례는 그만 발가락이 시려서 못 견디겠다는 듯 제자리에서 발을 번갈아 몇 차례 움직였다. 그것은 어쩌면, 할 말이 있으면 빨리 좀 해봐라, 발가락이 시려서 못 견디겠는데, 남을 불러내놓고 뭘 우물쭈물하고 있느냐는 의사표시이기도 했다.

광웅이도 얼른 그런 눈치를 알아차리고 입을 열었다.

"무신 오해를 했나요? 와 우리집에 놀러 안 옵니까?"

"……."

"와 가루다놀이 하로 안 옵니까?"

"……."

"내가 심패를 너무 아프게 때려서 삐졌어요?"

"하하하하……." 그만 월례는 참고 있던 웃음이 터져 나와 버렸다. 중학생이라는 것이 꼭 어린애 같다고 생각했다. 더구나 경성의 중학생이 말이다.

월례가 웃자, 광웅이도 약간 멋쩍은 듯, 그러나, 큰 소리로 웃고는,

"그럼 와 안 옵니까?" 알 수 없다는 듯이 물었다.

"무신 딴 이유가 있어요? 말해 봐요."

"……."

"그럼 낼부터 놀로 오지요? 아무 이유도 없으면서 와 그랍니까?"

"있어예."

"예? 있어요? 무신 이윤데요?"

"……."

"어디 말해 봐요."

"……."

"예? 말해 보라니까요."

"몰라예."

"아니, 모르다니……."

"……."

"참 얄궂은데요. 무신 이윤데 와 말을 몬 합니까? 나 같으면 얼른 말해 삐리겠는데……."

"하하하……."

"안 그래요? 하하하……."

그러자 월례는 내뱉듯이 말했다.

"집의 아부지 때문이라예."

"집의 아부지? 와 집의 아부지가 우리집에 못 가게 합니까?"

"우리 아부지가 아니라, 집의 아부지 홍 주사 어른 말이예."

"우리 아부지 때문에요?"

"예."

"우리 아부지가 와 우쨌는데요?"

"……."

"예? 우쨌는데요?"

"몰라예!" 그만 월례는 쏘아붙이듯이 말하고는 홱 돌아서서 냅다 도망치듯이 내닫기 시작했다.

당황한 광웅이는,

"가만있어! 가만있어!" 하고, 뒤쫓아 가 결국 월례를 붙잡았다. 월례의 팔뚝 하나를 불끈 붙들고는,

"우라부지가 뭘 우쨌는데? 말해 봐요, 말해 봐요." 사정하다시피 했다.

"나중에 말 할께예."

"나중에? 그럼 내일 점심 묵고 생이숲으로 나와요. 예?"

"예, 예." 월례는 되는 대로 그만 대답을 해버렸다.

"꼭 나와야 돼요."

"예."

"그럼 내일 만납시다. 잘 가요."

월례는 킥! 웃고 나서 골목길을 냅다 달렸다.

7

이튿날 오후, 벌보는 냇가에서 얼음을 지치고 있었다. 아이들 속에 섞여 부지런히 '수께또'를 타다가 문득 생이숲 쪽을 보니, 학생

오버를 입은 광웅이가 혼자 생이숲으로 가고 있는 것이 보였다. 무슨 일로 오늘은 얼음을 타러 나오질 않고, 혼자 생이숲으로 가는가 싶었으나, 벌보는 그저 대수롭게 생각하질 않았다.

그런데, 얼마 후, 벌보의 눈에 이번에는 월례의 모습이 들어오자, "으?" 싶었다.

월례도 생이숲 쪽으로 가고 있는 것이 아닌가. 아무래도 이상한 일이었다. 벌보는 얼음판 위에 멀뚱히 서서 월례의 모습을 가만히 지켜보았다. 월례가 생이숲 속으로 모습을 감추자, 벌보는 이상한 일이라는 듯이 고개를 두어 번 기울이더니, 코를 쳐들며, "흐흐—" 웃었다. 그리고 "버버버버…… 으으으……." 제 딴은 무슨 의미 있는 소리를 내지르기도 했다.

월례와 광웅이는 상엿집 한쪽 모퉁이에 나란히 앉았다. 깊숙한 숲속이기는 했지만, 나무 사이로 떨어지는 햇볕이 제법 포대기 한 장만큼 상엿집 모퉁이에 양지를 이루고 있었다.

어둠이 내리면 생각만 해도 기분 나쁘고 무섭기만 한 상엿집도 대낮에는 아무렇지도 않았다. 물론 기분이 좋은 것은 아니었지만.

그리고, 월례는 간밤에 잠시나마 광웅이와 단둘이 만난 터인데도, 여전히 부끄럽고, 멋쩍고, 그러면서도 조금 야릇하게 가슴이 설레기도 했다. 월례는 아직도 생각하고 있는 중이었다. 홍 주사의 그 이야기를 아들인 광웅이한테 해야 될지 어떨지를…… 보나마나 그것부터 물어 올 터인데……. 말하자면 어젯밤의 계속인 셈이니 말이다.

그러나, 뜻밖에도 광웅이는 엉뚱한 이야기부터 꺼내는 것이었다. 그 이야기는 잊어버리기라도 한 것처럼.

"월례 씨, 난 요새 통 잠이 안 와요." 하는 것이 아닌가.

월례는 킥 웃음이 나오려는 것을 참으며, 힐끗 광웅이를 한 번 쳐다보았다. 그리고, 약간 귀밑을 물들이며 고개를 얼른 들었다. 얄궂다 싶었다. "월례 씨"라니…… 편지에 그렇게 써놓은 것도 이상해서 혼났는데, 직접 대놓고 그렇게 부르다니, 참 얄궂지 않을 수 없었다. 그러면서도 웬일인지 결코 기분이 나쁘지가 않았다. 오히려 묘하게 우습고, 기분이 괜찮은 것이었다.

"어젯밤에도 통 잠을 자지 못했어요."

"와예?"

"월례 씨 생각 때문에요."

"어메 얄궂대이!"

월례는 얼굴이 홍당무처럼 붉어졌다. 너무나 뜻밖의 말이었던 것이다.

"정말입니다. 벌써 언제부터 그런지 아십니까?"

"……."

"월례 씨가 우리집에 놀로 안 오고부터 그래요."

"……."

월례는 목덜미께까지 발갛게 물들이며 고개를 숙였다. 가슴이 걷잡을 수 없이 뛰었다. 광웅이도 얼굴이 상기되어 있었다.

"와 우리집에 놀로 안 오죠? 어젯밤에 우리 아부지 때문에 놀로 안 온다 캤는데, 무신 일이 있었는데요? 우라부지가 뭐 우얍띠까?"

"……."

"뭐라 캅띠까?"

"……."

"예?"

"뭐라 카는 기 앙이라……." 월례는 자기도 모르게 얼굴을 들었다.

"그럼요?"

"저……." 얼굴을 들기는 했으나, 아무래도 얼른 입이 잘 떨어지지 않는 모양이었다.

"말해 봐요. 괜찮아요."

"저……. 집의 아부지 홍 주사 어른이 내가 자는 방에……." 월례의 얼굴은 더욱 붉어져 올랐다.

"예?"

"들어왔었단 말이예."

"뭐라고요? 월례 씨가 자는 방에?"

"낮에 집에 놀로 갔더니 아무도 없데예. 그래서, 빈 방에서 혼자 기다리다가 깜박 잠이 들었는데……."

"그래서요?"

"집의 아부지가 들어왔더란 말이예."

"음—." 그만 광웅이는 무거운 신음소리를 토했다. 그리고, 한참 몹시 괴로운 듯 오만상을 하고 있더니,

"그래서, 우예 됐어요?" 마치 따지듯이 묻는 것이 아닌가.

"우예 되긴예……." 월례는 얼굴이 화끈거려 견딜 수가 없었다. 부끄럽고, 쑥스럽고, 정말 얄궂었다.

"좌우간 뭐 그런 양반이 다……." 하면서, 월례는 고개를 숙였다. 그러자, 그 말을 얼른 받아서 광웅이는,

"우리 아부지지만 정말 뭐 그런 놈의 새끼가 다……." 하고, 불끈 주먹까지 쥐는 것이 아닌가. 눈앞에 있기라도 하면 그저 한 대 쳐버

릴 듯이 말이다.

아무리 그렇지만, 자기 아버지를 "그런 놈의 새끼"라니 월례는 고개를 들고 힐끗 광웅이를 한 번 쳐다보았다. 그리고, 자기도 모르게 킬킬 웃었다. 월례가 킬킬 웃자, 광웅이는 더 열을 올려가지고 떠들어댔다.

"그놈의 새끼. 아무리 우리 아부지지만 앞으로 한 번만 더 그래 봐라. 가만히 놔두는가."

"하하하……."

"어디라고 감히 지가, 월례 씨를……."

"우야꼬, 우야꼬……." 월례는 이상하고 얄궂어서 못 견디었다. 우습기도 하고, 참 별일이었다.

"월례 씨!" 광웅이는 약간 어떻게 된 사람 같았다.

"그렇죠? 내 말이 맞죠?"

"……."

"어디라고 감히 지가…… 늙은 기……."

"어메, 어메……." 월례는 어이가 없기도 했다. 아무리 그렇지만, 자기 아버지를 "그놈의 새끼"니, "지가"니, "늙은 기"니 하고 내뱉을 수가 있는가 말이다. 그런 생각이 들면서도 한편 어쩐지 우습기도 하고, 재미있기도 했다.

광웅이는 격해진 숨을 가다듬고 나서,

"아, 그래서 놀로 안 왔었구만…… 난 또……."

이제야 알겠다는 듯이 고개를 끄덕거렸다.

그리고 잠시 아무 말이 없더니,

"월례 씨." 이번에는 무척 가라앉은, 은근한 목소리로 나왔다.

"월례 씨는 밤으로 잠이 잘 옵니까?"

"……."

"예?"

"잘 올 때도 있고예, 안 올 때도 있고……." 힉! 월례는 웃었다.

"그래요? 그런데 나는 매일 밤 잠이 안 와요."

월례는 다시 가슴이 야릇하게 뛰기 시작했다. 귀밑께가 서서히 붉어지면서.

"잠을 안 자고, 무신 생각을 하는지 아세요. 매일 밤 월례 씨 생각입니다."

"……."

"월례 씨와 언제나 함께 있고 싶어요. 가루다놀이도 월례 씨와 단둘이서만 하고 싶고요. 그리고, 월례 씨와 함께 경성에 가서 창경원 구경도 하고……."

고개를 떨어뜨리고 살짝 옆으로 돌아앉아 월례는 곧장 옷고름을 만지작거리기만 했다.

"창경원엔 호랭이도 있고, 사자도 있고, 코끼리도 있어요. 원숭이도 있고요."

"……."

"월례 씨, 나중에 나하고 경성으로 갑시다."

"……."

"예? 월례 씨."

그러면서 광웅이는 살짝 돌아앉은 월례 곁으로 바싹 다가앉았다.

"말 좀 해봐요."

"……."

"예?" 그리고, 광웅이는 한 짝 팔을 슬그머니 월례 등 뒤로 가져가는 것이 아닌가. 월례를 품 안으로 끌어들일 듯이 말이다.

광웅이의 팔이 몸에 와 닿자, 월례는 소스라치듯 놀라며 벌떡 일어났다.

"흐흐흐흐…… 으흐흐흐……." 그때 난데없는 웃음소리가 터졌다.

"버버버버…… 으흐흐흐……."

언제 왔는지, 벌보가 저만큼 나무 뒤에 숨어서 엿보고 있었던 것이다.

"어으! 어으! 흐흐흐흐…… 으흐흐흐……."

벌보는 그야말로 재미가 좋다는 듯이 곧장 코를 하늘로 쳐들어 웃어댔다.

8

객줏집 한쪽 호젓한 골방에 홍 주사와 안 서방은 술상을 가운데 놓고 마주 앉았다. 방에는 남포등이 켜져 있었다. 오늘따라 웬일인지 홍 주사는 여느 때와는 달리 몹시 상냥한 얼굴이었다.

"자, 어서 드세."

술도 자기가 먼저 안 서방에게 권하는 것이었다.

그런 홍 주사를 처음 대하는지라, 안 서방은 얼떨떨하고 기분이 좋으면서도, 한편 어찌된 영문인가 싶어 좀 불안하기도 했다. 홍 주사가 자기를 청한 것부터가 알 수 없는 일이었다. 동척농장의 서기인 홍 주사가 농장 소작인들이나 마부들에게 술을 사는 일은 좀처럼 없는 일이었다. 좀처럼이라기보다도 전혀 없다고 할 수 있었다. 그런데, 오늘은 특별 예외로 홍 주사가 안 서방을 객줏집으로 청한 것이다.

안 서방은 술잔을 두 손으로 받들다시피 하며 마셨다. 그리고, 역시 두 손으로 잔을 받들어서 권했다. 별로 실력이 있는 술이 아니어서, 안 서방은 곧 얼굴에 주기가 올랐다. 그러나, 홍 주사는 아직 아무렇지도 않았다. 말하자면 말술과 잔술의 대작인 셈이니 그럴 수밖에 없었다.

"요새 형편이 어떤가?" 홍 주사가 물었다. 안 서방은 얼른 뭐라고 대답이 나오질 않았다. 요새 형편이라니…… 뻔히 다 알면서 말이다.

"사는 형편 말일세."

"그저 그렇지요 뭐."

"식구가 모두 몇이지?"

"여섯 식구 앙입니꾜."

"여섯 식구라…… 여섯 식구 같으만 그 농사 지어 가지고 빠듯하겠는데."

"……."

"구루마 벌이가 있다고는 하지만……."

"……."

안 서방은 홍 주사가 뜻밖에 자기네 사는 형편 걱정을 해주는 것 같아 기분이 이상했다. 지금까지 전혀 그런 일이 없었는데 말이다. 무슨 영문인지 알 수가 없어, 그저 술기가 오른 눈으로 홍 주사를 멀뚱히 바라보고 있을 따름이었다.

"자, 어서 들게." 홍 주사는 곧장 안 서방에게 술을 권했다. 자기도 벌컥벌컥 마셔대면서. 안 서방은 사양을 하면서도 권하는 대로 잔을 들어올렸다. 오늘은 너무나 황송해서 실력 이상으로 마시는 셈이었다.

"안 서방." 홍 주사는 은근한 목소리로 불렀다. 매우 다정한 사이기나 한 것처럼. 한쪽 개눈이 이상한 빛으로 번질거렸다. 이제 좀 술기가 오르는 모양이었다.

"자네, 논 좀 더 부치고 싶은 생각 있는가?"

"예? 논요?" 안 서방은 귀가 번쩍 하는 모양이었다.

"응, 더 부치고 싶은 생각이 있으면 내가 어떻게 해보지."

"아이고 홍 주사 어른, 고맙심더. 정말 고맙심더."

그러면서도 안 서방은 이게 어떻게 된 영문인지 알 수가 없어 멀뚱히 홍 주사를 바라보았다. 술을 받아가면서 논까지 더 부치도록 해주겠다니…… 이게 도대체 어떻게 된 일인가 말이다. 술이니, 닭이니, 심지어 돼지까지 잡아다가 갖다 바쳐도 얻기 힘드는 논을 말이다.

"음— 그럼, 내가 어떻게 되도록 해보지. 몇 마지기쯤 더 있으만 되겠는가?"

"한 서너 마지기만 더 있으면……."

"서너 마지기?"

"예."

"댓 마지기 어떻게 해보지."

"아이고 홍 주사 어른!"

도대체 이렇게 고마울 수가 없다는 듯이 안 서방은 머리를 조아리며 콧물까지 줄 흘렸다. 홍 주사는 그르르— 트림을 하며 말을 이었다.

"앞으로 전쟁이 길어지만 살기가 점점 더 곤란해질 걸세. 그러니, 농사라도 좀 많이 지어야……."

"……."

"올봄에 농장 논을 한 번 정리할 생각이네. 성적이 좋지 않은 소작인은 띠 내뻬릴 작정이지."

"아, 예—" 어쩐지 안 서방은 덜덜덜 떨리는 것 같았다. 자기한테는 논을 더 준다는데도 말이다.

"그리고, 안 서방한텐 앞으로 소작료도 내가 잘 봐주지."

"소작료도요?"

"응."

"……."

도무지 안 서방은 무엇에 홀린 것만 같았다. 하늘에서 떨어지는 복이라더니, 정말 이게 하늘에서 떨어진 복이 아닌가 싶기도 했다. 그러면서도 아무래도 미심쩍었다. 별안간 홍 주사가 자기한테 그렇게 큰 인심을 쓸 아무 까닭이 없으니 말이다. 아니나 다를까, 홍 주사는 마침내 속셈을 끄집어내는 것이었다. 벌컥벌컥 잔을 비우고 나더니,

"그런데, 안 서방" 하고, 홍 주사는 입을 열었다.

"자네도 잘 알다시피 내 안식구는 벌써 몇 해째 고랑고랑하고 있네."

"……."

"완치가 돼서 일어나긴 틀렸네. 그래서…… 음—."

"……."

"다시 장갤 들까 싶은데……"

"……."

"안 서방, 어떤가? 내가 다시 장갤 들어도 되겠는가?"

"……."

"와 대답을 안 하는가?"

그제야 안 서방은,

"되지요." 하고, 나직한 소리로 대답했다.

"되겠지?"

"예."

"음— 그럼, 털어놓고 말하겠는데, 안 서방."

"……."

"월례를 날 주게!"

"예?"

"월례를 나한테 달란 말일세."

"……." 안 서방은 어쩐지 눈앞이 노오래지는 듯한 느낌이었다.

"월례 나한테 주만 내가 정말 힘 있는 데까지 호강을 시키겠네. 그리고 안 서방네 살림도 내가 힘 있는 데까지 돌봐 주고……."

"……."

"어떤가?"

"……."

안 서방은 별안간 목석이 된 사람처럼 아무 말이 없었다.

홍 주사는 자기 잔에 자작을 해서, 벌컥벌컥 단숨에 들이켜고는,

"윽, 크—." 필요 이상으로 커다란 소리를 토한다. 마치 위압이라

도 하는 것처럼.

"잘 생각해 보게. 나중에 후회는 하지 말고…… 내 말대로 하는 기 좋을 걸세."

"……."

"내 말대로 하만 올봄에 논 정리할 때 큰 덕을 볼 끼고 그렇지 않으만…… 음—"

"……."

"잘 생각해 보고 곧 대답을 해 주게. 알겠는가?"

"……." 안 서방은 별안간 현기증을 느꼈다.

9

새벽에 눈을 뜬 안 서방은 속이 쓰리고 골머리가 띵했다. 목도 칼칼했다. 윗목에 놓인 뚝배기의 싸늘한 물을 엎드린 채 벌컥벌컥 들이켰다.

몹시 날씨가 추운 듯 방 안 공기가 썰렁했다.

다시 이불 속으로 파고 든 안 서방은 마누라의 뜨뜻한 궁둥이를 슬그머니 안았다. 그리고 지그시 눈을 감으며 간밤의 일을 생각해 보았다.

객줏집에서 언제 나왔는지, 홍 주사와 어디서 헤어졌는지, 어떻게 집까지 왔는지 도무지 잘 생각나지가 않는다. 머릿속에 안개가 낀 것처럼 흐리멍덩하기만 하다. 집에 돌아오는 길에 어디선가 쭈그리고 앉아 꾸역꾸역 토한 기억이 약간 나고, 골목에서 혼자,

"홍 주산가 뭔가 그누무 자식! 개자식! 개 눈깔을 박은 개자식! 그저 그저 한주먹으로 때리눕히 삐릴 끼니!"
하고, 헛주먹을 휘둘러 대며 큰소리를 친 기억이 어렴풋이 날 뿐이다.

그처럼 과음을 하기는 근래에 없는 일이었다. 본래 과히 많이 하는 술이 아니었다. 젊을 때는 더러 겁 없이 마시고 실수를 한 때도 있었지만, 서른이 넘으면서부터는 그저 일을 하고 나서 한두 사발, 많이 마셔야 서너 사발이었다. 읍내 분통이 집에 가서도 분통이가 보얗게 분을 바른 얼굴을 내밀고 아무리 아양을 떨어 봐야 기껏 두 사발 아니면 세 사발 팔아줄 따름이었다. 물론 많이 마실 만 한 돈도 없었지만.

그런데 어젯밤엔 그처럼 과음을 한 것이다. 홍 주사의 너무나 뜻밖의 말에 그만 현기증 같은 것을 느끼며 마음의 갈피를 잡지 못하고 연방 술만 마셔댔던 것이다. 그래서, 그처럼 만취가 되어 나중 일은 거의 기억이 없는데, 그러나 홍 주사가 한 말은 지금도 뚜렷이 머리에 떠오른다.

"음— 더러분 놈."

안 서방은 이불 속에서 신음하듯 중얼거렸다. 소작 논 몇 마지기를 더 떼 준다는 미끼로 월례를 첩으로 데려가려고 들다니…… 자기 논을 가지고 흥정을 하려 든다면 또 모르겠는데, 자기 논도 아닌 농장의 논을 가지고 남의 귀한 딸을 채가려 하다니…… 안 서방은 생각할수록 분했다. 싸늘한 물이 담긴 뚝배기를 다시 집어 들었다.

안 서방은 그날 종일 시들시들했다. 모처럼 과음을 한 탓이기도 했지만, 그것보다도 도무지 어찌 했으면 좋을지 심란해서 그런 것이었다. 잘 생각해보고 곧 대답을 해달라고 했으니, 좌우간 뭐라고 대답을 하기는 해야겠는데, 뭐라고 말했으면 좋을지 알 수가 없었다. 그러자고는 물론 못하겠고, 그렇다고 안 되겠다고 잘라 말할 수도 없는 노릇이었다.

—올봄에 농장 논을 한 번 정리할 생각이네. 성적이 좋지 않은 소작인은 떼 내버릴 작정이지.

—잘 생각해 보게. 나중에 후회는 하지 말고…….

이런 말을 듣고 어떻게 감히 안 된다고 하겠는가 말이다. "나중에 후회하지 말고……."라는 말이 결코 으름장만은 아닐 것 같았다. 홍 주사 그 자의 사람됨으로 보아 능히 그러고도 남을 것만 같았다. 최악의 경우를 생각해 보았다. 최악의 경우, 농장의 논이 다 떼일 것이고, 구루마 품도 팔지 못하게 될 것이다. 그렇게 되어도 살아갈 수가 있는가 없는가, 문제는 거기에 있었다. 자기 것만 가지고 자기 힘만으로 살아갈 수가 있는가 없는가 말이다.

아무리 생각해도 눈앞이 캄캄했다. 자기 소유의 논이라고는 아홉 마지기 가운데 겨우 두 마지기뿐인 것이다. 일곱 마지기는 농장 논인 것이다. 두 마지기 논배미를 가지고 여섯 식구가 어떻게 호구를 해나갈 수가 있단 말인가. 밭뙈기가 조금 있다고는 하지만 그게 뭐 크게 생계에 도움이 되는 것도 아니고……. 생각할수록 난감한 노릇이었다.

그렇게 심란하고 난감하면서도 안 서방은 그 이야기를 아무한테도 꺼내지 않았다. 심지어 아내한테도 말하지 않고, 혼자만 속으로 앓았다. 그런 이야기를 누구한테 꺼낸다는 것이 몹시 부끄럽고 창피한 것이었다. 오죽 못나고, 오죽 변변찮았으면 그런 제의를 다 받겠는가 말이다. 아비로서, 남편으로서, 또 집안의 가장으로서 도무지 말이 아닌 것이었다.

그러나, 언제까지나 혼자 속으로 앓고만 있을 수는 없는 문제였다. 가부간 대답을 해주어야 할 판이니 말이다. 그래서, 결국 며칠 뒤 아내한테 입을 열고 말았다. 아내와 둘이 가마니를 짜다가였다. 먼저 아내 쪽에서,

"보소, 당신 무신 걱정이라도 있능게? 와 그렁교?" 이렇게 나왔던 것이다.

가마니를 짜도 여느 때처럼 좀 바디를 힘 있게 내리 두들기지 못하고, 맥이 빠진 사람처럼 시원찮기만 하고, 시종 찡찡한 얼굴이었던 것이다. 요 며칠 시들시들 어디가 아픈 사람처럼 보여서 몇 번 어디 몸이 불편하냐고 물어보았으나, 그럴 때마다 아무렇지도 않게 고개를 가로저어서 그저 그런가 보다 했는데, 이제 보니 아무래도 무슨 근심거리가 있는 것처럼 생각되었던 것이다.

안 서방은 그 말에 처음에는 아무 대꾸를 하지 않았다.

"예? 아마도 무신 근심이 있는 것 같은데……."

"……."

"무신 근심인 게? 말해 보소."

그제야 안 서방은 입맛을 쩝쩝 두어 번 다셨다. 그리고,

"내 참, 벨 놈의 꼴을 다 보지." 하고, 허두를 뗐다.

"와, 무신 일인데?……."

"아 글씨, 홍 주산가 뭔가 그놈의 자식이……."

"예? 홍 주사?……."

홍 주사를 마구 그놈의 자식이라고 함부로 내뱉자, 배성녀는 슬그머니 눈이 휘둥그레진다. 홍 주사와의 사이에 무슨 일이 있다니, 눈이 휘둥그레질 일이 아닐 수 없는 것이다.

"글씨 뭐라 카능고 하면……."

"……."

"봄에 논을 댓 마지기 더 부치도록 해주겠다는 기라."

"예? 논을요? 그런데……." 배성녀는 귀가 번쩍하는 모양이다. 그러나 그 다음이 궁금한 것이다.

"그런데…… 그 대신 그 더러분 놈이 우리 월례를 지한테 달라 안카나."

"예?"

"내 참, 벨 놈의 꼴을 다……."

안 서방은 마치 화라도 난 사람처럼 바디를 쾅 한 번 힘껏 내리두들기고는 일손을 멈춘다. 그리고 쌈지를 꺼내어 담배를 담으며 아내의 표정을 힐끗 살핀다.

배성녀는 잠시 멀뚱멀뚱 눈만 끔벅거리며 남편을 바라보고 있다. 너무나 뜻밖의 말에 면상을 오지게 한 대 얻어맞은 것처럼 멍멍해서 얼른 무슨 말이 나오질 않는 모양이다.

그러나 곧 그녀는 내뱉었다.

"문딩이 같은 놈의 자식! 우리 월롄 첩으로 달라 그 말잉강!"

"……."

"아이고, 개 같은 놈의 자식! 그래서 뭐라 캤능교?"

"뭐라 카긴……" 안 서방은 우물쭈물 했다.

"욕을 좀 해주지 와요. 우리 월례가 글씨, 첩 감으로밖에 안 보이느냐고…….”

“음—.”

“그래, 그런 소릴 듣고도 가만히 있었능교?”

“아 글씨, 올봄에 농장 논을 한 번 정리한다 카면서, 자기 말을 안 들으만 재미없을 끼라는데, 우째 대놓고 욕을 한다 말이고. 임자는 농장 논 다 띠도 개않겠소? 그래도 살아갈 자신 있소?”

그 말에는 배성녀도 할 말이 없었다. 배성녀는 넋 나간 사람처럼 멀뚱히 앉아 있고, 안 서방은 곧장 빡빡 곰방대를 빨아댔다.

잠시 후 배성녀는 후우— 한숨을 한 번 쉬고 입을 열었다.

“정말 그놈 더러분 놈이네. 지 논도 아닌 남의 논을 가지고…….”

“글씨 말이다.”

“일본 놈의 논을 가지고…… 더러분 놈. 베락을 맞아 뒤질 놈.”

“…….”

“어디 사웃감이 없어서 그런 놈을 사우 삼는단 말이고. 눈도 하나 개눈이지러, 나이도 사십이 훨씬 넘었지러, 더구나 그런 놈한테 첩으로 보내다니……. 말만 들어도 분해서 몬 살겠네.”

“음—.”

“와 해필 그누무 자식이 우리 월렐 탐을 낼까. 짜드라(숱하게) 많은 큰애기*('처녀'의 방언)들을 두고…… 아직 핵교 졸업도 안 한 어린 것을…….”

“…….”

“그래, 당신 우짤라 카능교? 그놈 말을 들을라 카능교?”

“음— 정말 우쨌으만 좋을동 모르겠네. 들을 수도 없고, 그렇다고 안 되겠다고 할 수도 없고.”

"아이고— 정말 살다가 무신 이런 일이 다 있노. 이런 일이……. 후유—."

배성녀는 꺼질 듯이 한숨을 쉰다. 잠시 또 심란하게 곰방대를 빨아대던 안 서방은 무슨 그럴 듯한 생각이라도 떠오른 듯,

"옳지, 이라만 어떨까?" 하고, 아내를 바라본다.

"어떻게요?"

"안 되겠다고 짤라 말할 수는 없으니, 월례가 핵교 졸업이나 하거든 보자고……."

"졸업을 하만 그럼 그놈한테 준단 말인교?"

"주는 기 앙이라…… 좌우간 그때까지 미루는 기지 뭐. 그때 가서 또 우예 하더라도……."

"그때 가서 우예 잘 될까예? 그때 가선 꼼짝없이 줘야 되는 기 아닌교? 참 벨 지랄 같은 일도 다 보제."

"좌우간 그러는 수밖에 없어. 올봄을 우선 무사히 넹기고 볼 일이니까."

두 내외는 힘없이 다시 가마니를 짜기 시작했다.

며칠 뒤 안 서방은 저녁을 먹고 일찍 닭을 한 마리 묶어 들고 홍 주사의 집으로 찾아갔다. 객줏집으로 가서 술을 한 잔 사면서 이야기할까 하다가, 그것보다 닭을 한 마리 가지고 찾아가는 게 나을 성싶었던 것이다. 자기 집이면 좀 체면도 있을 것이니, 막무가내로 우기지는 못할 게 아닌가 말이다.

홍 주사는 마침 저녁을 먹고 있었다. 안 서방이 찾아온 것을 알자, 마루로 나와 반기면서 사랑방에 좀 들어가 기다리라는 것이었다.

사랑방은 겨울에는 거처를 안 하는 터이라, 그 옆의 공부방으로 들어가 기다리라고 부엌 할멈이 방에 남폿불을 켜주었다. 그래서, 안 서방은 닭을 토방에다가 놓고, 그 방으로 들어갔다. 방에는 아무도 없었다. 그런데, 방 안에는 묘한 사내 냄새가 풍겼다. 광웅이의 냄새인 것이었다.

안 서방은 잠시 얄궂은 냄새에 콧구멍을 벌름거렸다. 그리고 남폿불을 멀뚱히 바라보며, 동척농장의 서기 집이 다르기는 다르구나 싶었다. 자기 집은 석유가 없어서 들기름을 접시에 담아 가지고 솜 심지로 불을 조금 켜다가 말고 일찍 잠자리로 드는 판인데, 이 집은 커다란 남포등에 불이 훤하게 밝혀져 있으니 말이다. 그런 생각을 하면서 방 안을 멀뚱멀뚱 둘러보고 있는데, 그르륵 트림을 하면서 홍 주사가 들어섰다.

"아 이 사람, 닭은 우짠 걸……." 빙그레 웃는다.

"한 마리 고와 잡수라고 갖고 왔심더."

"미안하구로, 뭐 할라고……." 홍 주사는 어쩐지 기분이 좋다. 집으로 닭까지 들고 찾아온 게 틀림없이 좋은 회답일 것 같은 것이다. 궐련을 꺼내어 권한다. 그리고 자기도 한 개비 뽑아 문다.

"저녁은 어떻게 했는가?"

"묵고 왔심더."

"그럼 나갈까? 나가서 한 잔 하면서 이야기 할까?"

"아니올시더. 술은 안 할랍니더. 요 전날 밤 얼매나 취했는동……. 지금까지 아직 속이 안 좋심더."

"헛헛허……. 그날 묵은 술 때문에 지금까지 속이 안 좋다니……."

"본래 벨로 많이 몬 하는 술인데, 어찌 많이 마싰던동…… 헤헤……."

홍 주사가 껄껄 웃자, 안 서방도 따라서 비위를 맞추려는 듯 잔망스럽게 웃는다.

"그럼 여기서 이야기하세. 음— 그동안 잘 생각해 봤겠지?"

홍 주사는 약간 목소리를 낮추어 말한다. 혹시 밖에서 누가 들을까 싶은 모양이다.

"예, 잘 생각해 봤심더. 그런데……."

"그런데라니?"

"홍 주사 어른, 우리 월례가 아직 나이도 어리고……."

"나이가 어리다니, 몇 살인데?"

"아직 열여섯 살 아닙니꾜. 곧 설을 세만 열일곱입니더마는……."

양력설이 아니라 음력설을 말한다.

"그런데 뭐가 어리다 말이고? 열여섯이면 다 컸지. 여자 나이 열여섯이면 충분하지, 충분해. 이팔청춘이라는 말도 모르는가? 헛헛허…… 더구나 곧 열일곱 아닌가 말일세."

"나이도 그렇지만 학교 졸업도 안 해서……."

"졸업?"

"예, 졸업이나 시키고 나서 봅시더. 홍 주사 어른."

"졸업이나 시키고 나서 보자고? 이 사람 그럼 벨로 생각이 없다 그 말인가?"

"아닙니다. 그런 기 앙이라 앞으로 일 년만 더 댕기만 졸업장을 따는데, 중도에 그만두게 하다니, 지금까지 욕보고 댕긴 보람이 없지 않으냐 그 말입니더."

"상관없네. 여자가 졸업장은 따서 뭐 할라고. 오 년 동안이나 댕

겼으면 충분하네. 여자가 자기 이름이나 쓸 줄 알고 일본말이나 할 줄 알면 됐지, 졸업장이 무슨 소용이라 말이고."

"그렇지만 공든 탑이……."

"공든 탑은 무슨 공든 탑. 허허허…… 이 사람 그런 우습운 소리 말고 곧 성사를 하도록 하세. 나는 하루가 급한 사람이네. 자네도 알다시피 나는 이 몇 년 홀애비와 다름없는 신세란 말일세. 남의 사정도 좀 짐작해줘야 안 되나. 기왕에 나를 사우로 삼을 바에야 말일세. 이 사람아, 안 그런가? 흐흐흐?……."

홍 주사는 자기가 이야기 해놓고도 우스운 듯 코를 쳐들며 웃는다.

이렇게 방 안에서 주고받는 소리를 아까부터 방문 밖에 붙어 서서 엿듣고 있는 사람이 있었다. 그것은 다름 아닌 광웅이었다. 안방에서 저녁을 먹고 난 광웅이는 월례 아버지가 무슨 일로 찾아와서 둘이 쑥덕쑥덕 무슨 이야기를 주고받는가 싶어서 살금살금 다가왔던 것이다. 혹시 자기와 월례 사이를 눈치 채고, 그 이야기를 하고 있는 것이나 아닌가 싶기도 했던 것이다.

그러나, 그게 아니라, 천만뜻밖에도 자기 아버지가 월례한테 장가를 들려고 수작을 붙이고 있다는 것을 알자, 광웅이는 그만 어처구니가 없는 심정이 되고 말았다. 정말 세상에 그럴 수도 있을까 싶으며 기가 꽉 차는 것이었다. 그리고 온몸의 피가 거꾸로 치솟는 듯 어둠속에서 앞니를 허옇게 물고 주먹을 부르쥐며 버르르 떨었다.

"엄마는 우야고……. 해필 와 월례를…… 안 되지! 안 되고말고! 내가 가만히 있을 줄 아나!" 속으로 뇌까리면서.

10

광웅이와 월례의 밀회는 거듭되고 있었다. 이제 방학도 얼마 남지 않아 곧 경성으로 돌아가야 하는 터이라, 광웅이는 안타까워서 하루도 거르는 일없이 월례를 불러냈다. 낮에도 불러내고 밤에도 불러냈다. 낮에는 생이숲이나 멀리 냇물 아래쪽의 아카시아 언덕 밑, 혹은 들녘 가운데에 있는 수로의 양지바른 둑 밑 같은 데서 만났고, 밤에는 주로 볏가리 그늘에서 만났다. 그러나, 월례는 광웅이가 썩 마음에 든다거나 그가 자기의 애인이라거나 하는 그런 생각은 조금도 없었다. 그저 어쩐지 재미가 있고, 우습고, 조금 부끄럽기도 하고, 그러면서 때로는 화끈화끈한 맛이 마음을 사로잡는 것이었다. 말하자면 월례는 광웅이와 만나는 것을 가루다놀이의 연장쯤으로 생각하고 있었다. 명자랑 덕심이랑 넷이서 하던 가루다놀이를 광웅이와 단둘이 은밀히 하는 셈이며, 심패를 때리고 맞는 그 화끈화끈한 맛이 이제는 심패가 아니라 눈과 눈과의 마주침, 몸과 몸과의 마주침에서 일어나는 셈이었다.

이따금 광웅이는 앉아서 이야기를 하다가 별안간 몸에 열이라도 있는 사람처럼 얼굴이 붉그레 상기되어 가지고 월례의 손을 슬그머니 잡기도 했고, 월례의 등 뒤로 팔을 돌려 지그시 가슴 안에 끌어안기도 했다. 처음에는 월례는 소스라치듯 놀라며 손을 뿌리쳤고, 그의 품 안에서 벗어져 나갔으나, 그런 일이 거듭되자, 차츰 그 정도는 그냥 가만히 있어주는 것이었다. 묘하게 화끈거리는 맛이 좋기도 해서 말이다.

그러니까 월례는 광웅이에게 마음으로부터 야릇하게 흔들리며 끌려가는 것이 아니라, 겉으로 느껴지는 묘한 쾌감을 즐기고 있는 셈이었다. 임 선생에 대한 경우와는 정반대라고 할 수 있었다. 선생님에 대해서는 겉으로, 즉 피부로 느껴지는 야릇한 것은 아무것도 없는데, 이상하게 마음속 깊숙한 데서부터 은근히 흔들리는 것이었다. 다시 말하면 선생님에 대해서는 뿌리에서부터 흔들리는 셈이고, 광웅이에 대해서는 잎에서부터 흔들리는 셈이었다.

그날 밤도 그들은 볏가리 그늘에서 만났다. 겨울 날씨답지 않게 훈훈하기까지 한 밤이었다. 달도 어슴푸레 한쪽에 걸려 있었다.

광웅이는 몹시 기분이 격앙되어 있었다. 조금 전에 자기 집에서 자기 아버지와 월례 아버지가 쑥덕쑥덕 나누는 이야기를 들었기 때문이었다. 어처구니없는 어른들의 음모를 안 셈이니, 도저히 그냥 가만히 있을 수가 없었다. 자기가 먼저 선수를 써서 그 음모를 보기 좋게 깨어버리지 않으면 안 되는 것이다. 그러기 위해서는 우선 무엇보다도 월례를 단단히 자기 것으로 만들어버리지 않으면 안 된다고 생각했다. 그래서, 설사 어른들이 그런 음모를 실천에 옮기려고 들더라도 월례 스스로가 단호히 거절하도록 해야 하는 것이다. 그래놓고 경성으로 돌아가야 공부를 해도 좀 머리에 들어가지, 그렇지 않으면 불안하고 뒤숭숭해서 아무것도 될 것 같지가 않은 것이다. 만약에 어른들의 음모대로 되어버린다면 월례가 자기의 또 하나의 어머니, 즉 작은어머니가 되는 셈이 아닌가. 도대체 그게 무슨 꼬라진가 말이다. 자기의 애인이 자기의 어머니가 되어버리다니, 세상에 그럴 수가 있는가 말이다. 생각만 해도 어이가 없고, 견딜 수 없는 노릇이었다. 그래서, 광웅이는 오늘밤엔 월례의 손을 잡는 정도나, 슬그머니 가슴에 안는 정도로는 안 되겠다고 생각했다. 그처럼 얌전하게만 나가다가는 어른들의 음모 앞에 밀려나기 십상인 것이다. 이제 경성으로 돌아갈 날짜도 며칠 남지 않았으니, 볼일을 모조리 다 보아버려야 되겠다고 생각했다. 마침 날씨도 봄날처럼 훈훈하고 좋지 않은가. 그렇게 단단히 마음을 먹은 광웅이는 처음부터 여느 때와는 달리 약간 긴장이 된 표정을 지었다.

"월례 씨, 나 오늘 참 희한한 이얘길 들었어요."

"무신 이얘긴데예?"

처음부터 약간 긴장이 된 표정으로 불쑥 그런 소리를 꺼내니, 월례도 좀 얼떨떨한 모양이다.

"나 참 벨 놈의 꼴을 다……."

"……."

"이얘길 들으면 아매 월례 씨 뒤로 벌떡 넘어질 깁니더."

"예?" 월례는 적이 불안해진다.

"아 글씨, 집의 아부지하고 우리 아부지하고 우리집에서 만나 무신 이얘길 하는고 하면……."

"……."

"나 참 기가 맥혀서……. 우리 아부지가 집의 아부지 사우가 되겠다 안 카능교."

"예? 사우가 되다니예?"

월례는 그게 어떻게 되는 뜻인지 얼른 알 수가 없는 듯, 두 눈을 커다랗게 떠서 끔벅거린다.

"우리 아부지가 집의 아부지 사우가 된단 말입니더. 잘 생각해 봐요."

"뭐예? 우리 아부지 사우가 되예? 집의 아부지가?"

"예."

"아니 그럼……."

"인제 알겠어요?"

"그럼 나를……."

"맞심더. 우리 아부지가 월례 씨한테 장개를 들겠다는 겁니더."

"아이고 얄궂어라, 얄궂어라. 아이고, 벨 꼴을 다 보겠네. 벨 꼴을, 벨 꼴을……." 월례는 확 안색이 변해가지고 곧 어쩔 줄을 모른다.

"아 글씨, 두 지랄 같은 자식들이 앉아서 그런 소릴 안 하능교. 우리 아부진가 뭔가는 곧 장갤 들겠다고 서둘고, 집의 아부진가 뭔가는 월례 씨가 학교 졸업이나 하거든 하자 카고……."

"아니, 우리 아부지가 졸업하거든 하자 그래예? 정말이예?"

"정말이지. 내가 무신 그런 거짓말을……."

"아이고— 지랄 같이, 누가 시집간다 카덩강! 간다 카덩강!"

월례는 마치 발작이라도 하는 것처럼 악을 쓰더니, 그만 복받치는 분함과 설움을 참지 못하겠는 듯 흑흑 흐느끼며 울기 시작한다. 혹시 벌써 시집을 보낸다 하더라도 어디 적당한 총각한테 이야기를 한다면 모르지만, 홍 주사한테 시집을 보내려 하다니, 마누라도 있는 사십이 훨씬 넘은 늙은이한테 말이다. 더구나 한쪽은 개눈을 박아 보기만 해도 기분이 나쁜 사람한테…… 게다가 그 사람은 다름 아닌 바로 광웅이 아버지가 아닌가. 도대체 그게 말이라고 하는 것인지, 듣기만 해도 창피하고 분해서 견딜 수가 없는 것이다. 자기를 그런 데에 시집보내려고 낳아서 길렀는가 싶으니, 아버지가 한

없이 원망스럽기도 했다. 그래서, 월례는 광웅이 앞이라는 것도 잊어버린 듯 서럽게 흐느껴 울었다.

광웅이는 당황했다. 설마 이렇게 월례가 울기까지 할 줄은 몰랐던 것이다. 그러면서도 한편 어쩐지 기분이 좋기도 했다. 월례의 단호한 심정을 알았으니 말이다. 월례는 절대로 어른들의 수작에 넘어갈 여자가 아닌 것이다.

"울지 말아요. 월례 씨."

광웅이는 야릇한 기분이 되며 자기도 두 눈에 뜨거운 것이 핑 괴어오르는 것을 어쩌지 못했다. 한참 뒤, 월례의 울음도 그치고 기분이 좀 가라앉자, 광웅이는 월례 곁으로 바싹 다가앉았다.

"월례 씨."

"……."

"아무 걱정 말아요. 내가 있지 않아요. 내가 어떤 일이 있어도 월례 씨를……."

"……."

"우리 아부지 같은 그런 사람한테 시집 안 가도록 하겠어요. 정말입니더. 월례 씨 없인 난 못 살아요."

"……."

월례는 수줍게 고개를 푹 숙인다. 여느 같았으면 킥 웃음이 나왔을 것인데, 오늘밤은 왠지 조금도 우습지가 않고, 오히려 고맙고 믿음직하고 그러면서도 화끈하게 느껴지는 것이었다. 조금 전에 그처럼 분하고 창피하고 서러운 심정이 되었었기 때문에 그런 모양이다.

고개를 푹 숙인 월례의 등 뒤로 광웅이는 슬그머니 팔을 돌렸다.

그리고, 지그시 가슴 안에 끌어당겼다. 여느 때와는 달리 이상하게 더 가슴이 뛰고, 벅찬 듯했다. 오늘밤은 여느 때와는 심정이 매우 다르기 때문에 그럴 수밖에 없다. 월례 역시 그런 것 같다. 다른 때 같았으면 그렇게 끌어안으면 킥킥 웃거나, 아이고매— 이라지마— 어쩌고, 호들갑을 떨다가 수긋해지는데, 오늘밤은 그게 아니다. 오히려 그렇게 지그시 안아주기를 기다리기나 한 것처럼 가만히 안기며 안도의 숨 같은 것을 내쉬는 것이 아닌가. 광웅이는 이번에는 한 손으로 그녀의 손을 잡는다. 손 역시 얌전히 내맡긴다. 그런 월례의 태도가 묘하게 광웅이의 숨을 더 덥게 한다.

광웅이는 그녀의 토실토실한 손을 조금 만지작거리다가,

"월례 씨." 약간 떨리는 목소리로 입을 연다.

"예?" 고개를 숙인 채 대답한다.

"날 좀 봐요."

"……." 말없이 고개를 든다. 시선이 마주친다.

"월례 씨 없인 난 몬 살아요. 어때요? 월례 씨는?"

"……."

"내가 없어도 살겠어요?"

"……." 히죽 웃는다.

"우리 절대로 변하지 맙시더. 월례 씨는 혹시 변할지 몰라도 나는 절대로 안 변합니더. 월례 씨는 나의 마돈납니더."

"마돈나가 뭐라예?"

"하하하, 제일 좋아하는 사람을 마돈나라 안 캅니꼬. 애인이란 말입니더."

"우야꼬." 월례는 애인이라는 말이 어쩐지 가당치 않는 말로 들리는 모양이다. 그의 품 안에 가만히 안겨 있으면서도 말이다. 얄궂다는 듯이 살짝 눈을 한 번 흘기고는 다시 고개를 숙이려 한다.

그러자, 광웅이는 불끈 월례를 힘주어 안으며 얼른 얼굴을 그녀의 얼굴로 가져간다. 입술을 덮친다. 그러나, 야들야들한 입술에 입술이 닿자, 그녀는 깜짝 놀라 반사적으로 고개를 돌려버린다. 그 바람에 귀가 그만 광웅이의 입에 와 닿는다. 귀라도 상관이 없는 듯 광웅이는 그녀의 귓밥을 자그시 누른다. 그리고, 그 나긋나긋한 살점을 가만히 입안에 넣어본다.

월례는 온몸이 자릿자릿해서 못 견디겠는 듯 온통 바르르 떨며 온몸을 오그려 붙인다. 그럴수록 광웅이의 숨결은 더욱 뜨거워진다. 월례의 야릇한 머릿내가 코에 스며들자 이번에는 얼굴을 온통 그녀의 머리카락 속에 묻어버린다. 뭐라고 형언할 수 없는 야릇한 냄새에 함빡 젖는다. 큰애기의 냄새란 바로 이런 것인가 보다.

광웅이는 물씬물씬 풍기는 그 냄새에 취한 듯 온몸이 달아오르며 정신이 몽롱해지는 느낌이다. 그만 그녀를 으스러지게 끌어안고 아무렇게나 나가 뒹굴어버린다. 월례도 정신이 몽롱해진 듯 힘없이 버둥거린다.

"어메 어메, 아이고—."

그러나, 소리가 튀어나오다가 만다. 입술이 입술에 눌려버렸던 것이다. 혀도 빼앗겨버리고 만 것이다. 월례는 마치 온몸의 맥이 풀려버린 듯 이제 버둥거리지도 않고, 두 눈을 감고 가쁜 숨을 할딱거리고만 있다.

그러나, 그녀는 잠시 후,

"몰라예! 몰라예! 아이고—." 냅다 소리를 지르며 소스라치듯 몸을 일으켰다. 그녀의 가장 부끄러운 곳 근처에 무엇이 와 닿았던 것이다. 광웅이의 손이었다. 그의 손이 치마 밑으로 침입해 들어왔던 것이다.

"뭐 이런 사람이 다 있노!" 혼신의 힘을 다해 몸을 일으킨 월례는 왈칵 광웅이를 떠밀어냈다. 그러자, 광웅이는 아주 시원찮은 물건처럼 보기 좋게 데굴 나가굴렀다.

이때였다. 마침 신작로를 걸어오던 홍 주사가,

"으?" 걸음을 멈추었다.

안 서방을 보내고 나서, 학교로 꺾어지는 길목에 있는 점방으로 화투를 치러 갔다가 웬지 골머리가 띵해서 여느 때보다 좀 일찍 자리에서 일어나 집으로 돌아오는 길이었다.

그런데, 언뜻 보니 저만큼 볏가리 그늘에서 웬 그림자가 두 개 실랑이를 하고 있는 게 아닌가. 어슴푸레한 달빛이었지만, 하나는 남자고 하나는 여자라는 것을 얼른 알 수가 있었다.

"흠―." 홍 주사는 매우 재미있는 구경거리라는 듯이 침을 꿀컥 삼켰다. 그리고 가만히 보니, 남자는 학생복을 입은 것 같고, 여자는 머리를 뒤로 짤막하게 묶은 것 같았다. 계집애하고 머슴애인 것이었다.

계집애한테 떠밀려 보기 좋게 나가 구른 머슴애는 일어나더니 다시 계집애에게 달려드는 것이 아닌가. 그러자, 계집애는 잽싸게 머슴애의 팔을 뿌리치고는 벌떡 일어서더니 냅다 달아나기 시작했다. 그 뒤를 머슴애가 안타깝게 마구 쫓는다.

"월례 씨! 월례 씨!" 하면서.

그런데, 그게 다름 아닌 광웅이가 아닌가. 그만 홍 주사는 눈이 휘둥그레지고, 입이 딱 벌어지고 말았다. 한 대 면상을 오지게 얻어 맞은 듯한 느낌이었다.

"저런! 저런! 저런 빌어묵을 놈의 새끼가……." 온몸의 피가 거꾸로 끓어오르는 듯 버르르 떨며 냅다 주먹을 휘둘러댄다.

그런 줄도 모르고 광웅이는 달아나는 월례 뒤를 정신없이 쫓아가고 있었다.

11

광웅이와 월례가 그처럼 붙어서 밀고 당기는 사이가 되어 있는 사실을 안 홍 주사는 도무지 심사가 부글부글 끓어서 견딜 수가 없었다. 그 녀석이 언제 그처럼 월례에게 접근했는지, 하필이면 왜 많은 큰아기들을 놓아두고, 자기가 점을 찍고 있는 월례에게 덤벼드는지 생각할수록 괘씸하고 분한 노릇이 아닐 수 없었다. 학생이란 녀석이 공부를 열심히 할 생각은 안 하고 벌써부터 계집애 꽁무니 냄새만 쫓고 다니다니…… 이놈의 자식을 그저 요절을 내버릴까 싶기도 했다.

그러나, 홍 주사는 어쩐지 그렇게 겉으로 내놓고 나무랄 수 없을 것 같은 생각이 들었다. 은근히 창피하다는 생각이 드는 것이었다. 말하자면 계집애 하나를 놓고 부자간에 서로 다투는 결과가 되었으니 이런 지랄 같은 일이 어디 있는가 말이다. 남들이 알면 얼마나 창피하고 망신스러운 일인가. 비록 개눈을 하나 박고는 있지만, 그런 염치는 아직 지니고 있는 셈이었다.

애써 그렇게 솟구치는 분을 누르기는 했지만, 광웅이의 얼굴을 대하기만 하면 속이 뒤집어지는 것 같아 견딜 수가 없었다. 공연히 그의 얼굴에 돋아난 여드름까지가 비위를 건드리는 듯했다. 지금까지는 그저 예사로 보이던 것이…….

“이누무 자식, 이드름은 지랄같이도 많이 났네. 가시나 궁딩이만 따라다니니 안 그렇고 우야겠노. 에이 더러분 누무 자식.” 이런 소리가 곧 입 밖으로 튀어나올 것만 같았다. 그러나, 아비가 자식한테 차마 그런 소리는 할 수가 없어서,

“야, 니 경성 언제 가노?” 이렇게 말을 꺼냈다.

“아직 며칠 남았심더.”

“꼭 방학이 다 돼야만 가는 기가? 좀 메칠 일찍 가서 학교 갈 준비 같은 것을 하면 안 되나? 그러면 몸살이라도 나나?”

“…….”

“응? 이 자식아. 학교 당기는 놈이 학교에 정신이 있어야지, 집에 와서 빌빌 노는 데만 정신이 있으니, 그래 가지고 장차 니 뭐가 될라카노? 응?”

“…….” 아무 까닭도 없이 공연히 못 먹어서 야단인 것 같아 광웅이는 그만 눈을 한 번 커다랗게 흘겨주고는 아버지 앞을 피해버린다.

“벨안간 와 지랄이고. 문딩이 같은 자식이…….” 속으로 투덜거리면서, 가뜩이나 마음을 걷잡을 수가 없고, 심란하기만 한 판인데 말이다.

그날도 점심을 먹은 광웅이는 어떻게든 월례를 불러내야겠다고 마음을 먹으며 대문을 나서려 했다. 그때 홍 주사가 점심을 먹으러

집에 왔다. 대문을 들어선 홍 주사는 광웅이와 시선이 마주치자 대뜸 쏘아붙였다.

"어디 가노? 응?"

"놀로예."

"뭐, 놀로? 이누무 자식 그렇게 말했는데도…… 학생이란 놈의 새끼가 공부를 할 생각은 안 하고 놀로만 다녀?"

"……."

"안 된다! 몬 나간다!"

"와요?"

"뭐, 와요? 이누묵 새끼, 니가 뭐 하로 자꾸 바깥에 기어 나가는동 내가 모르는 줄 아나? 다 안다, 다 알아……."

"……." 광웅이는 뜻밖의 말에 그만 얼굴이 화끈해진다.

"이누묵 새끼, 공부는 안 하고, 가시나 궁딩이만 쫓아다니제?"

홍 주사는 마침내 참아오던 말을 자기도 모르게 뇌까려버린다.

"안 그렇나? 대답해 봐."

"……."

"이누묵 새끼, 대답 몬 하겠제? 나쁜 누무 새끼……."

그러자, 광웅이도 참고 있을 수만은 없다는 듯이 불쑥 내뱉는다.

"나는 모르는 줄 아능교? 나도 다 알고 있어요."

"뭘 알고 있어?"

"……."

"이누묵 새끼, 뭘 알고 있나 말이가! 앙?"

"아부지가 새로 장개 들라고 한다는 거 말이구마."

"뭐라?" 홍 주사의 얼굴이 금세 시뻘게지며, 한쪽 개눈이 툭 튀어

나올 것처럼 무섭게 번뜩인다.

아버지의 얼굴에서 어떤 살기 같은 것을 느끼자, 광웅이는 그만 질겁을 하고 후닥닥 대문 밖으로 튀어버린다. 달아나는 아들의 뒤를 홍 주사는 마구 주먹을 휘둘러대며 쫓아간다.

"이 죽일 누무 새끼! 죽일 누무 새끼!" 악을 쓰면서.

무슨 일인가 하고, 부엌 할멈과 명자가 눈이 휘둥그레 가지고 내다본다.

해질 무렵이 되자, 눈이 내리기 시작했다. 한동안 뜸했던 눈이었다. 눈은 곧 함박눈으로 변해서, 온 들녘이 금세 하얀 빛으로 덮여버렸다. 물론 신작로도 하얗게 묻혀버렸다. 하얗게 눈에 묻힌 신작로를 읍으로부터 마을 쪽으로 터벅터벅 걸어오는 한 여인이 있었다. 두툼한 오버를 입고, 목에는 여우목도리를 감고 있었다. 그리고, 커다란 트렁크를 하나 들고 있었다.

트렁크가 꽤 무거운 듯, 한참 걷다가는 그것을 눈 위에 내려놓고 쉰다. 쉬면서 그녀는 멀리 생이숲 쪽을 바라본다. 생이숲 위에 마침 까마귀 떼가 떠서 빙빙 돌고 있었던 것이다. 눈발이 날리는 속에…….

"까마구들 앙이가……." 여인은 몹시 신기한 모양이다.

여인은 다름 아닌 명자 어머니인 것이다. 만주에 가 있는 명자 어머니가 돌아오는 것이다.

"아이고, 까마구들이……." 그녀는 까마귀도 고국 까마귀라 반가운 모양이다.

12

명자 어머니 황선녀의 커다란 트렁크 속에서는 여러 가지 물건이 쏟아져 나왔다. 명자의 털외투가 나왔고, 운동화와 여러 가지 학용품이 나왔다. 어머니한테 선물로 그것을 받은 명자는 좋아서 어쩔 줄을 몰랐다.

홍 주사한테는 가죽장갑과 마도로스파이프를 선물로 가지고 왔고, 광웅이한테는 양말과 만년필을, 송웅이한테는 목도리와 벙어리장갑을 마련해 왔다.

병석에 누워 고랑거리고 있는 동생인 서기댁에게는 무슨 약인지 새까만 알약을 한 봉지 구해 왔다. 아주 특효가 있는 만주의 비방약이라는 것이었다. 그것을 선물로 받은 서기댁은 찔끔찔끔 눈물을 흘렸다.

황선녀가 커다란 트렁크를 들고 돌아와서 색다른 만주의 선물을 푸짐하게 쏟아놓았기 때문인지 홍 주사네 울적한 집안 분위기는 별안간 정반대로 바뀐 듯했다. 곧잘 웃음소리가 일어나고, 떠들썩한 이야기들이 끊일 줄을 몰랐다. 이제 좀 사람이 사는 집 같았다.

밤이 이슥토록 화롯불에 밤을 구워 먹어가며 한 방 둘러앉아 이야기에 꽃을 피웠다. 물론 홍 주사도 광웅이도 한 방에 앉아 있었다. 낮에 어쩌면 극도에까지 간 듯싶던 부자간이었지만, 만주에서 몇 해 만에 반가운 친척이 온 바람에 부자간의 감정대립은 잠시 접어두게 된 셈이었다. 밤이 이슥토록 이야기는 주로 황선녀가 했고 다른 사람들은 그 재미있고 간혹 무시무시하기도 한 만주 이야기를 침을 삼켜가면서 들었다.

여느 때 같으면 으레 어슬렁어슬렁 밖으로 나가 술을 마시거나 화투라도 한바탕 쳐야만 직성이 풀려 잠을 잘 수 있는 홍 주사였지만, 오늘밤은 그게 아니었다. 처형의 만주 이야기가 어찌나 구수하고 으스스하기도 해서 재미가 나는지 밤이 깊은 줄도 모르고 자리를 지키고 앉아 있었다. 평소에 별로 즐기지도 않는 밤을 곧장 구워서 까먹어가면서.

홍 주사가 그처럼 처형의 이야기에 침을 삼키는 것은 그 이야기 자체에 끌려서 그러는 것이기도 하지만, 한편 처형의 어딘지 모르게 물씬 풍기는 여자다운 매력 같은 것에 은근히 끌려서 그러는 것이기도 했다.

황선녀는 이제 갓 마흔이었다. 동생인 서기댁보다 두 살 위였다. 그러나 누가 보아도 그녀가 서기댁의 언니라고는 보지 않을 것 같았다. 동생이라고 볼 것 같았다. 훨씬 밑으로 보이는 것이었다. 서기댁이 병으로 거의 시들어진 터이라 그렇기도 하지만, 원래 황선녀는 동생과 달리 피둥피둥하고 어딘지 모르게 생기가 넘치는 그런 여자였다. 양쪽 볼은 노상 상기된 사람처럼 발그레했다. 물론 만주 같은 곳에서 여자 혼자 몸으로 살아가느라고 세상 풍파에 시달린 흔적이 느껴지기는 하지만.

그러니까 홍 주사에게는 처형이기는 하지만 댓 살*(대여섯 살)이나 밑인지라, 처형이라고 생각되기보다는 어쩐지 그저 매력 있고 생기가 넘치는 여자로만 여겨지는 것이었다.

그녀의 마적단 이야기가 끝나자, 홍 주사는 꿀꺽 침을 한 덩어리 삼키고는 물었다.

"처형, 그래 만주서 혼자 그런 마적들이 무섭어서 우예 살았능교?"

"……." 그녀는 히죽 웃기만 한다.

"만주서 무신 장살 했능교?"

"여러 가지 닥치는 대로 했지예." 여전히 그녀의 두 눈엔 웃음이 감돈다.

"여자 혼자 몸으로 어렵을 낀데……."

"그래서 이번에 저…… 그만 다 걷어치우고 영 돌아와 버렸구마."

"아, 그렁교?"

"예, 앞으로 홍 서방 신셀 좀 져야 되겠구마."

"아, 좋고말고요. 우리집에 같이 삽시더."

"하하하, 얹혀 살 수는 없고, 여기서나 읍내에서 뭘 해볼까 합니더."

"여기서 하이소. 그라면 내가 힘 있는 데까지 도와드릴 끼니……."

"여기서 뭐 할 끼 있을지 모르겠구마."

"차차 같이 의논해 봅시더."

"내사 홍 서방만 믿는구마."

그녀는 필요 이상으로 짙은 웃음을 홍 주사에게 보낸다. 홍 주사도 공연히 기분이 좋아 허옇게 앞니를 드러내놓으며 웃는다. 만주에서 걷어치우고 영 돌아왔다는 말에 홍 주사 못지않게 기뻐서 어쩔 줄을 모르는 것은 명자였다.

"엄마, 인제 다시는 만주 안 가제?"

"응, 그래."

"아이 좋아라. 아이 좋아라."

이제 어머니와 함께 살게 되었으니 그럴 수밖에 없다.

13

경성으로 떠나는 전날 밤, 광웅이는 이모와 단 둘이 화로를 가운데 놓고 마주 앉았다. 어머니는 자리에 누워 고랑거리다가 살짝 잠이 든 듯했다.

광웅이는 아무래도 이런 상태로 경성으로 떠나기가 불안해서 못 견디겠는 것이었다. 월례를 완전히 자기 것으로 만들어버렸으면 모르겠는데, 그렇질 못 했으니 도무지 마음이 놓이지가 않았다. 그래서 이모한테 그 이야길 해서 어떻게 해서든지 아버지가 월례를 차지하지 못하도록 좀 막아달라고 부탁을 해야겠다고 생각한 것이다.

밤이 제법 깊어서 사방은 조용하기만 했다. 아버지는 밖에 나가 아직 돌아오질 않았다.

"이모요."

"응?"

"저…… 좀 부끄러운 이야깁니더."

"부끄러운 이야기라니? 하하하…… 어디 어서 해보래."

"나 저…… 애인이 있심더."

"벌써 애인이 있어? 빠르구나. 이드름 난 걸 보니 애인이 있고도 남겠다마는……."

황선녀는 노오란 금니를 드러내며 재미있다는 듯이 벙글벙글 웃는다. 광웅이도 싱그레 웃으며 좀 멋쩍은 듯 슬그머니 뒤통수를 한 번 긁는다. 황선녀가 묻는다.

"광웅이 니 몇 살이제?"

"열여덟 안 됐습니꾜. 양력으로……."

"열여덟이라…… 그럼 장개를 가고도 남겠구나. 그래, 어서 이야길 해보래."

"저…… 이번 겨울방학에 애인이 생겼심더."

"잘했다. 그런데 애인은 몇 살이고?"

"열일곱 살입니더."

"한 살 차이구나. 됐네."

황선녀는 속으로 광웅이가 장가를 들고 싶어서 그 의논을 자기한테 하는 것이려니 짐작했다.

"그런데…… 곤란한 일이 생겼심더."

"곤란한 일이라니?"

"저…… 아부지가……."

"아부지가 와? 애인이 생긴 줄을 아시나?"

"예. 아실 뿐 아니라……."

"아부지가 아시면 나무래시겠지. 아직 학생이니까……."

"그기 앙이라……."

"그럼?"

"저……." 광웅이는 말을 꺼내기가 무척 힘이 드는 모양이다.

"어서 말해 봐라. 야야, 사내가 뭐 그리 우물쭈물 하노."

"저…… 내 애인을 아부지가……."

"뭐?"

“아부지가 뺏을라 안 캅니꾜.”

“뭐라? 아부지가 뺏을라 캐? 니 애인을?”

“예.”

“정말이가?” 황선녀는 눈이 휘둥그레진다.

“정말입니더.”

“허—.” 그녀는 그만 어이가 없는 모양이다.

“아부지가 내 애인한테 장개를 들려고 안 합니꾜.”

“장개를 들어?”

“예.”

“누가 카더노?”

“아부지 자기가 카대요.”

“아부지가 자기 입으로 그런 말을 해? 니한테?”

도무지 말 같지도 않다는 표정이다.

“나한테 그런 말을 하는 기 아니라, 우리 애인 아부지한테 그런 얘길 하는 걸 들었어요.”

“언제?”

“메칠 전, 밤에요. 애인 아부지가 우리집에 찾아와서 아부지하고 둘이 저 사랑채 공부방에서 수군수군 무슨 얘길 해쌓길래 가만히 엿들어 보았더니 아 글쎄 내 애인한테 아부지가 장갤 들려고 애인 아부질 구워 삶아쌓더라니까예.”

“애인 아부지가 뭐하는 사람인데?”

“농사짓지예 뭐.”

“니 애인은 뭐하고?”

“내 애인은…….” 광웅이가 좀 쑥스러운 생각이 드는 모양이다.

그러나 사내답게 내뱉는다.

"학교 안 댕기는교."

"어느 학교?"

"국민학교예."

"국민학교? 하하하……." 그만 황선녀는 커다랗게 웃어버린다. 애인이 국민학교에 다닌다니 웃음이 나오지 않을 수가 없는 모양이다.

"그래, 몇 학년이고?"

"5학년입니더. 곧 6학년 되지예."

"봄에 6학년이 되겠구나. 하하하……."

"이름은 월례입니더." 광웅이도 싱그레 웃는다.

"뭐 월례?"

"예."

"그래, 그 월례 아부지가 뭐라고 말하더노? 월례를 너거 아부지한테 시집보낼라 카더나?"

"보낼 생각은 있는 것 같습띠다. 그런데 학교나 졸업을 하거든 보자고 카대예."

"학교 졸업을 하거든? 그럼 아직 안 멀었나."

"월례 아부지는 그캐도 아부지는 여자가 학교 졸업을 하면 뭐 하느냐고, 곧 성례를 하자고, 우기던데예."

"그런데 너거 엄마는 우야고 장갤 들라 카능고. 너거 아부지도 참……."

"글씨 말입니더. 우리 아부지 주책바가집니더. 그기 말이 됩니꼬? 엄마가 있는데 또 장갤 들다니…… 더구나 내 애인한테 말입니더.

아부지가 아들의 애인을 뺏아서 장갈 들어도 됩니꼬? 그런 법이 세상에 있십니꼬?"

"참 일도 얄궂게 됐구나."

"얄궂죠? 그래서는 안 되지예?"

"……."

"이모요, 그러니까 부탁입니더. 이모가 아부지한테 잘 말해서 내 애인을 뺏지 말도록 해주이소. 월례 없이는 난 살 수가 없십더. 정말입니더. 월례도 아부지한테는 절대로 시집 안 갈라 캅띠더. 그 얘길 했더니 막 웁띠더. 이모요!"

"알았다."

"알았지예? 부디 이모가 월례를 지켜 주이소. 엄말 보아서라도 이모가 아부지 장개 못 가도록 해야 안 됩니꼬. 그죠? 이모요."

"그래, 맞다."

"하하하, 우리 이모 최고다. 난 이모만 믿십니대이."

"오냐, 그러나 그 일이 내 맘대로 될는지 모르겠다."

"와 안 돼예? 이모가 할라고 맘만 묵으면 됩니더. 아부지는 이모 말이면 뭣이든지 다 들을 겁니더."

"글쎄……."

"정말입니더. 내 말이 틀림없십더. 눈칠 보니 아부지가 이몰 아주 좋아하는 것 같애예."

"그래? 하하하……." 황선녀는 기분이 좋은 모양이다. 자기를 좋아한다는 말에 기분 나빠할 사람은 아무도 없는 것이다.

"그럼 이모, 난 이모만 믿고 갑니대이."

"내일 경성으로 떠나나?"

"예."

두 사람의 대화가 끝나자, 서기댁이 콜록콜록 되게 한바탕 기침을 한다. 그리고 별안간 어디가 몹시 아픈 듯 끙끙 앓는 소리를 하며 돌아눕는다. 잠이 들었는 줄 알았는데, 그렇지 않았던 모양이다. 그렇다면 두 사람의 주고받은 이야기를 듣고 얼마나 무너지는 듯 한기분이었을까.

황선녀와 광웅이는 멀뚱히 서기댁을 바라본다. 그때, 대문 열리는 소리가 나며 홍 주사가 돌아오는 기척이 난다. 그러자 광웅이는 마치 무엇에 놀란 것처럼 후닥닥 자리에서 일어난다.

14

세수를 마치고 거울 앞에 앉아 얼굴을 닦고 있던 월례는 바깥에서 누가 부르는 소리에 귀를 방문 쪽으로 기울였다.

"월례야, 월례야." 틀림없는 명자의 목소리다.

이 식전에 명자가 웬일일까. 월례는 방문을 열고 마루로 나간다.

"월례야, 월례야." 부르는 소리만 사립 밖에서 들릴 뿐 명자의 모습은 보이지가 않는다.

"와? 명자제?"

"그래, 이리 좀 나와 보래."

"뭐 할라고?"

"글씨 빨리 좀 나와 보래."

"응, 나가께." 월례는 신을 신고 사립 밖으로 나간다. 명자가 저만큼 울타리 밑에 서서 빙글 웃는다.

"이리 와 보래."

"가시나, 식전에 뭐 할라고?"

"글씨 이리 와 보란 말이다."

월례는 무슨 일인가 하고 명자 쪽으로 걸어간다. 그러자 명자는 이리 따라 오라는 듯이 앞장을 서 걷는다.

"어디 가노?"

"바로 여기."

골목 모퉁이를 돈다. 월례도 따라서 골목 모퉁이를 돌아갔다. 그러자 명자는 생글 웃고는 냅다 내닫는다. 이제 자기 할 일을 다 했다는 듯이. 골목 모퉁이에 광웅이가 서 있었다. 광웅이를 보자, 월례는 깜짝 놀라 온통 얼굴이 발그레 복사꽃처럼 물든다.

"월례 씨, 오래간만입니다." 광웅이는 싱글 웃는다.

불과 며칠밖에 안됐지만, 무척 오래간만에 만나는 느낌인 것이다. 그날 밤, 벗가리 그늘에서 월례를 완전히 자기 것으로 만들려다가 실패한 뒤론 아무리 해도 월례를 만날 수가 없었던 것이다. 그러나 월례를 그대로 만나보지도 않고 경성으로 떠난다는 것은 도저히 견딜 수 없는 일이어서, 오늘 식전 집을 나서면서 이렇게 명자를 시켜 월례를 불러낸 것이다.

광웅이는 학생용 배낭을 메고 있었고, 스케이트도 어깨에 걸치고 있었다.

"나 경성으로 떠나는 길입니다."

"……."

"저번엔 실례가 됐는지 모르겠어요."

"……." 월례는 절로 고개가 살짝 숙여진다.

월례는 이제 다시 광웅이를 만나지 않으리라 생각하고 있었다. 남의 치마 밑으로 손을 넣다니 그렇게 부끄럽고 망측한 짓이 도대체 어디 있느냐 싶었던 것이다. 신랑각시가 됐다면 당연히 그러는 것이지만, 신랑각시가 되지도 않았는데 더구나 볏가리 그늘 같은 데에서 그런 짓을 하려고 덤비다니 말도 아닌 것이다. 혹시 누가 보기라도 하면 어쩌려고 말이다. 어쩐지 그런 일이 있은 뒤론 광웅이가 정나미가 뚝 떨어지는 것이었다.

그러나 막상 이렇게 배낭을 메고 경성으로 떠나려는 그를 보니 왠지 가슴이 좀 찡해지는 것이 아닌가.

"월례 씨, 저번의 일은 용서해 주어요."

"……."

"월례 씨가 너무나 좋아서, 혹시 아부지한테 뺏기지나 않을까 해서 내가 월례 씨를 먼저 차지해 버릴려고 그랬던 기라예."

"……."

"용서하시겠죠? 예?"

"개안심더."

"아, 이제 맘이 놓인다. 난 그 일로 월례 씨가 영 틀어져버리면 우얄까 싶었어요. 월례 씨가 영 나한테서 떠나가 버리면 난 자살을 할 생각이었죠."

"하하하……." 자살이라는 말에 그만 월례는 까르르 웃어버린다.

"월례 씨가 웃으니 내 기분이 참 좋네요. 하하하……."

광웅이도 유쾌하게 웃는다.

"월례 씨, 우리 이모가 만주에서 돌아왔어요. 명자 어머니죠. 그런데 어젯밤에 그 이모한테 다 얘길 했습니다. 월례 씨가 없으면 나는 못 산다고 말입니다. 그리고 월례 씨한테 우리 아부지가 야심을 묵고 있다는 얘기도 했어요."

"우야꼬." 월례는 깜짝 놀란다. 그런 말 같지도 않는 이야기를 뭣하려고 이모한테 했는가 싶은 모양이다.

"우리 이모는 내 편입니다. 그러니까, 아부지가 월례 씨한테 야심을 묵지 못하도록 할 낍니다. 그렇게 하겠다고 했어요."

"정말이라예?"

"예, 정말입니다. 그러니까 혹시 월례 씨 무슨 일이 생기거든 우리 이모를 찾아요. 우리 이모한테 상의를 하면 될 낍니다."

"……."

"우리 이모 참 사람이 좋아요. 월례라고 하면 아주 반갑아 할 낍니다."

"내 이름을 어떻게 알아예?"

"내가 다 가르쳐주었죠."

"아이 부끄럽어." 정말 부끄러운 듯 월례는 두 손으로 얼굴을 가려버린다.

"그럼 월례 씨, 난 기차시간 때문에 떠나야 해요."

"멫 시 찬데예?"

"아홉 시 십 분에 읍내에서 떠나요. 경성엔 저녁 때 도착해요."

"……."

"편질 할 테니 월례 씨도 편질 해주어요. 예?"

"……." 월례는 말없이 웃기만 한다.

"학교로 편질 할까요, 집으로 할까요?"

"몰라예, 하지 말아예."

"학교로 할께요."

"……."

"봄방학에도 올 생각입니다만 어떻게 될지…… 봄방학은 너무 짧아서…… 여름방학에는 꼭 옵니다."

"봄방학에도 오이소." 월례는 그만 자기도 모르게 이렇게 말하고는 발그레 얼굴을 붉힌다. 속마음이 절로 툭 튀어나온 셈이다.

"예, 오죠, 꼭 오죠."

광웅이는 좋아서 어쩔 줄을 모른다. 곧장 싱글벙글 웃으면서,

"월례 씨, 그럼 봄방학에 꼭 올께요. 그때까지 잘 있어요."
하고 돌아선다.

월례는 그만 고개를 숙여버린다. 그리고 두 손으로 맥없이 옷고름만 만지작거린다. 저만큼 골목길을 멀어져가는 광웅이의 뒷모습을 힐끗 바라보는 월례의 두 눈에 뜨거운 것이 핑 돈다. 월례는 얼른 옷고름을 눈으로 가져간다.

저만큼 골목 모퉁이에서 명자가 얼굴을 내밀면서 헤헤헤…… 웃는다.

15

광웅이가 경성으로 떠나자, 사랑채 공부방이 황선녀와 명자의 차지가 되었다. 황선녀는 아예 그 방을 당분간 자기네 모녀가 쓸 요량으로 방 안을 정리하고 새로 꾸몄다.

그렇게 황선녀가 방 하나를 아예 세라도 든 것처럼 새로 꾸미는 것을 홍 주사는 조금도 싫어하지 않았다. 이제 좀 살맛이 날 것처럼 생각되는 것이었다. 천날만날*('언제나'의 방언) 마누라의 골랑거리는 소리와 약 달이는 냄새밖에 나지 않던 집안에 여자의 화장품 냄새가 풍기고 웃음소리가 일어나니 말이다. 그게 비록 처형의 화장품 냄새고 웃음소리긴 하지만 좌우간 여자니 좋을 수밖에 없다. 여자라도 피둥피둥하고 생기가 넘치는 여자가 아닌가.

속으로 홍 주사는 자기의 거처도 봄이 되면 사랑방으로 옮겨야지 생각했다. 마누라가 노상 골랑거리며 누워 있는 안채는 이제 진절머리가 나는 것이다.

처형이 사랑채의 방 하나를 새로 꾸며서 들어앉자, 홍 주사는 저녁으로 밖에 나가는 일도 드물어졌다. 술 생각이 간절할 때나 슬렁슬렁 밖으로 나갈 뿐, 그렇지 않으면 처형네 방으로 가서 둘이 화투를 치거나 담배를 피우며 이야기를 나누는 것이었다. 황선녀도 곧잘 담배를 피웠다. 때로는 명자와 셋이서 윷을 놀기도 했다. 그처럼 홍 주사는 처형이 좋은 모양이었다.

어느 날 밤, 황선녀는 홍 주사와 화투를 치다가 슬그머니 이렇게 말문을 열어보았다.

"홍 서방, 광웅이가 벌써 열여덟이라면서예?"

"예, 설 쇠면 열여덟이구마."

"그럼, 곧 메느릴 봐야겠심더."

"메느린 무신 메느리요. 벌써……."

"와예, 열여덟이면…… 이드름도 억시기 났던데예."

"그누무 자식 공부는 안 하고 가시나 생각만 하던동 이드름은 어지간히 났다니까."

"가시나 생각한다고 어디 이드름이 납니꺼. 날 때가 되니까 나는 기지. 그런데 가만히 보니 좋아하는 큰애기가 있는 모양입띠더."

"그누무 자석, 못된 송아지 엉덩이에 뿔 안 나는교."

"하하하…… 와 못된 송아지라예. 열여덟이면 애인이 있을 법도 하지예."

"애인은 무신, 제깐놈이…… 공부나 열심히 할 일이지……."

공연히 화를 내는 홍 주사의 표정이 황선녀는 은근히 속으로 재미가 있었다. 그래서 홍 주사의 마음도 떠볼 겸 약간 짓궂은 생각도 들고 해서 그녀는 시치미를 뚝 떼고 말했다.

"좋아하는 큰애기 이름이 월례라든가……."

"……." 홍 주사의 표정이 어쩐지 안정감을 잃는다.

"혹시 월례라는 큰애기 아시능교?"

"예."

"아직 국민학교 5학년이라지예?"

"글쎄요. 그 애가 5학년인가……."

홍 주사는 일부러 몇 학년인지 잘 모르는 체한다. 그런 속을 황선녀는 다 들여다보고 있기 때문에 더욱 재미가 흐르는 것이다.

"그런데 나이는 벌써 열일곱이라지예?"

"글씨요. 벌써 그렇게 묵었는가……." 역시 나이도 모르는 체한다.

"그 큰애기 아부지는 뭘 하는 사람잉교?"

"뭘 하까 봐요. 농사짓지. 우리 농장 소작인 아닝게. 그리고 마부고."

"마부?"

"예, 구루마꾼 말이구마."

"예—."

"그런데, 그런 사람 딸을 우예 메느릴 삼능교. 설사 광웅이 그누무 자석이 그 큰애길 좋아한다 하더라도— 안 되느마. 절대로 안 되느마. 어디 장개들 데가 없어서 그런 데 장개든단 말잉게. 안 그렁교?"

"……."

"사돈도 좀 사돈 같아야 말이지. 어디 사돈할 데가 없어서 그런 자리를……."

"맞심더." 황선녀는 그 말은 맞다고 생각했다. 그러나 자꾸 웃음이 나오려는 것을 참았다. 그럼 왜 자기는 그 큰애기한테 장가를 들려고 하느냐 말이다.

"그 큰애긴 어떤교? 애가 괜찮은교?"

"큰애기사 좋심더. 수수하면서도 괜찮게 생겼지예."

"예, 그렁교."

황선녀는 약간 웃었다. 그러니까 당신이 야심을 먹는구나 싶어서 말이다.

홍 주사의 마음을 잘 떠본 셈이어서 그 정도로 그만 그쳤다. 더 뭐라고 말을 꺼낼 수는 없는 노릇이었다.

황선녀는 자기가 매우 재미있는 위치에 놓이게 되었구나 싶었다. 어쩌면 아주 난처한 위치가 될지도 알 수가 없었다. 홍 주사와 광웅이와 월례라는 처녀, 그리고 동생 서기댁까지 얽힌 묘한 관계의 한 중간에 자기가 서게 된 것 같아 어쩐지 우습기도 하고, 슬그머니 걱정이 되기도 했다.

제3장

1

3월로 접어들면서 산과 들에 연한 연둣빛이 물들기 시작했다. 봄이 온 것이다. 마을의 집집에도 봄빛은 넘실거렸다.

그러나 월례네 집만은 어쩐지 봄이 온 것 같지가 않았다. 아직 겨울이 그대로 울타리 안에 남아 있는 것만 같았다. 집안에 커다란 근심거리가 얼음덩어리처럼 도사리고 있으니 그럴 수밖에 없었다. 좀처럼 녹을 것 같지가 않은 근심덩어리였다.

물론 그것은 월례 문제였다. 아무래도 월례를 홍 주사에게 줄 수밖에 달리 도리가 없을 것만 같았다. 홍 주사는 빨리 가부를 결정하라고 성화가 이만저만이 아니었다. 학교를 졸업할 때까지 일 년이나 기다릴 수는 도저히 없으니 이 봄에 성례를 할 것이냐, 안 할 것이냐, 속히 대답을 하라는 것이었다. 참고 기다리는 것도 한도가 있다면서 적반하장 격으로 나왔다. 논 정리에 착수를 했는데 뭘 꾸물거리고 있느냐고, 꾸물거리는 것을 보니 아마 생각이 없는 게 아니냐고, 그렇다면 오냐 당장 논 정리를 해버릴 테니 그래도 좋으냐고 으름장을 놓아가면서 말이다.

안 서방은 입맛이 다 떨어지고, 밤으로 도무지 잠이 오지 않았다.

"여보, 일을 우째야 되겠소? 응?"

"……."

"좀 말을 해보라 말이다."

"후유—."

"한숨만 쉴 게 아니라…… 한숨을 쉰다고 무슨 수가 나나?"

공연히 마누라에게 짜증을 내기도 했다.

배성녀는 마침내 별수가 없지 않느냐는 듯이,

"목구멍이 포도청 아닝교." 이렇게 말했다.

"그러제? 목구멍이 포도청이제?"

안 서방은 마치 마누라의 입에서 그 말이 나오길 기다렸다는 듯이 순간적으로 반가운 표정까지 지었다. 그러나 곧 온 얼굴을 찌푸리고 신음하듯 내뱉었다.

"없는 놈이 별수가 있나. 그저 죽어야 마땅하지."

"후유—."

"못난 애비한테 태어난 기 불쌍하지, 불쌍해……." 그러면서 안 서방은 소같이 커다란 눈에 눈물을 흥건히 떠올렸다.

그리고 이튿날, 홍 주사를 찾아가 그 뜻을 전했다.

그 말을 들은 홍 주사는 빙그레 입이 한쪽으로 찢어졌다. 드디어 찍어 넘기고야 말았으니 그럴 수밖에. 월례, 그 열일곱 살짜리를 애첩으로 거느리게 됐으니 말이다.

"잘 생각했지. 잘 생각했어. 그럼 곧 날을 받으소. 빠를수록 좋으니까. 허허허……." 한쪽 개눈을 번질거리면서 웃고 나서,

"인제 아무 걱정 말고 마음 푹 놓으소. 내가 다 알아서 잘 살도록 해줄 끼니." 이렇게 말하는 것이었다.

집으로 돌아오는 길에 안 서방은 잘 살도록 해준다는 말이 웬일인지 자꾸 슬프기만 했다.

그날 밤, 안 서방은 월례를 불러 앉혔다. 물론 배성녀도 한자리에 앉았다.

방 안에 호롱불이 가물거렸다. 석유 배급이 조금 나와서 호롱에 불을 켠 것이다.

잠시 안 서방은 곰방대의 담배를 뻑뻑 빨아대다가 마침내 입을 열었다.

"월례야, 니 시집가야겠다." 단도직입적이었다.

월례는 이미 그런 말이 나올지도 모른다고 속으로 각오를 하고 있었다. 그러나 막상 아버지의 입에서 그런 말이 떨어지자 월례는 깜짝 놀라지 않을 수 없었다. 미리 짐작을 하고 있었는데도 너무나 충격이 컸던 것이다. 월례는 휘둥그레진 눈으로 아버지를 바라보았다. 안 서방은 월례의 그러한 표정을 차마 정면으로 볼 수가 없는 듯 살짝 고개를 떨구고는 다시 애꿎은 담배만 곧장 빨아댄다.

배성녀도 딸의 그런 표정을 보기가 몹시 민망하고 괴로운 듯 슬그머니 얼굴을 돌린다. 월례의 입에서 어떤 말이 나올 것인지 두렵기도 한 모양이었다.

그러나 월례의 입에서는 아무 말도 나오지가 않았다. 월례가 그

저 눈이 휘둥그레질 뿐 아무 말이 없자 안 서방은 약간 마음이 놓이는 듯 슬그머니 얼굴을 든다. 그리고 타이르기라도 하려는 듯 다시 입을 연다.

"학교도 졸업을 몬 시키고 시집을 보내서 안됐다마는 하는 수가 없다. 일이 그렇게 되었으니 너무 부모를 원망 말고 시집을 가도록 해라."

"……."

"학교를 졸업시키고, 나이도 좀 더 든 다음에 시집을 보냈으면 좋겠다마는 가난이 원수로구나."

"……."

"너도 알다시피 우리가 부치는 논 가운데 일곱 마지기가 동척농장 거 앙이가. 우리 논이라고는 두 마지기밖에 없다. 만일 니가 시집을 안 가면 우리 식구는 모두 굶어죽게 된다."

"예?" 그제야 월례의 입이 떨어진다. 시집을 안 가면 식구가 굶어죽게 되다니…….

"아부지, 그게 무신 말입니꾜?"

"니가 시집을 안 가면 일곱 마지기 논을 몬 부치게 된단 말이다."

"……?" 역시 월례는 잘 알 수가 없다. 시집을 안 가면 일곱 마지기 논을 못 부치게 되다니, 왜 그렇게 된단 말인지…….

그러자 배성녀가 입을 열었다.

"니가 말이다, 시집을 가만 일곱 마지기 논을 그대로 우리가 부치도록 해주고, 만일 니가 시집을 안 가만 그 일곱 마지기를 다른 사람한테 부치도록 한다는 기라."

"……."

"그 일곱 마지기는 우리 논이 앙이기 때문에 우리 마음대로 몬 하거든."

"그럼 누구 맘대로 하노? 누가 그런단 말이고?"

"누군 누구라…… 니 신랑 될 사람이 그러지."

"홍 주사 말이다."

"우야꼬! 홍 주사?"

월례는 또 한 번 깜짝 놀란다. 그리고 그만 울상이 되어버린다.

홍 주사가 자기에게 장가를 들려고 하고 있다는 것과, 아버지도 자기를 그에게 시집보낼 생각을 하고 있더라는 이야기를 광웅이한테 듣고 알고 있긴 했지만 그러나 설마 그럴 리가…… 하고 반신반의를 했는데, 그게 틀림없는 사실이라는 것을 안 셈이니 어처구니가 없을 수밖에.

그런 월례를 보자 배성녀는 그만 목이 칵 메는 듯 말문이 닫혀버린다.

"음—." 이번에는 안 서방이 입을 연다.

"도리가 없다. 니가 홍 주사한테 시집을 안 가만 우리 식구가 모두 굶어죽게 될 판이니 우짜노. 시집을 가도록 해라. 니가 그 사람한테 시집을 가만 우리 헹편이 지금보다 훨씬 나아진다. 모두 굶어죽는 거보다 니가 시집을 가서 헹편이 나아지는 기 안 좋으나."

그러자 월례는 또 그게 무슨 말인지 알 수가 없는 듯 눈을 끔벅거리며 묻는다.

"아부지, 지가 시집을 가만 우리집 헹편이 나아진다는 건 또 무슨 말인가예?"

"음, 그것은 홍 주사가 니캉 결혼을 하만 우리 사는 헹편을 많이 돌봐 줄 끼라 카더라. 논도 더 부치도록 해주고……."

"논도예?"

"그래."

"홍 주사가 그걸 맘대로 합니꺼?"

"맘대로 할 수가 있지."

"누구 논인데예? 자기 논인가예? 동척농장 논인데 그 사람이 맘대로 합니꺼?"

"동척농장 서기 앙이가, 서기…… 그 사람 삐꾸어*('삐치다'의 방언으로 여기서는 '척지다'라는 뜻) 가지고는 몬 산다. 우리 같은 소작인들은 그 사람 손에 달렸는 기라. 그 사람이 떠삐릴라 카만*(떼버리려 하면) 떠삐리고, 붙이 줄라 카만 붙이 주고……."

월례는 그만 슬그머니 겁이 난다. 홍 주사가 그처럼 존재가 대단한 사람인 줄은 미처 몰랐던 것이다. 동척농장의 서기인 줄이야 뻔히 다 아는 사실이었지만, 농장 서기가 그처럼 권한이 대단할 줄이야……. 한쪽은 개눈을 박은, 그 보기만 해도 기분 나쁜 중늙은이가 말이다.

안 서방은 결론을 짓듯 말했다.

"그러니 그쯤 알고 시집갈 준비를 해라. 오늘 홍 주사한테 곧 날을 받기로 이얘길 했다. 내일 어디 가서 택일을 할 끼다.

"아부지."

"와?"

"시집은 가겠심더. 그러나 그 홍 주사한테는 안 갈랍니더."

"뭐라?"

"……."

"안 가? 와 안 간다 말이고?"

"……."

"인제 그런 소리 해도 소용이 없다. 우리 다 굶어죽는 꼴을 봐야 시원하겠나?"

"다른 데라면 어떤 데라도 가겠심더. 그러나 홍 주사한테는 갈 수가 없심더."

"무슨 소릴 하고 있노. 다른 데라면 어떤 데라도 가지만 홍 주사한테는 몬 가겠다고?"

그렇다면 그건 무슨 심보냐는 듯이 안 서방은 월례의 얼굴을 쏘아보듯 똑바로 바라보았다.

그러자 배성녀가 후유— 꺼질 듯이 한숨을 쉰다. 월례가 왜 홍 주사한테는 안 가겠다는지 그 까닭을 짐작하니 절로 한숨이 나오는 것이었다. 여자로서, 또 어미로서 그 심정 이해하고도 남겠다는 듯이.

"그런 자리에 시집가고 싶은 사람이 누가 있겠노. 나이도 사십이 훨씬 넘었는 데다가 재취로 들어가는 것도 앙이고…… 그렇지만 헹편이……."

"어무이." 월례는 정색을 하고 말한다.

"그래서 그런 기 앙이다. 다른 데 같으만 첩살이라도 갈 끼다. 우리 식구 굶어죽게 하는 거보다사 안 낫겠나."

"그럼 와?"

"우째서 홍 주사한테는 몬 가겠다는 기고?"

"……."

"응? 우째서?"

"……."

광옹이하고 좋아하는 사이인데 어떻게 그 아버지인 홍 주사한테 시집을 갈 수가 있겠느냐고 털어놓았으면 속이 시원하겠는데, 차마 그런 소리가 나오질 않았다. 어떻게 자기 입으로 그런 소리를 할 수가 있겠는가 말이다. 크게 야단맞을 소리를…….

그러자 안 서방은 벌컥 화를 냈다.

"지금까지 한 이야길 뭐로 들었노! 다른 데 같으만 첩살이라도 간다고? 이누무 가시나, 누구 부애를 지르는 기가, 뭐고?"

"……."

"딴 사람한테는 첩살이라도 간다 카면서 와 홍 주사한테는 몬 간다 말이고? 응?" 안 서방은 아직 덜 피운 곰방대를 재떨이에 땅땅 두들긴다.

"딴 사람이 누가 우리한테 논 그대로 부치도록 해 준다 카더나? 빌어묵을 가시나!"

월례는 그만 돌아앉아 훌쭉훌쭉 울기 시작했다. 아무리 아버지지만 무엇 때문에 "이누무 가시나" "빌어묵을 가시나" 하고 욕을 하는가 말이다. 학교 졸업도 안 시키고, 사십이 넘은 중늙은이한테 더구나 첩으로 시집을 보내려고 하면서 무얼 잘 했다고…….

월례는 복받치는 설움과 원망스러움을 견디지 못해 잠시 흑흑 흐느껴 울다가 그만 발딱 일어나 방문을 열고 나가버린다.

이른 봄이라 밤공기는 아직 쌀쌀하다. 헛간 모퉁이로 가서 쭈그리고 앉은 월례는 쌀쌀한 줄도 모르고 오래오래 서럽게 느껴 운다.

2

드디어 월례의 혼례 날짜가 결정되었다. 음력으로 2월 스무하룻날이다. 양력으로는 3월 하순이다. 앞으로 열흘 남짓밖에 남지 않았다. 날짜가 홍 주사 소원대로 일찍 난 것이다.

안 서방으로부터 날짜를 통고받은 홍 주사는 매우 기분이 좋았다. 그래서 그날 저녁 안 서방을 객줏집으로 데리고 가서 한 잔 샀다. 말하자면 곧 장인이 될 사람한테 미리 한 잔을 낸 셈이다.

얼큰하게 취해 가지고 집으로 돌아온 홍 주사는 처형네 방문을 열었다.

"처형, 벌써 자능교?"

"아니예." 이불 속에 누웠던 황선녀는 후닥닥 일어난다. 그리고 남포등의 심지를 돋우면서,

"한 잔 하싰능게?" 하고 웃는다.

"예, 한잔 했구마."

"자, 이리 앉으소."

홍 주사는 아랫목에 가서 앉는다. 명자는 새근새근 잠이 들었다.

"처형요, 나 오늘 저녁 처형한테 한 가지 상의해야 되겠구마."

"무슨 상윈데예?"

"음, 저…… 허허허……." 홍 주사는 말을 꺼내려다 말고 웃기부터 한다. 술기가 있긴 하지만, 어쩐지 좀 쑥스러운 모양이다. 우선 담배부터 한 대 피우자고 마도로스파이프를 꺼낸다.

"한 대 피우소. 담배 없능게?"

"있구마." 황선녀도 한 대 문다.

"저…… 다름이 앙이라……."

"……?"

"처형도 알다시피 광웅이 어메가 아파 누운 지 삼 년이 되느마. 아픈 사람이 들으만 안됐지만, 정말 인제 진절머리가 나느마."

"그렇고말고예. 한 달 두 달도 뭐한데…… 좌우간 홍 서방한테 나까지 어쩐지 면목이 없구마."

"그기 무신 소링교. 허허허…… 처형이 면목 없을 끼 뭐 있능교."

"……."

"그리고 아픈 사람도 아프고 싶어서 아픈 기 앙이니까 뭐 하는 수 없는 일이지만, 워낙 오랫동안 아파 놓으니 어디 사람 사는 맛이 나야 말이지."

"그렇지예."

"처형한테 뭐 몬 할 말이 있겠능교. 솔직히 말하지만 도무지 외롭아서 몬 살겠구마. 허허허……."

"지당한 말씀이지. 하하하……."

외로워서 못 살겠다는 말에 황선녀는 약간 부끄러운 생각이 들면서도 묘하게 기분이 좋은 모양이다. 정말 그 심정은 누구보다도 자기가 잘 안다는 듯이 활짝 웃는다. 금니 두 개가 불빛에 반짝거린다.

"사람이 사는 기 뭔교? 밥만 묵고 잠만 자만 그기 사는 긴교? 안 그렁교?"

"맞구마."

"그래서 이번에……."

"……."

"저…… 처형, 혹시 욕은 하지 마소."

"욕은 무신 욕을 해예?"

이미 무슨 이야긴지 황선녀는 속으로 다 짐작을 하고 있는 것이다. 그러나 시치미를 뚝 뗀다.

"저……." 홍 주사는 아무래도 이야기의 핵심을 건드리기가 힘이 드는 모양이다. 담배를 몇 모금 거푸 빨고 나서,

"허허허…… 저…… 색시를 하나 얻기로 했구마." 내뱉듯이 말한다.

"색시를예?" 황선녀는 일부러 약간 놀라는 표정을 짓는다. 속으로는 드디어 올 것이 왔구나 하고 히죽히죽 웃으면서도 말이다.

"아무래도 적적해서 몬 살겠구마. 그래서 아픈 사람한테는 도리가 아니지만 새로 장개를 들기로 했구마."

"……."

"처형, 어떻게 생각하능교?"

"……."

이미 다 알고 있는 터이지만, 막상 본인의 입에서 그런 소리가 나오자 황선녀는 그만 슬그머니 어리뚱*('어리둥절'의 영천말)해져 버렸다. 가타부타 어느 한쪽을 택해서 말을 할 수가 없다.

"처형은 내 심정을 이해하실 끼라 생각하는데……."

"……."

"물론 입장이 곤란하기사 하겠지만……."

"색시는 어떤 사람인교?"

황선녀는 자기의 의사를 표시하는 것을 보류하고 말머리를 돌

린다.

"색시는……." 홍 주사는 그것을 밝히는 것도 몹시 쑥스럽다. 처형이 월례를 알고 있을 뿐 아니라, 월례와 광웅이와의 사이도 알고 있는 터이니 말이다. 직접 자기에게 그런 이야기를 꺼낸 적도 있는 것이 아닌가.

"저…… 허허허……."

"와 자꾸 웃기부터 하능교?"

"쪼매 부끄럽어서 안 그러능게."

"하하하…… 부끄럽긴 뭐가 부끄럽은교. 첨으로 장개드는 총각인교? 부끄럽구로……."

"허허허……." 홍 주사는 마치 허파가 헐렁헐렁해진 사람처럼 자꾸 웃는다. 그리고 매우 쑥스러운 표정으로 말한다.

"처형도 아는 큰애기구마."

"나도 아는 큰애기라예?"

황선녀는 역시 시치미를 뚝 뗀다. 월례 아닌교, 내가 벌써 다 알고 있구마, 하는 소리가 곧 목구멍에서 간질간질하다. 그러나 뜻밖의 일이라는 듯이,

"누군고?…… 내가 아는 큰애기라니……." 이렇게 말한다. 기어이 홍 주사의 입에서 큰아기의 이름이 나오도록 하려는 것이다.

"저…… 월례라고…… 처형도 안 아능교."

"우야꼬! 월례한테……." 황선녀는 일부러 깜짝 놀라는 표정을 짓는다. 매우 뜻밖의 일이라는 듯이. 그리고 그럴 수가 있느냐는 듯이.

"와 그렇게 놀래능교?"

"아 글씨, 안 놀랠 수가 있능교. 월례한테 장갤 든다는데……."

"……."

"월례는 광웅이 애인인 모양이던데……."

황선녀의 말에 홍 주사는 그만 화라도 난 것 같은 표정이 된다.

"애인은 무신 애인……. 그누묵 자식 자기 혼자서 달아서 괜히 그카는 기지. 그런 소리 입 밖에 내지도 마소!"

홍 주사는 대번에 황선녀의 입을 꽉 막아버린다. 쑥스러움을 그런 식으로 넘겨버리는 것이다.

황선녀는 홍 주사가 그렇게 대번에 강경하게 나오자 쑥 움츠러들고 만다. 왈가왈부하고 나설 도리가 없는 것이다.

그리고 현재의 자기 처지로 봐서 홍 주사의 비위를 건드릴 수는 없는 노릇이다. 그에게 얹혀 지내고 있는 셈이니 말이다.

잠시 말없이 서로 담배만 피우고 있다.

분위기가 이상해지자 홍 주사는 애써 부드러운 목소리로 말을 꺼낸다.

"날을 받았구마."

"그래예?" 황선녀도 이제 그의 말에 순순히 응하는 태도로 나온다.

"이달 스무하룻날이라던가……."

"……."

"간단하게 예나 올리고 바로 그날로 데리와 삐릴라 카느마."

"……."

"처형한테 부탁하고 싶은 것은 다름이 앙이라 저…… 광웅이 어메한테 잘 좀 이얘길 해 달라는 깁니더. 아픈 사람이라 그런 이얘길 들으만 많이 상심할 끼니까 처형이 잘 좀 이해를 시키 주이소. 처형이 잘 이얘길 하만 광웅이 어메도 전적으로 반대하진 않을 낍니더. 자기가 얼른 병이 낫으만 모르지만, 그렇지도 않으면서 색시 하나 얻는 것을 전적으로 반대할 수가 있겠능교. 안 그렁교?"

"예, 그렁구마."

황선녀는 힘없이 고개를 끄덕거렸다. 그리고 나직이 한숨을 쉰다. 동생 일이지만 자기 일처럼 딱하고 안타까운 것이다.

"잘 좀 이얘길 해 주이세이. 처형만 믿심대이. 그리고 남들한테는 소문이 안 나도록 해 주이소."

"예." 결국 황선녀는 홍 주사와 한편이 되고 만 셈이다. 현실적으로는 그녀로서는 도리가 없는 것이다.

홍 주사는 이제 매우 기분이 좋은 듯 마도로스파이프를 재떨이에다가 톡톡 두들겨 재를 빼고는,

"그럼, 밤도 늦었는데 얼른 주무시소." 하고 일어난다.

3

자기의 결혼 날짜까지 정해졌다는 것을 알자 월례는 눈앞이 캄캄했다. 이 일을 어떻게 했으면 좋을지 도무지 갈피를 잡을 수가 없었다. 아무리 생각해도 홍 주사한테 시집을 갈 수는 없는 노릇이었다.

광웅이와 그런 사이만 아니라면 까짓것 부모형제를 위해서 자기 몸 하나 희생하는 셈치고 눈 질끔 감고 홍 주사한테 시집을 가겠는데, 광웅이와 그런 얄궂은 사이가 되었는데, 어떻게 그의 아버지에

게 시집을 가느냐 말이다. 말하자면 광웅이의 어머니가 되는 셈이 아닌가.

좋아하던 사람의 어머니가 되다니……. 그래 가지고 어떻게 살 수가 있겠는가. 죽었으면 죽었지 도저히 그런 노릇은 못 하겠는 것이었다.

그럼 도대체 어떻게 해야 될까……. 이미 날짜까지 받았다는데…… 월례는 밤으로 도무지 잠을 이룰 수가 없었다.

그래서 마침내 월례는 명자 어머니를 만나기로 마음먹었다. 지금의 자기로서는 명자 어머니를 만나 상의를 해보는 도리밖에 없는 것이었다. 광웅이가 경성으로 떠날 때 무슨 곤란한 일이 생기거든 자기 이모한테 상의를 하라고 하지 않았던가. 말하자면 명자 어머니만이 유일한 자기편인 셈인 것이다.

몹시 부끄럽고 어색한 일이었으나 할 수 없다. 월례는 명자를 통해서 그의 어머니를 단둘이 조용히 만났다. 명자네 집 근처 골목 한쪽 모퉁이에서였다.

월례를 보자 황선녀는 대뜸,

"월례구나. 아이고— 날을 받았다제?"

하고 반겼다. 아주 잘한 일이라는 듯이.

월례는 그만 가슴에서 무엇이 뚝 떨어지는 듯한 느낌이었다. 정말 의외의 일인 것이다. 생각했던 것과는 정반대가 아닌가.

"학교는 어떻게 했노?"

"……."

"아직 댕기고 있나?"

"……." 월례는 아무 대답도 하고 싶지가 않았다. 어쩐지 광웅이한테까지 속은 듯한 느낌인 것이다.

—우리 이모는 내 편입니다. 그러니까 아부지가 월례 씨한테 야심을 묵지 못하도록 할 낍니다. 그렇게 하겠다고 했어요.

—정말입니다. 그러니까 혹시 월례 씨 무슨 일이 생기거든 우리 이모를 찾아요. 우리 이모한테 상의를 하면 될 낍니다.

이렇게 말한 그의 말이 조금도 들어맞질 않으니 말이다.

홍 주사가 야심을 먹지 못하도록 하기는 고사하고, 오히려 그와 정반대가 아닌가.

결혼 날짜 받은 것을 몹시 반가워하고 있으니……. 월례는 그만 울고 싶은 심정이었다. 그래서 냅다,

"나 죽어도 시집 안 갈 끼라예!" 내뱉고는 후닥닥 돌아서서 도망치듯 달아나 버렸다.

치마를 펄럭거리며 뛰어가는 월례의 뒷모습을 황선녀는 멀뚱히 바라보고만 있었다. 일이 필경 고약하게 될 것 같아 슬그머니 염려가 된다. 그전 같으면 재미있구나 하는 생각이 들고, 월례가 그렇게 마음먹고 있는 것이 오히려 대견하게 여겨졌을 것인데, 이제 그게 아닌 것이다. 무사히 일이 지나가 버리기를 바라고 있는 터이니 그럴 수밖에 없다.

그날 밤, 할머니가 잠이 든 뒤 월례는 호롱불을 켜고 편지를 쓰기 시작했다. 광웅이한테였다.

경성으로 떠난 뒤 광웅이한테서 편지가 두 번 왔었다. 그러나 월례는 한 번도 답장을 안 했다. 그러나 이제 그에게 편지를 쓰는 수밖에 달리 전혀 도리가 없었다.

처음으로 써보는 편지라 도무지 뭐라고 썼으면 좋을지 얼떨떨하

기만 했다. 그러나 학교에서 '쓰스리카다' 시간에 많은 글을 지어본 터이라 허두를 떼고 나니 말하듯이 술술 제법 흘러나왔다.

"……결혼 날짜를 받았으니 이 일을 어떻게 하면 좋아요? 그래서 오늘 명자 어머니를 만났더니 결혼하는 것을 아주 반가워하던데요. 깜짝 놀랐습니다. 그럴 수가 있습니까?

결혼 날짜는 3월 22일이랍니다. 어떻게 해야 되지요? 저는 죽어 버릴래요."

여기까지 쓴 월례는 그만 연필을 쥔 채 그대로 얼굴을 팔에 묻고 흐느끼기 시작했다. 왈칵 설움이 복받쳤던 것이다. 그러나 그것은 단순한 설움이 아니라, 야릇한 그리움이 뒤섞인 그런 뜨거운 복받침이었다.

4

점심시간이었다. 숙직실에서 점심을 먹고 교무실로 돌아온 임 선생은 자기 책상 위에 편지 하나가 던져져 있는 것을 보자 얼른 집어 들었다. 노란 봉투 편지였다. 편지란 언제나 반가운 법이다. 그러나 자기 앞으로 온 게 아니었다. 월례에게 온 편지였다. 낯익은 필적이었다. 뒷봉을 본 임 선생은,

"흠—." 아무래도 이상하다는 듯이 약간 고개를 기울였다.

'경성부 돈암정 157 국본동식방(國本東植方) 풍산광웅(豊山光雄)'

이것으로 벌써 세 번째인 것이다. 겨울방학이 끝나고 3학기로 들어서서 똑같은 주소, 똑같은 사람으로부터 세 차례나 편지가 오다니…… 아무래도 이상한 것이다. 아무래도 보통 편지가 아닐 것만 같다. 필적을 보아도 어른의 것으로는 생각되지가 않는다. 어딘지 모르게 학생의 필적인 것처럼 여겨진다. 이렇게 경성에서 편지를 보내는 학생이라면 중학생임에 틀림없을 것이다. 필적이 연필이 아니라 잉크인 것만 보아도 분명하다.

'중학생이라…… 도요야마 미쓰오…… 도대체 누굴까?'

임 선생은 입속으로 중얼거리며 자리에 앉는다. 그리고 생각한다. 편지를 뜯어볼까 어쩔까 하고.

처음으로 월례한테 편지가 왔을 때는 아무 생각도 없이 그저 편지가 왔는가 보다 하고 전해주었었다. 두 번째 역시 별 생각 없이 그저 경성에서 또 편지가 왔는데…… 싶었을 뿐이었다.

그러나 이번에는 그게 아닌 것이다. 친척이나 친지가 무슨 용건이 있어서 보내는 편지 같으면 이렇게 얼마 동안에 세 번이나 올 턱이 없는 것이다. 아무래도 수상한 것이다.

뜯어볼 수밖에 없다. 남의 편지를 뜯어본다는 것은 옳은 일이 아닌지 모르지만, 그러나 아무 상관이 없는 남한테 온 편지가 아니라, 자기의 제자, 즉 피교육자에게 온 편지이니 담임선생의 입장에서 뜯어볼 수도 있는 것이다. 교육적 견지에서 말이다. 편지를 뜯어서 읽어 내려가던 임 선생은,

"응? 뭐?" 깜짝 놀랐다.

"이런! 음—."

매우 뜻밖의 사연이 적혀 있는 모양이다. 편지를 다 읽고 난 임

선생은 한 대 얻어맞아서 정신이 얼떨떨한 사람처럼, 혹은 화라도 난 사람처럼 뚱한 얼굴로 잠시 아무 말이 없었다. 그러다가 그만 "허허허……" 웃어버린다. 어이가 없는 듯한 그런 웃음이다. 그러자 쓰루미 하루에 선생이,

"뭣이 그렇게 우스운데요? 어디 좀 나눠서 웃읍시다."

하고 가까이 다가온다.

"아무 것도 아닙니다." 임 선생은 편지를 슬그머니 호주머니 속에 넣어버린다.

"아무 것도 아닌데 왜 웃죠? 허파가 어떻게 되셨나?"

"허허허……."

"또 웃으시네. 아무래도 허파가 어떻게 되셨나 봐. 하하하……."

그러자 다른 선생들도 덩달아 웃음을 터뜨린다. 그날 방과 후 임 선생은 월례네 집으로 가정방문을 나갔다. 그날 월례가 결석이었던 것이다. 그러나 단순히 월례가 결석이어서 가정방문을 나간 것은 아니었다. 하루쯤 결석을 했다고 집으로 찾아갈 것 까지는 없는 것이다. 왜 결석을 하는지 아무 통지가 없는 무단결석이긴 했지만.

그래서 찾아간 것이 아니라, 편지 내용 때문이었다. 너무나도 의외의 사연이 적혀 있어서 이게 도대체 어떻게 된 일인지 알지 않고는 못 배기겠는 것이었다. 어떠한 일이 있어도 결혼은 하지 말라느니, 3월 22일이 봄방학 전이어서 내려갈 수가 없어 안타깝다느니, 봄방학이 되면 꼭 내려갈 테니 어떻게든 결혼을 하지 말고 기다리라느니……. 도대체 무슨 얘긴지 어처구니없을 따름인 것이다.

편지를 잘도 뜯어보았다 싶었다. 뜯어보지 않았더라면 이런 이

상야릇한 사실을 전혀 모르고 지나갈 뻔하지 않았는가 말이다. 자기 학급의 생도들 가운데 일어나는 일은 담임으로서 다 알아야 할 의무가 있는 것이다. 더구나 소소한 일도 아니고, 결혼 어쩌고 하는 엄청난 일이 월례의 신상에 일어나고 있는 모양인데, 담임으로서 가만히 있을 도리가 없는 것이다. 우선 무엇이 어떻게 돌아가는 것인지 궁금해서라도 가정방문을 하지 않고는 못 배기겠는 것이다.

월례는 혼자 집을 보고 있었다.

뜻밖에 선생님이 가정방문을 오자 월례는 어쩔 줄을 몰랐다. 왠지 우선 부끄러운 생각부터 왈칵 들었고, 어쩐지 창피한 생각도 들었다. 집이 너무 보잘것없어서 그런 모양이었다. 그리고 슬그머니 미안하고 두려운 생각도 들었다. 오늘 무단결석을 했기 때문이었다.

그러나 실은 오늘 하루의 무단결석이 문제가 아닌 것이다. 이제 앞으로 계속 결석을 하는 도리밖에 없는 것이다. 도무지 학교에 갈 기분이 나지 않을 뿐 아니라, 사립 밖으로 나가기도 싫은 판이니 말이다. 아직 이웃에 소문이 번진 것 같지는 않지만, 그러나 어쩐지 창피해서 남들 앞에 얼굴을 들 수가 없는 것이다. 만일 학교에까지 소문이 퍼지는 날이면 …… 창피한 정도가 아닌 것이다. 생각만 해도 아찔한 현기증 같은 것이 느껴진다. 앞으로 계속 결석을 하다가 결국 퇴학 처분이 되고 말 것인지, 아니면 용케 어떻게 다시 학교에 다니게 될 것인지 알 수가 없지만, 좌우간 하루하루 혼례 날이 다가오고 있는 지금으로서는 학교고 뭐고 도무지 세상만사가 귀찮고 원망스럽고 눈앞이 암담할 뿐이다. 하루 속히 편지를 받고 광웅이가 달려 내려와 주기를 기다리는 것만이 한 가닥 가냘픈 희망이라고나 할까.

그런데 뜻밖에 이렇게 선생님이 가정방문을 나오다니…… 월례는 당황하지 않을 수가 없다. 이렇게 누추한 곳을 찾아서 말이다.

월례는 곧장 걸레를 가지고 마루를 문질러대며,

"선생님, 올라오시이소. 예? 올라오시이소." 어쩔 줄을 모른다.

"아버지는 어디 가셨나?" 임 선생은 마루 끝에 걸터앉으며 묻는다.

"예, 장에 갔심더."

"오늘이 읍내 장날인가? 맞구나, 장날이구나. 어머니는?"

"어무이도예."

"어머니도 장에 가셨어?"

"예." 월례는 웬일인지 고개를 푹 숙여버린다.

"그래서 집 보느라고 오늘 결석했나?"

"……." 월례는 고개를 숙인 채 대답이 없었다.

"왜 대답이 없지?"

"……."

"그렇더라도 학교에 통지를 하고 결석을 해야지 그냥 아무 말도 없이 결석을 하면 쓰나. 선생님이 걱정이 되잖아."

"……." 월례의 고개가 더욱 숙여진다. 그리고 어쩐지 코허리가 찡해진다.

"내일은 학교에 나오겠지?"

"……."

"아니, 왜 대답이 없지?"

"……."

"월례야, 왜 대답을 안 하나? 내일도 학교에 못 나올 일이 있나?"

"……."

"어서 말을 해봐. 선생님한테 못할 말이 뭐가 있나."

"……." 그래도 월례는 입을 떼지 않고 푹 고개를 떨구고 있다.

"헛, 그거 참……." 임 선생은 입맛을 쩝쩝 다셨다. 무슨 말 못할 까닭이 있는 게 분명했다. 편지에 씌어 있는 것처럼 정말 결혼을 하게 되는 것일까…… 아무래도 그런 무슨 심상치 않은 일이 월례의 신상에 일어나고 있는 게 틀림없는 것이다. 대답을 안 한다고 그냥 넘어가버릴 일이 아니다.

"고개를 들어!"

임 선생은 월례를 찔벅하면서 약간 위엄 있는 목소리로 말한다. 교단 위에서 말하듯이 말이다. 월례는 고개를 든다.

"저…… 월례 너 도요야마 미쓰오라고 알지?"

"……." 월례의 얼굴이 순간 발그레 붉어 오른다.

"그게 누구지?"

"……."

"너한테 얼마 전에 두 번이나 편지가 왔었잖아."

"……." 절로 월례의 고개가 또 숙여진다.

"오늘 또 편지가 왔더라."

"예?" 월례는 깜짝 놀라며 고개를 든다.

"왜 그렇게 놀라나?"

"……."

"그런데 월례야, 내가 편질 뜯어보았다."

"우야꼬!"

월례는 그만 온 얼굴이 홍당무처럼 되며 돌아앉아 두 손으로 얼굴을 가려버린다. 곧 어쩔 줄을 모르는 모양이다. 부끄럽고, 창피하고, 두렵기도 하고…… 구멍이라도 있으면 들어가 버리고 싶은 심정이라고나 할까.

"아무래도 이상해서 뜯어보았지. 그런데 저…… 월례야, 부끄럽게 생각할 필요가 없다. 정직하게 말해야 한다. 수신 시간에 사람은 정직해야 된다고 배웠지?"

"……."

"선생님한테는 모든 것을 다 이야기해도 괜찮다. 감추면 안 된다. 선생님은 언제나 너희들 편인 거다."

"……." 월례는 두 손으로 얼굴을 가린 채 조그마하게 굳어져 숨을 죽이고 있다.

"저…… 월례 너 곧 결혼을 한다던데 정말인가?"

"아닙니더!"

"아니라? 편지에 그렇게 써져 있던데……?"

"……."

"도대체 어떻게 된 영문인지 알 수가 없구나. 그럼, 이게 도대체 어떻게 된 편지지?"

그러면서 임 선생은 호주머니에서 월례한테 온 편지를 꺼낸다. 그러나 월례는 얼굴에서 손을 떼지 않고 고개를 더욱 숙일 따름이다.

"월례야, 고개를 들고 좀 이야길 해봐라. 아이고 답답해라."

"……."

"고개를 들라니까."

"……." 월례는 마지못해 슬그머니 얼굴에서 손을 떼고 고개를 든다. 어느덧 눈언저리가 젖었다.

"아무래도 무슨 까닭이 있는 것 같은데 이야길 해봐라. 선생님한테 못 할 이야기가 뭐 있나. 선생님은 니 편이라니까, 니 편……."

네 편이라는 말에 슬그머니 힘을 얻은 듯 월례는 들릴 듯 말 듯한 목소리로 말한다.

"죽어도 저는 시집 안 갈 낍니더."

"뭐? 죽어도 시집을 안 가? 그런데 누가 시집을 가라 그러더냐?"

"아부지가…… 벌써 날까지 받아 메칠 남지도 않았심더."

"며칠 남지도 않았어?"

임 선생의 눈이 저절로 휘둥그레진다. 어이가 없는 것이다. 오늘 편지를 뜯어보지 않았더라면 어쩌면 월례가 시집가는 줄도 모르고 있을 뻔하지 않았는가. 자기가 담임하고 있는 여생도가 시집을 가는 줄도…….

이제 모든 것을 알겠는 것이다. 집에서는 시집을 보내려고 이미 날까지 받아 그 날짜가 다가오고 있고, 경성에서 중학교에 다니는 도요야마 미쓰오라는 학생은 아마 월례와 연애를 하는 사이인 듯 월례에게 시집을 못 가도록 하고 있고, 월례 자신도 죽어도 시집을 안 가겠다고 마음먹고 있고…… 그런 뒤숭숭한 상태이니 학교엔들 나오고 싶겠는가 말이다. 무단결석을 한 것도 무리가 아니라는 생각이 든다. 오히려 그동안 그런 일이 있으면서도 꼬박꼬박 학교에 나온 월례가 기특하기만 하다. 그런 일이 있으면 진작 담임인 자기한테 이야길 할 일이지……. 여생도로 남선생 담임에게 그런 이야기를 꺼내기가 무척 어렵기는 하겠지만…….

"음—."

임 선생은 어쩐지 별안간 월례가 몹시 측은한 생각이 든다. 그리고 측은한 생각과는 좀 성질이 다른 착잡한 감정이 가슴 한쪽에서 고개를 쳐든다. 그것은 선생이 제자에게 대한 그런 종류의 것이라기보다도 남교사가 간혹 나이든 여생도에게 느낄 수 있는 그런 야릇한 성질의 것이라고 하겠다. 색채가 있는 감정이라고나 할까.

"그래, 시집을 어디로 가라는 거지?"

"……."

"신랑이 누군데?"

"몰라예."

"모르다니?"

"내사 죽어도 안 갈 끼라예."

"신랑이 누군지도 모르니 가고 싶을 턱이 있겠나. 허허허……."

임 선생은 웃음이 나왔다.

그러자 월례는,

"알아예. 그렇지만 안 가예." 내뱉듯이 말한다.

"누군데?"

"개눈이라예."

"개눈? 개눈이라니?"

"홍 주사 말입니더."

"홍 주사? 홍 주사가 누구지? 주사라면 나이 많은 어른이 아닌가?"

"몰라예. 몰라예. 내사 죽어도 안 갈 끼라예. 죽어도……."

그러고는 다시 두 손으로 얼굴을 가리며 훌쭉훌쭉 울기 시작했다. 절로 설움이 복받치는 모양이다. 그러자 임 선생도 슬그머니 코허리가 시큰해진다.

"울기는…… 바보같이. 울지 말고, 자세히 이야길 좀 안 하고……."

신랑이 홍 주사라는 사람이라니…… 더욱 알 수가 없는 일이다. 홍 주사가 누군지 알 수는 없으나, 주사 칭호가 붙는 사람이라면 나이가 꽤 된 어른에 틀림없는 것이다. 총각을 주사라고 부르지는 않으니 말이다. 그렇다면 홀아비에게 재취로 보내려고 한다는 것인가. 아니면 혹시 처자가 있는 사람에게…… 설마 그럴 리야…… 아무튼 임 선생은 월례가 죽어도 시집을 안 가겠다고 하면서 설움에 복받쳐 우는 심정을 잘 알겠다는 것이다.

임 선생도 매우 어이가 없고 착잡한 심정이 되어 멍하게 앉아 있는데 그때 마침 사립으로 모량댁이가 용례를 데리고 들어온다. 이웃에 놀러갔던 모양이다. 그러니까 오늘 월례가 결석을 한 것은 결코 집을 보기 위해서가 아닌 것이다. 마당으로 들어서며 모량댁이는 웬 손님이 왔는가 싶은 모양이다. 그리고 월례가 훌쭉훌쭉 울고 있는 것을 보고 약간 눈이 휘둥그레진다.

"월례야, 와 울고 있노? 이분은 누구고?"

그제야 월례는 울음을 그치고 옷고름으로 눈물을 닦으며 말한다.

"우리 선생님이다."

"우야꼬! 선생님이라?" 모량댁이는 활짝 반가운 빛을 얼굴에 띤다.

"할머니신가?" 임 선생은 자리에서 일어나며 월례에게 묻는다.

"예."

"아, 첨 뵙겠습니다. 월례 담임입니다." 인사를 한다.

"아이고, 선상님이 이런 누추한 데를 찾아오시다니…… 아이고, 방에 좀 들어갑시더."

"괜찮습니다. 여기 좋습니다. 곧 가야겠습니다."

"우야꼬, 곧 가시다니…… 그카지 말고 누추하지만 방에 좀…… 야들 애비랑 에미랑 마침 장에 가고 없어서…… 우야노, 이 일을……."

"괜찮다니까요, 할머니."

그러자 모랑댁이는 임 선생 곁에 와 마루에 걸터앉으며,

"아이고, 월례 선상님 참 좋네. 참 잘 생겼네." 싱그레 웃는다. 그리고 묻는다.

"아직 총각잉교?"

"예." 임 선생도 웃는다.

"아이고, 총각이라…… 나이는 몇 잉교?"

"몇이나 되어 보입니까? 할머니."

"한 스물 두엇 되어 보이는구마."

"예, 그쯤 됐습니다.

"어떤 큰애기가 시집을 올라능고, 참 신랑감 좋다."

그러자 월례가 킥! 웃으며 할머니를 보고 뭐 그런 소리를 다 하느냐는 듯이 눈을 흘긴다.

"허허허……." 임 선생은 웃고 나서 말머리를 돌린다.

"저…… 다름이 아니라, 오늘 뭐 좀 물어볼 일이 있어서 가정방문을 나왔습니다.

"예, 무신 일인데…… 물어 보이소."

"저…… 월례를 어디다가 곧 혼인을 시키려고 하시나요?"

임 선생의 입에서 이런 말이 나오자 월례는 슬그머니 자리를 떠버린다. 오줌이라도 마려운 듯 뒤안으로 돌아간다.

"우야꼬, 선상님이 그걸 우째 아시능교? 월례가 지 입으로 그런 소릴 하덩게?"

"아닙니다. 월례가 이야길 하는 게 아니라…… 얼핏 알게 됐습니다. 혼인 날짜까지 받았다는 게 정말이군요."

"예, 인자 얼매 남질 않았구마. 그래서 오늘 저거 애비 에미가 장을 보로 안 갔능게. 잔치를 할라카만 그래도 뭐가 좀 있어야 안 되겠능교. 잔칫날 선상님도 놀러 오이소."

"허허허…… 예. 그런데 신랑 될 사람이 홍 주사라는데, 도대체 홍 주사가 누굽니까?"

"우야꼬, 홍 주사도 모르능게? 동척농장 홍 서기 말이구마."

"예?" 임 선생은 그만 눈이 휘둥그레진다. 동척농장의 홍 서기라면 사십이 훨씬 넘은 처자가 있는 사람이 아닌가. 홍 서기, 즉 도요야마(豊山) 서기를 임 선생도 잘 알고 있는 것이다. 그렇다면 월례를 첩으로 보낸다는 말인가…… 어처구니가 없는 듯 잠시 임 선생은 아무 말이 없다. 그러자 모량댁이는,

"누가 보내고 싶어서 보내는 줄 아능게? 그런 자리에 누가 보내고 싶겠능게. 다 목구멍이 포도청이라 하는 수 없이 보내는 기지." 하고 한숨을 쉰다.

"예? 하는 수 없이 보내다니요?" 임 선생은 더욱 놀랄 수밖에 없다.

"예, 내 말을 좀 들어보이소. 아 글씨, 그 홍 주사라는 자가……."

모량댁이는 약간 핏대까지 세워가지고 자초지종을 늘어놓기 시

작한다.

이야기를 듣고 있는 임 선생은 하도 어이가 없어서 허— 웃음이 나오기도 했고, 의분 같은 것이 꿈틀꿈틀 목구멍으로 치솟아 오르기도 했다. 홍 주산가 도요야마 서긴가 그자가 그처럼 비열하고 고약한 작자인 줄은 미처 몰랐던 것이다. 동척농장의 서기로 있는 것을 기화로 그런 음흉한 수작을 부리다니……. 도대체 동척농장의 논이 자기 논인가 말이다. 정말 똥 같은 놈이라는 생각이 들어 구역질이 나기도 했다.

이야기를 듣고 난 임 선생은 월례가 더욱 측은하고 가엾게 여겨져 견딜 수가 없었다. 아무 죄도 없는 월례가 그 음흉한 자의 농간에 희생이 되어야 하다니……. 한창 사춘기에 접어든 꿈 많은 소녀가 여우같고 늑대 같은 자에게 가련하게 짓밟혀버려야 하다니……. 생각할수록 견딜 수 없는 노릇이었다. 담임으로서 그런 이야기를 듣고 모르는 체 가만히 있어야 할 것인지……. 제자가 그처럼 억울한 희생을 당하는데 스승으로서 가만히 보고만 있어야 하는 것인지……. 임 선생은 괴롭고 착잡한 심정이었다. 이 문제는 단순히 담임교사로서의 문제일 뿐 아니라, 사람으로서, 불의를 본 한 인간으로서의 문제인 것이었다. 흉악한 인간에게 죄 없는 어린 한 인간이 무참히 짓밟혀도 좋은가 하는 문제였다.

어떻게 할 것인가……. 월례를 그 간악한 올가미 속에서 구출해 보려고 적극적으로 나설 것인가……. 아니면 세상사란 흔히 그런 것이니 체념을 하고 속으로 한숨이나 쉴 것인가……. 임 선생은 당장 어떻게 해야겠다는 결정이 서질 않았다. 돌아가서 잘 생각해보는 수밖에 없었다.

월례네 집을 나서서 학교로 돌아가는 임 선생의 발걸음은 무겁기만 했다.

5

그날 밤, 임 선생은 이슥토록 잠을 이룰 수가 없었다. 아무래도 그냥 모르는 체 가만히 있을 수는 없을 것만 같았다. 자기가 나선다고 해서 일이 잘 될지 어떨지는 모르지만, 좌우간 한 번 나서 보기는 나서 봐야 될 것 같았다. 담임교사로서 제자의 신상에 그런 엄청난 일이 일어나고 있다는 것을 알면서도 모르는 체 내버려둔다는 것은 어쩌면 직무유기가 아닌가 싶기도 했다. 그리고 무엇보다도 월례가 가엾어서 도저히 그냥 가만히 있을 수는 없는 일이었다. 월례를 그런 똥 같은 작자의 첩이 되게 하다니, 생각할수록 견딜 수가 없었다. 어쩌면 그것은 스승이라는 입장을 떠난 감정인지도 몰랐다.

나선다면 구체적으로 어떻게 해야 할 것인지……. 임 선생은 누워서 멀뚱멀뚱 천정을 바라보며 생각해 보았다. 어떻게 생각하면 남의 사생활에 개입을 하는 것 같아 좀 멋쩍기도 했다. 남이야 첩을 얻거나 말거나, 농장의 논을 미끼로 일을 꾸미거나 말거나 무슨 상관인가 말이다. 만일 홍 주산가 뭔가 그 자가 그런 식으로 핏대를 세우고 나온다면 할 말이 없을 것 같았다. 그러나 좌우간 한 번 직접 홍 주사를 만나보는 도리밖에 없다고 생각했다. 그리고 정말 동척농장의 논을 봄에 정리하는지 알아보았으면 싶었다. 그 내막을 알아보려면 농장 관리인인 후꾸다(福田)에게 물어보는 수밖에……. 후꾸다— 그 거만한 일본 놈이 잘 이야기 해줄까…….

"옳지! 그렇게 하면……."

임 선생은 문득 좋은 생각이 떠올랐다. 쓰루미 하루에 선생에게 부탁을 해서 물어보면 되겠다는 생각이었다. 같은 일본 사람끼리는 통할 게 아닌가. 사람 좋은 쓰루미 선생이니까 설마 협력을 해주겠지……. 그리고 그녀에게 우선 월례의 문제를 상의해보는 것도 무방하겠다는 생각이 든다. 그녀 역시 월례의 가사 선생이 아닌가 말이다.

이튿날 방과 후, 임 선생은 쓰루미 선생네 교실을 찾아갔다. 마침 쓰루미 선생은 창변에서 풍금을 시루고 있었다. 임 선생이 들어가자 그녀는,

"이랏샤이마세.(어서 오세요)" 하고는 싱글 웃었다. 하얀 덧니가 살짝 내다보였다.

"날씨가 무척 따뜻하죠?" 하고는 임 선생은 창가에 가서 기대섰다. 그리고 그녀의 풍금 시루는 솜씨를 가만히 지켜본다.

"그렇게 지켜보시니까 손가락이 굳어지는 것 같은데요."

"그렇습니까? 그럼 안 보께요."

임 선생은 미소를 지으며 슬그머니 시선을 창밖으로 보낸다. 곧 풍금소리가 멎는다.

"자, 이제 봐도 괜찮아요. 끝났어요."

"하하하……." 임 선생은 다시 그녀 쪽으로 고개를 돌린다.

"풍금 타시겠어요?"

"아닙니다. 저…… 풍금을 타러 온 게 아니라, 뭐 좀 부탁할 일이 있어서……."

"무슨 부탁인데요." 그녀는 긴 속눈썹을 반짝 쳐든다.

"저…… 다름이 아니라…… 우리 학급에 월례라고 있지요?"

"월례? 예, 알아요. 그런데요?"

"그 애에게 문제가 생겼어요."

"무슨 문제?"

"그 애가 곧 시집을 가게 됐다지 뭡니까."

"예? 시집을 가요? 핫핫하……."

그녀는 그만 깔깔깔 웃음을 터뜨려버린다. 학교에 다니다가 졸업도 안 하고 난데없이 시집을 가다니……. 웃음이 나오지 않을 수가 없다.

"그런데 시집을 가고 싶어서 가는 것도 아니고, 집에서 보내고 싶어서 보내는 것도 아니라는 겁니다."

"뭐라고요? 그게 무슨 말이에요?"

"억지로, 울며 겨자 먹기로 시집을 가게 됐다는 거죠."

"세상에 그런 수도 있나요? 본인도 가기 싫고 집에서도 보내기 싫은데 어떻게 해서?……."

그녀는 약간 어이가 없는 듯, 그러면서도 매우 재미있는 일이라는 듯이 긴 속눈썹을 깜짝거린다.

"나 참 기가 차서……. 저…… 혹시 동척농장에 서기로 있는 도요야마라는 사람 아세요?"

"도요야마?…… 글쎄, 그 사람이 도요야만지 아닌지는 잘 모르겠는데, 좌우간 농장에 서기가 한 사람 있긴 있더군요."

"그 사람이 글쎄, 농장의 논을 미끼로 해서 월례를 첩으로 얻는다지 뭡니까."

"첩으로요?"
"예."
"어머나— 불쌍해라. 논을 미끼로 하다니 어떻게요?"
"논의 소작권을 가지고 위협을 하는 거죠. 월례를 자기한테 주면 논을 그대로 부치기로 하고, 만약 말을 안 들으면 논을 떼서 다른 사람에게 준다고 말입니다."
"어머……."
"월례네 집에서 농장 논을 일곱 마지기 짓는다는 거예요. 그 일곱 마지기를 못 짓게 되는 날은 굶게 된다는 겁니다. 자기네 논은 두 마지기밖에 없답니다."
"……."
"그러니 어떻게 말을 안 들을 도리가 있겠어요? 싫지만 억지로 주는 수밖에……."
"……." 그녀는 심정이 좀 착잡한 듯 잠시 아무 말이 없다가,
"와루이 히도데스네. 지쓰니…….(나쁜 사람이군요. 정말로……)" 불쑥 내뱉듯이 말한다.
"정말 그 이야길 듣고 어찌 기가 막히는지……."
"그런데, 그 사람 자기 마음대로 논을 떼고 어쩌고 할 수가 있을까요? 관리인이 있는데……."
"글쎄, 자기 말로는 그런다지 뭡니까."
"내가 후꾸다상한테 한 번 물어볼까요?" 역시 사람 좋은 쓰루미 선생이다.
"예, 부탁이란 다름이 아니라 바로 그겁니다."
"알겠어요. 염려 마세요. 내가 잘 물어볼께요."

"감사합니다."

"후꾸다상 옥상(부인)하고는 친하니까 그런 일이 없도록 잘 부탁을 해보겠어요."

"그래요? 그렇다면 더욱 고마운 일이죠."

"월례가 불쌍하잖아요. 남의 첩으로 가다니……."

"맞습니다." 임 선생은 벙글벙글 좋아서 어쩔 줄을 모른다.

"난 후꾸다상 쪽을 맡을 테니, 하야시 센세이(선생)는 한 번 그 농장 서기를 만나 보세요. 어떻게 나오는가……."

"예, 그렇잖아도 난 그 도요야마를 만나서 설복을 해볼 생각입니다."

"그럼 이렇게 하죠. 먼저 하야시 센세이가 그 사람을 만나보고, 그 결과를 봐서 내가 후꾸다상을 만나기로……."

"예, 예. 그게 순서겠군요. 쓰루미 센세이, 일이 잘 되면 내가 한턱 낼게요."

"하야시 센세이가 낼 게 아니라, 월례가 한턱 내야죠. 하하하……."

"그렇군요, 허허허……."

두 사람의 웃음소리가 조용한 교실에 기분 좋게 울린다.

6

그날 일과가 끝나고 임 선생은 홍 주사의 집으로 찾아갔다. 쇠뿔도 단김에 빼라고, 마음먹은 김에 당장 실천에 옮긴 것이다. 홍 주사는 근무를 마치고 마침 집에 돌아와 마도로스파이프를 입에 물고 앉아 있었다. 뜻밖에 임 선생이 찾아오자 홍 주사는 약간 어색한 얼굴로 자리에서 일어났다. 그러나 억지로 반가운 빛을 띠며,

"아, 이거 임 선생이 웬일로 우리집엘 다……." 하고 반겼다.

사랑방에 홍 주사와 마주앉자, 임 선생은 공연히 자꾸 가슴이 두근거린다. 그래서 지그시 아랫배에 힘을 준다. 홍 주사는 접대용 궐련을 꺼내놓는다.

"자, 담배 피우시오."

"예." 그러나 임 선생은 담배에 손을 댈 생각은 하지 않는다. 못 피우는 것은 아니지만, 아버지 정도로 나이 차이가 있는 사람 앞에서 담배를 피워 물기가 좀 뭐한 것이다.

"어떻게 이렇게……."

"예, 좀 만나 뵙고 싶어서요."

"요새 학년말이 가까워서 많이 바쁘죠?"

홍 주사는 제법 요즘이 학년말이 돼서 바쁘다는 것도 알고 있다.

"예, 아이들 성적 매기느라고 좀……."

"참 임 선생이 우리 명자 담임이시죠?"

"예. 참 명자 어머니가 만주에서 돌아오셨다죠?"

"예. 그런데 어디 이웃에 놀러 갔는 모양인가……." 그러면서 홍 주사는 방문을 열고 안채 쪽을 향해 누굴 부르려고 한다. 명자 어머니를 찾아오라고 할 모양이다.

"아닙니다. 아닙니다. 놔두세요. 명자 어머니한테 볼일이 있어서 온 게 아니라, 홍 주사님한테 조용히 좀 여쭐 말이 있어서……."

"그래요?" 홍 주사는 슬그머니 안색이 좋지 않아지며 방문을 닫

아버린다. 그리고,

"무슨 일인데요?" 하고 임 선생을 똑바로 바라본다. 한쪽 개눈이 어쩐지 긴장의 빛을 띠는 듯 유난히 번질거린다.

"저…… 이런 말씀을 드려서 실례가 아닐지 모르겠습니다만, 저…… 제가 월례를 담임하고 있습니다."

"그래서요?" 뜻밖의 말에 홍 주사는 바짝 긴장이 된다. 임 선생이 월례의 담임이라는 것을 모르는 바 아니다. 명자와 월례가 한 반이니 임 선생이 월례의 담임이라는 것은 뻔한 노릇이며 전부터 잘 알고 있는 것이다. 그러나 그런 말이 임 선생의 입에서 나오는 것이, 다시 말하면 그런 화제를 꺼내는 것이 뜻밖의 일인 것이다.

홍 주사가 바짝 긴장을 하자, 임 선생도 온몸이 굳어지며 약간 떨리기까지 한다.

"저…… 이야길 들으니 월례가 홍 주사님한테 시집을 오게 됐다는데 그게 정말입니까?"

"……." 홍 주사의 낯빛이 확 변했다. 입술이 금세 싸늘하게 식는다. 임 선생은 아랫배에 꾹꾹 힘을 주며 말을 계속한다.

"아무래도 정말같이 들리지가 않아서 물어보는 겁니다."

홍 주사의 두 눈꺼풀이 바르르 떨렸다. 그러나 홍 주사는 애써 씩 웃는다.

"정말이면 어쩔 참이요?"

"예? 정말이란 말입니까?"

"그렇소. 어쩔 테요?"

"음— 홍 주사님, 세상에 그럴 수가 있습니까?"

"……."

"아직 학교 졸업도 안 한 어린 것을 세상에…… 불쌍하지도 않나요? 홍 주사님도 아이를 키우실 텐데……."

"……."

"입장을 바꾸어 놓고 생각해 보세요. 홍 주사님이 월례 아버지라면 심정이 어떻겠어요? 주고 싶어서 주는 것도 아니고……."

"뭐라고?" 홍 주사의 입에서 버럭 고함소리가 터져 나온다.

"야, 이놈아! 니가 뭐고? 니가 뭔데 야단이고? 응? 이놈아!"

"……."

"니가 학교 선생이면 선생이지 왜 남의 일까지 간섭이고! 남이사 장개를 들거나 말거나 니가 도대체 무신 상관이고 말이다! 앙? 이 후리아들놈아!"

손에 쥔 마도로스파이프를 냅다 흔들어대며 마구 퍼부어댄다. 임 선생은 정신이 하나도 없다. 마구 주먹다짐을 당하는 것 같은 느낌이다. 설복을 해보려던 것이 도리어 묵사발이 되고 만 셈이다.

7

"니가 학교 선생이면 선생이지, 와 남의 일까지 간섭이냐고, 남이사 장개를 들거나 말거나 니가 도대체 무슨 상관이냐고 마구 욕을 해대는 바람에 정신이 하나도 없더군요."

임 선생의 말에 쓰루미 하루에는,

"그 말도 맞기는 맞네요. 남이사 메까께(첩)를 얻거나 말거나…… 하하하……." 재미있다는 듯이 까르르 웃는다.

방과 후의 교실 창변이다. 오늘은 쓰루미 선생은 창변 양지쪽에 앉아 생도들의 3학기 성적을 매기고 있고, 임 선생은 그 곁의 책상에 걸터앉아 이야기를 하고 있다.

"그 사람 정말 뻔뻔한 사람이더군요. 부끄러운 생각은 요만큼도 없는 것 같아요."

"부끄러운 줄을 아는 사람 같으면 그런 짓을 하려고 들겠어요?"

"하긴 그래요."

"일이 그렇게 됐다면 이번엔 내가 나서볼 차례죠?"

"그렇죠. 허허허…… 미안합니다만 한 번 힘써봐 주세요."

"미안하긴요. 나도 월례 가사 선생인걸요. 모르는 체 가만히 있을 수가 없죠." 사람 좋은 쓰루미 선생은 허연 덧니를 드러내 뵈며 웃는다. 그리고 묻는다.

"후꾸다상한테 무슨 말을 물어보라 그랬죠? 어제 들었는데 깜박 잊어먹었네."

"올봄에 논 정리를 한다는 게 사실인가, 그리고 소작인들의 논을 도요야마 서기가 마음대로 떼고 어쩌고 할 수 있는 것인가……."

"알았어요, 알았어요. 설사 서기가 마음대로 할 수 있다 하더라도 월례네 논만은 떼지 않도록 해 달라 그거죠? 요는?"

"맞습니다. 그렇게만 해주신다면 문제는 간단하죠. 다 해결이 된 거나 마찬가지예요."

"예, 알았어요. 염려 마세요. 후꾸다상 옥상하고는 매우 친한 사이니까 그런 것쯤은 어떻게 안 되겠어요. 뭐 새로 논을 더 부치도록 해주라는 것도 아니고 지금까지 부치고 있는 논은 그대로 계속 부치도록 해주라는 건데 그게 뭐 그렇게 어려운 일이겠어요? 후꾸다상 말 한마디면 될 건데…… 안 그래요?"

"예, 그렇고말고요."

임 선생은 그저 그녀가 고맙고 믿음직하기만 했다. 일본 여자만 아니라면 누님을 삼자고 대들고 싶을 지경이었다.

"오늘 저녁에 찾아가 보겠어요."

"예, 고맙습니다. 쓰루미 선생만 믿겠어요."

"염려 마시라니까, 내가 보기는 이래도 동정심이 많은 사람이에요. 하하하……."

"보기가 어떤데요? 보기부터 아주 동정심이 많은 따뜻한 분으로 보이는 걸요."

"혼또?(정말)"

"예, 혼또고 말고요."

"아, 우레시이."(아이 좋아)

그녀는 마치 어린 소녀처럼 만면에 활짝 미소를 띤다.

그날 저녁, 쓰루미 하루에는 달그락달그락 게다(왜나막신)를 끌고 동척농장 관리인의 사택을 찾아갔다.

일요일 오후 같은 때 심심하면 더러 놀러가는 터이라, 저녁에 찾아간다고 해서 뭐 그다지 어색할 게 없었다.

"이랏샤이마세.(어서 와요)" 후꾸다의 부인이 반긴다.

"오늘 저녁 저…… 후꾸다상을 좀 만나서 뭘 좀 부탁해 볼까 하고……."

"아, 그래요? 어서 올라와요."

관리인 후꾸다는 저녁을 먹고 나서 다다미방에서 비스듬히 옆으로 누워 신문을 보고 있었다.

부인과 함께 쓰루미 하루에가 들어오자,

"오, 이랏샤이."(아, 잘 와요) 하고 얼른 일어나 앉았다.

아직 나이는 사십을 넘지 않은 것 같은데, 이마는 문어대가리처럼 훌렁 벗겨져서 번들거린다.

"쓰루미 선생이 당신한테 부탁할 일이 있나 봐요."

부인의 말에,

"아, 그래요? 자, 이리 앉으세요." 하고 방석을 권한다.

부인은 나가서 오차(차)를 가지고 온다.

"요즘 학년말이 돼서 바쁘죠?"

"예, 일 년 중에 가장 바쁘죠."

쓰루미 하루에는 오차를 한 모금 홀짝 마시고는,

"저…… 다름이 아니라 후꾸다상한테 한 가지 물어볼 말이 있는데요……." 용건을 끄집어낸다.

"예, 무슨?……"

"저…… 농장에 도요야마 서기라고 있습니까?"

"예, 있죠. 왜요?"

"그 서기가 맡고 있는 임무가 뭐예요?"

"……?" 후꾸다는 의외의 질문인 듯 의아한 표정을 짓는다.

"그 서기가 소작인들이 부치는 논을 마음대로 하나요?"

"마음대로 하다뇨?"

"자기 마음대로 논을 떼버릴 수도 있느냐 말입니다. 그런 권한이 그 서기에게 있는지 어떤지?……"

"소작권 관리 말이군요."

"그걸 소작권 관리라고 그러나요?"

"예, 그런데 별안간 왜 그런 질문을?…… 무슨 일이 있었나요?"

후쿠다는 무슨 일인가 싶은 듯 두 눈을 멀뚱거린다.

"저…… 그 도요야마 서기가 곧 장가를 든다는데, 후꾸다상 아세요?"

"곧 장가를 들어요?"

"예, 그러나 봐요."

"헛헛허…… 그 늙은이가 무슨 장가를…… 쓰루미상은 어떻게 알았어요? 그런 일을 다……."

"우연히 알게 됐어요."

"틀림없는 가요?"

"틀림없나 봐요."

"헛헛허……." 후꾸다는 뜻밖의 말에 약간 어이가 없기도 하고 재미가 있기도 한 듯 껄껄 웃었다.

"그런데 후꾸다상, 그 도요야마라는 사람, 사람이 어때요?"

"사람요? 술을 좋아하긴 하지만, 일에 충실한 사람이에요?"

"그래요? 비열한 사람이 아니에요?"

"글쎄요…… 남한테는 어떤지 모르지만, 우리한텐 아주 충실하고 고분고분하고 좋아요."

"……." 잠시 쓰루미 하루에는 말이 없다. 심정이 좀 착잡해지는 모양이다.

우리한텐 아주 충실하고 고분고분하고 좋은 사람이라니…… 그렇다면 결국 소작인들한테는 비열하고 무서운 존재로 군림하지만, 일본 사람한테는 다시없는 충복이란 뜻이 아닌가.

쓰루미 선생은 속으로 경멸하고 싶은 생각이 든다. 그러면서도 한편 그렇게 간단하게 생각해버릴 수도 없을 것만 같다. 일본 사람한테 다시없는 충복이라면 말하자면 천황폐하에게 가장 충의를 다하는 모범적인 황국신민인 셈이 아닌가. 그렇다면 어떻게 모범적인 황국신민을 경멸해버릴 수가 있단 말인가. 그런 생각이 드니 심정이 좀 착잡해질 수밖에.

"왜 자꾸 도요야마 서기에 대해서 묻죠? 무슨 일이 있었나요?"

"무슨 일이 있었는 게 아니라…… 저…… 우리 학교 여생도에 월례라는 아이가 있어요."

"월례?"

"예, 지금 5학년인데, 나이는 꽤 됐나 봐요."

"그런데……?"

"그런데 그 월례라는 여생도한테 도요야마 서기가 장가를 든다지 뭡니까."

"그래요? 5학년 여생도한테?"

"예."

"헛헛허……." 참 재미있는 일이라는 듯이 후꾸다는 또 너털웃음을 웃는다. 그러자 부인도 까르르 웃는다. 그리고 묻는다.

"지금 부인은 어떻게 하고 다시 장가를 드는 가요?"

"메까께를 하나 얻나 봐요."

"메까께를?"

"예."

부인의 표정이 이지러진다. 뭐 그런 사람이 다 있느냐는 듯이. 본처들이란 어느 때 어느 나라 사람을 막론하고 첩이라면 질색인 모양이다. 그러나 후꾸다의 표정은 그렇지가 않았다. 메까께라는 말이 은근히 기분 좋은 것 같은 그런 얼굴이다. 국민학교 5학년짜리를 첩으로 얻다니 얼마나 재미가 있겠느냐 싶은 모양이다. 어느 때 어느 나라 사람을 막론하고 남편의 심리는 아내와는 대조적일 것이다.

"그런데 그 메까께를 얻으려고 도요야마 서기가 아주 비열한 수단을 썼더군요."

쓰루미 하루에는 오차로 또 한 번 목을 축이고 나서 이제 본론으로 들어간다.

"비열한 수단이라뇨?"

"저…… 월례네 집이 농장의 소작인이라는 거예요. 농장 논을 일곱 마지긴가 부친다는 군요."

"그런데요?"

"그런데 그 일곱 마지기의 논을 가지고 위협을 했다는 겁니다. 만일 월례를 자기한테 메까께로 주면 그 일곱 마지기 논을 그대로 부치도록 내버려두고, 그렇지 않으면 그 논을 떼버리겠다고……."

"음—." 후꾸다는 입을 꾹 다물고 고개만 대고 끄덕인다.

그러나 부인은 서슴없이,

"고약한 사람이군. 도요야마 서기가 그런 사람인 줄 몰랐는데……." 하고 뇌까린다.

"정말 고약한 사람이에요. 그런 식으로 나오니 별수가 있겠어요? 자기네 논은 두어 마지긴가 밖에 없다니…… 만일 농장 논을 떼이면 굶어죽을 판이니 말이에요."

"……."

"월례는 죽어도 시집을 안 가겠다고 그러나 봐요. 그렇지 않겠어요? 아직 학교 졸업도 안 했는데, 더구나 늙은 사람의 메까께로 가다니……."

그러자 부인이,

"아이 가엾어." 하고 측은한 표정을 짓는다.

"정말 가엾어요. 세상에 어디 그럴 수가 있어요? 그래서 후꾸다 상한테 좀 부탁을 드릴려고……."

"……."

"그 도요야마 서기가 소작권을 자기 마음대로 할 수가 있습니까? 그리고 이번 봄에 논 정리를 한다는데 그게 사실이에요?"

"이번 봄에 뭐 특별히 논 정리를 하는 게 아니라, 어느 해나 봄철에는 소작권 이동이 조금 있게 마련이죠. 소작료 납부 성적이 좋지 않다거나 다른 무슨 사정이 있을 경우 소작권을 다른 사람한테 주는 거예요. 그런 일은 극소수에 불과해요."

"그러니까 전반적인 소작권 정리를 하는 건 아니군요."

"예, 어차피 소작을 주는 건데 전반적인 정리를 해서 뭘 합니까. 평지에 풍파를 일으키는 결과가 되게요."

"그렇죠. 그리고 소작권을 도요야마 서기가 마음대로 할 수 있나요?"

"마음대로야 할 수 없죠. 그러나 소작인들의 개개 사정은 그 사람이 잘 알고 있으니까 그 사람의 의견을 대체로 들어주고 있죠. 안 그렇겠어요? 내가 어떻게 소작인들의 사정을 하나하나 다 알 수가 있나요? 나야 뭐 누가 얼마를 부치거나 소작료만 많이 거둬들이면 되는 거니까……."

"그러니까 좌우간 도요야마 서기가 자기 마음대로 소작권을 뺏지는 못하는 거군요?"

"내가 결재를 해야죠."

"그렇다면 후꾸다상……." 쓰루미 하루에는 표정이 활짝 밝아진다.

"미안하지만, 도요야마 서기가 월례네 논을 떼지 못하도록 좀 해 주세요. 부탁이에요."

"……."

"월례네가 농사를 잘못 짓는 것도 아닌데, 그런 이유로 논을 뗄려고 하다니 어디 될 말이에요? 안 그렇습니까? 후꾸다상."

"음—." 후꾸다는 잠시 무슨 생각에 잠기는 듯 아무 말이 없더니,

"그 월례라는 여생도가 쓰루미상이 가르치는 아인가요?" 묻는다.

"우리 학급 생도는 아니에요. 그러나 5학년 여생도들의 가사를 제가 맡고 있으니까 제가 가르치는 아이라고 볼 수도 있죠. 좌우간 가엾어서 가만히 있을 수가 없어요."

"……."

"제가 만약 농장 관리인이라면 그런 사람 당장 목을 잘라버리겠어요. 그런 비열하고 고약한 사람을 어떻게 서기로 앉혀두나요."

그러나 그만 후꾸다는,

"헛헛허……." 너털웃음을 웃었다. 그리고 점잖게 말한다.

"그건 아직 모르는 소리예요. 세상일이란 그런 게 아니에요. 그런 사람이라야만 농장 일을 해나갈 수가 있지, 그렇지 않고 사람이 좋고 고지식하기만 한 사람은 일을 못 해나갑니다. 그리고 농장 서기란 소작인들 편을 들어서는 안 되는 거예요. 소작인들이 어떤 사람인 줄 아세요? 조센징(조선 놈)들이란 조금만 자기편을 들어준다 싶으면 마구 기어 올라온단 말입니다. 그들에게 휘말려서 아무 일도

못 해나가요. 그러다간 소작료도 제대로 못 거둬들일 거예요. 그렇잖아도 소작료를 조금이라도 덜 내려고 야단인데……. 마구 눌러야 돼요. 마구 쥐어짜야만 제대로 일이 되는 거예요. 아시겠어요? 헛헛허……."

"……." 쓰루미 하루에는 그저 얼떨떨할 따름이다. 마구 눌러야 되다니, 마구 쥐어짜야 되다니…… 지금까지 자기가 생각했던 것과는 너무나 딴판인 이야기였다. 그리고 그 말이 전혀 어처구니없는 말도 아닌 것 같았다. 소작인들이, 조센징들이 그런 사람들이라면 그렇게 하는 수밖에 도리가 없겠구나 싶기도 했다. 말하자면 그녀는 냉엄한 현실 앞에 얼떨떨해지고 만 셈이다.

그러나 그녀는 찻잔에 남은 오차를 꿀꺽 마시고는 지그시 아랫배에 힘을 주며 다시 입을 열었다.

"그렇지만 소작인들을 누르는 문제와 제가 부탁드리는 문제는 딴 것이잖아요. 소작인들을 누르는 것은 좋지만, 그렇다고 소작권을 가지고 위협을 해서 소작인의 딸을 메까께로 얻는다는 것은 너무 하잖아요."

"좀 야비한 짓이죠."

"좀이 아니에요. 아주 야비한 짓이에요."

"그러나 음— 그런 문제는 우리 농장과는 아무 상관이 없는 일이 아니겠어요? 자기네들끼리의 문제지……."

"왜 농장과 아무 상관이 없는 문제예요? 그는 분명히 소작권의 모독이라고 생각해요. 농장의 명예를 손상시키는 짓이죠."

쓰루미 하루에의 얼굴이 약간 상기된다.

"헛헛허……." 후꾸다는 매우 우습고 재미가 있는 모양이다. 소작권의 모독이라니, 농장의 명예 손상이라니…… 우습지가 않을 수 없는 것이다.

"쓰루미상, 너무 흥분하지 마세요. 뭐 그런 일을 가지고 그렇게 흥분을 하세요? 몸에 해로워요."

"……."

"그리고 도요야마 서기가 그렇게 해서 논을 떼버린 것도 아니잖아요. 그 월례라는 아가씨가 탐이 나서 그런 수단을 썼을 뿐이지…… 안 그래요?"

"……."

"이미 일이 다 끝난 모양인데, 끝난 뒤에 왈가왈부를 하면 무슨 소용이 있어요? 쓰미루상은 도요야마 서기가 그 월례네 논을 못 떼도록 해달라고 부탁을 하시는데, 이미 결혼을 하기로 결정이 됐는데 논을 떼기는 무슨 논을 뗀단 말입니까?"

"그러나 아직 결혼을 하진 않았어요. 지금이라도 파혼을 할 수 있는 문제예요. 그 부모들도 논을 뗀다는 바람에 마지못해 응한 것이지, 그렇지 않다면 지금 당장이라도 좋다고 파혼을 할 거예요. 안 그러겠어요?"

"쓰루미상, 분명히 말하겠는데, 난 그런 일에 개입하고 싶지가 않아요. 부하 직원이 좋아서 하는 결혼을 왜 내가 깨버린단 말입니까. 상사로서 그럴 수가 없을 뿐 아니라, 만일 내가 그렇게 한다면 도요야마 서기의 입장이 어떻게 되겠어요? 사기가 죽어버릴 게 아니겠어요? 그의 사기가 죽으면 결국 우리 농장에 손해란 말이에요. 농장의 손해는 곧 국가의 손해란 말입니다."

"……." 쓰루미 하루에는 더 뭐라고 할 말이 없다. 또 얼떨떨해질 따름이다. 도요야마 서기의 사기가 죽으면 농장의 손해고, 농장의 손해는 곧 국가의 손해라니…… 그렇다면 문제가 다른 것이다. 도요야마 서기의 사기가 직접 국가의 이익과 연결되어 있다니…… 아주 비열하고 고약한 인간으로만 알았는데, 그가 그처럼 국가에 요긴한 사람이라니…… 그녀는 어쩐지 기분이 이상해진다. 세상이란 참 간단하게 되어 있는 것이 아니로구나 하는 생각이 들며 입맛이 떨떠름하다.

"이제 아시겠죠? 그러니까 값싼 동정심은 금물인 거예요. 허허허……."

"……."

"쓰루미상 너무 마음이 좋으신가 봐. 조센징들 하는 일에 뭐 그리 신경을 쓰세요? 그런 일은 신경 쓰지 마세요. 자기들이사 메까께를 얻거나 말거나, 딸을 메까께로 주거나 말거나 무슨 상관이에요."

"하하하……."

쓰루미 하루에는 그만 웃음이 나와 버린다. 남이사 장가를 들거나말거나…… 라는 말이 생각난 것이다.

홍 주사와 후꾸다의 말이 어쩌면 그렇게 비슷한지…… 동척농장에 근무를 하면 생각도 똑같아지는 모양이다.

남이사 장가를 들거나 말거나…… 남이사 메까께를 얻거나 말거나…… 사실 그렇다. 상관할 일이 아닌 것이다. 주제넘은 짓이다. 자기가 열을 올릴 게 무엇인가 말이다. 그런 생각이 들자 그녀는 그만 쑥스러워진다.

그녀의 그런 표정을 보자 후꾸다는 방바닥에 떨어져 있는 신문

을 집어 들며,

"고오궁와 모노스고이데스네.(황군은 굉장하군요)" 하고 화제를 돌린다.

신문에 일본군의 전과가 또 크게 나와 있는 것이다.

"이번에는 적 1개 연대를 포로로 잡았어요."

"야— 정말 대단하군요."

쓰루미 하루에는 얼굴에 활짝 기쁨의 빛을 띠며 신문을 들여다본다.

"1개 연대면 몇 사람이나 되나요?" 하고 부인도 신문으로 다가든다.

8

이튿날 아침 출근을 한 쓰루미 선생은 임 선생을 보자 그저 힘없이 웃기만 했다.

힘없이 웃기만 하는 그녀의 표정으로 임 선생은 대뜸 일이 잘 되지 않았구나 싶었다. 일이 성과가 있었다면 결코 그렇게 힘없이 웃기만 할 그녀가 아닌 것이다. "임 선생, 한턱 내세요"라든가, "월례 이제 메까께 신세 면하게 됐어요." 하고 대번에 떠벌여댈 판인 것이다. 임 선생은 어쩐지 온몸에서 맥이 빠지는 듯한 느낌이었다.

첫째 시간을 마치고 얼른 그녀 교실로 갔다. 임 선생이 들어서자 그녀는,

"이랏샤이마세.(어서 오세요)" 하고 반긴다.

그러나 어쩐지 그녀의 표정은 밝질 못하다. 찡찡한 구석이 느껴지는 것이다. 일은 이미 분명하다. 그러나 좌우간 확실한 이야기를 들어보는 수밖에. 임 선생이 가까이 오자 그녀가 먼저 입을 연다.

"어제 저녁에 후꾸다상을 찾아갔었어요."

"아, 수고했습니다."

"수고는 무슨…… 그런데……."

"……."

"찾아간 보람이 없었어요."

"그래요?"

"결국 후꾸다상도 남이사 메까께를 얻거나 말거나 상관할 문제가 아니라는 것이더군요. 아무리 상사지만 부하직원의 사생활까지 간섭할 수는 없다는 거예요."

"예……. 그런데 홍 주사가 자기 마음대로 소작인들의 논을 뗐다 붙였다 할 수가 있답디까?"

"아마 그러나 봐요. 후꾸다상의 결재를 맡아야 하지만 거의 그 사람 마음대로 되나 봐요. 그런 문제는……."

"그래요? 그리고 이번 봄에 논 정리를 한다는 거예요?"

"봄철에는 해마다 소작권 이동이 조금씩 있게 마련이라더군요. 특별히 이번 봄에 정리를 하는 게 아니라……."

"……."

"좌우간 그 사람이 뗄려고 마음먹으면 뗄 수가 있나 봐요."

"음—." 임 선생은 절로 무거운 신음소리가 흘러나온다. 그렇다면 이제 속수무책인 것이다.

"정말 월례가 가엾군요."

쓰루미 선생은 마치 자기의 역부족 탓이기나 한 듯 미안한 표정을 짓는다.

"도리가 없죠 뭐."

"파루짜가 와이루데스네.(팔자가 나쁘군요)" 그녀는 팔자를 '파루짜'라고 발음한다. 임 선생은,

"그런 모양이죠?" 하고 히죽 웃는다.

정말 월례의 팔자로 돌리는 수밖에 이제 도리가 없는 것이다. 임 선생은 하루하루가 어쩐지 암담하고 쓸쓸하기만 했다. 자기한테 많은 정을 보이며 따른 제자가 그렇게 가엾은 신세로 떨어져 가는데도 가만히 보고 있을 도리밖에 없는 자신의 무력함이 한스럽기도 했다. 무력하지 않다면 어떻게 한단 말인가. 방법이 없는 것이다. 해 볼 만큼은 해 본 셈이다. 그저 세상이 원망스러울 따름인 것이다.

9

마침내 월례의 결혼 날짜가 다가왔다. 결혼 전날 밤이었다. 임 선생은 도무지 잠을 이룰 수가 없었다. 그날 밤, 임 선생은 숙직실에 혼자 누워 있었다. 소사 백일출이는 집에 제사가 있다고 간 것이었다.

임 선생은 자정이 넘도록 잠을 이루지 못하고 이불을 뒤적뒤적 휘감으면서 월례 생각을 하고 있었다. 내일이면 월례가 홍 주산가 뭔가 그 자의 첩이 되어 가는 것이다. 이제 열일곱. 한창 물이 오르는 연한 몸이 오십이 멀지 않은 나무껍질 같은 늙은이의 가슴에 안

기는 것이다. 내일 밤, 월례의 심정은 어떠할까? 어떤 표정, 어떤 몸짓으로 그 늑대 같은 놈에게 먹히고 마는 것일까? 생각할수록 안타깝기만 하다.

창문에는 달빛이 환하게 비치고 있다.

창문에 비치는 달빛을 바라보며 하염없는 생각에 잠겨 있는데, 어디선지 무슨 소리가 들리는 것 같았다. 인기척인 듯했다. 임 선생은 바짝 귀를 세웠다. 자정이 넘은 듯 한없이 고요한 밤이다. 그런데 아닌 게 아니라 인기척 같은 것이 난다. 교실 쪽인 것 같다.

임 선생은 가만히 고개를 든다. 틀림없다. 틀림없이 복도에 발자국소리가 나는 것이다. 임 선생은 등에 소름이 쫙 흐른다. 그리고 자기도 모르게 벌떡 자리에 일어나 앉는다.

복도에 발자국소리가 멎더니 드르르— 교실 문 열리는 소리가 난다. 그리고 드르르— 또 소리가 난다. 문을 닫는 모양이다. 누가 교실로 들어간 것이다. 이 밤중에 누가 교실로 들어간 것일까? 도대체 무슨 일일까? 잠시 그대로 가만히 앉아 귀를 기울인다. 그러나 이제 아무 기척도 나지 않는다.

임 선생은 아랫배에 불끈 힘을 주며 일어나 남포등에 불을 켠다. 그리고 숙직용 전지*(손전등)를 찾는다. '복겡'(목검)도 찾는다. 소사 백일출이 생각이 간절하다. 왜 하필 오늘 밤에 그 놈의 제사가 든 것일까. 도리 없다. 누군가가 이 밤중에 교실로 들어갔는데 그냥 잘 수는 없다. 잠이 올 턱도 만무한 것이다.

임 선생은 방문을 열고 나간다. 한 손에는 전지, 한 손에는 '복겡'이다. 마치 전투에 임하는 병사 같은 기분이다.

복도에 들어선 임 선생은 일부러 발자국소리가 크게 나도록 걷는다. 그리고 냅다 고함을 지른다.

"누구야! 이 밤중에!"

아무 반응이 없다.

"빨리 나와! 나오면 용서한다. 안 나오면 이 복겡으로 대갈통을 바술 끼다!"

그러자 저쪽 교실에서 훌쩍훌쩍 울음소리가 일어난다. 여자의 울음소리다.

임 선생은 머리끝이 쭈뼛해진다. 혹시 귀신이 아닌가 싶은 것이다. 그러나 가만히 들어보니 분명히 사람의 울음소리다.

임 선생은 가만가만 그 울음소리가 나는 쪽으로 다가간다. 절로 '복겡'을 쥔 손에 불끈 힘이 주어진다. 울음소리는 다름 아닌 바로 자기네 교실에서 나는 것이 아닌가. 교실 문 앞에 이르자 울음소리가 그친다. 임 선생은 와락 문을 연다.

"누구야?"

전지를 비춘다. 그러자 깜짝 놀란 듯이,

"선생님!" 하고 누군가가 창변 뒤쪽에서 벌떡 일어는 것이 아닌가.

"아니!" 임 선생은 눈이 휘둥그레진다.

"월례 아니가?"

"……."

"이게 웬일이지? 이 밤중에……."

"……."

월례는 말없이 고개를 떨구고 옷고름을 만지작거리다가 선생님이 다가오자 그만 또 설움이 복받치는 듯 훌쩍훌쩍 울기 시작한다.

"음—." 임 선생은 어떻게 된 일인지 짐작이 가는 것이다.

날이 밝으면 결혼하는 날인 것이다. 죽어도 그런 자리에 시집을 가고 싶지가 않은 월례는 잠을 이루지 못하다가 집안사람들이 모두 잠든 틈을 타서 도망쳐 나온 게 분명한 것이다. 밤이 깊어서 어디로 갈 수는 없고, 학교로 찾아온 모양이다. 그래서 무서운 줄도 모르고 교실로 들어와 자기 자리에 앉아 있었던 것이다. 마치 넋이 나간 사람처럼, 혹시 월례가 목이라도 매려고 한 것이 아닌가 싶자 임 선생은 덜컥 겁이 난다.

"울지 마라. 자, 울지 말고 월례야, 숙직실로 가자."

"……."

"이 밤중에 교실에서 이게 무슨 짓이지? 무섭지도 않나?"

"……."

"자, 어서……."

임 선생이 돌아서자 월례도 울음을 그치고 뒤를 따른다.

월례를 데리고 숙직실로 돌아온 임 선생은 그제야 안도의 숨이 쉬어진다. 그러나 아직 완전히 긴장이 풀린 것은 아니다. 오히려 일은 이제부터라는 생각이 든다. 이렇게 한밤중에 시집을 안 가겠다고 도망쳐 나온 월례를 어떻게 해야 좋을는지……. 시집을 가라고 타이를 수도 없고, 그렇다고 시집을 가지 말라고 방조한다는 것도 뭣하고…… 매우 난처한 입장에 놓인 것이다. 좌우간 임 선생은 물어볼 수밖에 없었다.

"월례야, 도대체 어떻게 된 일이지?"

"……."

"대강 짐작은 하겠다마는……."

그러자 월례는 별안간 또 설움이 복받치는 듯,

"선생님, 저 좀 살려 주이소 예?" 하고는 울음을 쏟아놓는다.

"왜, 뭐가 어떻게 됐는데? 울지 말고 말을 해봐."

"내일이 잔칫날이라예." 울면서 말을 한다.

어디선지 멀리 닭 우는 소리가 들린다. 내일이 아니다. 오늘이다.

"알고 있다."

"죽어도 전 시집 안 갈랍니더. 차라리 죽어삐릴 랍니더."

"죽어버리다니? 허허허…… 방금 살려달라고 안 했나."

"……."

"음—."

"월례야, 울지 마라. 알았다. 내가 어떻게든지 해볼 테니……."

"선생님—." 월례는 그만 저도 모르게 선생님의 무릎 위에 풀썩 무너지듯 얼굴을 묻어버린다. 임 선생은 당황한다. 단둘이뿐인 호젓한 방이다. 그리고 깊은 밤중이다. 이래서는 안 된다고 생각한다.

"월례야, 자 밤이 깊었다. 잠이나 자자. 아무 걱정 말고."

"……." 월례는 얼른 선생님의 무릎 위에서 몸을 일으킨다.

"내일은 마침 일요일이다. 어떻게 안 되겠나."

임 선생은 일어나 잠자리를 손본다. 요와 이불을 따로 한다.

"난, 요를 덮고 잘 테니…… 자, 이불 덮고……." 그리고 불을 끈다.

요를 덮고 누웠으나 임 선생은 좀처럼 잠이 오질 않는다. 월례는 어둠 속에 그대로 가만히 웅크리고 앉아 있다.

"월례야, 어서 자라니까……."

"……."

"앉아 있다고 뭐 시집을 안 가게 되나?"

그러자 월례는 킥 웃는다. 그리고 옷을 입은 채 그대로 부스스 이불 속에 든다.

어디선지 또 닭 우는 소리가 들려온다.

10

맨 먼저 일어난 것은 안 서방이었다. 이제 겨우 희뿌옇게 날이 세었을 무렵에 벌써 일어나 바깥으로 나온 것이다.

어제 저녁에 차일을 치고 그대로 놓아두었기 때문에 마당이 지저분하다. 안 서방은 빗자루를 찾아 마당을 쓸기 시작한다. 별로 기분이 좋은 아침은 아니다. 내키지 않는 잔치니 그럴 수밖에 없다. 그러나 기왕에 소문난 잔치, 되도록이면 마당이라도 깨끗한 편이 나은 것이다.

마당을 쓸고 나서 멍석을 내다가 차일 밑에 깔고 있는데 배성녀가 일어나 눈을 비비며 나온다. 그녀는 이제 겨우 날이 밝았는데 벌써부터 마음이 조급한 모양이다. 얼른 부엌으로 들어갔다가 얼른 뒷간으로 쫓아간다. 혼례 시간은 오시(午時)다. 그러니까 정오 무렵이다. 아직 얼마든지 시간이 있는 것이다.

이번에는 작은방 문이 열리며 모랑댁이가 나온다. 콜록콜록 기침을 하면서. 콜록콜록 기침을 하고 나서 모랑댁이는 혼잣말처럼 말한다.

"월례도 벌써 일어났나……."

"일어났능교?" 안 서방은 예사로 듣는다.

"일어났는 모양이지. 방 안에 없는데……."

"예? 방 안에 없어요?"

"없는데……."

"뭐요?" 안 서방은 눈이 통방울처럼 휘둥그레진다.

그러자 그 소리를 듣고 아직 볼일을 덜 본 듯한 배성녀가 뒷간에서 쫓아 나온다.

"뭐라고예?"

"월례가 방에 없는데……."

"없다니예? 어디 가고 없어예?"

그러면서 배성녀는 얼른 뒤안으로 쫓아가 본다. 그리고 쫓아 나와 부엌을 들여다본다. 아까 들어갔다 나온 부엌을 말이다. 헛간도 들여다본다.

"우야꼬— 이년이 어디로 갔노—." 정신이 하나도 없는 모양이다.

안 서방은 그저 넋이 나간 사람같이 눈만 퉁방울처럼 굴렁거리며 차일 밑에 멀뚱히 서 있다.

모랑댁이는 놀라서 그런지 콜록콜록 콜록콜록…… 자지러지게 기침을 해댄다.

배성녀는 치마를 펄럭거리며 이번에는 사립 밖으로 뛰어나간다.

11

새벽이면 언제나 한 차례 임 선생은 잠이 깨인다. 소변이 마려운 것이다. 약간은 눈곱이 묻은 눈을 끔적거리면서 바깥으로 나가 오줌을 누는 것이다. 변소가 멀지 않지만 변소로 가는 일은 드물다. 귀찮아서가 아니다. 새벽 오줌은 변소에서 누는 것보다 화단이나 풀섶 같은 데 적당히 내깔기는 편이 훨씬 기분이 좋은 것이다.

그날 새벽도 여느 때와 다름없이 임 선생은 잠이 깨었다. 간밤에 너무 늦게 잠이 든 탓인지 도무지 눈이 잘 뜨이지가 않았으나, 바깥으로 나가 방뇨를 했다. 그리고 방으로 돌아와 자리에 누우려던 임 선생은,

"으?"

약간 놀란다. 이불을 덮고 누군가가 곁에 자고 있는 것이 어스름 속에 눈에 띄었던 것이다. 물론 그것은 월례였다.

임 선생은 빙글 웃었다.

새벽 잠결이라 간밤의 일을 깜박 잊고 있었던 것이다.

자리에 누워서 임 선생은 잠시 월례 일을 생각해본다. 오늘이 월례의 잔칫날이다. 어쩌면 지금쯤 벌써 그녀의 집에서는 월례가 없어졌다고 야단이 났을지도 모른다. 도대체 이 일을 어떻게 해야 좋을까. 내가 어떻게든지 해볼 테니 아무 걱정 말고 잠이나 자라고 간밤에 타이른 생각이 난다. 그러나 무슨 좋은 수가 떠올라서 그런 말을 했던 것은 아니다. 월례가 너무 설움에 젖어 있는 것 같아서 울음을 멈추고 우선 잠이나 자게 하려고 그랬던 것이다. 아무튼 이제 와서 시집을 가도록 하라고 타이를 수는 도저히 없다. 그렇다면?…… 그녀가 어떻게 하든 알아서 하도록 내버려 두든지, 아니면 그녀의 도피를 도와주든지 둘 중 하나다.

어떻게 하든 자기가 알아서 하도록 내버려 둔다는 것은 스승으로서 도리가 아닐 뿐 아니라 너무 무정한 노릇이고, 결국 도피를

도와주는 일, 즉 결혼이 성립되지 않도록 방조하는 도리밖에 없다는 결론이다. 방조를 해서 나중에 일이 어떻게 될지, 어떤 문제가 생길지 알 수가 없지만, 좌우간 그런 것은 나중의 문제고, 당장은 그 길밖에 없는 것이다.

날이 밝아 월례가 일어나면 먼저 그녀의 의중을 들어보고 일을 결정하리라 마음먹는다.

"아으—." 임 선생은 다시 커다랗게 하품이 나온다. 잠을 조금밖에 못 잔 터이라 또 쉬이 잠이 들어버린다.

간밤에 집으로 제사를 지내러 갔던 백일출이가 학교로 돌아온 것은 해가 제법 돋아 올라서였다. 여느 때 같으면 벌써 생도들이 하나둘 등교를 할 시간이다. 그러나 오늘은 일요일, 학교는 마냥 조용하기만 하다. 숙직실 문도 그대로 닫혀 있었다. 아직 임 선생이 일어나지 않은 것 같다. 일요일이라고 실컷 자는 모양이다. 싱그레 웃으면서 백일출이는 숙직실 문을 연다.

"이런?" 백일출이는 그만 눈이 휘둥그레진다. 이게 도대체 어떻게 된 일인가?

"아—." 이거 참 희한한 일이로구나 싶다. 이불을 덮고 누워 있는 계집애를 가만히 바라본다.

"음—." 알 만한 얼굴이다. 밤으로 몇 번 선물을 들고 숙직실로 놀러왔던 그 여생도가 아닌가.

"흠— 이럴 수가……." 정말 놀라운 일이라는 생각이 든다. 선생과 생도가 이럴 수가 있는가 말이다. 백일출이는 임 선생과 월례가 결코 곱게 자질 못했을 것이라고 단정을 하는 것이다. 비록 임 선생은 요를 덮고 자고 있고, 여생도는 이불을 덮고 따로 자고 있긴 하지만, 밤에 무사했을 턱이 만무하다 싶은 것이다. 참 희한하고 얄궂은 일도 다 본다는 듯이 백일출이는 빙글빙글 웃으면서 가만히 문을 닫는다. 그리고 공연히 즐거운 듯 가볍게 휘파람을 날리며 우물에 가서 물을 길어다가 취사를 하기 시작한다.

부엌에서 딸그락거리는 기명소리에 임 선생은 잠이 깨인다.

"으으으―." 크게 기지개를 켜면서 일어난다. 임 선생의 기지개 소리에 월례도 번쩍 눈을 뜬다.

"우야꼬!" 월례는 깜짝 놀라 뛰어 일어난다. 선생님과 시선이 마주치자 절로 얼굴이 화끈 붉어진다.

"많이 잤나?" 임 선생은 하품을 하면서 웃는다.

월례는 부끄러워서 아무 대꾸도 못하고 고개를 살짝 돌린다.

"자, 나가서 세수하지." 임 선생은 칫솔을 물고 먼저 밖으로 나간다.

월례는 잠시 멀뚱히 그 자리에 앉아 있다. 간밤의 일이 머리에 떠오른다. 그리고 오늘이 잔칫날이라는 생각이 든다. 잠자는 동안 잊고 있었던 일이 다시 괴롭게 머리를 짓눌러 온다. 따뜻한 이불 속에서 실컷 자고나서 부드럽게 풀린 몸이 다시 으스스하게 굳어지는 느낌이다.

"아이고― 우예야 되노. 우예야 되노―."

월례의 입에서 마치 나이 많은 아낙네의 탄식 같은 소리가 흘러나온다. 그리고 그녀는 한숨을 한 번 쉬고는 가만가만 이불을 개기 시작한다.

칫솔을 물고 밖으로 나온 임 선생과 시선이 마주치자 백일출이는 묘한 표정으로 웃는다. 비웃는 것 같기도 하고, 민망스러운 것 같기도 한 그런 웃음이다. 선생이 생도를 그럴 수 있느냐고 속으로 욕을 하고 있는 게 분명하다. 대번에 그런 눈치를 알아챈 임 선생은 이거 참 난처하게 됐구나 싶다. 그러나 조금도 께름하거나 어색할 게 없다. 사실이 결백하니 말이다. 그래서 임 선생은 일부러 더 아무렇지도 않은 얼굴로 북북 양치질을 해댄다. 양치질을 마치고 나서,

"제살 지냈으니 맛있는 걸 많이 가져왔겠지." 하고 웃는다.

"제사라고 뭐 차린 기 있어야지예. 산적 부친 거 쪼매 갖고 왔심더."

백일출이는 약간 쑥스러운 모양이다.

"야, 오늘 아침은 성찬이겠는데……. 월례야, 어서 나와 세수해라. 산적하고 아침 먹자."

그러자 백일출이는 얼굴을 약간 붉히며 히 웃는다. 보잘것없는 산적 몇 쪼가리 종이에 싸가지고 온 것을 무슨 대단한 이바지라도 가지고 온 것처럼 떠들어대는 것이 부끄럽기도 하고 우습기도 한 것이다.

잠시 후 월례가 부스스 모습을 나타낸다. 월례가 밖으로 나오자 백일출이는 재빨리 그녀의 표정을 살핀다. 그리고 그녀의 위아래를 훑어본다. 월례는 몹시 부끄럽고 멋쩍은 표정이다. 백일출이와 시선이 마주치자 절로 얼굴이 화끈 붉어진다. 얼른 돌아서서 변소 쪽으로 달려간다.

월례의 표정이나 태도로 보아서 간밤에 무슨 일이 있었던 게 틀림없는 것 같다. 그런데 임 선생에게서는 전혀 그런 기미가 느껴지질 않는다. 어떻게 된 사실일까. 도대체 월례가 임 선생과 단 둘이

숙직실에서 자다니 무슨 일일까.

그런 백일출이의 궁금증을 풀어주기라도 하려는 것처럼 임 선생이 입을 연다.

"간밤에 얼마나 놀랐는지……."

"와예?"

"월례 때문에 말이다."

"……."

"아 글씨, 한밤중에 교실에서 사람 기척이 나질 않겠나."

"예? 교실에서예?"

"응, 자네나 있었으면 덜 겁이 났을 텐데……."

"그래서요?"

"그래서 도대체 이 밤중에 무슨 일인가 싶어 복겡(목검)을 들고 나갔지. 그랬더니 아 글쎄, 월례가 아니겠어? 월례가 교실에서 혼자 울고 있더라니까."

"그래요?" 백일출이는 눈이 휘둥그레진다.

"응, 그래서 숙직실로 데리고 왔는데, 물어보니까 바로 오늘이 시집가는 날이라는 기라."

"시집가는 날요?"

"응, 허허허……." 임 선생은 그만 웃음이 나와 버린다.

"시집을 가다니예? 누가요?"

"누군 누구라, 월례지."

"월례가 시집을 가요?" 백일출이는 어처구니가 없는 모양이다.

"그래서 시집을 안 갈려고 몰래 도망을 나왔다는 기라."

"하하—." 그제야 백일출이는 고개를 끄덕인다. 임 선생과 월례가 숙직실에서 함께 자게 된 까닭을 알겠는 것이다. 그러면 그렇지, 설마 선생과 생도가 얄궂은 사이가 되어 자기가 제사 지내러 가고 없는 틈을 타서 함께 잤을 턱이 만무한 것이다. 그러나 역시 백일출이는 한 가닥 의혹을 가진다. 일이 그렇게 되어 한 방 숙직실에서 긴긴 밤을 그냥 곱게 잘 수가 있었을까 하는 문제다. 사제지간이니까 설마 그럴 수야 없겠지 싶으면서도 한편 아무리 선생과 생도 사이라고는 하지만 남자와 여자의 일이니, 총각과 처녀 사이니 알 수가 없는 것이다. 월례가 지나치게 부끄러워하는 것을 보아도 수상한 것이다.

백일출이는 공연히 자꾸 아침부터 잡스러운 상상을 해댄다. 아침을 먹으면서도 백일출이는 곧장 힐끗힐끗 월례의 표정을 살폈다. 슬금슬금 임 선생의 눈치도 보아가면서……. 월례의 표정을 보면 아무래도 수상한 것 같고 임 선생의 얼굴이나 태도로 보아서는 그렇지 않은 것 같고…… 알 수가 없다.

"월례야, 이 산적 먹어라. 일출이네 제사 음식이란다. 맛있다."

임 선생의 말에 월례는 수줍은 듯 히 웃는다.

그녀는 권에 못 이겨 마지못해 밥을 몇 숟가락 뜨고는 있지만, 도무지 맛이 있는지 없는지도 알 수가 없다. 그럴 정신이 없는 것이다. 지금쯤 집에서는 야단이 났겠지. 발칵 뒤집혀가지고 온통 자기를 찾으러 다니느라고 정신이 없을 게 아닌가. 친척 집은 물론, 친구네 집까지 찾아다니겠지. 그런 판국인데 밥이고 뭐고 목구멍으로 잘 넘어갈 턱이 없다.

아침을 먹고 나자 백일출이는,

"교무실 소제나 할까……." 하고 밖으로 나간다. 임 선생은 월례와 둘이 남자, 그녀의 의중을 떠본다.

"월례야, 자 지금쯤 집에서는 야단이 났을 텐데, 그래 어떻게 할 작정이지?"

"……."

월례는 살짝 고개를 떨어뜨릴 뿐 아무 대답이 없다. 속으로 약간 섭섭한 느낌이 드는 것이다. 간밤에, 내가 어떻게든지 해볼 테니 아무 걱정 말고 잠이나 자라고 해놓고서는 이제 와서 또 무슨 소린가 싶은 것이다.

"월례야, 만일 집에서 여기로 찾아오면 어떻게 하지?"

"여기로 찾아오다니예?"

"만일 여기 있는 줄을 어떻게 알고 찾아오면 어쩔 테냐 말이다. 아버지나 어머니가 찾아와서 집으로 가자고 강제로 끌고 가면 어떻게 하겠느냐 그 말이다.

"죽어삐릴랍니더." 월례는 서슴없이 대답한다.

"뭐? 정말이가?"

"예, 정말이라예. 시집을 가느니보단 차라리 죽어삐리는 기 낫심더."

"음—."

"선생님, 저 좀 살려주이소. 어젯밤에 선생님이 살려주신다 안 캤습니꾜."

"그래 그래. 허허허……." 임 선생은 고개를 끄덕이며 웃는다. 이제 도리가 없는 것이다. 월례의 도피를 도와주는 수밖에. 도피를 도와주는 것이 살려주는 일이 되는 것인지, 오히려 더 곤란한 지경으로 빠뜨리는 결과가 될지 알 수가 없지만, 좌우간 지금으로서는 그럴 수밖에 없다. 자, 그럼 어떻게 해야 하나. 그냥 이대로 숙직실에 숨어 있도록 할 수는 없는 노릇이다. 아무래도 며칠 동안은 잠적해 있어야 혼사가 깨어지든 어떻게 되든 결말이 날 텐데…… 어디에 숨어 있도록 해야 될지…….

"월례야, 어디 친척집에 가서 며칠 숨어 있을 수 없나?"

"친척집예?"

"그래."

"친척들은 다 제가 시집가는 줄 알아예. 아마 지금쯤 모두 우리 집에 와 있을 끼라예."

"음—." 친척집을 찾아간다는 것은 결국 붙잡히려고 제 발로 걸어 들어가는 것과 마찬가지인 셈이다.

"그럼 월례야, 하는 수 없다. 우리집에 가서 며칠 있거라."

"선생님 댁에예?"

"그래."

"우야꼬……." 월례는 뜻밖의 말에 활짝 얼굴을 붉힌다. 약간 당황하면서도 무척 기쁜 표정이다. 이제 살았다 싶은 모양이다.

"그러는 수밖에 없겠다."

"선생님 댁이 어딘데예?"

"읍내에서 한 오 리 더 가면 된다."

"……."

"우리집에 가 있을래?"

"……." 월례는 고개를 살짝 숙인다.

"왜 대답이 없지?"

"미안해서예."

"허허허…… 이 위급한 판에 미안하긴……. 자, 그럼 곧 떠나도록 하자."

이렇게 임 선생과 월례가 방 안에서 주고받는 말을 백일출이 밖에서 가만히 엿듣고 있다. 교무실 소제를 하러 간다고 나가놓고 살그머니 부엌 쪽 방문으로 다가가서 바짝 귀를 기울이고 있는 것이다.

"흠—." 마치 무슨 대단한 남의 비밀이라도 알았다는 듯이 코를 찡긋하면서 노오란 웃음을 웃는다.

12

신나는 것은 벌보다. 비록 말 못하는 병신이긴 하지만, 오늘이 월례의 잔칫날이라는 것쯤 남들보다 먼저 알고 있는 것이다. 그리고 월례가 간밤에 어디론지 자취를 감추었다는 것도 이미 알고 있다. 실은 그래서 더욱 신이 나는 것이다. 잔치에 신부가 없어졌으니 얼마나 기가 막히고 신나는 일인가 말이다.

"버버버버 버버버버……."

벌보는 만나는 사람마다 붙들고 제 딴은 뭐라고 열심히 지껄여댄다. 아마 신부가 없어져서 야단났는데, 어디로 갔는지 혹시 못 보았느냐, 이런 소리를 지껄여대는 것이리라. 공연히 그는,

"버버버버 어으어으 버버버버 버버버버……."

하면서 마을 여기저기를 쫓아다니다가는 도로 월례네 집으로 돌아와서 차일을 친 마당을 서성거린다. 여전히 신부를 못 찾아 뒤숭숭

한 잔칫집 분위기가 재미있기도 하고 근심스럽기도 한 듯 빙글빙글 웃기도 하고 찡긋찡긋 이맛살을 찡그리기도 하면서.

해가 중천으로 오고, 혼례시간이 시시각각 다가오자 안 서방은 도무지 똥줄이 타서 견딜 수가 없다. 이놈의 가시나가 도대체 어디로 갔는지 찾기만 찾으면 그저 패 죽이고 싶은 심정이다. 이렇게 사람의 속을 썩이는 수가 있느냐 말이다.

배성녀 역시 얼굴에 핏기가 하나도 없다. 넋이 나간 사람 같다. 이 일을 어떻게 해야 좋을지 그저 눈앞이 노오랗기만 한 것이다. 이런 우세(웃음거리)가 도대체 어디 있는가 말이다. 우세는 또 우세라 치더라도, 신랑 될 홍 주사가 이 일을 알면 어떻게 될 것인지…… 정말 아찔한 노릇이다. 지금쯤은 벌써 신랑 쪽에서도 알고 있을지 모른다. 이제 망했구나 싶을 따름이다.

모량댁이는 그저 작은방 아랫목에 웅크리고 앉아서 이웃 노인들과 함께 이따금 방문을 열고 바깥 동정을 살피며 관세음보살을 뇌고 있을 뿐이다. 찾을 만한 곳은 이제 다 찾아본 셈이다. 이웃 마을 월례의 외육촌 언니네 시집까지 찾아가 본 사람이 헛걸음을 하고 돌아오자 이제 그만 잔칫집은 초상집 같은 분위기로 바뀌고 말았다. 울음소리만 일어나지 않을 뿐 한숨소리, 짜증소리, 욕지거리 등 분위기는 오히려 초상집보다 더 침통하고 뒤숭숭하다.

"여보, 이 일을 우야능교? 홍 주사한테 알리야지예?"

배성녀가 이제 우리는 다 살았다는 듯한 표정을 지으며 남편에게 말한다.

"아이구— 이노무 가시나를 그저 당장 콱 밟아 죽이 삐렀으만 속이 시원하겠다. 아이구 더럽어서…… 그런 걸 다 자식이라고 키웠으니……."

안 서방은 마치 월례가 눈앞에 있기라도 한 것처럼 울화통을 터뜨릴 따름이다. 그리고 얼른, 부엌으로 가서 잔치에 쓸 술을 커다란 사발로 푹 한 사발 철철 넘치도록 떠서 냅다 벌컥벌컥 들이켜 댄다. 그렇게라도 해야 속의 불이 좀 가라앉겠는 모양이다. 신부 집에서 이런 난리가 난 줄을 아직 신랑 쪽에서는 모르고 있었다.

오늘의 주인공인 홍 주사는 사랑에 점잖이 앉아 시간이 되기를 기다리고 있었다. 바로 한 마을이니 일찍부터 신부의 집으로 가서 기다리고 어쩌고 할 게 아니라, 시간이 되면 나가서 바로 간단히 예나 올릴 생각인 것이다. 새로 지은 바지저고리에 모본단 조끼를 입고, 그 위에 세루 두루마기까지 미리 입은 홍 주사는 방 아랫목에 방석을 깔고 점잖게 앉아 마도로스파이프를 빠끔빠끔 빨고 있다. 이따금 지그시 눈을 감기도 하는 것이 감회가 꽤 깊은 모양이다.

그럴 수밖에 없다. 월례를 애첩으로 얻으려고 그동안 꽤나 애를 태운 셈이니 말이다. 오늘 밤이면 이제 드디어 박꽃 같은 월례를 마음껏 애무하게 되는 것이다. 열일곱, 연하기 그지없는 살을 말이다.

눈을 지그시 감고 벌써부터 그런 생각에 잠기며 홍 주사는 침을 한 덩어리 꿀꺽 삼킨다.

안채 부엌에서는 황선녀가 부엌 할멈과 함께 나물을 볶고, 지짐 같은 것을 부치고 있다. 손님을 청하는 것은 아니지만 그러나 새색시를 데리고 오는 터이니 뭘 좀 장만할 수밖에 없는 것이다.

방문을 닫아걸고 누워 고랑고랑 더욱 병세가 악화되어 있는 동생을 생각하면 음식이고 뭐고 다 걷어치우고 싶지만, 한편 생각하면 도리가 없는 것이다. 지지고 볶고 하고 있는데, 바깥에 나갔던 명자가 무슨 일이라도 난 듯 숨을 헐떡거리면서 쫓아 들어온다.

"엄마! 야단났어!"

"와?"

"월례가 없어졌대."

"뭐? 월례가 없어져?"

"응."

"없어지다니, 그기 무신 소리고?"

"어젯밤에 어디를 갔는지 도망갔대."

"정말이가?"

"정말이다. 지금 월례네 집에서는 월례 찾느라고 야단났어."

"우야꼬—." 눈이 휘둥그레진 황선녀는 얼른 일손을 놓고 일어선다.

"도망을 가다니…… 잔치는 우얄라고 도망을 가노."

부엌 할멈도 어이가 없는 듯 일손을 멈추고 멀뚱히 황선녀를 쳐다본다.

"이거 마자 부치소. 내가 좀 나가보고 오께예."

황선녀는 부엌 할멈에게 이르고는 치맛자락을 걷어 올려 두 손을 닦으며 부엌을 뛰어나간다.

사랑방 앞에서 잠시 그녀는 머뭇거린다. 홍 주사에게 알릴까 어쩔까 하다가 우선 가서 일을 확인하고서 알리든지 어쩌든지 하리라 생각하고 그냥 달려 나간다. 월례네 집으로 달려가다가 중간에 벌보를 만났다. 벌보는 달려오는 황선녀를 보자 신나는 듯,

"히히히 히히히……." 누우런 잇바디를 드러내 보이며 웃는다.

"버버버버 어으어으 버버버버……." 마구 손짓 몸짓을 해댄다. 말할 것도 없이 월례가 없어져서 지금 발칵 뒤집혔다는 뜻이다.

황선녀는 그만 희죽 웃고는 지나쳐버린다.

황선녀가 사립문 안으로 들어서자 배성녀는 어쩔 줄을 모르며 다가가,

"아이고 아이고, 오시능게." 하고 맞는다.

"벌써 그 표정으로 보아 명자의 말이 틀림없다는 것을 황선녀는 안다.

"뭐 우예 됐능교?"

"아이고— 글씨 이런 낭패가 어디 있겠능교. 그년이 글씨 어젯밤에 어디로 도망을 갔지 뭡니꾜."

"하아— 야단났네."

틀림없는 것이다.

"우짜면 좋은교? 예?"

"가면 지가 어디 갔겠능교. 잘 찾아보지 와요."

"얼마나 찾아봤다고예. 새벽부터 지금까지 온 집안이 나서서 찾는 판인데, 글씨 어딜 갔는지 알 수가 없지 뭡니꾜. 이 일을 우짜지예?"

그러자 안 서방도 풀이 죽을 대로 죽은 얼굴로 슬그머니 다가와서,

"살다가 참 벨꼴도 다 당한다니까. 나 참 기가 맥혀서……." 어쩌고 하면서 황선녀의 눈치를 살핀다.

"그럼 좌우간 오늘 잔치는 틀렀구만예?"

황선녀가 혼주인 안 서방에게 묻는다.

"글씨요. 제 시에 거행하기는 틀린 것 같심더. 찾으만 밤에라도 식을 거행하지예 뭐."

"예. 알았구마. 좌우간 빨리 신부를 찾기나 하이소."

"그렇게 홍 주사한테 좀 잘 얘길 해 주이소."

"얘길 하긴 하겠심더만…… 야단날 낌니더." 그러면서 황선녀는 사립을 나간다.

황선녀가 사립 밖으로 사라지자 배성녀는 후유— 땅이 꺼지도록 한숨을 쉬고는,

"여보, 당신도 가서 홍 주사한테 사실 얘길 하는 기 안 옳겠능게?"

근심스런 얼굴로 말한다.

"음—." 안 서방도 침통한 표정이다. 안 서방 자기도 그만 어디로 도망을 쳐버리고 싶은 심정이다.

집에 돌아온 황선녀는 사랑방 문을 조심스럽게 연다. 마도로스 파이프를 뻐끔뻐끔 빨며 곧장 손목시계를 들여다보고 있던 홍 주사는 약간 멋쩍은 듯한 표정으로 웃는다.

"저……." 황선녀는 얼른 입이 떨어지질 않는다. 무슨 일인가 싶은 듯 홍 주사는 슬그머니 긴장을 한다.

"야단났심더."

"야단나다니예?"

"저 신부가 없어졌답니더."

"뭐요?"

"어젯밤에 어디로 도망갔답디더."

"뭐가 우째요?" 홍 주사는 그만 온 얼굴이 벌겋게 상기된다. 너무

나 뜻밖의 일이니 그럴 수밖에 없다. 지금 지그시 눈을 감고 오늘 밤 열일곱 살짜리 신부를 다룰 생각에 절로 가슴이 뜨끈하게 부풀어 있는 판인데, 난데없이 찬물을 끼얹어도 분수가 있지 이게 무슨 소린가 말이다. 신부가 도망을 가다니…….

"새벽부터 지금까지 아무리 찾아봐도 어디로 갔는지 몬 찾겠다 지 뭡니꾜."

"뭐라고요? 몬 찾아요? 몬 찾다니, 어디 갔는데 몬 찾는다 말이고? 응? 응?"

홍 주사는 그만 흥분을 가누지 못하고 냅다 핏대를 세우며 버럭버럭 고함을 지른다. 훌떡훌떡 뛰고 싶은 안타까운 심정인 것이다. 이때 슬금슬금 안 서방이 대문으로 들어선다. 안 서방은 사랑방에서 흘러나오는 홍 주사의 고함소리에 찔끔 고개를 움츠리며 멈추어 선다. 그냥 돌아가 버릴까 생각한다. 그러나 그럴 수는 없는 노릇이다. 마치 무슨 중죄라도 지은 사람처럼 안 서방은 사랑방 앞으로 다가간다.

"아, 신부 아부지가 오셨구만예." 황선녀의 말에 홍 주사는 벌겋게 상기된 얼굴을 방문 밖으로 내민다.

"이거 정말 뭐라고 말씀 디려야 좋을지……." 안 서방은 절로 허리가 굽신거려진다. 말하자면 자기의 사위가 될 사람인데, 그 앞에서 그저 쩔쩔 매는 것이다.

홍 주사는 대뜸 고함을 지른다.

"아니 사람을 망신시켜도 분수가 있지, 도대체 이기 무신 일이요? 무신 이런 일이 다 있소?"

"글씨 말입니더. 나 참 살다가 벨놈의 꼴을 다 봅니더."

"그래 어디로 갔는지 몬 찾겠다 말이요?"

"새벽부터 지금까지 찾았는데도 이노무 가시나가 어디로 갔는지 알 수가 없심더. 그저 이노무 가시나를 찾기만 하면 패 죽여 삐릴랍니다."

패 죽여 버리면 곤란하다는 듯이 홍 주사는 좀 기세가 누그러진다.

"아니, 어디다가 혹시 감춰놓고서 그러는 거 아니요?"

"아이구— 벨 말씀을 다…… 무슨 그런 말씀을……. 베락을 맞아 죽을라고 그런 거짓말을 하겠능교."

"음— 좌우간 찾아내시오. 어떻게든지……."

이미 월례가 자기 것이기나 한 것처럼 찾아내라고 한다. 그러자 황선녀가 한마디 거든다.

"설마 안 찾겠능교. 지가 하늘로 올라갔겠나, 땅속으로 들어갔겠나……."

안 서방은 이제 우선은 살았다는 듯이 안도의 숨을 내쉬며,

"그럼 찾으만 식을 올리기로 합시더. 밤중에라도……."

하면서 허리를 굽신하고는 돌아선다.

"도리 없지, 도리 없어. 아— 나 참 재수 더럽네."

홍 주사는 일어서서 냅다 세루 두루마기를 벗어 던져 버린다. 그리고 모본단 조끼를 입은 채 방 아랫목에 무너지듯 아무렇게나 벌렁 드러누워 버린다.

13

그날 밤이었다.

임 선생은 일찍 잠자리에 들려다가 백일출이의 청에 못 이겨 바둑을 한 판만 두기로 했다.

낮에 월례를 자기 집에다가 데려다놓고 온 터이라 다리가 뻐근하고 꽤 피곤했다. 읍내까지 이십 리, 읍내에서 또 오 리 남짓 되니 이십오 리 길이다. 왕복 오십 리를 걸은 셈이니 그럴 수밖에. 한참 바둑이 재미가 나는 판인데, 밖에서 누가,

"에헴 에헴." 하고 인기척을 낸다.

"누구요?" 백일출이가 소리를 지른다.

"선상님 기십니꽈?" 낯선 목소리다.

백일출이가 일어나 문을 열고 나간다. 곧 백일출이의 뒤를 따라 웬 남자가 한 사람 들어온다. 사십이 조금 넘었을 듯한 농부다. 임 선생은 누군가 하고 그 남자를 멀뚱히 바라본다.

"선상님이십니꽈? 첨 뵙겠심더."

사십이 넘은 남자가 스물 두엇밖에 안 된 젊은 선생 앞에 덥석 무릎을 꿇고 앉는다.

임 선생도 얼른 자세를 고쳐 앉는다.

남자는 방바닥에 두 손을 짚으며,

"안삼도라고 합니더. 월례가 지 딸입니더." 하고 머리까지 꾸벅 숙인다. 안 서방인 것이다.

"아 그렇습니까." 임 선생은 깜짝 놀란다. 뜻밖의 일인 것이다.

"이거 선상님을 뵐 낯이 없심더. 자식을 맡겨놓고서 한 번 찾아뵙

지도 몬하고 정말 부끄럽심더."

"아, 별말씀을 다 하십니다. 자, 편히 앉으십쇼."

"예." 그제야 안 서방은 편안한 자세로 앉는다. 임 선생은 묘하게 긴장이 된다. 안 서방이 밤에 이렇게 돌연 찾아온 까닭을 짐작하겠기 때문이다.

"참, 전번에 한 번 댁을 찾아갔었지요."

임 선생의 말에 안 서방은 몹시 미안한 표정을 짓는다.

"예, 선상님이 찾아오싰더라는 말을 들었심더. 그날 마침 지가 읍내에 나가고 없어서…… 아무 대접도 몬 하고……."

"별말씀을 다……."

이런 식으로 잠시 인사치레의 말을 주고받은 다음, 마침내 안 서방이 본론을 꺼냈다.

"저…… 선상님, 지가 이렇게 염치불구하고 밤에 찾아온 것은 다름이 아니라 저…… 혹시 선상님께서 우리 여식을 데리고 읍내에 가신 일이 있는가 해서……."

"예, 제가 데리고 갔습니다." 임 선생은 주저 없이 대답한다.

"아, 그랬심니꾜? 아, 선상님이 읍내로 데리고 갔다는 말이 맞구만요. 읍내에 갔다 온 사람이 봤다고 안 캅니꾜. 저…… 부끄러운 얘깁니다만 오늘이 바로 여식의 찬칫날입니더."

"알고 있습니다."

"인간의 도리가 아닙니더. 그러나 우짤 도리가 없었심더. 전번에 선상님이 집에 찾아오셨을 때, 우리 어무이가 말씀을 디렸다니까 자세한 얘기는 안 하겠심더만, 정말 목구멍이 포도청이라 하는 수가 없었심더. 몬난 애비를 만난 여식이 그저 불쌍하지요."

"……." 임 선생은 뭐라고 말이 나오지가 않는다.

"그런데 여식이 잔칫날을 앞두고 글씨 어젯밤에 어디로 없어졌지 뭡니꾜. 오늘 종일 발칵 뒤집혔심더. 신랑 될 사람은 당장 찾아오라고 호령이지…… 정말 정신이 하나도 없었심더."

"……."

"그런데 선상님, 우리 여식이 어디 있습니꾜. 어디 있는 것을 읍내로 데리고 갔습니꾜? 지금 읍내 어디 있습니꾜?"

"저…… 어젯밤에 말입니다. 한밤중에 자다가 보니 교실에서 웬 사람 소리가 나지 않겠어요?"

"교실에서요?"

"예, 그래서 가봤더니 글쎄 월례가 혼자 캄캄한 교실에 앉아 울고 있더란 말입니다."

"음—."

"그래서 숙직실로 데리고 와 물어봤더니, 아 글쎄, 자살을 하겠다지 뭡니까."

"예? 자살을 해요?"

"예."

임 선생은 월례가 시집을 가느니 차라리 죽어버리겠다던 말을 이런 식으로 말해버린다.

그래야 일이 될 것 같은 생각이 순간적으로 든 것이다.

"교실에서 목을 매달아 죽으려고 했다는 겁니다."

이렇게 더욱 비약을 시킨다.

"음—." 안 서방은 침통한 표정을 짓는다.

"잘못하다가는 아무래도 월례가 죽고 말 것 같아서 잘 타일렀지요. 그래서 며칠 동안 우리집에 가 숨어 있으라고 오늘 데려다놓고 왔습니다."

"우야꼬. 그랬습니꼬." 안 서방은 의외의 말에 눈이 휘둥그레진다. 고맙기도 하고, 미안하기도 하고, 그러면서도 난처하기도 한 그런 표정이다.

"아무리 목구멍이 포도청이라고는 하지만 딸을 죽게 할 수는 없지 않습니까? 억지로 시집을 보냈다가는 틀림없이 자살을 할 겁니다.

"……."

"그러니 달리 무슨 도리를 생각해봅시다."

"……." 안 서방은 그저 넋이 나간 사람처럼 멀뚱히 앉아 있다.

14

임 선생네 집에서 하룻밤을 자고 난 월례는 어쩐지 기분이 묘했다.

더러 친척집에 가서 자본 일은 있었지만, 이렇게 남의 집에서 자기는 처음인 것이다. 남의 집이아도 친구네 집 같으면 괜찮겠는데, 친구네 집도 아니고, 선생님 댁이 아닌가. 선생님 댁이지만 선생님이 계시는 것도 아니니, 말하자면 생판 모르는 사람의 집에서 잔 셈인 것이다.

어쩐지 쑥스럽고 미안하고 기분이 얄궂었다. 그러나 결코 싫은 것은 아니었다. 묘한 일이었다. 아무도 아는 사람이 없는 낯선 얼굴들인데도 이상스레 싫은 생각은 들지가 않는다. 싫기는 고사하고 오히려 속으로 은근히 좋기까지 한 것이었다.

첫째, 이곳에 있으면 집에서 아무도 모를 터이니 붙들려서 홍 주사 그 늙은이에게 첩으로 시집을 갈 염려가 없는 것이다.

그리고 선생님이 자기를 이렇게 집에까지 데려다가 숨겨주는 것은 제자를 아끼는 마음에서 뿐 아니라, 어쩌면 자기를 좋아한다는 뜻이 아닌가 말이다.

선생님 모친의 얼굴도 어쩐지 인자스럽게 느껴져서 좋았다. 어딘지 모르게 선생님과 닮은 데가 많아서 절로 웃음이 나오려고 했다.

어디로 넘어가는지, 맛이 어떤지도 모르게 아침을 먹고 난 월례는 부엌에 들어가 설거지를 할까 했는데 선생님 모친이 굳이 말려서 그만 두었다.

그 대신 마루에 있는 걸레랑 때 묻은 버선 짝 같은 것을 주워가지고 마당가 우물에 가서 빨기 시작했다. 물이 아직 차가웠으나 조금도 싫지가 않았다.

빨래를 하면서 월례는 속으로 문득 부끄러운 생각을 떠올리고 있었다. 어제가 홍 주사와의 혼례 날이 아니라, 선생님과의 혼례 날이어서 선생님에게 시집을 와 이렇게 빨래를 하고 있는 것이라면 얼마나 좋을까……. 이런 생각을 말이다.

그렇다면 정말 얼마나, 그 얼마나 좋을까. 빨래뿐 아니라 부엌일, 집안 소제, 그리고 밭일, 논일 같은 것도 누구 못지않게 부지런히, 알뜰히 해내지. 해내고말고. 선생님 댁엔 논이 몇 마지기나 될까. 밭은…… 이런 생각을 하다가 그녀는 혼자 살짝 얼굴을 붉힌다.

어쩌면 선생님이 실제로 자기를 각시로 삼으려고 하고 있는지도 모른다는 생각이 든 것이다. 그런 생각이 없다면 왜 일부러 자기를 본가에까지 데려다가 홍 주사에게 시집을 못 가도록 숨겨주기까지 하느냐 말이다. 아무리 사제지간이지만, 아무리 제자를 아끼고 사랑한다고 하지만, 시집을 못 가도록 본가에까지 데려다 숨겨 놓는다는 것은 아무래도 딴 생각이 있기 때문이 아닐까. 홍 주사에게 빼앗기지 않으려고 말이다.

'아— 그렇다면 얼마나 좋을까, 얼마나 좋을까. 부디 그래만 되어 도고. 그래만 되어 도고.' 월례는 속으로 부르짖으며 그만 자기도 모르게 귀밑까지 복사꽃처럼 물들인다. 그리고 수줍은 웃음을 온 얼굴에 활짝 피운다.

마루에 앉아 있던 임 선생 모친은 우물에서 혼자 빨래를 하던 월례가 별안간 얼굴을 붉히며 웃는 것을 보고, 얄궂다 싶어 자기도 미소를 짓는다.

"아가. 와 빨래를 하다가 그렇게 웃노?"

"……."

"뭐가 그렇게 우습어서 얼굴까지 붉히면서……?"

"……." 월례는 말없이 고개를 살짝 떨어뜨린다. 마치 남몰래 머릿속에서 혼자 부끄럽게 생각하고 있던 것이 남에게 드러나 버리기라도 한 것처럼.

임 선생 모친은 재미있다는 듯이 마루에서 내려와 우물 쪽으로 다가온다. 그러자 월례는 더 어쩔 줄을 모른다.

"아가, 그만 해라. 됐다. 버선이 깨끗하게 빨아졌네."

임 선생 모친은 월례가 참 기특하다는 듯이 우물가에 쭈그리고 앉는다. 월례는 공연히 자꾸 다 빨아진 빨래를 주물러댄다.

"빨래 많이 해봤구나."

"……."

"맏이가? 성*('언니'의 방언)이나 오빠가 있나?"

"맏입니더."

"응, 그래서 일을 아주 잘 하는구나."

"……."

월례는 그저 수줍기만 하다.

"몇 살이고?"

"……."

"응? 와 대답을 안 하노."

"열일곱입니더." 들릴 듯 말 듯 말한다.

"열일곱? 열일곱이면 다 컸구나."

"……." 월례는 마치 무슨 중신어미가 와서 선이라도 보는 것처럼 부끄럽고 어색해서 못 견딘다. 그러나 왠지 싫지는 않다. 어쩌면 나중에 시어머니가 될지도 모르는 것이 아닌가.

"너거 선상 어떻노?"

"예? 어떻다니예?"

"핵교에서 생도를 잘 가르치나?"

"예, 우리 선생님 얼매나 실력이 있으시다고예."

"그래?"

"예, 그래서 우리들한테 인기가 최고라예."

"인기가 뭐고?"

"인기예? 좋다는 말이지예."

"응, 그래?" 임 선생 모친은 기분이 좋은 모양이다. 선생질하는 아들이 같은 값에 생도들에게 좋은 소리를 들으면 좋을 수밖에. 빙그레 웃고 나서 좀 묻기가 힘 드는 듯이 입을 연다.

"아가 저…… 너거 선상 말을 들으니, 저……."

"……?"

"니가 뭐 자살을 할려고 했다고?"

"……." 월례는 바짝 긴장이 된다.

"자살을 할만도 하지. 꽃 같은 큰애기가 중늙은이한테…… 더구나……."

"……."

"쯧쯧쯧……." 임 선생 모친은 측은하다는 듯이 혀를 찬다.

월례는 슬그머니 기분이 언짢아진다. 선생님한테 그런 소리를 들었다 치더라도, 그래서 자기 집에 숨겨주고 있다 하더라도 굳이 그런 말을 끄집어 낼 게 뭔가 말이다. 창피하게…… 좀 모르는 체 해주면 어떤가. 역시 노인네란 주착이 없구나 싶다.

마치 선생님 집에 시집이라도 온 듯 기분이 발그레 물들어 있던 월례는 그만 우울해진다. 역시 남의 집이구나 싶은 것이다. 불현 듯 자기 집이 그리워진다. 좋으나 궂으나 자기 어머니, 자기 아버지가 제일인 것이다.

월례의 그런 표정을 보자 임 선생 모친은 위로를 하듯이 말한다.

"아가, 그러나 걱정 말아라. 우리집에 숨어 있으면 알끼 뭐고. 안 그러나?"

"……."

"자살을 할라 카다니 그런 생각 당최 묵지 마라. 죽다니 와 죽노. 죽으만 죽는 사람만 설븐 기라. 그리고 죽는 기 그리 쉽은 줄 아나?"

"……." 월례는 고개를 깊이 떨구고 아무 말이 없다. 할마시 주착이 없다 싶을 따름이다.

"아가, 이름이 뭐라 그랬제?"

"……."

누가 좋다 그러나 이번에는 이름을 묻는다. 월례는 대답을 하지 않는다.

"응? 와 대답이 없노."

"……."

"이런, 어른이 묻는데……."

"월례라예."

"뭐? 월…… 뭐?"

"월례예." 그리고 그만 월례는 빨래 빤 것을 쥐고 자리에서 벌떡 일어난다. 그러나 역시 조심스러워 벌떡 일어나지지가 않고, 살그머니 허리가 펴진다. 버선 같은 것은 빨랫줄에 걸고, 마루 쪽으로 가서 걸레로 마루를 닦기 시작한다. 마루를 닦으면서 월례는 생각한다. 저녁답에 집으로 갈까 어쩔까 하고. 집으로 갔다가 붙잡혀 기어이 시집을 가야 되는 것이나 아닐지……. 이제 잔칫날이 지났으니 괜찮은 것인지……. 언제까지나 이 집에 있을 수도 없는 노릇이고…….

절로 나직이 한숨이 쏟아진다. 임 선생 모친은 마당가에서 모이를 주워 먹고 있는햇병아리들 곁으로 가서 구경을 하고 있다.

15

안 서방은 허리끈을 단단히 죄었다. 지그시 어금니도 물어본다. 주먹을 쥐고 불끈 힘을 주어보기도 한다. 그런데도 홍 주사네 집이 가까워지자 어쩐지 다리에서 쥐라도 일어날 것 같은 느낌이다.

홍 주사에게 통고를 하러 가는 것이다. 혼사 파기를 말이다.

간밤에 임 선생한테서 월례 얘기를 듣고 와서 안 서방은 닭이 두 차례나 울도록 잠을 이루지 못했다. 월례가 교실에서 목을 매달아 죽으려고 했다니, 생각할수록 가슴이 아프고 불쌍한 것이었다. 열일곱이라고는 하지만 아직 어린애와 다름이 없는 것이 오죽이나 시집가기가 싫었으면 목을 매달아 죽으려고까지 했겠는가 싶으니 아비로서 도무지 낯을 들 수가 없었다. 임 선생이 아니었더라면 하마터면 월례를 영영 잃어버리고 말았을 것을 생각하니 눈앞이 아찔하기도 했다. 목을 매달아 혀를 빼 물고 축 늘어진 월례의 시체가 곧장 눈앞에 어른거리는 듯해서 더욱 괴로웠다. 아무리 목구멍이 포도청이라고는 하지만, 그렇게까지 가기 싫은 시집을 억지로 보낼 수는 없는 노릇이었다.

—잘못하다가는 아무래도 월례가 죽고 말 것 같아서 잘 타일렀지요. 그래서 며칠 동안 우리집에 가 숨어 있으라고 오늘 데려다놓고 왔습니다.

—아무리 목구멍이 포도청이라고는 하지만 딸을 죽게 할 수는 없지 않습니까. 억지로 시집을 보냈다가는 틀림없이 자살을 할 겁니다. 그러니 달리 무슨 도리를 생각해봅시다.

임 선생이 하던 말이 귀에 쟁쟁했다. 부모로서 부끄럽기 짝이 없는 노릇이었다. 담임선생이라고는 하지만 말하자면 생판 남인 사람이 오히려 부모보다 더 월례를 걱정하고 위해 주는 것이 아닌가. 남도 그러는데 부모로서 어찌 목구멍만 생각하고 가만히 있을 수가 있는가.

안 서방뿐 아니라, 그 말을 들은 배성녀도 모량댁이도 마찬가지였다. 처음에는 월례가 목을 매려고 했다는 바람에 눈이 휘둥그레져서 어쩔 줄을 몰랐으나, 결국 그렇게까지 싫은데 어떻게 시집을 보내겠느냐고, 설마 산 입에 거미줄 치겠느냐고 한숨을 쉬었다. 그리고 월례의 담임선생이 어쩌면 그렇게 고마우냐고, 그 은혜를 무엇으로 갚았으면 좋을지 모르겠다고 배성녀는 눈물이 글썽했고, 모량댁이는,

"그 선상 참 좋던데…… 아직 총각이라던데…… 관셈보살—."

했다. 그래서 마침내 안 서방은 닭이 두 차례나 우는 소리를 들으며,

"파혼이다! 도리 없다. 까짓 거 설마 산 입에 거무줄 칠까…… 논을 떨라면 떠라지…… 더러운 놈! 개 같은 놈!" 불끈 주먹을 쥐고 부르짖었다. 비록 이불 속에서이긴 했지만.

홍 주사네 대문을 밀고 들어서는 안 서방은 가슴이 두근거린다. 단단히 마음을 도사려 먹었는데 자꾸 배에서 바람이 새나가는 것 같은 느낌인 것이다.

대문 소리가 나자 얼른 사랑방 문이 열린다. 홍 주사가 마치 기다리고 있기라도 했던 것처럼 마도로스파이프를 문 얼굴을 쑥 내민다.

홍 주사의 얼굴이 나타나자 안 서방은 절로 두 손이 앞으로 모아

지고, 굽신 허리가 약간 앞으로 굽어진다. 거의 반사적으로 그렇게 된다.

"어서 들어오소. 기다리고 있는 중인데……." 홍 주사가 빙글 웃는다.

신부를 찾았으면 곧 혼례를 올리겠다는 생각인 것이다. 그래서 아침을 먹고 바지저고리에 모본단 조끼를 입고 앉아 담배를 피우고 있는 것이다. 세루 두루마기는 언제라도 입을 수 있도록 벽에 걸어놓고 말이다.

방으로 들어가는 안 서방은 어쩐지 가랑이에 선득한 바람이 닿는 것 같아 으스스 떨린다. 홍 주사 앞에 앉은 안 서방은 얼른 뭐라고 말이 나오질 않는다. 홍 주사는 안 서방의 표정으로 보아 아직 신부를 못 찾은 모양이로구나 싶으며 슬그머니 안색이 흐려진다.

"어떻게 됐소? 찾았능게?"

"저……." 안 서방은 아직도 잘 입이 떨어지지 않는 모양이다.

"못 찾았능게?"

"……."

"어서 말을 해 보소."

"저 홍 주사 어른, 다름이 아니라 저…… 혼사를……."

"……?"

"물리야겠심더."

"뭐? 물려?"

"예."

"물리다니? 그게 무신 소린가? 이제 와서 혼사를 물리다니? 응?"

"도리가 없심더. 명년 봄으로 물리야지, 우짤 수가 없심더."

"뭐라? 명년 봄으로?" 홍 주사의 얼굴이 파래졌다가 벌게진다. 마도로스파이프를 쥔 손가락이 가늘게 떨린다.

안 서방은 혼사를 깨야겠다는 말이 아무래도 나오지가 않아 그만 "물리야겠심더" 했던 것이다. 가랑에 찬바람이 느껴질 뿐 아니라, 목구멍에도 선들선들한 바람이 이는 것 같아 도저히 깨자는 말은 입에서 나오지가 않은 것이었다. 명년 봄으로 일 년을 연기하고 볼 일인 것이다.

"홍 주사 어른 들어보이소. 저…… 그누무 가시나가 아 글씨, 어젯밤에 목을 매달았지 뭡니꾜."

"뭐? 목을 매달아?" 벌게졌던 홍 주사의 얼굴이 이번에는 새하얘진다. 목을 매달려고 했다는 말을 안 서방은 거침없이 목을 매달았다고 비약을 시킨 것이다. 그래야 일이 될 것 같은 것이다.

"어디서 목을 매달았단 말잉게?"

"저…… 핵교 교실에서……."

"학교 교실에서?"

"예."

"목을 매달았으면 그럼 죽었단 말잉게?"

"죽었으면 우예 명년 봄으로 물립니꾜. 죽진 안 했심더. 임 선상이 안 살맀습니꾜."

"임 선생?"

"예, 월례 담임선생 말이구마."

"음—." 홍 주사는 잠시 미간을 찌푸리고 무슨 생각에 잠긴다.

안 서방은 이제 좀 용기가 나는 듯 줄곧 지껄여댄다. 생각나는 대로 말을 꾸며가면서…….

"아 글씨, 그 가시나가 핵교 졸업하기 전에는 죽어도 시집을 안 가겠다지 뭡니꾜. 억지로 시집을 보내만 목을 매 죽어버리겠다더니…… 정말로 어젯밤에 그누무 가시나가……."

"……."

"목을 매달았지 뭡니꾜. 그누무 가시나 속 썩이는 걸 생각하만 어젯밤에 구만 그대로 뒤져 버렸으면 시원할 낀데……."

"……."

"그누무 가시나가 목을 매 뒤져도 시원찮지……."

"무슨 말을 그렇게……." 홍 주사의 입에서 불쑥 이런 말이 나온다. 자기에게 시집오기가 싫어서 목을 매어 죽으려고는 했지만 그래도 역시 애첩으로 거느리기로 마음먹은 터이라 죽어서는 곤란한 모양이다. 그 말에 안 서방은 속으로 노오란 웃음을 머금으며,

"홍 주사 어른."

하고 간절한 목소리로 두 손을 방바닥에 덥석 짚기까지 하며 말한다.

"정말 면목이 없심더. 딸년 하나도 마음대로 못하다니 정말 부끄럽고 죄송합니다. 그러나 명년 봄 핵교를 졸업하고 나만 어떤 일이 있어도 성사를 시키겠심더. 정말입니더. 지 입으로도 핵교 졸업한 뒤에는 아부지 시키는 대로 하겠다고 열 번이나 스무 번이나 했으니까예."

"……."

"홍 주사 어른, 정말 도리가 없게 됐심더. 넓으신 맘으로 혼사를 명년 봄까지만 물립시더. 맘대로 한다면 그누무 가시나를 당장 잡아다가 작살을 내도 부니 안 풀리겠심더만, 더러분 기 부모자식 아

닙니꾜. 죽일 수도 없는 노릇이고……. 앙 그렇습니꾜? 홍 주사 어른.”

“음—.” 홍 주사는 괴로운 듯 미간을 찌푸리고 눈을 감는다.

안 서방은 숨을 죽이며 홍 주사의 찡그린 상판을 지켜보고 있다. 아슬아슬한 순간인 것이다. 저 놈의 입에서 무슨 소리가 나올는지…… 말하자면 결판이 나는 셈이다. 좋게 결판이 날 것인지, 아니면 정말 일이 걷잡을 수 없게 되어버릴 것인지…… 잠시 후, 홍 주사가 번쩍 눈을 뜬다. 그러자 안 서방은 움찔 놀란다. 홍 주사는 한쪽 개눈을 유난히 번질거리며 안 서방을 쏘아본다.

“그래 지금 신부가 어디 있는가?”

개눈이 섬찍하도록 번질거려서 안 서방은 등골이 으스스해졌다.

“저…… 임 선생…….”

“뭐? 임 선생?” 홍 주사의 안색이 확 달라진다.

안 서방은 아차! 싶다. 임 선생 집에 숨어 있다는 말을 해서는 안 되겠는 것이다.

“저…… 임 선생이 그누무 가시나 목매단 것을 살리 가지고 숙직실에 재웠답니다.”

“숙직실에?”

“예.”

“음—.” 홍 주사의 표정이 약간 착잡해진다. 임 선생이 월례를 데려다가 숙직실에 재우는 광경이 번쩍 떠오른 것이다. 총각 선생이 처녀 제자를 말이다.

“그랬는데 아침에 일어나 보니, 아 글씨 그누무 가시나가 어느새 도 어디로…….”

"알았네, 알았어. 음—." 이제 월례가 어디 있는가 그게 문제가 아닌 모양이다. 속에 누우런 거품 같은 것이 부글부글 끓어오르는 것이다. 말하자면 질투의 감정이다.

홍 주사는 묘한 표정으로 고개를 끄덕인다. 이제 모든 것을 알았다는 듯이.

월례가 한사코 시집을 안 오겠다고 목까지 맨 것은 다름이 아니라 임 선생 때문이라고 홍 주사는 생각하는 것이다. 지금까지 광웅이란 놈을 귀찮은 존재로 여겼는데, 실은 그게 아니라 임 선생이란 놈이 일을 가로막고 있는 셈이 아닌가. 월례가 밤에 혼자 숙직실로 임 선생을 찾아갔다 오던 일이 생각난다. 그렇다면 혹시 사제지간에…….

"흐음—." 홍 주사의 개눈이 이상스레 빛난다. 약간 웃음을 띤 것 같기도 하고, 살기 같은 것이 번쩍이는 것 같기도 하고…….

안 서방은 혼자 음— 흐음— 해쌓는 홍 주사를 멀뚱히 바라보고 있다. 긴장이 된 채…….

"좋아!" 홍 주사는 무슨 결심이라도 한 듯 마도로스파이프로 재떨이를 딱 두들긴다.

안 서방은 깜짝 놀란다.

"혼사를 물리기로 합시더."

"아이고— 홍 주사 어른, 고맙심더. 고맙심더." 안 서방은 그만 고개를 조아려댄다. 명년 봄까지는 목구멍에 거미줄 칠 일은 없게 된 셈이니 그럴 수밖에.

"어험! 그러나 잘 들으소."

"……."

"물리기는 물리되 반드시 명년 봄까지 물리는 건 아니구마."

'그럼?……"

"월례가 시집을 안 오겠다는 기 순전히 학교 때문이니까 혹시 학교를 그만 두게 되면 그때는 당장 혼사를 치러야 하느마."

'학교를 그만 두다니요?"

"사람의 일이란 알 수가 있는게? 물론 그런 일이야 없겠지만, 혹시 말이구마, 혹시 그렇게 되면 그때는 혼사를 치루자는 말이구마."

"예." 안 서방은 어쩐지 뒷맛이 좋지 않은 말이어서 대답이 힘없이 나온다.

"와 대답이 그렇게 시원찮은 게? 안 그러겠다는 말인게?"

"아니올시더."

"좋아. 그럼 됐구마. 혼사는 물리는 기구마."

그러면서 홍 주사는 벌떡 일어나 모본단 조끼 단추를 끄른다.

"아— 나 참, 일부로 모본단 조끼까지 맨들었는데…… 어— 그거 참……."

몹시 서운한 모양이었다.

그러나 한편 새로운 힘이 솟기도 한다. 어떤 새로운 결심이 속에 다져지고 있는 것이다. 장애물을 제거해야겠다는 생각과 혼사시기를 하루라도 빨리 당겨야겠다는 생각인 것이다.

'어디 두고 보자. 음— 이 홍 주사 솜씨가 어떤가…….'

속으로 이렇게 중얼거리면서 벌써 어떤 묘안이 머리에 떠오르기라도 한 듯 코로 비시그레 웃는다.

안 서방은 좌우간 우선은 살았다는 듯이 두 손을 슬슬 문지르면서 일어나 밖으로 나간다.

16

어둠 속으로 살금살금 움직이는 그림자가 있다. 마을로 들어선 그림자는 골목길을 살금살금 걷는다. 월례다. 집 사립 앞에 멈추어 선 월례는 살그머니 사립 안을 엿본다. 사립이 닫혔다. 밤이 꽤 깊었나 보다. 그러나 작은방에는 불빛이 가물거리고 있다. 아직 할머니는 잠이 들지 않은 모양이다. 월례는 망설인다. 들어가도 괜찮을까 겁이 나는 것이다. 들어가면 틀림없이 큰방에서 잠이 든 아버지 어머니가지 깨울 게 아닌가. 그러면 어떻게 되는 것일까. 혹 붙들려서 날이 밝으면 다시 혼례를 올리게 되는 것이나 아닐까

"아—." 월례는 절로 탄식이 나온다. 그러나 이 밤중에 다시 어디로 갈 수도 없는 노릇이다. 생각 같아서는 숙직실로 선생님을 찾아가고 싶으나, 선생님 대할 면목도 없다. 자기 본가에까지 데려다가 얼마 동안 숨어 있으라고 했는데 하룻밤을 자고 이렇게 돌아와 버렸으니 말이다. 하는 수가 없다. 살금살금 들어가서 할머니한테 이야기를 들어보는 수밖에. 그래서 여차하면 또 뺑소니를 치는 도리밖에.

월례는 소리가 나지 않도록 조심스레 사립을 연다. 그러나 소리가 안 날 턱이 없다. 삐그그그— 소리가 나자 월례는 바짝 긴장이 된다. 자기 집 사립을 열고 들어가는 것이 마치 무슨 남의 집으로 침입이라도 하는 것 같은 느낌이다. 참 기구한 노릇이다. 살짝 사립

안으로 들어선 월례는 발자국소리가 안 나게 살금살금 작은방으로 다가간다. 살그머니 토방으로 올라선다. 방문에 가물가물 불빛은 비치고 있으나 방 안에 아무 기척도 나지가 않는다. 방문에 살짝 귀를 갖다 대고 안을 엿듣고 있던 월례는, "관셈보살—" 하는 소리에 움찔 놀란다. 할머니가 아직 안 자고 있는 것이다. 할매야! 하고 방문을 열까 하다가 월례는 똑똑똑 노크를 한다. 느닷없이 방문을 열면 할머니가 놀랄 것 같아서 말이다.

똑똑똑…….

"누고?"

"할매야, 나다." 그러면서 월례는 가만히 문을 연다.

"우야꼬! 월례 앙이가? 아이고 야야, 어서 들어오너라. 어서……."

누워 있던 모량댁이가 벌떡 일어나 앉는다.

할머니의 목소리가 커서 월례는 조심스럽기만 한다. 혹시 큰방의 아버지가 깰까 겁이 나는 것이다.

"들어가도 되나? 할매야?"

"아이고 야야, 그기 무슨 소리고. 어서 들어오너라. 어서…… 관셈보살……."

월례는 방으로 들어가 앉는다. 그러나 아직 겁이 덜 가신 듯 긴장된 표정이다.

"할매, 우예 됐노?"

"잘 됐다. 걱정 말아라." 그러면서 모량댁이는 월례의 손목을 덥석 잡고 아랫목으로 끌어 앉힌다.

"정말이가?"

"정말이다. 혼사를 물렀다."

"물리다니?"

"늦췄다 말이다. 명년 봄으로."

"명년 봄으로?"

"그래."

"내사 명년 봄에도 안 한다."

"아이고 가시나야, 좌우간 우선은 안 살았나? 안 그러나?"

"우선만 살아서 뭐할 끼고. 명년 봄에 학교 졸업만 하면 내사 어디로 멀리 도망가 삐릴 끼다."

"이누무 가시나, 그런 소리 할라고 찾아 들어왔나? 응이? 속 좀 작작 썩이라, 작작 썩여."

"……."

"관세보살— 관세보살—."

그러고 있는데 큰방 문 열리는 소리가 난다. 누가 깬 모양이다. 이쪽으로 건너오는 기척이다. 그러나 모량댁이는 얼른 어조를 낮추어 측은한 듯이 말한다.

"그런데 야야, 니가 목을 맬라 캤다면서?"

"……."

"목을 매다니, 아이고 야야, 겁도 어지간히 없구나. 쯧쯧쯧…… 죽으만 누구만 설븐동 아나? 죽은 사람만 설븐 기라. 아나? 다시는 그런 생각 말아라."

말하자면 할머니로서 손녀를 감싸려는 심산인 것이다. 큰방 문이 열렸으니 필경 꾸지람이 있을 것 같아서.

"월례가?" 방문이 열린다. 배성녀다. 잠이 덜 가신 부스스한 얼굴로 방에 들어온 배성녀는 대뜸,

"아이고 이누무 가시나야—." 소리를 지른다. 그러나 노기에 찬 목소리는 아니다. 물론 화가 섞이기도 했지만, 한탄과 안도의 소리라고 하는 편이 옳겠다.

"어디 갔다가 인자 오노? 응?" 다 알면서 야단이다.

월례는 입을 삐물고 말없이 앉아 있다.

"이누무 가시나, 니 때문에 온 집안이 우예 됐는동 아나. 발칵 뒤집혔다, 발칵 뒤집혔어."

"……."

"뭐? 이누무 가시나, 니 목매 죽을라 캤다매? 응? 와 안 죽었노? 칵 뒤져버리지 와."

그러자 모랑댁이가 눈을 흘긴다.

"무신 소릴 그렇게 하노? 그기 할 소리가?"

"이누무 가시나 꼴도 비기 싫어서 안 그렁게?"

"와 꼴도 뵈기 싫노? 야가 무신 잘못이고? 그래, 니 같으만 그런 중늙은이한테 시집가고 싶겠나? 내 참, 공연히 야단이네. 일이 잘 됐는데 뭣 때문에 자꾸 야단이고."

시어머니와 며느리 사이로 긴장이 옮겨진다.

"이누무 가시나 속 썩이는 걸 생각하만…… 그저 그저……."

시어머니가 역성을 드는 바람에 공연히 더 심통이 동한 배성녀는 곧 주먹으로 월례를 쥐어박을 듯이 덤빈다.

"저런 저런…… 공연히 야단이네. 내 참…… 월례야, 자, 어서 자자."

"자기만 해봐라. 이누무 가시나……."

"뭐가 우째?"

고부간에 곧 열전이라도 벌어질 것 같다.

그때, 버럭 고함소리가 들린다.

"그만 안 두나? 밤중에 와 이렇게 시끄럽게 야단이고!"

물론 안 서방이다. 안 서방이 깨어 방문 밖으로 얼굴을 내밀고 작은방 쪽을 향해 고함을 지른다.

"돌아왔으만 됐지, 뭘 자꾸 시끄럽게…… 잠도 못 자구로…… 월례야, 어서 자거라."

그 말에 그만 월례는 코에서 맑은 콧물이 주르르 흘러내린다.

"흐흐흑……." 울음이 복받치는 것이다. 아버지한테 되게 혼이 날 줄 알았는데, 뜻밖에 아버지는 관대하지 않는가. 그러니 절로 가슴이 메일 수밖에.

"이누무 가시나, 울기는!" 기어이 배성녀는 월례의 옆구리를 한 번 쥐어박아 주고는 자리에서 일어난다.

"아이고, 심통도 심통도…… 고약하다, 고약해……."

모랑댁이는 방을 나가는 며느리의 뒤통수를 향해 곧장 눈을 흘겨댄다.

월례는 설움인지 기쁨인지 알 수 없는 그런 것이 뜨겁게 복받쳐 곧장 흐느껴 운다.

제4장

1

이른 아침이다. 니시지마 교장은 매우 기분이 좋다. 우물에서 세수를 하고 있는데, 마당가에 있는 매화나무에서 꾀꼬리가 운 것이다.

꾀꼴꾀꼴꾀꼴…… 꾀꼬리 우는 소리는 언제 들어도 즐겁다.

어디서 날아오는지, 이따금 꾀꼬리가 날아와 울어주는 날은 니시지마 교장은 어쩐지 무슨 좋은 일이 있을 것만 같아 공연히 유쾌하다. 더구나 오늘은 이렇게 이른 아침에 꾀꼬리가 날아와 울어주지 않았는가.

세수를 마치고 니시지마 교장은 대문을 나섰다. 대문 밖은 바로 운동장이다. 넓은 운동장에 개미 새끼 한 마리 얼씬거리지 않는다. 깨끗하고 후련하다. 어제 오후, 교내 대청소를 해서 유독 티끌 하나 없다.

오늘은 종업식 날인 것이다. 3학기 종업식인 동시에 학년 말 종업식이다. 그리고 내일부터는 봄방학이다. 비록 일주일가량밖에 안 되는 짧은 방학이긴 하지만, 어쨌든 방학이란 즐거운 것이다.

니시지마 교장은 코밑의 까만 나비수염을 곧장 쓰다듬으며 걸음을 옮긴다. 교내를 한 바퀴 돌아 볼 생각인 것이다. 말하자면, 조조(早朝)의 순시다. 운동장가에 줄줄이 늘어선 플라타너스의 앙상한 가지에 연한 연둣빛이 어리고 있다. 눈이 트는 모양이다.

상쾌한 기분으로 그 연둣빛을 우러러보며 플라타너스 밑을 지나 교사 모퉁이로 접어든 니시지마 교장은 "으?" 하고 걸음을 멈춘다. 묘한 것이 눈에 띄었던 것이다. 낙서였다. 낙서라도 보통 낙서가 아니라, 아주 희한한 낙서였다.

교사 벽에 백묵으로 지저분하게 내갈겨진 낙서를 가만히 바라보던 니시지마 교장은 우습기도 하고, 놀라운 사실이기도 하고, 슬그머니 화도 나는 듯 코밑의 까만 나비수염을 꿈틀거린다.

—임 선생과 월례 연애

—임 선생과 월례 신랑 각시

—뭐뭐 했다네. 했다네.

이런 낙서(물론 일본어로)와 함께, 남자의 물건과 여자의 물건이 바야흐로 접근하는 그런 그림을 마치 피카소의 솜씨처럼 커다랗게 그려놓기도 했다. 그리고 그 물건에는 친절하게도 이것은 임 선생 것, 이것은 월례 것, 이런 식으로 설명까지 붙여놓았다.

"훗훗흐……." 니시지마 교장은 그만 웃음을 터뜨린다.

여느 때 같으면 결코 이런 낙서를 보고 웃을 니시지마가 아니다.

대번에 이마에 여덟팔자를 거꾸로 세우고, 코밑의 수염을 바르르 떨었을 것이다. 그런데 오늘 아침은 이런 고약한 낙서를 보고도 그만 웃음이 나온다. 꾀꼬리 소리를 들은 탓인지도 모른다. 혹은 플라타너스에 어리는 고운 연둣빛 밑을 걸은 탓인지도 모른다.

입으로 바람을 불듯이 흣흣흐…… 웃고 나서 니시지마 교장은 고개를 약간 기울인다. 낙서의 내용이 아무래도 수상한 것이다. 아니 땐 굴뚝에 연기가 나랴 싶은 것이다.

"흠—." 그렇다면 이거 참 재미있는 일이라는 듯이 니시지마 교장은 코언저리에 노오란 미소를 짓는다. 그리고 무슨 생각에서인지 성큼성큼 걸음을 크게 해서 그 자리를 떠났다. 숙직실로 가는 것이다.

"하야시꿍!(임 군!)" 임 선생을 서슴없이 임 군이라고 부른다.

임 선생은 아직 자고 있었다. 잠결에 누가 부르는 것 같아 으응— 하고 움직이긴 했으나 잠이 깨이진 않았다.

"하야시꿍, 오끼로! 오끼로!(임 군, 일어나! 일어나!)"

그제야 임 선생은 잠이 깨어 벌떡 일어난다. 교장의 목소리라는 것을 안 것이다. 이렇게 일찍 교장이 웬일인가 싶어 후닥닥 뛰어 일어나 임 선생은 내의 바람으로 얼른 방문을 연다.

"오하요 고자이마수.(잘 주무셨습니까)"

"난다, 오소네보오다나.(뭐야, 늦잠꾸러기로군)"

아직 이른 아침이니 뭐 늦잠을 잔 것도 아니지만, 임 선생은 무슨 실수라도 저지른 것처럼 미안한 표정을 짓는다.

"하야꾸 데데미로.(빨리 나와 봐)"

"하이.(예)" 임 선생은 얼른 옷을 주워 입고 밖으로 나간다. 소사 백일출이는 교장이 와서 임 선생을 불러내는 줄도 모르고 자기 방에서 쿨쿨 자고 있다.

니시지마 교장은 말없이 앞을 서 걷는다. 임 선생은 무슨 영문인지 몰라 곧장 눈에 묻은 눈곱을 떼며 건들건들 뒤를 따른다.

교사 모퉁이가 가까워지자 니시지마 교장은 뒤도 돌아보지 않고 불쑥 묻는다.

"게쓰레이가 다레다?(월례가 누구야?)"

"제가 담임하고 있는 여생돕니다."

"음—."

"……?" 임 선생은 공연히 가슴이 철렁한다. 교장의 입에서 월례 말이 나오다니…… 어떻게 된 영문일까……. 필경 또 월례의 신상에 무슨 일이 생긴 것만 같아 불안하다. 그렇지만 이렇게 이른 아침에 도대체 무슨 일인가…… 혹시 월례가……. 임 선생은 문득 불길한 예감이 들기도 한다.

교사 모퉁이를 돌아서자 니시지마 교장은 걸음을 멈춘다. 그리고 말없이 임 선생을 돌아본다.

"아니 이게……." 임 선생은 낯빛이 홱 변한다. 핏기가 가시는 듯 얼굴이 새하얘졌다가는 벌겋게 상기된다.

"어떤 놈의 자식이…… 이런 낙서를……."

화가 머리끝까지 치미는 듯 부르르 주먹을 쥐고 떤다.

임 선생의 표정을 가만히 보고 있던 니시지마 교장은 재미있다는 듯이 코언저리에 히죽 웃음을 띤다. 그러나 얼른 그 웃음을 뭉개 버리고는,

"어험! 임 군. 어째서 이런 낙서가 등장했을까?" 위엄 있게 묻는

다.

"글쎄요. 어떤 빌어먹을 자식이 이런 낙서를 했는지……. 얼토당토않은 낙서를……."

"터무니없단 말인가?"

"예, 교장 선생님, 생각해 보십시오. 자기가 담임하고 있는 제자하고 연애를 하다니…… 그게 될 말입니까? 있을 수 있는 일입니까?"

"음—."

"나 참, 어떤 때려죽일 놈이 이런 장난을……."

"아니 땐 굴뚝에서 연기가 났단 말이지?"

"교장 선생님, 믿어 주십시오. 절대로 그런 일이 없습니다. 월례가 두어 번 먹을 것을 가지고 숙직실로 찾아온 일이 있었죠. 한 번은 떡을 가지고 오고, 한 번은 고구마를 가지고 오고……."

"흐흠— 그래서 어떤 녀석이 짓궂은 장난을 한 게로군."

"그런 모양입니다. 아 내 참, 재수 더럽군요."

"헛헛허……." 니시지마 교장은 그만 껄껄 웃어버린다.

임 선생은 그제야 살았다 싶다. 그 말에도 교장의 의심이 안 풀리면 월례가 이번에 시집을 가게 되어 일이 어떻게 어떻게 됐다는 사실을 전부 이야기할 생각이었다. 그런데 그 정도로 의심이 풀렸으니 천만 다행이다.

"하야꾸 게시데시마에요.(빨리 지워 버리라구)"

"하이.(예)" 임 선생은 얼른 교실로 들어가 걸레를 가지고 나온다.

니시지마 교장은 재미있고 기분 좋은 아침이라는 듯이 건들건들 운동장으로 걸어 나간다. 건들건들 걸어가는 교장의 뒷모습을 힐

끗 바라보며 임 선생은 속으로,

'저 '오오까미'(늑대)가 오늘 아침은 의외로 후한데…….'

하고 중얼거린다. 그리고 북북 낙서를 지우기 시작한다.

낙서를 지우면서 임 선생은 부글부글 끓어오르는 화를 어쩌지 못한다. 교장의 의심에서 풀려나 안도의 숨이 쉬어지기는 했으나, 도대체 어떤 자식이 이런 악의에 찬 낙서를 했는지 생각할수록 분하다. 자기의 물건과 월례의 물건이 바야흐로 맞닿으려는 피카소류의 그림을 닦으면서는 얼굴이 화끈거려 견딜 수가 없다.

아무래도 아이들의 짓이 아닌 것 같다. 어제 대청소를 하고 생도들을 일제히 하학시켰는데, 언제 이런 낙서를 할 수가 있었겠는가 말이다.

"음―." 번쩍 머리에 와 닿는 것이 있다.

"그렇구나, 그렇구나. 틀림없이……." 백일출이다. 백일출이란 놈의 수작이 틀림없는 것이다.

며칠 전, 제사를 지내러 갔던 백일출이가 아침에 일찍 돌아와서 월례와 한 방에서 자고 있는 광경을 보지 않았는가. 그리고는 어쩐지 사람을 의심하고 비웃는 듯한 얄궂은 눈빛을 하지 않았는가. 틀림없이 그놈의 짓일 것이다. 간밤에 자기가 잠든 뒤 살짝 나와서 이런 악의에 찬 낙서를 해놓은 것이다.

"음― 요노무 자식, 어디 보자." 같이 자취생활을 하는 터에 도대체 이럴 수가 있는가 말이다. 겉 다르고, 속 다른 놈……. 임 선생은 이를 악문다. 낙서를 말끔히 다 지우고 난 임 선생은 걸레를 쥔 채 숙직실로 뛰어간다.

마침 백일출이가 일어나 눈을 비비며 밖으로 나오고 있다. 임 선생은 대뜸 말한다.

“일출아, 어디 손 좀 보자.”

“……?”

“손을 좀 펴 보란 말이다.”

“예? 와요?”

“어서 펴 보라면 펴 봐.”

임 선생의 기색이 약간 험하자 백일출이는 난데없이 무슨 일인가 싶은 듯 두 눈이 휘둥그레지며 슬그머니 두 손을 펴서 앞으로 내민다.

임 선생은 백일출이의 손가락 끝을 살핀다. 백묵가루가 묻었는가 보는 것이다. 그러나 백묵가루는 고사하고 아무것도 묻은 게 없다.

“음—.” 이번에는 그의 옷소매를 본다. 그리고 위아래를 훑어본다. 역시 백묵가루는 발견되지 않는다. 백일출이는 기분 나쁜 표정으로 입을 빼물고 섰다. 임 선생은 증거를 잡지 못했으니, 도리가 없는 듯 속으로,

‘이놈, 한 번만 더 그런 짓을 해 봐라. 손모가지를 꺾어 놓을 테니…….’

하고 중얼거리면서 돌아서서 슬금슬금 변소 쪽으로 간다.

아침부터 재수 옴 올랐다는 듯이 백일출이는 임 선생의 뒤통수를 쏘아본다.

2

봄방학이 시작된 지 이틀이 지나서 경성에서 광웅이가 돌아왔다. 여느 해 같으면 방학이 시작되면 바로 그날 밤차로라도 내려오는 광웅이었는데, 이번에는 어찌 된 셈인지 이틀이나 지나서 귀성(歸省)을 한 것이다. 마을로 들어서는 광웅이는 몹시 긴장된 표정이고, 또 단단히 화가 난 사람 같은 그런 얼굴이다.

"광웅이 오는구나."

"잘 있었나?"

"봄방학이제?"

마을 사람들이 반가이 말을 걸어도 그저 무뚝뚝하게,

"예, 예……." 하고 지나칠 뿐이다.

속으로 뭔가 단단히 화가 나 있는 것 같다. 집에 들어서면서도 대문을 곱게 열질 않는다. 마침 대문이 닫혀 있는데, 콰당! 하고 문짝이 떨어져나갈 지경으로 사납게 열어붙인다.

부엌에서 저녁밥을 짓고 있던 부엌 할멈이 눈이 휘둥그레져 가지고 뛰어나온다. 그리고 황선녀도 방문을 열고 놀란 얼굴로 내다본다.

"아니, 광웅이 앙이가?"

"……."

"인제 오나? 그런데 왜 그렇게 화가 났노?"

"화가 안 나게 됐능교?"

광웅이는 어깨에 멘 배낭식 책가방을 냅다 마루에 내동댕이쳐 버린다. 그리고 털썩 마루에 걸터앉아 각반을 아무렇게나 훌럭훌럭

풀어서 역시 냅다 마루에 던져버린다.

"아니, 광웅아, 와 카노? 응?"

황선녀는 그것 참 고약한 노릇이라는 듯이 약간 표정이 굳어진다. 오래간만에 집에 돌아왔는데, 들어오면서부터 도대체 이게 무슨 짓인가 말이다.

"이모요!"

"와?"

"아부지 장개 들었능교?"

"장개?"

"예."

"핫핫핫하……." 황선녀는 그만 깔깔 웃어버린다.

아버지가 장가를 들었나 해서 그렇게 화가 났구나 싶으니 절로 웃음이 터지고, 또 그 화나는 심정을 충분히 이해하고도 남겠는 것이다. 어머니가 아파 누워있는데 장가를 들다니…… 더구나 다른 사람도 아닌 바로 자기와 좋아하고 있는 처녀한테 말이다.

"들었능교? 우쨌능교?"

"핫핫하…… 광웅아, 걱정 말아라. 연기됐다."

"연기돼예?"

"응."

"언제로예?"

"글씨…… 아마 일 년 연기된 모양이더라. 월례가 학교 졸업을 한 뒤로……."

"……."

"이번에 까딱했더라면 월례 죽을 뻔 안 했나."

"와예?"

"목을 맸다 말이다."

"예? 목을 매예?"

"응, 잔치 전날 밤 월례가 어디로 없어져서 야단이 났었다. 그런데 학교 교실에 가서 목을 맸다 말이다."

"그래서예?"

"마침 저거 담임선생이 알아서 구했다지 뭐고. 글안했더라면*('그렇지 않았더라면'의 영천말) 큰일 날 뻔했지."

"하하—."

"죽으면 죽었지 시집을 안 가겠다는 기라."

"그래야지예."

그제야 광웅이의 표정이 조금 풀린다. 죽으면 죽었지 시집을 안 가겠다는 것은 자기에 대한 사랑이 그만큼 굳고 깊다는 것을 의미하는 게 아닌가. 그러나 광웅이는 곧 또 볼멘소리로,

"아부진 아주 덜 돼먹었어!" 하고 뇌까린다.

"어서 세수나 해라"

황선녀는 이제 그 이야기 그만하자는 듯이 부드러운 목소리로 말한다.

"이모요, 내 말을 들어 봐예."

"무슨?……."

"아, 글씨, 봄방학에는 집에 오지 말라고 차비도 안 보내주지 뭡니꼬."

"그래?……."

"아부지라는 기 그럴 수가 있습니꼬?"

"……."

"해마다 봄방학에도 집에 내려오는데, 와 이번에는 못 오게 합니꼬? 그 심보가 뻔하단 말입니더. 늙은 기 딸 같은 것한테 장개를 들라 카니 아들 보기가 안됐던 모양이지예. 더구나 아들 애인을 뺏을라 카니 말입니다. 나 참, 더럽어서……."

"하— 그랬었구나."

"차비를 안 보내준다고 내가 못 올 줄 압니꼬? 전당포에 잽힐 수 있는 건 다 잽했지예."

"음—." 황선녀는 고개를 끄덕인다. 그제야 광웅이가 집에 들어서면서부터 그처럼 화를 낸 까닭을 알겠는 것이다.

"이모요, 그래도 그런 자식을 아부지라고 생각해야 됩니꼬?"

"아이고 야야, 그기 무슨 소리고? 자식이라니……. 그래도 아부지는 아부지 앙이가."

"나 참 더럽어서……. 그런 자식 아들로 태어나다니……."

"아이고 이것아……. 쯧쯧쯧……."

황선녀는 혀를 찬다. 참, 콩가루 집안이로구나 싶은 것이다. 그제야 광웅이는 좀 화가 풀리는 듯 세수를 하러 어슬렁어슬렁 우물가로 간다.

광웅이 우물가에서 세수를 하고 있는데 홍 주사가 돌아온다. 요즘 홍 주사는 공연히 늘 화가 난 사람처럼 시무룩하고, 두 어깨가 축 늘어졌다. 마치 먹을 것을 못 먹고 놓쳐버린 짐승처럼.

대문을 들어선 그는 주춤 걸음을 멈춘다. 무의식적인 동작이다. 힐끔 광웅이가 아버지를 돌아본다. 시선과 시선이 마주친다. 부자간에 오래간만에 대하는 터인데, 두 사람 다 조금도 반가운 기색이 없다. 반갑기는 고사하고, 오히려 어색하고 싫기만 한 그런 표정이다. 광웅이는 얼른 고개를 돌리고, 북북 일부러 더 요란스럽게 얼굴에 물을 끼얹어댄다.

홍 주사 역시 무슨 징그러운 물건이라도 본 듯 이맛살을 찌푸리며 외면을 해버린다. 슬금슬금 사랑방 쪽으로 걸음을 떼놓던 홍 주사는 아무리 생각해도 가만히 있을 수가 없는 듯 우뚝 걸음을 멈추고 냅다 호통을 친다. 봄방학에는 집에 오지 말고 하숙집에서 열심히 공부나 하라고 일부러 편지를 보냈는데, 아비의 영을 거역하고 어디서 돈이 나서 내려왔는가 말이다. 내려왔으면 인사를 해야지, 아비를 보고도 못 본 체 얼른 고개를 돌려버리다니……. 고얀 놈의 자식이 아닐 수 없다.

"야, 이놈아! 어디서 배워 처먹은 버릇이고!"

냅다 첫마디부터 욕지거리다.

광웅이는 눈을 번쩍 뜨고 아버지를 무섭게 쏘아본다.

"애비를 보고도 인사도 안 하는 놈이 뭣 하러 집엔 찾아 오노? 응?"

"……."

"누가 오라 그랬어? 봄방학에는 오지 말라는 편지 못 받았나?"

"받았어요." 광웅이는 불퉁스럽게 대답한다.

"받았어?" 홍 주사의 한 쪽 개눈 위의 눈꺼풀이 바르르 떨린다.

"받았으면 왜 왔어? 앙?"

"방학인데 와 못 와요?"

"뭐가 우째? 이누묵 새끼가 인제 간뗑이가 부었구나. 지 멋대로 놀아나는 걸 보니……. 이누묵 새끼, 차비는 어디서 났노?"

"차비 안 보내주면 못 올 줄 알어요?"

"뭐라고?"

"전당포가 있단 말입니더. 전당포……."

"뭐, 전당포? 이누무 새끼 벌써부터 전당포 출입을 하는 구나. 잘 한다, 잘해……."

"그거 다 아부지 덕택 아닝교."

"뭐라? 한 번 더 말해 봐라."

"아부지가 시킨 거나 마찬가지란 말이구마. 돈을 안 보내주니까 전당포를 찾아 갈 수밖에요."

"에라 이 때리 직일놈의 새끼!"

홍 주사는 그만 주먹을 부르쥐고 우루루 우물가로 달려간다.

노한 아버지가 주먹을 쥐고 달려오자 광웅이는 자리에서 벌떡 일어난다. 그러나 그는 도망갈 생각을 않고 그 자리에 우뚝 서서 자기도 두 주먹에 불끈 힘을 준다. 그리고 두 눈을 부릅뜨고 아버지를 째려본다. 두들겨 패면 서슴없이 반격을 가할 듯이.

우루루 달려온 홍 주사는 냅다 주먹으로 아들의 면상을 후려친다. 그러나 헛수고다. 재빨리 고개를 돌리며 피하는 바람에 헛주먹질을 한 홍 주사는 앞으로 엎어질 듯이 휘청거린다.

황선녀와 부엌할멈은 눈이 휘둥그레 가지고 어쩔 줄을 모른다. 바깥에서 놀던 송웅이도 어느새 뛰어 들어와 곧 울상을 하고 보고 있다. 자세를 바로잡은 홍 주사가,

"이 직일 놈의 새끼!" 시뻘겋게 열을 올리며 두 번째 주먹을 날렸다. 고얀 놈의 새끼가 맞아 주질 않아 더욱 분한 모양이다. 그러나 이 역시 소용이 없다. 잽싸게 몸을 숙여 주먹을 살짝 가볍게 피해버

리는 것이 아닌가.

"이런 때리직일 놈이 있나!" 제물에 휘청거리며 결국 땅바닥을 두 손으로 짚고 만 홍 주사는 벌떡 몸을 일으키기가 무섭게 냅다 세 번째 공격을 가한다. 눈에 불을 켠 공격이다. 마침내 이번에는 한 대 명중하고 만다.

눈에 불이 번쩍하자 광웅이 역시 부르르 떨린다. 그러나 차마 아버지에게 주먹질을 할 수는 없다.

"와 때리요? 와 때리요?" 마구 악을 쓴다.

"이누묵 새끼가!" 또 주먹이 날아든다.

순간, 광웅이는 살짝 주먹을 피하면서 그 팔을 냅다 잡아채 버린다. 휘청하면서 홍 주사의 몸뚱어리는 보기 좋게 땅바닥에 나가 뒹군다. 학교에서 배운 유도 솜씨를 멋지게 발휘한 셈이다.

"우야꼬! 저런 저런……."

"아이고! 저럴 수가……."

황선녀와 부엌 할멈은 어찌할 바를 몰라 발을 동동 구른다.

"으앙—." 송웅이는 놀라 그만 울음을 터뜨린다.

보기 좋게 땅바닥에 나가 뒹군 홍 주사는 얼른 일어나질 못한다. 늙어가는 몸이라 아마 어디 뼈라도 다친 듯 꿈틀거린다.

광웅이는 그런 아버지의 모습을 증오와 공포에 질린 눈으로 바라보고 있다.

황선녀와 부엌 할멈이 얼른 달려들어 홍 주사를 일으키려 한다. 그러자 홍 주사는,

"아이고 아이고……." 일부러 더 엄살을 떠는 것 같다. 그러다가 그는 악이 받쳐 못 견디겠는 듯 벌떡 일어나더니,

"이 직일 놈! 이 직일 놈!"

입에 거품을 물면서 정신없이 헛간 쪽으로 달려간다. 연장을 가지러 가는 모양이다. 광웅이는 그제야 정신이 번쩍 드는 듯 후닥닥 대문 밖으로 튀어 버린다.

헛간에서 괭이를 들고 나온 홍 주사는 눈에 불을 켜고 마구 광웅이의 뒤를 쫓는다. 한 쪽 개눈이 유난히 살기를 띤 듯 무섭게 번쩍거린다. 괭잇날로 서슴없이 콱! 찍어 없애버리겠다는 듯이. 그러나 날쌘 광웅이를 따를 수 있을 턱이 없다. 광웅이는 벌써 골목을 멀리 내닫고 있다.

"아이고! 참으이소, 참으이소……." 황선녀가 황급히 뒤를 따른다.

"으앙— 으앙— 아부지 아부지—." 송웅이도 울면서 뒤따라 쫓아간다.

3

봄방학은 짧다. 일주일가량밖에 안 된다. 그런데 이틀이나 지나서 돌아 왔으니 앞으로 며칠밖에 남지 않은 것이다. 광웅이는 초조했다.

여름방학이나 겨울방학 같으면 두고두고 기회를 볼 수도 있는 일이지만, 이제 며칠밖에 남지 않았는데 월례가 도무지 만나주질 않는 것이다. 명자를 시켜서 편지를 전하기도 했고, 월례 동생 용길이를 이용하기도 했는데, 아무 소용이 없는 것이다. 아버지가 내려오지 말라고 차비를 보내주지도 않았는데, 전당포에 오만 잡동사니를 다 갖다 맡기고 간신히 차비를 마련해서 이렇게 내려온 것은 전적으로 월례를 만나보기 위해서가 아닌가. 그런데 남의 속도 모르고 만나 주질 않다니 안타깝고, 야속하고, 분하기까지 하다. 가시나 그 동안에 벌써 마음이 변한 것일까. 혹시 결혼식 전에 내려오지 않았다고 비뚤어진 걸까. 남의 사정도 모르고…….

광웅이는 어떻게 했으면 좋을지 심란하기만 했다. 더구나 집에 마음 놓고 앉아 있을 수도 없는 형편이라 더 뒤숭숭했다. 아버지 눈에 띄면 필경 또 난리가 날판이니 말이다. 아버지가 농장에 나가 있는 동안은 안심이지만, 그렇지 않을 때는 고양이 있는 집 안의 쥐처럼 숨어서 도느라고 애를 먹는 것이다. 정말 그것도 할 짓이 아니다. 게다가 또 한 가지 지랄 같은 것은 한쪽 눈두덩이 시퍼렇게 멍이 든 것이다. 그날 아버지한테 정통으로 한 대 얻어맞은 것이 그만 시퍼렇게 멍이 들어버린 것이다. 때려도 좀 사정을 두고 때리거나, 아니면 얼굴 말고 남 안 보이는 데를 때릴 일이지, 하필 남의 간판 한쪽을 시퍼렇게 엉망을 만들어 놓을 게 뭔가 말이다. 정말 원망스럽고 지랄 같은 아버지가 아닐 수 없다. 월례를 만나게 된다 하더라도 이런 멍든 얼굴로 창피해서 어떻게 할 것인지……. 절로 쩝쩝 입맛이 다셔진다. 그래서 광웅이는 틈만 있으면 열심히 거울 앞에 앉아 달갈을 가지고 멍든 자리를 문지른다. 달걀을 아랫목에서 따뜻하게 해 가지고는 멍든 자리에 살살 굴리는 것이다. 그러면 멍이 빨리 삭는다고, 그렇게 하라고 부엌 할멈이 일러준 것이다. 말하자면 그게 광웅이의 봄방학 동안의 중요한 일과인 셈이다.

오늘도 아랫목에 모로 드러누워 거울을 들여다보며 살살 중요한

일과를 수행하고 있는데,

"오빠, 나 나물 캐로 간다." 하고, 명자가 방문을 연다.

"혼자서?"

"아니"

"그럼?"

"월례하고 같이……."

명자는 생글 웃는다. 오빠의 심정을 잘 알고 있다는 듯이.

"월례하고?"

광웅이는 귀가 번쩍한다. 중요한 일과를 중단하고 벌떡 일어나 앉는다.

"둘이만 가나?"

"몰라. 덕심이도 갈라는지……."

"명자야, 덕심이는 부르지 말고, 월례하고 둘이서 생이숲으로 가서 저……."

그러면서 광웅이는 입을 바짝 명자 귀께로 가져간다. 뭐라고 소곤거리는 소리를 들으면서 명자는 생글생글 웃는다. 그리고,

"헤헤헤…… 오빠, 그럼 나 뭐 하나 조야지." 한다. 공짜가 없다는 것이다.

"주고말고……. 뭘 줄까?"

"오빠 손거울 나 조."

"손거울?……."

광웅이는 잠시 망설인다. 손거울은 광웅이의 필수 휴대품인 것이다. 하루에도 몇 번이나 꺼내어 들여다보는지 모른다. 그러나 월례와의 밀회를 성공시키기 위해서는 그게 문제가 아니다. 또 사면 되

는 것이다.

"그래, 준다."

"정말?"

"정말이다"

"약속했다?"

"응."

"아이 좋아라."

"그 대신 꼭 내가 시킨 대로 해야 된대이."

"응." 명자는 생글 웃고는 방문을 닫는다.

광웅이는 가볍게 휘파람으로 〈궁깡 마아치〉(군함 행진곡)를 날리면서 다시 모로 드러눕는다.

삼십 분가량 뒤 광웅이는 집을 나서, 생이숲으로 향했다. 멀리 들녘에 아지랑이가 아른거린다. 화창한 봄날 오후다. 광웅이의 입에서는 절로 또 휘파람이 흘러나온다. 그럴 수밖에 없다. 잠시 후면 월례를 만나게 되는 게 아닌가. 그처럼 기회를 주지 않던 월례를 마침내 만나게 되는 것이다. 그것도 호젓한 생이숲에서 말이다.

광웅이는 휘파람을 날리고 나서 침을 한 덩어리 꿀꺽 삼킨다. 오늘은 어떻게든지 월례를 완전히 자기 것으로 만들어 버려야지, 마음먹는다. 내일 모레면 또 경성으로 떠나야 하는데, 이번에도 완전히 자기 것으로 만들어 버리지 못하고 떠나면 불안해서 야단인 것이다. 그리고 또 요즘 이상스럽게 하체의 한 부분이 근질근질하기도 한 것이다. 봄이라 그런지 모른다. 열여덟의 봄이라 말이다.

숲이 가까워지자 광웅이는 절로 가슴이 두근거린다. 꼬박 두 달 만에 만나 보게 되는 월례다. 그 동안에 월례는 큰 고비를 넘긴 것이다. 목을 매기까지 했다니 놀랄 일이 아닐 수 없다. 그런 겁나는 고비를 넘긴 그녀를 대하면 뭐라고 위로의 말을 해야 될까……. 몹시 원망하고 있을 게 틀림없으니 아무쪼록 부드럽고 진정어린 목소리로 말을 건네야지. 그래서 그녀의 틀어진 마음을 나긋나긋하게 바로잡아야지.

이런 생각을 하며 광웅이는 가만가만 숲속으로 들어선다. 사방을 두리번두리번 살핀다. 그러나 아직 아무도 눈에 띄지 않는다. 살금살금 숲 속 깊이 들어간다. 저만큼 상엿집이 보인다. 그리고 상엿집 한 쪽 곁의 후미진 곳에 희끗희끗한 것이 눈에 띈다. 명자와 월례다. 둘이 정답게 나물을 캐고 있는 모양이다. 광웅이는 히죽 웃으며 가만히 나무 그늘에 몸을 숨긴다.

"후후익— 후르르 후르르—." 그의 입에서 흘러나온 소리다. 물론 휘파람이다. 그러나 휘파람을 어찌나 묘하게 부는지 휘파람 소리 같지가 않고 마치 무슨 산새 우는 소리 같다.

"후르르— 후후익— 후르르 후르르—."

그리고 광웅이는 가만히 그쪽을 살핀다.

둘이 거의 동시에 이쪽을 돌아본다. 멀리서도 월례의 얼굴이 좀 핼쑥해졌다는 것을 알 수 있다. 나무 그늘에 가만히 몸을 숨기고 있는 터이라 알아차리지 못하고 곧 둘이는 다시 나물을 캐기 시작한다.

광웅이는 명자를 지켜보고 있다. 저게 얼른 시킨 대로 하질 않고……. 초조한 생각이 든다. 아니나 다를까, 잠시 후, 명자가 나물 바구니를 들고 자리에서 일어나 나물을 찾아가는 체 하면서 슬금슬금 저쪽으로 옮겨간다. 월례가 뭐라고 묻는 것 같다. 명자가 뭐라고 대답을 한다.

광웅이는 몹시 불안하다. 월례 역시 바구니를 들고 명자 쪽으로 옮겨갈까 싶어서 말이다. 그러나 명자가 뭐라고 말을 했는지 월례는 그냥 그 자리에서 계속 나물을 캔다. 됐다 싶으며 광웅이는 빙글 웃는다. 그리고 명자의 모습이 완전히 안 보이게 된 다음 살금살금 걸음을 떼 놓는다. 월례가 알고 명자 쪽으로 달아나기라도 하면 큰일이기 때문에 무척 조심을 한다.

나무 그늘에서 나무 그늘로 몸을 숨기며 살금살금 다가간다. 광웅이가 그렇게 다가오고 있는 줄을 꿈에도 모르는 월례는 나물을 캐기에 여념이 없다. 월례는 이번에 그런 경을 치르고는 동네 사람들이 부끄러워서 집 안에만 처박혀 있다가 오늘은 모처럼 명자와 둘이 나물을 캐러 나온 것이다.

되도록 나물을 많이 캐 가지고 가서 봄나물을 좋아하시는 아버지 밥상에 국도 끓여서 올리고, 무쳐서도 올려야지 싶은 것이다. 이번에 아버지 속을 썩인 것을 생각하면 딸로서 그저 면목이 없을 따름인 것이다. 불효 여식 때문에 아버지께서 이번에 정말 심려를 많이 하신 것이다.

그런 생각에 젖어 있는데,

"월례 씨!"

난데없이 불쑥 남자의 목소리가 바로 가까이서 들리는 것이 아닌가. 월례는 깜짝 놀라 얼굴을 든다.

"우야꼬!"

광웅이가 아닌가. 월례는 얼굴이 복사꽃처럼 물든다. 광웅이가 어떻게 여기 있는 줄을 알고…….

월례는 자기도 모르게 나물바구니를 들고 얼른 일어선다. 그러나 어디로 도망칠 생각은 않고, 그저 그 자리에서 살짝 돌아서기만 한다.

"오래간만입니다. 월례 씨."

광웅이는 약간 붉어진 얼굴에 활짝 웃음을 띠며 얼른 월례 곁으로 다가간다. 월례는 혹시 명자가 보고 있지나 않을까 싶은 듯 힐끔힐끔 사방을 두리번거린다.

"나물을 많이 캤네요."

"……."

"자, 앉아요. 앉아서 얘기합시다."

"……." 월례는 말없이 슬금슬금 그 자리를 피하려 한다. 그러나 아주 싫은 것은 아닌 것 같다. 아주 싫을 것 같으면 후닥닥 뛰어서 달아날 것인데, 그렇게는 않는 것을 보니 말이다. 어쩌면 오래간만에 대하니 부끄럽고 어색해서 그러는지도 모른다. 광웅이는 재빨리 월례의 손목을 잡아 그 자리에 끌어 앉힌다.

"싫어예." 입으로는 그렇게 말하면서도 월례는 별로 뻗대질 않고 마지 못하는 듯 그 자리에 앉는다. 물론 광웅이도 나란히 앉는다.

월례는 나물바구니를 가슴에 안고 살짝 고개를 돌리고 있다. 광웅이는 잠시 무슨 말부터 꺼내야 좋을지 몰라 망설이다가,

"월례 씨, 정말 미안합니다." 무턱대고 사과부터 한다. 자기로서 뭐 그렇게 미안한 일이 있는 것도 아닌데…….

"이번에 하마터면 큰일 날 뻔했다지요?"

"……."

"편지에도 말했듯이 결혼식 날이 방학 전이라 내려올 수가 있어

야지요."

광웅이는 마치 자기가 내려왔으면 무슨 대단한 수라도 있었을 것처럼 말한다. 별수도 없는 주제에 말이다. 월례는 듣기 싫다는 듯이 더욱 고개를 돌려버린다.

"결혼식 날 나는 하루 종일 아무 일도 못 했어요. 어쩔 줄을 모르겠더라니까요."

"……."

"정말 수고가 많았어요. 목을 매기까지 했다면서요?"

"……." 월례는 그만 벌떡 자리에서 일어나려 한다. 광웅이가 얼른 붙잡아 도로 앉힌다. 그제야 월례는 화가 난 사람처럼 입을 연다.

"놔예! 명자가 온단 말이예."

"안 와요."

"안 온다니예? 똥 누러 갔는데예."

"안 온다니까요. 걱정 말아요."

"……." 월례는 약간 얼떨떨해진다. 사전에 무슨 일이 있었구나 싶어진다. 광웅이의 수작이라는 것을 비로소 안다. 그러나 웬일인지 월례는 별로 기분 나쁘지가 않다. 오히려 슬그머니 마음이 놓이는 듯한 느낌이다. 마치 지금까지는 명자가 올까 봐 불안해서 그랬던 것처럼.

호젓한 숲속에 단둘이 앉아 있으니 결코 싫지가 않은 것이다. 광웅이의 말소리를 직접 들으니 그동안 공연히 야속하고 아무 소용도 없다 싶던 생각이 눈 녹듯 스르르 녹아버리는 것이 아닌가. 그리고 그의 체온이 곧 옮겨질 것만 같아 기분이 야릇한 것이다. 열일곱 처녀의 몸이니 그럴 수밖에. 더구나 계절은 봄이 아닌가.

"월례 씨."

"예?" 그제야 월례는 수줍게 대답을 하며 광웅이를 바라본다.

광웅이는 월례가 자기의 멍든 한쪽 눈두덩을 보는 것 같아 불쑥 내뱉는다.

"우리 아부지 정말 더럽은 자식이라니까요."

"……."

"아 글씨, 봄방학에 내려오지 말라고 차비도 안 보내주지 뭡니까."

월례는 헤죽 웃으며,

"한쪽 눈은 와 그랬어예?" 묻는다. 짐작이 간다는 듯이.

"아 글씨, 봄방학에 내려오지 말라 캤는데 와 내려왔느냐고 다짜고짜 막 안 때립니까."

"……."

"나 참, 더럽어서. 아부지만 아니라면 그저 그저 그놈의 새끼를……."

광웅이는 곧 주먹으로 냅다 쳐 돌릴 듯한 자세를 취한다.

"하하하하……." 월례는 그만 까르르 웃음이 터진다. 월례가 웃자 광웅이도,

"히히힉……." 웃어 버린다.

분위기는 갑자기 활짝 부드러워진다. 쑥스럽던 생각도 말짱 가신다. 그래서 월례는 장난기 어린 말투로 묻는다.

"아부지하고 싸우면 이기겠어예?"

"이기고말고요. 그 중늙은이 하나쯤……."

"싸우는 거 한 번 구경했으면 좋겠어예. 호호호……."

"하하하……." 한바탕 기분 좋게 웃고 나서 광웅이는 월례 곁으로 바싹 다가앉으며 은근한 목소리로 바뀐다.

"월례 씨."

"예?"

"명년 봄에도 결혼을 하면 안 돼요."

"명년 봄에 결혼을 하다니예?"

"일 년 연기했다면서요?"

"일 년 연기해예? 누가 그래예?"

"우리 이모가 기러던데요."

"우야꼬! 그기 정말잉강?"

월례는 그런 사실을 처음 아는 듯 눈이 휘둥그래진다. 혼사가 이제 완전히 깨어진 줄 알았는데, 일 년 연기라니…… 그게 정말이란 말인가?

"늙은 자식들끼리 그렇게 의논을 한 모양인데 까짓거 그기 무슨 상관있어요? 월례 씨 맘만 안 변하면……."

"내사 일 년 후고 이 년 후고 절대로 안 해예. 명년에 학교 졸업만 하면 어디로 가 삐릴 끼라예"

"어디로요?"

"몰라예. 아무 데나 멀리 가 삐릴 기라예. 더럽어서 몬 살겠어예."

"월례 씨, 갈 때 나하고 같이 갑시다. 혼자 가면 안 돼요."

"호호호……."

"정말입니다. 난 월례 씨 없으면 몬 살아요! 몬 살아!"

그러면서 광웅이는 그만 못 견디겠는 듯 월례를 와락 안아버린다. 월례는 깜짝 놀란다.

"우야꼬! 싫어예! 싫어예!"

그러나 광웅이의 품 안에서 빠져나가려고 버둥거리지는 않는다. 화닥화닥 얼굴이 달아오르면서 묘하게 숨결이 할할거려지는 것이다. 지난 겨울방학에 겪었던 일이지만, 두어 달이 지난 터라 그런지 마냥 새삼스럽다.

광웅이 역시 마찬가지다. 벌떡거리는 가슴 안에 월례를 힘껏 끌어안고 벌겋게 뜨거워진 입술로 그녀의 입술을 덮친다.

월례는 소스라치게 놀란다. 이미 지난 겨울방학의 어느 날 밤 볏가리 그늘에서 한 번 당한 일이지만, 역시 그때와 마찬가지다. 어쩌면 그때보다 더 놀랐는지도 모른다. 그때는 밤이었지만, 지금은 대낮이 아닌가. 아무리 숲속이라고는 하지만 대낮에 입을 맞추다니, 그런 부끄럽고 망측스러운 일이 어디 있는가 말이다.

월례는 얼른 얼굴을 돌린다. 그러나 소용이 없다. 얼굴을 돌린다고 해서 가만히 있을 광웅이가 아니다. 오늘은 어떻게든지 월례를 완전히 가져 버리려고 마음먹고 있는 것이다.

암컷에게 달려드는 수컷처럼 광웅이는 사정없이 월례를 덮친다. 월례는 버둥거리면서 그 자리에 비실 쓰러지고 만다. 쓰러진 월례 위로 광웅이는 기분 좋게 무너진다.

"어메— 몰라! 몰라!"

그러나 월례의 비명은 곧 사라지고 만다. 덥석 입술이 짓눌리고, 그리고 혀까지 빼앗겨버리고 만 것이다. 광웅이는 두 눈의 초점을 잃고 정신없이 월례의 혀를 짓이겨댄다.

월례는 비명을 지르지도 못하고 그저 꿈틀거리면서 할할할 가쁜 숨을 몰아쉬고 있다. 손가락이랑 발가락이 바르르 바르르 떨리고 있다.

잠시 후 광웅이는 벌겋게 상기된 얼굴을 그녀의 얼굴에서 뗀다. 이번에는 다음 동작으로 들어가는 것이다. 옷을 벗기는 것이다. 먼저 그녀의 치마를 훌렁 위로 걷어 올린다. 치마 밑에서 그녀의 미끈한 두 다리가 허옇게 드러나고, 그리고 까만 즈로스*(속바지, 팬츠, 드로어즈)가 드러난다. 광웅이는 마치 피를 본 짐승처럼 그 즈로스마저 아래로 벗겨 내리려 한다.

"어메! 어메! 아이고— 아이고—." 냅다 월례는 비명을 지르면서 몸을 오므려 붙인다. 그러나 그런다고 물러설 광웅이가 아니다. 오히려 그럴수록 더 못 견디겠는 듯 광웅이는 정신없이 덤빈다.

"아이고— 나 몰라! 나 몰라!" 월례는 있는 힘을 다해 소리를 지른다. 곧 즈로스가 벗겨져 내려갈 것 같아 한사코 못 내려가게 잡고 버둥거린다. 월례의 내지르는 소리가 어찌나 큰지 광웅이는 당황해서 한 손으로 그만 그녀의 입을 틀어막아버린다.

"아이고— 사람 살려! 사람 살려!" 사람을 살리라는 마지막 비명이 튀어나온다. 그때, 눈이 휘둥그레진 명자가,

"우야꼬! 오빠야! 오빠야!" 하면서 불쑥 나타난다.

자리를 피해 먼저 집으로 돌아간 게 아니라, 돌아가다가 살금살금 도로 돌아와 저쪽 나무 덤불에 숨어서 엿보고 있었던 것이다. 약속은 먼저 집으로 돌아가는 것으로 되어 있었으나, 오빠와 월례가 연애를 어떻게 하는가 바짝 호기심이 동해서 살금살금 되돌아섰던 것이다.

나무 덤불에 숨어서 구경을 하니 여간 우습고, 얄궂고, 재미나는

게 아니었다. 그런데 나중에는 그만 치마를 걷어붙이고, 비명을 지르고, 마구 입을 틀어막고, 버둥거리고 하는 것이 아닌가. 잘못하면 오빠가 월례를 죽일 것만 같아 덜컥 겁이 나서 자기도 모르게 후닥닥 덤불 그늘에서 뛰어나온 것이다.

명자가 나타나자 그만 광웅이는 온 몸의 맥이 탁 풀려 버리며 후닥닥 자리에서 일어난다.

순간, 월례도 재빨리 일어나 즈로스를 얼른 당겨 올리고 치마를 내린다. 그리고 그만 분해서 못 견디겠는 듯,

"어응—." 울음을 터뜨려버린다.

"이누묵 가시나가 집에 가라 캤는데 와 안 가고……."

광웅이는 벌컥 화를 내며 주먹으로 사정없이 명자를 쳐돌릴 듯이*('때려죽일 듯이'의 영천말) 달려든다.

"아이고메—." 이번에는 명자가 비명을 올리며 냅다 뺑소니를 친다.

"이누묵 가시나, 손거울이고 뭐고 없다! 없어, 이누묵 가시나……"

광웅이는 뜻을 이루지 못해 원통해서 못 견디겠는 모양이다.

"흐흑 흐흑……." 흐느끼면서 월례도 나물바구니를 주워 들고 뛰기 시작한다. 광웅이 곁에 있으면 또 무슨 일이 일어날지 겁이 나는 듯……. 월례는 속으로, '인제 다시는 안 만난다. 다시는, 다시는…….' 이렇게 뇐다.

남의 치마를 걷어붙이고, 즈로스를 벗기려 하다니……. 대낮에 신랑각시도 아닌데……. 정말 얄궂고 망측해서 견딜 수가 없는 것이다.

4

신학년도가 되었다. 그러니까 이제 월례는 6학년이 된 것이다. 6학년으로 올라가서도 담임은 여전히 임 선생이었다. 대체로 5학년 때 담임이 그대로 6학년까지 데리고 올라가서 졸업을 시키고, 또 중학교에 갈 생도는 진학을 시키는 게 통례로 되어 있는 것이다.

월례는 혹시 6학년이 되면 담임선생이 바뀌지 않을까 하고 속으로 은근히 걱정이었다. 담임선생이 바뀌면 도무지 학교에 다닐 재미가 없을 것만 같았다. 다행히 바뀌지 않고, 그대로 임 선생님이 계속 가르치게 되어 여간 기쁘지가 않았다. 그래서 월례는 결혼 파동 같은 것은 싹 잊어버리고, 새 기분으로 학교엘 다니게 되었다. 임 선생 역시 월례네 반을 그대로 데리고 올라가게 되어 즐거웠다. 처음으로 맡아보는 6학년이라 가슴이 설레기도 했다.

6학년 담임은 다른 학년 담임과는 달리 그 책임이 무거운 것이다. 중학교에 몇 명이나 진학을 시키는가 하는 문제가 6학년 담임의 어깨에 걸려 있는 것이다. 중학교에 몇 명을 진학시키는가 하는 문제는 비단 6학년 담임만의 책임이 아니라, 교장의 책임이기도 했고, 학교 전체의 명예에 관한 문제이기도 했다. 중학교 진학 성적으로 그 학교의 실력을 측정한다고 해도 과언이 아닌 것이다. 그러니 가슴이 설레고, 어깨가 무거울 수밖에.

임 선생은 5학년 담임 때보다 훨씬 더 열의를 가지고 교단에 서게 되었다. 아침에 일어나는 것도 전보다 빨랐고, 저녁으로도 전보다 늦게 잠자리에 들곤 했다. 교재 연구를 한다, 뭐를 한다, 한 시도 쉬는 틈이 없었다. 자기 자신의 명예뿐 아니라, 학교의 명예를 위해서 중학교에 백 프로 진학시키고야 말겠다고 단단히 각오를 한 것이다.

그런데 새 학기가 시작되어 며칠 안 가서 또 임 선생을 괴롭히는 일이 생겼다. 그것은 낙서였다. 전번 봄방학을 하는 날 교사 벽에 나타났던 그 낙서와 똑같은 낙서가 또 등장한 것이다.

어느 날 아침, 임 선생이 교무실로 들어서자, 주번 완장을 두른 쓰루미 하루에가 대뜸 "하하하……" 하고 웃었다. 그러자 일찍 출근을 한 남선생 한 사람도 따라서 히죽히죽 웃는 것이 아닌가. 임 선생은 무슨 영문인지 알 수가 없었다.

"아침부터 왜 사람을 보고 웃기부터 하죠? 무슨 좋은 일이라도 있습니까?"

그러자 또, "하하하……." "허허허……." 웃어댄다.

"좋은 일요? 좋은 일이 아니라 재미있는 일이라면 재미있는 일이죠." 쓰루미 하루에의 말에,

"무슨 일인데요?" 임 선생은 바짝 궁금해진다.

"어서 밖에 나가 보세요."

"밖에요?"

"이리 날 따라와요." 그러면서 쓰루미 하루에는 싱글벙글 앞장을 선다. 임 선생은 무슨 일인가 하고 그녀의 뒤를 따른다.

역시 교사 벽이다. 한쪽 교사 벽에 아무렇게나 백묵으로 낙서가 내갈겨져 있는 게 아닌가. 주번생 하나가 그것을 지우고 있다. 그리고 일찍 등교한 생도들이 둘러서서 그것 참 재미 좋은 낙서라는

듯이 킬킬킬 켈켈켈…… 웃어대며 구경을 하고 있다.

"아니, 이거 어떤 놈이……." 임 선생은 그만 얼굴이 벌겋게 상기된다.

—임 선생과 월례 연애 중

—임 선생과 월례 신랑각시

—뭐뭐 했다네. 했다네.

지난번과 똑같은 낙서다. 다른 점이 있다면 지난번은 '임 선생과 월례 연애'였는데, 이번에는 '연애 중'이다. '중'자가 하나 더 붙었을 뿐이다.

그리고 임 선생의 부끄러운 물건과 월례의 부끄러운 물건이 바야흐로 접근하는 피카소류의 그림 역시 지난번과 마찬가지다. 그러니까 지난번의 낙서 범인과 동일인의 것이라는 것을 대번에 알 수 있다. 피카소류의 그 거창한 물건의 일부를 지금 주번생이 헤죽헤죽 웃어가면서 지우고 있다. 그러나 쉽게 잘 지워지지가 않는다. 나무에 백묵으로 내갈긴 것이 돼서.

"어떤 때려죽일 놈이 이런 얼토당토않은 낙서를……."

임 선생은 곧 분하고 창피해서 어쩔 줄을 모른다. 이런 어처구니없는 낙서가 쓰루미 하루에 눈에까지 보였으니 망신이 이만저만 아닌 것이다. 사실 여부는 고사하고 말이다.

벌겋게 상기된 임 선생의 얼굴과 낙서를 번갈아 바라보며 쓰루미 하루에는 재미있다는 듯이 벙글벙글 웃는다. 그러나 임 선생이 너무 민망해 할까 봐 곧 웃음을 거두고 말한다.

"혼토니 이다스랏뽀이 야쓰다찌데수네.(정말 짓궂은 장난꾸러기들이군요)"

"어떤 놈의 새끼가 이런 장난을 했는지 내가 잡아내고야 말겠어요."

"조회 때 조사해봅시다."

"잡아내기만 하면 그저 그저……."

임 선생은 주먹을 불끈 쥐고 이를 악문다.

조회가 시작되었다. 먼저 주번 선생인 쓰루미 하루에가 구령대에 올라가 열을 올렸다.

마침 오늘 니시지마 교장이 부재중이어서 임 선생은 천만다행이라고 생각했다. 어제 학무국에 볼일이 있어 갔다가 아직 돌아오지 않은 것이다.

학교 벽에 백묵으로 낙서를 한 사람이 누구냐고, 정직하게 손을 들어보라고, 그러면 용서해 주겠다고, 쓰루미 하루에가 열을 올려 댔으나 아무 소용이 없다. 설사 생도들 중에 범인이 있다 하더라도 '내가 했소' 하고 나설 턱이 있겠는가 말이다. 결국 아무 소득 없이 그저 주의나 주고 쓰루미 하루에가 구령대에서 내려오자, 임 선생이 뛰어올라간다. 임 선생은 대뜸, "이 나쁜 놈들아!" 하고, 호통을 친다. 쓰루미 하루에는 주번 선생이라는 입장이었지만, 임 선생은 바로 그 낙서의 피해자인 것이다. 피해자의 입장이니 대뜸 핏대부터 서는 것도 무리가 아니다.

"어떤 놈이 백묵으로 낙서를 했나, 앙? 낙서를 한 놈은 이리 나와 봐. 어서! 어서 나와 보란 말이다!"

온 운동장이 조용하다.

"못 나오겠나!" 쾅! 구령대를 한 쪽 발로 구른다. 그렇다고 나올 턱이 없다.

"터무니없는 낙서를 해서 선생님을 골탕 먹일려는 놈이 도대체 어떤 놈이고? 어서 이리 나오란 말이다!"

조용하다.

"없나?" 찍 소리도 없다.

"낙서를 한 놈이 없다 말이지?" 아무 반응이 없다.

"응? 있나, 없나?" 그제야 "없심더—." 한다.

"정말?"

"예—."

"거짓말 아니지?"

"예—." 교사가 쩌렁쩌렁 울린다.

"오냐, 너희들 말을 믿는다. 너희들 중에는 그런 나쁜 놈은 없는 것으로 알겠다. 만일 앞으로 너희들 중에서 그런 놈이 나타나기만 하면 그때는 용서 없다. 알겠나?"

"예—."

"좋아!" 임 선생은 구령대를 내려선다. 약간 후련한 느낌이다. 범인을 잡지는 못했지만, 한 바탕 고함을 지르고 나니 좀 속이 시원한 것이다.

만일 생도들 가운데서 누가 그런 짓을 했다면 아마 다시는 더 그러지 않으리라 생각된다. 그러나 어쩐지 임 선생은 생도들의 짓이 아닌 것만 같다. 아무래도 백일출이란 놈에게 의심이 간다. 십중팔구 그놈일 것 같은 생각이 든다. 두고 볼 일이다.

이튿날 아침, 일찍 일어나 세수를 하고 난 임 선생은 혹시 또…… 싶어서 교내를 한 바퀴 돌아보기로 한다. 교사 벽을 살피면서 빙 한 바퀴 돈다. 그러나 낙서는 눈에 띄지 않는다.

그렇다면 생도들의 짓이었나? 어제 조회 때 되게 호통을 쳤기 때문에 범인이 쏙 들어간 것일까? 아니면 백일출이가 혹시 발각이 될까 두려워서 며칠 수작을 멈추는 것일까? 알 수가 없다. 좌우간 낙서가 눈에 안 띄니 안심이 된다.

아침 공기는 상쾌하다. 임 선생은 상쾌한 아침 공기를 마음껏 들이마시며 교무실 현관 쪽으로 걸음을 옮긴다. 현관 앞에 게시판이 세워져 있다. 그런데 그 게시판에 눈이 간 임 선생은 "으!" 깜짝 놀란다.

"이런! 이런! 어떤 때려죽일 놈이……."

그만 새파래진다. 오늘 아침엔 바로 게시판에 또 낙서가 등장한 것이다. 똑같은 솜씨다. 다른 점이 있다면 어제 것보다 훨씬 더 크고 요란스럽게 내갈겨 놓은 점이다.

"아이고— 무슨 이런 일이, 이런 일이……." 임 선생은 버르르 치가 떨린다.

"요오씨! 오늘 밤에는 잡는다. 불침번이다. 요오씨! 어떤 놈인지 잡기만 해 봐라." 주먹도 버르르 떨린다.

5

그날 밤, 이슥토록 임 선생은 잠을 이루지 못했다. 못한 것이 아니라, 안 한 것이다.

오늘 밤에는 기어이 낙서범을 잡고야 말겠다고 마음먹었기 때문에 일부러 잠을 이루지 않고 누워서 자는 체하고 있는 것이다. 불까지 끄고, 자는 체하고 누워서 백일출이가 자고 있는 건넌방에 신경을 기울이고 있다. 혹시 방문 소리가 나지 않을까…… 방문이 열리고, 백일출이가 살그머니 바깥으로 나가지 않을까…… 하고.

임 선생은 아무래도 백일출이가 낙서범이라고 단정을 하고 있다. 아무리 생각해도 달리 그런 낙서를 할 만한 사람이 없는 것이다. 생도들의 소행으로 보기에는 너무나 그 수법이 대담하다고 아니할 수가 없다. 어제 조회 때 그처럼 으름장을 놓았는데, 오늘 아침에 또 낙서가 나타나다니 말이다. 나타나도 오늘 아침에는 전처럼 교사 모퉁이가 아니라, 바로 교무실 현관 옆에 있는 게시판에 나타난 것이 아닌가. 대담무쌍하게. 간덩이가 얼마나 커서 생도가 그런 대담한 장난을 하겠는가. 아무래도 생도의 소행으로는 볼 수가 없는 것이다.

임 선생의 머리맡에는 복겡(목검)이 놓여 있다. 백일출이가 낙서범이라는 것이 확인되면 복겡으로 실컷 좀 두들겨 패 줄 생각이다.

밤이 얼마나 깊었을까?…… 임 선생은 하품이 나온다. 입을 커다랗게 벌려 하품을 한다. 그러나 하품하는 소리가 혹시 건넌방에까지 들릴까 봐 조심을 한다.

잠시 후 터더덩 터더덩…… 천정이 요란스럽게 울린다. 찍찍찍 찍찍찍…… 서공(鼠公)들이다. 천정에서 쥐들이 나부대는 것처럼 신경질 나는 일도 아마 드물 것이다.

임 선생은 그다지 신경질적인 사람은 아니다. 그러나 천정에서 쥐 소리가 나면 도저히 그냥 가만히 참고 있을 수가 없다.

"야옹— 야옹—." 하고 먼저 고양이 흉내부터 내보고, 효과가 없으면 빗자루 같은 것을 들고 일어나 천정을 마구 두들긴다. 때로는 누운 채 읽던 책 같은 것을 냅다 천정을 향해 집어 던지기도 한다. 그러나 오늘 밤엔 그럴 수가 없다. 참는 도리밖에.

하품소리도 혹시 건넌방에 들릴까봐 조심을 하는 판인데, 고양이 소리를 낸다거나 빗자루 같은 것으로 천정을 두들길 수는 없는 것이다. 그러면 애써 자는 체하고 있는 작전이 틀려 버리고 만다. 백일출이가 혹시 눈치를 채고 오늘 밤엔 낙서를 포기할지도 모르는 것이다.

찍찍 찍찍찍…… 터더덩 터더덩……. 한 마리는 쫓고, 한 마리는 쫓기는 모양이다. 운동장이라고 생각하는지 저희들 멋대로 날뛰고 있다. 곧 주먹이 불끈 쥐어지는 것을 참고, 임 선생은 도리 없이 이불을 머리까지 푹 뒤집어 써버린다. 터더덩 터더덩…… 찍찍 찍찍……. 그래도 쥐 소리는 귀에서 사라지질 않는다. 이번에는 이불 속에서 두 귀를 막아 본다. 그제야 좀 괜찮다.

한참 뒤에 임 선생은 얼굴을 이불 속에서 내민다. 조용하다.

"아, 그놈의 쥐들……." 속으로 중얼거린다. 그때, 건넌방 쪽에서 무슨 소리가 난다. 문 열리는 소리다. 틀림없다. 임 선생은 바짝 긴장이 된다. 온몸의 신경이 바늘처럼 일어서는 것 같다.

문 밖으로 백일출이가 나오는 기척이 난다. 그리고 발자국 소리. 자박자박 발자국 소리가 바깥으로 나간다. 임 선생은 가만히 몸을 일으킨다. 그리고 어둠 속에서 손을 뻗어 복겡을 거머쥔다. 슬그머니 일어난 임 선생은 조심조심 방문을 연다. 살짝 바깥을 내다본다. 그믐달이 뜨는 듯 동쪽 하늘이 불그스레 밝아오고 있다. 저편 변소 쪽으로 걸어가고 있는 백일출이의 뒷모습이 어슴푸레 보인다.

임 선생은 재빨리 밖으로 나가 신을 신는다. 그리고 추녀 밑 어둠 속으로 얼른 몸을 숨긴다. 백일출이의 모습이 시꺼먼 변소의 그늘 속에 묻혀 버린다. 변소 안으로 들어갔는지, 변소를 지나 저쪽으로 가고 있는지 알 수가 없다.

오줌을 누러 일어났을 것 같으면 이 밤중에 변소까지 갈 턱이 없다. 그렇다면 틀림없이 변소 저쪽으로 가고 있는 것이다. 변소 저쪽 교사 모퉁이를 돌아 오늘 밤에도 현관 앞 게시판을 찾아가는 모양이다.

'요놈의 새끼, 어디 보자.' 임 선생은 이를 악물면서 복겡을 쥔 손에 불끈 힘을 준다. 그리고 백일출이와 반대 방향으로 걸음을 떼놓는다. 혹시 뒤를 따라가면 발각이 될지도 모르니 반대 방향으로 교사를 돌아갈 생각인 것이다. 되도록 몸을 추녀 밑으로 숨겨서 성큼성큼 가볍게 모퉁이를 돌아선 임 선생은 살금 걸음을 멈추고 교사 모서리에 딱 붙어 서서 저쪽 현관께를 살핀다.

불그스레한 그믐달이 비쳐서 어슴푸레 보이기는 하나, 확실히 알 수가 없다. 움직이는 물체가 느껴지지 않는다. 잠시 후, 임 선생은 숨을 죽이고 다시 걸음을 떼 놓는다.

교사 앞 쪽엔 줄줄이 화단이 마련되어 있다. 화단에는 고노데카시아*(측백나무) 나무가 일정한 간격을 두고 심어져 있다. 어른 키 두 배쯤 되는 고노데카시아다. 안성맞춤이다. 임 선생은 그 고노데카시아에서 고노데카시아로 살금살금 몸을 숨겨가며 현관 쪽으로 다가간다.

현관과의 거리가 칠팔 미터 되는 곳에서 임 선생은 딱 멈추어 선다. 고노데카시아에 딱 붙어 서서 눈을 반짝거리며 현관 근처를 살핀다. 현관 옆에 서 있는 게시판도 이제 잘 보인다. 그러나 백일출이의 모습은 눈에 띄지가 않는다. 아무리 살펴도 그런 그림자는 없다. 그렇다면, 그놈이 벌써 게시판에 낙서를 해 놓고 가버린 것일까. 게시판이 정면으로 보이지가 않아 알 수가 없다. 임 선생은 살금 고노데카시아에서 떨어진다. 살금살금 게시판 앞으로 가 보는 것이다. 게시판엔 아무것도 적힌 게 없다. 해질 무렵 자기가 닦아 놓은 대로 깨끗하다.

임 선생은 해질 무렵에 학교를 한 바퀴 돌아보았던 것이다. 혹시 낙서가 없는가 하고. 낙서가 아무 데도 없다는 것을 확인하고서, 게시판을 일부러 깨끗하게 닦아놓은 것이다. 흑판으로 된 게시판이다.

"그럼, 이놈이……."

임 선생은 중얼거린다. 오늘 밤은 게시판에다가 낙서를 하는 게 아니라, 아마 변소 문짝에라도 커다랗게 내갈겨 놓으려는 것일까. 얼른 변소 쪽으로 가보는 수밖에 없다고 생각하며, 임 선생은 재빨리 걸음을 떼 놓는다.

바로 그때다. 멀리 교문 쪽에 움직이는 그림자가 힐끗 눈에 띈다. 분명히 사람의 그림자다. 사람의 그림자 하나가 막 교문으로 들어서는 게 아닌가.

임 선생은 반사적으로 몸을 게시판 뒤로 숨긴다. 그리고 납작 웅크리며 후닥닥 화단의 고노데카시아 뒤로 가서 숨어 버린다.

교문을 들어선 그림자는 잠시 사방을 살피는지 그 자리에서 머뭇거리는 듯하더니 슬금슬금 이쪽으로 움직여 온다. 임 선생은 올빼미처럼 눈에 불을 켜고 그 그림자를 쏘아본다. 절로 복겡을 쥔 손엔 불끈 힘이 주어진다.

어른이다. 점점 가까워지는데 보니 틀림없이 어른이다. 웬 어른이 이 밤중에 무슨 일로…….

임 선생은 바짝 더 긴장이 된다. 어금니를 우드득 문다. 슬그머니 겁도 나는 것이다. 저만큼 가까워져 오는 그림자를 보니 누군지 확실히는 알 수가 없지만, 어딘지 모르게 낯이 익은 그런 모습이 아닌가. 불그스레하고 희미한 그믐달을 등지고 있어서 얼굴을 잘 알아볼 수가 없는 것이다. 마침내 그림자는 바로 눈앞으로 다가왔다.

"아니!" 하마터면 임 선생은 깜짝 놀라 소리를 지를 뻔했다. 다름 아닌 그 그림자는 홍 주사가 아닌가. 틀림없는 홍 주사다. 임 선생은 숨이 얼어붙는 듯한 느낌이다. 그러면 홍 주사가 낙서범이란 말인가……. 어이가 없어 그저 속이 덜덜덜 떨리기만 한다. 아니나 다를까, 홍 주사는 게시판 앞으로 와서 걸음을 멈추는 것이 아닌가. 걸음을 멈추고는 또 사방을 살피더니, 호주머니에서 무엇을 꺼낸다. 백묵인 모양이다. 그리고 게시판을 향해 한 손을 내뻗는다. 낙서를 시작하는 게 틀림없다. 게시판에서 비스듬한 위치기 때문에 확실히 보이지는 않는다. 덜덜덜 떨리기만 하던 임 선생은 속에서 무엇이 불끈 치솟는 것을 느낀다. 온 얼굴이 화끈 뜨거워지며 두 눈에 번쩍 불이 붙는다. 복겡을 쥔 손이 경련을 일으킨 듯 버르르 떨린다. 다음 순간, 임 선생은,

"어떤 놈이고!" 냅다 고함을 지르며 쏜살같이 튀어 나간다. 그리고,

"야, 이놈아!" 그만 복겡으로 사정없이 내리친다.

깜짝 놀라 백묵을 쥔 손을 번쩍 든 채 눈이 휘둥그레 가지고 돌

아보던 홍 주사는, "으악!"비명소리와 함께 팍 꼬꾸라져 버린다. 복겡이 백묵을 쥔 쪽 팔뚝에 사정없이 내리 떨어진 것이다.

"아이고! 아이고—." 팔뚝을 싸안으며 곧 죽는 시늉을 한다. 임 선생은 그 순간에도 힐끗 게시판을 본다. 틀림없다. 틀림없는 그 낙서가 내갈겨지다가 만 것이다. 임 선생은 더욱 눈에 불이 난다.

"이누묵 새끼! 맛 좀 봐라! 에잇!"

냅다 또 내리친다. 이번에는 한쪽 어깻죽지다.

"으악— 아이고 나요 나. 나 홍 주사요, 홍 주사……."

홍 주사가 다 뭐 말라비틀어진 것이냐는 듯이 또 내리친다. 이번에는 엉덩이다.

"으악—." 또 친다. 이번에는 한 쪽 다리다.

급소를 피해서 여기 저기 병신 안 될 만큼 두들겨주는 것이다. 사범학교에서 배운 검도 실력을 한 번 실제로 써먹는 셈이다. 뭐 별로 대단한 실력이 있는 것은 아니지만.

"아이고! 아이고! 사람 살려— 사람 살려— 임 선생, 임 선생……." 홍 주사는 임 선생이라는 걸 알고 싹싹 두 손을 비벼대며 땅바닥에 데굴데굴 뒹군다.

"이누무 새끼!" 임 선생은 또 복겡을 번쩍 쳐든다.

"아이고 아이고, 나 죽네—." 이번에는 내리치지도 않았는데 돼지 목 따는 것 같은 소리를 내지른다. 고요한 심야의 운동장에 온통 비명소리가 울려 퍼진다. 비명소리를 듣고 무슨 일인가 놀라 헐레벌레 바지를 여미며 교사 모퉁이를 돌아 뛰어오는 것은 백일출이다. 변소에서 볼일을 보다가 뛰어나오는 것이다. 자다가 설사기가 있었던 것이다.

"도둑놈잉교? 도둑놈 잡았능교? 백일출이는 눈이 휘둥그레 가지고 묻는다. 백일출이를 보자 임 선생은 몹시 미안한 생각이 든다. 그를 낙서범이라고 단정하고, 조금 전까지 그를 지키고 있다가 뒤따라 잡으려고 나왔으니 그럴 수밖에. 임 선생은 그제야 쳐들었던 복겡을 내린다.

"나 참, 기가 막혀서……."

"와예?"

"아 글씨, 이놈의 영감이 도둑질을 하로 온 모양인데……."

그러자 땅바닥에 나가 뒹굴어 있는 홍 주사가,

"앙이구마, 앙이구마." 신음소리 비슷하게 말한다.

"아니긴 뭐가 아니고! 이누무 영감!" 임 선생은 또 고함을 지르며 두 눈을 부릅뜬다.

그가 도둑질을 하러 온 게 아니라, 낙서가 목적이라는 것을 임 선생은 잘 안다. 월례와의 혼사가 실패로 돌아간 것을 자기 탓으로 알고, 보복을 하려고 손수 그런 비열한 낙서를 했구나 하는 생각이 든 것이다. 조금 전까지만 해도 홍 주사가 범인일 줄은 꿈에도 생각 못했지만. 그러나 그 놈을 도둑질을 하러 온 놈으로 몰아붙이는 편이 더 나은 것이다. 도둑놈 겸 낙서범으로 말이다.

"그런데 이놈의 영감이 도둑질을 하로 와서 아 글씨, 게시판에다가 이렇게 낙서를……."

"예?" 백일출이의 눈이 또 한 번 휘둥그레진다. 그도 낙서 소동을 알고 있는 것이다. 알고 있을 뿐 아니라, 매우 입장이 난처한 것이다. 눈치를 보니 아마 임 선생이 자기를 의심하고 있는 것 같지가 않은가. 어떤 고얀 녀석이 그런 낙서를 해서 남까지 입장 곤란하게 하는지, 은근히 속으로 낙서한 놈을 원망도 하고 있는 것이다. 틀림없이 상급학년 남생도의 짓이라 생각하고 있다. 그런데 뜻밖에도 생도가 아니라, 엉뚱하게 웬 어른이 그런 낙서를 하다니……. 어처구니가 없다.

"이 놈의 영감을 그저 그저……." 임 선생은 앞니를 물며 또 복겡을 쳐든다. 그러나 정말로 때리려고 그러는 것은 아니다.

"누궁교? 이 영감."

"동척농장 서긴가 뭔가 하는 놈 아니가."

"예? 동척농장 서기요?"

백일출이는 이번에는 입이 딱 벌어진다. 그러자 홍 주사는 "으음—" 꿈틀거리며 신음소리를 토한다. 곧 죽어도 동척농장 서기라는 듯이. 그때,

"난다? 도로보까이?(뭐야? 도둑놈이야?)" 하면서 관사에서 니시지마 교장이 나타난다. 자다가 시끌짝한 소리에 깬 모양이다. 잠옷 바람에 그도 손에 작대기 같은 것을 들고 있다. 아마 그 역시 복겡을 든 모양이다.

"예, 교장 선생님, 도둑놈을 잡았습니다."

"하, 소오까(아, 그래)" 니시지마 교장은 아직 잠이 덜 가신 듯 찌뿌드드한 얼굴로 다가온다. 희미한 달빛에도 코밑의 새까만 나비수염이 또렷하다. 가까이 다가와 서는데 보니 교장이 손에 든 것은 복겡이 아니라, 진짜 일본도(日本刀)가 아닌가. 큼직한 일본도의 칼집에 달빛이 반사되어 번들거린다. 작년 12월 8일, 대동아전쟁이 일어난 그날, 아이들 앞에 들고 나왔던 그 일본도다. 임 선생은 약간 놀라지 않을 수 없다. 진짜 일본도를 가지고 나와서 어쩌자는

것인지……. 정말 그것으로 사람을 베기라도 할 작정인지…….

"코노야로까?(이 새끼야?)"

"예."

"나니오 누순다까?(뭘 훔쳤지?)" 그러자 홍 주사는 꿈틀꿈틀 몸을 일으키며,

"교장 선생님 접니다, 저…… 아무것도 훔치지 않았십더." 하고, 애원을 한다.

"키사마 다레까이?(너 이름 누구야?)"

"저 모르시겠습니꼬? 교장 선생님, 저 동척농장 서기 도요야맙니더."

"나니?(뭐?)" 니시지마는 깜짝 놀란다. 동척농장 서기가 학교에 도둑질을 하러 오다니…….

"교장 선생님, 저는 교장 선생님을 잘 압니더. 우리 농장에 몇 번 놀로 오싰잖습니꼬, 도요야마 서깁니더."

홍 주사는 엉거주춤 일어나 두 손을 앞에 모으고 곧 죽는 시늉을 한다.

"오, 도요야마 쇼끼, 와까루사, 와까루사.(오, 도요야마 서기, 알지, 알아.)"

니시지마는 희미한 달빛에서도 그의 얼굴을 알아보겠는 듯 고개를 끄덕인다. 그러나 니시지마는 곧 위엄 있게, "어험!" 하고는, 코 밑의 까만 나비수염을 꿈틀거리며 냅다 호통을 친다.

"다노니 난다? 도오따구노오조오노 쇼끼가 각꼬니 모노오 누수비니 구루또와…….(그런데 뭐야? 동척농장의 서기가 학교에 물건을 훔치러 오다니…….)"

"물건을 훔치러 온 게 아닙니더."

"소레자?(그럼?)"

"……." 홍 주사는 차마 낙서를 하러 왔다는 말이 입 밖에 나오지 않아 고개를 떨군다.

"소레쟈 고노 요노까니 나니시니 기단다?(그럼, 이 밤중에 뭘 하러 온 거야?)"

"……."

"앙?" 니시지마는 한 쪽 발을 쾅! 구른다.

"저……."

"하야꾸 잇떼미로!(빨리 말해 봐!)"

"……." 홍 주사는 역시 입이 안 떨어지는 모양이다. 니시지마의 까만 나비수염이 바르르 떨린다.

"코노야로!" 그는 냅다 일본도를 쑥 잡아 뽑는다. 성미가 이만저만 마른 것이 아니다. 일본도의 퍼런 칼날이 달빛에 섬찍하게 번쩍인다. 그것을 번쩍 쳐들며,

"기루소?(친다?)" 꽥 고함을 지른다. 정말 내리칠 것 같은 서슬이다.

"아이고, 교장 선생님, 살리 주이소! 살리 주이소!"

얼른 뒷걸음질을 치며 정신없이 두 손을 비벼댄다. 임 선생도 눈이 휘둥그레진다. 백일출이도 마찬가지다.

"나니시니 기단다. 하야꾸 잇떼미로!(뭣 하러 온 거야. 빨리 말해 봐!)"

"저…… 낙서를 하러 왔심더"

"나니? 라꾸가끼?(뭐? 낙서?)"

"예, 교장 선생님, 한 번만 용서해 주이소. 한 번만……."

마치 못된 짓을 하다가 선생한테 들킨 생도처럼 홍 주사는 그저 굽신굽신 어쩔 줄을 모른다. 니시지마는 그제야 곁에 있는 게시판을 힐끗 돌아본다. 희미한 달빛이지만, '임 선생과 월례 연애' 그리고 '임 선생과 월례 신랑 각……' 에서 끝나 있는 낙서가 눈에 띈다. 니시지마는 그만, "헛헛헛허……." 웃음을 터뜨린다. 어처구니가 없는 모양이다.

"으엇헛헛허……." 쳐들었던 일본도를 내려 칼집에 꽂는다.

"난다 키사마, 좃또 아다마가 도오낫단자 나이까?(뭐야 너, 좀 머리가 어떻게 된 게 아니야?)"

"……."

"라꾸가끼오 시니 요나까니 각꼬니 구루또와 엇헛헛허…….(낙서를 하러 밤중에 학교로 오다니…….)"

니시지마는 생각할수록 재미있는 일이라는 듯이 곧장 웃는다.

"키사마 난사이까?(너 몇 살이야?)"

"……."

"앙?"

"마흔아홉 살입니더."

"욘쥬 큐? 엇헛헛허……."

마흔 아홉이나 잡순 어른이 밤중에 학교로 낙서를 하러 오다니……. 낙서도 다른 낙서가 아니라, 결혼을 했다느니, 신랑각시라느니, 그런 아이들 같은 낙서를 말이다. 니시지마는 재미있지 않느냐는 듯이 임 선생을 힐끗 바라본다. 그러자 임 선생은,

"죽여 버릴까 하다가 참았습니다." 하고, 이를 악문다.

"음—." 그제야 니시지마는 얼굴에서 웃음이 걷힌다.

낙서가 임 선생을 궁지에 몰아넣으려는 그런 낙서라는 생각이 든 것이다. 그렇다면 보통 일이 아니다. 무슨 원한 관계가 있는 게 틀림없는 것.

"키사마!(야. 이놈아!)"

"예?"

"나제 곤나 라꾸가끼오 시단다?(왜 이런 낙서를 한 거야?)"

"……."

"앙?"

"교장 선생님, 다시는 안 그러겠심더. 한 번만 용서해 주이소. 한 번만……."

니시지마는 임 선생의 표정을 본다. 임 선생은 이를 악물고 홍 주사를 가만히 쏘아보고 있다.

"교장 선생님, 한 번만 용서해 주이소."

그리고 홍 주사는 이번에는 임 선생을 향해,

"임 선생, 잘못했네. 다시는 안 그럴 테니 용서해 주게."

이렇게 말한다. 비굴하기 짝이 없는 표정으로 자기는 자기대로 그런 낙서를 하게 된 까닭이 있지만, 그런 것을 꺼냈다가는 오히려 또 망신만 당할 것 같아, 그저 덮어놓고 잘못했다고 비는 것이 상책이라고 생각한 모양이다.

"임 선생, 한 번만 용서해 주게."

"다시는 안 그러지요?"

"암, 다시는 안 그러지. 다시는……."

그러자 니시지마는 또,

"헛헛헛허……." 재미있다는 듯이 웃는다.

"나 참 기가 막혀서……." 임 선생도 비식 웃는다.

이제 살았다는 듯이 홍 주사는 니시지마 교장에게 꾸뻑꾸뻑 두 번이나 깊이 고개를 숙인다. 그리고 얼른 도망치듯 절름절름 걸음을 떼 놓는다.

"오모시로이, 오모시로이.(재미있다, 재미있어.)"

니시지마는 코로 히죽히죽 웃으면서 절름절름 걸어가는 홍 주사의 뒷모습을 바라보다가,

"아으—." 커다랗게 하품을 한다.

제5장

1

일본군의 전세는 가히 파죽지세였다. 동남아 일대를 마구 석권하는 판이었다. 필리핀 제도를 삼키고, 싱가포르를 점령하고, 말레이시아로, 버마로, 인도차이나로 물밀듯이 쳐들어가고 있었고 자바, 수마트라, 보르네오 등 여러 섬나라들을 짓밟고 있었다.

어제는 어디를 점령했다, 어제는 어디로 상륙을 했다, 아메리카군 몇 천 명을 포로로 했다, '이기리스'군(영국군) 몇 천 명을 섬멸했다, 비행기를 몇 십 대, 당꾸(탱크)를 몇 십 대 파괴했다, 노획했다, 군함을 몇 척 격침했다, 대파했다 하고 거의 매일 대본영(일본군의 총사령부) 발표가 터져 나왔다. 그들이 말하는 소위 대동아공영권이라는 것이 곧 목전에 실현될 것만 같은 그런 판세였다.

그런 들뜬 전황은 시골 구석구석까지 알려졌다. 신문이나 혹은 전기가 있는 곳은 라디오를 통해서 재깍재깍 알려졌고, 면사무소, 주재소, 학교 등의 게시판을 통해서 알려지기도 했다. 그러나 마을마다 애국반이라는 것이 조직되어 있어서 주로 그 애국반의 회의를 통해서 알려지는 것이었다. 애국반이란 전쟁을 수행하기 위한 국민 총동원 조직의 말단 단위였다. 그 애국반 회의를 통해서 온갖 징발과 동원이 자행되는 것이었다. 말하자면 전쟁 수행을 위한 국민 수탈의 창구인 셈이었다.

황전면이라고 다를 게 없었다. 마을마다 사흘이 멀다 하고 밤으로 회의가 개최되고, 면사무소, 주재소, 학교 등의 게시판에는 곧잘 새로운 소식이 나붙었다. 학교 게시판에 새로운 소식이 발표되거나, 새 포스터 같은 것이 나붙으면 생도들은 멋도 모르고 그저 좋아서 히히거렸다.

영국군의 요새인 싱가포르를 함락시켰을 때는 니시지마 교장이 감격에 겨웠던지 전교생의 기행렬을 실시했다. 1학년부터 6학년까지 전교생이 히노마루노하다(일본기)를 만들어 들고 축하 행진을 하는 것이었다. 행진이라야 고작 학교 교문을 나서서 면사무소 앞을 지나, 동척농장 앞으로 해서 주재소 앞을 통과하여 아래거리까지 가서는, 마을 뒤쪽으로 논둑길을 돌아오는 일주였다. 그러나 니시지마 교장뿐 아니라, 생도들도 즐겁기만 했다. 손에 손에 기를 들고 노래에 맞추어 흔들어대는 재미도 재미지만 열을 지어서 마을을 빙 도는 것이 어쩐지 재미가 좋은 것이었다. 원족*(소풍) 때와는 또 다른 묘한 재미였다. 그렇게 마을을 한 바퀴만 도는 게 아니라, 세 바퀴나 도는 것이었다. 두 바퀴까지는 모두 히히히 헤헤헤…… 하고 웃으며 즐거워했으나, 세 바퀴째가 되자 상급 학년 생도들은

약간 지루하고 싱겁기도 한 듯,

"또 도네."

"뭐 이래."

"자꾸 돌면 자꾸 이기능강."

"까짓 거 하루 종일 돌지 뭐." 하고, 투덜거리기도 했다. 특히 6학년 여생도들이 못마땅한 모양이었다.

"참, 지랄이제?"

"글씨 말이다. 두 번 돌았으면 됐지, 뭐 할라고 자꾸 도노."

"자꾸 돌면 뭐 묵을 끼라도 나오는 모양이제."

"맞다."

6학년 여생도 중에서도 큰 축인 월례는 두 번째부터 벌써 쑥스럽고 싫었다. 딴 마을을 돈다면 또 모르지만, 뻔한 자기네 동네를 세 바퀴나 빙빙 도니 쑥스럽고 멋대가리가 없을 수밖에.

그리고 월례는 동척농장 앞을 지나기가 싫은 것이었다. 동척농장의 건물만 눈에 띄어도 기분 나쁜 판인데, 그 앞을 뭣이 좋아서 깃대를 흔들며 세 번이나 지나야 하는가 말이다. 그래서 그녀는 동척농장 앞을 지날 때면 이맛살을 찌푸리고 얼굴을 반대쪽으로 돌리곤 했다.

전쟁이 승세로 치닫는 바람에 기행렬 같은 들뜬 행사가 벌어지기도 했지만, 그런 들뜬 기분은 잠시뿐이고 연거푸 괴로운 일이 밀어닥치는 것이었다.

생도들도 이제 학교에서 공부만 하는 것이 아니라, 근로봉사라는 것을 하게 되었다. 총후(銃後)*(후방)의 국민으로서, 학도로서, 황군(皇軍)의 혁혁한 전과에 보답하기 위해, 성전의 완수를 뒷받침하기 위해 증산에 이바지해야 된다면서, 보리 베기, 모심기, 벼 베기 등 철 따라 농사일에 동원되는 것이었다. 그것도 하루 이틀 하는 것이 아니라, 일주일이나 열흘씩 학교 공부는 전폐하고 하는 것이었다.

그것뿐이라면 또 괜찮았다. 농사일이 없을 때는 솔갱이*('솔가지'의 방언) 따기, 풀베기, 피마자 가꾸기 등 걸핏하면 근로봉사였다. 심지어 학교 운동장까지 파 일구어서 밭을 만들어 식량 증산이라면서 고구마니 감자니 콩 같은 것을 심는 것이었다.

하급생들은 별로 그렇지도 않지만, 상급생들은 어쩌면 공부하는 날보다 일하는 날이 더 많은 형편이었다.

그런 지겨운 나날이 흘러서 어느덧 가을이 되었다.

2

그날도 오전 수업을 하고 오후에는 근로봉사였다. 6학년생들은 학교 운동장을 절반가량이나 일구어서 심은 고구마를 캤다.

딴딴한 운동장을 일구어서 만든 밭이라 수확이 좋을 턱이 없었다. 어찌 된 셈인지 잎사귀들은 시퍼렇게 그런대로 무성한데, 도무지 흙 밑은 말이 아니었다. 고구마라는 것이 거개가 어른 손가락 굵기 만밖에 안 했다. 어쩌다가 한 개씩 좀 굵은 것이 나올 것 같으면 생도들은,

"야— 굵다!"

"야— 묵으면 맛있겠다!"

"하하하……."

"히히히……." 좋아서 떠들어댔다.

굵다 해야 겨우 어린애 주먹 만밖에 안한 것을 가지고서……. 월례는 도무지 시시하기만 했다. 어린애 주먹의 정도 것은 자기 집 밭에서는 쓸모없는 축에 드는 것이다. 자기 집 밭에서 야, 굵다! 싶으려면 어지간한 메주덩이만은 해야 하는 것이다. 그처럼 수확이 좋은 고구마 밭에서 해마다 고구마를 캐온 터이라, 월례는 이것 뭐 시시하고 우스울 수밖에 없다.

"야, 이건 큰데!" 이번에는 임 선생이 좀 굵은 놈을 한 개 캐 가지고는 좋아한다. 마침 월례와 시선이 마주치자,

"월례야, 이거 크지?" 웃으며 그것을 자랑스럽게 쳐들어 보인다. 겨우 어린애 주먹보다 조금 클까 말까 한 것을 가지고서……. 월례는 킥 웃는다. 그러나,

"예, 참 크네예." 하고 대답한다. 그런 정도의 것을 가지고 굵다고 기뻐하는 선생님이, 그리고 그것을 자기에게 자랑스럽게 쳐들어 보이는 선생님이 월례는 몹시 좋기만 한 것이다.

근로봉사가 끝나고 청소시간이었다. 6학년 여생도들의 청소 담당구역은 교무실이었다. 교무실에서 한참 마룻바닥을 닦고 있던 월례는 귀가 번쩍했다. 걸레를 쥐고 있는 손이 절로 멈칫해진다.

"임 선생 결혼식에 기념품을 뭘로 했으면 좋을까요?"

교두인 가네모도 선생의 말이다.

"사아…… 나니가 이이데쇼까…….(글쎄요…… 뭣이 좋을까요…….)" 쓰루미 하루에 선생이 대답한다.

"체경*(몸 전체를 비추어 볼 수 있는 큰 거울)이 좋을까요, 밥상 같은

것이 좋을까요?"

"체경도 좋고, 밥상도 좋지요."

"솥이나 냄비 같은 것은 어떨까……."

"그런 것도 좋고요."

"쓰루미 선생은 뭐든지 다 좋구먼. 허허허…… 그러지 말고 한 가지만 골라 봐요. 쓰루미 선생이 결혼을 한다면 뭘 해줬으면 젤 좋겠어요?"

"호호호……. 내가 결혼을 한다면…… 글쎄요.…… 호호호……."

월례만 귀가 번쩍해진 것이 아니라, 그 대화를 들은 여생도들은 모두 깜짝 놀랐다. 선생님이 결혼을 하시다니……. 정말 뜻밖의 소식이라는 듯이 눈에 반짝 웃음들을 띤다. 명자도 그 대화를 듣고 쪼르르 월례 곁으로 다가간다. 그리고 월례 옆구리를 쿡 찌르며 나직한 목소리로,

"우야꼬, 우야꼬, 선생님 결혼하신다제?"하고, 히힉 웃는다. 월례도 따라 웃는다. 그러나 월례의 웃음은 명자의 웃음 같은 그런 기쁘고 좋아서 웃는 웃음이 아니라, 마지못해 웃는 웃음이다. 기쁘고 좋은 것이 아니라, 그와 반대로 어쩐지 가슴이 철렁 내려앉은 것 같은 느낌이다. 겉으로는 웃고 있지만, 속으로는 곧 울음이 터져 나올 것 같은 그런 얄궂은 상태인 것이다.

"우리 선생님 결혼하십니꼬?" 누군가가 묻는다.

"그래, 결혼하신단다." 쓰루미 선생이 웃으며 대답한다.

"언제 하시는 데예?"

"에— 또, 며칠 안 남았다. 오는 9일 날이란다."

9일이면 앞으로 닷새밖에 안 남은 것이다. 그러자 가네모도 선생

이 받아서 말한다.

“선생님 결혼하시는데, 너희들도 가만있을 수가 있나. 기념품을 한 가지 해 드려야지.” 여생도들은 모두 일손을 멈추고 가네모도 선생을 바라본다.

“기념품을 어떻게 하면 됩니꾜? 선생님.”

“너희들끼리 한 번 상의를 해봐라. 6학년이면 그런 것쯤은 서로 상의해서 할 줄 알아야지.”

“예, 우리끼리 상의를 하겠심더.”

벌써부터 여생도들은 상의라도 하려는 것처럼 수군덕거린다.

“어, 시끄럽다. 지금 당장 상의를 하라는 게 아니다. 어서 소제나 하고, 나중에 상의를 해서 결정이 되거든 쓰루미 선생님께 말씀드려라.”

쓰루미 선생은,

“그래그래, 결정이 되거든 나한테 말해 봐.” 하고 싱글 웃는다.

월례는 슬그머니 바께쓰를 들고 교무실을 나가 버린다. 왠지 자꾸 가슴 속에서 무엇이 허물어지는 것 같고, 공연히 눈물이 나오려 해서 견딜 수가 없는 것이다. 월례가 바께쓰를 들고 혼자 물을 길러 가자, 명자도 재빨리 뒤따라 나간다. 월례는 화도 나고, 슬프기도 하고, 심정이 얄궂다. 그러면서도 그런 심정을 얼굴에 나타내지 않으려고 억지로 아무렇지도 않은 듯한 묘한 표정을 지으며 두레박질을 한다.

“월례야, 선생님 결혼 기념품 뭐로 하면 좋겠노?”

“…….”

“응? 월례야.”

명자는 남의 심정도 모르고 곧장 즐거운 듯이 헤죽헤죽 웃으며 묻는다.

"꽃병이나 가꾸부찌(액자) 같은 것도 개않겠제?"

"……."

"꽃이불을 한 채 해디리도 개않을 끼라. 신랑 각시 덮고 자구로. 히히히……."

"……."

"그제? 월례야."

"몰라야!" 월례는 발칵 화를 내버린다.

"어메, 와 화는 내제? 얄궂대이."

"얄궂기는 뭐가 얄궂노?"

"와 화를 내노? 선생님 결혼하시는데 무슨 기념품 해디리면 좋겠냐고 묻는데, 화낼 끼 뭐고?"

"……."

"니는 기념품 해디리기 싫나?"

"몰라! 가시나야!"

"참 얄궂다. 선생님 결혼하시는 기 싫은 모양이지? 하하하……." 명자는 까르르 웃으면서 도망치듯 냅다 교무실 쪽으로 뛰어가 버린다.

그때, 임 선생이 운동장 소제를 감독하고 있다가 손을 씻으려는 듯 우물로 향해 온다.

이쪽으로 걸어오는 선생님을 보자 월례는 얼른 고개를 돌려 버린다. 그리고 바께쓰를 들고, 잰걸음으로 교무실로 향한다. 아직 바께쓰에 물이 절반가량밖에 안 찼는데…….

선생님이 결혼을 하신다는 소식은 바로 남생도들 사이에도 알려졌다.

"야— 선생님 결혼하신단다—."

"각시 얻는단다—."

"야— 선생님 좋겠다—."

"신랑 각시 꼬꼬재배…… 히히히."

"신랑 각시 시큼새콤…… 헤헤헤……."

교실 소제를 하던 남생도들은 빗자루를 깃대처럼 흔들어대기도 하면서 까불어쌓는다.

소제가 끝나고, 종례 시간이다. 장난꾸러기 녀석 하나가 난데없이,

"선생님!" 하고 손을 번쩍 든다.

"뭐고?"

"질문이 있심더."

"무슨 질문?"

녀석은 벌떡 일어선다. 그리고 냅다 큰소리로 묻는다.

"선생님, 정말로 결혼하십니꾜?"

와— 교실 안이 웃음바다가 된다.

"허허허허……." 임 선생도 웃는다. 그리고 임 선생은 손수건을 꺼내어 좀 멋쩍은 듯 공연히 코와 입 언저리를 닦으며,

"누가 그러더냐?" 묻는다.

"그런 말이 들리던데요. 아니 땐 굴뚝에 연기 안 나겠지예? 선생님, 헤헤헤……."

와— 또 웃음이 터진다. 온통 웃음으로 들끓는 속에서도 월례는

그저 조금 웃고 나서, 핏기가 가신 듯한 얼굴로 선생님을 초조히 지켜보고 있다. 선생님의 입에서 어떤 대답이 나올까 불안한 모양이다.

"그래그래, 결혼을 한다."

"야— 선생님 좋겠심더."

이번에는 딴 녀석이 고함을 지른다. 와— 또 웃음이다. 그러나 월례는 웃어지지가 않는다. 가벼운 현기증 같은 것이 느껴져 얼른 눈을 감아버린다.

"그만—." 임 선생은 차렷 자세를 취한다.

"기리쓰!(일어섯!)" 급장이 구령을 지른다.

종례가 끝나자, 여생도들은 남아서 기념품 상의를 하려는 듯 수군거린다. 그러나 월례는 책보를 들고 얼른 교실을 빠져 나가버린다.

"월례야, 월례야……." 여생도 부급장이 부르는 소리도 아랑곳없이 마치 화라도 난 사람처럼 교실을 나온 월례는 변소로 간다. 조금 소변이 마려운 것이다.

변소 안에 들어가 볼일을 보면서 그만 월례는 훌쩍훌쩍 울기 시작한다. 주르르— 눈물이 쏟아진다. 지금까지 참고 있던 슬픔이 한꺼번에 녹아내리는 듯한 그런 눈물이다.

3

일요일 아침나절, 쓰루미 하루에 선생은 여생도 셋과 함께 읍내로 가는 신작로를 걷는다. 임 선생의 결혼 기념품을 사러 가는 것이다.

6학년 학생들이 의논을 해서 각자 성의에 따라 얼마씩 기념품대를 거둔 것이다. 처음에는 여생도들은 남생도들과 별도로 하려고 했으나, 걷힌 돈이 얼마 되지 않아 남생도들 것과 합해서 구입하기로 합의가 된 것이다. 그래서 쓰루미 선생의 지도를 받아 기념품을 사려고 오늘 여생도 셋이 대표로 쓰루미 선생과 함께 읍내로 가는 것이다. 월례도 그 셋 중에 들어 있다.

월례는 도무지 심사가 이상스레 뒤틀리기만 해서 기념품이고 뭐고 조금도 마음에 내키지 않았다. 그러나 남들이 다 내는 기념품대를 자기만 안 낼 수가 없어서 마지못해 조금 냈고, 또 대표로 물품을 사러가자고, 쓰루미 선생이 하필 자기를 지명하는 바람에 울며 겨자 먹기로 거절을 할 수가 없었던 것이다. 거절을 한다는 것은 결국 선생님의 결혼을 축하하지 않는다는 뜻이 되는 셈이니, 그런 내심을 밖으로 드러낼 수가 있는가 말이다.

쓰루미 선생은 월례의 혼사 소동에 대해서 잘 알고 있고, 또 임 선생이 월례의 부당한 혼사를 깨기 위해 많이 힘을 썼다는 사실을 알고 있기 때문에 그 은혜를 생각해서라도 대표로 나서서 기념품 같은 것을 주선해야 되지 않겠는가 하는 생각에서 월례를 맨 먼저 지명했던 것이다. 그리고 여생도 부급장과 명자를 지명했다.

좋은 날씨다. 먼 남쪽 태평양 여러 곳에서는 오늘도 전쟁이 한창인지 모르지만, 이곳 반도의 가을은 전쟁 같은 것과는 아무 상관이 없는 듯 화창하고 한가롭기까지 하다. 들에는 늦가을들이*('가을 추수'의 영천말로 보통은 '가을들이'라고 한다)을 하는 농부들의 모습이 드문드문 보이고, 하늘은 씻은 듯 구름 한 점 없다. 좋은 날씨를 골라서 마치 원족이라도 가는 듯한 기분이다.

월례도 처음에는 내키지 않는 길이라 시무룩하기만 했으나, 나중에는 특별히 몇몇이 쓰루미 선생을 따라 어디 놀러 라도 가는 듯 기분이 유쾌해졌다. 쓰루미 선생이 우스운 소리를 곧잘 해서 활짝 표정이 안 풀릴래야 안 풀릴 도리가 없었던 것이다. 그리고 화창한 날씨에 훨훨 신작로를 걷는다는 것은 후련하고 즐거운 노릇이 아닐 수 없었다. 앞장 서 가던 쓰루미 선생이 무슨 생각이 떠올랐는지 히죽히죽 혼자 웃고 나서,

"야쓰모토상, 고도시 이꾸쯔?(월례야, 올해 몇이지?)" 하고, 묻는다.

월례는 별안간 왜 나이를 묻는가 싶어 쓰루미 선생의 표정을 힐끗 바라 볼 뿐 얼른 대답을 하지 않는다.

"왜 대답이 없지?" 쓰루미 선생이 웃는다.

그제야 월례는,

"열다섯입니다." 들릴 듯 말 듯 대답한다.

"열다섯?"

"……." 월례는 살짝 고개를 숙여버린다.

그러자 명자가 재빨리 입을 연다.

"학교 나이는 열다섯이지만, 집에서는 열일곱이랍니다."

"집에서는 열일곱? 호호호…… 그러니까 호적에는 열다섯이란 말이군."

"예." 명자가 월례 대신 대답한다.

월례는 귀밑이 발그레 물든다. 명자의 주둥아리를 콱 쥐어박아 주고 싶다. 제가 깝죽거리며 나설 게 뭔가 말이다.

"열일곱이라…… 얼마 안 있으면 열여덟……. 이제 다 컸군."

혼잣말처럼 중얼거리며 쓰루미 선생은 곧장 싱글싱글 웃는다. 아마 지난봄의 월례의 혼사 소동 생각이 난 모양이다. 아니면, '임 선생과 월례 연애' '임 선생과 월례 신랑 각시'라는 낙서가 생각났는지도 모른다. 혼자 싱글싱글 웃고 나서 쓰루미 선생은,

"월례 너 명년 봄에 학교 졸업하면 뭐 할래?" 묻는다.

뻔히 다 알면서도 묻는 것이다. 뭘 하긴 뭘 하겠는가. 여학교 진학이란 아예 생각도 못할 처지니, 졸업을 하면 집에서 집안일이나 거들다가 적당한 자리가 생기면 시집이나 가는 수밖에. 그게 진학 못하는 농촌 여생도들의 졸업 후의 가는 길이 아니겠는가 말이다.

뻔한 일을 새삼스럽게 묻는 것이 월례를 좀 지분거려 보고 싶은 생각인 모양이다. 말하자면 심심한 것이다.

그러나 월례는 아무 대답을 하지 않는다.

"응?"

"……." 역시 대답이 없다.

그러자 쓰루미 선생은,

"명자 너는 뭐 할래?" 질문을 명자 쪽으로 돌렸다.

명자는 살짝 웃음 띠며 얼른 대답한다.

"잘 모르겠어예. 집에서 놀지예 뭐."

"호호호…… 집에서 놀아? 영순이 너는?"

영순이는 여생도 부급장이다. 좀 멋쩍은 듯,

"글씨예…… 부지런히 수나 놓을랍니더." 하고는 히히히 웃는다.

"수나 놓아? 하하하…… 좋지 좋아. 부지런히 수를 놓아서 시집 갈 준비를 해야지."

쓰루미 선생의 입에서 '시집 갈 준비' 라는 말이 떨어지자,

"우야꼬, 하하하……."

"어메, 히히히……." 명자와 영순이는 호들갑스럽게 웃는다. 그러나 월례의 얼굴엔 도무지 웃음이 떠오르질 않는다. 시집이라는 말만 들어도 몸서리가 쳐지는 모양이다.

쓰루미 선생은 또 짓궂게,

"월례도 졸업을 하면 부지런히 수를 놓아서 좋은 신랑 만날 준비를 해야지." 하고, 웃는다.

그런데 그 웃는 웃음이 어쩐지 예사롭지가 않다. 참 재미있다는 듯한, 약간 남을 비웃는 것도 같은 그런 웃음이다.

월례는 그만 자기도 모르게 내뱉어버린다.

"저는 죽어도 시집 안 갈 끼라예."

"뭐? 죽어도 시집 안 가?"

"예."

"시집 안 가고, 그럼 언제까지나 집에 있을 거야?"

"시집가라 카면 어디 먼 데로 도망가 삐릴 끼라예."

"먼 데로 도망을?"

"예."

"호호호…… 정말이야?"

"정말이라예. 학교 졸업을 하면 어디 먼 데로 가 삐릴 생각입니더."

"그래?" 그제야 쓰루미 선생은 장난기가 싹 가시고, 진지한 표정이 된다.

월례의 그런 심정을 이해하겠는 것이다. 지난봄의 결혼 소동 때

얼마나 혼이 났으면 지금도 그런 심정일까 싶으니 측은한 생각이 들기도 한다.

"어디 먼 데 갈 만한 곳이 있니?"

"없어예."

"그런데 어떻게?……"

"아무 데나 가지예 뭐, 까짓것……. 설마 어떻게 되겠지예."

월례는 제법 세상 물정을 겪은 사람처럼 말한다.

"음— 그렇게 아무 데나 갈 게 아니라……."

쓰루미 선생은 속으로 약간 놀란 듯 잠시 생각에 잠긴다. 그리고 말한다.

"정말 집을 떠나 어디로 갈 생각이면 그렇게 무작정 아무 데나 갈 게 아니라…… 저……. 내지(일본 본토)로 건너가서 공장에 들어가는 게 좋을 거야. 여공으로……."

"여공이라니예?"

"공장에서 일하는 여자가 여공 아니니."

"……."

"군수(軍需)공장에 가서 일하면 덴노오헤이까(천황 폐하)에게 주우기(충의)를 다하는 일도 되고, 돈도 벌고 좋지"

쓰루미 선생의 말에, "그래요?" 하고, 얼른 나선 것은 명자다. 저도 귀가 솔깃하다는 듯이.

"그렇고말고. 졸업을 한 뒤에 집에서 놀 게 아니라, 모두 군수공장으로 들어가서 일하는 게 좋을 거야. 그래야 하루 속히 대동아 전쟁이 승리로 끝날 게 아니니."

월례는 말없이 듣고만 있다. 그러나 속으로는 무작정 아무 데나

가는 것보다 그게 좋겠다고 생각한다. 아직 졸업을 한 것도 아니고, 또 졸업을 하면 반드시 어디로 가야겠다고 작정을 내린 것도 아니니까, 그저 참고로 들어두는 것이다. 졸업을 한 뒤에 또 지난 봄처럼 홍 주사한테 시집을 가라는 소리만 나오면 그날 밤으로 정말 어디로든지 가 버릴 생각으로 있는 것이다. 죽든지 살든지……. 그렇지 않고 혼사가 나오더라도 상대가 홍 주사만 아니면 눈 찔끔 감고 아무한테나 가 버릴 작정이다. 그러니까 아직은 유동적인 것이다.

"공장에 가면 돈을 얼마나 줍니꼬?"

영순이가 불쑥 묻는다. 저도 구미가 당긴다는 듯이.

"하하하……." "헤헤헤……." "히히히……." 모두 웃는다.

"돈을 얼마나 주는지 그것까지 내가 어떻게 아니. 아마 많이 줄 거야."

쓰루미 선생의 말에 명자는,

"한 달에 십 원만 주면 나도 갈란다." 하고, 영순이를 본다.

"내사 십 원 받고사 안 갈란다."

영순이는 십 원 받고 누가 먼 내지까지 가서 공장 일을 하느냐는 투다(그 당시의 10원은 대략 지금의 이만 원 정도에 해당된다).

"호호호…… 모두 벌써부터 돈을 어지간히 아는군. 군수공장에 가서 일하는데 돈부터 먼저 생각하다니……. 정신 상태가 글러먹었어."

쓰루미 선생은 웃으면서 명자랑 영순이의 대가리에 꿀밤을 한 개씩 먹인다.

읍내에 가서 이 상점 저 상점을 두루 돌아보았으나, 결혼 기념품으로 쓸 만한 물건이 눈에 띄지 않았다. 전쟁에 모든 물자가 동원되는 바람에 일상 생활품은 새로 만들어 내는 게 거의 없고 간혹 있다 해도 질이 말이 아니었다. 결국 질이니 뭐니 생각할 것 없이 아무거나 두어 가지를 사는 수밖에 없었다.

조그마한 경대 하나와 트렁크를 하나 샀다. 경대는 그런 대로 쓸 만했으나, 트렁크는 영 형편없었다. 가죽으로 만든 게 아니라 두꺼운 지류로 만든 듯 물건을 빽빽이 넣어서 들면 툭 터져 버릴 것만 같은 그런 어설픈 것이었다. 그러나 좌우간 겉으로 보기에는 트렁크여서 잘 알아서 쓰면 얼마 동안 쓸 수 있을 것 같아 그것을 산 것이다. 달리 그것만한 것도 없고 해서…….

기념품을 구입하고 나서 쓰루미 선생은 세 여생도를 데리고 식당을 찾아보았다. 그러나 점심을 파는 식당은 아무 데도 없었다. 식당이라는 간판은 더러 붙어 있었으나, 들어가 보면 '아무것도 없습니다'는 식이었다. 저녁으로 더러 술은 파는지 모르지만, 식당 기능을 잃은 지 이미 오래인 모양이었다. 그럴 수밖에 없었다. 모든 곡물이 배급제로 완전 통제가 되어 버렸는데, 남에게 밥을 지어 팔 재주가 어디 있겠는가 말이다.

점심을 굶은 수밖에 도리가 없었다. 그러나 재수가 좋았다. 어느 길모퉁이에 찐 고구마 함지를 놓고 팔고 있는 노파가 있었던 것이다. 그 노파의 고구마 함지 앞에 쓰루미 선생은 서슴없이 쭈그리고 앉았다. 물론 월례도 명자도 영순이도 쭈그리고 앉았다. 그리고 고구마를 무더기로 사서 실컷 먹었다.

고구마로 점심을 때우고 나서 그들은 극장으로 활동사진을 구경하러 갔다. 일요일이어서 낮에도 상영을 하는 것이었다. 활동사진이라면 아이들은 밥을 먹다가도 얼른 숟가락을 놓을 정도로 좋아한다. 여생도들이라고 다를 바가 없다. 사진이 움직이다니, 사진 속에서 사람이 움직이면서 말을 하다니, 그저 기가 막힐 따름인 것이다.

쓰루미 선생의 뒤를 따라 극장으로 들어가는 월례랑 명자, 영순이는 좋아서 어쩔 줄을 몰랐다. 공연히 가슴이 울렁울렁 설레기까지 했다.

활동사진은 낡은 것이었다. 지나사변을 소재로 한 〈바꾸당 산유시〉(폭탄 3용사) 라는 전쟁물이었다.

본영화가 시작되기 전에 뉴스 영화가 상영되었다. 말할 것도 없이 뉴스 영화는 소위 대동아 성전의 혁혁한 전과를 알리는 현장의 모습과 총후 국민의 총동원 태세를 보여주는 그런 장면이었다.

큼직한 군함들이 일본의 잠자리 떼 같은 비행기들의 기습을 받아 벌떡벌떡 뒤집어지는 모습이랄지, 떼를 지어 엉금엉금 기어 오던 당꾸(탱크)들이 일본 군인들의 야포나 수류탄 공격을 받아 불을 내뿜으며 주저앉아 버리는 장면이랄지, 수없이 많은 키 큰 군인들이 두 손을 힘없이 쳐들고 키가 작은 일본군인들 앞으로 항복을 하고 나오는 장면 같은 것은 정말 볼 만했다.

월례는 겁이 나기도 하고, 희한하기도 해서 꿀꺽꿀꺽 침을 삼키며 숨을 죽이기도 했다. 그리고 총후 국민의 여러 가지 총동원 태세를 보여 주는 장면이 펼쳐지다가, 머리에 흰 하찌마끼(머리띠)를 맨 소녀 직공들이 공장의 기계 앞에서 일사불란하게 일을 하고 있는 장면이 나타나자, "어메—" 월례는 절로 탄성이 나왔다.

꼭 자기 또래 되는 계집애들이 헤아릴 수 없이 많이 똑같은 작업

복을 입고 일을 하고 있는 것이 아닌가. 명자도 눈이 번쩍 뜨이는 듯,

"야— 선생님, 바로 저기지예?" 하고, 묻는다.

"그래, 바로 저거야. 소녀 산업 전사들이지. 얼마나 멋있고 좋으니……." 쓰루미 선생은 그저 대견하기만 한 모양이다.

그러나 월례는 웬일인지, "휴우—" 한숨이 나온다. 어쩐지 덜컥 겁이 나는 것이다. 처음 얼른 보았을 때는 절로 탄성이 나왔으나, 실제로 자기가 부모 형제를 떠나 저런 많은 여공들 속에 들어가 똑같은 옷을 입고, 똑같은 일을 매일같이 할 것을 생각하니 그만 아찔한 생각이 드는 것이다.

부디 명년 봄에 졸업을 하더라도 다시 홍 주사에게 시집가라는 말만은 없기를 간절히 바라고 싶은 심정이다. 그래서 아무쪼록 고향을 떠나 먼 곳으로 가지 않아도 되기를 말이다. 부모 형제 곁에 있고 싶은 것이다. 부모형제 곁에 있다가 가까운 이웃 마을쯤으로 시집을 가고 싶은 것이다. 먼 곳, 저런 여공들이 수없이 우글거리는 먼 타향은 싫은 것이다. 겁이 나는 것이다.

활동사진 구경을 마치고 밖으로 나온 월례는 어쩐지 기분이 별로 좋지가 않았다.

〈바꾸당 산유시〉 라는 본영화도 볼 때는 손에 땀을 쥐게 하는 아슬아슬한 재미가 있고, 목구멍이 화끈해지는 듯한 감격 같은 것이 느껴지기도 했지만, 그러나 어쩐지 뒷맛이 좋지가 않은 것이다. 전체적으로 암담한 생각이 들고, 으스스하고, 얄궂은 것이다.

폭탄을 들고 적진에 뛰어들어 자폭을 하는 세 결사대의 무시무시한 이야기니 그럴 수밖에……. 전쟁에 이기는 것도 좋고, '덴노오

헤이까 반자이'(천황 폐하 만세)도 좋지만, 자기가 자기의 목숨을 그렇게 헌신짝처럼 내던져 버리다니……. 겁도 안 나는지, 참 지랄이 아닐 수 없다.

그러나 명자랑 영순이는 재미가 좋기만 한 듯 곧장 용감하다느니, 놀랐다느니 하고 감격스러워한다.

"정말 우리 황군은 무적이야. 짱꼴라(중국군) 따위는 문제가 되지 않아." 쓰루미 선생 역시 가슴이 벅차오르는 모양이다.

4

이튿날 오후였다.

월례는 혼자 학교 우물에서 걸레를 빨고 있었다. 교실 청소를 마치고 혼자 걸레를 모조리 바께쓰에 쓸어 담아 가지고 우물로 나와서 북북 좀 치대어 땟물을 빼는 것이다.

이런 일은 누가 솔선해서 하지 않으면 아무도 하려고 들질 않는다. 소제를 마치면 그저 땟국에 절은 걸레를 그대로 아무렇게나 소제함에 던져 넣어버리기 일쑤인 것이다. 그러니까 소제함에서는 늘 걸레 썩는 악취가 풍겼다. 그래서 월례는 소제를 마친 다음, 혼자 소제함 속의 걸레를 모조리 바께쓰에 쓸어 담은 것이다.

"월례, 또 혼자 근로봉사 할라 카나?"

"선생님한테 미꼬미(귀염) 그만 받지."

"헤헤헤…… 부지런도 하다."

이런 아이들의 입방아를 들은 척 만 척 바께쓰를 들고 우물로 나온 것이다. 월례는 역시 나이가 나이라 그렇게 이따금 철이 든 짓을 잘 했다.

어디서 나무토막까지 한 개 주워 가지고 토닥토닥 방망이질까지 하고 있는 것이다. 마침 임 선생이 실습지를 돌아보고 오다가 월례가 우물에서 혼자 방망이질을 하며 무엇을 빨고 있는 것을 보고 빙긋 웃는다. 그리고 우물 쪽으로 다가온다. 선생님이 가까이 오는 줄도 모르고, 월례는 빨래에만 정신이 팔렸다.

월례 뒤에 가만히 와서 선 임 선생은 잠시 빙그레 미소를 띤 얼굴로 월례의 방망이질하는 뒷모습을 내려다보고 있다. 그러다가, "어험!" 헛기침을 한다.

월례는 깜짝 놀라 뒤를 돌아본다. 선생님과 시선이 마주치자 월례는 온통 얼굴이 홍당무가 되며 어쩔 줄을 모른다.

"어서 빨지 그래."

"……."

"방망이질 잘 하는데……." 임 선생은 약간 장난기가 동한다.

월례는 킥킥 웃으며 고개를 푹 숙인다. 그리고 방망이질을 그만두고 걸레를 북북 치대기 시작한다.

"다른 여생도들은 다 갔나?"

"예."

"혼자만 이렇게 일하도록 놔두고 가다니……."

"아니라예, 선생님. 소제 다 마치고 제가 심심해서 혼자 빠는 깁니더."

"심심해서? 허허허……."

"……."

"월례, 좌우간 나중에 살림 잘 하겠어"

그 말이 떨어지자 월례는 자기도 모르게 힐끗 선생님의 표정을 바라본다. 그리고 얼른 고개를 떨군다. 북북 치대던 일손도 멈추어버린다. 마치 별안간 가슴이 콱 메기라도 하는 것처럼 꼼짝도 안하고 가만히 앉았다.

임 선생은 그저 월례가 나중에 살림 잘 하겠다는 말에 부끄러워서 그러는 줄만 안다. 그래서 싱긋이 웃으며 한마디 더 한다.

"월례를 색시로 얻는 사람은 참 좋겠어."

그러자 월례는 그만 어깨를 들먹거리면서 흐느끼기 시작하는 것이 아닌가.

"아니?" 너무나 뜻밖의 일이라, 임 선생은 눈이 둥그레진다.

"왜 우는 거지?"

"……."

"월례를 색시로 얻는 사람은 참 좋겠다는데, 왜 울지? 그 말이 뭐 나쁜 말인가?"

그러자 월례는 그만 가볍게 몸부림을 치며, "몰라예! 몰라예!" 하고 내뱉는다.

임 선생은 어리둥절해진다. 월례는 더욱 서럽게 흐느낀다.

"아니, 월례야, 왜 이러지? 응?"

"싫어예! 싫어예!"

"허허허…… 나 참……."

"정말 선생님 그럴 줄 몰랐어예."

"뭐? 그럴 줄 모르다니?"

"……."

"내가 뭘 어쨌는데?"

"몰라예! 몰라예! 싫어예! 싫어예!"

월례는 그만 빨던 걸레를 그대로 바께쓰에 아무렇게나 집어 담는다.

"허허— 참, 그 말이 뭐가 그렇게……."

그러자 월례는 바께쓰를 들고 벌떡 일어나며,

"아니라예! 이쁜 색시한테 장가 가가지고 잘 사시라 말이예!" 하고는 흐흐흑 또 한 번 흐느끼면서 냅다 교실 쪽으로 뛰어간다. 그제야 임 선생은 멍해진다.

"흐흠—." 기분이 이상하다. 놀랄 일이 아닐 수 없는 것이다. 예쁜 색시한테 장가들어가지고 잘 살라니 월례가 속으로 그런 색다른 감정을 품고 있었을 줄이야……. 제자가 선생한테 말이다. 퍽 자기를 따른다는 것은 알고 있었으나, 그러나 설마 그런 생각까지 하고 있을 줄은 몰랐던 것이다. 정말 기분이 얄궂어진다.

그러나 임 선생은 교무실 쪽으로 천천히 걸음을 옮기며,

"허허허……." 가만히 웃어버린다.

내일 모레면 정말 장가를 드는 것이다. 맞선을 보았는데, 뭐 썩 예쁜 색시도 아닌 것이다.

5

고향에 가서 결혼을 한 임 선생은 일주일 만에 신부를 데리고 돌아와, 마을에 방을 하나 얻어 신혼살림을 차렸다. 이제 숙직실에서

백일출이와 함께 자취를 하는 신세를 면한 것이다.

선생님이 장가를 들어 새색시를 데리고 와서 살림을 차렸다는 것을 알자, 6학년 여생도들은 공연히 좋아서 떠들어댔다.

"선생님 각시 몇 살인고?"

"이쁜강?"

"우리 한 번 가보자."

"그러자."

"누구 집에 방을 얻었능고?"

"선생님 요새 기분 좋겠제?"

"물론 앙이가."

"헤헤헤……."

"히히히……."

아이들이 이렇게 떠들며 웃어도 월례는 도무지 벙어리처럼 입을 다물고 못 들은 척하고 있었다. 그런 소리를 들으면 공연히 심정이 상하고 울고 싶어지는 것이었다. 그러나 토요일 오후, 몇몇 여생도들이 선생님 각시 구경하러 가자고 나서자, 월례도 슬그머니 한몫 끼었다.

어쩐지 생각하면 속이 상하고, 기분이 지랄 같지만, 그러나 선생님 각시를 한 번 보고 싶은 생각은 간절한 것이다. 얼마나 예쁘게 생겼는가, 키는 얼마나 큰가, 무슨 옷을 입고 있는가, 몇 살이나 됐는가…… 공연히 여러 가지가 궁금한 것이다.

"선생님예."

"선생님예."

"선생님 계십니꾜?"

"놀로 왔심더."

"하하하……."

"히히히……."

떠들어대며 여생도들은 대문을 들어선다.

월례는 맨 뒤에 가만가만 따라 들어간다. 공연히 가슴이 두근거린다. 임 선생의 신혼 방은 바로 대문에서 가까운 아래채에 있었다. 방문이 열린다. 곱게 분을 바르고 쪽을 찐 새 각시*('새색시'의 방언)가 내다본다. 노랑저고리가 곱다.

"어서들 들어와."

상그레 웃으며 마루로 나온다. 치마는 다홍치마다. 다홍치마 밑으로 내다보이는 버선코가 유난히 깨끗하다.

"우리 선생님, 아직 안 돌아오셨지예?" 영순이가 대표로 묻는다.

"그래, 곧 돌아오시겠지. 어서들 들어와."

여생도들은 방으로 들어간다. 월례도 맨 나중에 방으로 들어가 윗목 구석에 가만히 앉는다.

새색시는 벽장문을 열어 잔치 때 만든 강정이니 유과 같은 것을 접시에 담아낸다. 그것을 집어 먹으면서 여생도들은 곧장 좋아서 떠들어댄다. 그러나 월례는 아무 말이 없다. 강정을 한 개 집어서 씹으며 먼저 선생님 색시를 이모저모 가만히 뜯어본다. 눈매가 좀 고와 보인다. 그러나 전체적으로 별로 예쁜 얼굴은 아니다. 그저 수수하다. 어쩐지 월례는 좀 마음이 놓이는 듯한 느낌이다. 만일 썩 예쁜 얼굴이었다면 그렇지 않았을 것이다. 공연히 기분이 안 좋았을 것이다.

몇 살이나 됐을까……. 스물 한두 살 된 것 같다. 그러니까 자기보다 네댓 살 위인 것이다. 네댓 살이라도 많아 보이니 어쩐지 기분이 괜찮다. 그렇지 않고, 자기와 비슷한 열여덟쯤 되어 보였더라면 어쩌면 슬프도록 질투를 느꼈을지도 모른다. 키는 아까 보니 작은 편이었다. 벽장문을 열면서 발돋움을 했던 것이다. 어쩌면 키는 자기보다 작은 것 같아 월례는 기분이 좋다.

이번에는 방 안의 물건들을 가만가만 둘러본다.

책상 위에 경대가 놓여 있다. 자기들이 기념품으로 선사한 그 경대다. 경대 옆에 책꽂이가 있는데, 책과 함께 한 쪽 가에 사진첩이 꽂혀 있다. 밤에 선물을 들고 숙직실로 선생님을 찾아가 몇 번 구경을 한 그 사진첩이다.

사진첩이 눈에 띄자 월례는 어쩐지 좀 쓸쓸해진다. 저 사진첩을 이제 색시가 들여다보며 좋아할 게 아닌가. 선생님의 어릴 때 그 합죽하고 귀여운 사진을 들여다보며 말이다. 그리고 선생님과 색시가 함께 찍은 사진을 앞으로 저 사진첩에다가 붙여 나갈 게 아닌가.

월례는 얼른 시선을 돌린다. 한 쪽 벽에 걸려 있는 횃대보를 바라본다. 가지가지 수를 새긴 횃대보다. 꽃이 피어 있고 나비가 날고, 수양버들이 휘 늘어졌고, 처녀가 그네를 타고, 멀리 정자가 보이고, 이도령인 듯한 남자가 부채를 들고 서 있고…… 요란하다.

한참 자세히 수를 눈여겨 본 월례는 속으로 별로 대단하지 않다고 생각한다. 자기도 졸업을 한 뒤에 열심히 수를 놓으면 저 정도는 못 놓을 게 없다 싶은 것이다. 바늘 자국을 자세자세 뜯어보니 별로 신통치가 않은 것이다.

이번에는 액자에 넣어서 걸어 놓은 수를 쳐다본다. 무슨 꽃인지 알 수가 없으나, 좌우간 고운 꽃이 여러 송이 피어 있는데, 호랑나비, 노랑나비, 흰나비들이 날아와 앉고 있는 수다. 횃대보의 수보다는 나은 것 같지만, 그것도 역시 그저 그렇다. 나비를 너무 많이 수놓았다는 생각을 하면서 쳐다보고 있는데 밖에서,

"웬 신들이 이렇게 많지?"

하는 소리가 들린다. 선생님이 돌아온 것이다.

월례는 공연히 바짝 긴장이 된다. 살짝 얼굴도 상기된다. 방문을 열고 들어오며 임 선생은,

"야— 놀러들 왔구나."

하고, 미소를 짓는다. 새색시가 얼른 일어나 임 선생의 웃옷을 받으며,

"오늘은 일찍 퇴근하시네예." 하고 웃는다.

"오늘 토요일 아니요. 당신 정신없구만. 하하하……."

"아 참, 그렇제, 호호호……."

정다운 신혼부부의 웃음이다.

여생도들도 공연히 좋아서 생글생글 웃는다.

월례도 웃는다. 그러나 월례의 웃음은 다른 여생도들의 웃음과는 다르다. 어쩐지 표정이 야릇하게 이지러지는 것이다. 월례는 당신…… 어쩌고 하는 말이 싫기만 한 것이다. 웃옷을 벗고 임 선생은 아랫목에 앉는다. 그리고 누구누구가 놀러왔느냐 싶은 듯 여생도들을 둘러본다. 월례와 시선이 마주친다. 그러자 월례는 그만 고개를 떨구어버린다. 임 선생도 월례를 보자 어쩐지 멋쩍은 듯 슬그머니 외면을 해버린다.

잠시 후, 월례는 가만히 자리에서 일어나 바깥으로 나간다. 소변

이라도 마려운 것처럼……. 그러나 밖으로 나온 월례는 변소로 가는 게 아니다. 그만 대문을 빠져나가버린다.

제6장

1

바람결이 점점 매워지는 어느 날 저녁, 홍 주사의 아내 서기댁은 마침내 이승을 하직하고 말았다. 삼 년이 넘는 긴 세월을 노상 병석에 누워 고랑거리며 한약으로 연명해 오더니 그것으로도 이제 어쩔 도리가 없었던지 결국 숨을 거두고 만 것이다.

그날 저녁도 홍 주사는 학교로 가는 길 모서리 점방에서 화투를 치고, 술을 마시고 있었다. 명자랑 다섯 살짜리 어린 송웅이가 달려와서 위급을 알리는 바람에 비로소 놀라 자리를 털고 일어섰던 것이다.

집에 돌아왔을 때는 이미 숨을 거둔 뒤였다. 홍 주사는 아내의 싸늘한 얼굴을 내려다보며, "어이구— 어이구—" 소리를 내어 울었다.

"불쌍해라. 불쌍해라— 이 사람아, 이 어린 송웅이를 두고 우예 눈을 감았노. 어이구—."

홍 주사는 복받치는 슬픔을 가누지 못해 한참 그렇게 목 놓아 울었다. 물론, "엄마야— 엄마야—." 하면서 송웅이도 울고, "아이고 이모야— 이모야—." 하면서 명자도 울었다.

명자 어머니 황선녀도 울고, 부엌 할멈도 울었다. 별안간 온통 집안이 울음바다가 된 것이다. 그러자 이웃에서도 알고 모여들어 바로 초상집 분위기가 이루어졌다.

장례는 삼일장이었다. 비상시국이긴 했지만, 동척농장의 서기쯤 되고 보니 별로 부족한 게 없었다. 바짝 궁한 소작인들까지도 하다 못해 소주 한 병이라도 들고 찾아드는 판이니 그럴 수밖에. 초상집은 밤낮없이 흥청거렸다.

마치 무슨 먹을 판이라도 났다는 듯이 노상 그 집을 들랑날랑하며 아침부터 저녁까지 벌겋게 취해서 흥청거리는 사람도 더러 있었다. 말하자면 배고픈 판국에 이거 참 신난다는 투였다. 마당에 차일을 치고, 한쪽에서는 모닥불을 피워가며 밤을 새워 노름판이 무르익기도 했다.

안 서방 역시 탁주 반말을 부조했고, 밤이 이슥토록 차일 밑에 어울렸다. 노름 같은 것은 모르는 성미라 그저 어깨 너머로 구경을 하면서 하품이나 할 따름이었지만 말이다. 누구보다도 공연히 신나는 것은 벌보였다.

"버버버버…… 히힝히힝…… 버버버버…… 어으어으……."

하면서 무슨 바쁜 일이라도 있는 것처럼 이리 갔다 저리 갔다 했다. 말하자면 벌보에게는 흉사도 일종의 길사인 셈이라고나 할까.

상여가 나가는 날 역시 마찬가지였다. 벌보는 무슨 굉장히 재미있는 일 이기나 한 것처럼 만장을 들고 싱글벙글 앞장을 서는 것이었다. 사실 그에게 꼭 어울리는 일이긴 하지만 말이다.

이제 가면 언제 오나.
어허영차 어허야.
사자님네 내 말 듣소.
저승길이 멀다는데
노자 한 푼 가져가소.
어허영차 어허야.
일가친척 많다 한들
어느 뉘가 대신 가며
친구 자식 많다 한들
어느 뉘가 대신 가리.
어허영차 어허야.
대문 밖을 썩 나서니
없던 곡성 절로 난다.
사잣밥을 차려 놓니
죽은 몸이 요동 없네.
어허영차 어허야.
이제 가면 언제 오나…….

상두꾼들의 이런 구슬픈 가락이 울려 퍼져도 벌보는 역시 신나고 흥겹기만 한 듯 그 가락에 맞추어 어깨를 들먹이며 우쭐거렸다.

상여 뒤를 따르는 상제와 조객들은 모두 눈물을 흘리거나, 코를 훌쩍이거나, 아니면 하다못해 침통한 표정이라도 짓고 있는 판인데 말이다. 특히 전보를 받고 경성에서 밤차로 급히 내려온 광웅이는 서럽게 목을 놓아 우는 판인데……. 아무튼 그렇게 벌보의 인도를 받으며 상여는 멀리 공동묘지를 향해 마을을 떠났다. 이승에서 저승으로 가는 길에 희끗희끗 눈발이 비치고 있었다.

2

홍 주사는 요 근년에 와서 가정에 대한 애착을 거의 잃고 있었다. 늘 집 안에서 한약 달이는 냄새가 떠나질 않고, 안방 아랫목에는 언제나 두 눈이 푹 꺼진 아내가 고랑거리며 누워 있는 판이니 그럴 수밖에.

그래서 그는 낮에는 직장인 동척농장에서 근무를 하고 저녁에는 으레 화투를 치고 술을 마시러 나가는 것이 버릇처럼 되어 있었다. 그런 터였는데, 이제 그나마 안방에서 고랑거리는 사람마저 없어지고 말았으니, 가정이란 영 더 텅 빈 껍데기처럼 생각되었다.

노상 누워서 고랑거리기는 해도, 그래도 그런 아내지만 없는 것보다는 영 나았던 모양이다. 이제 집 안에 들어서도 으레 코에 와 닿던 한약 냄새도 없어져 버리고 안방에 들어서도 늘 들리던 아내의 고랑거리는 소리도 들리지 않게 되고 보니, 온통 집안이 텅 빈 것처럼 허전하게 느껴졌다. 그래서 홍 주사는 화투를 치고 술을 마시고는 그대로 그곳에 쓰러져 자버리는 일도 자주 있게 되었다. 아내가 죽기 전에는 그래도 그런 일은 거의 없었는데 말이다.

말하자면 그에게서 이제 가정까지도 영 떠나버리고 만 것이나 다름이 없었다. 그런데 그런 홍 주사에게 홀연히 변화가 찾아왔다. 그처럼 허전하고 서먹서먹하고 텅 빈 집 같던 집안이, 다시 말하면 회색의 가정이 별안간 고운 천연색을 띠며 눈앞에 다가왔던 것이다. 그런 홀연한 변화는 어느 날 밤에 비롯되었다.

겨울치고는 몹시 훈훈한 어느 날 밤이었다. 학교로 가는 길 모서리 점방에서 여느 때처럼 화투를 치고 술을 마시던 홍 주사는 감기 기운이라도 있는 듯 어쩐지 머리가 띵하고, 몸이 찌뿌드드해서 일찍 자리에서 일어났다.

아스피린을 사들고 집으로 돌아온 홍 주사는 곧바로 자기 방으로 들어가려 했다. 그런데 무슨 일인지 부엌에서 철벙철벙 물소리가 들리는 것이 아닌가. 그리고 닫힌 부엌문 사이로 불빛이 새어나오고 있었다. 이 밤에 무슨 일인가 싶어 홍 주사는 살금살금 그쪽으로 가 보았다.

철벙철벙…… 쏴— 쏴— 아무래도 누가 목욕을 하고 있는 모양이었다. 부엌문 앞에 이르자, 홍 주사는 문틈으로 살짝 안을 들여다보았다.

안을 들여다본 홍 주사는 그만 자기도 모르게, “어허!” 소리가 입 밖으로 튀어나왔다.

처형이었다. 처형 황선녀가 실오라기 하나 걸치지 않은 몸으로 부엌바닥에 가마니를 깔고, 자배기에 더운 물을 퍼놓고 앉아 목욕을 하고 있는 것이 아닌가.

그런데 그 실오라기 하나 걸치지 않은 몸이 어쩌면 그렇게 피둥피둥하고 탐스러운지 그만 홍 주사는 눈이 번쩍 뜨일 지경이었다.

홍 주사의 목소리에 놀란 황선녀는,

"아이고 우야꼬!" 야릇한 비명을 지르며 얼른 돌아앉았다.

홍 주사 역시 보아서는 안 될 것을 본 것처럼 약간 얼굴을 붉히며 얼른 부엌문 앞을 떴다.

방으로 들어와 자리에 누웠으나, 잠이 올 턱이 만무했다. 곧장 눈앞에 실오라기 하나 걸치지 않은, 피둥피둥하고 탐스러운 처형의 알몸이 떠올라 괴롭고 황홀했다.

지금까지 처형으로밖에 생각되지 않았던 황선녀가 홀연히 여자로 다가오기 시작한 것이다.

3

황선녀가 만주에서 고국의 이곳 동생 집을 찾아온 지도 어느덧 일 년이 다 되어간다.

황선녀가 만주에서 돌아올 때는 반드시 이 곳 동생 집에 눌러앉자는 생각도 아니었고, 그렇다고 다시 만주로 돌아갈 예정도 아니었다. 그저 전쟁이 일어났고 해서 막연히 짐을 꾸려가지고 일단 만주를 떠나 고국으로 돌아왔던 것이다.

그 다음은 형편을 보아서 동생이 사는 마을에 조그마한 점방을 하나 차리거나, 아니면 읍내로 나가 술집이라도 낼 생각이었던 것이다.

뜬구름 같은 남편을 만나 일찍이 생이별을 했고, 또 제대로 친정도 없는 몸이고 보니, 의지할 곳은 동생의 시집, 즉 홍 주사네 집뿐이었던 것이다. 그래서 명자도 그 곳에 맡겨 놓고, 혼자 만주로 갔던 것이다.

그런데 막상 와 보니, 동생의 병세가 심하고, 날이 가도 조금도 나아지지가 않아서, 부엌 할멈이 있다고는 하지만 집안 살림을 돌볼 사람이 필요했고, 또 홍 주사도 굳이 그렇게 해달라고 만류를 해서, 결국 눌러앉게 된 것이 어느덧 일 년이 가까워져 가는 것이다.

그리고 그만 얼마 전에 원통하게도 동생은 저승으로 가버린 사람이 되고 만 것이다.

동생이 이승을 떠나 버리고 나자, 집안은 별안간 더 허전하고 썰렁해진 것 같았고, 황선녀 자신의 입장도 어쩐지 어색해지고 말았다.

큰방 아랫목에 만날 고랑거리며 누워 있어도, 그래도 동생이 살아 있을 때는 조금도 자기의 처지가 어색하게 느껴지지가 않았는데 말이다.

사람 하나가 있고 없음에 따라 그처럼 입장이 달라지리라고는 미처 생각지 못한 일이었다. 그렇다고 이 겨울에 당장 어디로 떠날 수도 없는 일이었다.

그리고 동생의 영실(靈室)을 돌보며 우제(虞祭), 졸곡(卒哭)은 물론, 초하루와 보름마다 지내는 삭망전(朔望奠)도 자기가 돌보지 않을 수 없었다.

자기가 없었더라면 그 동안 집안 살림이 제대로 잘 안 될 뻔했듯이, 이제는 동생의 영실에 진찬(進饌)하는 일도 잘 안 될 판인 것이다. 그래서 입장이 좀 어색하더라도 봄이 올 때까지, 봄이 와서 명자가 학교 졸업이라도 하고, 달리 무슨 살 방도가 생길 때까지, 집안의 뒤치다꺼리를 해주며 그대로 눌러 있기로 했던 것이다.

그런데 그날 밤, 그만 그런 망측하고 부끄럽기 짝이 없는 일이 생기고 말았었다. 그건 정말 예기치 않은 뜻밖의 일이었다. 그저 하도 목욕한 지가 오래 되어 온몸이 근질근질하고 끈적끈적하기까지 해서, 마침 겨울치고는 몹시 훈훈한 밤이라 솥에 물을 가득 데워놓고, 부엌바닥에 가마니때기를 깔고 앉아, 자배기의 더운 물을 퍼내어 실오라기 하나 걸치지 않은 알몸을 북북 문질러대고 있었던 것이다.

그런데 그날 밤 따라 밖에 나갔던 홍 주사가 여느 때와는 달리 그렇게 일찍 들어올 게 뭔가 말이다.

설사 일찍 들어왔다 하더라도 자기가 미리 알았거나, 아니면 홍 주사가 모르는 체하고 자기 방으로 들어가 버렸거나 했더라면 아무 일도 없었을 게 아닌가. 그런데 자기도 그렇게 일찍 들어오는 기척을 전혀 몰랐고, 또 홍 주사는 일찍 들어왔으면 부엌에서 철벅거리는 물소리가 나더라도 누가 목욕을 하는가 보다 하고 모르는 체 자기 방으로 들어갈 일이지, 점잖지 못하게 살금살금 발자국 소리를 죽여 가며 다가와서, 부엌문 틈으로 살짝 안을 들여다볼 게 도대체 뭔가 말이다. 실오라기 하나 걸치지 않고 목욕을 하고 있는 판인데……. 입장 난처하게…….

아무튼 그런 일이 있은 뒤부터 황선녀는 홍 주사를 대하기가 여간 어색하고 민망스러운 게 아니었다.

생판 남이라면 또 모르겠는데, 이쪽은 처형이고, 저쪽은 제부가 아닌가. 동생이 죽었지만, 좌우간 제부는 제부가 아닌가 말이다. 그런 사이란 엄밀하게 따지면 결국 남남이긴 하지만.

제부에게 살을 보여도 살짝 겨드랑 정도를 보였다거나, 혹은 허벅지나 엉덩이께를 얼른 좀 보였더라도 또 괜찮겠는데, 이건 그게 아니라, 온통 실오라기 하나 걸치지 않은 벌건 알몸을 통째로 드러내 보였으니, 될 말이 아닌 것이다.

그래서 황선녀는 되도록 홍 주사와 얼굴을 마주치지 않으려고 애를 썼다. 부엌에서 마당으로 나갈 때면 혹시 홍 주사가 마당에서 있지나 않나, 마루에서 보고 있지나 않나, 먼저 살피고는 나갔고, 방에서 마루로 나갈 때 역시 마찬가지였다. 마치 그러는 게 버릇처럼 되었다.

그러나 그런다고 해서 한 집 안에 사는 터에 얼굴을 안 맞댈 도리가 있겠는가. 농장에 갔다가 점심을 먹으러 불쑥 들어서는 홍 주사와 마당에서 마주치기도 하고, 동생의 영실에 진찬을 하고 나오다가 마루에서 마주치기도 하고…… 좌우간 일부러 피하려고 드니 오히려 더 자주 마주치는 듯했다.

부엌 할멈이나 명자가 없을 경우에는 하는 수 없이 밥상을 자기가 홍 주사 앞으로 가져가야 하기도 했고 말이다.

그럴 때면 황선녀는 공연히 기분이 쑥스러워지고 묘했다. 살짝 귀밑께가 붉어지는 듯도 했다.

홍 주사 역시 처음에는 어쩐지 처형을 대하기가 멋쩍고 민망스러운 듯 슬그머니 얼굴을 돌리기도 했고, 묘한 웃음을 띠며 눈을 밑으로 내리깔기도 했다.

그러나 그것도 처음 몇 번이지, 차츰 익숙해지자 홍 주사는 처형을 바라보며 의미 있는 웃음을 히죽 웃었고, 황선녀 역시 그 웃음을 받아 넘기듯이 씩 웃게 되었다. 그런 웃음이 몇 차례 오고 간 다음, 어느 날 해 질 무렵이었다.

홍 주사는 농장에서 퇴근해 오다가 누구를 만나 한 잔 걸친 모양이었다. 제법 눈언저리가 미끈둥한 것이 꽤 주기가 있는 듯했다.

마침 그때, 황선녀는 마당 한쪽 구석에 마련되어 있는 무 구덩이에서 무를 두어 개 꺼내고 있었다.

대문을 들어선 홍 주사는,

"처형요, 뭐 하능게?" 공연히 빙글빙글 웃으면서 그쪽으로 다가갔다. 대뜸 보아도 얼굴에 주기가 있는 것 같아 황선녀는 말없이 그저 자기 할일만 했다.

"처형요, 뭐 하능게?"

"……."

"무시 꺼내능게?"

"예." 무 구덩이가 어찌나 깊은지, 팔꿈치께까지 소매를 걷어 올렸는데도 도무지 무가 손에 잘 잡히지가 않는다. 그래서 온통 한쪽 팔뚝을 다 걷어붙이고 납작 엎드리다시피 하며 들이민다. 그제야 손에 무가 잡힌다.

그렇게 큼지막한 무 두 개를 꺼내 들자, 곁에서 가만히 보고 섰던 홍 주사가 별안간 "허허허허……." 너털웃음을 웃는다.

"와 웃능교?" 황선녀가 힐끗 바라본다.

"무시가 하도 굵고 미끈해서……."

"무시가 하도 굵고 미끈한데, 뭐가 그렇게 우습운교?"

"허허허…… 무시도 굵고 미끈하지만, 처형 팔뚝도 어찌나 굵고 미끈하고 허연지…….”

“아이고 지랄!” 황선녀는 그만 자기도 모르게 내뱉으며 살짝 눈을 흘긴다. 그리고 후다닥 부엌 쪽으로 뛰어가 버린다. 굵고 미끈한 무 두 개를 덜렁덜렁 흔들면서.

그런 일이 있은 뒤부터는 홍 주사와 황선녀는 곧잘 농지거리를 주고받았다. 주고받았다기보다는 홍 주사 쪽에서 농지거리를 걸곤 했다고 하는 편이 옳겠지만. 그런데 묘한 것이 황선녀 역시 홍 주사의 그런 농지거리가 결코 싫지가 않았다. 싫기는 고사하고 오히려 은근히 속으로 좋기만 했다. 참 얄궂은 일이었다. ‘처형 팔뚝도 어찌나 굵고 미끈하고 허연지…….’ 이런 말로부터 시작해서 ‘처형 살결이 우짜면 그렇게 피둥피둥하고 곱운동…….’ 혹은, ‘새색시도 그만큼 몸이 좋기가 어려울 낀데…….’ 또는, ‘나이보다 아직 열 살은 더 젊어 보인다니까…….’ 심지어는, ‘시집가면 아직 알라(아기) 셋은 더…….’ 술기운에 이런 소리를 해도, 그저 겉으로, ‘아이고 지랄!’ ‘아이 얄궂어라!’ ‘아이 우야꼬! 문딩이 같이…….’ 이렇게 싫은 체할 뿐, 속으로는 야릇하게 좋기만 하다.

그럴 수밖에 없는 게 그녀는 아직 사십을 간신히 넘었을 뿐인 것이다. 아직 얼마든지 여자이고 남을 터인데, 독수공방을 하는 몸이니 말이다.

4

술이란 참 묘한 물건이다. 그놈의 물건이 들어가면 왜 그렇게 사람의 생각이 부픗하게*(실속 없이 부품하게 큰 것) 부풀어 오르는지, 평소에 잘 떨어지지 않던 입도 곧잘 떨어지고, 따라서 평소에 못할 말도 곧잘 뇌까려진다. 홍 주사가 처형인 황선녀에게 서슴없이 그런 농지거리를 하는 것도 으레 술이 들어갔을 경우이다.

그렇지 않을 때면 아무리 사람이 신통찮은 홍 주사라곤 하지만, 명색이 처형인데, 처형에게 그런 농지거리를 함부로 할 수는 없는 것이다.

더구나 집 한쪽 골방에는 망처의 영실이 마련되어있는 형편이 아닌가 말이다. 상처를 한 지 아직 얼마 되지도 않은 터에, 더구나 남도 아닌 처형에게 멀쩡한 정신으로 그런 농지거리를 하다니, 사람으로서 될 말이 아닌 것이다. 그러나 밤잠자리에 누워서의 생각은 또 다른 것이다. 어둠 속의 본능이라 할까, 육욕이라 할까, 그런 고약한 것이 머리를 쳐든다고나 할까.

처형의 목욕하는 장면을 보지 않았더라면 그런 생각이 떠오를 턱이 없는데, 그 실오라기 하나 걸치지 않은, 피둥피둥하고 탐스러운 알몸이 물기에 젖어 싱싱하게 번들거리던 그 기억이 자꾸 되살아나 괴롭기만 한 것이었다.

안 된다, 안 되지, 처형인데, 안 되고말고…… 한쪽에서는 곧장 이런 소리가 들리는데도, 온몸이 후끈해지며, 눈앞에 물씬물씬 피어오르는 김…… 그 김 속에 줄 흐르는 물…… 그 김과 물을 휘감고 싱싱하게 번들거리며 꿈틀꿈틀 움직이는 여체…… 그런 영상이 어지럽게 흔들리는 것이 아닌가.

말하자면 윤리의식과 본능과의 씨름인 셈이다. 더구나 겨울밤은 길다. 긴 겨울밤을 마치 불면증에라도 걸린 사람처럼 이불을 휘감으며 괴로워하는 것이다.

그런 밤이 거듭되자, 결국 홍 주사의 한 쪽 개눈이 야릇한 빛을 띠기 시작했다. 물론 개눈, 즉 의안에 무슨 빛이 달리 어리는 것은 아니었지만 어쩐지 그렇게 보였다.

그리고 그는, "음—" 하고 무겁고 깊은 신음소리 같은 것을 토하며 속으로 굳게 이를 물었다. 마침내 윤리의식과 본능과의 싸움, 다시 말하면 인간의 내부에 도사리고 있는 신성(神性)과 수성(獸性)과의 싸움은 끝난 셈이다.

그래서 먼저 홍 주사가 행동으로 나타낸 것은 방의 재배치였다. 지금까지 거처하던 방을 새로 배치를 한 것이다. 큰방 아랫목에 노상 누워서 고랑거리던 사람 하나가 영원히 떠난 터이니, 방의 재배치는 언제 해도 해야 할 일이었다. 그러나 그 동안 그저 전대로 아무렇게나 놔두었던 것이다.

병상의 안주인을 보살피느라 자연히 큰방이 거처이던 부엌 할멈과 사랑채의 사랑방 곁에 붙은 조그마한 방에서 더부살이처럼 거처하던 황선녀의 방을 맞바꾼 것이다. 그러니까 이제 황선녀가 큰방 차지를 하고, 부엌 할멈이 사랑채 작은방으로 밀려난 것이다.

어느 모로 보나 그것은 당연한 노릇이었다. 부엌 할멈이 큰방을 계속 차지하고 있다니 말이 아닌 것이다. 그러니까 부엌 할멈으로서도 조금도 기분 나쁠 게 없었다. 오히려 마음 편하게 잘 된 일이었다.

황선녀 역시 동생이 있는데 자기가 큰방 차지를 한다면 뭐하지만, 그렇지 않은 터이니 조금도 어색할 게 없었다. 그저 기분이 좋을 따름이었다. 비록 자기 집은 아니지만, 널찍한 큰방을 차지하게 됐으니 기분이 좋을 수밖에.

그러니까 큰방에는 황선녀와 명자, 그리고 다섯 살짜리 송웅이가 함께 거처를 하게 된 것이다.

겨울에는 사랑방 거처를 안 하니까, 홍 주사의 방은 바로 큰방 옆의 작은방이었다. 말하자면 벽 하나 사이인 것이다.

방학이 되어 광웅이가 돌아오면 사랑방에 불을 넣어서 거기서 지내도록 할 작정인 것이다. 방 재배치라 해야 그저 이런 정도였다. 요는 황선녀의 거처가 홍 주사 바로 자기 방 옆이 되도록 한 것이다.

그리고 홍 주사가 취한 다음 행동은 화투치기였다. 화투치기라면 으레 저녁을 먹고, 학교로 가는 길 모서리 점방 집을 찾아가는 법인데, 이제 그게 아니라, 황선녀와 상대를 하는 것이다. 추운 겨울밤에 웅숭그리고 점방 집까지 찾아갈 필요도 없을 뿐 아니라, 점방 집에서 만날 만나는 그 을씨년스러운 얼굴들과 마주앉아서 담배연기나 내뿜으며 치는 것보다 월등히 새로운 재미가 나는 것이다. 제법 분 냄새도 풍기는 터이니 말이다.

홍 주사가 황선녀와 단둘이 화투치기를 하는 것이 처음 일은 아니다. 한 집에서 일 년 가까이 산 터이니, 더러 심심하면 마주앉아 육백을 치기도 했다.

그러나 그때, 그러니까 큰방 아랫목에 고랑거리는 사람이 누워 있을 때 단둘이 치던 화투와 그 고랑거리는 사람이 없어진 지금 단둘이 마주앉아 치는 화투와는 근본적으로 그 재미가 다르다고 할 수 있다. 그때는 재미가 있었다면 그저 화투치기를 하는 그 자체에만 있었는데, 이제는 그게 아니라, 화투치기 자체에도 재미가 있지만 어쩐지 그에 못지않게 묘하고 야릇한 재미가 그 밑바탕에 깔려 있는 듯한 것이다.

다시 말하면, 그때는 단지 제부와 처형이 화투를 치는 재미에 불과했는데, 이제 그게 아니라, 남자와 여자가 단둘이 화투를 치는 그런 재미인 것이다.

"자, 어서 치소."

"내가 칠 차렌교?"

"처형이 칠 차례 앙이고 그럼 누가 칠 차렌게? 자기 칠 차례도 모르니 원……."

"앗따, 요 단풍을 묵어 삐리야…… 그래야 제부가 청단을 몬 하지."

재미는 남자와 여자가 단둘이 화투를 치는 그런 것이지만, 역시 서로 부르기는 처형, 아니면 제부였다.

그리고 화투치기는 으레 홍 주사가 황선녀의 방인 큰방으로 가서 치는 것이 통례였다. 큰방에는 명자와 송웅이가 있다. 그러나 조금도 개의할 바가 아니니다. 오히려 그들이 있기 때문에 더 떳떳한 것이다. 혹시 남이 보더라도 말이다.

어느 날 밤, 날씨가 궂어지려는지, 어쩐지 저기압 기운이 느껴지는 그런 밤이었다.

그날 밤도 홍 주사와 황선녀는 큰방에서 화투를 치고 있었다. 명자와 송웅이는 어느덧 아랫목 한쪽에 잠이 들어 있었다. 점방 집에 나가 화투를 칠 때는 술이든 뭐든 하다못해 담배 한 개비씩이라도 내기를 해야 재미가 나는데, 황선녀와 둘이 칠 때는 아무 내기를 안 해도 홍 주사는 그저 재미있기만 했다.

이기면 이긴 대로 재미가 나고, 지면 또한 진대로 재미가 나는 것이었다. 참 묘하다면 묘했다. 그런데 그날 밤은 어쩐지 계속 그냥만 칠 게 아니라, 뭔가 내기를 했으면 하는 생각이 들어,

"처형요, 뭐든지 우리 내기를 한 판 칩시더." 하고, 홍 주사가 입을 열었다.

그러자 마치 그 말이 나오기를 기다리고 있기라도 했던 것처럼,

"좋아예, 합시더." 황선녀도 서슴없이 찬성이다.

"뭐 내길 하는 기 좋겠능게? 처형 어디 말해 보소."

"뭐 내길 하는 기 좋을까……." 황선녀는 잠시 생각더니,

"찹쌀모찌 내기합시더." 하고, 벙긋 웃는다.

"찹쌀모찌라니, 찹쌀모찌가 어디 있어야 내길 하지. 요새 찹쌀모찌 파는 데가 천지에 어디 있능게?" 홍 주사가 약간 싱겁다는 듯이 말하자,

"만주에서는 겨울밤 이맘때면 찹쌀모찌를 팔러 다니느라고 야단인데……." 하고 황선녀는 만주에서 먹던 찹쌀모찌 생각이 간절한 듯 살짝 한 번 침까지 삼키며 웃는다.

"만주라면 몰라도 여기서는 찹쌀모찌는 안 되고…… 다른 거 뭐 말해 보소."

"제부가 먼저 말해 보소. 뭐 내기 하면 좋겠능교?"

"음…… 나는……."

"물론 술이겠지예."

"아니구마. 오늘 밤엔 우짠 일인동 술 생각이 안 나느마. 나는…… 이기면 처형이 다리를 좀 주물러 줬으면 좋겠구마."

"다리를 주물러 주다니예?"

황선녀는 약간 얄궂다는 듯이 살짝 눈을 흘긴다.

"비나 눈이 올라 카는지 어쩐지 오늘밤은 팔다리가 좀 쑤시는 것 같애서……."

"하하하……."

"와 웃는게? 처형이 제부 다리 좀 주물러 주는데 나쁠 끼 뭐 있능게? 앙 그렁게?"

"하하하…… 벌써부터 몸이 그래 가지고 우얄라 카능교? 술을 너무 많이 잡사쌓서 그렁 거 아닝교?"

"다른 땐 개않은데, 오늘 밤엔 우짠지……. 좌우간 봄에는 보약을 좀 묵어야겠구마."

"그라이소."

"그건 그렇고…… 어떻게? 내가 이기면 다리를 주물러 주고, 처형이 이기면 내가 처형을 한 번 업어주기로 하는기……."

"아이고 얄궂어라, 업어주기는…… 내가 뭐 어린앤가, 업어주구로…… 하하하……."

"와요? 제부가 처형 한 번 업어주는데 나쁠 끼 뭐 있능게? 앙 그렁교? 우리집에 와서 일 년 내내 수고만 해서 보답으로 한 번 업어디릴라 카는데, 뭐가 나빠서……."

"하하하…… 제부도 참, 얄궂다 얄궂어."

"좋아예, 합시더." 황선녀도 그만 히들히들 웃어버린다. 내심 결코 싫지가 않은 것이다.

그렇게 해서 내기 화투는 시작되었다. 역시 내기 화투가 되고 보니 열도가 달랐다. 그냥 칠 때보다 월등히 딱! 딱! 소리를 내가며 패를 때리고, 또 기어이 이기려고 애를 쓰는 것이었다. 결국 홍 주사가 이겼다. 아무래도 남자가 여자보다 나은 모양이었다. 물론 홍 주사의 패가 잘 들어왔던 것이고, 또 바닥에서 잘 일어나 주었던 것이겠지만.

"자— 처형요, 내 다리 주물러 주소. 내 다리. 자—."

홍 주사는 내기에서 이긴 것이 그저 기분 좋기만 한 듯 싱글벙글 웃으며 두 다리를 쭉 내뻗는다.

"아이고 얄궂어라, 얄궂어라. 정말로 주무르라 카능교?"

"그럼 내긴데……. 거짓말로 주무르는 법도 있능게? 에헴! 자— 어서 주무르소. 어서……."

"아이고 분해래이."

그러나 황선녀는 조금도 분한 표정이 아니다. 그저 재미있고, 우습고, 약간 쑥스러운 듯한 그런 얼굴이다.

"자— 어서 어서……."

"참 벨놈의 내기도 다 있제. 호호호……."

멋쩍은 듯 웃으며 그녀는 슬그머니 홍 주사의 발목께에 두 손을 갖다 댄다. 발목부터 주물러 올라갈 셈인 모양이다.

발목께에 황선녀의 두 손이 와서 살금살금 문지르기 시작하자, 홍 주사는 어쩐지 자꾸 우스웠다. 빳빳한 뼈다귀밖에 없는 발목을 문지르는 것도 우습지만, 그건 문지르는 것이 아니라, 그저 살살 만지는 것에 불과했던 것이다.

"허허허……." 결국 홍 주사는 웃음이 나왔다. 그리고 벌렁 뒤로 드러누우며,

"주무르소, 주물러. 거기 말고…… 장딴지랑 무르팍이 쑤시느마. 알겠능게? 거기는 뺵다구 뿐이구마." 하고 히들히들 웃으며

말했다.

그러자 황선녀의 손이 조금 위로 올라왔다. 장딴지에 닿는 것이다. 장딴지라야 별것도 아닌 출렁출렁한 살점이다. 말하자면 고드러진 셈이다.

그런 것이나마 여자의 두 손이 제법 조무락조무락하자, 기분이 괜찮은 듯 홍 주사는 지그시 두 눈을 감는다. 한참 장딴지를 조무락거리던 황선녀의 손이 이번에는 스스로 무르팍으로 올라온다. 이제 제법 대담하게 주물러대는 것이다. 꽤 시원하고 짜릿한 기분까지 느껴지는 것이다.

그렇게 한참 무르팍을 주무르던 황선녀의 손이 도로 스르르 밑으로 내려가려 하자,

"아니구마!" 하면서 홍 주사는 자기도 모르게 벌떡 상체를 일으키며 그만 덥석 그녀의 손목을 잡아버린다.

도로 밑으로 내려가서는 안 된다는 뜻이다. 무르팍 다음은 이제 허벅다리 차례라는 것이다.

"놔예. 그만 됐지예, 뭐." 황선녀가 손목을 빼려한다.

그러나 홍 주사는 놓아주질 않는다. 놓아주질 않고, 그대로 손목을 쥔 채 가만히 그녀를 바라본다. 그녀를 바라보는 홍 주사의 한쪽 개눈이 야릇한 빛을 띠기 시작하고, 숨소리가 더워진다. 황선녀는 약간 당황한다. 그러자 홍 주사가,

"만주댁." 하고, 부른다. 나직하면서도 어딘지 깊은 곳에서 열기를 띠고 울려나오는 듯한 그런 목소리다. 처형이 아니라 '만주댁'인 것이다.

만주댁이라는 말에 황선녀는 표정이 걷잡을 수 없이 흔들린다.

놀란 듯도 하고, 겁을 집어먹은 듯도 하고, 그러면서도 부끄럽고, 멋쩍고, 얄궂고, 이상한 모양이다. 그런 갈피를 잡을 수 없는 감정이 한데 뒤범벅이 된 표정이다.

"만주댁!"

홍 주사는 그녀의 손목을 지그시 끌어당긴다. 이미 그게 무엇을 의미하는 행위인지 황선녀는 알고도 남는다. 그러나 순간적으로 그저 어찌할 바를 모르고 있는 것이다.

"이리 가까이 와."

"……."

"내가 싫어?"

"……."

"여보!" 만주댁이 아니라 이제 '여보'다.

그제야 황선녀는 번쩍 정신이 든다. 이래서는 안 된다는 생각이 든 것이다.

마침 그때, 어디선지 찍찍찍…… 하면서 냅다 쥐들이 달리기 시작한다. 천정 위가 아니라 저쪽 방이다. 저쪽 영실에서 쥐들이 냅다 찍찍찍 짹짹짹…… 소리를 지르면서 달리는 것이다. 순간 황선녀는 왈칵 소름이 끼친다. 동생의 혼백을 모셔놓은 영실에서 난데없이 쥐들이 마구 달리는 것이다. 방 안을 빙빙 도는 모양이다.

콰당! 무엇이 넘어진다. 아마 촛대가 넘어지는 모양이다. 콰다당! 향로도 넘어지는 모양이다.

"아이고매—." 냅다 소리를 지르며 황 선녀는 벌떡 일어나 자기도 모르게 방문을 열고 후닥닥 마루로 뛰어나간다.

그 바람에 홍 주사도 놀라 덩달아 벌떡 일어나 방 안에 장승처럼 우뚝 선다. 온통 얼굴이 새파랗다. 아랫목 한쪽에서 자던 명자도 놀라 눈을 뜨고, 송웅이도 잠을 깨어 덩달아 놀랐는지 "아응" 울음을 터뜨린다.

바깥에는 어둠 속으로 희끗희끗 눈이 쏟아지고 있다.

5

이튿날 저녁, 홍 주사는 밥상을 물리자, 바로 점방 집으로 나갔다.

어쩐지 오늘 밤은 황선녀와 화투를 칠 생각이 나질 않았던 것이다. 간밤의 일이 쑥스럽기도 하고, 또 왠지 생각할수록 으스스 기분이 나쁘기도 했던 것이다. 하필 그때, 영실에서 쥐란 놈들이 그처럼 지랄을 해댈 게 뭔가 말이다. 마치 죽은 귀신의 넋 이기나 한 것처럼. 그래 그런지, 점방 집에 가서도 도무지 흥이 나질 않았다. 술내기 화투를 치는데도 통 재미가 없어 곧장 담배만 피워댔다. 그러나 술은 여느 때와 마찬가지로 술술 잘 넘어갔다. 제법 정신이 얼얼할 정도까지 마셨다. 그리고 자리에서 일어선 것은 꽤 밤이 깊어서였다.

눈길을 몇 차례 미끄러져 넘어지기도 하며 비틀비틀 집으로 돌아온 홍 주사는 대문을 들어서자 대뜸, "어험! 어험!" 헛기침을 해댔다. 마치 내가 이렇게 술이 얼큰해 가지고 돌아왔다는 표시라도 하는 것처럼.

그러나 큰방에 불이 켜지질 않았다. 이미 황선녀도 깊이 잠이 든 모양이었다.

"어험! 어험!"

공연히 자꾸 헛기침을 해대며, 토방 위에 올라서서는 신에 묻은 눈을 터느라고 일부러 쾅쾅 소리를 내어 굴러대기까지 했으나, 역시 큰방은 불이 꺼진 채 조용하기만 했다.

"음— 벌써 곯아떨어졌구나. 곯아떨어졌어. 업어 가도 모르겠구나. 모르겠어." 어쩌고 하면서 홍 주사는 도리 없는 듯 자기 방으로 비틀비틀 들어갔다.

자리에 벌렁 누웠으나, 홍 주사는 도무지 잠이 오질 않았다. 여느 때 같으면 쉬 잠들 만큼 취했는데도 말이다. 공연히 "음—" "아—" "으—" 앓는 소리 비슷한 소리를 곧장 내뱉으며 이리 뒤척 저리 뒤척 하기만 했다. 그러다가 옆방 쪽으로 가만히 귀를 곤두세우기도 했다. 혹시 무슨 인기척이라도 있을까 해서.

그러나 옆방에서는 아무 소리도 들리지가 않았다. 나중에는 그만 슬그머니 화가 나서 냅다 옆방 쪽 벽을 발길로 한 번 걷어차 버렸다. 그리고 마치 무슨 체념이라도 한 사람처럼 돌아누워 잠이 들려고 하는데, 옆방에서 어떤 인기척 같은 것이 나는 게 아닌가. 혹 딴 소리를 잘못 들었는지는 모르지만, 좌우간 홍 주사는 벌떡 자리에 일어나 앉았다. 그리고 다시 귀를 곤두세웠다.

이건 뭐 사람을 놀리는 건지, 이제 또 아무 소리도 없이 조용하기만 한 것이 아닌가. 슬그머니 또 화가 나려고 하는데, 분명히 무슨 소리가 쫙— 들려온다. 쫙— 물 쏟아지는 소리다.

"흐흠—."

홍 주사의 개눈이 어둠 속에서 번질거린다. 오줌 누는 소리인 것이다. 분명히 누군가가 일어나 큰방 윗목에 놓인 요강에 지금 볼일을 보고 있는 것이다. 그런데 그게 누구의 볼일 보는 소린지 분명치가 않다. 그것을 분명히 알아야겠다는 듯이 홍 주사의 귀는 온통 그쪽으로 바짝 곤두선다. 술이 다 깰 지경이다. 좍— 쏟아지는 소리의 굵기와 그 강도로 보아 틀림없이 어른이다. 명자나 송웅이의 볼일 보는 소리가 저렇게 굵고 줄기찰 수는 도저히 없는 것이다. 분명히 황선녀가 일어나 요강을 타고 앉아 지금 저렇게 힘차게 볼일을 보고 있는 것이다.

"흐흐흐흐……." 홍 주사는 그만 자기도 모르게 나지막한 웃음이 입에서 새어 나와 버린다.

좍— 물 쏟아지는 소리가 멎자, 홍 주사는 일부러 "어험, 험" 헛기침을 한다. 이쪽이 아직 자고 있지 않다는 신호인 셈이다. 그러나 그 신호에 대한 회답은 없고, 다시 조용하기만 하다.

"음—." 홍 주사는 아랫배에 힘을 주며 자리에서 일어난다. 가만히 방문을 연다. 그리고 마루로 나간다.

바깥은 하얀 눈밭이다. 지금도 희끗희끗 조금씩 나부끼고 있다. 우선 홍 주사는 신을 신는다. 그리고 토방으로 내려선다. 자기도 소변이 마려운 것이다. 토방에 서서 내깔길까 하다가, 심야의 하얀 눈밭 위로 희끗희끗 조금씩 나부끼고 있는 눈잎사귀가 별안간 너무 좋아 그만 저벅저벅 마당으로 내려선다. 그리고 눈 위에 아무렇게나 뜨끈뜨끈한 물줄기를 내뿜는다. 술을 먹어서 그런지 물줄기는 한이 없다. 무럭무럭 김을 올리면서 끝없이 쏟아진다. 줄줄줄…… 한없이 내쏟고 있는데 별안간 눈밭 위에 불빛이 활짝 퍼진다.

"아니!"

홍 주사는 약간 놀란다. 계속 볼일을 보면서 얼른 뒤를 돌아본다. 큰방에 불이 켜진 것이다. 그리고 불이 켜진 큰방 문에 황선녀가 앉아 있는 그림자가 비치고 있는 게 아닌가. 마치 화촉동방에 앉아서 신랑이 들어오기를 기다리고 있는 신부처럼.

"흐흠!" 홍 주사의 콧구멍이 절로 벌어질 대로 벌어진다. 이만하면 이제 만사가 형통이 아니고 무엇이겠느냐는 듯이. 툭툭 물줄기를 털고 고의춤을 여민 홍 주사는 방문에 비치는 황선녀의 모습을 잠시 황홀한 듯이 바라본다. 마치 무슨 기다리던 선녀의 모습이 거기 비치기라도 한 것처럼. 그리고 "어험!" 한다.

이제 곧 어른께서 들어가신다는 신호인 모양이다. 그러자 방 안에서 킥! 웃는 소리가 나더니, 곧 불이 꺼져버린다. 첫날밤이란 누구에게나 부끄러운 것이 아니겠느냐는 듯이. 사십이 넘었어도 말이다.

홍 주사는 유유히 토방으로 올라가 신을 벗고, 마루로 올라선다. 그리고 큰방 앞으로 다가가다가 말고 멈칫 멈추어 선다.

힐끗 절로 시선이 영실 쪽으로 돌려지는 것이다. 망처의 혼백을 모셔놓은 쪽 조그마한 골방에서 마치 아내가 보고 있는 듯한 느낌이 들었던 것이다. 그리고 찍찍찍…… 또 쥐 소리가 나는 것도 같았다. 등골을 소름이 좍 흐른다. 그러나 죽은 아내가 보고 있을 턱도 만무했고 쥐 소리도 들리지 않았다. 공연한 착각이었던 것이다.

홍 주사는 얼른 큰방 문을 연다. 그리고 후닥닥 안으로 들어가 후닥닥 문을 닫아버린다. 착각이긴 하지만 어쩐지 으스스한 것이다. 이제 술기가 깨는 모양이다. 방 안은 어둡다. 어둠 속에 가만히 서 있던 홍 주사는 으스스한 기운이 사라지고, 대신 야릇한 열기가 몸에 짜릿하게 번지기 시작하자, 그제야 "휴—" 크게 숨을 한 번 내쉬고는 방 안을 더듬기 시작한다. 말하자면 불 꺼진 신방의 신부를 찾는 셈이다.

더듬더듬 더듬다가 잘 찾아지지가 않자, 불을 켤까 하는데, 저쪽 편에서 힉! 하고 웃는 소리가 들린다. 얼른 그 힉! 소리가 난 쪽을 가서 더듬는다. 이불이다. 이불 밑이 두두룩하다. 이불 밑으로 폭 파묻혀 들어가 있는 것이다.

"히히히……."

홍 주사는 좋아서 어둠 속에서 킬킬 웃으며 그 두두룩한 이불 밑으로 서슴없이 기어들어간다. 물론 물큰한 것이 와 닿는다. 아직 옷은 입었지만, 물큰하고, 뜨뜻하고, 참 희한하다.

홍 주사는 정신없이 그 물큰한 덩어리를 끌어안는다.

"아이고 몰라예." 그러나 그 물큰한 덩어리는 바짝 더 뜨거워지기만 한다.

6

여자란 대체로 한 번 무너지고 나면 형편없이 물렁물렁해지고, 허벅허벅한 상태가 되고 만다. 무너지기 전까지의 그 딴딴하고, 질기고, 차갑기까지 한 자기 수호 본능은 어디로 갔는지 거의 찾아볼 길이 없다. 도리어 남자 쪽이 당황할 지경이 되는 것이다.

황선녀 역시 마찬가지였다. 마찬가지라기보다도 오히려 여느 여자들보다 한술 더 뜨면 더 떴지, 조금도 덜하지가 않았다. 그럴 수 밖에 없는 것이 그녀는 이제 사십을 간신히 넘었을 뿐인데, 그동안 너무나 외롭기만 했던 것이다. 여자 나이 사십이라면 얼른 생각하면 이제 한물갔겠구나 싶지만, 실상은 그게 아니라, 바야흐로 여자의 참 행복을 만끽할 나이인 것이다. 그런 나이인데, 만주에서 이곳 동생 집으로 온 뒤로는 전혀 남자의 살에 접하질 못하다가, 일이 얄궂게 되어 비록 제부이긴 하지만 좌우간 남자의 살을 오래간만에 다시 알게 되었으니, 여느 여염집 아낙네들보다 한술 더 뜰 수밖에.

처음에는 홍 주사가 큰방으로 슬금슬금 건너가는 형편이었으나, 나중에는 황선녀 쪽에서 홍 주사가 기거하는 작은방으로 예사로 찾아드는 판국이 되고 말았다. 예사로 찾아든다고 하지만, 물론 그것은 밤중의 일이다. 그리고 '여보' 하면 '응?' 대답하고 '이보래' 하면 '와예?' 혹은 '와?' 이렇게 응답하는 사이가 되었다.

"처형"이니, "제부"니 하는 호칭은 이제 어디론지 자취를 감추어 버리고 만 것이다. 그렇다고 언제나 그렇게 마음 놓고 주고받을 수 있는 처지는 아니었다.

단둘이만 사는 집이라면 모르지만, 부엌 할멈을 비롯해서 명자도 있고, 송웅이도 있는 것이다. 부엌 할멈의 눈도 사람의 눈이고, 명자랑 송웅이의 눈도 사람의 눈인 것이다. 그리고 한 울타리 안은 아니지만, 이웃 사람들의 눈도 있는 것이다. 사람의 눈이 있는데, 도저히 함부로 그럴 수는 없는 노릇이다.

그리고 사람의 눈보다도 어쩐지 더 두려움을 주는 영실도 있지 않은가. 영실 쪽을 볼 때면 절로 으스스해지는 것이다.

그런데 참 묘한 것은 두려운 사람의 눈이 있고, 또 으스스한 영실이 있기 때문에 홍 주사와 황선녀의 관계는 더 아기자기하고 짜릿짜릿한 것이었다.

그런 방해되는 것이 없다면 훨씬 마음 놓고 화끈화끈 달아오를 것 같지만, 그게 아닌 것이다. 물론 처음 얼마동안은 그렇겠지만, 곧 시들해지고 마는 법이다. 마음 놓고 즐긴다는 것은, 다시 말하면 개방적인 관계란 곧 싫증을 몰아오는 것이다. 남의 눈을 피해서, 등 뒤에 으스스한 것을 느끼면서 은밀히 뒤엉키는 사이란 좀처럼 그 질깃질깃한 맛이 풀어지지 않는 법이다. 말하자면 긴장감의 연속인 것이다.

그런 긴장감의 연속에서 우러나는 묘하고 야릇한 쾌감을 마음껏 누리고 보니, 자연 홍 주사는 날로 몸이 흐느적해지는 것 같았다. 마치 몸의 여기 저기 나사가 조금씩 흐느적 헐렁해지는 듯한 상태였다.

그러나 황선녀는 그게 아니었다. 오히려 눈빛이 그전보다 반질반질 생기가 돌아 보이고, 살갗도 도리어 윤기가 나 보였다. 낮으로 곧잘 한숨씩 늘어지게 자는 것이 역시 좀 피곤한 모양이긴 했지만.

홍 주사와 황선녀의 사이가 그렇게 된 뒤로 집 안에 다시 한약 냄새가 풍기기 시작했다. 이번에는 홍 주사의 보약 달이는 냄새였다.

서기댁이 아직 살아서 고랑거릴 때 풍기던 한약 냄새는 좀 시큰하고 씁쓰름한 그런 것이었지만, 이번 것은 어딘지 모르게 구수하고, 감미도 약간 풍기는 썩 좋은 향기였다.

그 보약을 황선녀는 정성껏 달였다. 혹시 물이 많지나 않을까, 혹시 약이 너무 졸아들지나 않을까…… 하고. 그리고 아침, 낮, 저녁,

세 번씩 그녀는 반드시 자기 손으로 약을 짜서 자기 손으로 홍 주사에게 약사발을 가져가는 것이었다.

그런 그녀의 정성을 눈치 채지 못할 부엌 할멈이 아니었다. 그러나 부엌 할멈은 그저 속으로 이상하다, 혹시 두 사람 사이가…… 하고 수상하게 여길 뿐, 겉으로는 아무 내색을 하지 않았다.

명자는 어머니가 이모부의 한약에 정성을 들이는 게 조금도 이상스럽게 생각되지는 않았다. 그 대신 명자는 이모부가 어디가 아픈지 그게 궁금했다. 이모도 아파서 노상 한약을 먹다가 결국 돌아가시더니, 이번에는 이모부가 한약을 먹기 시작하는 것이 아닌가. 슬그머니 겁 같은 것이 나기도 했다. 그래서 한 번은 약을 짜고 있는 어머니에게,

"어무이, 이모부 어디가 아프셔?" 걱정스레 물어보았다. 명자의 묻는 말을 황선녀는 못 들은 체 그저 약을 짜기에만 여념이 없다.

"응? 어무이."

"뭐?" 그제야 황선녀는 힐끗 명자를 거들떠본다.

"이모부 어디가 아프시나 말이다."

"아프시긴……."

"그럼 와 한약을 잡숫노?"

"보약 앙이가."

"보약? 보약이 뭔데."

명자는 아직 보약이라는 것이 무슨 약인지 모르는 것이다.

"보약도 모르나? 이 빙신아, 보약은 기운 나라고 묵는 약 앙이가."

"기운 나라고 묵는 약? 하하하……."

명자는 그만 까르르 웃는다. 기운 나라고 먹는 그런 약도 다 있나 싶은 모양이다. 약이라면 으레 아파야 먹는 것인 줄 알았는데 말이다. 이모부 요새 왜 그렇게 기운이 없는고…… 얄궂제, 싶다.

명자가 까르르 웃자, 황선녀는,

"가시나, 웃기는……." 하고 살짝 눈을 흘긴다.

이모부와 어머니와의 사이를 전혀 눈치 채지 못하던 명자도 마침내 어느 날 밤, 두 눈이 휘둥그레지고, 입이 딱 벌어지고 말았다.

겨울이 점점 깊어져 가는데도 날씨가 마치 해동하는 것 같은 그런 밤이었다. 잠이 들었던 명자는 오줌이 마려워서 눈을 떴다. 방안은 어두웠다. 자리에서 일어나려던 명자는 "아니?" 약간 긴장이 되며 가만히 귀를 기울였다. 옆방에서 이상한 소리가 들리는 것이 아닌가. 이모부가 혼자 자는 방에서 이 밤중에 무슨 일일까. 바짝 벽 쪽으로 귀를 가져간다. 알 수가 없다. 정말 지금까지 한 번도 들어본 적이 없는 그런 소리다. 답답해서 숨을 헉헉 내뱉는 것 같기도 하고, 어디가 아파서 가만가만 앓는 것 같기도 하고, 마치 무거운 짐이라도 들어올리는 듯한 신음소리가 이따금 들린다. 얄궂다, 도대체 무슨 일일까. 이 밤중에…….

"아하—." 명자는 속으로 생각한다. 이모부가 어디 아픈 모양이라고. 자다가 아파서 꿈틀거리며 괴상한 소리를 내고 있는 모양이라고.

기운이 없어서 한약을 먹는다더니, 결국 효험도 없이 병이 나다니…… 덜컥 걱정이 되어 명자는 나직한 소리로 "어무이 어무이." 하고 어머니를 더듬어 찾는다. 잠든 어머니를 깨우려는 것이다. 그러나 어찌된 셈인지, 아무리 더듬어도 어머니가 손에 와 닿질 않는다. 송웅이는 얼른 만져지는데 말이다. 이상하다고 생각하며 명자는 얼른 일어나 성냥을 찾아서 불을 켠다.

남포등에 불을 붙이고 나서, 명자는 눈이 둥그레진다. 방에 어머니가 없는 것이 아닌가. 어머니가 누워 자던 자리에 빈 베개만 덜렁 굴러 있다. 이 밤중에 어딜 간 것일까. 변소에라도 간 것일까. 그런데 그때, 옆방에서 분명히 킬킬킬 웃는 것 같은 여자의 목소리가 들리질 않는가.

명자는 다시 바짝 귀를 곤두세운다. 옆방의 괴상한 소리는 분명히 한 사람의 소리가 아닌 것이다. 두 사람이다. 하나는 남자고, 하나는 여자에 틀림없다.

명자는 자기도 모르게 살금 방문을 열고 밖으로 나간다. 온몸이 야릇하게 떨린다. 그렇다면 혹시 어머니가 옆방에…… 싶은 것이다. 그런데 옆 방 방문에 불이 환하다. 명자는 침을 조심스레 꿀꺽 삼킨다. 그리고 살금살금 발소리를 죽여 가며 옆 방 방문께로 다가간다.

방문 곁에 살짝 붙어 선 명자는 잠시 숨을 죽이고 방 안의 기척을 엿듣는다. 아까 큰방에서 듣던 그런 괴상한 소리가 아직 그대로 계속되고 있다. 큰방에서 들을 때보다 한결 선명하게 귀에 들어온다. 분명히 두 사람의 소린데, 하나는 남자고, 하나는 여자다.

그런데 남자는 이모부이고, 여자는 틀림없이 어머니인 것 같다. 그 괴상하게 신음을 하는 것 같은 음성이 틀림없는 것이다. 도대체 이모부와 어머니가 이 밤중에 한 방에서 무엇을 하고 있는 것일까. 둘이 다 몸살이라도 나서 함께 신음을 하고 있는 것이란 말인가.

명자는 바짝 호기심이 동한다. 그래서 어디 찢어진 구멍이라도 없는가 하고 방문을 살핀다. 아무 데도 찢어진 데가 없다. 몇 군데 찢어진 자리는 깨끗이 발라 놓은 것이다. 겨울인데 찢어진 곳을 그대로 놓아두었을 턱이 없는 것이다.

하는 수 없이 명자는 오른손 인지를 입으로 가져간다. 손가락 끝에 침을 묻혀 가지고 살그머니 창호지에 갖다 대고 누르는 것이다. 그렇게 해서 감쪽같이 뚫어진 구멍으로 안을 들여다본 명자는 하마터면 냅다 소리를 지를 뻔했다. 너무나도 뜻밖의 광경이 그 문구멍으로 들여다보였던 것이다.

물론 이모부와 어머니였다. 그러나 그게 보통 때의 이모부와 어머니가 아니라, 아주 짐승 같은 이모부와 어머니였다. 온통 벌건 알몸뚱이인 것이다. 벌건 두 알몸뚱이가 남포등 불빛 아래서 부끄럽지도 않은 모양이었다.

입이 딱 벌어지고, 두 눈이 사정없이 휘둥그레진 명자는 그러나 그게 무슨 수작인지 얼른 알 수가 없었다. 명자는 열다섯 살이다. 아직 그런 방면에 철이 덜 들었다. 그러나 명자는 곧 머리에 떠오르는 것이 있었다.

지난봄, 생이숲에서 광웅이 오빠가 월례에게 달려들어 치마를 걷어 올리고, 즈로스를 벗겨 내리려고 버둥거리던 광경이다.

그 광경과 지금 문구멍으로 들여다보이는 광경의 유사성이 번뜩 머리를 지나가자, 그제야 명자는 우야꼬, 우야꼬, 아이고 얄궂어라! 싶다. 지금 이모부와 어머니가 무슨 수작을 하고 있는지 알겠는 것이다.

명자는 그만 낯빛이 새하얘진다. 덜컥 겁도 나는 것이다. 보아서는 안 될 무서운 광경을 본 듯 오스스 떨리기까지 한다. 명자는 얼른 문구멍에서 눈을 뗀다. 그리고 발자국 소리가 안 나도록 후닥닥 큰방으로 돌아간다. 큰방에 돌아온 명자는 등불을 훅 불어 끄고 정신없이 이불 속으로 파묻혀버린다. 이불 속에 묻혀서 잠시 꼼짝도 않고 새우처럼 꼬부라져 있던 명자는 마침내 훌쩍훌쩍 울기 시작한다. 왠지 원망스럽고, 무섭기도 하고, 분하기도 한 그런 것이 설움이 되어 녹아 흐르는 것이다. 한참 훌쭉훌쭉 눈물을 흘리고 난 명자는,

"더럽다, 더럽어. 인제 엄마라고 안 부를 끼다. 안 불러." 하고 내뱉는다.

"그런 기 다 엄마라 말이가. 에이 더럽어라."

침이라도 탁 뱉어주고 싶은 심정이다. 이모부하고 그런 짓을 하다니, 정말 어처구니가 없고, 무섭기도 하고, 구역질이 나기도 하는 것이다. 명자는 생각한다. 학교 졸업을 하면 동경으로 아버질 찾으러 가야지, 하고. 아버지는 왜 우리를 버리고, 혼자 동경에 가신 것일까……. 동경에서 혼자 무얼 하고 계시는 것일까……. 별안간 아버지 생각이 간절해지며, 슬그머니 원망스럽기도 하다.

7

겨울방학이 시작되고 일주일이나 지나서야 경성에서 광웅이가 돌아왔다. 여느 때 같으면 방학이 시작되면 바로 귀성을 하는 터인데, 이번 겨울방학에는 어찌된 영문인지 일주일이나 지나서 건들건들 돌아온 것이다.

일주일이나 늦게 돌아왔지만, 홍 주사는 조금도 미심쩍게 생각하질 않았다. 왜 늦었느냐고 묻지도 않았다. 그저 속으로 저 녀석 또 왔구나 귀찮은 녀석…… 싶었다. 말하자면 늦게 돌아올수록 좋고, 또 되도록 빨리 경성으로 돌아가 주면 더욱 좋은 것이다. 광웅이가 집에 돌아온 게 조금도 반갑지가 않은 것이다.

전에는 월례 때문에 그런 심정이었지만, 이번에는 황선녀 때문에 그런 것이다. 황선녀와 자기와의 사이를 광웅이가 눈치를 채면 야단인 것이다. 슬그머니 두렵기까지 하다. 그 버르장머리 없는 놈이 혹시 어떤 태도로 나올지 모르니 말이다. 눈 위의 혹이라도 이만저만 귀찮은 혹이 아닌 셈이다.

이번에 돌아온 광웅이는 얼굴에 여드름이 그전보다 월등히 많이 돋아 있었다. 수효도 많지만, 크기도 그전 것들보다 훨씬 컸다. 큼직큼직한 여드름이 온통 툭툭 불거져 있는 것이었다. 어떤 자리는 푸르뎅뎅하기까지 했다. 거듭 돋아나는 여드름을 짜고 또 짰기 때문에 그런 모양이었다. 그런 자리에는 희끗희끗 반창고가 오려 붙여져 있기도 했다.

그리고 턱주가리에는 유별나게 큰 놈이 한 개 불거졌는데, 그놈은 웬 셈인지 노오랗게 익었는데도 짜질 않고, 그냥 내버려두고 있었다.

소위 '오모와레 니끼비'(사랑받는 여드름) 라는 것이었다. 누군가가 자기를 무척 연모할 것 같으면 턱에 그렇게 큼직한 여드름이 돋아난다는 것이다. 그래서 그놈만은 손을 안 대고, 소중히 가꾸는 모양이었다.

광웅이는 자기가 온 뒤로 새로 불을 지피는 사랑방 아랫목에 엎드려서 조그마한 손거울을 앞에 놓고 여드름을 짜는 것이 한 가지 일과였다. 그리고 턱주가리의 그 '오모와레 니끼비'를 들여다보는 것이 즐거움인 듯했다. 무슨 소중한 표지라도 되는 듯 곧장 그놈을 들여다보며 아련한 그리움 같은 것에 잠겼다. 그리고 견딜 수 없는 충동이라도 일어난 것처럼 불현듯 편지를 쓰기도 했다. 편지는 으레,

—사랑하는 '데이슈꾸(貞淑)'에게.

이렇게 시작되었다.

광웅이는 경성에서 데이슈꾸라는 여학생과 연애를 걸고 있는 것이었다.

방 아랫목에서 여드름을 짜고, 때로는 편지를 쓰고, 그리고 잡지 나부랭이를 좀 펼쳐보다가 낮잠이나 자든지, 아니면 스케이트를 메고 집을 나서는 것이 광웅이의 일과였다.

그날도 점심을 먹고, 낮잠을 한숨 자고 나서, 광웅이는 스케이트를 메고 집을 나섰다.

"야마노 사비시이 미스우미니 히도리 기다노모 가나시끼 고꼬로……"(산중의 쓸쓸한 호숫가에 혼자서 찾아온 서러운 마음……) 어쩌고 하는 유행가를 가볍게 휘파람으로 날리며 골목길을 걸어 나가는데, 저만큼 앞에 이쪽으로 걸어오다가 주춤 멈추어 서는 계집애가 있었다.

월례였다. 월례를 본 광웅이는 씩 웃었다. 코로 실룩 웃는 웃음이었다. 그리고 광웅이는 아무렇지도 않는 밋밋한 얼굴로 계속 휘파람을 날리며 건들건들 걸어간다.

스케이트를 어깨에 메고 걸어오는 광웅이를 본 월례는 가슴이

공연히 두근두근 뛴다. 주춤 멈추어 선 월례는 약간 고개를 숙이고 수줍은 듯 살짝 옆으로 몸을 돌린다. 귀밑이 화끈 뜨거워지는 것 같다.

그러나 광웅이는 조금도 안색이 달라지지 않는다. 너 같은 것 언제 봤더냐는 식으로 예사로 걸어온다. 휘파람을 더 힘주어 불어대면서.

광웅이가 모르는 체하고 지나치려 하자, 월례는 자기도 모르게,

"언제 왔어예?" 살짝 바라보며 묻는다.

"며칠 전에……." 무뚝뚝한 대답이다.

"방학이지예?" 뻔한 소리를 또 묻는다.

"웅"

"스케또 타로 가예?"

"웅." 그리고 광웅이는 성큼성큼 지나쳐버린다.

"아— 아— 아노 가오데— 아노 고에데—"(아, 아 그 얼굴로 그 목소리로) 하고 유행가조의 군가를 이번에는 목청을 돋우어 불러대면서, 너 같은 촌 가시나하곤 이제 상대도 안 한다는 듯이 말이다.

그렇게 노래를 부르며 뒤도 돌아보지 않고 걸어가는 광웅이의 뒷모습을 월례는 멀뚱히 바라본다. 어쩐지 가슴에서 무엇이 와르르 무너지는 듯한 느낌이다. 왈칵 설움 같은 것이 복받치기도 한다. 원망스러운 듯한 기분이기도 하다.

그렇다고 월례가 내심 광웅이를 기다리고 있었거나, 그를 노상 생각하고 있었던 것은 결코 아니다. 오히려 만나면 곧잘 남의 치마 밑으로 손을 디밀고 부끄러운 즈로스까지 벗겨 내리려고 하던 그 망측한 일을 생각하면 절로 고개가 내둘러지던 터이다. 앞으로 절

대 안 만나리라고까지 생각했던 터이다.

그러면서도 묘하게 어떤 때는 광웅이가 즈로스를 벗겨내려 가지고 뭘 어떻게 하는지 한 번 내버려 두어 보았으면 하는 생각이 들기도 했다. 혼자 가만히 그런 생각을 하다가,

'안 되지, 안 돼. 큰일 날라고. 히히히…….'

부끄럽게 웃었다. 신랑 각시도 아닌데, 절대 그럴 수는 없는 것이다. 그러니까 광웅이가 가슴 속에서 떠나지 않는 것이 아니라, 그가 하던 수작이 짙게 머리에 남아 이따금 얄궂게 고개를 쳐드는 셈이었다.

'자식, 지가 뭔데?' 월례는 탁 내뱉으며 냅다 골목길을 달리기 시작한다.

'중학생이만 젤잉강! 엣취! 더럽어라.'

입으로는 그렇게 뇌까리면서 월례는 두 눈에 핑 눈물이 어린다.

사람이 그럴 수가 있는가 말이다. 한때는 월례 씨, 월례 씨하고 달아서 야단이더니, 이제는 사람을 뭘로 아는지, 대답도 그저 응, 응 하다니……. 그리고 남을 비웃는 것처럼 냅다 노래를 부르며, 뒤도 안 돌아보고 가버리니……. 분해서 견딜 수가 없다.

집 작은방으로 뛰어 들어간 월례는 그만 아랫목에 풀썩 엎어져서 흑흑 흐느껴 울기 시작한다.

방문 곁에서 물레를 잣고 있던 모량댁이는 무슨 영문인지 모르고,

"앙이, 와 카노? 응? 월례야, 월례야……." 눈이 휘둥그레진다.

제7장

1

졸업식 날이다.

교실 앞 화단엔 개나리꽃이 피어 곱게 우거졌다. 마치 노오란 구름송이 같다.

교실 세 개를 터서 만든 임시 강당엔 졸업생을 비롯해서, 재학생 그리고 내빈들이 가득 찼다. 지금 정면 교단 위에서 니시지마 교장의 식사(式辭)가 한창이다. 장내의 모든 시선이 니시지마 교장에게로 집중되고 있다. 니시지마 교장의 까만 나비수염이 이따금 꿈틀꿈틀하는 것이 인상적이다. 니시지마 교장은 연설을 할 때면 곧잘 코밑의 나비수염을 꿈틀거리는 것이다.

졸업생 여생도들 뒤쪽에 섞여 앉은 월례도 멀뚱히 니시지마 교장을 바라보고 있다. 그러나 월례는 이따금 복도 쪽 창변으로 살그머니 시선을 돌린다. 그리고는 마치 무엇에 놀란 것처럼 찔끔 목을 움츠리곤 한다.

복도 쪽 창변엔 내빈들이 앉아 있다. 내빈들이라도 면장, 주재소 소장, 동척농장 관리인, 그리고 각 부락의 구장 같은 유지급들이다. 일반 학부형들은 뒤쪽에 앉아있는 것이다. 그런데 그 유지급들의 좌석 맨 끝에 홍 주사도 앉아있는 것이 아닌가. 홍 주사라기보다도 동척농장의 서기 자격으로 말이다.

월례가 이따금 그쪽으로 살그머니 신경을 쓰는 것은 바로 그 때문이다. 졸업식에 홍 주사가 와서 앉아있다니, 여간 기분 나쁘지가 않은 것이다. 불안하기까지 하다. 꼭 자기를 지켜보고 있는 것만 같다. 지켜보고 있다가 식이 끝나면 바로 덥석 끌어갈 것만 같은 것이다. 그래서 월례는 의의 깊고 감개무량해야 할 졸업식이 도무지 뒤숭숭하고 얄궂기만 하다. 니시지마 교장의 식사도 귀에 잘 들어오질 않는다. 유익한 좋은 말을 많이 하는 것 같은 데 말이다.

홍 주사가 내빈석에 와 앉아있는 것은 물론 월례 때문은 아니다. 명자의 이모부라는 입장에서 졸업식에 온 것이다. 황선녀의 부탁도 있고 해서. 그러나 그는 자리에 앉아서 처조카인 명자보다도 월례에게 더 관심을 기울이고 있었다. 명자는 아예 안중에도 없는 거나 마찬가지였다.

여생도 뒤쪽에 앉아 있는 월례를 벌써부터 발견해 가지고는 곧장 그녀를 지켜보고 있는 것이었다.

이제 졸업이니 머지않아 자기의 애처가 되겠지 생각하면서. 이젠 애첩이 아니라, 애처임인 것이다. 상처를 한 터이니 그럴 수밖에. 재취이긴 하지만 역시 애처에는 틀림이 없는 것이다.

그런데 한 가지 문제가 있다. 황선녀다. 황선녀와의 관계를 청산하지 않고는 어려운 것이다. 그 관계가 잘 청산이 될까……. 애초에 뭐 부부관계가 되어 언제까지나 함께 살자고 시작했던 일은 아니니, 적당한 구실을 붙여 잘 때 내면 안 떨어질 까닭이 없는 것이다. 지금 상태로 보아서는 거머리처럼 여간해서 잘 떨어질 것 같지가 않기는 하지만……. 좌우간 문제는 그거다. 어쩌면 골치깨나 아플지 모른다.

그런 생각을 하면서도 아무튼 홍 주사는 새로운 희망에 가슴이 부풀어 오르고 있는 것이다. 계절도 바야흐로 봄이 아닌가.

이번에는 지난 해 봄 같이 그런 낭패가 있어서는 절대 안 된다는 생각도 한다. 설마 월례 자신도 이번에는 작년처럼 그렇게 나오지는 않겠지. 이제 첩이 아니라 당당한 처가 아닌가 말이다. 처지가 썩 잘 된 것이다.

홍 주사는 절로 빙그레 미소가 지어진다. 한쪽 개눈에도 미소가 어리는 것 같다. 그런 얼굴로 저만큼 앉아 있는 월례를 지그시 건너다본다.

니시지마 교장의 식사가 끝나자, 다음은 내빈 축사였다.

면장과 주재소 소장이 축사를 했다.

축사 다음은 졸업식의 노래였다. '호다루노 히카리 마도노 유키'(반디의 불빛 창문의 흰 눈)라는 졸업식의 노래가 시작되자, 졸업생 여생도들 중에는 훌쩍훌쩍 우는 아이가 많았다.

월례도 주르르 눈물을 흘리며 울기 시작했다.

노래의 곡조 자체가 구슬프기도 했지만, 어쩐지 앞으로의 일이 그 구슬픈 곡조에 실려 처량하게 다가오는 것만 같아 월례는 다른 여생도들보다 더 슬프게 울었다.

2

요즘 안 서방은 매일 동척농장의 창고 속에 가득 쌓인 벼 가마니를 읍내로 실어 나르느라고 바쁘다. 물론 안 서방뿐 아니라, 많은 구루마꾼들이 동원되고 있다. 지난 해 가을 공출한 벼인 것이다.

새벽 일찍부터 시작해서 하루에 두 차례, 때로는 욕심을 부려 세 차례까지 왕복하기도 한다. 오늘도 안 서방은 두 번째 벼 가마니를 싣고 읍내로 들어서 정거장 쪽으로 향해 가고 있다. 정거장 창고에 갖다가 짐을 부리는 것이다.

말고삐를 잡고 채찍을 휘두르면서 정거장 가까이 간 안 서방은 절로 눈이 휘둥그레진다.

정거장 마당에 웬 사람들이 허옇게 모여 앉아있는 것이 아닌가. 모두 보따리를 하나씩 가지고 말이다. 그리고 주위에는 가족들인 듯한 노인네랑 아낙네들이 앉거니 서거니 서성거리고 있다.

"흐흠—." 안 서방은 이맛살을 찌푸리며 고개를 두어 번 끄덕인다. 알 만한 일인 것이다. 정거장 창고에 짐을 부리고 나온 안 서방은 구루마를 한쪽 가에 세우고, 말에게 먹이를 준다. 그리고 구루마에 걸터앉아 쌈지를 꺼내어 곰방대에 담배 한 대를 붙인다. 빠끔빠끔 곰방대를 빨면서 모여 앉은 사람들을 멀뚱히 바라본다. 젊은 사람들이 대부분이지만, 개중에는 거의 자기 나이 또래가 되어 보이는 사람도 더러 섞여 있다.

어쩐지 슬그머니 불안한 생각이 들기도 한다. 저렇게 나이 많은 사람도 섞여 있는 걸 보니, 어쩌면 자기도 미구에 저런 신세가 되지 않을까 두려운 것이다.

푸— 화라도 나는 것처럼 담배연기를 냅다 내뿜는다. 저만큼 떨어진 곳에 며느리인 듯한 새파란 새색시와 함께 앉아 있던 노파가 자리에서 일어나, 이쪽으로 다가온다.

"보소, 불 좀 빌립시더."

"예." 안 서방은 곰방대를 노파 앞으로 내민다. 담배에 불을 붙이고 난 노파가 "후유—" 한숨을 쉰다. 그리고 혼잣말처럼,

"우리는 인제 우예 살똥 모르겠구마." 하고 중얼거린다.

안 서방은 노파의 그 말이 무슨 뜻인지 짐작하면서도,

"와예? 아들이 나가능교?" 묻는다.

"야, 징용인가 뭔가 그놈의 것에 벌써 하나를 빼앗깃는데, 또 안 데리 가능게. 장개를 간 지 한 달도 몬 됐는데, 글씨 징용인가 지랄인가 그기 또 안 나왔능게. 후유—."

"쯧쯧쯧……." 안 서방은 혀를 찬다.

"저기 앉은 저 색시가 우리 새 메느리 아닝게."

"하하— 저런 새 각시를 두고 징용을 가다니…… 쯧쯧쯧……."

"둘이나 데리가 삐리면 농사는 누가 지라고……. 맏이가 있긴 있지만, 병골이라서 통 일을 몬 하는데……. 여보소 이 일을 우짜면 좋응게?"

"휴— 참 사정도 없는 놈들이지—."

그리고 안 서방은 혹시 누가 듣지나 않았나 두려운 듯 얼른 주위를 살핀다.

"아이고— 내 팔자야—." 노파는 팔자를 한탄하면서 며느리 있는 쪽으로 돌아간다.

푸— 연기를 마저 내뿜고 나서 안 서방은 곰방대 꼭지를 구루마 바퀴에 냅다 땅땅 두들긴다. 재를 뽑기 위해서지만, 마치 무슨 화풀이라도 하는 것처럼. 그리고 후닥닥 구루마를 몰기 시작한다. 그 자리를 얼른 떠나고 싶은 심정인 것이다. 징용 가는 것을 처음 본 것은 결코 아니다. 자기네 마을에서도 벌써 여러 차례 많은 사람이 징용에 끌려 나간 것이다. 그러나 이렇게 징용 가는 사람들이 무더기로 정거장 마당에 모여 앉아 기차를 기다리고 있는 광경을 직접 눈으로 보기는 처음인 것이다. 가족들이 주위에서 안타깝게 서성거리고 있는 광경은 차마 오래 구경하고 있을 수가 없다.

한숨을 쉬고, 팔자 한탄을 하던 노파 때문에 기분이 더 우울해진 안 서방은 그대로 구루마를 몰고 집으로 향하질 못한다. 아무래도 한잔 해야 되겠는 것이다. 쇠전거리 쪽으로 구루마를 돌린다. 쇠전거리 한쪽 가의 말뚝에 말을 매어 구루마를 세워놓고 안 서방은 분통이 집을 찾아간다. 손님이 없어 혼자 술청에 우두커니 앉아 하품을 하고 있던 분통이가 호들갑스럽게 반긴다.

"아이고 어서 오소. 삼도 서방."

분이 보오얗게 묻은 얼굴에 대번에 웃음이 활짝 핀다.

"술 한 대접 주소."

"어서 앉으소. 그런데 삼도 서방, 오늘은 우째 기분이 별로 안 좋은 것 같은데. 무신 기분 나쁜 일이라도 있었능게?"

"어서 술이나 달라니까구마."

"얄궂대이. 누가 술 안 준다 카나. 우째 그리 무뚝뚝하노. 오늘은 마느래 아닌가배?"

그제서야 안 서방은 "호호호……." 웃음이 나온다.

분통이는 술대접을 안 서방 앞에 놓으며,

"무신 일이 있었노? 이 문둥아, 말 좀 해 봐라. 답답다."

생글생글 웃는 얼굴로 마구 농지거리다. 좀 기분이 누그러진 안 서방은 대접을 들어 벌컥벌컥 몇 모금 마시고 나서,

"징용 나가는 사람들을 봤더니 기분이 영 안 좋네."

하면서 깍두기를 한 조각 집어 든다.

"호호호호……." 분통이가 까르르 웃음을 터뜨린다. 우스워 죽겠는 모양이다.

"난 또 무신……. 징용 나가는 기 뭐 그리…… 호호호……. 한 번 두 번도 아니고, 사흘이 멀다 하고 나가는 판인데……."

"정거장 마당에 모여 앉아 있는 걸 처음 봤거든, 가족들이 어떻겠노 말이다."

안 서방은 대접을 입으로 가져간다.

"징용이 문제 앙이구마. 아능게?" 분통이의 두 눈이 야릇하게 빛난다.

대접을 놓고, 그르르— 트림을 한 번 하고 나서 안 서방은 깍두기를 와작와작 씹으면서,

"징용이 문제 아니라니?" 예사롭게 묻는다.

"징용이사 있을 수 있는 일 아닝게? 전쟁판이니까."

"그런데?"

"그런데 말이구마, 이번에는……." 분통이의 목소리가 현저히 낮아진다. 다른 손님이 아무도 없는데도 무척 조심스러운 모양이다.

안 서방도 약간 긴장이 되는 표정으로 한쪽 귀를 분통이 쪽으로 살짝 기울인다.

"공출이라도 아주 희한한 공출이 나온다누마."

"무슨 공출?"

"여자 공출이라누마."

"뭐? 여자 공출?"

"예."

"허허허허……." 이번에는 안 서방이 껄껄 웃는다. 말 같지도 않은 소리라는 듯이.

"와 웃는게?"

"여자 공출이라니, 사람을 어떻게 공출하노 말이다. 허허허……."

"거짓말인 줄 아능게? 두고 보소. 말하자면 여자 징용이지."

"여자 징용?"

"예, 주로 처녀들을 징용해 간다누마."

"뭐라? 정말잉게? 누가 카덩게?" 안 서방의 두 눈이 휘둥그레진다.

"군청에 다니는 양반한테 들었구마. 우리집이 이래 뵈도 군청에 다니는 양반도 다 출입하누마. 아능게?"

"……."

"틀림없는 말이구마. 미구에 처녀 공출이 나올 끼니, 두고 보소."

"음—." 안 서방의 얼굴이 형편없이 쭈그러진다. 대뜸 월례 생각이 나는 것이다. 처녀 공출이라니, 이게 무슨 해괴망측한 벼락인가. 군청에 다니는 사람의 말이라니, 틀림없을 게 아닌가.

"집에 숙성한 딸이 있는게?"

"열여덟 살 묵은 기 하나 있는데……."

"아이고— 열여덟 살 같으만 맞바로 공출감이구마. 틀림없구마. 공출이 나와도 첫 번째로 나오겠는데……. 아이고— 빨리 여워*('여의다'의 영천말. 딸을 시집보내는 것) 삐리소."

"음—."

"시집 간 여자는 개않다누마. 아무 데나 적당한 데 빨리 여워 삐리는 기 안심이구마. 내 말만 들으소."

"음—." 안 서방은 그저 무거운 신음소리를 내며 벌컥벌컥 마구 술을 기울여댄다. 오늘 참 지랄같이 심란한 일만 보고 듣는 셈이다.

3

그날 밤, 안 서방은 물론 마누라에게 그 이야기를 했다. 그 이야기를 들은 배성녀는 소스라치게 놀라는 것이었다.

"그기 정말잉게? 세상에 참 살다보니 벨 놈의 꼴도 다 보겠네. 처녀 공출이라니……. 아이고— 지랄 문둥이 같은 놈들. 썩어 문드러질 놈들."

그러나 욕을 해댄다고 될 일이 아니었다. 결국 두 내외는 월례를 하루 속히 홍 주사에게 시집보내버리기로 했다. 기왕에 말이 나와 있는 것, 질질 끌 것이 아니라 하루라도 빨리 성례를 시켜버리기로 합의했다. 그러는 도리밖에 없었다. 도무지 불안해서 견딜 수가 없는 것이다.

지난해와는 달리 이제 첩으로 주는 것이 아니라, 재취로 주는 셈이니, 부모로서 조금은 마음이 덜 괴로울 게 아닌가. 그래서 이튿날, 벼 가마니를 읍내로 한 번 실어 나르고 돌아와서 안 서방은 홍 주사를 만났다.

농장 창고 모퉁이에서였다. 안 서방은 두 손을 앞에 모아 쥐고, 허리까지 약간 구부정하게 굽히고는 마치 무슨 사정이라도 하는 사람처럼 입을 열었다.

"홍 주사 어른, 저…… 인제 봄이지예?"

"허허허…… 봄이지."

홍 주사는 대뜸 안 서방이 말하는 뜻을 알겠는 것이다.

"봄이 왔는데 저……."

"……."

"우얄랍니꾜?"

"뭘?" 홍 주사는 재미있다는 듯이 시치미를 뚝 떼고 묻는다.

"우리 월례 말입니더."

"아, 월례……."

"빨리 안 데리가실랍니꾜?"

"데려와야지." 홍 주사는 그저 심드렁하게 말한다.

물론 내심으로는 심드렁한 것이 아니지만, 자기에겐 말 못할 사정이 있으니, 절로 그렇게 대답이 나오는 것이다.

"빨리 서둘렀으만 좋겠심더."

"허허허…… 벨안간 와 그렇게 급해졌능가? 무신 일이라도……?"

"저……." 안 서방은 잠시 망설이다가 불쑥,

"처녀 공출이 나온답니더." 하고 내뱉는다.

"뭐? 처녀 공출?"

"예."
"처녀 공출이라니?"
"나라에서 처녀들을 공출해 간다는 깁니더."
"허허허…… 처녀가 무신 물건인가, 공출해 가구로."
"정말입니더. 읍내에서 들었심더."
"쓸데없는 소리. 그런 걸 유언비어라 카는 기라. 수빠이가 댕기면서 그런 말 같지도 않는 소릴 퍼띠리는 기라. 민심을 뒤숭숭하게 할라고……. 알겠는가?"
"아하— 그렇십니꾜? 군청에 댕기는 사람이 카더라 카던데……."
"누가 그런 소릴 하던가?"
"……."
"그런 소릴 하는 사람이 바로 수상한 기라. 우짜만 수빠인지도 모르지."
"아하— 그렇구만예." 안 서방은 뒤통수를 슬슬 긁으면서 속으로 그럼 고 분통이가 스파이란 말인가, 슬그머니 의심을 해본다.
"좌우간 홍 주사 어른, 속히 성례를 합시더."
"암, 속히 해야지. 나도 다 요량이 있으니 염려 말게."
"그럼, 그렇게 알고 기다리겠심더."
안 서방은 기분이 좋은 듯 헤벌레 웃는다. 염려 말라는 홍 주사의 답변을 들어서 기분이 좋기도 하지만, 그것보다도 처녀 공출이 터무니없는 유언비어라는 바람에 더 기분이 풀린 것이다.
나도 다 요량이 있으니 염려 말라고는 했지만 홍 주사는 내심 꽤 복잡했다. 물론 황선녀를 어떻게 말썽 없이 잘 떼 낼 것인가 하는 문제였다. 아무래도 그냥 순순히 떨어져나가 줄 것 같지가 않으니 복잡할 수밖에.

그렇다고 언제까지나 질질 끌고만 있을 수는 없는 노릇이다. 어차피 한 번 겪어야 할 일, 결단을 내리는 수밖에 없다고 생각했다.

그날 밤, 이부자리 속에서였다. 황선녀에게 부대낌을 당하고 난 홍 주사는 엎드려서 뻐끔뻐끔 마도로스파이프를 빨고 있다. 요즘은 거의 홍 주사가 황선녀를 즐겁게 해주는 상태가 아니라, 그녀에게 부대낌을 당하는 꼴인 것이다. 가뜩이나 봄이라, 몸이 나른하기만 하다.

그러나 황선녀는 발그레 핏기가 곱게 돌고 있는 얼굴에 행복한 미소까지 약간 띠고 반듯이 누웠다. 역시 좀 노곤하기는 한 모양이다.

말없이 뻐끔뻐끔 파이프를 빨고 있던 홍 주사가,

"여보." 하고 그녀를 돌아본다.

"응?" 은은한 미소를 띤 채 그녀의 얼굴이 이쪽을 향한다.

"저…… 말이지."

"……?"

"저…… 당신, 장사 한 번 해볼 생각 없어?"

"장사예?"

"응."

"무신 장사?"

"무신 장사든지……."

"……." 난데없는 말에 그녀의 얼굴에서 미소가 사라진다.

"춥이*('추위'의 방언)도 다 갔고 하니 장살 한 번 시작해 보는 것도 개앉을 낀데……."

"……."

"명자도 졸업을 했고……."

그러자 황선녀의 표정이 눈에 띌 정도로 싹 굳어진다. 조금 전까지 곱게 돌고 있던 핏기가 말끔 가시고, 싸늘할 지경이다. 그런 그녀의 표정을 보자 홍 주사는 슬그머니 시선을 돌리고 빼끔빼끔 다시 파이프를 빨아댄다. 파이프를 쥔 손가락이 약간 떨리는 것 같다.

잠시 방 안에 긴장감이 감돈 다음, 황선녀가 입을 연다. 착 가라앉은 목소리다.

"장사를 어디서 하라 말잉게?"

"글씨…… 어디서든지……."

"……."

"장사를 할라만 아무래도……." 홍 주사는 아랫배에 꾹 힘을 준다. 어차피 시작이 되었으니, 할 말을 해야겠는 것이다.

"읍내에 나가서 하는 기 낫겠지. 그래야 돈을 좀 벌 거 앙이가." 약간 목소리가 떨리는 듯하다. 그 말에 황선녀는 그만 날카롭게 쏘아붙이듯,

"알았구마!" 하고는 홱 돌아누워 버린다.

"허허— 참, 읍내에 나가서 장살 하는 기 좋겠다는데, 화를 내기는……. 내 참……."

홍 주사는 닝글닝글한 본바탕으로 돌아간 듯 비시그레 웃으며 자기도 돌아누워 버린다. 돌아누워서 빼끔빼끔 계속 파이프를 빨고 있는데, 이번에는 황선녀가 이불을 훌렁 걷어붙이며 소스라치듯 벌떡 일어난다. 그리고 후닥닥 방문을 콰당! 열고 나가버린다.

"내 참, 흐흐흐흐……." 홍 주사는 가슴이 벌떡거리면서도 애써 히죽히죽 웃는다.

큰방으로 돌아온 황선녀는 이불 속으로 폭 묻혀 들어가며 뿌드득 이를 간다. 그리고 독기 서린 목소리로 중얼거린다.

"흥! 맘대로 될 줄 알고…… 그렇게 쉽게……. 어디 두고 보자. 어디 두고 봐."

4

황선녀는 산전수전 다 겪은 여자다. 일찍이 남편과 생이별을 하고, 여자 몸으로 혼자 만주 땅으로 가서 전전했으니 말이다. 굳이 설명을 하지 않더라도 그녀가 걸어온 길이 어떠했으리라는 것쯤 능히 짐작할 수가 있을 것이다.

산전수전 다 겪은 사람은 대체로 모가 없어져서 세상을 되도록 둥글둥글하게 살아가려 하는 법이다. 좋게 말하면 원숙해졌다고 할 수 있고, 나쁘게 말하면 구렁이가 됐다고 할 수 있다. 어쨌든 세상사에 시달리고 부대껴서 이제 어지간한 일에는 그저 덤덤할 수가 있는 것이다. 그러나 그런 사람의 밑바닥에는 으레 누룽지 같은 거친 것이 붙어 있게 마련이다. 세상의 어려운 굽이굽이를 지나오는 동안에 절로 퇴적된 응어리 같은 것이라고 하겠다.

그러나 겉으로는 부드럽게 원만해 보이지만, 실상은 여간 강인하고 매섭지가 않다. 둥글둥글 좋게 살아가면서도, 일단 무슨 일에 부닥뜨리면 의외로 깐깐하고 거칠기까지 한 것이다.

우선 눈치가 빠르다. 상대방이 말하는 그 깊은 의도를 쉬 간파하고 만다. 결코 호락호락하게 넘어가질 않는다.

—춥이도 다 갔고 하니 장살 한 번 시작해 보는 것도 개않을 낀데…….

—장사를 할라만 아무래도…… 읍내에 나가서 하는 기 낫겠지. 그래야 돈을 좀 벌 거 앙이가.

이와 같은 홍 주사의 말에 황선녀가 대뜸 화를 내며 돌아누워 버렸던 것도 말하자면 산전수전 다 겪은 그녀의 비상한 눈치 탓이었던 것이다. 대번에 그 말 속에 감추어져 있는 뜻을 알아차렸던 것이고, 홍 주사의 엉큼하고 얄미운 속내를 날카롭게 꿰뚫어보고 말았던 것이다.

물론 그런 경우, 산전수전 겪지 않은 여자라도 머리가 잘 돌아가는 여자 같으면 누구나 의심을 품을 수 있는 일이긴 하지만 말이다.

좌우간 여느 여자들보다 황선녀의 그런 머리는 비상하게 돌았다. 그녀는 혹시…… 하고 의심을 품어보는 게 아니라, 대번에 단정을 내려버리고 마는 것이었다.

번쩍 월례의 얼굴이 떠오르니 그럴 수밖에. 기어이 월례에게 새장가를 들려고 슬그머니 그런 식으로 자기를 밀어내려는 게 틀림없는 것이다. 작년에 못 이루었던 욕망을 올봄에는 기어코 이루어보려는 심보가 뻔한 것이다. 그래서 황선녀는,

"알았구마!" 단 한마디를 내뱉었을 뿐, 다시는 더 아무 말도 없이 이불을 걷어차고 홍 주사의 방을 뛰쳐나와 버렸던 것이다. 누룽지처럼 눌어붙어 있는 내부의 깐깐하고 거칠기까지 한 것이 불끈 고

개를 쳐든 셈이다.

"흥! 맘대로 될 줄 알고…… 그렇게 쉽게……. 어디 두고 보자. 어디 두고 봐."

그날 밤, 이렇게 온몸에 독기가 서린 황선녀는 그 후로 사람이 싹 달라지고 말았다. 둥글둥글하고 따뜻하고 나긋나긋까지 하던 그녀가 그만 하룻밤 사이에 싸늘하게 모가 선 사람으로 굳어지고 만 것이다.

공연히 미소를 띠고 별로 일도 없는데 들락날락 일을 만들어서 움직이기를 즐겨하던 그녀가 별안간 어디 신병이라도 생긴 사람처럼 방에서 잘 밖으로 나오질 않았다. 아랫목에 누워서 넋 나간 사람처럼 멀뚱히 천장을 바라보고 있기가 일쑤였다. 그러다가 난데없이 천장에 무슨 몸서리쳐지는 것이 나타나기라도 한 것처럼 바르르 떨며 뿌드득 이를 갈기도 했고, 탱탱하게 부어 오른 심사가 느닷없이 푹 꺼지기라도 하는 듯 후유— 되게 한숨을 내쉬기도 했다.

집안 분위기도 말할 것 없이 싹 달라졌다. 마당가 복숭아나무에 복사꽃이 한창 곱기는 했으나, 어쩐지 공기는 무겁게 가라앉은 듯했고, 썰렁하게까지 느껴졌다. 집안의 두 기둥이 등을 돌린 셈이니 그럴 수밖에.

홍 주사 역시 그날 밤 이후로 황선녀를 대하기가 거북스럽고 어색하기만 했다. 바탕이 능글능글한 사람이긴 했지만, 그래도 본마음은 있는 것이어서, 아무래도 전처럼 그렇게 예사로울 수가 없었다. 더구나 남도 아닌 처형을 건드려서 겨우내 실컷 재미를 보고는 봄이 오자 헌신짝처럼 벗어 던져버리려 하다니 말이다. 꽤 죄스러운 생각이 들기도 했다.

그렇다고 일을 단념할 수는 도저히 없었다. 어차피 한 번은 빼야 할 칼이었다. 이제 그녀의 사십을 넘은 몸뚱어리가 싫증이 났고, 바야흐로 열여덟, 복사꽃처럼 피어오르는 월례가 간절하게 다가드는 것이다.

월례에 대한 홍 주사의 간절한 심정은 어느덧 육욕의 범위를 넘어서고 있었다. 그 싱싱하고 연한 살이 입맛을 당기게 하는 것은 물론이지만, 어쩐지 그것만이 아닌 듯했다. 막연히 그저 자꾸 생각이 나고, 그녀가 노상 눈앞에 있었으면 싶었다. 야릇한 상태였다.

말하자면 홍 주사의 메마른 가슴속에 아지랑이 같은 것이 아른거리기 시작한 것이다. 참 별일이다. 사십을 훨씬 넘어 오십을 바라보는, 거의 고목이 다 된 나무가 새봄과 함께 단물이 오르는 셈이라고나 할까.

지난 해 봄, 그런 소동이 있은 뒤부터 꼬박 일 년 동안 연기된 혼사를 기다리는 사이에 절로 그렇게 아련한 정으로까지 뻗은 모양이다. 아무튼 이미 칼은 빼든 셈이다. 도리가 없다. 이번 봄에는 기필코 일을 성취시켜야 하는 것이다.

이제 남들이 입방아 찧는 일이 별로 없을 게 아닌가. 상처를 한 처지니 말이다. 비록 아직 소상도 치르지 않은 터이긴 하지만 그런 것까지 일일이 가리고 있을 수는 없는 것이다. 그러다가는 어느 세월에 새장가를 들겠는가. 희끗희끗 흰 머리는 자꾸 늘어가는 판인데.

이미 칼을 빼들기는 한 셈이지만, 그러나 성급하게 내리칠 수는 없는 노릇이다. 너무 그렇게 단도직입적으로 나가면 오히려 일을 깨뜨리고 말 염려가 있다. 칼이란 함부로 쓰는 게 아니다. 칼을 잘 쓴다는 것은 상대방을 베지 않고 굴복시키는 데 있다. 피를 보지 않고 이기는 게 명도(名刀)인 것이다.

홍 주사는 제법 칼 쓰는 법을 안다. 빼든 칼을 상대방 모르게 감추고, 능청스러운 수작으로 나가는 것이다.

우선 다시 동침하는 사이로 돌아가 굳어진 그녀의 마음을 누그러뜨려야 되겠다고 생각한 홍 주사는 어느 날 밤, 슬그머니 큰방 문을 열었다. 물론 야심해서였다.

달이 좋은 밤이었다. 방에 불은 꺼져 있었으나, 방문에 어린 달빛으로 어렴풋이 방 안을 분간할 수가 있었다.

명자와 송웅이가 저쪽으로 한 이불에 자고 있고, 황선녀는 이쪽에 이불을 덮고 누워 있었다. 잠이 들었는지 어떤지는 알 수가 없었으나, 좌우간 그녀는 밤중에 방문을 열고 누가 들어왔는데도 꼼짝도 하지 않았다. 아마 잠이 든 모양이었다. 그러나 숨 쉬는 소리가 전혀 없었다. 그런 점으로 보아서는 어쩌면 안 자고 있는지도 몰랐다.

홍 주사는 약간 아랫배 살이 꼿꼿해지는 느낌이었다. 어색하면서도 긴장이 되어 잠시 숨을 죽이고 서서 그녀를 내려다보았다. 숨소리도 들리지 않고 미동도 안 하는 것이 아무래도 안 자는 게 틀림없었다.

잠시 후, 홍 주사는 훅— 크게 숨을 들이마셨다. 그리고 코로 비식 멋쩍게 웃고 나서,

"잠이 들었나……." 하면서 슬그머니 이불자락을 들추고 그녀 곁으로 기어 들어가려 했다.

그러나 그 순간, 죽은 듯 숨소리도 없고 꼼짝도 하지 않던 그녀가 발딱 소스라치듯 일어난다.

"흥!" 콧방귀를 팽! 뀌면서.

홍 주사는 어둠속이었지만 얼굴이 화끈했다. 그러나 무안을 무릅쓰고,

"안 잤었구나. 여보—."

하면서 그만 덥석 그녀를 안았다. 하지만 허사였다.

"와 이 지랄이고!" 냅다 뿌리치며 그녀가 벌떡 일어서 버렸던 것이다.

엉겁결에 홍 주사는 따라 일어섰다. 그러자 황선녀는 그만,

"명자야! 명자야—." 악을 쓰듯 자는 딸을 불러댔다.

명자뿐 아니라, 송웅이까지 잠을 깬 듯 부스스 고개를 쳐들자, 도리 없이 홍 주사는 후닥닥 방문을 박차고 뛰어 나가버렸다. 보기 좋게 망신만 한 것이다.

그러나 홍 주사는 이튿날 밤 다시 큰방을 찾아갔다. 한 번 망신을 당했다고 해서 물러앉아 버릴 수는 없는 노릇이었다. 능글능글하고 끈질기게 나가야 하는 것이다. 하지만 역시 허사였다. 이번에는 방문이 안으로 걸려 있었다. 걸려 있는 방문을 홍 주사는 몇 번이나 덜컹덜컹 잡아 흔들었다. 혹시 아이들이 깰까 해서 조심스럽게. 그러나 방문은 끝내 열리지 않았다.

이튿날 밤은 더러워서 그냥 잠들어버렸다.

하루를 걸러 다음 날 밤, 홍 주사는 다시 슬금슬금 큰방 쪽으로 향했다. 더럽지만 하는 수가 없었다. 그리고 그날 밤은 어쩐지 아랫도리가 뿌드드 해서 그냥 잠들 수가 없기도 한 것이었다.

만일 오늘 밤도 방문이 걸려 있으면 문짝을 두들겨 부수어서라도 들어갈 생각이었다. 그러나 방문은 걸려 있지 않았다.

방 안으로 들어선 홍 주사는 잠시 가만히 서서 숨을 죽였다. 저번 날 밤과는 달리 오늘 밤은 황선녀가 저 안쪽으로 누워있고, 명자와 송웅이가 이쪽으로 누워 있었다.

그런데 반듯하게 이불을 덮고 누워 있던 황선녀가 슬그머니 저쪽으로 돌아눕는 것이 아닌가. 안 자고 있는 게 분명했다. 안 자고 있을 뿐 아니라, 저번 날 밤처럼 그렇게 싸늘한 상태가 아닌 듯했다. 그렇지 않으면 저렇게 슬그머니 돌아누울 턱이 없는 것이다. 돌아누워도 발딱 돌아눕지 말이다.

홍 주사는 어쩐지 비시그레 웃음이 나왔다. 꿀꺽 침을 한 덩어리 삼키고는 조심스레 그녀 곁으로 간다. 그리고,

"여보, 사람이 우째 그러노? 나 참……." 하면서 가만히 이불자락을 들추고 그녀의 뒤쪽으로 기어 들어간다. 또 저번처럼 발딱 일어날까봐 겁이 난다. 그러나 그녀는 죽은 듯이 꼼짝도 않는다. 슬그머니 그녀를 뒤에서 안는다. 그러자 그녀는,

"누가 좋다 카나!" 하고 내뱉으면서 한쪽 팔꿈치로 홍 주사의 가슴패기를 콱 내지른다.

"아야야—." 그러나 홍 주사는 기분이 좋다.

"흐흐흐…… 사람도 참……. 소가지가 와 그런노? 으흐흐흐……."

히들히들 웃으면서 그녀를 안은 팔에 지그시 힘을 준다.

"저리 비끼란 말이다! 싫단 말이다!" 이번에는 한쪽 발로 홍 주사의 다리를 콱콱 뒤로 걷어찬다.

"아이고 아이고—." 홍 주사는 엄살을 떨고 나서 다리 하나를 번

쩍 들어 그녀의 아랫도리를 휘감아버린다.

"지랄 문딩이같이…… 와 이카노?"

홍 주사에게 뒤로부터 불끈 휘감겨버린 그녀는 냅다 엉덩이를 꿈틀거려댄다. 싫다는 표시이긴 하나, 그러나 결코 전적으로 싫은 것은 아니다. 정말 싫으면 엉덩이만 그렇게 꿈틀거릴 턱이 없는 것이다.

"으흐흐흐……." 홍 주사는 그저 기분이 좋기만 하다. 서로 사이가 좋아서 어울릴 때보다 밀고 당기는 맛이 있어서 오히려 더 짜릿짜릿하고 야릇하게 재미가 괜찮은 것이다. 그리하여 결국 홍 주사는 황선녀를 다시 정복하고 말았다.

한바탕 온몸에 끈적끈적한 땀을 흘리고 나서 홍 주사는 황선녀를 가볍게 품에 안은 채 속삭이듯 말했다.

"여자란 참 할 수 없다니까. 속이 와 그렇게 좁으노 말이다."

그러자 황 선녀가 불쑥 불만스럽게 받는다.

"속이 안 좁으만 그럼 그런 소릴 듣고도 가만히 있으란 말인게?"

"그런 소릴 듣다니? 내가 뭐라 캤는데? 장살 한 번 시작해보는 기 어떻겠냐는 말이 뭐가 어째서? 나 참……."

"그만 두소. 당신 심보 뻔히 다 아느마."

"뭐? 심보 뻔히 다 알아? 허허허허……." 홍 주사는 능청스럽게 한바탕 웃는다. 그리고 시치미를 뚝 떼고 말한다.

"남의 속을 잘 알면서 와 화를 내노 말이다."

"잘 아니까 화를 내지."

"내가 무신 생각을 하고 있는데? 남자란 여자들이 생각하는 것처럼 그렇게 속이 얕은 기 아닝 기라. 아나? 나는 장래를 생각하고 있어. 장래를……."

"무신 장래?"

"당신캉 정식으로 떳떳하게 살 장래를 말이다."

"……."

"알기나 하나? 장사를 읍내에서 시작하는 기 좋겠다는 것도 다 그런 생각에서 한 소린 기라. 이 동네에서 떳떳하게 부부 행세를 하며 살 수는 없는 거 앙이가. 안 그러나?"

"……."

"그래서 장차 읍내로 이사를 갈 생각인 기라. 읍내에 나가면 아무도 우릴 욕할 사람이 없을 끼 앙이가. 한두 해 살고 마는 것도 앙이고, 늙어 죽을 때까지 같이 살 낀데, 남의 손가락질을 받아 가며 살 끼 뭐고."

그러자 황선녀는,

"여보! 정말이예?" 어둠 속에서 두 눈을 반짝인다.

"정말이고말고."

"여보오—." 황선녀는 그만 홍 주사의 품 안에 얼굴을 묻어버린다. 꽤 감동이 되는 모양이다.

"그러니까 먼저 당신이 읍내로 나가 자리를 잡으라는 기라. 장사라도 하면서 자릴 잡아야 안 되겠나. 나도 이 나이에 언제까지나 농장 서기로 댕길 수도 없는 기고 하니……."

"여보, 알았어예. 염려 말아예. 정말 미안해예. 그런 줄을 모르고 나는……."

황선녀는 홍 주사의 품 안에서 얼굴을 떼고, 이번에는 따스한 손바닥 하나로 그의 가슴패기를 슬슬 어루만진다. 그런 속셈이었는데 오해를 하고, 조금 전에 팔꿈치로 가슴패기를 콱 내질러주기까지 한 것이 몹시 미안하다는 듯이.

"남자의 속은 그렇게 깊은 기라. 여자들하곤 다르지. 허허허……."

홍 주사는 능청스럽게 웃는다. 그러자 황선녀는,

"정말 그런가 봐예, 호호호……." 마침내 웃음을 터뜨린다.

정말 음흉하고 깊은 남자의 함정으로 빠져 들어가고 있는 줄을 모르고…….

해질 무렵이다. 읍내에서 오는 신작로로 빈 구루마가 한대 오고 있다. 안 서방의 말 구루마다. 농장의 볏가마니를 실어 나르고 돌아오는 길이다. 빈 구루마에 두 사람이 올라앉았다. 하나는 안 서방이고, 한 사람은 홍 주사다. 두 사람의 얼굴이 다 불그레하다. 기분 좋을 정도로 술기가 올라 있는 것이다.

자전거까지 구루마에 실었다.

홍 주사는 오늘 자전거를 타고 읍내에 나가 조그마한 가게를 하나 계약한 것이다. 그리고 돌아오다가 안 서방을 만나 한잔 한 것이다. 마도로스파이프를 빨면서 홍 주사가 말한다.

"읍내에 점방을 하나 얻었지."

"점방을요? 읍내에다가예?"

안 서방은 의외의 일이라는 듯이 두 눈을 멀뚱거린다.

"응."

"뭐 할라고 말입니꺼?"

"뭐 하긴 뭐해. 장살 할라고 그러지."

"홍 주사 어른이 장살 한단 말입니꼬?"

"와? 내가 장살 하면 안 되는가? 허허허……."

"히히히…… 홍 주사 어른이 무신 장사를…… 농장은 우야고예?"

"그런 기 앙이라……."

"……?"

"저…… 음— 자네는 알 거 없네."

홍 주사는 이야기를 꺼내려다가 그만둔다. 그리고 별안간 장난기라도 동한 것처럼 담배를 푹 빨아서 연기를 안 서방의 얼굴을 향해 훅— 내뿜으며,

"장인 어른요—." 하고 빙그레 웃는다.

"흐흐흐흐……." 장인어른이라는 말에 안 서방은 멋쩍은 듯 약간 얼굴을 돌린다.

"참, 아직은 장인어른이 아니제. 허허허……." 홍 주사는 한바탕 너털웃음을 웃고 나서,

"조금만 더 기다리소. 그러면 틀림없이 장인어른이 될 끼니……." 한다.

"속히 혼례를 올리도록 합시더."

"글씨, 조금만 기다리라니까. 조금만……."

"예, 예." 그러나 안 서방은 잘 알 수가 없다. 작년에는 자기가 달아서 서둘러대더니, 올해는 무슨 까닭인지 자꾸 뒤로 미루려는 눈치가 아닌가. 봄도 한창 무르익어 가는 판인데……. 말하자면 이번엔 안 서방 쪽이 조급한 상태인 것이다. 안 서방은 공연히 채찍을 들어 "이랴! 짜짜!" 냅다 말 엉덩이를 휘갈긴다.

구루마는 달달달…… 한결 속도가 빨라진다. 마을 어귀에 이르

자, 안 서방은 구루마에서 뛰어내린다. 그러나 홍 주사는 여전히 불그레한 얼굴로 괜히 기분이 좋은 듯 콧구멍을 벌름거리면서 파이프를 빨고 앉았다.

안 서방이 집 쪽으로 구루마를 몰려 하자,

"한잔 더 하세, 한잔 더……. 주막으로! 주막으로!" 홍 주사가 냅다 호령이다.

제법 얼큰한 터이나 안 서방도 싫지는 않다. 그래서 주막 쪽으로 구루마를 몰고 가고 있는데, 그때 마침 공교롭게도 황선녀가 저녁 찬거리를 사러 아래거리에 갔다가 돌아오고 있었다.

붕어 새끼를 한 꿰미 사들고 길가 쪽을 무심히 걷고 있던 황선녀는 문득 앞을 본다. 월례 아버지가 구루마를 몰고 오고 있다. 그런데 그 빈 구루마에 올라앉아 빼끔빼끔 담배를 피우고 있는 사람이 바로 홍 주사가 아닌가. 마도로스파이프를 보고 대뜸 안 것이다.

황선녀는 어쩐지 킥 웃음이 나온다. 얼굴이 벌건 것이 또 한잔 얼큰하게 걸친 모양이다. 불그레한 얼굴, 빈 구루마에 올라앉아 기분 좋은 듯이 마도로스파이프를 빨고 있는 것이 어쩐지 우스운 것이다. 더구나 자전거까지 구루마에 싣고 말이다. 남 보기에 좀 창피한 생각이 들면서도 싫지가 않고 재미있다. 말하자면 그에 대한 여자로서의 은근한 정인 셈이다.

저쪽에서는 아직 이쪽을 보지 못한 듯하다. 구루마와의 거리가 점점 가까워지자, 황선녀는 왠지 좀 부끄러운 듯한 생각이 든다. 그래서 또 한 번 킥 웃으면서 얼른 길가 골목으로 몸을 숨긴다. 마침 주막집 옆 골목이었다.

안 서방은 씩 웃으며 구루마를 주막 앞에 세운다. 그는 골목으로 숨는 황선녀를 본 것이다.

그러나 홍 주사는 그런 줄을 전혀 모른다.

"아— 다 왔구나. 내려 볼까." 커다랗게 기지개를 켜면서 구루마에서 내린다. 아랫도리가 약간 휘청거린다.

안 서방이 공연히 히죽히죽 자꾸 웃자, 홍 주사는 장난기가 동한 듯,

"와 웃능게? 장인어른! 자, 어서 들어갑시더. 이 늙은 사위가 또 한잔 살 끼니…… 허허허허허……." 거침없이 내뱉으며 자기도 너털웃음을 웃는다.

"예, 예. 자, 홍 주사 어른, 어서 들어가입시더."

"어허— 홍 주사 어른이 아니라니까. 늙은 사위라니까. 얼마 안 있으만 정말 늙은 사위가 안 되능게. 사위보다 젊은 장인어른— 자, 먼저 들어가시지예. 늙은 사위하고 젊은 장인하고 또 한잔 합시더, 엇헛허허허……."

"흐흐흐흐……." 좋아서 콧구멍을 쳐들며, 그러나 멋쩍은 표정으로 웃는 안 서방의 등덜미에 홍 주사는 덥석 한 팔을 갖다 얹는다. 그리고 함께 약간 비틀거리며 주막집으로 들어간다.

골목에 숨어서 그 소리를 들은 황선녀는 새파랗게 질려 어쩔 줄을 모른다. 덜덜덜 치가 다 떨린다.

정말이지 홍 주산가 뭔가 그게 그런 사람인 줄은 미처 몰랐던 것이다.

그처럼 음흉하고, 그처럼 능청스럽게 거짓말을 하는 혓바닥을 가지고 있을 줄이야…….

"으으으으……." 황선녀는 곧 달려가 우두둑 우두둑 깨물어 뜯고

싶은 심정이다. 분해서 견딜 수가 없다.

그녀는 그만 한쪽 손에 들고 있던 붕어새끼 꿰미를 사정없이 땅바닥에 때기장쳐버린다. 눈물이 쑥 빠지려한다.

5

그날 밤, 황선녀는 저녁도 먹질 않고 아랫목에 꼿꼿이 앉아 바느질을 하고 있었다. 빨아 말린 버선 짝 뒤꿈치를 꿰매고 있는 것이다.

그러나 바느질에 정신이 있는 것은 아니다. 하도 울화통이 터지려고 해서 그냥 가만히 앉아 있을 수가 없어 버선 짝을 집어든 것이다. 버선 짝이나마 꿰매고 있으면 좀 분통이 가라앉을까 싶어서.

정말 미칠 것만 같은 심정이다. 생각할수록 분하고, 억울하고, 아니꼽고, 얄밉고…… 물어뜯고 싶은 것이다. 사람의 낯가죽을 뒤집어쓰고 어쩌면 그렇게 능청스러운 거짓말을 하는지……. 참 어처구니가 없다. 뭐 장래를 생각해서 그런다고? 먼저 읍내에 나가서 자리를 잡으라고? 한두 해 살고 말 것도 아니고, 늙어 죽을 때까지 같이 살 터인데 남의 손가락질을 받아가며 살 게 뭐냐고? 사내 녀석의 혓바닥이, 더구나 오십을 바라보는 녀석의 혓바닥이 어쩌면 그렇게 요사스러운지……. 그저 그저 그놈의 혓바닥을 쑥 잡아 뽑아버리고 싶다.

처음 자기가 짐작한 것이 백 번 옳았던 것인데 그만 그놈의 두번째 요사스러운 혓바닥에 속아 넘어가다니……. 생각할수록 분해서 견딜 수가 없다. 아무튼 이제는 끝장인 것이다. 어떻게 해야 될까? 그냥 순순히 물러날 수는 도저히 없다. 그 요사한 혓바닥에 속은 것을 생각하면 치가 떨리는데, 곱게 물러 앉아주다니……. 될 말이 아니다. 그럼 어떻게 해야 하나? 어떤 앙갚음을 해줄 것인가?

황선녀는 곧장 바르르 떨리는 아랫입술을 윗니로 자근자근 씹으면서 앙갚음의 방법을 생각해본다. 그러나 쉽사리 좋은 수가 떠오르질 않는다. 그저 심화가 끓어올라 뒤숭숭하기만 하다.

바느질을 하고는 있으나, 제대로 꿰맬 데를 꿰매고 있는지도 알 수가 없다.

홍 주사는 아직 돌아오질 않는다. 월례 아버진가 뭔가 그 구루마꾼한테 장인어른요! 젊은 장인어른요! 혀 꼬부라진 소리를 해가며 아직까지 그 텁텁한 것을 퍼부어대고 있는 모양이다. 생각하니 왈칵 구역질이 나온다. 퉤! 퉤! 냅다 침을 내뱉고 싶은 심정이다.

송웅이는 어느덧 잠이 들었고, 명자는 엎드려서 바느질 가위로 헝겊때기*('헝겊'의 방언)를 사빡사빡 썰고 있다. 무척 심심한 듯하다.

잠시 후, 대문짝이 덜커덩! 열리는 소리가 난다. 황선녀는 반사적으로 바느질손을 멈춘다. 절로 눈꺼풀과 아랫입술이 바르르 떨린다. 술에 만취가 된 홍 주사가 대문을 들어 서 비틀비틀 마당을 걸어 들어오고 있는 게 분명하다. 황선녀는 바르르 떨리는 아랫입술을 잘씬*('질끈'의 영천말) 물며 재빨리 다시 바늘을 놀린다. 그러나 온 몸의 신경이 바깥쪽으로 곤두선다.

"어, 취한다! 어— 기분 좋다. 여보— 여보— 어른 돌아오시는데 방문을 열어야지. 어험!" 홍 주사는 서슴없이 뇌까리며 토방으로 휘청 올라선다.

"여보— 어, 여보—." 술이란 참 맹랑한 물건이다. 여느 때 같으면 '여보' 소리는 이불속에서나 은근히 나올 수 있는 소리다. 그런데 이렇게 거침없이 내뱉는 것이 아닌가.

황선녀는 "흥!" 새파란 콧방귀를 팽! 뀌고는 방문 쪽을 향해 매섭게 눈을 흘긴다. 허옇게 흰자위가 드러난 눈 위에서 속눈썹이 바르르 떨린다. 여보라니, 어디서 그런 소리가 나오는가 말이다.

새빨간 거짓말만 나불거리는 혓바닥……. 몸서리가 쳐지는 것이다.

활짝 방문이 열리고, 한물 간 사람 같은 홍 주사가 도깨비처럼 비틀비틀 들어선다. 황선녀는 본체만체 싸늘하게 굳어져서 버선짝 꿰매기에만 여념이 없다. 물론 바느질에 정신이 집중되어 있는 것도 아니다.

"어, 여보— 무신 바느질을 그렇게 열심히 하고 있노? 응? 어른께서 읍내에 갔다가 돌아오싰는데, 응? 거들떠보지도 않고, 응? 어, 여보— 여보— 허 그것 참……."

홍 주사는 서서 이리 비틀 저리 비틀 하면서 혀 짧은 소리를 해댄다. 공연히 기분이 좋은 듯 히들히들 웃어 가면서…….

엎드려서 가위질을 하고 있던 명자가 가위를 그 자리에 놓고 얼른 일어나 슬그머니 밖으로 나가버린다. 보고 있기가 민망스러운 모양이다.

명자가 밖으로 나가자 홍 주사는,

"여보, 마느래—." 하면서 황선녀의 곁으로 가서 풀썩 무너지듯이 퍼지고 앉는다*('퍼질러 앉다'의 영천말로 발음은 '퍼지-고 앉다'이다). 여전히 황선녀는 싸늘한 정물 같다. 손만 재게 놀리고 있다.

"응이? 와 대답이 없소? 사람이 우째 그런노? 서방님이 돌아오면 반가워할 줄 알아야지……."

"……."

"더구나 오늘은 읍내에 가서 점방을 하나 얻어 놓고 왔는데……."

"……."

"뭐가 또 틀어졌노? 응이? 여보, 여보— 마느래—."

그러면서 홍 주사는 벌렁 팔을 벌려 그녀를 덥석 안으려 했다. 그러자 그녀는,

"뭐? 마느래?" 빽 소리를 지르면서 냅다 홍 주사를 떠밀어버린다. 홍 주사가 보기 좋게 벌렁 뒤로 나가 넘어진다. 사정없이 떠밀어버린 것이다.

그리고 마구 퍼부어댄다. 지금까지 참고 있던 것이 한꺼번에 폭발해서 쏟아져 나오는 터이라 기세가 이만저만이 아니다.

"뭐가 틀어졌냐고? 흥! 낯가죽도 우짜만 그렇게 두껍노? 뭐, 장래를 생각해서 읍내로 이사를 가? 먼저 읍내에 나가서 자리를 잡으라고? 에라잇 이놈아! 이 문딩이 같은 놈아! 베락을 맞을 놈아!"

벌렁 넘어진 홍 주사는 부스스 일어나며 두 눈이 휘둥그레진다. 어찌된 영문인지 알 수가 없다. 마구 이놈아! 이놈아! 하고 퍼부어대다니……. 난데없이 정말 이게 무슨 벼락인가.

황선녀의 기세는 더욱 시퍼렇다.

"이놈아! 심보를 바로 가지라구마. 심보를……. 그래도 니가 사내자식이가? 사내자식의 혯바닥이 우짜만 그렇게 요사스럽노? 응? 우짜만 그렇게 거짓말을 잘 하노 말이다. 눈썹 하나 까딱 안 하고,

밥 묵듯이 거짓말을 한다니까. 뭐 늙어 죽도록 함께 살아? 내 참, 살다가 벨 더럽은 자식도 다 보지."

이쯤 되면 도저히 가만히 있을 수가 없다.

"뭐라, 이년아?" 홍 주사도 냅다 이렇게 나온다. 한쪽 개눈이 이상한 빛을 띠는 것 같다.

"이놈아, 그래 내 말이 틀렸나? 내가 거짓말을 하나? 니 심보를 니가 잘 알 거 앙이가. 더럽은 놈…… 잘 놀더구나. 장인어른? 흥! 구루마꾼 장인을 얻어서 좋기도 하겠다. 늙은 사위하고 젊은 장인하고 한잔을 해? 흥 참 꼴좋더라. 꼴좋아."

"니 말 다했나?" 홍 주사의 아래턱이 덜덜덜 떨린다.

"와, 듣기 싫나? 뭐가 듣기 싫노? 딸 같은 년한테 장개를 들어서 젊은 장인하고 늙은 사위하고 만날 한잔을 할 낀데……. 와 듣기 싫노?"

"이 개 같은 년이……."

"개 같은 년? 흥! 누가 갠지 모르겠네."

"에잇 이 쌍년!"

홍 주사는 그만 와락 달려들어 황선녀의 머리채를 덥석 거머쥔다. 도저히 참고 있을 수가 없는 것이다.

"죽이라! 죽여! 죽여! 이놈아! 이놈아!"

"맛 좀 봐라! 이년! 이년! 이년!"

홍 주사는 거머쥔 머리채를 왈칵 잡아당기면서 냅다 주먹으로 두들겨댄다. 아무렇게나 방바닥에 엎어진 황선녀는 돼지 목 따는 듯한 비명을 질러댄다.

"아이고— 나 죽네! 나 죽어! 아이고— 아이고—."

"뒤져라! 뒤져! 뒤져!" 엎어진 그녀를 이번에는 발로 마구 짓이긴다. 사정없다. 홍 주사의 눈에서 불꽃이 철철 흐르는 것 같다. 한쪽 개눈은 유난히 무섭게 번쩍인다. 송웅이가 잠을 깨어 놀라서 냅다 울음을 터뜨린다.

발로 짓이겨대던 홍 주사는 다시 머리채를 거머쥐고 마구 잡아당긴다. 그녀의 몸뚱이가 질질 끌린다. 목이 늘어지는 것 같다.

"이년! 이년! 당장 나가! 당장!"

"몬 나가겠다! 몬 나가겠어! 이놈아!"

"몬 나가? 에라잇 이년!"

두 눈이 시퍼런 살기 같은 것이 번뜩이며 홍 주사는 그만 그녀의 몸뚱어리를 타고 앉는다. 그리고 두 손으로 늘어진 그녀의 목줄기를 냅다 쥔다. 죽여 버릴 작정인 모양이다.

"윽—." 대번에 그녀는 온 얼굴이 시뻘개진다. 두 눈을 허옇게 뒤집어 까며 마구 사지를 퍼덕인다. 마구 내젓는 손에 마침 방바닥의 가위가 와 닿는다. 그녀는 얼른 그것을 거머쥔다. 그리고 목을 죄고 있는 상대방의 등허리에다가 냅다 그것을 콱! 꽂는다.

"으악—." 홍 주사는 비명을 지르며 옆으로 나가떨어진다.

후닥닥 일어난 황선녀는 마치 실성한 사람처럼 사정없이 가위를 휘두른다. 나가떨어진 홍 주사의 옆구리를 푹! 푹! 마구 쑤신다. 너 죽고 나 죽자는 식이다.

"아이고! 아이고! 나 죽네—." 시뻘건 피가 사방으로 튄다.

이번에는 가위로 홍 주사의 면상을 난자한다.

"으악! 으악! 사람 살려—."

비명소리에 놀라 명자와 부엌 할멈이 뛰어든다. 온 방 안에 피가 낭자하다.

"아이고— 아부지! 아부지—." 하면서 송웅이가 새파랗게 울어댄다.

6

황선녀가 주재소로 붙들려간 것은 말할 것도 없다. 주재소에서 조사를 받은 그녀는 읍내 경찰서로 넘어갔다. 살인미수죄였다.

홍 주사는 피에 휘감긴 채 그날 밤 급히 읍내 병원으로 운반되었다. 요행히 급소를 다치지 않아 목숨만은 유지할 수가 있었으나, 온통 빈사상태였다.

병원에 입원을 한 홍 주사는 처음에는 유혈이 심해서 생명에도 영향이 있었으나, 차츰 상태가 호전되어 갔다.

그런 끔찍한 사건이 일어나자, 온 마을은 한동안 그 이야기로 들끓었다. 그 끔찍한 사건이 치정관계에서 비롯된 것이라는 것을 안 마을 사람들은 무슨 신나는 일이라도 생긴 것처럼 모이면 그 이야기였다. 주재소에서의 조사에서 그런 내막이 황선녀의 입을 통해 낱낱이 밝혀졌던 것이다. 그리고 그런 이야기는 또 용케 밖으로 새나와 대번에 온 마을에 퍼졌던 것이다.

홍 주사와 황선녀가, 다시 말하면 제부와 처형이 그런 관계에 있었다니……. 정말 개 같은 것들이라고 누구나 이맛살을 찌푸리며 침이 튀도록 욕을 해댔다. 그러나 실상 속으로는 의분을 금치 못하는 것이 아니라, 마냥 재미가 좋기만 한 것이었다.

그 끔찍한 사건의 그런 추잡스런 내막을 월례도 물론 알게 되었다. 그 이야기를 처음 들었을 때, 월례는 어쩔 줄을 모르고 그만 울음을 터뜨렸다. 어처구니가 없고, 기가 막혀서 쏟아지는 눈물이었다. 창피하고 분해서 견딜 수가 없었다. 그 사건이 바로 자기 때문에 일어난 것이 아닌가 말이다. 홍 주사가 자기에게 장가를 들려고 황선녀를 내쫓으려 했고, 황선녀는 홍 주사가 자기에게 장가를 들까 봐 안달을 하다가 결국은 그런 끔찍한 사건을 저지르고 만 게 아닌가.

마을 사람들의 입에 자기 이름이 수없이 오르내릴 것을 생각하니 정말 어이가 없고, 기가 찼다. 창피해서 얼굴을 들고 바깥엘 나갈 수가 없었다. 자기에게는 아무런 잘못도 없는 터이지만…….

월례 못지않게 충격을 받은 것은 명자였다. 명자는 나날을 질금질금 눈물로 보내고 있었다. 어머니가 이모부를 가위로 찔러서 그렇게 피투성이를 만들어놓다니, 생각만 해도 몸서리가 쳐졌다.

그 내막이 더 몸서리를 치게 했다. 그저 무서울 따름이었다. 어른의 세계란 그렇게 더럽고 무서운 것인가 싶었다. 어머니는 도대체 어떻게 되는 것일까. 읍내 병원으로 간 이모부는 언제쯤 나아서 돌아오는 것일까. 돌아오면 이모부 얼굴을 어떻게 대할 것인가……. 생각할수록 모든 게 노오랗기만 했다.

동경으로 아버지를 찾아 떠날 수밖에 없다고 생각했다. 그러나 혼자서는 어쩐지 두려웠다. 동경까지 갈 자신이 없었다. 그래서 생각 끝에 명자는 월례를 찾아가 상의를 했다. 함께 동경으로 가지 않겠느냐고. 그렇잖아도 월례 역시 어디로 훨훨 날아가 버리고 싶은 그런 심정인 터이라 귀가 솔깃했다.

"그래, 우리 한 번 연구해 보자. 동경까지 갈라만 차비가 얼매나 있어야 되는지……. 또 어디로 어떻게 가면 동경인지……."

월례는 이렇게 대답했다. 명자는 뛸 듯이 기뻐했다.

그런 어느 날, 월례는 혼자 학교를 찾아갔다. 동생 용길이가 감기로 열이 심해서 이틀째 결석을 하게 되어 담임선생에게 알리러 간 것이다.

아침나절이다. 교문을 들어서는 월례는 어쩐지 쑥스럽고 수줍기만 하다. 졸업 후 처음으로 찾아온 학교인 것이다. 불과 한 달 전까지만 해도 매일같이 다니던 학교였는데, 왜 이렇게 서먹서먹하고 멋쩍은지 참 얄궂다.

교문을 들어서니 마침 운동장에서 1학년생들이 유희를 하고 있다. 1학년 1반, 2반이 합동으로 유희를 하는 모양이다. 남선생 하나는 앉아서 베이비 오르간을 타고 있고, 여선생 하나는 서서 유희를 지도하고 있다. 생도들은 두 줄로 서서 둥그런 원을 그리고 있다. 여선생은 쓰루미 하루에 선생이다. 용길이 담임인 것이다. 그녀가 담임이라는 것을 용길이에게 들어서 알고 있는 것이다.

그런데 자세히 보니 베이비 오르간을 타고 있는 남선생은 임 선생이 아닌가.

"우야꼬!" 월례는 깜짝 놀란다.

임 선생이 금년도에는 1학년을 맡은 모양이다. 쓰루미 선생과 함께. 그런 줄을 전혀 몰랐던 월례는 공연히 반갑고, 어쩐지 귀밑이 살짝 붉어지는 것 같다. 같은 값이면 용길이를 담임했더라면 더 좋았을 텐데 싶다. 졸업 후 한 번도 만나 보지 못한 선생님……. 맥없이 가슴도 벌럭벌럭 뛴다.

월례는 슬금슬금 운동장가에 있는 철봉께로 간다. 철봉대 옆에 앉아서 1학년 생도들의 유희하는 것을 구경한다. 귀엽다. 쓰루미 선생의 몸짓도 재미있다. 참 마음씨 좋은 여선생이었지……. 월례는 어쩐지 좀 쓸쓸한 기분이 된다. 자기와는 아득히 먼 세계를 바라보는 것만 같다. 자기는 어느 한쪽 가로 밀려나버린 것 같은 그런 느낌이다. 불과 한 달 전만 해도 자기는 저 운동장에서 달리고 뛰고 했었는데…….

약간 쓸쓸한 기분이 되어 구경을 하고 있는데, 땡땡땡…… 종소리가 울린다. 월례는 얼른 일어난다. 수업이 끝난 것이다. 월례는 달려가서 우선 쓰루미 선생에게 동생의 결석 사유를 말했다. 그러자 쓰루미 선생은 대뜸 월례를 알아보고,

"아, 그래? 용길이가 월례 동생이었군." 하고 싱글 웃는다.

"아니 이거 월례 아니가?" 임 선생이 뜻밖이라는 듯이 큰소리로 말하며 다가온다. 월례는 온통 홍당무처럼 된 얼굴을 깊숙이 숙여 인사를 한다.

"웬일이고?"

"동생이 아파서 결석을……." 월례는 수줍어서 어쩔 줄을 모른다.

"아, 동생이 쓰루미 선생 반이었나?"

"예."

"남동생이가? 여동생이가?"

"남동생입니더."

"음— 집에서 요새 뭐 하노? 졸업을 하니 심심하지?"

"……."

"더러 집에도 놀러 오너라."

그리고 임 선생은 교무실 쪽으로 가려 한다. 월례는 얼른,

"선생님예." 하고 임 선생을 불러 세운다.

"응?"

"저……."

"……."

"선생님, 뭐 좀 물어 볼 끼 있십더."

"그래? 뭔데."

"저……." 월례는 킥 한 번 웃는다. 멋쩍은 모양이다.

"어서 물어 봐."

"저…… 선생님, 동경까지 가는 데 차비가 얼매나 듭니꺼?"

"뭐? 동경까지 가는 데 차비가?"

"예."

"별안간 동경까지 가는 차비는 와?"

"……."

"응? 와? 누가 동경까지 갈 사람이라도 있나?"

"예."

"누가 가는데?"

"……."

"응?"

"저하고 명자하고예."

"뭐?" 임 선생은 눈이 휘둥그레진다. 명자하고 둘이 동경엘 가다니, 무슨 영문인지 알 수가 없다.

"아니, 명자하고 둘이 동경엘 가다니…… 무슨 일로?"

"……."

"응?"

"……." 월례는 이제 쑥스럽고 창피한 듯 약간 옆으로 돌아서며 고개를 숙일 따름이다.

"하하— 월례 너 엉뚱한 생각을 하는구나. 그렇지?"

"……."

"흠—." 임 선생은 짚이는 바가 있는 것이다.

임 선생 역시 월례와 같은 마을에 살기 때문에 홍 주사와 황선녀의 그 끔찍한 사건을 들어서 잘 알고 있다. 그 사건의 원인이 월례에게 있다는 것도 잘 안다. 그래서 월례가 명자와 함께 가출을 하려는 게 틀림없다. 명자도 자기 어머니가 그렇게 됐으니, 어디로든지 떠나버리고 싶지 않겠는가. 동경을 택한 것은 아마 명자 탓일 것이다. 명자 아버지가 동경에 있다고 하지 않던가. 잠시 심각한 표정을 짓고 있던 임 선생은 무겁게 입을 연다.

"월례야, 잘 생각해라. 집을 떠나면 고생이다, 아나? 어딜 가나 자기 집보다 나은 곳은 없다. 마음을 고쳐 묵는 기 좋을 끼다."

"……." 월례는 그저 더욱 고개가 숙여질 따름이다. 눈에는 어느덧 눈물이 어린다.

땡땡땡 땡땡땡……. 수업 시작을 알리는 종이 울린다.

7

며칠 뒤, 퇴근길이었다. 임 선생은 혼자 터벅터벅 집을 향해 걸음을 옮기고 있었다. 봄이 한창 무르익는 판이라 그런지 퇴근 때가 되면 몸이 꽤 나른했다. 무거운 걸음을 터벅터벅 옮기면서 임 선생은 심란한 기분으로 빠져들고 있었다. 간밤에 아내가 한 말이 생각났던 것이다.

간밤에 이부자리 속에서 아내가, "여보, 나 저……." 하면서 킥 웃었다. 그리고 수줍은 듯 약간 얼굴을 물들이며 말했다.

"애기를 가진 거 같애예."

"아, 그래?" 임 선생은 귀가 번쩍했다. 어쩐지 얼굴이 화끈해지는 느낌이기도 했다.

"입맛이 이상하고, 얄궂어예."

"그것은?"

"그것도 벌써 두 달째 없어예."

"그럼 틀림없구만. 흐흐흐……."

"와 웃어예?"

"좋아서 웃지."

"좋아예?"

"좋지 그럼. 당신은 안 좋아?"

"내사 좋은지 어떤지, 그저 부끄럽고 얄궂기만 해예."

"흐흐흐……. 그기 바로 좋아서 그런 거 앙이가. 어디 내가 한 번 만져 볼까" 그러면서 임 선생은 슬그머니 아내의 아랫배께로 한 손을 집어넣었다. 따스하고 야들야들한 아내의 아랫배를 슬슬 어루만지면서,

"아들일까? 딸일까?" 임 선생은 히죽히죽 웃었다.

"아들이면 좋겠어예? 딸이면 좋겠어예?"

"아들이라도 좋고, 딸이라도 좋고……."

"내사 아들이면 좋겠어예."

"첫딸도 괜찮지 뭐, 살림 밑천이라는데……."

"싫어예. 아들부터 낳아 삐리야 안심이지."

"허허허……. 아들 몬 낳는다고 구박받을까 봐 벌써부터 걱정인 모양이지?"

"우리 칠촌 아지매 되는 분이 말입니더. 딸만 여섯 낳았지 뭐예. 그래서 하는 수 없이 자기가 남편 새장개를 들였지 뭡니꼬. 아들 몬 낳은 죄로……."

"그래서 당신도 혹시 날 새장개들이게 될까 봐 걱정이라 그 말인가? 허허허……."

"반드시 그래서 그런 기사 앙이지만, 좌우간 아들부터 낳았으면 좋겠어예. 당신같이 생겼을 끼 앙잉교. 납따그리 하고, 쪼매 합죽하고……."

"흐흐흐……."

"당신 아루바무(앨범)에 있는 돌 때 사진처럼 말입니더. 호호호……."

자기 남편의 어린애 때 얼굴을 꼭 닮은 자기 아이가 벌써 눈앞에 선한 듯 그녀는 까르르 웃었다. 그리고 남편의 겨드랑이에 지그시 얼굴을 묻으며 속삭이듯 말했다.

"우리 아기 돌 때는 때때옷을 해 입힙시더."

"아들을 낳는다면서?"

"아들은 때때옷 몬 입는가예? 머심애*('사내아이'의 방언)도 때때옷 입심더."

"그래? 그럼 그러지."

"포대기는 분홍색으로 만들랍니더."

"허허, 그러지."

"분홍색 포대기로 아기를 업고, 당신하고 함께 사진관으로 돌 사진 찍으러…… 호호호……."

"그래그래, 허허허……."

"아이 부끄럽어." 그러면서 그녀는 자지러지게 바르르 떨었다.

"부끄럽긴……." 임 선생은 기분이 매우 좋아 불끈 아내를 끌어안았다. 생각하면 절로 가슴이 훈훈해지는 장면이다. 그런데 간밤의 그 일이 임 선생은 훈훈하게만 생각되지가 않는다. 처음에는 기분 좋게 머리에 떠올랐다가 슬그머니 그만 심란해지고 만 것이다. 어떤 먹구름 같은 것에 가려지는 듯해서 그런 것이다.

—분홍색 포대기로 아기를 업고, 당신하고 함께 사진관으로 돌 사진 찍으러…… 아이 부끄럽어. 얼마나 아리따운 말인가. 첫 아이를 밴 새색시의 꿈이 아롱진 말이라고나 할까.

그런 아내의 말을 생각하면서 심란해지다니……. 물론 그 말 자체는 심란할 턱이 없다. 훈훈하기만 하다. 그러나 아내의 그 아리따운 소망처럼 그렇게 될 것 같지가 않아서 그런 것이다. 돌이 된 아이를 아내에게 업혀가지고 함께 사진관으로 가게 될 것 같지가 않은 것이다. 아이의 돌은 고사하고, 낳는 것도 볼 수 있을까 싶지가 않다.

징병 때문인 것이다. 아무래도 곧 징집영장이 나올 것 같아 불안하기만 하다. 신체검사에서 을종을 받기는 했지만, 갑종들이 거의 다 입영한 터이니 말이다. 해산까지는 빨라도 아직 칠팔 개월이나 남았는데, 그 때까지 그놈의 영장이 기다려 줄 것인지…….

아내의 소망이 아리따울수록 남편의 가슴 속은 어둡고 뒤숭숭한 것이다. 입영을 한 다음에 해산을 하게 되면 아내의 심정이 어떨까. 돌 때 혼자 아이를 업고 사진관을 찾아가게 되면 얼마나 허전할까. 그리고 전쟁이 쉬이 끝나지 않아 몇 년이고 못 돌아오게 되면 혼자서 아이를 키우느라 얼마나 고생이 될까. 혹 전장에 나가서 전사라도 하게 되면……. 이런 심란한 기분에 빠져 터벅터벅 걸음을 옮기고 있는데,

"선상님 아닝교?"

누군가가 알은 체를 한다. 빈 구루마를 몰고 오던 사람이다. 그러나 임 선생은 그게 누군지 얼른 알 수가 없다.

"선생님, 저…… 월례 애빕니더."

그제야 임 선생은 '센토오보우시'(전투 모자)를 벗어 인사를 한다.

"아, 예. 오래간만입니다. 안녕하십니까?"

"자식을 졸업시키고도 한 번 찾아뵙지도 몬하고……."

"아이, 별말씀을……."

"사람의 도리가 아닙니더."

"별말씀……. 이번에 아들이 입학을 했습디다. 그죠?"

"예, 다 선상님 덕택입니더."

"지야 뭐……."

"인제 퇴근하시는 모양이지예?"

"예, 어디 읍내 갔다 오시는 길입니까?"

"예, 매일 읍내에 곡물을 안 실어내고 있습니꾜."

"아, 그러십니까? 수고가 많으십니다."

"수고는 무신……." 좀 멋쩍게 웃는다. 임 선생은 그만 작별 인사

를 하려다가 문득 머리에 떠오르는 일이 있어,

"참 저…… 월례 집에 있지요?" 묻는다.

"예, 있심더."

"저…… 혹시 월례 무슨 수상한 점 없습띠까?"

"수상한 점이라니에?" 안 서방은 약간 놀라는 기색이다. 무슨 일인가 싶은 것이다.

"평소와 좀 다르닥 할까, 그런 기 눈에 안 띕띠까?"

"글씨요……." 커다래진 두 눈을 곧장 껌벅거린다.

"저……." 임 선생은 얼른 말이 나오질 않는다. 알려주어야 될지 어떨지…… 잠시 망설여진다. 월례가 명자와 함께 동경으로 가려 하고 있다는 그 이야기임은 말할 것도 없다.

그런데 월례가 가출을 하려는 까닭이 십중팔구 홍 주사와의 혼담 때문인 것이다. 끝내 그와의 혼사가 이루어질까 두려워서 그러는 게 틀림없을 것이다. 비록 지금은 홍 주사가 읍내 병원에 입원을 하고 있다고는 하지만, 목숨을 건졌으니 언제든 퇴원을 하게 될 게 아닌가. 그 사건으로 해서 결코 혼담이 싹 가셔진 것은 아닐 터이니 말이다.

그렇다면 가출하려는 사실을 부모에게 일러주는 것이 과연 잘하는 일인지……. 어쩌면 월례 자신을 위해서는 동경으로든 어디로든 떠나 버리도록 내버려두는 편이 옳지 않을는지…….

"무신 일입니꾜? 예?" 몹시 궁금한 모양이다.

"저…… 다름이 아니라……."

아무래도 말 해주는 편이 옳겠다는 판단이 순간적으로 내려진다. 홍 주사가 퇴원해 온다 하더라도 반드시 혼사가 이루어질지 어떨지 유동적인 것이고, 혹시 이번 일을 계기로 홍 주사의 심경에 변화가 있었을지도 모르는 일이 아닌가. 지레 겁을 먹고 도망치듯 가출까지 할 것은 없는 것이다. 그리고 부모의 동의가 없는 처녀의 가출이란 어떤 경우든 불행한 일이지, 결코 바람직한 처사가 못 된다는 생각이 든 것이다.

"며칠 전에 저…… 월례가 학교에 왔습띠다."

"그래예?"

"동생이 아파서 결석을 했다고 담임선생한테 알리러 왔는데……."

"예, 머심애가 감기로 며칠 결석을 했심더."

"그런데 그때 하는 말이……."

"저…… 동경으로 갈 생각이 있는 것 같습띠다."

"예? 뭐라고요? 동경으로요?" 안 서방은 두 눈이 휘둥그레진다.

"예."

"앙이, 동경으로 가다니요? 지가 무신 재주로 동경엘 간답띠꼬?"

"아마 명자하고 둘이서 그런 궁리를 하는 것 같습띠다."

"가시나들 저거가 무신 재주로……."

그리고 안 서방은 그만 "허허허……." 웃음을 터뜨린다. 동경이 어디라고 제까짓 것들이 감히…… 싶은 모양이다. 같잖다는 표정이다.

"명자 아부지가 동경에 있다지요, 아마? 그래서 둘이……."

임 선생도 히죽 웃음이 나온다.

"동경이 어디 읍에서 쪼매만 더 가만 나오는 줄 아는 모양이지예? 허허허……."

"아닙니다. 그러니까 걱정이지요. 철들이 아직 덜 들어서 겁나는 걸 모른단 말입니다."

"예, 잘 알았심더. 이놈의 가시나 가만히 안 둘랍니더."

"너무 심하게 꾸짖지는 마이소. 도리어 역효과가 날지도 모릅니다."

"염려 마시이소. 선상님 정말 고맙심더. 그럼……."

안 서방은 굽신 허리를 꺾는다.

그날 저녁, 안 서방은 밥상을 물리고 나서 월례를 불러 앉혔다. 그러나 조금도 격한 소리가 나오진 않았다. 너무 심하게 꾸짖으면 도리어 역효과가 날지도 모른다는 말 때문에 그런 것은 아니었다. 왠지 별로 화가 치밀어 오르질 않는 것이었다. 조금 걱정이 안 되는 바는 아니지만, 설마 저거가 무슨 재주로 동경으로…… 싶은 것이었다.

그래서 오늘 누구한테 들으니 너하고 명자하고 둘이 동경으로 갈 궁리를 하고 있다는데, 그게 정말이냐고 예사롭게 물었다. 월례는 아버지의 입에서 뜻밖의 말이 나오자, 약간 눈이 휘둥그레질 뿐 아무 대답이 없었다. 무대답은 곧 수긍인 셈이다. 그런데도 역시 안 서방은 화가 머리를 들지 않아 그저 담담한 어조로, 동경이 여기서 얼마나 먼 줄 알고 너거가 그런 당치도 않은 생각을 먹느냐고, 객지라는 데가 얼마나 무서운 곳인지 아느냐고, 당최 그런 생각 하지도 말라고, 타이르듯 말했다.

안 서방의 담담한 태도와는 달리, 그 말을 들은 배성녀는 얼굴빛이 달라지며,

"앙이, 월례야, 니 그기 정말이가? 응? 이놈의 가시나야, 동겡이

어딘데 동겡으로 가, 앙이? 굶어 죽고 싶어서 환장을 했나……. 어찌 된 셈이고? 멩자 그놈의 가시나 꾐에 빠졌구나. 그놈의 가시나 다시는 우리집에 발걸음도 몬하게 할 끼다. 그리고 월례 니도 삽짝 밖으로 몬 나간다. 다 큰 가시나가 철따구니도 없이 동겡이 어디라고 동겡으로 가, 나 참 기가 맥혀서……."

이렇게 마구 내뱉었다. '동경'을 '동겡'이라고 하면서.

월례는 그저 부루퉁한 표정으로 앉아서 누가 아버지에게 그런 소릴 했을까 생각해 보았다. 명자와 자기가 그런 궁리를 하고 있다는 사실을 아는 사람은 임 선생밖에 없는데, 설마 임 선생이 아버지에게 그런 말을 일렀을 것 같지는 않고……. 달리 또 알고 있는 사람이 있는 것일까. 명자가 누구한테 발설을 한 것일까. 도무지 알 수가 없었다.

그래서 월례는 어머니의 꾸지람이 멎자, 아버지에게 물어보았다.

"아부지, 누가 그런 소릴 합띠꾜?"

"누가 캤으면 와? 그래 거짓말이라 말이가?"

안 서방은 그제야 조금 화가 치미는 모양이었다. 월례는 다시 입을 다물어버리는 도리밖에 없었다.

"다 큰 기 집안일이나 거들다가 시집이나 갈 생각은 않고, 동경엘 가다니……. 그래, 동경엘 가면 누가 어서 오라고 밥 먹여준다 카더나? 빌어 묵을 가시나, 낼부터 삽짝 밖으로 한 걸음도 몬 나간다. 나가기만 해 봐라……."

안 서방 역시 월례의 금족을 선언했다. 그래서 이튿날부터 월례는 집안에 갇힌 듯한 몸이 되고 말았다. 졸업을 한 뒤로 뭐 별로 바깥으로 나돌아 다닌 것은 아니었지만, 자기 뜻에서가 아니라, 타의에 의해서 사립 밖으로 못 나가게 되니 불만이 이만저만 아니었다. 공연히 속이 부글거리고, 사지가 뒤틀리는 듯, 밖에 나갈 일도 없는데 냅다 사립을 뛰어 나가고 싶기도 했다. 그러나 그럴 수는 없었다. 그 결과는 뻔한 것이었다. 그 정도의 철은 든 셈이었다.

그런데 월례의 부글거리는 심정을 곧잘 건드리는 것은 할머니였다. 월례가 명자와 함께 가출을 하려 한다는 사실을 알게 된 모량댁이는,

"아이고— 집을 나가다니……. 동겡이 어딘데 동겡으로 갈라 카노, 아이고— 야야 당최 그런 생각 묵지 마라. 꿈에도 묵지 마래이, 관셈보살—."

안타깝고 걱정이 되어 못 견디었다. 그리고 월례의 감시를 마치 자기가 떠맡기라도 한 듯 노상 관심을 월례에게 집중하고 있었다. 월례가 토방에서 마당으로 내려서기만 해도,

"야야, 어디 갈라 카노?" 하고 재빨리 물었다. 그러면 월례는,

"오줌 누로 뒷간에 간다, 와? 오줌 누로도 몬 가라 말이가?"

냅다 눈을 흘겼다. 밤에도 자다가 월례가 자리에서 일어나기만 해도,

"오줌 누로 가는 기제? 월례야."

하고 묻는 것이었다. 마치 잠도 안 자고 지키고 있는 것처럼.

제8장

1

홍 주사가 퇴원을 해서 집으로 돌아온 것은 봄도 다 가고 제법 더위가 닥치고 있을 무렵이었다.

퇴원을 했다고는 하지만, 아직 홍 주사는 얼굴에 붕대를 감고 있었고, 걸음을 제대로 걷질 못했다. 상처가 깊어서 수술을 한 옆구리가 아직 완쾌가 안 되어 엉거주춤 허리를 굽히고 겨우 걸음을 내딛는 형편이었다. 집에서 계속 약을 먹고 바르고 해야 하는 것이었다.

홍 주사가 퇴원을 해서 돌아오자, 마을 사람들은 전과는 달리 매우 동정적이었다. 불상사가 나서 입원을 했을 당시에는 온통 입에서 침이 튀도록 욕을 해댔는데 말이다. 이제 그 정도의 목숨을 붙들어 가지고 다시 집으로 돌아오게 되어 불행 중 다행이라는 투였다.

불쌍하게 된 것은 황선녀라는 것이었다. 살인 미수죄로 감옥살이를 하게 됐으니 그럴 수밖에.

그리고 슬금슬금 문병들을 가기도 했다. 하다못해 달걀꾸러미라도 들고서. 문병객은 비단 한 마을 사람들뿐이 아니었다. 먼 타 부락에서도 소식을 듣고 찾아오는 사람이 많았다. 홍 주사가 아직 동척농장의 서기 자리에서 물러난 것이 아니니 그럴 수밖에 없었다.

안 서방도 닭을 한 마리 새끼로 묶어 들고 밤에 살짝 문병을 갔다. 남들처럼 낮에 찾아가기가 어쩐지 좀 낮 뜨거운 것이었다. 말하자면 홍 주사가 그렇게 된 것이 월례 때문이라고 할 수 있으니, 남들 보기에 창피하지 않을 도리가 없었다. 안 서방을 보자, 자리에 누웠던 홍 주사는 약간 화라도 난 사람 같은 표정으로 부스스 일어나 앉았다.

"아이고, 홍 주사 어른, 이만하기가 천만다행입니더."

안 서방의 말에 홍 주사는 내뱉듯,

"자네, 그럴 줄 몰랐네!" 하는 것이었다.

"예?"

"자네가 그럴 줄 몰랐어. 정말……."

"……?" 안 서방은 면상을 한 대 얻어맞은 듯한 느낌이었다. 그러나 무슨 뜻으로 그렇게 말하는지 얼른 알 수가 없었다. 홍 주사는 퀭한 두 눈으로 쏘아보듯 안 서방을 바라보면서 거침없이 내뱉었다.

"내가 죽기를 바랬겠지."

"예? 그기 무슨 말씀입니꾜?"

"시치미 떼지 말게. 다 알고 있네. 죽었으면 시원했겠지만, 미안하네. 나는 안 죽어. 죽다니…… 허허허……. 이 홍만표가 죽을 것 같으나? 어림도 없지. 허허허……."

"앙이, 홍 주사 어른, 도대체 그기 무신 말씀입니꾜? 무신 그런 말씀을 다 하십니꾜?"

안 서방은 어처구니가 없었다. 죽기를 바랐다니……. 시치미를 떼지 말라니……. 정말 기가 막혔다.

"정말인가?"

"허, 나 참, 그기 말씀이라고 하십니꾜? 베락을 맞아 죽을라고 그런 생각을 한단 말입니꾜?"

"음— 그럼 와 한 번도 와 보질 않았는가?"

"……."

"매일 읍내에 나오면서 와 병원에 한 번도 안 들렀는가 말이네."

"……." 안 서방은 그제야 아하— 싶었다. 할 말이 없었다. 매일 곡물을 싣고 읍내에 나가고 있으면서 한 번도 문병을 못한 것은 확실히 잘못이었다. 그렇잖아도 문병을 하는 것이 도리라고 생각하긴 했었지만, 어쩐지 찾아가 보고 싶지가 않았던 것이다.

그저 어디 병이 나서 입원을 했다면 그럴 턱이 없는데, 그게 아니라, 그런 끔찍한 불상사로 그렇게 됐으니 말이다.

불상사라도 보통 불상사 같으면 모르겠는데, 바로 월례로 인한 제부와 처형간의 추잡스럽기 짝이 없는 싸움이 아닌가. 생각만 해도 기분 나쁘고 더러워서 도무지 병원 쪽으로 걸음이 떼어지지가 않았던 것이다.

그러나 죽기를 바랐다니, 죽었으면 시원했겠다니, 그건 너무 지나친 억측인 것이다.

“정말 멘목이 없게 됐심더. 생각이 없었던 것은 아닙니더만…….”

“변명 말게.”

“변명이 아닙니더. 진정입니더. 미련하고 무식한 기 죄지예, 어느 벵원인지도 잘 모르겠고…….”

안 서방은 억지로 표정까지 미련하고 무식한 것처럼 꾸몄다.

“무식하면 병원이 어딘지도 모른단 말인가? 성의만 있으면 다 알 수 있는 문젠데…….”

“정말 죄송하게 됐심더.”

“좌우간 난 자네가 그럴 줄은 몰랐어. 다른 사람은 다 안 와도 자네만은 틀림없이 문병을 올 줄 알았지. 참말이네.”

“뭐라고 할 말이 없심더.” 안 서방은 머리를 조아리기까지 했다.

“음—.” 그제야 홍 주사의 기분은 약간 누그러지는 것 같았다. 붕대에 감긴 초췌한 얼굴에 퀭하고 섬찍하게까지 느껴지던 두 눈이 어쩐지 좀 부드러워지는 듯했다. 잠시 눈을 끔벅거리다가 마도로스파이프에 담배를 눌러 담으면서 불쑥 말했다.

“그럼, 자네 맘이 변하지 않았다 그 말이지?”

“……?”

“응? 와 대답이 없는가?”

“변하다니예? 그기 무신 뜻입니꾜?”

“무신 뜻은 무신 뜻이라…… 허허— 이 사람, 그기 무신 뜻인지도 모르겠는가?”

“…….”

“정말 미련한 사람일세 그려, 그래도 모르겠는가?”

"……."

"허, 이 사람 보게."

"알겠십더"

"허허허…… 인제 알겠는가? 그래, 대답을 해보게, 맘이 변했는가, 안 변했는가?"

"변할 턱이 있겠습니꾜."

"정말이지?"

"예" 대답에 어쩐지 맥이 없다.

"와 대답이 그렇게 시원찮은가?"

"시원찮기는예?"

"내가 듣기는 시원찮은데 그래?"

"안 시원찮십더."

"허허허…… 정말인가? 좋아! 그럼 내가 자네를 오해했었구만. 오해를 풀지. 그리고 빨리 완쾌가 되도록 힘을 쓰지. 얼굴에 쪼매 상처가 남기는 하겠지만, 까짓것 도리 있는가? 그럴수록 내가 자네 딸을 위해 주지. 정말 호강을 시킬 생각이네"

"……."

"그런데 벌써 여름으로 들어섰으니, 아무래도 가을이 돼야 잔칠 안 하겠는가? 그 때쩜 돼야 내 몸도 완전하게 나을끼고……."

"……."

"안 그렁가?"

"맞십더, 가을이 돼야……." 안 서방은 그저 얼떨떨한 기분으로 어물어물 맞장구를 치기만 했다.

"그럼, 혼사는 또 가을로 연기된 기고……. 허, 그것 참, 그놈의 혼사 어지간히 연기도 되네."

홍 주사는 한 쪽 개눈을 번들거리며 웃는다. 그리고 마치 무슨 크게 힘 드는 문제를 해결이라도 한 듯, 푸— 기분 좋게 담배연기를 내뿜는다. 안도의 숨을 내쉬기라도 하는 것처럼.

그동안, 혹시 월례와의 혼사가 뒤틀려버릴까 봐 병상에 누워서도 노상 걱정이었던 것이다. 이제 안심인 셈이다.

그러나 천만의 말씀이었다.

2

어느 날 오후, 소나기가 좌— 한바탕 퍼붓고 지나간 뒤였다. 비가 지나간 다음, 하늘이 활짝 열리며 내리쬐는 햇빛은 마냥 상쾌하기만 했다. 더위에 헐떡거리던 나무 잎사귀들도 빗물에 씻겨 파들파들 신선한 빛으로 반짝거렸다. 매미들의 울음소리까지 한결 시원하게 들렸다.

소나기가 몰려 올 때 급히 거둬들였던 빨래를 다시 줄에 내다 널고 있던 배성녀는,

"우야꼬, 무지개가 섰네." 하면서 한쪽 하늘을 바라본다. 그리고,

"월례야, 무지개 보래." 작은방 쪽을 돌아본다. 그러나 월례는 아직 낮잠에서 깨어나질 않았다. 소나기가 한바탕 퍼붓고 지나간 것도 모르고 계속 자고 있는 것이다.

"아이고 가시나, 우짠 낮잠을 저렇게…… 쯧쯧쯧……."

혀를 차면서 다시 하늘을 바라본다. 무지개는 언제 보아도 신기

하고 곱다.

빨래를 손에 든 채 잠시 멀뚱히 서서 무지개를 바라보고 있는데, 저벅저벅 웬 사람들이 사립을 들어선다.

배성녀는 흠칠 놀란다. 순사가 아닌가. 칼을 찬 순사가 '센토오보우시'를 쓴 웬 남자와 함께 애국반장 아주머니의 뒤를 따라 들어서는 것이 아닌가.

무슨 일인지는 알 수가 없지만, 좌우간 반가운 일이 못 된다는 것은 뻔한 노릇이다. 배성녀는 후닥닥 손에 들고 있던 빨래를 아무렇게나 줄에 걸쳐놓는다. 그리고 두 손을 앞으로 모아 쥐며,

"어서오시이소." 약간 허리를 굽힌다. 공연히 목소리가 떨린다.

배성녀가 공연히 두려워하는 것과는 달리, 칼을 찬 순사는 싱글싱글 얼굴에 웃음을 띤다. 그리고 불쑥 묻는다.

"집에 딸이 있소까?"

"예?"

"큰딸이 있소까 말이다."

일인 순사인 것이다. 배성녀가 무슨 영문인지 몰라 어리둥절한 표정을 짓자, 이번에는 '센토오보우시'가 나선다.

"집에 월례라는 딸이 있지요?"

"예."

"다름이 앙이라, 저…… 나는 면에 있는 사람이구마. 저…… 집의 딸에게 이기 나와서……."

그러면서 면서기인 '센토오보우시'는 무슨 종이쪽지 한 장을 내민다.

"이게 뭡니꾜?" 배성녀는 약간 떨리는 손으로 그걸 받아 든다.

"저…… 이번에 집의 딸이 '데이신타이'(정신대)로 나가게 됐심더."

"예? 무신 타이로예?"

"데이신타이 말이구마."

"데이신타이가 뭡니꾜?"

"저…… 쉽게 말하면 공장에 나가 일하는 기구마."

"공장에 나가 일 해예?"

"예."

"어느 공장에 말입니꾜?"

"글씨요, 그것까지야 우리가 우예 아능교."

"그럼 어디로 딜꼬(데리고) 간단 말입니꾜?"

"……."

"아이고— 그럼 바로 처녀 공출이란 말 아닝교? 그지예?"

그러자 일인 순사가 시꺼먼 눈썹 꼬리를 추켜올리며 내뱉는다.

"처녀 공출이가 난다(뭐야)? 앙? 누가 그런 말이 했소까?"

"……." 배성녀는 대번에 기가 팍 죽어버린다.

겁을 집어 먹은 두 눈으로 일인 순사의 눈치를 힐끔힐끔 살필 따름이다.

일인 순사는 일부러 옆구리에 찬 칼을 철거럭! 하고 소리를 내어 보이며,

"그런 말이 한 번만 더 하면 용서 없소다! 알았소까?" 냅다 호통이다.

"예, 예. 알겠심더. 나아리."

"나라를 위해 소시데 데이신타이 나가는 것이 영광이지 처녀 공출이가 난다?"

"예, 예. 나아리."

"한 번만 용서시데 야루(준다). 어험!"

그러자 면서기가 다시 입을 연다.

"낼 모레, 아침 아홉 시까지 면사무소로 나와야 되느마."

"……."

"알았능게?"

"……."

"와 대답이 없능게?"

"우리 월례가 나가야 된단 말입니꼬?"

"여보! 지금까지 무신 말을 들었능게?"

면서기도 약간 화를 낸다. 그러자 애국반장 아주머니가 좀 난처한 듯이 끼어든다.

"낼 모레, 출발이라느마. 물론 월례가 나가는 기지예. 월례 혼자뿐이 아니구마. 덕심이도 나가고, 딴 동네서도 여럿이 나가느마."

배성녀는 그저 눈앞이 노오랄 따름이다.

"너무 걱정 말고, 낼 모레 아홉 시까지 면사무소로 꼭 덜꼬 나가이소"

"……." 넋을 잃은 듯 대답이 없다.

"알았소까?"

일인 순사는 한 쪽 발을 쾅! 구른다. 그제야 배성녀는 정신없이,

"예, 알았심더, 알았심더." 곧 어쩔 줄을 모른다.

"만일에 안 데리고 나오면 당신이 잡아 가서 이거, 알았소까? 이거?"

일인 순사는 칼자루에서 칼을 절반쯤 쑥 뽑아 보인다. 칼자루에

서 시퍼런 칼날이 쑥 올라오자 배성녀는 질겁을 하고,

"아이고, 나아리. 알았심더, 알았심더." 덜덜덜 떤다. 일인 순사는 재미있다는 듯이,

"좋소, 좋소." 하면서 싱긋 웃는다. 세 사람이 저벅저벅 돌아가고 나자, 그제사 배성녀는 어처구니가 없고, 분통이 터져 못 견디겠는 듯,

"아이고, 이놈의 가시나야— 쫌 일어나 거라! 일어나!"

냅다 고함을 지르며 작은방 쪽으로 달려간다. 그래도 월례는 잠을 깨지 않는다.

"일어나라니까! 이놈의 가시나야! 세상이 우예 돌아가는 줄도 모르고 디배져(뒤집어져) 잠만 자면 젤이가? 월례야! 일어나라! 일어나!"

"으응—." 그제야 부스스 눈을 뜨고 일어난다.

"아이고— 이놈의 가시나야 우얄라 카노— 우얄라 캐."

마치 월례가 무슨 잘못을 저지르기라도 한 것처럼 쏟아놓는다. 월례는 무슨 영문인지 알 수가 없어 어리둥절해진다.

"아이고— 아이고— 우얄라 카노— 으흐흐흑……."

그만 배성녀는 울음을 터뜨린다.

"어무이, 와 카노? 무신 일이고?" 월례는 정신이 바짝 돌아온다. 그러나 무엇이 어떻게 된 일인지 알 수가 없다. 그저 두 눈이 휘둥그레질 따름이다.

"아이고— 이것 보래, 이것."

"이기 뭔데?"

"아이고, 아이고— 이놈의 가시나야— 우얄라 카노— 우얄라 카

노— 으흐흐흑……."

"……." 월례는 말없이 종이쪽지를 들여다본다.

"아이고— 이 일을 우야노, 이 일을, 이 일을……."

"우야꼬! 이기 뭐고?" 월례도 깜짝 놀라 비명 비슷한 소리를 지른다. 얼굴에 핏기가 싹 가신다.

"이놈의 가시나야, 낼 모레 출발이다. 낼 모레……."

"……." 그러나 월례는 순간적으로 비명 비슷한 소리를 지르기는 했지만 얼른 감정의 결정이 안 되는 듯 대고 눈을 깜작거리기만 한다.

"우야꼬. 이놈의 가시나 보래. 처녀 공출이 나왔는데도 겁나지도 않는 모양이제?"

"뭐, 처녀 공출?"

"그래, 그기 바로 처녀 공출장 앙이고 뭐고?"

"내사 보니 데이신타이 통지서네."

"데이신타인가 지랄인가 그기 바로 처녀 공출해가는 거 앙이고 뭐고."

"……." 월례는 그저 얼떨떨할 따름이다. 왠지 어머니처럼 도무지 비통해지지가 않는다. 오히려 이것 차라리 잘된 게 아닌가 하는 생각이 슬그머니 들기도 한다. 그렇잖아도 어디로 훌쩍 떠나버리고 싶던 참인데 말이다.

"우야꼬, 야가 예사대이. 아이고, 얄궂어라— 지한테 처녀 공출이 나왔는데도 겁나지 않다니……."

"……."

"아이고, 벨놈의 가시나도 다 보겠네—."

그때, 이웃에 잠시 볼일이 있어 갔다가 소나기 바람에 길이 막혔던 모랑댁이가 사립을 들어선다.

"아이고, 어무이예, 이 일을 우짜만 되겠습니꾜?"

배성녀는 대뜸 시어머니에게 말을 던진다.

"와, 무신 일인데?"

"글씨, 월례한테 처녀 공출이 나왔지 뭡니꾜."

"처녀 공출이 나오다니? 처녀 공출이 뭔데?"

"아, 글씨, 큰애기들을 나라에서 공출해가는 기지, 뭐라예."

"뭐라? 큰애기들을 공출해 가?"

"예."

"우야꼬, 참 벨놈의 꼴도 다 보겠네. 큰애기들을 공출해가다니…… 공출해가서 뭐 할라 카능공?"

"공장에 딜꼬 가서 일을 시킨답니더."

"공장에 딜꼬 가서?"

"예."

"큰애기들이 공장에서 무신 일을 한다 말이고?"

"글씨 말입니더."

"남자들 징용해 간 것은 다 뭐하고, 큰애기들까지 딜꼬 가능공?"

"아이고— 이 일을 우짜지예?"

"그래, 우리 월례를 참말로 딜꼬 간단 말이가?"

"어무이도 참……. 이것 보이소. 이기 바로 공출장이랍니더."

배성녀는 월례의 손에서 통지서를 빼앗아 모랑댁이에게 보인다.

"누가 갖고 왔떠노?"

"방금 순사가예."

"순사가?" 순사라는 말에 모량댁이는 눈이 휘둥그레진다. 그리고 입 언저리랑 눈언저리를 실룩거리더니,

"아이고— 이 일을 우야노? 이 일을……. 관셈보살, 관셈보살." 그제야 눈앞이 캄캄해지는 모양이다.

"아이고, 월례야, 우얄라 카노? 관셈보살—." 어느덧 두 눈 구석에 눈물이 어린다.

월례는 훌쩍 한 번 코를 들이마신다. 할머니의 눈에 어리는 눈물을 보니 비로소 기분이 얼얼해지고 코허리가 시큰해지는 모양이다. 그리고 슬그머니 자리를 떠버린다.

해질녘에 안 서방이 돌아오자, 배성녀는 대뜸,

"우린 인제 다 살았구마." 했다.

"와?" 안 서방은 무슨 영문인지 몰라 어리둥절 한다.

"공출이 나왔구마."

"또 무신 공출?"

"처녀 공출 말이구마."

"뭐?" 두 눈이 통방울처럼 불거진다.

"월례한테 나왔다 말이가?"

"예."

"정말이가? 언제?"

"낮에 멘서기가 갖고 왔읍띠더. 순사랑 함께……."

"순사랑?"

"예."

"음—."

안 서방은 꺼지는 듯한 신음소리를 내쏟는다. 낮빛이 흙빛이 되

는 것 같다.

3

호롱불 곁에 앉아 월례는 주섬주섬 옷가지들을 정리하고 있다. 내일 모레 가지고 떠날 옷들을 챙기는 것이다. 그 곁에 덕심이가 넋 잃은 사람처럼 앉아 멀뚱히 보고 있다. 명자도 공연히 심란한 듯 말없이 앉아 있다.

이것저것 옷가지들을 챙기고 있는 월례 역시 도무지 감정을 걷잡을 수가 없다. 뒤숭숭하기만 한 것이다. 어떻게 생각하면 잘됐다 싶기도 하다. 그렇잖아도 어디로 훨훨 날아가 버리고 싶던 참이었으니 말이다. 명자와 함께 동경으로 갈 궁리를 하다가 어떻게 그만 아버지가 알게 되어 금족 상태가 되어 있던 터이라, 그에 대한 반발로도 까짓것 잘됐다는 생각이 드는 것이다. 그러면서도 한편 막상 집을 떠난다고 생각하니 얼떨떨하고, 슬그머니 두렵기도 한 것이다. 더구나 어디로 가는지 행선지도 모르는 것이 아닌가. 데이신타이라는 것이 무엇인지 확실히 알 수도 없고…….

좌우간 월례는 내일 모레 떠나기는 떠날 생각인 것이다. 안 떠날래야 안 떠날 수도 없는 노릇이지만. 일인 순사까지 직접 집에 찾아와서 다짐을 받고 갔다는데, 안 떠나고 배길 수가 있는가 말이다.

떠나는 것이 썩 마음에 당기는 것은 아니지만, 좌우간 이제 그놈의 홍 주사, 징그러운 개눈한테 시집 갈 염려는 없게 된 것이 아닌

가. 그것 한 가지만으로도 족하다는 생각이 든다. 까짓것 고생을 하면 얼마나 하겠느냐. 혼자만 가는 것도 아니고 여럿이 함께 가는 것이 아닌가. 덕심이도 함께 가는 것이 아닌가 말이다. 덕심이한테도 영장이 나온 것이다.

그렇게 생각하면서도 어쨌든 뒤숭숭한 기분으로 옷가지들을 챙기고 있는데, 말없이 앉아 있던 명자가 불쑥 묻는다.

"어디로 가는지 모르나?"

"가 봐야 알지 우예 아노."

"혹시 동경으로 안 가능강?"

"글씨……."

그러자 넋 잃은 것처럼 하고 있던 덕심이가 입을 연다.

"동경은 무신 동경. 구주가 어디든동 구주 아니만 북해도로 갈끼라 카더라."

"누가 카더노?" 월례가 묻는다.

"동네 사람들이 카더라."

"동네 사람들이 우예 아노."

"소문이 그렇다는데…… 대개는 소문이 맞니라."

"구주로 가만 좋겠는데……."

"구주가 어디고?" 학교를 2학년까지 다니다가 그만둔 덕심이는 구주가 어딘지 잘 모른다.

"구주는 바로 부산에서 바달 건너가면 되는 기라. 북해도는 북쪽에 있는 추운 곳 앙이가."

"아이고, 그럼 구주로 갔으면 좋겠는데……."

덕심이는 벌써부터 조바심이 나는 모양이다.

"데이신타이가 뭐고? 가서 뭘 하능공?" 명자가 묻는다.

"공장에 가서 일하는 기란다." 하고 덕심이가 대답한다.

"공장에 가서 일하는 거?"

"그래."

"하하, 그럼 저…… 바로 작년 가을에 읍내에 가서 활동사진에서 본 그런 기구나. 그제? 월례야."

"……." 월례는 얼른 생각이 나질 않는다.

"와, 활동사진에 공장에서 일하는 처녀들이 안 나오더나. 머리에 하찌마키(머리띠)를 매고 똑같은 작업복을 입고 말이다"

"아, 맞다, 맞다."

"바로 그기제?"

"그런가?…… 하하— 그런갑다."

그렇다면 괜찮은 것이 아닌가 하는 생각이 든다. 작년 가을, 활동사진에서 그 장면을 보았을 때, 탄성이 나오도록 멋있게 보이지 않았는가 말이다. 실제로 자기가 부모형제를 떠나 저런 많은 여공들 속에 들어가 똑같은 옷을 입고, 똑같은 일을 매일같이 되풀이한다면 지겨울 것이라는 생각이 들어 가벼운 현기증 같은 것이 느껴지기도 했지만……. 아무튼 데이신타이가 바로 그런 것이라면 별로 두려울 게 없다는 생각이다.

"월례야." 명자가 새삼스럽게 월례를 부르며 빤히 바라본다.

"응?"

"저……."

"……?"

"나도 갈란다."

"뭐?"

"나도 너거하고 같이 갈란다."

그러자 덕심이가,

"뭐라? 정말이가?" 깜짝 놀란다.

"영장도 안 나왔는데?" 월례도 눈이 휘둥그레진다.

"자원해서 가지 뭐. 영장 안 나와도 자원하면 딜꼬 가겠지."

"정말이가, 니?"

"정말이다."

"우야꼬—," 반갑기도 하고 놀랍기도 하다는 듯이 월례는 활짝 얼굴이 상기된다.

"얄궂어라, 얄궂어라."

덕심이는 도무지 알 수 없다는 그런 표정이다. 잠시 무슨 생각을 하는지 두 눈을 깜짝거리다가 덕심이가,

"그럼 명자야, 니 내 대신 가아라." 이렇게 말한다.

"뭐? 니 대신?"

"그래, 히히히……."

"그기사 싫다!" 명자는 딱 자르듯 내뱉는다.

그러자 월례도,

"얌체다, 얌체라……." 하고 웃는다.

"나는 가기 싫다 말이다."

"누구는 가고 싶어서 가나?"

"명자는 가고 싶다 안 카나."

"가고 싶은 기 앙이라, 우리가 가니까 같이 갈라 카능 거 앙이가. 니는 우째 그리 염통머리가 없노."

"히히히…… 명자야, 정말 그러나? 우리가 가니까 같이 갈라 카능 기가?"

"그래." 명자는 약간 화라도 난 것 같은 표정으로 대답한다.

"친구 따라 강남 간다는 말은 있어도, 친구 따라 데이신타이 간다는 말은 첨인데……."

"하하하…… 가시나도……. 와, 명자가 같이 간다는 기 싫으나?"

"싫은 기 앙이라……. 내 대신 가 줬으만 얼마나 좋겠노 그 말이다. 히히히……."

"하하하……."

"가시나 정말 뻔뻔스럽대이. 하하하……." 명자도 그만 까르르 웃어버린다.

4

월례는 그날 밤 혼자서 임 선생 집을 찾아갔다. 내일이면 이제 언제 돌아올지 모르는 길을 떠나는 판이니 선생님한테는 꼭 작별 인사를 드리고 싶었던 것이다.

임 선생은 집에 없었다. 숙직이라는 것이었다. 대문간에 나온 임 선생 부인은,

"선생님 숙직이라예." 하면서 살짝 웃었다. 그러나 어쩐지 약간 묘한 눈길이었다. 밤에 다 큰 처녀가 혼자서 찾아오다니……. 무슨 일인가 싶은 모양이었다. 그런 눈길을 느끼자 월례는,

"그래예? 알았심더." 하고 얼른 돌아섰다.

'지가 선생님 마느래 됐으면 됐지…… 흥!' 하고 속으로 뇌까리며 콧방귀를 한 번 뀌었다. 그러나 입맛이 쓰고, 걷잡을 수 없이 쓸쓸했다.

집으로 돌아갈까 하다가 도저히 그냥 돌아갈 수 없어 월례는 학교로 향했다. 밤길을 혼자서 학교 숙직실을 찾아가는 월례는 기분이 묘하기만 했다. 작년의 일, 재작년의 일이 자꾸 머리에 떠올라 가슴이 벅차기만 한 것이었다. 웬지 자꾸 눈물이 나려고도 했다.

정말 고맙고 좋은 선생님이었다는 생각이 새삼스럽다. 그런 좋은 선생님을 자기가 차지해버리지 못한 것이 안타깝기 그지없다. 만일 선생님한테 시집을 갔다면 정말 얼마나, 그 얼마나 좋을까. 내일 어디로 가는지, 언제 돌아올지도 모르는 데이신타이에 나갈 걱정도 없고 말이다. 월례는 어두운 신작로를 걸으면서 가만히 긴 한숨을 내쉰다.

임 선생은 소사 백일출이와 함께 마루에서 바둑을 두고 있었다. 이제 백일출이의 바둑 실력도 꽤 늘었는 듯 임 선생이 고개를 기울이며 열심히 수를 생각하고 있다. 가만가만 다가가던 월례는 공연히 가슴이 두근거려 걸음을 멈춘다. 킥 웃음이 나오려고도 한다. 그러자 백일출이가 고개를 들어,

"누구요?" 한다.

임 선생은 돌아본다. 월례는 얼굴이 붉어지는 것을 느끼며,

"선생님." 나직한 소리로 말한다. 맥없이 수줍기만 하다.

"누구지?"

"저라예."

"오, 월례 아니가. 웬일이고? 어서 와."

"……."

"어서 이리 와." 월례는 수줍게 다가간다.

"좀 앉아. 잘 있었어?"

"예" 그러나 월례는 마루에 앉을 생각을 않고 그냥 서 있다.

"앉으라니까."

"예." 마지못해 살짝 마루 끝에 걸터앉는다.

"자, 아다립니더. 우짤랍니꼬?"

백일출이는 자기의 바둑이 우세한 것을 월례에게 과시라도 하려는 것처럼 큰소리로 말한다.

"흠—." 임 선생은 생각에 잠긴다. 제법 장고인 셈이다. 그러다가,

"까짓것 주지 뭐. 그것 줘도 보자…… 아직 괜찮아."

"야— 묵었다." 백일출이는 좋아서 싱글거리며 죽은 백을 따낸다. 임 선생은 좀 입맛이 씁쓰레한 듯,

"허, 그것 참……." 한다. 그리고 월례를 돌아보며,

"밤에 무슨 일로?" 하고 묻는다.

월례는 살짝 수줍게 웃을 뿐 아무 말을 하지 않는다. 바둑은 계속된다. 월례는 어쩐지 좀 섭섭한 느낌이다. 바둑이 얼마나 재미있는 것인지는 모르지만 오래간만에, 더구나 밤에 이렇게 숙직실까지 찾아왔는데, 자기는 아랑곳없는 듯 바둑에만 열중하고 있으니 말이다. 남의 심정도 모르고……. 한참 후에 바둑은 끝났다. 계가를 해보니 임 선생이 열한 집 졌다.

"인제부턴 석 점 놓고 둡니대이?" 백일출이가 의기양양하게 말한다. 넉 점을 놓고 둔 모양이다.

"석 점 놓고 될 것 같으나?"

“문제 없십더. 자 한 판 둬 봅시더. 석 점 놓고…….”

그러자 월례는,

“선생님, 갈래예.” 하고 얼른 일어선다.

“아니, 왔다가 그냥 가다니…….”

“…….”

“더 앉아 놀아.”

“갈랍니더. 선생님, 인제 언제 뵐똥 모르겠십더.”

“그기 무신 말이고?”

“저…… 내일 아침…….”

“……?”

“떠납니더.”

“떠나다니? 어디로?” 임 선생은 눈이 둥그레진다. 월례는 잠시 망설이다가,

“선생님, 안녕히 계시이소.” 인사를 한다. 그리고 얼른 돌아서버린다.

“아니, 월례야.” 임 선생은 황급히 자리에서 일어난다.

교사 모퉁이를 돌아 운동장을 걸어 나가면서 임 선생은 곧장 묻는다.

“떠나다니, 어디로 떠난단 말이고?”

“…….”

“응? 월례야.”

“…….” 월례는 대답이 없다.

“월례 너 기어이 명자하고 동경으로 갈 모양이구나, 그제?”

“아니라예.”

"그럼?"

"……."

"응?"

"데이신타이 나갑니더."

"뭐? 데이신타이?" 임 선생은 깜짝 놀란다. 데이신타이 영장이 나왔다는 소문은 들었지만, 월례에게 그것이 나왔을 줄은 미처 몰랐던 것이다.

"아, 그래……." 임 선생은 매우 착잡한 심정으로 빠지는 듯했다.

"음— 내일 아침에 출발이가?"

"예."

"음—." 임 선생은 뭐라고 말을 했으면 좋을지 알 수가 없다. 가슴이 무거울 따름이다.

"선생님, 데이신타이 가면 어디로 가지예?"

"글쎄…… 그걸 내가 알 수가 있나."

"공장에 가서 일을 한다지예?"

"아마 그렇겠지."

"일 년이나 이 년 지나면 보내주겠지예?"

"글쎄…… 보내주겠지"

"명자는 영장도 안 나왔는데 같이 갈라 그래예."

"그래? 흠—."

"우리 동네에서 서이*('셋'의 방언) 나가예. 덕심이라는 아*(아이)하고 명자하고 저하고……."

"음—." 교문에 이르자, 임 선생은 걸음을 멈춘다. 여기서 작별하는 수밖에 없다.

"월례야, 그럼……." 말이 잘 나오질 않는다.

"선생님." 월례가 가만히 부른다.

"응?"

"저…… 도착하면 곧 편지 드리겠심더."

"그래, 꼭 편지해라."

"선생님도 꼭 답장해 주시지예?"

"응, 답장 하고말고……."

"편지할 때마다 답장 보내주이세이."

"응, 그러지. 나도 아마 머지않아 입영을 할 것 같다."

"그래예?"

"늦어도 가을에는 영장이 나올 끼다."

"……."

"자, 그럼 월례야……."

"……."

"잘 가서 조심해서 잘 있다가 오래이."

"예."

"편지 꼭 하고……."

"예, 선생님 그럼……." 월례는 그만 목이 메어 말이 나오질 않는다. 살짝 돌아선다. 그리고 그만 두 손으로 얼굴을 가린다. 뜨거운 것이 복받쳐 올라 견딜 수가 없는 것이다. 훌쩍훌쩍 울기 시작한다.

훌쩍훌쩍 서럽게 우는 월례의 뒷모습을 가만히 지켜보는 임 선생의 눈에도 핑 눈물이 어린다.

5

"버버버 버버버, 어으어으……."

벌보는 아침부터 신이 난다. 마치 제 세상이라도 만난 듯 히히히 흐흐흐…… 웃어대며, 이리 갔다 저리 갔다 손짓 발짓을 해쌓는다.

면사무소 뒷마당이다. 오늘 데이신타이 나가는 처녀들과 그 가족들이 면사무소 뒷마당으로 모여들고 있는 것이다.

데이신타이가 뭔지, 처녀들이 뭘 하러 어디로 나가는지 벌보가 알 턱이 없다. 그저 무슨 일인지는 모르지만, 사람들이 모여드니 신이 나고 지금까지와는 달리 처녀들이 모여드는 판이니, 더욱 재미가 좋은 것이다. 지금까지는 징병이나 징용으로 나가는 장정들이 이곳으로 모이곤 했는데 말이다.

오늘은 처녀들이 더구나 머리에 빨간 '히노마루'(일본기)가 박힌 하찌마키(머리띠)를 동여매고 모여드는 것이 아닌가.

"버버버버…… 흐흐흐 흐흐흐……."

머리에 동여맨 하찌마키가 공연히 우습고, 재미가 좋기만 한 것이다. 자기도 한 번 그런 것을 동여매 봤으면 싶기도 하다. 코를 쳐들고 웃어쌓던 벌보는 누구를 보았는지 별안간 두 눈을 번쩍 뜨고,

"어으! 어으! 어으!……."

하면서 달려간다. 놀란 듯, 그러면서도 반가운 듯한 그런 표정이다.

월례가 어머니 아버지와 함께 들어선 것이다. 뒤따라 모량댁이도 들어서고 있다. 월례 역시 머리에 하찌마키를 동여매었는데 그저 쑥스럽고 얼떨떨하기만 한 그런 표정이다. 월례의 보따리를 손에 든 배성녀는 얼굴에 핏기가 하나도 없고, 안 서방 역시 풀이 죽

을 대로 죽었다.

뒤따라 들어서는 모량댁이는 곧장 한숨처럼 관세음보살을 외고 있다. 살짝 건드려도 픽 쓰러질 듯 기력이 전혀 없어 보인다.

"버버버버 버버버버……." 벌보는 월례랑 안 서방, 배성녀를 번갈아 바라보며 뭐라고 곧장 떠벌여댄다. 제 딴은 어찌된 일이냐? 도대체 무슨 일인데 머리에 하찌마키를 동여매고, 보따리까지 준비해 가지고 나오느냐 하고 물어쌓는 모양이다. 다른 사람들에게 손짓 발짓을 해댈 때와는 어딘지 좀 대하는 품이 다르다. 재미가 있으면서도 약간 걱정도 되는 듯한 그런 투다. 바로 이웃에 사는 정인 셈이다.

배성녀는 그런 벌보가 귀찮기만 한 표정이고,

"그래 그래 그래……." 안 서방은 그저 건성으로 고개를 끄덕끄덕해 준다. 월례는 살짝 한 번 웃는다.

집합 시간인 아홉 시까지 데이신타이 나갈 처녀들이 어김없이 다 모였다. 마치 어디 즐거운 여행이라도 떠나는 것처럼 한 사람의 지참*(遲參 정해진 시간보다 늦게 참석함)도 없었다. 그러나 그것은 자의에서라기보다도 타의에 의한 것이었다. 마을 애국반장들이 책임을 지고 있었던 것이다. 식전부터 찾아가 시간에 늦는 일이 없도록 하라고 당부를 하기도 했고, 어떤 마을 애국반장은 자기가 데이신타이 나갈 처녀를 데리고 면사무소까지 나오기도 했다. 그런 판이니 한 사람의 지참도 있을 수가 없는 것이다.

그러나 아홉 시가 훨씬 넘어 거의 열 시 가까이 되어서야 호명이 시작되었다. 인원점검이었다.

호명이 된 처녀는 앞으로 나가 나란히 줄을 지어 서는 것이었다.

한 사람 한 사람 호명을 해나가던 면서기는,

"에헴, 에헴……." 몇 번 목을 추슬렀다. 그리고 계속,

"보꾸무라 도꾸싱." 하고 큰 소리로 호명을 했다. 덕심이였다.

"하이!"(예) 덕심이는 마치 깜짝 놀란 사람처럼 대답하고는 허둥지둥 앞으로 달려 나간다.

다음은 마침내,

"야스모토 게쓰레이." 월례였다.

월례는, "하이." 대답하고는 어머니의 손에서 보따리를 받아들고 수줍은 듯 약간 고개를 숙이고 앞으로 나간다.

"후유—." 배성녀의 입에서는 꺼질 듯한 한숨이 쏟아져 나오고 모량댁이는,

"관셈보살, 관셈보살—." 한다.

"음—." 안 서방은 도저히 그냥 가만히 서 있을 수가 없는 듯 돌아서서 휘청휘청 걸음을 옮긴다. 마치 술에 취한 사람 같다. 저쪽 울타리 가로 가서 쭈그리고 앉는다. 고의춤을 헤치고 볼일을 본다. 별로 소변이 많이 나오지도 않는다. 볼일을 마치고 나서 그대로 앉아 곰방대를 꺼내어 담배를 한대 푹푹 피운다.

푹푹 담배를 한 대 피우고 나서, "음—." 안 서방은 무거운 몸을 일으켜 섰던 자리로 돌아간다.

자리로 돌아와 보니 호명은 끝났는데, 무슨 일이 있었는지 수런수런하다.

"무슨 일이고?" 배성녀에게 묻는다.

"명자가 글씨 지원을 안 했능교. 지원을……."

"지원을 하다니? 그럼 지도 가겠단 말인가?"

"예, 영장도 안 나왔는데 가겠다고 보따리를 들고 저기 안 나가 있능교. 보소, 저기……."

"글씨……."

"얄궂기도 하제. 영장이 나와도 나가기 싫을 낀데, 영장도 안 나왔는데 지 발로 걸어 나가다니……."

"음—." 안 서방은 고개를 끄덕끄덕한다. 명자의 처지를 아는 터이라 지원하는 심정을 짐작하겠다는 듯이. 그러나 표정은 그저 어둡기만 하다.

사무소 안으로 들어간 면서기가 다시 나오고 곧 면장, 주재소 소장이 나왔다.

"자, 그럼 지금부터 데이신타이 환송식을 거행하겠습니다. 일동 기오쓰케(차려)—."

면서기의 구령이 떨어지자 모두 차렷 자세를 취한다. 먼저 국기에 대한 경례, 그리고 '기미가요'(일본 국가) 봉창, 다음은 면장의 환송사다.

조그마한 구령대 위로 올라선 면장은 한참 판에 박힌 듯한 말을 떠들어댄 다음 지원을 한 명자에 대한 찬사를 늘어놓았다.

"참으로 훌륭한 일입니다. 우리 면에서 이런 훌륭한 처녀가 나왔다는 것은 에— 커다란 자랑이 아닐 수 없습니다. 에— 명자 같은 처녀의 애국정신을 본받아서 앞으로도 계속 지원하는 처녀가 많이 나와야겠습니다. 에— 그것은 곧 대동아 성전을 승리로 이끄는 일이며, 제국 신민의 영광인 것입니다."

안 서방은 어쩐지 현기증 같은 것이 느껴지며 아랫도리에서 힘이 싹 빠져 나가는 듯했다. 그 자리에 그만 풀썩 주저앉고 싶었다.

면장의 환송사가 끝나자, 다음은 만세 삼창이었다.

카이젤 수염에 칼을 찬 야마네 소장이 구령대 위로 올라서더니, 번쩍 두 팔을 쳐들어,

"덴노오헤이카 반자—이!"(천황 폐하 만세) 하고 냅다 고함을 질렀다.

모두 따라서 두 손을 쳐들며, "반자—이!" 소리를 지른다.

안 서방도 덩달아 두 손을 구부정하게 쳐들며,

"반자—이!" 한다. 그러나 표정은 곧 울상이다.

만세 삼창이 누구보다도 신나는 것은 벌보다.

"버브— 버브—." 번쩍번쩍 두 손을 높이 쳐들며 냅다 고함을 질러댄다. 벌죽벌죽 웃어가면서.

'덴노오헤이카 반자이'에 이어 '데이신타이 반자이'도 삼창했다. 그리고 환송식은 끝났다.

환송식이 끝나고, 출발 준비를 서두르자 안 서방은 그만 그 자리에 무너지듯 풀썩 주저앉고 말았다.

"아이고 우야꼬, 우야꼬—." 배성녀의 입에서는 한숨인지 울음인지 알 수 없는 그런 소리가 흘러나왔다.

"관셈보살, 관셈보살, 관셈보살—." 모량댁이는 곧장 관세음보살을 외어댄다.

다른 가족들 역시 침통한 심정을 감추지 못한다. 어떤 아낙네는 그만 그 자리에 다리를 뻗고 앉아 울기 시작한다. 그러자 그 마을의 애국반장인 듯한 사람이 큰일이라도 난 듯이 달려들어 아낙네를 한쪽 가로 끌고 간다.

분위기가 수런수런하다. 그런 가운데 면서기 한 사람과 주재소

순사 한 사람의 인솔하에 머리에 하찌마키를 동여맨 처녀들은 출발을 했다. 곧바로 읍을 향해 가는 것이다. 처녀들이 출발하자, 우루루 가족들도 그 뒤를 따른다. 아무개야— 아이고 아무개야— 공연히 자꾸 이름을 불러대기도 하면서.

물론 안 서방도 배성녀도 허둥지둥 뒤를 따른다. 모랑댁이도 헐떡헐떡 뒤따르다가 도저히 따라갈 수가 없는 듯 걸음을 멈추며,

"월례야— 월례야— 잘 갔다 오느래—이." 고함을 지른다.

그러나 그 소리가 월례의 귀에 닿을 턱이 없다. 벌써 처녀들은 저만큼 신작로를 앞서 가고 있는 것이다.

"곧 돌아 오느래—이. 관셈보살—."

모랑댁이의 두 눈구석에 물기가 어린다. 그리고 그 한쪽 물기가 지르르 흘러내린다.

6

각 면에서 모여든 데이신타이 나가는 처녀들이 군청마당에서 인원 점검을 받고, 인솔관에게 인계되어 정거장으로 향한 것은 긴 여름 해가 거의 서쪽으로 기울어져서였다.

꼬박 하루를 뙤약볕 아래서 시달린 처녀들과 가족들은 땀과 더위에 절어 온통 새까맣고 후줄근했다.

장정들이 징병이나 징용으로 나갈 때와는 달리 첫 데이신타이는 읍내 사람들의 대단한 구경거리이기도 했다.

행렬이 지날 때마다 거리의 사람들은 무슨 신기한 구경거리라도

되는 듯 눈이 휘둥그레지고 입이 딱 벌어지기도 했다. 처녀들이 공출되어 나가다니…… 신기하기도 하고, 어처구니가 없기도 하고, 가엾기도 한 모양이었다.

"세상은 말세지, 말세라……."

"말세고말고, 큰애기들을 다 공출해 가다니…… 쯧쯧쯧……."

"허 그것 참, 쯧쯧쯧……." 이맛살을 찌푸리며 혀를 차는 노인들도 있었고,

"아니이 우야꼬. 저런, 저렇게 많이 끌려가는구나."

"어디로 가능공?"

"글씨……."

"아이고, 저 얼굴에 땀 좀 보래." 안타깝고 가슴이 아픈 듯 두 눈에 핑 물기가 어리는 아낙네들도 있었다.

"야— 데이신타이 많다—."

"히히히…… 이 덥은데 버선을 신은 가시나도 있대이."

"맞다, 히히히……."

좋아서 킬킬킬 웃어대는 아이들도 있었다.

어떤 처녀는 남의 일이 아닌 듯, "아이구야꼬!" 딱 벌어진 입을 다 물지 못하다가, 마치 누가 자기도 붙잡으러 오기라도 하는 것처럼 후닥닥 골목 안으로 도망치듯 달려 들어가 버리기도 했다. 겁나는 모양이었다.

정거장에 도착한 뒤에도 처녀들과 가족들은 몇 시간이고 기다려야 했다. 처녀들을 싣고 갈 기차가 도무지 오질 않는 것이었다.

정거장 마당에 처녀들은 줄을 지어 앉았고 가족들은 그 둘레에 앉거니 서거니 서성거렸다. 가족들의 접근을 인솔자들이 막고 있었

다. 혹시 이 북새통에 살짝 빠져나가 도망쳐버리는 처녀가 생길까 봐 인솔자들은 무척 신경을 쓰는 것이었다.

좀처럼 기차가 올 것 같진 않고, 날은 어두워져 시장기가 치밀자 안 서방은 배성녀에게 말하고, 쇠전거리 분통이집을 찾아갔다. 목이 타고 시장기가 치밀어서 한 사발 생각이 간절했던 것이다. 심사도 울적한 판이고…….

안 서방이 들어서자 분통이는,

"아이고, 삼도 서방, 오늘은 밤에 우짠 일잉게?" 하고 활짝 반긴다.

분통이는 여전히 얼굴에 분을 보오얗게 발랐다. 그러나 아무리 분을 발라도 세월의 그림자는 감출 길이 없는 모양이다. 그녀도 올 여름 들어 많이 시들어졌다.

"어서 한 사발 주소."

"앗따, 성급하기도 하네. 땀이나 좀 닦으소."

"어서 한 사발."

"곧 숨이 넘어가는 모양이제."

분통이가 웃으며 따라주는 술을 안 서방은 단숨에 벌컥벌컥 들이켜 버린다. 울대를 타고 막걸리 넘어가는 소리가 꿀꿀꿀…… 아주 대주가 같다. 실상 그렇지도 못한데…….

"으으—." 아무튼 좀 살겠는 것이다.

"한 사발 더."

"뭐가 그리 급한게. 좀 쉬어 가메 마시소."

"빨리 가 봐야 되느마. 기차가 들어올까 싶으니……."

"기차 타고 어디 가능게?"

"어디 가능 기 앙이라……."

"그럼예?"
"음—."
"아이고 그럼…… 혹시……."
분통이는 얼른 눈치를 채고 바짝 긴장된 표정을 짓는다.
"내 참, 살다가 벨놈의 꼴을 다……."
"아이고 우야꼬. 집의 딸도 나가능게?"
"휴—." 안 서방은 무거운 한숨을 내쉬고 나서 다시 사발을 들어 마치 화라도 난 사람처럼 벌컥벌컥 들이켜 댄다.
"아이고, 마아 진작 치워삐릴 꺼 아닝게."
"……."
"내가 봄에 안 카덩게. 곧 처녀 공출이 나올 끼라고……."
"음—."
"그때 구만 치워삐맀으만 개않았제."
"글씨 말이구마."
"내 말을 곧이 안 들었구만."
"곧이 안 들은 기 앙이라……."
"마땅한 혼처가 없덩게?"
"그렁 기 앙이라, 우리 동네 어떤 지랄 같은 놈이 처녀 공출이 뭐냐고 절대로 그럴 턱이 없다고, 그런 소리 하는 놈은 수빠이(스파이)라고 안 카능게."
"뭐, 수빠이? 호호호……."
"그래서 구만 그런가 보다고 믿었더니……. 그 똥떵어리 같은 놈 때문에……. 후유— 울화통이 터져서 못 살겠구마."
"쯧쯧쯧……."

"자, 술이나 한 사발 더 주소."

"세 사발이나?"

"어서 주소."

세 사발째를 절반가량 마셨을 때, 멀리 기적소리가 꽥— 들려왔다.

기적소리가 들려오자, 안 서방은 마시던 술 사발을 얼른 놓고 후닥닥 일어나 셈을 치렀다. 그리고 정신없이 뛰어나간다.

"마자 안 마시고……. 아이구 잘 가소. 얼마나 걱정이 될꼬."

분통이도 일어나 술청 밖까지 따라 나간다.

출출한 속에다가 거푸 두 사발 반을 때려넣은 터이라 정거장을 향해 냅다 달리는데 배에서 술이 출렁거린다. 취기가 훅 치민다. 내달리는 발길이 곧장 휘청휘청한다.

꽥— 기차가 역 구내로 들이닥치고 있다. 그러나 정거장 마당에는 사람들이 그대로 웅성거리고 있다. 처녀들을 싣고 갈 기차가 아닌 것이다.

상행열차였다. 그러니까 처녀들은 하행열차를 타고 부산 쪽으로 가는 모양이다.

상행열차가 떠나고 거의 한 시간가량이나 더 기다려서야 하행열차가 들어왔다.

열차가 들어오기 전에 미리 처녀들은 플랫폼으로 인솔되어 나갔다.

처녀들이 일어나 줄을 지어 역 구내로 들어가자, 주위에 둘러섰던 가족들은 걷잡을 수 없이 웅성거렸다. 아무개야— 아무개야— 부르는 소리, 아이고 아이고— 하고 울음을 터뜨리는 소리, 어메—

아부지— 할매— 하고 뒤를 돌아보며 마지막으로 불러보는 처녀들의 목멘 소리……. 온통 정거장이 떠나갈 듯하다.

"월례야— 월례야—." 냅다 고함을 질러대는 것은 안 서방이다. 술기와 함께 눈물이 어려 두 눈이 번들거린다.

"아이고, 월례야— 이년아, 이년아—."

배성녀는 그만 그 자리에 풀썩 주저앉아버린다. 그리고,

"아이고 아이고— 흐흑 흐흑……." 마침내 어깨를 들먹거리기 시작한다.

처녀들 속에 섞여 정신없이 역 구내로 밀려들어가면서도 월례는 곧장 뒤를 돌아본다. 그러나 밤인 데다가 사람들이 뒤섞여 웅성거려서 도무지 어머니 아버지가 어디에 있는지 알아볼 수가 없다. 안타깝기 짝이 없다. 그런데 분명히 시끌짝한 소리 속에 월례야— 하고 부르는 소리가 들렸다. 아버지의 목소리에 틀림없다.

"아부지— 잘 갔다 올께예—." 냅다 소리를 지른다. 월례는 그만 자기도 모르게 코에서 콧물이 주르르 흘러나온다.

잠시 후, 꽥— 기적소리와 함께 기차가 들어오자, 처녀들은 앞을 다투어 차에 올랐다. 마치 어디 즐거운 여행이라도 떠나는 듯했다. 기차를 처음 타보는 처녀들이 대부분이었다. 월례 역시 처음이었다.

차에 오른 처녀들은 창으로 바깥을 내다보느라고 또 한바탕 야단이었다.

한참 후에 기차는 다시 꽥— 꽥— 요란한 기적소리를 울리며 칙폭칙폭…… 움직이기 시작했다. 그러자 고함소리는 온통 절망에 달했다.

그런 북새판에서 누가 먼저 선창을 했는지,

"반자—이."

"반자—이."

만세소리가 일어나기도 했다.

수많은 처녀들은 집어삼킨 열차가 꽥— 기적소리를 남기며 저쪽 산모퉁이를 돌아가자, 가족들은 일시에 허탈 상태에 빠져드는 듯했다.

안 서방 역시 온몸의 맥이 탁 풀리는 듯 정거장 울타리 가의 벚나무 가지를 붙들고 축 늘어지며, "음—" 꺼지는 듯한 한숨을 쉬었다. 그리고 곧,

"으으으 으흑 으흑……." 하고 흐느끼기 시작했다.

아비로서의 한이 오열이 되어 쏟아지는 것이었다.

7

떠난 지 보름가량 지나서 월례의 첫 편지가 왔다. 편지는 집에도 오고, 임 선생한테도 왔다.

북해도에서 부친 편지였다. 북해도 공장에서 일하게 된 모양이었다. 그러나 그런 자세한 내용은 적혀 있지 않았다. 그저 무사히 도착했다는 것과, 고향이 그립다는 정도의 간단한 내용이었다.

물론 집에서도 답장을 써 보내고, 임 선생도 써 보냈다.

두 번째 편지는 그로부터 한 달가량 뒤에 왔다. 이번에도 역시 집에 한 장 임 선생한테 한 장이었다. 두 번째 편지 역시 북해도에서

보낸 것이었다.

그리고는 어찌된 영문인지 도무지 소식이 없었다. 무소식이 희소식이라고 하지만, 가족들은 그렇지가 못했다. 객지에서 별일 없이 잘 있는지, 배나 고프지 않는지 노상 걱정이었다.

뚝 끊겼던 편지가 그해 겨울에야 불쑥 날아왔다. 그런데 이번에는 북해도가 아니라, 가라후토*(사할린)에서 보낸 것이었다.

이번 역시 집에도 오고, 임 선생한테도 왔다. 그러나 임 선생한테 온 편지는 그냥 주인 없는 책상 빼닫이 속으로 들어가 버리고 말았다. 가을에 임 선생이 징집영장을 받고 입영해버린 것이다.

집으로 온 편지의 내용은 다음과 같았다.

아버지 어머니 그 동안 안녕하신지요? 할머니께서도 기력 좋으시고, 용길이 용례 다 잘 있는지 궁금합니다.

저는 염려해주시는 덕택에 별고 없이 지내고 있습니다.

그런데 북해도에서 이곳 가라후토로 온 뒤로는 도무지 추워서 견딜 수가 없습니다. 가라후토는 북해도의 북쪽에 있는데, 눈 나라입니다. 천지가 온통 눈이고, 얼음입니다.

이곳 추위는 고향의 추위와는 비교도 안 됩니다. 바깥에 나가면 코가 얼어붙을 지경입니다. 밤으로 잠자리에 들어도 발가락이 시리고 등이 오싹오싹해서 깊이 잠들 수가 없습니다. 그래서 그런지 꿈을 꾸어도 언제나 벌벌 떠는 꿈입니다.

언제 이곳을 떠나 고향으로 돌아갈지 생각만 해도 눈물이 앞을 가립니다.

이곳에 올 때, 명자와 덕심이하고 헤어졌습니다. 명자와 덕심이는 북해도에 그대로 남았습니다. 저만 재수 없게 이곳으로 오게 되어 더욱 외롭습니다. 그러나 아버지 어머니 너무 걱정 마세요. 참고 견디다가 무사히 고향으로 돌아가겠습니다.

전쟁만 끝나면 곧 돌아가겠습니다.

고향도 지금은 추운 겨울이겠지요. 용길이는 겨울 방학을 했겠군요.

아버지 어머니 추운 겨울에 부디 감기 걸리지 않으시도록 몸 보전하시기 바랍니다.

그럼 또 소식 전하겠습니다.

불효 여식 월례 올림

이런 편지를 받자, 집안이 온통 초상집처럼 되었다.

"아이고 아이고 불쌍해라— 와 해필 우리 월례만 가라후톤가 지랄인가 그런 데까지 딜꼬 갔노— 딜꼬 갈라만 명자랑 덕심이도 같이 안 딜꼬 가고— 아이고 아이고—." 배성녀는 땅이 꺼지게 한탄을 했고,

"음— 음—."

안 서방은 그저 무너지는 듯 무거운 신음소리를 토하기만 했다.

"관셈보살 관셈보살—." 모량댁이는 곧장 관세음보살을 외었고,

"코가 얼어붙다니, 그러면 우예 숨을 쉬노. 가라후토가 어딘데 그렇게 춥응공?" 용길이는 눈을 굴렁거리며 불만조로 말했고,

"이거 싱이(언니) 편지제? 맞제?" 하고 용례는 멋도 모르고 좋아서 생글거렸다.

그 후 두서너 달마다 편지는 왔다.

제9장

1

한여름 무더위 속에 참으로 후끈하고 시원한 소문이 들려왔다. 일본이 두 손을 들었다는 것이다. 일본 천황이 직접 라디오로 항복 방송을 했다는 것이다.

그처럼 서슬이 퍼렇고, 그처럼 의기양양하게 필승과 '대동아공영권'의 건설을 나발 불어대던 일본이 무릎을 꿇고 말다니…….

그 소문을 처음 들었을 때, 마을 사람들은 약간 어리둥절하기도 했고, 귀를 의심하기도 했다. 그러나 그게 틀림없는 사실이라는 것을 알자, 모두 이제 사람이 살게 되었구나 하고 안도의 숨들을 내쉬었다. 문둥이 같은 일본이 망해서 속이 시원한 것이었다.

그리고 잇따라 들려오는 가지가지 새로운 소문에 온통 너나없이 들뜨고 말았다.

평란(平亂) 이 되었을 뿐 아니라, 우리 조선은 해방이 되었다는 것이다. 그리고 우리 조선은 곧 독립이 된다는 것이다. 독립이 되면 나라 이름은 '대한'이라는 것이다. '해방'이니 '독립'이니 하는 말이 낯선 말이면서도 왜 그렇게 가슴을 울렁거리게 하고 벅차게 하는지 몰랐다. 중국에 우리의 임시 정부가 있어서 그동안 독립운동을 해왔는데, 곧 그 임시정부 요인들이 환국을 해서 나라를 세운다는 소문은 더욱 놀랍고 감격적이기만 했다.

지금까지의 일본 노래는 간 곳 없이 사라지고 우리말로 된 우리의 새 노래가 바람을 타고 흘러오듯 온통 마을에 울려 퍼졌다. "동해물과 백두산이 마르고 닳도록……."을 비롯해서, "백두산 뻗어내려 반도 삼천리……."니, "어둡고 괴로워라 밤도 길더니…….", 혹은 "아리랑 아리랑 아라리요…….", "울밑에 선 봉선화야……." 등등 가지가지 새 노래에 마을 사람들의 가슴은 벙벙할 대로 벙벙하게 부풀어 올랐다. 특히 아이들은 새로운 노래가 신기하고 신이 나서 못 견디었다.

새로운 노랫소리, 만세 소리와 함께 마을에 흘러넘치는 것은 술이었다. 그동안 공출에 그처럼 바닥이 나도록 긁혔으면서도 어디서 나왔는지 누룩과 쌀로 빚은 진짜 술이 이 집에서도 철렁 저 집에서도 철렁 했다.

술에 취해 벌겋게 된 얼굴들이 곧잘 모여서 풍물을 치기도 했다. 놋그릇 공출이 그처럼 성화를 떨었지만, 땅 밑으로 들어갔던 징이니 꽹과리 같은 것이 튀어 나와 징징징…… 깨갱 깨갱 깽깽…… 하고 신명을 떨어댔다.

해거름이 되면 이 마을 저 마을에서 풍물 치는 소리가 다투어 일어나 넓은 들녘은 온통 그 메아리로 뒤덮였다. 마치 무슨 축제의 광야 같은 느낌이었다.

전쟁이 끝나고, 해방이 되고, 멀지 않아 독립이 된다는 소식도 기쁘기는 했지만, 그것보다도 월등히 사람들을 설레게 하는 것은 그 동안 징병으로, 징용으로, 혹은 데이신타이로 끌려갔던 장정들과 처녀들이 돌아왔다는 소문이었다. 그런 소문을 듣자, 월례네 가족들은 그저 좋아서 어쩔 줄을 몰랐다.

"아이고— 불쌍해라, 불쌍해라—. 그 동안 얼마나 고생이 많았겠노. 언제 돌아올라능공? 빨리 돌아와야 될 낀데……."

배성녀는 기쁨이 도리어 눈물이 되어 글썽거렸고, 모랑댁이는 주름살이 훨씬 깊어진 쪼글쪼글한 얼굴에 웃음을 띠며,

"하늘이 무심치 않지. 관셈보살, 관셈보살—." 여전히 관세음보살을 찾았다.

안 서방은,

"고진감랜 기라, 고진감래……."

제법 고진감래라는 문자를 쓰며 콧구멍을 벌름거렸다.

"우리 누부(누나) 곧 돌아온다. 만세—." 용길이는 좋아서 두 손을 번쩍 쳐들며 만세를 부르기까지 했고,

"싱이(언니)야, 어서 돌아온나. 싱이야, 어서 돌아온나."

하고 용례는 짝짝 손뼉을 치며 방글방글 웃기도 했다.

"여보, 월례 돌아오거든 후딱 치워(시집보내) 삐립시더."

배성녀는 남편에게 이렇게 말하기도 했다. 그러자 안 서방은 재미있다는 듯이 껄껄 웃었다.

"허허허…… 인제 해방이 됐는데 뭐가 답답해서 후딱 치워삐리

노. 좀 두고 좋은 자리를 골라서 치우면 되는 기지."

"그러다가 또……."

"또는 무슨 또…… 허허허…… 해방이 됐다니까 그러네. 인제 데이신타인가 지랄인가 그런 거 없는 세상이 됐다 말이다."

"……."

"고진감랜데, 인제 아무 걱정 없는 기라."

"고진감래가 뭥교?"

"고진감래도 모르나? 고진감래라 카능 건 고생이 끝나고 편안히 잘 살게 됐다는 말인 기라. 고생 끝에 낙이라는 말 있제? 그 말캉 같은 기라."

"……."

"알겠나? 바보야."

"히히히……."

"허허허……."

월례네 집에 웃음이 감도는 것과는 대조적으로 홍 주사네 집은 짙은 그늘에 뒤덮인 것처럼 되고 말았다. 일본이 망했으니 동척농장이 그대로 존속해 있을 턱이 없어 우선 홍 주사의 직장이 없어진 셈이며, 또 그동안 동척농장의 서기로 떵떵거렸으니, 혹시 어떤 보복 같은 것이 있지 않을까 두렵기도 했다. 그래서 홍 주사는 한동안 읍내 친척 집으로 몸을 피해 있으면서 돌아가는 형세를 살폈다. 그러나 별다른 흉흉한 소문이 들리지 않자, 슬그머니 마을로 돌아왔다.

마을로 돌아온 홍 주사는 전과는 달리 풀이 죽어 곧잘 마을 사람들의 눈치를 살피고, 필요 이상으로 비위를 맞추려고 들었다.

허리까지 약간 구부정해 가지고 말이다 이제 한쪽 개눈도 전과는 달리 섬찍한 빛을 발하는 것이 아니라, 흐릿하게 흐려져 버린 느낌이었다.

그런 홍 주사를 마을 사람들은 약간 경멸하는 눈으로 바라볼 뿐, 아무도 어떤 행패를 부리려고 들지는 않았다. 오히려 측은하게 여기는 편이었다.

그래서 곧 홍 주사는 마음 놓고 마을 사람들과 어울리게 되었다. 함께 술을 마시며 떠들기도 했고, 풍물을 칠 때 같이 우쭐우쭐 돌아가기도 했다. 해방의 기쁨이 누구 못지않게 온몸에 넘친다는 듯이.

그렇게 아무 불상사도 없이 해방의 감격에 들떠 있는 마을에 정말 세상이 달라졌다는 것을 실감케 하는 일이 생겼다. 면내의 일인들이 모조리 짐을 꾸려가지고 떠난 것이다. 불과 여남은 가구밖에 안 됐지만, 그들 일인들은 면을 지배한 사람들이었던 것이다. 그 지배자들이 짐을 꾸려가지고 초라한 모습으로 사라졌으니, 이제 정말 명실공이 해방인 것이다. 지금까지의 감격이 흘러오는 소문에 의한 막연한 감격이었다면 이제 실질적인 감격을 맛보게 된 셈이다.

일인들이 떠나는 날 아침, 마을 사람들은 남녀노소 할 것 없이 삼거리로 쏟아져 나왔다. 일인들이 모조리 짐을 꾸려가지고 떠난다는데, 그 구경을 하지 않고 집 안에 가만히 앉아 있을 수가 있겠는가 말이다. 그보다 더 기분 좋은 구경이 세상에 또 어디 있겠는가.

일인들은 몇 대의 구루마에 짐을 싣고 걸어서 떠나는 것이었다. 걸음이 여의치 못한 노인이나 어린애들은 짐 위에 태우기도 하고서.

일인들의 짐을 실은 구루마가 움직이고, 풀이 죽은 일인들이 힘없이 그 뒤를 따르기 시작하자 지금까지 웃으며 떠들어대던 구경꾼들은 잠시 조용해졌다.

별안간 조용해지자 겁에 질린 듯 힐끗힐끗 뒤를 돌아보는 일인들도 있었다.

그러자 누군가가 번쩍 두 손을 쳐들며,

“버브—.” 하고 냅다 소리를 질렀다. 물론 벌보였다. 만세를 부르는 셈이었다. 벌보가 만세를 부르자 아이들도,

“만세—.”

“만세—.” 덩달아 좋아서 고함을 질러댔다.

어른들은 그저 기분이 좋기만 한 듯,

“하하하…….” “허허허…….” “히히히…….” 큰 소리로 웃었다.

모두들 가슴에서 오래 된 체증 같은 답답한 것이 쑥 내려가는 듯한 느낌이었다.

2

더위도 사라지고, 가을바람이 선들선들 불어오는 어느 날, 징병으로 나갔던 장정 하나가 정말로 돌아왔다.

그 장정이 돌아오자, 마을은 또 한 번 들떴다. 징병이나 징용, 혹은 데이신타이로 끌려간 사람들이 돌아온다는 소문은 듣고 있었으나, 실제로 이렇게 눈앞에 돌아오기는 처음이니 말이다.

그 장정네 집은 마치 잔칫집처럼 술렁거렸다. 마을 사람들이 모

여들어 이야기를 듣느라고 야단이었다. 가족 중에 징병이나 징용, 혹은 데이신타이로 나간 사람이 있는 이들은 더욱 조바심이 나서 귀를 곤두세웠다.

물론 안 서방도 달려갔고, 배성녀도 달려갔다.

그 장정은 살아서 무사히, 더구나 제일착으로 고향에 돌아온 터이라, 마을 사람들보다 월등히 더 들떠 있었다. 그래서 그저 입에서 나오는 대로 지껄여댔다.

"기차에 온통 징병 갔던 사람, 징용 갔던 사람이 꽉 찼구마. 모두 돌아오느마. 차 안에 타지 못한 사람들은 차 지붕 우에까지 올라앉아서 오고 있구마. 읍내 정거장에 가 보소. 온통 귀환 동포로 야단법석이구마."

"데이신타이 나간 큰애기들도 돌아오겠지예?"

배성녀가 눈을 깜짝이며 물었다.

"예, 돌아오고말고예. 큰애기들도 돌아오고, 할마시(할머니)들도 돌아오고, 야단이구마."

"할마시들도 공출돼 나갔덩가예?"

"허허허…… 공출돼 나간 기 앙이라, 만주로 살로 갔던 사람들이구마."

"우리 월례는 가라후토라 카덩가, 어디라 카덩가, 거기 갔다는데, 돌아오겠지예?"

"예, 돌아온다니까예. 다 돌아옵니더. 정거장에 나가 보이소. 벌써 읍내 정거장에 내렸을지도 모르느마."

장정의 이런 투의 말에 가슴이 울렁거려 배성녀는 이튿날 새벽밥을 해 먹고 읍내로 향했다. 과연 읍내 정거장은 붐비고 있었다. 기차가 언제 들어올지 일정한 시간도 없는 형편인데, 아침부터 마중 나온 사람들과 음식 장수들, 그리고 만주나 중국, 혹은 일본 등지에서 돌아와 그대로 정거장 주변에서 노숙을 하고 있는 귀환 동포들로 마치 시장바닥 같은 느낌이었다.

기차는 점심 무렵에 한 번, 해 질 무렵에 한 번, 두 차례 들어왔다. 과연 객차 지붕 위에까지 사람들이 올라 있었다. 그러나 월례의 모습은 보이지 않았다.

이튿날도 배성녀는 읍내 정거장으로 나갔다. 그러나 역시 허사였다. 다음 날도 그 다음 날도 나갔으나 허사였다.

그렇게 해서 배성녀는 지쳐버려 한동안 그저 집에 앉아서 기다리다가, 하루는 안 서방이 읍내에 볼일도 있고 해서 나갔다.

볼일을 보고 안 서방은 물론 정거장으로 갔다.

점심 때 들어온다던 낮차가 그날은 오후 세 시가 넘어서야 들어왔다. 그저 들어오는 것이 차 시간인 셈이었다.

기차에서 사람들이 쏟아져 나오자, 안 서방은 바짝 긴장이 되었다. 그러나 월례는 보이지 않았다. 입맛을 쩝쩝 다시고 있는데, 언뜻 낯익은 얼굴이 눈에 띄었다. 그러나 얼른 누군지 알 수가 없었다. 그 사람은 이쪽을 보지 못하고 그냥 지나쳐버렸다. 저만큼 걸어가는 뒷모습을 잠시 지켜보던 안 서방은,

"맞다. 그렇구나." 하고 후닥닥 그 뒤를 쫓았다.

"여보이소! 여보이소!"

"…………?" 걸음을 멈추고 뒤돌아본다.

"임 선상님이시지예?"

"예, 누구신지?……"

"저…… 월례 아빕니더."

"아, 예 예. 아— 그 동안 안녕하셨습니까?"

"아이고 선상님, 병정 나가싰다더니, 인제 돌아오시느만예."

"예, 인제 돌아오는 길입니다."

"아이고, 얼매나 고생이 많으셨능교? 자, 선상님, 저리 가입시더. 가서 술이나 한잔……."

"……."

"앉아서 술이나 한잔 하면서 이야기하입시더."

"예, 그럽시다."

"자, 보따리 이리 주이소."

"괜찮심다."

"이리 주시라니까."

"아닙니다. 괜찮심다. 무겁지 않심다."

임 선생의 보따리를 안 서방이 받아 들려고 하고 임 선생은 굳이 사양을 한다.

안 서방은 임 선생을 데리고 분통이네 집으로 갔다. 분통이는 해방이 되자, 술장사가 전보다 훨씬 잘 되는 듯 어딘지 모르게 생기가 돌고, 얼굴에 분도 전보다 더 보오얗게 발랐다.

"아이고— 삼도 서방, 어서 오소. 어서 오소. 우째 이렇게 오래간만잉게?"

안 서방이 들어서자, 분통이는 여느 때보다 훨씬 호들갑스럽게 반긴다. 해방이 되고는 처음이라 그러는 모양이다. 그러나 안 서방은 임 선생과 함께이기 때문에 농지거리를 할 수가 없다.

"오래간만이구마. 술 한 되 주소." 그저 이렇게 말하고는,

"자, 선상님, 이리 앉으입시더." 임 선생에게 자리를 권한다. 분통이도 호들갑을 거두고 주전자에 술을 담으며,

"안주 뭐 좀 드리까예?" 묻는다.

"뭐 좀 주소. 뭐 있능게?"

"삶은 돼지고기하고, 메뚜기 볶은 것하고 있구마."

"메뚜기 볶은 것?"

"예."

"허허허…… 메뚜기도 볶아서 파능게?"

"호호호…… 술안주로 좋구마. 잡사 보소."

"돼지고기 한 접시 주소. 선상님, 돼지고기 개않지예?"

"예, 좋심다."

"그리고 메뚜기 볶은 것도 쪼매 내놓소. 보자, 맛이나 보구로……."

"메뚜기 볶은 것 아직 몬 잡사 봤능게? 고시하고 묵을 만 하구마."

분통이는 생글생글 웃으면서 돼지고기를 써뻑써뻑 썬다. 돼지고기 한 접시와 메뚜기 반 접시를 술 주전자와 함께 갖다놓으며 분통이는 문득 생각난 듯,

"참, 데이신타이 나간 집의 딸 돌아왔능게?" 묻는다.

"아직 안 돌아왔구마." 안 서방은 마치 화라도 난 사람처럼 무뚝뚝하게 대답한다. 그리고 얼른 주전자를 들어 임 선생 잔에 술을 따르려 한다.

"아닙니다. 제가 먼저, 제가 먼저……."

그러면서 임 선생은 굳이 주전자를 뺏으려 든다.

"아이고, 선상님, 어서 받으이소. 고생을 하고 돌아오싰는데 지가 먼저 따라 디리야지예."

"아이고 이거 미안해서……."

임 선생은 잔을 두 손으로 들고 술을 받는다. 그리고 이번에는 자기가 안 서방의 잔에 술을 따른다. 술잔을 절반가량 비우고 나서 임 선생은 혼잣말처럼,

"월례가 아직 안 돌아왔구만요." 한다.

"예, 우짠 일인지 아직 안 돌아오네요. 그렇잖애도 혹시 돌아오는가 해서 정거장에 나와 본 길입니더"

"아, 그렇습니까. 곧 돌아오겠지요. 북해도니까 배도 타고 기차도 타고 하느라고 좀 시일이 걸리겠지요."

"북해도가 아닙니더."

"북해도에서 편지가 왔던데요."

"예, 첨에는 북해도에서 편지가 왔심더. 그런데 나중에 가라후토가 어딘동 가라후토란 데로 갔다 안 캅니꾜. 거기서 편지가 왔습띠더."

"아, 그래요?"

"가라후토가 어딥니꾜?"

"북해도 바로 북쪽에 있어요."

"억씨기 춥은 데라면서요?"

"예, 춥은 곳이지요. 아하— 가라후토로 갔구나……."

"가라후토로 갔어도 곧 돌아오겠지요?"

"예, 돌아오고말고요. 해방이 됐는데 다 돌아오지, 거기 남아 있겠습니까? 걱정 마이소. 곧 돌아올 겁니다."

눈언저리가 제법 발그레 물든 임 선생은 기분 좋은 듯 다시 잔을 기울이고 바스락바스락…… 메뚜기 볶은 것을 씹으면서,

"그거 참 고시하네요." 하고 웃는다.

"선상님은 어디로 가싰덩교?"

"만주로 갔심다. 만주 송화강 근처에 가 있다가 오는 길입니다."

"아이구 고생이 많았겠심더."

"말도 마이소. 죽을 고비를 몇 번이나 넘겼는지 모릅니다."

"하하—— 쯧쯧쯧……." 안 서방은 남의 일 같지가 않은 듯 이맛살을 찌푸리며 혀를 찬다. 왈칵 월례 걱정이 더 되는 것이다. 그러자 저만큼 앉아 듣고 있던 분통이가 불쑥 입을 연다.

"소련 군인들의 행패가 보통이 아니라지예?"

"예, 말도 마이소. 로스케 그놈들 참 무지막지한 놈들입디다. 남의 물건을 뺏는 것은 예사고, 글쎄 여자라고 보기만 하면……."

"……."

"끌고 가서 겁탈을 하고……."

"그래서 남자처럼 머리를 깎거나 수건을 쓰고 숨어서 오느라고 애를 묵는다지예?"

"예."

"그리고 시계를 뺏아 가지고는 팔뚝에 세 개씩 네 개씩 차고 다닌다지예?"

"예 예. 잘 아시네요."

"만주서 돌아온 사람들한테 안 들었능교." 분통이는 생글생글 웃는다.

"시계를 세 개나 네 개나 차만 시간을 더 잘 알 수 있능강? 허 참.

벨놈의 작자들도 다 있제." 안 서방의 말에 분통이는 재빨리,

"시계를 첨 봐서 안 그렁게. 하도 신기해서 욕심이 나서 말이구마." 한다.

"시계를 첨 보다니, 그놈들 어지간히 야만종들이구나."

그리고 안 서방은 슬그머니 걱정이 되는 표정으로,

"가라후토에는 소련 놈들 없지예?" 하고 임 선생에게 묻는다.

"글쎄요……." 임 선생은 잠시 생각하고 나서,

"아마 없을 낍니다. 옛날에는 가라후토를 사할린이라고 해서 로서아 땅이었는데, 일본이 일로전쟁(日露戰爭)에 이겨 그 섬의 남쪽 절반을 차지했지요. 그러니까 그 섬 북쪽 절반은 소련 땅입니다." 대강 아는 대로 설명을 해준다.

"그럼 일본이 항복을 했으니까 소련 놈들이 남쪽까지 차지했겠는데요."

"글씨요…… 어떻게 됐는지……."

"하하— 이거 야단났구나. 음—."

안 서방은 별안간 큰 걱정거리가 생긴 듯 어쩔 줄을 모른다. 월례가 소련 군인한테 붙들려 겁탈을 당하고 있는 장면이 눈앞에 떠오르기라도 하는 듯 이맛살을 찌푸리며 술잔을 들어 벌컥벌컥 단숨에 마셔버린다.

안 서방이 그렇게 불안해하자, 임 선생은 안심이 되도록 말한다.

"걱정 마이소. 지금까지 그곳에 그대로 남아 있을 턱이 있겠심까. 혹시 소련군이 내려왔다 하더라도 그 전에 벌써 그곳을 떠났을 낍니다. 지금쯤은 일본 본토에 와 있겠지요. 하관*(시모노세키)에서 연락선을 기다리고 있는지도 모르지요."

그러자 분통이가 방정맞게,

"소련이 일본한테 전쟁을 걸었는데, 그곳이라고 안 쳐내려 왔을 턱이 있겠능교. 전쟁이 터져서 쳐내려 왔으면 그동안에 그곳을 뜰 수가 있었을까?…… 더구나 섬이라는데……." 이렇게 나불거린다.

임 선생은 아마 그 말이 맞을지도 모른다고 속으로 생각하며 힐끗 안 서방의 표정을 본다.

안 서방은 방정맞은 년, 재수 없게…… 싶은 듯 분통이를 흘겨보고는,

"메뚜기 볶은 기나 좀 더 주소!" 하고 쏘아붙이듯 말한다. 술기가 올라 얼굴이 벌게서 그런지 더 화가 난 사람처럼 보인다.

3

들에 황금빛 물결이 출렁거릴 무렵, 배성녀는 매일같이 읍내 정거장으로 나갔다. 나가도 그냥 나가는 것이 아니라, 머리에 함지를 이고 나갔다. 고구마를 쪄 가지고 가서 파는 것이었다.

고구마를 팔러가는 것이 목적은 아니었다. 나가서 월례를 기다리는 것이 목적이었다. 그러나 하루 이틀도 아니고 매일 빈손으로 나가 빈둥빈둥 하루해를 보내기가 뭣해서 집에서 캔 고구마를 쪄 가지고 이고 나가 앉아서 팔면서 기다리기로 한 것이다. 그러면 지루하지도 않고, 돈도 좀 벌 수 있고, 일거양득이었다.

얼마 전에 마중을 다니다가 허탕만 치고 그만 둔 배성녀가 다시 이렇게 매일 정거장으로 나가게 된 것은 다름이 아니라 이웃 마

을에 데이신타이 나갔다가 돌아온 처녀가 한 사람 있었던 것이다. 소문을 들은 배성녀는 이웃 마을로 그 처녀를 찾아갔다. 물론 낯선 집 낯선 처녀였다. 그 처녀는 구주에 가 있다가 돌아왔다는 것이었다.

그런데 그 처녀 말이, 지금 일본 항구에 귀국하려고 배를 기다리고 있는 동포들이 부지기수라는 것이었다. 데이신타이 나갔던 처녀들도 수없이 모여 기다리고 있다고 했다.

'가라후토'에 간 처녀들도 있더냐고 물으니까,

"예예, 있고말고예. 억씨기 많이 있심더."

확실한 말인지 건성인지 모르지만, 좌우간 처녀는 이렇게 시원시원하게 대답하는 것이었다. 그리고 덧붙여서,

"곧 돌아올 낍니다. 아무 걱정 마이소." 이렇게 말하기도 했다.

그 처녀를 만나보고 집에 돌아온 배성녀는 가만히 앉아 있을 수가 없었다. 곧 월례가 정거장에 내리는 것만 같았던 것이다. 그래서 도저히 안타까워서 집에 앉아 기다릴 수가 없어 이튿날부터 다시 매일 읍내 정거장으로 나가게 된 것이다. 곧 정거장에 내릴 것만 같던 월례는 그러나 좀처럼 소식이 없었다. 아직 배를 못 탔는지, 어떻게 된 영문인지 답답하기만 했다. 고구마를 갖다 파는 재미가 없다면 지쳐서 마중 나가는 일을 또 그만두었을지도 모른다. 그러나 배성녀는 찐 고구마를 팔아서 조금씩 돈을 버는 맛에 지겨운 줄을 모르고 계속 이른 아침에 집을 나서곤 했다.

그렇게 마중 나가기 아흐레짼가 되던 날 해질 무렵이었다. 두 번째 기차가 들어와 차에서 내린 손님이 정거장 마당으로 쏟아져 나왔다. 기차가 들어오면 배성녀는 앉았던 자리에서 일어나 쏟아

져 나오는 손님들을 두리번두리번 유심히 살피는 것이 일이었다. 물론 고구마가 담긴 함지에도 전혀 신경을 안 쓰는 것은 아니지만…….

그날도 자리에서 일어나 쏟아져 나오는 손님들을 정신없이 살피고 있는데, 누군가가 다가와서,

"고구마 좀 주이소. 한 무디기 얼만교?" 하면서 앞에 쪼그리고 앉는 것이었다. 아무리 월례가 내리는가 살피기에 정신이 없다고 해도 고구마까지 안 팔 수는 없었다.

"한 무디기 십 전이구마."

대답은 하면서도 곧장 눈은 딴 데를 두리번거렸다. 그러자,

"우야꼬! 월례 어무이 아닝교." 깜짝 놀란다. 다가와서 고구마 함지 앞에 앉은 것은 어떤 큰애기였다. 그 큰애기 역시 차에서 내렸는데, 배성녀는 너무 긴장이 되어서 자기 앞으로 다가온 사람은 보지 못하고, 엉뚱한 데만 살피고 있었던 것이다.

"아니!" 배성녀도 깜짝 놀란다.

"이기 누고? 덕심이 앙이가? 아이고 우야꼬! 덕심아, 니는 돌아왔구나—." 배성녀는 그만 자기도 모르게 덕심이의 두 어깨를 덥석 끌어안는다.

"얼마나 고생했노— 아이고 덕심아— 우리 월례는 우예 됐노? 우리 월례는……."

"월례하고는 같이 안 있어서 우예 됐는동 모르겠심더."

"아이고 야야, 와 같이 안 있고 월례만 혼자 가라후톤가 지랄인가 그리로 가도록 했노? 응이?"

"하하하, 우리가 어디 가도록 했능교? 우리가 무신 힘이 있능교?

일본 놈들 하라는 대로 했지."

"하기사 그렇지만…… 아이고— 좌우간 우리 월례도 속히 돌아와야 할 낀데……. 혹시 배 타는 데서 몬 봤나?"

"몬 봤심더. 봤으만 같이 오지, 나 혼자 오겠어예? 하하하……."

"좀 잘 찾아보지 와?"

"찾아봤심더."

"아이고— 우예 된 셈인고? 가라후토에서 오는 큰애기들도 많다던데……."

"글씨예." 덕심이가 잘 알 턱이 없는 것이다.

"명자는 우예 됐노?" 배성녀는 그제야 좀 숨이 돌려지는 듯 명자의 소식을 묻는다.

"명자는 같이 오다가 동경에서 떨어졌심더. 고향에 안 오겠다는 기라예. 동경서 저거 아부지 찾는다고예."

"돌아올 생각이 없기도 할 끼라. 그런데 저거 아부질 잘 찾을 수가 있을까? 동경 바닥이 억씨기 넓다던데……."

"글씨 말입니더. 그래서 제가 같이 고향으로 가자고 몇 번이나 안 타일렀습니꾜. 아부질 몬 찾으만 우얄 끼냐고……. 그래도 싫다는 기라예. 고생을 해도 동경 바닥에서 하겠다는 기라예."

"쯧쯧쯧……." 배성녀는 안됐다는 듯이 혀를 차면서 고개를 끄덕인다.

"이 고구마 한 무디기 묵을랍니더." 덕심이는 몹시 시장한 듯 고구마 큰놈 한 개를 집으며 말한다.

"오냐, 묵어라. 묵어라. 아이고, 얼매나 시장하겠노. 어서 묵어라."

덕심이는 고구마를 한 입 뭉텅 베어서 불컥불컥 몇 번 씹지도 않

고 넘기고 나서,

"우리집 다 잘 있지예?" 그제야 고향 집 안부를 묻는다.

"오냐, 모두 잘 있다. 금년 봄에 송아지도 한 마리 안 낳았나."

"그래예?"

"벌써 많이 컸을 끼다."

그러나 덕심이는 고구마에만 정신이 팔려 송아지 같은 것은 별로 대수롭지도 않은 모양이다.

그렇게 정신없이 고구마를 먹어대는 덕심이를 멀뚱히 바라보고 있다가 배성녀는,

"아이고, 우리 월례는 배나 안 곯는지 몰라. 후유—."

한숨을 내쉰다. 두 눈엔 눈물이 핑 어린다.

덕심이가 고구마 한 무더기를 다 먹고 나자 배성녀는,

"자, 그럼 같이 가자." 하고 함지를 이고 일어선다.

언제나 배성녀의 장사는 두 번째 기차가 들어올 때까지인 것이다. 그러니까 어떤 때는 차가 늦게 들어오면 밤길을 귀가하기도 했다.

배성녀와 덕심이는 해 저무는 신작로를 나란히 걸으며 이야기를 주고받는다.

"북해도에 딜꼬 가서 무신 일을 시키더노?"

"공장에서 일을 안 했능교."

"무신 일?"

"우리가 일한 공장에서는 군인들의 옷을 맨들었십더. 아침부터 저녁까지 재봉틀로 바느질하는 기 일이었어예."

"그럼 재봉틀은 인제 선수가 됐겠구나."

"예. 하하하……."

"밥은 배부르게 주더나?"

"밥만 배부르게 주만 무신 걱정이 있어예. 만날 옥수시(옥수수) 밥이나 콩깻묵밥을 그릇에 반도 안 되게 안 줍니꼬. 환장하겠십디더."

"아이고— 그래 묵고 우예 일을 했노. 쯧쯧쯧……."

"배가 고파서 몬 견뎌 도망을 간 애들도 있었는데, 결국 잽히 가지고 도로 돌아오데예. 그런 애들은 더 고된 일을 시키고, 밥도 더 적게 주더라니까예."

"쯧쯧쯧…… 그 부모들이 알았으만 속이 어땠겠노? 가라후토에 간 큰애기들도 밥을 그렇게 줬능가?"

"북해도나 가라후도나 다 마찬가지지예 뭐. 가라후토라고 밥을 더 많이 줬겠십니꼬. 가라후토가 더 춥고, 살기가 더 나쁜 데라 카던데……."

그러자 배성녀는 잠시 뚱한 얼굴로 말없이 걷더니,

"그누묵 가시나, 북해도에 그대로 있을 끼지, 뭐 할라고 가라후톤가 지랄인가 그곳으로 갔노, 후유."

복장이가 터져 못 살겠다는 듯이 냅다 화를 내며 한숨을 내쏟는다. 마치 월례가 가고 싶어서 가라후토로 가기라도 한 것처럼.

"걱정 마이소. 곧 안 돌아오겠십니꼬."

덕심이는 자기가 말을 잘못했다 싶은 듯 조심스레 말한다.

하늘에 별이 하나둘 반짝거리기 시작한다.

4

모든 사람이 곧 안 돌아오겠느냐고, 걱정 말라고 했으나, 기다리는 월례는 도무지 소식이 없었다. 덕심이가 돌아온 뒤론 배성녀는 더 안타깝고 조바심이 나서 견딜 수가 없었다. 물론 매일 고구마 함지를 이고 읍내 정거장엘 나갔다. 가고 오는 길에 배성녀는 곧잘,

"남들은 다 돌아오는데, 뭐 하니라고 안 돌아오노, 뭐 하니라고—."

하기도 했고,

"아이고, 불쌍해라, 불쌍해라— 배를 얼매나 곯겠노. 얼매나—."

하기도 했고, 때로는,

"아이고 그누무 가시나, 문덩이*(문둥이) 같은 가시나, 속도 어지간히도 썩인다. 어지간히도 썩여." 하기도 했다. 그리고,

"후유— 내 팔자야, 내 팔자야—." 하고 팔자타령으로까지 발전하기도 했다. 말하자면 딸을 기다리는 어미의 구슬픈 노래인 셈이었다.

이런 어미의 심정도 아랑곳없이 월례는 가을이 깊어가도 소식이 없었다. 배성녀는 기다리다 못해 하루는 점쟁이를 찾아갔다. 이웃 마을에 용한 점쟁이가 있다고 해서 점이라도 한 번 쳐보는 수밖에 없다고 생각한 것이다. 그렇게라도 해야 견딜 수 있을 것 같았다.

점쟁이는 사십 가까운 남자였다. 그런데 장님이었다. 장님인데 마치 눈앞에 무엇이 보이는 듯이 굴었다. 상을 앞에 놓고 앉아 먼저 월례의 생년월일과 시를 물었다. 그리고 잠시 혼자서 오른손 엄지손가락으로 다른 손가락 끝을 짚어대더니, 무슨 뜻인지, "하하—" 했다.

배성녀는 바짝 긴장이 된 눈으로 점쟁이의 거동을 지켜보고 있었다. 무슨 말이 나올지 슬그머니 두렵기도 한 모양이었다. 그러나 점쟁이는 아무 말도 하지 않았다. 이번에는 조끼 주머니에서 엽전을 한 움큼 꺼내더니, 앞에 놓인 상 위에 자르르— 굴렸다. 여남은 개나 되는 엽전이 용케 한 닢도 상 밑으로 떨어지질 않고 데굴데굴 굴러가다가 제각기 납작납작 엎드렸다. 그러자 점쟁이는 두 손으로 상 위의 엽전들을 더듬더듬 더듬어 보더니 별안간,

"아이구 답답해라, 답답해라. 이 일을 어찌 할꼬." 이렇게 큰소리로 내뱉기 시작했다. 약간 목이 쉰 듯한 괴상하게 큰 목소리였다.

배성녀는 깜짝 놀라지 않을 수 없었다. 가슴이 덜컥 내려앉는 듯했다.

"강물이 흐르는구나. 강물이 흘러. 강이라도 보통 강이 아니로다. 이 깊고 넓은 강을 어찌 건널꼬. 뱃길은 끊어지고, 어찌 건널꼬."

점쟁이는 무슨 설명을 해주는 것이 아니라, 혼자 넋두리를 해댔다. 그러나 배성녀는 대강 짐작을 할 수가 있어 눈앞이 캄캄해지는 느낌이었다.

"고향은 만 리로구나. 갈 길은 아득한데 날은 저물고, 뱃길은 끊어지고, 이 일을 어찌 할꼬. 답답하고 답답하도다— 아— 답답해."

점쟁이는 정말로 자기 자신이 답답해서 못 견디겠는 듯 주먹으로 가슴팍을 두들기기까지 했다. 배성녀는 핏기가 싹 가신 얼굴로 멀뚱멀뚱 점쟁이를 바라보고 있을 따름이었다. 가슴을 두들기고 나서, "후유—." 점쟁이는 무거운 숨을 내뱉었다.

그리고 이번에는 착 가라앉은 목소리로 차근차근 이야기를 하기 시작했다.

"집의 딸이 어디 먼 데 가 있지요?"

"예." 배성녀는 속으로, 남의 돈 공으로 먹지는 않는구나 싶다. 맞히는 것이다. 점쟁이는 월례의 생년월일과 시박에 묻질 않았던 것이다.

"오늘이나 돌아올까, 오늘이나 돌아올까 하고 댁이 억씨기 기다리고 있는데, 음— 길이 막혀 돌아오질 못하고 있구나. 물이 앞을 가로막고 있는데요. 물을 건너야 돌아올 수가 있는데, 물을 건널 재주가 없심더그려. 뱃길이 끊어져서……."

"아이고, 그럼 우야지예?"

"음— 보자……." 그러면서 점쟁이는 다시 손가락 끝을 짚어본다. 그리고 약간 고개를 기울이며,

"동짓달께나 소식이 있겠심더." 한다.

"동짓달에예?"

"예."

"그때 돌아오겠능교?"

"글씨요……. 돌아올지 어떨지는 몰라도 좌우간 무신 소식이 있어도 있겠구마."

"후유—." 배성녀는 그저 한숨이 쏟아질 뿐, 더 뭐라고 입이 떨어지질 않는다.

그러나 점쟁이의 말도 다 소용이 없었다. 동짓달에는 돌아오겠지, 그렇지 않으면 설마 무슨 소식이 있어도 있겠지 하고 기다렸으나, 결국 동짓달이 다 가고, 섣달이 되어도 아무 소식이 없었다. 무정한 까마귀 떼만 어김없이 찾아와 휘— 휘— 회오리를 쳐댔다. 해가 바뀌어도 월례는 돌아오지 않았다.

제10장

1

무정한 것은 세월이다. 월례야 돌아오거나 말거나, 소식이 있거나 없거나 아랑곳없이 계절이 바뀌고, 해가 바뀌고…… 덧없이 흐르기만 했다. 일 년이 가고, 이 년이 가도 월례는 돌아오지 않았다. 돌아오지 않을 뿐 아니라, 아무런 소식도 없었다. 바람결에나마 어떤 소식이라도 있을 법하건만, 어쩌면 그렇게 싹 씻은 듯 감감한지 알 수가 없었다. 무소식이 희소식이라는 말이 있지만, 이 경우는 그와 정반대로 무소식은 곧 절망을 뜻하는 것이었다.

월례네 가족들의 우수는 이루 말할 수가 없었다. 남들도 한결같이 안 돌아왔다면 또 모르지만, 징병으로, 징용으로, 데이신타이(정신대)로 끌려 나갔던 사람들 가운데 돌아온 사람도 꽤 많은데, 어찌 하필 월례는 돌아오지 않는 축에 끼었는지…… 함께 데이신타이로 나갔던 덕심이는 무사히 돌아왔고, 또 명자는 자기 아버지를 찾는다고 동경에 남았다는 확실한 소식이라도 있는데, 월례만 돌아오지도 않고, 소식도 없으니, 도무지 답답하고 억울해서 견딜 수가 없었다.

가족들 중에서도 가장 수심에 젖어 있는 것은 배성녀였다. 그녀의 세월은 온통 눈물과 한숨이라고 할 수 있었다. 안 서방 역시 그녀 못지않게 우울했다. 수심이 떠날 날이 없었다. 그러나 그는 남자였다. 세월은 노상 한숨으로 보낼 수만은 없었다. 수심을 안으로 삼키고, 애써 무표정한 얼굴로 논일을 하고, 구루마를 끌었다. 그러나 배성녀는 여자인지라, 밭을 매거나 가을걷이 같은 것을 하다가도 곧잘 왈칵 치솟는 수심을 견디지 못해,

"아이고— 불쌍해라. 우리 월례는 우예 됐노." 하고 한숨을 쉬면서 먼 하늘을 바라보기가 일쑤였다.

"아이고 아이고— 불쌍해라. 살았는지, 죽었는지…… 와 이렇게 소식도 없을꼬. 하늘도 무심하지, 하늘도 무심해."

푸념 끝에 절로 눈물이 두 눈을 적시곤 했다. 그런 그녀의 눈물과 한숨도 세월이 감에 따라 차츰 엷어져 갔다.

흐르는 세월이란 무정한 것이면서도 어쩌면 고마운 것인지도 모른다. 사람의 가슴속에 서린 수심과 비탄을 씻어서 차츰 엷어지게 해주니 말이다. 만약 그 수심과 비탄을 씻어주는, 흐르는 물 같은 세월이 없다면 어떻게 될까. 아마 십중팔구는 미치고 말 것이다.

삼 년이 흐르고, 사 년이 흐르고, 오 년이 흐르고…….

6·25동란이 일어났다.

6·25동란이 일어나자, 배성녀는 머리에서 월례 걱정이 싹 사라

지고 말았다. 배성녀 뿐 아니라, 안 서방도 마찬가지였고, 모량댁이 역시 마찬가지였다. 먼 바다 건너에 살아 있는지 어떤지도 확실치 않은 딸이나 손녀의 걱정을 하고 있을 계제가 아니었다. 당장 자기 발등에 불이 떨어졌으니 그럴 수밖에. 6·25동란은 사람들의 넋을 온통 홀랑 빼앗아버리는 듯한 엄청난 난리였다. 일제 말엽, 소위 그 대동아전쟁 때와는 비할 바가 아니었다. 그때는 징병이니, 징용이니, 데이신타이니 하고 젊은 남녀들이 전쟁 마당으로 끌려 나가고, 무슨 공출이다, 무슨 공출이다 해서 쥐어 짜이는 정도에 그쳤지만, 이번에는 그게 아니라, 직접 전쟁의 불길이 휩쓸어와 마을이 잿더미가 되고, 사람이 수없이 죽어가고…… 온통 세상이 아비규환이었다. 그런 정신을 차릴 수 없는 판국이니, 월례 걱정 같은 것은 싹 사라질 수밖에. 그러나 몇 해 뒤, 배성녀의 수심은 다시 되살아났다기보다도 충격적으로 머리를 쳐들었다고 하는 편이 옳겠다.

휴전이 성립되어 세상이 다시 평온을 되찾기 시작한 무렵이었다. 지긋지긋한 전쟁이 끝나서 한시름 놓고 있는 판인데, 어느 날, 읍내 고등학교에 자전거 통학을 하고 있는 용길이가 학교에 갔다 돌아오더니, 불쑥 이렇게 말했다.

"어무이, 누부야(누나)가 있는 데가 소련 땅이란다."

"뭐?" 배성녀는 처음에는 그저 멀뚱히 용길이의 얼굴을 바라볼 뿐이었다.

"오늘 학교에서 지리 시간에 배웠는데, 누부야가 있는 데, 뭐라캤노, 가라후툰가 뭔가 거기가 지금은 사할린이라고 해서 소련 땅이라는 기라."

"소련 땅?" 배성녀는 두 눈이 휘둥그레졌다.

"응, 옛날에는 남쪽 절반은 일본 땅이었는데, 일본이 전쟁에 지자, 소련 땅이 됐다 안 카나."

"소련 같으만 공산당 앙이가?"

"맞다."

"아이구야꼬. 공산당 땅이라 말이가?"

"응."

"아이고— 그럼 우리 월례가 공산당 땅에 있단 말인가?"

"응, 그래서 못 돌아오는 모양이라."

"아이고, 아이고— 이 일을 우야노. 이 일을, 이 일을……. 우리 월례가 공산당 세상에 살고 있다니…… 아이고, 맙소사……."

배성녀는 그만 얼굴에서 핏기가 싹 가셨다. 눈앞이 캄캄해지는 모양이었다. 6 · 25때, 공산당의 만행을 직접 보고 들었기 때문에 공산당이라고 하면 절로 소름이 끼쳤다. 그자들은 사람을 죽여도 총으로 쏘아 죽이는 것이 아니라, 몽둥이나 곡괭이, 도끼 같은 것으로 두들기고 찍어서 죽이는 것이었다. 반동분자의 자식이라고 철없는 아이들까지 서슴없이 타살을 하는 야차 같은 무리들이었다.

그런 공산당 패거리의 세상에 월례가 살고 있다니…… 그래서 못 돌아온다니…… 기가 찰 노릇이었다. 다시 왈칵 밀어닥친 수심에 배성녀는 입맛까지 달아날 지경이었다. 종전의 수심이 기다림과 걱정에서 오는 단순한 수심이었다면, 이번에는 공포증을 수반한 암담하고 으스스한 수심이라고 할 수 있었다. 하늘이 무심해도 분수가 있지, 하필 또 왜 그놈의 공산당 세상에 월례를 남겨 놓았는지…… 생각할수록 분하고, 원망스럽고, 월례가 가련해 견딜 수가 없었다.

그러나 역시 흐르는 세월은 약인 모양이었다. 세월이 흐름에 따라 그 암담하고 으스스한 수심도 차츰 퇴색되어 나중에는 그만 가을 하늘에 엷은 구름이 사라지듯 사라지고 말았다.

십 년이 흐르고, 십오 년, 이십 년…… 그리하여 마침내 삼십 년 가까운 세월이 흘러버렸다. 십 년이면 강산도 변한다고 했으니, 강산이 변해도 세 번이나 변한 셈이다. 덧없고 허망하게 흘러가버린 삼십 년 가까운 세월 동안 월례가 무사해서 아직 살아 있는지 어떤지 알 길이 없다. 그 땅이 여전히 소련 땅이어서 눈에 보이지 않는 장벽 때문에 소식은 고사하고, 생사여부도 알 길이 없는 것이다. 나이로 보아서는 아직 얼마든지 살아 있을 것이다. 고국의 부모들도 아직 살아 있으니 말이다. 살아 있다면 월례의 나이는 어느덧 오십이 가깝다.

2

새로 황전국민학교에 부임한 임상기 교장은 감개가 무량했다. 그럴 수밖에 없는 것이 이 황전국민학교는 임 교장이 처음으로 교편생활을 시작했던 학교인 것이다.

세월은 덧없어 교육계에 몸을 담은 지도 어느덧 삼십여 년이 된다. 그동안 십여 학교를 전전한 몸이다. 칠팔 년 전 교장이 된 뒤에도 두 학교를 거쳐 이번에 이 학교가 세 번째인 것이다. 그런데도 마치 처음으로 교단에 섰을 때처럼 가슴이 약간 설레기까지 했다.

삼십여 년 전 일제 말엽, 이 학교에 부임을 해서 징병에 나갈 때까지, 이 년 반 동안의 일이 아름다운 추억처럼 되살아나는 것이다. 실상 그 무렵은 온갖 근로동원에 시달리느라 생도들뿐 아니라 선생들까지도 괴롭기만 했던 시절이었는데 말이다. 아득히 흘러간 과거란 어떤 것이든 그립게만 회상되는 모양이다. 세월의 승화작용이라고나 할까.

그리고 학교 시설이나 환경도 삼십여 년 전 그때와는 판이하게 달라졌다. 그때는 교실이 일곱 개인 목조거물이 한일자로 서 있었을 뿐인데, 이제 그 목조건물 뒤에 이층짜리 콘크리트 교사가 의젓하게 서 있는 것이다. 뿐만 아니라, 온실이니 교재원 같은 것도 마련되어 있고, 축사(畜舍)도 옛날의 그 장난 같던 축사가 아니라, 제법 본격적으로 만들어졌고, 농구(農具) 창고도 아담하게 개축이 되어 있다. 운동장가에는 그네니, 미끄럼틀이니, 시소, 목마 등등, 옛날에 없던 갖가지 놀이기구가 잘 갖추어져 있다.

그리고 무엇보다도 눈길을 끄는 것은 운동장가에 줄줄이 늘어서 있는 플라타너스다. 플라타너스가 이제 아주 거목들이 되어 있는 게 아닌가. 흘러간 삼십 년이라는 세월을 눈으로 보는 듯했다. 그러나 옛날과 별로 달라지지 않은 것은 한일자로 서 있는 목조 교사 외에 숙직실과 교장 관사였다. 물론 그동안 많이 손을 보기는 했겠지만, 겉으로 보기에는 옛날과 다를 바가 없다. 옛날보다 훨씬 낡아졌을 뿐.

그 달라지지 않은 건물들이 임 교장은 몹시 정답기만 했다. 새로 들어선 건물과 시설들, 그리고 자라난 나무들에서는 격세의 정이 느껴진다면, 달라지지 않은 건물들에게서는 회고의 정이 우러나는 셈이었다.

임 교장은 이 학교에 처음 부임해 왔을 때처럼 약간 가슴이 설레기까지 하면서, 한 번 학교 운영을 잘 해봐야지, 있는 힘을 다해서 보다 나은 학교로 만들어야지 하고 지그시 어금니를 물면서 아랫배에 힘을 주었다.

교직원 수는 임 교장 자신까지 합해서 스물여섯이었다. 그러니까 옛날 그때의 세 배나 된 셈이다. 그때는 소사까지 합해서 아홉이었으니까.

학생 수도 이천 명 가까이 되었다.

이십육 명의 교직원에 이천 명의 학생이면 대가족이다. 면부(面部) 학교로서는 아주 큰 축에 든다. 그런데 교사들 가운데 여선생은 불과 다섯 사람밖에 되지 않았다. 교장 교감을 빼면 교사는 모두 이십사 명인데, 그중에 오 명, 즉 오분의 일가량밖에 되지 않는 것이다. 의외로 여선생의 수효가 적었다. 대체로 보면 요즘 여교사가 부쩍 늘어서 삼분의 일가량은 차지하고 있는데 말이다.

임 교장은 국민학교 교사는 여자가 적격이라고 생각하는 터이다. 국민학교뿐 아니라, 중학교까지도 어쩌면 여교사가 격에 맞는 것이 아닌가 여겨지는 것이다. 교육적 효과로 봐도 그럴 것만 같다. 그래서 적어도 국민학교에 있어서는 여교사가 절반 이상을 차지해야 된다고 생각한다. 여교사 둘에 남교사 하나의 비율이 이상적이라는 게 임 교장의 지론이다. 그런데 이 학교의 전 교장은 그와 반대의 지론을 가지고 있었던 모양이다. 그래서 되도록이면 여교사를 기피했던 것 같다. 그렇지 않으면 이렇게 여선생의 수효가 적을 턱이 없는 것이다. 그런 문제는 어느 정도 교장의 재량에 의해서 가능한 것이니까 전 교장의 지론이 어쩌면 자기와 정반대였던가 싶으니, 임 교장은 절로 웃음이 지어졌다.

다섯 명의 여선생 가운데 유난히 앳된 여선생이 한 사람 있었다. 다른 네 사람은 대체로 교단 경력이 사오 년 혹은 칠팔 년 되는 노처녀거나 기혼 교사인데, 유독 한 사람만 아직 학생 티가 가시지 않은 애송이였다. 직원 명부를 보니 성명은 안순주, 교단 경력 일 년이었다. 작년에 교육대학을 졸업한 것이다. 그런데 임 교장은 그 안순주 선생이 어쩐지 어디선가 많이 본 듯한 얼굴이었다. 퍽 낯익은 듯한 얼굴인데, 아무리 생각해도 어디서 보았는지 알 수가 없었다. 생각할수록 아리송하기만 했다. 분명히 처음 대하는 낯선 얼굴은 아닌 것 같은데…… 더러 그런 수가 있는 법이다. 어디선가 많이 본 듯, 많이 낯이 익은 듯하면서도, 어디서 보았는지 기억이 되살아나지 않는 그런 얼굴 말이다. 그리고 실상은 전혀 처음 대하는 얼굴인데도 그렇게 여겨지는 수도 있다. 그런 얼굴일수록 정답게 느껴지는 것은 말할 것도 없다.

임 교장은 안순주 선생의 얼굴을 대할 때마다, 어디선가 본 듯한 얼굴인데…… 싶으면서도, 그렇다고 "안 선생, 혹시 나 어디서 본 일 있소?" 하고 물어볼 수도 없는 노릇이었다. 교장이 싱겁게 여선생한테 말이다. 그러나 안순주 선생은 전혀 그런 기색이 없었다. 그렇다면 내가 무슨 착각을 하고 있는 게 아닐까…… 하고 임 교장은 속으로 멋쩍게 웃기도 했다.

그런 어느 날 식전이었다.

이 학교에 온 뒤로 임 교장은 전보다 일찍 일어나 학교를 한 바퀴 돌아보는 버릇이 생겼다. 아침 산책 겸, 학교를 한 바퀴 돌아보면서, 밤새 이상이 있는가 없는가, 그리고 그날 해야 할 일, 앞으로의 학교 운영 구상 같은 것을 생각해보는 것이었다. 기분도 그럴 수 없이 상쾌했다. 더구나 초봄이 아닌가. 그날도 여느 때와 다름없이 일찍 관사를 나서서 천천히 운동장가로 걸음을 옮겼다. 아직 아침 공기는 쌀쌀했다.

코에 와 닿는 쌀쌀한 공기를 들이마시며 줄줄이 늘어선 플라타너스 밑을 거니는 기분이란 정말 개운했다. 오늘 하루의 막이 다시 신선하게 열리는 듯 생의 희열 같은 것이 짜릿하게 온몸을 흐르기도 했다. 플라타너스 가지들엔 은은한 연둣빛이 감돌고 있었다. 서서히 새봄의 입김이 서리고 있는 셈이다. 두 팔을 뒤로 젖혀 가슴을 활짝 활짝 펴기도 하고, 복식호흡을 하기도 하면서 천천히 거목들의 밑을 지나 교사 모퉁이를 돌아가다가였다.

"이런!" 임 교장은 절로 걸음이 멈추어졌다.

"어떤 녀석이……." 이맛살이 찌푸려진다.

낙서인 것이다. 교사 벽에 분필로 커다랗게 내갈겨진 낙서인데…… 그 낙서를 잠시 멀뚱히 서서 바라보고 있던 임 교장은 자기도 모르게 순간적으로 찌푸려졌던 이맛살이 그만 활짝 펴이며, "헛헛헛……." 웃음이 터져 나온다. 도저히 이맛살을 계속 찌푸리고 있을 수가 없는 것이다.

"시집가고 장개가고, 맛 좋다!"

이렇게 씌어 있었던 것이다. 그리고 낙서 옆에는 피카소가 그린 것 같은 남녀의 부끄러운 물건 그림이 거창하게 그려져 있는 것이 아닌가.

"고얀 녀석들 같으니라구……." 임 교장의 얼굴에는 그러나 계속 미소가 어리고 있다. 문득 옛날 일이 떠오른 것이다. 삼십여 년 전

숙직실에서 자취생활을 하던 어느 날 아침, 니시지마 교장의 부르는 소리에 뛰어 일어나 교장을 따라 교사 모퉁이로 가서 보았던 낙서. 그 낙서가 어렴풋이 눈앞에 떠오른다.

—임 선생과 월례 연애, 임 선생과 월례 신랑 각시, 뭐뭐 했다네.

아마 이렇게 씌어 있었던 것 같다. 그리고 지금 저 그림과 비슷한 것이 역시 낙서 곁에 내갈겨져 있지 않았던가. 교장 앞에서 그 낙서를 보았을 때의 어쩔 줄 몰랐던 일이 불과 이삼 년 전의 일처럼 회상된다.

그런 낙서가 교사 벽에 또 한 번, 그리고 나중에는 교무실 현관 앞에 있는 게시판에까지 등장해서 분을 참지 못해 밤잠을 안 자가며 마침내 범인을 잡았던 일, 잡아보니 생도가 아니라 홍 주사라는 돼먹지 못한 동척농장 서기 녀석이 자기를 모함하기 위해서 저지른 수작이었던 일, 그래서 목검으로 실컷 두들겨주었던 일들이 미소로 회상되는 것이다. 그 당시는 분하고 창피해서 견딜 수 없던 일들이 아련한 그리움처럼 회상되다니…… 역시 세월의 승화작용이라는 것인 모양이다. 그 낙서 때문에 임 교장은 삼십여 년 전의 일이 마치 주마등처럼 하나하나 원색으로 머릿속에 떠오르는 것이었다. 지금까지 안개에 묻혀 있었던 것이 낙서를 계기로 안개가 훌훌 걷히며 모습을 드러내는 듯했다.

"얌전하면서도 퍽 숙성한 편이었지. 나하고 나이가 아마 서너 살 차이밖에 없었을 걸……."

임 교장은 아련한 그리움 같은 것이 따스한 날처럼 가슴 속에 괴는 듯한 느낌이다. 뭐 월례와의 사이에 사제지간 이상의 것은 없었지만, 그러나 단순한 사제지간만도 아니었던 게 사실인 것 같다,

남녀 간의 야릇한 인력 같은 것이 작용하려다가 스승과 제자 사이라는 억제력 때문에 흐지부지 식어버리고 만 그런 관계라고 할 수 있을 것이다.

데이신타이에 나갔다가 안 돌아온다고 그녀 아버지가 정거장에 나와 걱정을 하더니…… 돌아왔는지…… 돌아와서 시집을 갔으면 지금 어디서 살고 있는지…… 오십이 가까운 나이일 터이니 어쩌면 손자를 봤을지도 모르지……. 임 교장은 이런 생각을 하면서 씁쓰레 웃는다.

해방이 되어 돌아오긴 했으나 임 교장은 곧 교직원들의 대폭적인 아동이 단행되어 딴 학교로 갔기 때문에 그 후 월례의 일은 까마득히 잊어버리고 말았던 것이다.

'지금 만나면 서로 알아볼 수가 있을까?' 곧장 이런 쑥스러운 생각을 되씹으면서 목조 교사와 이층 콘크리트 교사 사이의 뜰을 천천히 걸어가던 임 교장은 온실을 보자 그쪽으로 다가간다. 이른 아침의 온실 속을 한 번 들여다보기 위해서다. 온실 한쪽 기둥에 붙어 있는 명패가 이슬에 젖어 유난히 곱게 눈에 띈다. 하얀 페인트 바탕에 하늘색 페인트로 "관리 책임 박상호 교사, 부책임 안순주 교사" 이렇게 두 교사의 성명이 적혀 있다. "부책임 안순주 교사"라는 글씨를 본 순간 임 교장은,

"하하—." 자기도 모르게 약간 놀라는 소리가 입에서 튀어나왔다.

"흐흠—." 이번에는 고개를 끄덕인다. 그리고 살짝 고개를 한쪽으로 눕히며,

"그런가?…… 그런지도 모르지." 하고 중얼거린다. 안순주 선생의 이름을 본 순간 번쩍 머리에 떠오르는 것이 있었던 것이다. 그것

은 월례의 얼굴이었다. 그러나 조금 전까지 머리에 떠올랐던 옛날 그 월례의 얼굴은 아니었다. 그 월례의 얼굴에 안순주 선생의 얼굴이 겹친 그런 얼굴이었다. 말하자면 두 개의 영상이 하나로 겹쳐서 떠오른 것이다. 어딘지 모르게 많이 닮은 얼굴이어서 두 개가 겹쳐도 별로 어색하지가 않았다.

안 선생의 얼굴을 볼 때마다 어디선가 많이 본 것 같고, 퍽 낯익은 것 같은데, 도무지 어디서 언제 보았는지 아리송하기만 하던 것이 이제야 번쩍 머리에 와 닿은 셈이다. 수수께끼가 풀린 셈이라고나 할까. 그러나 안 선생의 용모가 누구와 유사했던가 하는 의문점은 풀린 셈이지만, 대신 또 다른 의문이 생겨난 것이다. 그렇다면 실제로 안 선생이 월례와 어떤 친척관계에 있는지 어떤지 하는 점 말이다. 친척관계가 아니라도 얼마든지 닮은 얼굴의 사람은 있는 법이니까.

"흐음—." 좌우간 꽤 궁금했던 점이 풀려서 임 교장은 마냥 아침 산책이 유쾌하기만 했다. 동시에 안 선생과 월례가 친척관계인가 아닌가 하는 점이 바짝 궁금하기도 했다. 즐거운 궁금증이었다.

그날 방과 후, 임 교장은 안순주 선생을 교장실로 불렀다. 교장실 문을 열고 들어서는 안 선생은 약간 긴장된 표정이었다. 무슨 일로 호출인지 알 수가 없었다. 더구나 자기 혼자만 부르는 것이 아무래도 안 좋은 일은 아닌 성싶었다. 그렇다고 뭐 꾸지람을 들을 만한 일이 생긴 것도 아닌데…… 좌우간 좀 불안했다. 아직 신출내기 교사가 돼서 그런지 교장의 호출이라면 우선 덮어놓고 불안하기부터 한 것이다.

약간 긴장된 표정으로 교장 앞에 다가선 안 선생은 나붓이 절을

하고는,

"교장 선생님, 부르셨습니꾜?" 두 손을 얌전히 앞으로 모아 쥐었다.

임 교장은 회전의자에 비스듬히 앉아 안 선생이 문을 열고 들어올 때부터 그녀의 얼굴과 거동을 유심히 지켜보고 있었다. 물론 표정은 굳은 것이 아니었다. 안 선생이 앞에 와 약간 긴장된 듯한 자세로 서자, 얼굴에 미소를 띠며,

"그리 좀 앉아요." 한다. 교장의 얼굴에 미소가 떠오르자, 안 선생은 그제야 마음이 놓이는 듯 표정이 풀리며 의자에 앉는다. 그러나 역시 단정한 몸가짐으로.

"지금 바쁜 일 없지요?"

"예."

"안 선생을 부른 건 다름이 아니라…… 음— 뭐 좀 물어볼까 하고……."

"무슨 일인데예?"

안 선생은 두 눈을 반짝거리며 임 교장을 똑바로 바라본다.

"저…… 안 선생 고향이 바로 이곳이지?"

"예."

"아버지 어머니 다 계시고?……"

"예."

"혹시 저…… 친척 중에 월례라는 분 없는지 모르겠어?"

"월례예?"

"응." 순간 임 교장은 안 선생의 표정을 뚫어지게 바라본다.

"글쎄예…… 없는데예."

"없어요?" 임 교장은 어쩐지 실망이 되는 느낌이다. 그러나 한 번 더 자세히 물어본다.

"친척 가운데 혹시 일제시대에 데이신타이라고 처녀들 징용되어 가는 데 나갔던 여자분 없는지?……"

"아, 예, 있습니더. 우리 고모가 일제시대에 데이신타이라 카던가 그것에 나가서 아직까지……."

"아직까지 안 돌아왔는가?"

"예."

"음—."

"……."

"그 고모 이름이 월례 아닌지?…… 잘 모르나요?"

"글씨예. 이름은 잘 모릅니더."

"자기 고모 이름도 모르다니……."

"호호호……." 안 선생은 부끄러운 듯한 손으로 살짝 입을 가리며 웃는다. 그리고 변명하듯 말한다.

"제가 나기 훨씬 전의 일인데예 뭐. 고모가 일제시대에 일본 어디로 끌려갔다는 얘기만 들었지, 이름까지 누가 가르쳐줘야 말이지예."

"아마 틀림없이 안 선생 고모 이름이 월례일 거요."

"교장 선생님은 어떻게 아십니꾜?" 안 선생은 바짝 호기심이 동한다.

그 말에 대해서는 대답을 않고,

"고모도 이 학교 졸업했지?" 묻는다.

"예, 졸업하고 그해에 바로 끌려갔다 그러데예."

"일본 가라후토, 그러니까 지금의 사할린으로 끌려갔다고. 안 그래?"

"확실한 것은 잘 모르겠습니더. 좌우간 북쪽 춥은 곳으로."

"맞았어, 틀림없어."

"……." 교장 선생님이 어떻게 그렇게 자기 고모 일을 잘 아는지, 안 선생은 이거 참 희한하구나 싶기까지 했다.

"안 선생, 아직 할아버지 살아 계신가? 그러니까 월례 아버지 말이지."

"예, 할머니도 아직 살아 계십니더."

"아, 그래요? 흠— 보자…… 그럼 두 분 다 아마 칠십이 넘으셨겠는데?……."

"예, 할아버지는 일흔하나시고, 할머니는 예순아홉이십니더. 그런데 교장 선생님, 어떻게 우리집 일을 잘 아십니꾜?"

그러자 임 교장은,

"내가 바로 옛날에 안 선생 고모 담임이었지." 하고 빙그레 웃는다.

"아, 그렇습니꾜?" 안 선생의 얼굴에도 기쁘고 신기한 듯한 웃음이 활짝 떠오른다.

"안 선생 할아버지도 잘 알지."

"우야꼬—." 안 선생은 기쁘기도 하고 좀 부끄럽기도 한 듯 어쩔 줄을 모른다.

"그러나 지금 길에서 만나면 전혀 알아볼 수가 없을 거요. 벌써 삼십년 전 일이니까."

"……."

"고모가 안 돌아왔다니…… 그거 참 안 됐는데…… 그럼 소식도 모르겠구먼?"

"예, 해방되고부터는 아무 소식이 없답니다."

안 선생은 마치 남의 일처럼 담담한 어조다. 자기가 태어나기 전의 옛날 일이니 그럴 수밖에.

"음—." 임 교장은 천장으로 시선을 보낸다. 그러나 역시 담담한 표정이다.

안 선생은 문득 생각이 떠오른 듯 말한다.

"교장 선생님, 저…… 우리 고모 학교 댕길 때 벌써 혼담이 있었다지예?"

"허허허…… 그런 일이 있었지."

"국민학교 댕기는데 벌써 혼담이라니예. 호호호……."

"틀림없는 월례구먼. 그런 일이 있었지. 있었어. 허허허……."

임 교장은 혼자 중얼거리듯이 말하며 껄껄 웃는다.

3

며칠 뒤, 토요일 오후였다. 임 교장은 안 선생과 나란히 농로를 걸어간다. 반듯하게 잘 다듬어진 새 길이다. 물론 전에도 길이 있었지만, 전의 길은 꼬불꼬불하고 좁은 길이었는데, 이제 자동차도 능히 오갈 수 있는 길로 바뀐 것이다. 길 저쪽에 비닐하우스가 즐비하다. 요즘 농촌에서 흔히 볼 수 있는 비닐하우슨데, 그 수효가 매우 많다. 비닐하우스가 신기할 건 하나도 없다. 여기저기서 흔히 본 터이니까. 그러나 임 교장은 학교에서 원경으로만 바라보던 이 고장 비닐하우스 쪽으로 막상 한 걸음 한 걸음 가까이 다가가니 어쩐지 가슴이 뿌듯해지는 느낌이다.

"집에서도 비닐하우스를 재배하나요?" 안 선생에게 묻는다.

"예."

"무슨 채소를?……"

"주로 오이하고 토마토하고……."

"흠— 좌우간 놀라운 일이지. 겨울에 이런 것을 먹을 수 있으니……."

오늘 안 선생 집의 초대를 받고 가는 길인 것이다. 며칠 전, 교장실에서 그런 일이 있자, 안 선생은 퇴근하기가 무섭게 그 이야길 아버지와 할아버지, 할머니에게 말한 것은 물론이다. 그랬더니 온통 모두 눈이 휘둥그레지는 것이었다.

"아, 그때 그 선상이 교장으로 왔구먼. 하하—." 특히 안 생원(옛날 안 서방을 이제 안 생원이라고 부른다)은 감개가 무량한 듯 곧장 고개를 끄덕이며 어쩔 줄을 몰랐다. 그리고 옛날 일이 되살아나 죽어 이별한 거나 다름없는 딸 생각이 또 슬그머니 머리를 쳐들기도 하는 듯 괴로운 표정이기도 했다. 머리가 파뿌리같이 하얘진 배성녀 노파 역시,

"아이고 얄궂어라. 그때 그 선상이 교장으로 오다니…… 아이고 얄궂어라."

"곧장 '얄궂어라'를 뇌며 눈구석에 물기가 어리기도 했다.

"아, 그래? 그렇다면 우리집에 한 번 모시야 안 되겠나."

용길 씨는 딸 안 선생에게 이렇게 말했다. 그래 오늘 토요일을 택

해서 임 교장을 집으로 초대하게 된 것이다. 마침 안 생원의 생신이 기도 하고 해서. 비닐하우스가 가까워지자, 작업모를 쓴 사람이 하나 두 손을 툭툭 털면서 이쪽으로 다가온다. 임 교장은 얼른 보아도 그 사람이 안 선생 아버지라는 것을 짐작할 수가 있다.

"아이구 교장 선생님, 이렇게 오시라고 해서 미안합니다."

물론 안 선생 아버지 용길 씨다. 지금가지 비닐하우스 속에서 일을 하다가 딸이 임 교장을 모시고 오는 것을 알고 얼른 뛰어나온 것이다.

"저의 아버집니더." 안 선생이 소개를 하자, 임 교장은,

"아, 그러시오. 반갑습니다." 하면서 악수를 청한다. 그 손을 용길 씨는 두 손으로 받들어 모시듯 잡는다.

"딸을 맡겨놓고 한 번 찾아뵙지도 못하고……."

"아, 별 말씀……."

"이번에 새로 부임을 하싰다지예?"

"예."

"옛날 우리 누부(누나)의 선생님이셨다는 얘길 듣고 어찌나 반가운지……."

"아, 허허……."

"그때 저도 1학년에 입학을 했었심더. 누부가 졸업하던 해……."

"아, 그랬던가요? 맞어, 맞어. 월례 동생이 1학년에 입학했는데, 하루는 아파서 결석한다고 월례가 학교에 찾아온 일이 있었지. 허허허……."

아른아른하게 옛날 일이 기억에 떠오른다.

"교장 선생님, 자, 누추하지만 집으로 가실까예."

"예, 예."

"말씀 낮추이소."

"뭘……."

"옛날 제잔데요 뭐. 제자보다도 더 낮은 제자의 동생 아닙니꾜."

"허허허……."

용길 씨가 임 교장과 나란히 걷고, 안 선생은 두어 걸음 떨어져 뒤를 따른다. 마을도 삼십 년 전 옛날과 판이하게 다르다. 거의 모든 집이 기와집으로 바뀌었고, 길도 깨끗하게 넓혀졌고, 공동 빨래터 같은 것도 눈에 띈다. 마치 딴 마을에 온 것 같은 느낌이다.

안 선생네 집, 즉 월례네 집 역시 옛날 모습은 거의 찾아볼 수가 없었다. 옛날 그 자리 그대로인데도 알아볼 수 없게 달라졌다. 초가지붕이 기와집으로 바뀐 것은 물론이고, 담도 반듯반듯하게 새로 쌓았으며, 문도 옛날 그 사립문이 아니라 기와를 인 대문이다. 마당도 한결 넓어진 것 같다. 깨끗해서 그런 모양이다. 옛날 헛간이었던 자리에 아담한 사랑채가 새로 지어졌다. 다만 안채의 뼈대는 옛날 그 뼈대다. 지붕과 마루, 방문 같은 것이 새로워졌을 뿐, 그 본채의 뼈대를 보니 문득 옛날 가정방문을 왔을 때 생각이 나는 듯 임 교장의 얼굴에 미소가 어린다. 임 교장이 들어서자, 사랑채에서 안 생원이 담뱃대를 놓고 얼른 일어나 나온다. 많이 늙기는 했으나, 아직 허리가 빳빳한 것이 정정한 편이다.

"아이고, 선상님 오시능게—." 무척 반가운 모양이다. 그러나 막상 얼굴을 보니 생판 낯선 사람인 것만 같아 멀뚱한 표정이 된다.

"이거 정말 오래간만입니다. 아직 정정하시네요." 임 교장이 웃으며 인사를 하자 안 생원은,

"잘 몰라보겠구마." 하면서 나무껍질 같은 손으로 임 교장의 손목을 잡는다. 삼십 년 전 스물 서넛 때 보고 오십이 넘은 지금 처음이니 잘 몰라볼 수밖에.

"저는 알아보겠는데요."

"아, 그렁게, 히히히……."

안 생원은 좋은 듯 묘하게 웃는다. 웃는데 보니 앞니가 빠끔하다.

부엌에서 술상을 마련하고 있던 안 선생 어머니가 치마에 두 손을 닦으며 나와,

"교장 선생님, 이 누추한 데 오시느라고……." 하면서 반긴다.

그녀는 옛정이 있어서 반기는 것이 아니라, 딸이 선생질을 하는 학교의 교장 선생이라서 반기는 것이다. 사랑채에 안내되어 들어가 앉자, 곧 술상이 나왔다. 제법 먹음직하게 차린 상이었다. 무엇보다 군침을 돌게 하는 것은 상 한가운데에 놓인 토마토였다. 커다란 쟁반에 성뚱성뚱 썰어서 잘 담아놓은 토마토가 철도 아닌데 제철 때 것보다 더 빛깔이 곱고 신선해 보인다.

세상은 참 좋은 세사이라는 생각이 든다. 아직 완전히 추위가 물러간 것도 아닌데, 여름철 것을 먹을 있다니…… 더구나 농촌의 사랑방에서 말이다.

"비닐하우스에서 재배한 거지요?" 하면서 임 교장은 신기한 듯 우선 그것부터 하나 집어 입에 넣는다.

술잔이 오고간다. 한참 술자리가 익어갈 무렵 배성녀 노파가 대문을 들어선다. 이웃에 갔던 모양이다. 노파는 사랑채 마루를 걸터앉아 방 안을 들여다보며,

"옛날 선상님 오싰능게? 아이고 얄궂어라—."

한다. 그저 신기하기만 한 모양이다.

그러자 임 교장은,

"이리 들어오시죠, 한 잔 하시이소." 한다.

"내사 술 입에도 몬 대누마. 어서 많이 드이소. 많이 드이세이." 그리고 자리에서 일어난다. 인사인 셈이다. 자리에서 일어나 안채로 가면서 노파는 또,

"아이구 얄궂어라— 고맙은 선상님이었지." 한다. 노파는 '관셈보살' 대신 '얄궂어라'가 입에 붙은 모양이다. 세상사가 어쩐지 모두 신기하게만 여겨지는 것일까.

술이 거나해지자, 말들이 헤퍼지기 시작했다. 제일 먼저 혀가 헛미끄러지듯 하는 것은 안 생원이다. 나이는 도리가 없는 것이다.

"아, 글씨, 선상님. 우리 월례가 그렇게 될 줄 알았으만 차라리 홍주사 그 자한테 억지로라도 시집보내 삐리는 긴데 그랬어. 누가 그렇게 될 줄이야 알았나 말이다. 내 참……."

"다 운명이지요, 뭐."

"맞심더. 다 운명이구마. 팔자소관이구마. 빌어묵을 세상 만나 딸하나 죽이삐린 셈 치느마. 인제 돌아올 택도 없고, 아직까지 살아있는동 우쨌는동 알 끼 뭔교. 앙 그렁게?"

"글쎄요……."

"아직까지 살았어도 도리 없고, 죽었어도 도리 없고……."

안 생원의 감정이 흐늘흐늘 허물어지기 시작하는 것 같자, 용길씨는 약간 민망스러운 듯,

"아부지, 인자 그만 하이소." 한다. 임 교장도 얼른 화제를 바꾼다.

"참, 홍 주산가 그 사람은 아직 살아 있습니까?"

"아, 살아 있고말고. 읍내에서 술도가를 해서 돈깨나 모았지. 몰라, 몇 해 전까지도 살아 있었는데, 인제 죽었는동 우쨌는동……."

"술도가를 했구먼……."

임 교장은 격에 어울린다는 듯이 벌겋게 물든 고개를 끄덕끄덕 흔들어댄다.

"까진 놈 살아 있거나말거나 알 끼 뭔교. 앙 그렇게? 히히히 히히히……."

평소에 술을 끊다시피 한 안 생원이 오늘은 좀 이상하다. 물론 심정이 예사롭지는 않겠지만. 아부지도 참 주착이라는 듯이 용길 씨가 임 교장 모르게 살짝 흘겨본다.

4

임 교장은 회전의자에 비스듬히 기대앉아 공문을 읽다가 하품을 하며 커다랗게 기지개를 켠다. 따스한 오후다.

은은히 풍금소리가 들려온다. 그리고 풍금소리에 맞추어 여선생의 노랫소리도 흘러온다.

임 교장은 상체를 더욱 의자에 깊숙이 묻으며 눈을 감는다.

은은히 울려오는 풍금소리와 여선생의 제법 고운 목소리. 누굴까? 잘 알 수가 없다. 여선생이 다섯 사람밖에 안 되지만, 아직 누가 노래를 잘하고, 누가 어떤 특기를 가지고 있는지 잘 모른다. 어쩌면 안순주 선생인지도 모른다는 생각이 든다. 어쩐지 목소리가 아직 나이가 덜 든 듯 신선하고 여린 느낌을 주는 것이다. 노랫소리가 흘러오는 방향도 안순주 선생의 교실 쪽인 것 같다.

"흠—, 안 선생이 음악에 소질이 있는 모양이지."

왠지 임 교장은 기분이 좋다. 월례의 조카가 마침 이 학교에서 교편을 잡고 있었다니…… 그리고 자기가 다시 삼십 년 만에 이 학교의 책임자로 부임을 했다니…… 세상사란 묘한 재미가 있는 것이라는 생각이 든다.

따스한 오후. 한가롭게 흘러오는 풍금소리. 여선생의 노랫소리—평화스럽기까지 하다. 낮잠이 한숨 달게 올 것 같다.

교장실에서 일과 중에 낮잠을 잔다는 것은 바람직한 일이 못 되지만, 한가로운 오후이니 휴식 겸 잠깐 눈을 붙이는 것은 오히려 일에 활기를 불어 넣는 결과가 된다는 생각을 하면서 스르르 기분좋게 잠이 들려고 하는데, 문이 열린다.

"교장 선생님, 신문 왔어예." 사환 이 양이다.

임 교장은 무의식중에 상체를 바로 세운다. 무슨 잘못이라도 저지르다가 발각된 것처럼. 역시 손아래사람들을 거느린 상사는 자신부터 몸가짐을 함부로 해서는 안 되는 법인 모양이다.

이 양은 신문을 교장 선생 앞에 정중히 갖다 놓고는 생글 웃으며 물러간다.

"어험!" 임 교장은 위엄 있게 헛기침을 한 번 한다. 비록 낮잠을 자려고는 했지만 말이다. 그리고는 신문을 펴 든다. 또 하품이 나온다.

"아— 으윽!" 아무래도 한숨 눈을 붙여야 될까 보다. 오늘은 왜 이렇게 유난히 낮잠이 오는지 모르겠다. 간밤에 오래간만에 마누라의 이불 속으로 건너간 것이 아마 잘못이었던 것 같다. 몸도 좀 나른하다. 그래서 임 교장은 무슨 색다른 뉴스나 있는가 하고 큰 제목만 대충 훑어본다.

"아하!" 임 교장은 깜짝 놀란다. 바로 1면 좌측 상단에 뜻밖의 기사가 실려 있는 것이 아닌가. 큼직한 활자로,

—망향 삼십 년, 사할린에 맺힌 한.

이렇게 박아놓고, 소제목으로,

—생존자 575명, 사망자 98명 명단 밝혀지다.

라고 해놓았다.

"흐흠—" 바짝 긴장이 된 임 교장은 얼른 그 기사를 읽기 시작한다.

—일본 후생성은 25일 사할린 억류 한국인 명단을 입수 발표했다. 태평양전쟁 당시 일제에 의해 징병 · 징용 · 정신대로 끌려가 소련령인 사할린 땅에 발이 묶여 삼십 년 가까운 세월을 망향의 눈물로 보내온 한 많은 동포의 명단이 이번에 일본 후생성에 의해 입수된 것이다. 1차로 밝혀진 생존자 575명, 사망자 98명, 도합 673명의 명단은 다음과 같다(괄호 안은 본적지).

깨알처럼 박힌 명단을 임 교장은 자세히 훑어보기 시작한다. 말할 것도 없이 월례의 이름을 찾기 위해서다.

생존자와 사망자별로만 되어 있을 뿐, 도별로 분류가 되어 있지 않아, 처음부터 끝까지 낱낱이 훑어야 한다. 여간 고역이 아니다. 이 기사 바람에 잠이 달아나버렸다고는 하지만, 역시 나른한 오후인 데다가 시력도 좋지 않은 편이어서 힘이 든다.

잠시 훑어 내려가던 임 교장은 무슨 생각이 떠올랐는지 신문을 들고 벌떡 자리에서 일어난다. 철떡철떡 슬리퍼를 끌며 안순주 선생 교실을 찾아가는 것이다. 안 선생 교실이 가까워지자, 풍금소리와 노랫소리가 점점 커진다. 노랫소리의 주인공이 안 선생에 틀림없었던 것이다.

임 교장은 열려진 교실 문을 일부러 인기척도 없이 들어선다. 그리고 안 선생 쪽으로 가만가만 다가간다. 빙그레 웃음을 띠면서. 교장 선생이 들어선 줄도 모르고 안 선생은 입을 딱딱 벌리며 열심히 풍금에 맞추어 노래를 부르고 있다.

봄 처녀 제 오시네
새 풀 옷을 입으셨네…….

어쩌고 하는 노래다.

"안 선생, 노래 잘하시는데……."

뜻밖의 목소리에 안 선생은 깜짝 놀라 돌아본다. 교장 선생이 아닌가.

"우야꼬!" 얼굴이 복사꽃처럼 활짝 물들면서 안 선생은 후닥닥 풍금에서 일어나 곧 어쩔 줄을 모른다.

"계속해요. 괜찮으니까……." 임 교장은 재미있다는 듯이 빙글빙글 웃는다.

교장 선생이 웬일로 교실까지 찾아온 것일까. 교장 선생이 들어오시는 줄도 모르고 입을 딱딱 벌리고 있었다니…… 생각할수록 부끄럽고 멋쩍기만 하다. 안 선생이 그렇게 부끄러워서 어찌할 바를 모르자, 임 교장은 점잖게 입을 연다.

"안 선생 이 신문 좀 보래."

"……." 안 선생은 무슨 일인가 싶어 얼른 신문을 받아든다. 그러나 약간 긴장이 되어 있어서 그런지 쉬 그 기사가 눈에 띄지 않는다. 무슨 기사 때문에 일부러 교정 선생이 신문을 가지고 교실까지 찾아왔는지…… 그저 얼떨떨하기만 하다.

"거기 사할린 동포 기사가……."

"아, 예……." 그제야 안 선생은 그 기사를 발견한다.

"어머—" 가벼운 탄성을 흘리면서 얼른 그 기사를 읽기 시작한다.

기사를 읽고 나서 명단을 살펴 나가려다가 안 선생은 힐끗 교장 선생의 표정을 살핀다. 바짝 긴장이 되는 모양이다. 이미 교장 선생은 고모의 이름이 있는지 없는지 알고 있을 게 아닌가 싶은 것이다.

임 교장은 나직한 목소리로 말한다.

"잘 찾아 봐요."

"……."

"난 조금 훑어보다가 눈이 아물아물해서……."

그제야 안 선생은 바짝 시선을 명단 위로 집중시킨다. 안 선생이 깨알처럼 박힌 명단을 훑어나가는 동안 임 교장도 숨을 죽이고 지켜보고 있다. 가벼운 긴장감이 감돈다.

한참만에야 명단을 끝까지 다 훑어본 안 선생은 숨을 크게 들이쉰다. 그리고 힘없는 목소리로,

"없는데예." 한다.

"없어?"

"예."

"음—."

"한 번 더 찾아볼까." 그러면서 안 선생은 다시 명단을 처음부터 훑는다. 이번에는 아가보다 천천히 하나하나 살펴나간다.

임 교장은 담배를 꺼내 불을 붙인다. 훅— 담배연기를 내뿜으며 창밖으로 시선을 보낸다. 멀리 교장 관사 주위에 만개한 벚꽃이 연분홍 구름처럼 곱다.

무르익은 봄을 하염없이 내다보고 있던 임 교장은 시선을 안 선생에게로 돌린다. 안 선생은 신문을 힘없이 교장선생에게 건네준다.

"역시 없어예."

"그래요? 음—."

"……." 안 선생의 얼굴에 실망의 빛이 역력하자, 임 교장은 예사로운 어조로 말한다.

"뭐 1차로 입수한 명단이라니까 나중에 또 발표가 있겠지."

"……."

"여기 나와 있는 것은 600명밖에 안 되니까 아직 멀었지."

"사할린에 그렇게 한국 사람이 많습니꾜?"

"확실한 숫자야 알 수 없지만, 좌우간 몇 만 명 될 끼라. 일제 말기에 얼매나 많이들 끌려 나갔다고."

"죽은 사람은 얼매나 억울하겠어예. 고국에 돌아오지도 못하고……."

"살아 있는 사람들도 돌아올 수 있을지 어쩔지…… 참 기가 막힐 노릇이지. 이런 문제는 일본 정부에서 책임을 지고 해결을 해줘야 하는 긴데……."

"맞심더. 자기네가 강제로 끌고 갔으니까 책임을 져야 마땅하지예."

"그런데 일본 놈들은 장사에만 눈이 어두워서 그런 문제는 도무지 손을 쓸 생각을 안 한다니까. 우리가 언제 그런 짓을 했더냐는 듯이……."

"정말 얄미운 놈들 이라예."

"얄미운 놈들이고말고. 오죽하면 쪽발이라 카고, 왜놈이라 칼까."

슬그머니 의분 같은 것이 솟구치려하자 임 교장은 뜨거운 침을 꿀컥 삼킨다. 그리고 쩝쩝 두어 번 쓴 입맛을 다시고는 공연한 흥분이라는 듯이 씩 웃고 나서,

"좌우간 늦게나마 일본 후생성에서 명단을 입수해서 발표하기 시작했으니, 우짜면 머지않아 무슨 해결이 있을지도 모르지. 기다려보는 수밖에. 자, 안 선생, 노래 계속 하시오." 하고 돌아선다.

교장 선생이 돌아가자, 안 선생은 다시 풍금 앞에 앉는다. 그러나 어쩐지 건반에 손이 가질 않는다. 노래를 부를 기분이 아닌 것이다. 공연히 뒤숭숭하다 집에 돌아가서 이야기를 해야 될지 어떨지도 잘 모르겠다. 이야기를 들으면 할아버지 할머니가 매우 실망하실 텐데…… 이제 먼 옛날의 일로 돌려버리고, 잊은 듯 담담해져 있는 판인데, 공연히 다시 심란하도록 긁어 부스럼을 일으키는 결과밖

에 안 되는 것이 아닌가. 생존자의 명단 속에 고모 이름이 들어 있다면 모르지만…… 고모의 이름이 발표될 때까지 입 밖에 내지 않는 편이 현명하다는 생각이 든다. 한 번도 본 일이 없는 고모라서 안 선생 자신은 뭐 별로 가슴 아픈 것도 아니지만, 좌우간 그런 기사를 대하고 나니 마음이 가볍지가 않다. 남의 일은 아니니 말이다.

어쩐지 뒤숭숭하고 기분이 무거워서 내키지 않았으나, 안 선생은 다시 건반 위에 손을 가져간다. 이번에는,

내 놀던 옛 동산에
오늘 와 다시 보니…….

어쩌고 하는 회고조의 노래다. 그러나 그저 풍금을 시루기만 할 뿐 입을 벌려 노래를 부르지는 않는다.

5

사할린 동포의 두 번째 기사가 신문에 난 것은 그로부터 서너 달 뒤의 일이었다. 그러나 이번에도 역시 월례의 이름은 나와 있지 않았다.

안 선생과 임 교장의 실망은 컸다. 그러나 뭐 괴롭거나 심란할 것까지는 없었다. 역시 먼 옛날의 일이고, 또 임 교장은 직접 자기와 관련이 있는 일이 아니니 그럴 수밖에. 두 번째 기사가 나왔을 때는 안 선생 아버지 용길 씨도 그 사실을 알게 되었다. 안 선생이 할

아버지 할머니 몰래 아버지에게만 그 신문을 갖다보였던 것이다.

용길 씨는 꽤 놀라는 것이었다. 왜 1차 기사가 났을 때 이야기를 안 했느냐고 약간 화를 내기도 했다. 공연히 집안이 우울해질까봐 그랬다는 말에 수긍이 가는 듯 이번에도 할아버지 할머니에게는 알리지 않는 게 좋겠다고 고개를 끄덕거렸다.

그리고 명단을 자기가 처음부터 샅샅이 한 번 훑어보고 나서 "음—" 신음소리 같은 것을 토했다. 몹시 안타까운 모양이었다. 누님의 옛날 얼굴이 눈앞에 떠오르기라도 하는 듯 잠시 멀뚱히 앉아 있다가,

"2차 명단이라 카니 또 기사가 안 나겠나. 계속 신문을 잘 보래."

하는 것이었다.

세 번째 기사가 난 것은 가을이 깊어가는 무렵이었다. 교무실에서 학생들의 시험지 채점을 하고 있던 안 선생은 신문이 오자 잠시 쉴 겸 신문을 집어 들었다. 뭐 별로 색다른 기사가 눈에 띄질 않아 대충 큰 제목만 훑어나갔다.

5면의 문화란 가운데에 새로 개봉된 〈여자정신대〉라는 영화 소개가 있어서 읽어보았다. 고모도 옛날에 여자정신대로 끌려 나갔다 하니 도대체 여자정신대가 뭐하는 것이었는지 호기심이 동했던 것이다.

별로 길지 않은 그 기사를 읽고 난 안 선생은 얼굴에서 핏기가 싹 가시는 듯한 느낌이었다. 영화 내용이 너무나도 의외였던 것이다.

여자정신대라는 것이 바로 위안부가 아닌가. 북지전선(北支戰線)의 일본군 위안부로 끌려간 한국 처녀들이 겪는 가지가지 수모와

고난을 내용으로 한 영화인 것이다.

그렇다면 고모도 화태(樺太)*(사할린)라든가 어디라든가…… 지금의 사할린 땅으로 끌려가서 강제로 위안부가 되었었단 말인가. 생각만 해도 아찔한 노릇이었다. 도대체 그럴 수가 있는가. 멀쩡한 남의 처녀들을 강제로 끌고 가서 위안부로 만들다니……. 어처구니가 없었다. 도대체 한국의 처녀들이 그들의 눈에는 성의 노예 도구로밖에 보이지 않았단 말인가.

안 선생은 절로 몸서리가 처졌다. 그동안 일제시대의 가지가지 사건을 학교에서 배우고, 책에서 읽고, 또 더러 사람들에게 듣기도 하고 했지만, 이 영화기사를 읽은 지금처럼 분노가 느껴지기는 처음이다. 같은 처녀의 몸이라 그런지, 고모도 그런 처지를 당했을지 모른다는 생각 때문인지, 이상할 정도로 몸이 떨렸다. 치욕의 역사라고는 하지만 정말 그렇게까지 그랬던가 싶다. 만일 자기가 직접 그런 처지를 당했다면 어떠했을까 생각하니 치가 떨리고, 눈물이 비어져 나오려 한다. 정말 너무하다 싶다.

고모는 공장에서 일한다는 편지가 몇 번이나 왔었다고 하니 설마 위안부가 되지는 않았었겠지 하고 안 선생은 애써 그런 생각을 지우려고 머리를 두어 번 내두르고는 얼른 신문 넘긴다.

되게 한 대 얻어맞은 사람처럼 얼얼한 기분으로 6면을 지나 7면을 훑어보던 안 선생은, '아' 약간 놀란다.

사할린 동포 기사가 또 나와 있었던 것이다. 이번 세 번째 기사는,

—사할린 억류 동포 귀환 대구촉진회는 17일 사할린 억류 동포 중 생존자 265명은 전원 귀국 희망 동포들이라고 한다. 새로 밝혀

진 생존자 명단은 다음과 같다(괄호 안은 성별 · 나이 및 국적).

이렇게 되어 있다.

지난 두 차례는 일본 후생성에서 입수 발표한 것으로 되어 있었는데, 이제 대구에 '사할린 억류 동포 귀환 촉진회'라는 것이 생긴 모양이다. 그리고 이번에는 성별 · 연령 · 국적까지 자세히 밝혀져 있다. 그런데 국적이라는 것이 어떻게 된 셈인지 소련, 북한, 무국적 이렇게 세 가지로 되어 있다. '대한민국'이라는 국적은 하나도 눈에 띄지가 않는다. 이상한 일이다.

'북한'이라는 국적은 고향이 북한이어서 그런 모양이지만, 한국 사람이 소련 국적을 가지고 있다니…… 그리고 무국적이란 무엇인가. 국적이 없다니 어떻게 된 영문일까.

안 선생은 잘 납득이 가질 않아 고개를 기울이면서 명단을 차근차근 훑어나간다.

한참 훑어 내려가던 그녀는,

"우야꼬! 있네! 있네!" 자기도 모르게 냅다 큰소리로 내뱉는다.

그러자 저만큼 떨어진 자리에 앉아 담배를 피우고 있던 남선생이 약간 눈이 휘둥그레지며,

"뭐가 있단 말잉교?" 하고 웃는다.

"아니예, 아무 것도 아니라예." 안 선생은 살짝 얼굴을 붉힌다. 무의식중에 냅다 큰소리를 내뱉은 게 부끄럽기도 하고, 자기 고모가 일제시대에 데이신타이로 끌려가 사할린에 억류되어 있다는 사실이 좀 창피하기도 했다. 살짝 등을 돌리고 앉으며 안 선생은 생존자 속에 끼여 있는 고모의 이름을 가만히 눈여겨본다.

—안월례(여 · 49 · 무국적)

이렇게 되어 있다.

고모가 틀림없는 것이다. 성명도 틀림없고, 성별도 연령도 틀림없다. 그런데 어찌 '무국적'이라고 되어 있을까. '대한민국'이라고 되어 있질 않고…… 아니면 '남한'이라고 라도 되어 있어야 할 것인데……. 알 수가 없다.

좌우간 고모에 틀림없고 보니, 안 선생은 가만히 자리에 앉아 있을 수가 없다. 신문을 들고 얼른 일어난다. 교장실로 잰걸음을 치는 것이다.

담배를 피우고 앉았던 남선생이 무슨 일인가 싶은 듯 멀뚱히 바라본다.

교장실로 들어서기가 바쁘게 안 선생은,

"교장 선생님, 나왔어예, 나왔어." 한다. 나오다니, 무엇이 나왔는가 싶은 듯 임 교장은 어리둥절한 표정을 짓는다.

"우리 고모 이름 나왔어예."

"아, 그래?" 그제야 임 교장도 활짝 얼굴이 밝아진다.

"교장 선생님, 보시이소. 여기 있지예." 하면서 안 선생은 자기 고모 이름을 손가락으로 짚은 채 신문을 교장 선생에게 보인다.

"음, 맞구나. 흠—."

"살아 계십니더. 보시이소. 생존자 명단 속에 안 들었습니꼬."

"응, 그렇구먼. 하— 벌써 나이가 마흔아홉이로구나. 보자…… 그쯤 됐고말고……."

임 교장은 자기 나이로 미루어보아 그쯤 됐다는 듯이 고개를 끄덕끄덕한다. 기분이 묘한 모양이다.

"교장 선생님, 그런데 와 무국적이라고 되어 있지예?"

"글씨……." 임 교장은 신문을 받아 똑바로 쥐고 그 기사를 자세히 읽기 시작한다.

안 선생은 무슨 자랑스러운 일이라도 되는 듯 곧장 싱글벙글하며 교장 선생 앞에 앉는다. 그리고 교장 선생이 신문에서 눈을 떼길 기다린다.

잠시 후, 임 교장은 신문을 테이블에 놓으며 말한다.

"무국적이라고 되어 있는 사람들은 남한 사람들이구먼."

"그래예? 와 그럴까예?"

"사할린은 소련 땅 앙이가. 소련과 우리는 국교가 없으니까, 우리나라 사람들의 국적을 인정하지 않는 모양이지. 그래서 무국적으로 되어 있는 기라."

"국적이 소련으로 되어 있는 것은 우예 된 셈일까예?"

"그거야 소련 국적을 가지라고 권했겠지. 말하자면 소련 사람이 되고 만 기지. 소련 사람이 되기 싫고, 북한 국적도 마다한 사람은 무국적으로 되어 있는 기라. 확실한 기사 알 수가 없지만……."

"무국적이면 나라 없는 백성 아닙니꼬."

"그렇지."

"우야꼬, 우리 고모가 나라 없는 백성이라니…… 사할린으로 끌려간 것만도 억울한데……."

"글씨 말이지, 원통한 노릇이지."

"교장 선생님, 그런데 이 사람들이 돌아올 수 있을까예? 모두 귀환 희망자라는데…….”

“글씨…… 소련과 우리나라가 국교가 없어서 어떻게 될지…… 이런 문제는 일본이 나서서 해결을 해야 할 문제라니까. 일본은 소련하고 국교가 안 있나 말이다.”

“대구에 귀환촉진회라는 기 생긴 모양이지예? 무슨 수가 있을까예?”

“글씨…… 두고 봐야지…….”

“휴—.” 조금 전의 싱글벙글하던 표정은 사라지고, 안 선생의 입에서 한숨 같은 것이 흘러나온다.

6

그날 저녁, 안 선생네 집은 희비가 뒤섞인 듯한 야릇한 분위기에 휩싸였다. 안 선생이 그 신문을 가지고 와서 아버지뿐 아니라, 이번에는 할아버지 할머니에게까지 알린 것이다. 고모가 무사히 생존해 있다는 것이니, 이제 할아버지 할머니에게도 감출 까닭이 없었던 것이다. 오히려 소식을 알려 드려 기쁘게 해 드리는 게 도리였다. 아니나 다를까 할아버지와 할머니는 무척 기뻐했다.

할머니가 더 놀라고 기뻐하는 것이었다.

“뭐라? 고모가 살아 있어? 신문에 났다고? 정말이가?”

“정말이라예. 보이소. 여기 안 나와 있는가.”

“어디 어디, 그게 고모 이름이가?”

“예, 안월례, 여, 49세, 무국적, 이렇게 안 돼있습니꾜.”

"아이고 얄궂어라, 얄궂어라—."

깨알만한 활자가 잘 보일 턱이 없고, 보아야 글자를 알 턱이 없으면서 배성녀 노파는 희한하다는 듯이 손녀가 짚어 보이는 활자를 열심히 들여다보며 합죽한 입으로 곧장 웃는다. 그동안 그렇게 소식이 없더니, 삼십 년이 지난 지금에 와서 불쑥 이름이 신문에 나다니, 참 얄궂고 희한한 모양이다.

"그래, 뭐 우짠다고 이름이 나와 있노?"

"무사히 잘 있다는 기라예."

"뭘 하고 있는공. 물론 아들딸도 있고, 손자도 봤을 끼 앙이가, 그제?"

"글씨예……."

"손자 몇이나 봤능공? 그런 건 안 써놨나?"

"호호호…… 그런 건 안 써 놨심더."

"그런 것도 좀 자세히 안 써 놓고……."

"그런 것까지 우예 다 압니꼬."

"언제 돌아온다는 말은 없나?"

"예."

"와 안 돌아오는공? 안 돌아오고 그곳 사람 돼 삐릴 생각잉강?"

"아니라예. 돌아올 생각은 하고 있는데, 돌아올 수가 없는 기라예."

"와?"

"안 보내주니까예."

"와 안 보내주노? 자기 고향에 돌아올라 카는데……."

"글씨 말이예. 여기 이름이 나와 있는 사람들은 모두 고국에 돌아오고 싶어 하는 귀환 희망자랍니더."

그러자 배성녀 노파는 알 수 없는 노릇이라는 듯이 표정이 시무룩해진다. 슬그머니 기분이 뒤틀리기 시작하는 것이다. 돌아오고 싶어 하는 사람들을 왜 보내주지 않고 붙들어 놓는지 도무지 이해할 수가 없는 것이다.

"공산당 놈들이라 안 그러나." 안 생원이 불쑥 입을 연다.

"맞심더, 할아버지. 사할린은 소련 땅이라 공산주의가 아닌 우리나라에는 보내주질 않는 깁니더. 보이소, 고모의 국적이 무국적이라고 안 적혀 있습니꾜."

"무국적이라니?"

"국적이 없단 말입니더. 자기 나라가 없다는 말이지예."

"고모에게 자기 나라가 없다고?"

"예."

"와 자기 나라가 없노. 우리나라가 바로 고모 나라 앙이가."

"물론 그렇지예. 그런데 소련 놈들은 우리나라를 인정하지 않는기라예. 저거하고 같은 공산주의가 아니라고……. 보이소, 여기 이 사람 이 사람, 이 사람들은 국적이 북한이라고 안 돼 있습니꾜. 북한은 저거하고 같은 공산주의니까 나라라고 인정을 하는 모양이라예."

그러자 가만히 듣고 있던 배성녀 노파가 냅다 욕지거리를 해댄다.

"빌어묵을 놈들, 빨갱이 나라만 나라고, 민주주의 나라는 나라가 앙이란 말잉강? 문딩이 같은 놈들……."

남의 귀한 딸을 삼십 년 동안이나 붙들어 놓고 보내주지 않는 것만도 분하기 짝이 없는데, 이제 와서 나라까지 없다고 하다니 그저 어처구니가 없는 모양이다.

묵묵히 앉아서 그 기사를 들여다보고 있던 용길 씨는 그제야,

"음—." 무거운 신음소리 같은 것을 내뱉고서 입을 연다.

"국적이 소련으로 돼 있는 사람들도 많은데, 우예된 셈이지?"

"소련 국적을 가져라고 성화를 했겠지예 뭐. 안 그렇습니꺼? 아버지?"

"글씨, 아무리 성화를 한다 하더라도 엄연히 자기 나라를 두고 남의 나라 국적을 가지다니…… 더구나 소련 국적을 말이다."

"정신 상태가 글렀십더."

"그래 놓고 이제 와서 귀국을 희망하다니…… 쓸개가 빠진 사람들 앙이가 말이다."

그러자 한쪽 가에 앉아서 말없이 듣고만 있던 안 선생 어머니가 한마디 한다.

"다 말 몬할 사정이 안 있겠습니꺼."

나직한 그 말 한마디가 가장 설득력이 있는 듯 모두 수긍을 하는 표정이다.

"그렇지, 다 말 몬할 사정이 있겠지."

안 선생은 고개를 끄덕이고, '후유—' 배성녀 노파는 한숨을 내쉰다. 조금 전의 기쁜 빛은 간 곳이 없고, 쪼글쪼글 주름이 진 얼굴에 수심이 꽉 낀다.

그날 밤, 안 선생은 밤이 이슥토록 잠을 이룰 수가 없었다. 뭐 반드시 고모의 일 때문에 심란해져서 그런 것은 아니었다. 그것도 약간의 원인이 되어 이것저것 공연히 기분이 뒤숭숭해져서 도무지 잠

을 이루려고 해도 잠이 오질 않았다. 밤바람소리 때문인지도 몰랐다. 우수수— 밤바람에 뒤안의 감나무 잎이 지는 소리는 더욱 기분을 스산하게 했다. 그리고 어디서 울어대는지 귀뚜라미들의 낭자한 울음소리가 또한 마음을 뒤숭숭하게 했다.

안 선생은 처음에는 교육관계 잡지를 펼쳐보았다. 그러나 여느 때와는 달리 전혀 머리에 들어가지가 않았다. 오늘 밤 따라 왜 그렇게 딱딱하게 느껴지고, 무미건조하게 생각되는지 알 수가 없다. 그래서 이번에는 월간 여성지를 펴 들었다. 그러나 역시 조금 뒤적거리고 나니 싫증이 난다. 이상한 밤이다.

잠자리에 누워서 가만히 천정의 무늬를 헤아려본다. 그러면 혹시 잠이 올까 해서. 그러나 허사다. 오히려 정신이 더 말똥말똥 맑아지는 것만 같다.

할머니는 옆에서 가늘게 코를 골면서 자고 있다. 전깃불을 끈다. 그리고 이리 뒤척 저리 뒤척 한다. 마치 처음으로 이성에 눈뜨기 시작한 여고시절의 어떤 무렵 같은 밤이다. 얄궂다.

어둠 속에서도 여전히 머릿속이 맑기만 하다. 얼마나 밤이 깊었는지…… 시장기가 치민다. 시장기가 느껴지면 잠은 더욱 멀어지는 법이다.

안 선생은 일어나 도로 전깃불을 켠다. 그리고 선반 위에서 찐쌀을 내려 엎드려서 씹기 시작한다. 한참 찐쌀을 씹다가 이번에는 책상 위의 라디오를 방바닥에 내려놓고 다이얼을 돌린다. 심야방송이 어떤 것인지 한 번 들어보고 싶은 생각이 난 것이다.

그런데 뜻밖에도 흘러나오는 전파가 사할린으로 보내는 것이 아닌가.

"아니!" 안 선생은 바짝 긴장이 된다.

—사할린에 계시는 동포 여러분, 오늘도 안녕하십니까. 여기는 여러분들의 고국 대한민국의 서울입니다…….

사할린에 억류되어 있는 동포들에게 이렇게 매일 밤 고국의 소식을 보내는 정기방송이 있는 줄은 미처 몰랐던 것이다.

안 선생은 다이얼을 돌려 소리를 약간 높인다.

—오늘 고국의 주요 뉴스를 알려 드리면…….

이렇게 처음에는 오늘의 주요 뉴스가 방송된다. 그것이 끝나자, 이번에는,

—그럼 오늘 밤은 경상북도 영천군 고경면 도암리 2구에 거주하는 강한규 씨가 사할린 땅에 계시는 이모 남순분 씨에게 보내는 편지를 읽어 드리겠습니다.

이런 방송이 시작되는 것이 아닌가.

"하하—." 안 선생은 정말 뜻밖의 것을 발견한 듯 가슴이 울렁거리기까지 한다. 강한규라는 사람이 이모한테 보내는 편지 사연이 흘러나온다.

—먼 이국 땅 사할린에 계신 이모님, 그동안 얼마나 고생이 많으셨습니까? 저는 이모님 얼굴을 한 번도 본 일이 없습니다. 그러나 어머니한테 여러 가지 이야기를 들어서 마치 옛날에 이모님을 많이 본 것처럼 다정하게 느껴집니다. 이모님, 이곳 고향에는 지금 가을이 한창입니다…….

이런 식으로 시작된 사연이 절절이 이어져 나간다. 안 선생은 약간 숙연하기까지 한 기분이 되어 씹던 찐쌀도 놓아버리고 가만히 귀를 기울인다. 마치 자기는 고모한테 무슨 죄라도 지은 듯한 미안

함이 가슴에 젖어들기도 한다.

—사할린 땅에서 고국을 그리며 귀환의 날을 손꼽아 기다리시는 동포 여러분, 그럼 오늘밤은 그만 그치고, 내일 밤 이 시간에 또 고국의 소식과 편지를 보내드리기로 하겠습니다. 이국의 하늘 아래 부디 단잠들을 이루십시오. 여기는 여러분의 고국 대한민국의 서울입니다.

그리고 끝으로 은은하고 쓸쓸한 가락이 흘러나온다. 〈아리랑〉이다.

아리랑 아리랑 아리리요,
아리랑 고개를 넘어간다.
나를 버리고 가시는 님은
십 리도 못 가서 발병 난다…….

귀에 익을 대로 익고, 몸에 밸 대로 밴 노래인데, 어찌된 셈인지 오늘 밤 라디오에서 흘러나오는, 사할린으로 보내는 이 아리랑은 온통 가슴을 뭉클하게 한다. 안 선생은 그만 코허리가 시큰해지는 것을 어쩌지 못해 두 손으로 얼굴을 감싸서 이불 속에 묻어버린다.

7

달이 뜬다. 보름달이다.

뒤안 감나무 가지에 주렁주렁 매달린 감들이 달빛을 받아 반질

반질 빛나기 시작한다. 귀물스럽다. 그리고 바람도 없는데 사그락 사그락 감나무 잎이 진다. 가을이 깊으면 나뭇잎은 지기 마련인가 보다.

뒤안으로 슬금슬금 돌아 들어오는 그림자가 있다. 약간 허리가 굽어진 배성녀 노파다.

노파는 감나무 가지 사이로 돋아 오르는 달을 향해 선다. 잠시 하염없이 달을 바라보고 있더니, 두 손을 가슴 앞에 모은다. 그리고 너붓이 두 번 절을 하고 나서 중얼중얼 중얼거리기 시작한다.

"달님요, 달님요, 온 세상만사를 마음대로 다 하시는 영험하신 달님요. 이 늙은네 소원 한 가지 풀어 주이소. 달님요, 달님요. 다름이 앙이라 이 늙은네 딸이 지금 어디라 카더라…… 좌우간 먼 낯선 나라 땅에 가서 몬 돌아오고 있심더. 영험하신 달님은 다 알고 기실 거 앙입니꾜. 부디 우리 딸 월례를 고향에 돌아오게 해주이소. 비나이다, 비나이다—.

너붓이 또 절을 두 번 한다. 그리고 두 손을 가만가만 비비면서 중얼거린다.

"인자하고 영험하신 달님요, 이 늙은네의 마지막 소원 부디부디 풀어 주이소. 이 늙은 것이 살면 앞으로 얼마나 살겠습니꾜. 그저 그저 살아생전에 딸 얼굴이나 한 번 보는 것이 소원입니더. 그래야 눈을 감고 저승으로 갈 수 있을 것 같심더. 달님요, 달님요, 불쌍하고 가련한 우리 월례, 부디 이 에미가 죽기 전에고향에 돌아오게 해주이소. 영험하신 달님요, 그저 그저 비나이다. 비나이다—. 이 불쌍한 에미와 딸의 한을 한 번만 풀어주이소. 비나이다, 비나이다—."

이 절절한 애원을 듣는지 못 듣는지, 둥글넓적하게 잘 생긴 달은 그저 슬금슬금 감나무 가지 위로 솟아오르기만 한다.

강제로 끌려간 여성에 대한 기억과 이야기*

서승희(한국학중앙연구원 교수)

1. 식민 과거의 현재성에 대한 성찰

식민지 말기에 강제로 끌려간 여성들은 어떻게 되었을까? 하근찬의 『월례소전』은 이와 같은 질문에 대한 소설적 응답이라 할 만하다. 당대는 물론 『월례소전』이 쓰인 1970년대에 이르기까지 '정신대'로 통칭된 이 여성들은 '일본군위안부'와 동일시되었으나 사실상 '알 수 없는' 존재였다.** 이들은 민족 수난의 대표적 증거로서 각종 기념일마다 거론되면서도 징병, 학병, 징용 당사자들과 달리

---

* 서승희, 「'테이신타이(挺身隊)'로 동원된 여성의 포스트/식민 현실과 재현 난제-하근찬의 『월례소전(月禮小傳)』을 중심으로」, 『어문연구』 50, 한국어문교육연구회, 2022를 축약, 재구성한 글이다.

** 총동원체제가 시작된 1938년 이후부터 1990년대에 이르기까지 한국 사회에서 '정신대'와 '위안부' 개념이 '혼동'된 것이 아니라, 그것이 '착종'되어 있던 사실이 역사 그 자체라는 견해에 대해서는 박정애(2020), 「총동원체제기 식민지 조선에서 정신대와 위안부 개념의 착종 연구: 정신대의 역사적 개념 변천을 중심으로」, 『아시아여성연구』 59-2, 숙명여자대학교 아시아여성연구원 참조. 이와 같은 개념의 역사성을 감안하여 이 글에서 작은따옴표를 붙인 '정신대'라는 명칭을 사용하고자 한다.

정확한 피해 상황이나 삶의 족적에 대해 알려진 바가 지극히 적었다. 이러한 상황에서 '정신대'로 동원된 여성의 과거와 현재를 그려내는 것은 결코 쉬운 과제가 아니었다.

『월례소전』은 《여성동아》에 29회(1973.6.~1975.12.) 연재된 이후 여러 차례 단행본으로 출간되며 더 많은 독자들과 만났다. 하근찬 전집에 수록된 『월례소전』은 『삼성당 메아리 한국문학전집 26』(삼성당, 1990) 판본으로서 연재 당시의 텍스트와 차이가 있다. 식민지 말기의 에피소드들이 축약되었고 삭제된 구절도 상당수이나 후반부 전개며 결말, 주제 의식에 변경이 없어 크게 개작됐다고 보기는 어렵다. 『월례소전』은 전체 10장으로 구성되는데, 1~8장까지는 식민지 말기, 9장은 해방기, 10장은 한국전쟁기로부터 1970년대 중반을 배경으로 삼고 있다. 핵심 줄거리는 다음과 같다.

열여섯 살 늦깎이 국민학생 월례는 담임 선생님을 짝사랑하는 한편, 경성에서 방학을 지내러 온 중학생 광웅이와도 미묘한 감정을 교환하며 설레는 나날을 보낸다. 그런데 동척농장의 서기이자 광웅의 아버지인 홍 주사가 월례를 첩으로 들이려 하면서 큰 시련이 닥치게 된다. 응하지 않으면 소작권을 떼일 위기에 처한 것이다. 혼례 전날 밤 월례는 담임 선생님의 도움으로 피신하나 예식이 졸업 이후로 미루어졌을 뿐 문제가 근본적으로 해결되지는 않는다. 부침을 거듭하던 월례의 혼사 소동은 '정신대' 영장이 날아들면서 하루아침에 종료된다. 집을 떠난 월례는 홋카이도를 거쳐 사할린으로 이동했다는 편지를 보내오나 어느 순간 그마저 끊기고 마을엔 해방의 소식이 찾아온다. 이후 삼십여 년의 세월이 흘러 월례의 담임 선생님은 월례가 다니던 학교에 교장으로 부임한다. 역시 그

곳에 초임으로 온 월례의 조카는 신문에 수록된 사할린 한인 생존자 명단에서 월례의 이름을 발견한다. 그리고 월례의 무사 귀환을 기원하며 소설은 대단원의 막을 내린다.

줄거리에서 드러나듯이 『월례소전』은 근현대사를 통시적으로 다루는 여타 소설들과 변별되는 특징을 지니고 있다. 방대한 시간을 다루고 있으나 주요 시간대가 대부분 식민지 말기에 집중되어 있고, 소설의 공간도 '동양척식주식회사 소유의 농장'이 있는 어느 농촌을 크게 벗어나지 않는다. 그리고 여기서 펼쳐지는 전시체제하 농촌 동원과 수탈상은 이념형 역사소설처럼 민중의 분노와 저항을 촉발하는 계기가 아니라 이제 막 사춘기에 접어든 월례의 인생 유전을 자아내는 동인으로서 작용하고 있다. 제목 그대로 이 소설은 월례의 이야기인 것이다. 한편 『월례소전』은 '정신대'라는 역사적 소재와 사할린 한인 문제라는 시의적 이슈를 주요 사건으로 결합했다는 점에서도 주목할 만하다. 이는 식민 역사의 현재성과 미해결의 과제를 성찰하고자 하는 작가적 의지에서 비롯된 것이라 할 수 있다.

식민 과거와 그 이후를 두루 살피는 하근찬의 대장정은 등단 당시부터 시작되었다. 등단작인 「수난이대」(1957)에서 그는 아시아태평양전쟁과 한국전쟁을 관통하며 몸과 마음에 상처를 입은, 그러나 결코 굴복하지 않는 시골 사람들의 이야기를 그려냈다. 이후 그는 한국전쟁의 상처를 응시하고 성찰하는 작품들로 작가로서의 명성을 얻었지만, 한편으로는 식민 기억을 재구성한 서사들을 써내는 데도 주력했다. 한일협정을 둘러싼 비판 담론이 거세지고 식민 역사를 학술·문화적으로 재조명하는 분위기가 본격화되면서 하근찬 역시 이러한 흐름에 적극적으로 동참한 것이다. 대표적으로 「족제비」(1970), 「그해의 삽화」(1970), 「일본도」(1971), 「죽창을 버리던 날」(1971), 「삼십이 매의 엽서」(1972) 등은 시골 마을과 학교에 편재한 식민 권력의 억압성과 이에 잠식되지 않는 소년들의 마음과 행위, 그리고 마침내 도래한 해방의 순간을 그려낸 작품들이다.

하근찬의 탁월함은 작가 개인의 기억을 복기하는 데 머무르지 않고 이를 집단적, 사회적 지평으로 확장하는 작업으로 나아갔다는 데 있다. 그는 첫 번째 장편소설 『야호(夜壺)』(《신동아》, 1970.1.~1971.12., 20회 연재)에서 식민 지배와 전쟁, 분단 때문에 이합집산하는 홍싯골 사람들의 이야기를 그려내 호평을 얻었다. 소년의 시점으로 쓰인 단편들과 달리 이 소설은 갑례라는 여성을 구심점으로 삼아 다양한 캐릭터를 조형했고 두 개의 전쟁이 빚어낸 다양한 사건들을 교차하며 한 마을이 겪은 수난사를 직조했다. 이는 여성 수난을 민족 수난과 병치하는 서사적 관행과 멀리 있지는 않았으나 갑례의 욕망과 의지를 배제하는 길로 치닫지는 않았다는 점에서 개성을 확보했다. 또한 반일-반공으로 이어지는 대한민국의 공식 역사를 의식하면서도 이와 변별되는 홍싯골이라는 마을공동체의 기억을 강조하는 과정에서 『야호』만의 주제 의식을 부각할 수 있었다.

두 번째 장편소설인 『월례소전』 쓰기는 전작인 『야호』의 성취에 힘입은 것이라 해도 과언이 아니다. 『야호』에서 여성 인물을 형상화하는 데 성공했기에 하근찬은 『월례소전』에 이르러 보다 본격적인 여성 서사 쓰기에 착수할 수 있었다. 이때 그는 인물의 운명에 결정적 차이를 부여했다. 『야호』의 주인공 갑례가 '정신대'로 끌려

가다 도망쳐 나온 것과 달리 월례는 그대로 끌려가 소식이 끊기도록 설정한 것이다. 그리고 이 차이가 비슷한 시공간에서 출발한 두 소설을 완전히 다른 결말로 이끌어가게 된다.

2. 식민지 재현의 도식성을 넘어서

『월례소전』 연재 예고 글에서 하근찬은 식민지 말기를 다루면서 직면한 창작상의 문제에 대해 밝힌 바 있다. "일본은 지배자, 우리는 피지배자였다는, 어쩔 수 없는 그 대전제(大前提)" 때문에 소설이 "자칫하면 어떤 도식(圖式)에 흘러버린다"*는 것이다. 그가 지적한 대로 나쁜 일본인과 착한 조선인의 대립 구도가 반복되다 보면 식민성에 대한 입체적인 성찰이 어려워진다는 문제가 생기게 마련이다. 게다가 해방이라는 예정된 결말로 가는 단편들은, 해피엔딩의 즐거움을 안겨 주기는 하나 탈/식민 사회의 복잡한 지층들을 민족주의적 환희로 무화시킬 우려도 적지 않았다. 이러한 고민을 바탕으로 쓰인 『월례소전』은 하근찬의 전작(前作)들과 변별되는 특징들을 지니고 있다.

우선 일본인에게 독자적 성격을 부여했다는 점을 들 수 있다. 월례의 가사 선생님인 쓰루미는 선과 악 어느 쪽으로도 귀속되기 어려운 현실적인 재조일본인(在朝日本人)의 모습으로 그려진다. "일본인인 티를 내지 않는 성품"으로 묘사되는 쓰루미는 교장과 달리 조

* 하근찬, 「어두웠던 시절의 얘기」, 《여성동아》 67, 1973, 371쪽.

선인 교사의 좋은 동료이자 조선인 학생들의 좋은 선생님이다. 월례가 이른바 색의(色衣)를 장려한답시고 순사가 뿌린 검정 물을 어떻게 지워야 할지 쓰루미 선생에게 상의할 수 있었던 것도 이러한 면모 때문이다. 쓰루미는 색의장려 방식을 듣고 놀라움과 난처함을 느끼지만 한편으로는 이를 자신에게 말하는 월례에게 얄미움을 느낀다. "나까지 원망하는 것 같아서 선생질하기 힘들다"는 쓰루미의 감정은 조선으로 이주해 살아가던 평범한 일본인들의 입장을 드러낸다. 식민정책을 집행하는 당사자도 아닌데 내가 왜 책임감을 느껴야 하는가라는 억울함일 터이다.

그럼에도 불구하고 쓰루미는 월례를 전과 다르게 대하지 않으며 조력자로도 나선다. 담임 선생에게 월례의 위기를 전해 들은 그는 동척 농장의 관리인 후쿠다 부부를 찾아가 사정을 알리고 월례를 도와줄 방법이 없는지 모색한다. 그러나 후쿠다는 농장 일에 유능함을 발휘하고 있는 홍 주사의 사생활에 관여하는 것은 곤란하다고 선을 긋는다. 또한 그는 늘그막에 국민학교 학생을 첩으로 들인다는 사실에 큰 흥미를 보이는 등 소녀의 안타까운 상황에는 전혀 감정이입을 하지 못한다. 그나마 월례의 운명을 둘러싼 대화는 제국의 승전 소식으로 종료되며 그들은 황국신민으로서의 공통된 감정을 나눈다.

이러한 에피소드는 조선 이주 및 생활의 결과로 생성된 이들의 '재조' 아이덴티티가 지닌 기만적 성격을 드러낸다. 조선의 음식을 거리낌 없이 먹고, 조선인 이웃과 잘 지낸다고 해서 식민 지배의 책임에서 자유로울 수 있는가? 작가가 쓰루미의 이해심 많고 흔쾌한 태도를 묘사하면서 이것이야말로 "내선일체를 솔선수범"하는 것일지도 모른다는 논평을 붙인 것은 이러한 이유에서이다. 식민 지배의 정당성에 대해 단 한번도 의심하지 않은 것, 전쟁의 언어가 학교 교정에서 울려 퍼지는 것을 당연하게 생각한 것이야말로 한나 아렌트가 논의한 바 있는 "악의 평범성"임을 이 소설은 보여준다.

식민지 재현 문제와 관련해 또 하나 생각해볼 점은 악한 조선인의 등장이다. 『월례소전』은 식민 지배에 일조하는 토착 정보원 홍 주사를 주요 인물로 내세워 조선인 군상의 다변화를 꾀했다. 그런데 소설에서 초점을 맞추는 것은 그의 권력욕이 아니라 애욕이다. 홍 주사는 농촌 사회에 여전히 남아 있는 전근대적 악습을 체현하는 존재로서 어떠한 죄책감이나 망설임 없이 월례를 향해 돌진해 나간다. 그러나 그는 도덕의 차원에서 악인이었을 뿐 진짜 권력의 소유자인 일본인 앞에서는 무력하고 우스꽝스러운 조선인에 불과하다. 해방 이후 그가 마을공동체로 다시금 자연스럽게 흡수될 수 있었던 것도 이 때문이다. 결국 홍 주사는 지배자 대 피지배자의 이분법을 교란하는 문제적 존재로 형상화되지는 못한 셈이다.

그럼에도 불구하고 홍 주사 캐릭터가 의미 있는 이유는 제국과 민족 양자 공통의 부권 체제를 드러내는 계기를 마련했기 때문이다. 가족의 생계 때문에 첩이 될 뻔한 월례의 몸이 전쟁의 완수를 위한 징발의 대상이 되는 과정은, 성격은 다르지만 '공을 위한 사의 희생'이란 공통된 전제 속에서 이루어졌다. 월례의 아버지는 분명 순박하고 선량한 사람이라 할 만하다. 그러나 딸의 희생을 승인했다는 점에서 봉건적이며, 위계의 바깥을 상상하지 못했다는 점에서 무능하다. 결국 월례는 억지로 시집을 가느니 '정신대'로 가는 것이 낫다고 생각하게 된다.

어떻게 생각하면 잘됐다 싶기도 하다. 그렇잖아도 어디로 훨훨 날아가 버리고 싶던 참이었으니 말이다. 명자와 함께 동경으로 갈 궁리를 하다가 어떻게 그만 아버지가 알게 되어 금족 상태가 되어 있던 터이라, 그에 대한 반발로도 까짓것 잘됐다는 생각이 드는 것이다. 그러면서도 한편 막상 집을 떠난다고 생각하니 얼떨떨하고, 슬그머니 두렵기도 한 것이다. 더구나 어디로 가는지 행선지도 모르는 것이 아닌가. 데이신타이라는 것이 무엇인지 확실히 알 수도 없고…….

(…)

떠나는 것이 썩 마음에 당기는 것은 아니지만, 좌우간 이제 그놈의 홍 주사, 징그러운 개눈한테 시집 갈 염려는 없게 된 것이 아닌가. 그것 한 가지만으로도 족하다는 생각이 든다. 까짓것 고생을 하면 얼마나 하겠느냐. 혼자만 가는 것도 아니고 여럿이 함께 가는 것이 아닌가. 덕심이도 함께 가는 것이 아닌가 말이다. 덕심이한테도 영장이 나온 것이다.(471-472)

한편 월례의 친구 명자는 영장이 나오지 않았음에도 월례와 함께 일본에 가길 자원한다. 어려서부터 이모부인 홍 주사를 아버지 삼아 자라난 명자에겐 사실상 가족이랄 게 없었다. 게다가 만주에서 돌아온 어머니가 홍 주사와 치정 관계를 맺게 됨에 따라 명목뿐인 가족조차 해체에 이른다. 여기가 아닌 다른 곳, 아버지가 있다는 도쿄를 꿈꿔 오던 그에게 '정신대'는 근대성의 표징처럼 다가왔다. 농촌에서는 볼 수 없는 공장 노동의 질서정연함 때문이다. 그런 멋진 것이 '정신대'라면 안 갈 이유가 없었다.

"와, 활동사진에 공장에서 일하는 처녀들이 안 나오더나. 머리에 하찌마키(머리띠)를 매고 똑같은 작업복을 입고 말이다."

"아, 맞다, 맞다."

"바로 그기제?"

"그런가?…… 하하— 그런갑다."

그렇다면 괜찮은 것이 아닌가 하는 생각이 든다. 작년 가을, 활동사진에서 그 장면을 보았을 때, 탄성이 나오도록 멋있게 보이지 않았는가 말이다. 실제로 자기가 부모형제를 떠나 저런 많은 여공들 속에 들어가 똑같은 옷을 입고, 똑같은 일을 매일같이 되풀이한다면 지겨울 것이라는 생각이 들어 가벼운 현기증 같은 것이 느껴지기도 했지만……. 아무튼 데이신타이가 바로 그런 것이라면 별로 두려울 게 없다는 생각이다.(473)

출정식에서 명자는 애국정신을 선양한 자원자로서 치하를 받지만, 그때 명자에게 가장 확실한 감정은 국민애도 가족애도 아닌 우정이었다. 소녀들 간의 수평적 연대가 미지의 세계로 나아갈 가장 확실한 힘이자 용기로 작용한 것이다.

이렇듯 조선의 농촌 가부장제하에서 딸들에게 쉽게 허락되지 않던 이동의 권한은 역설적이게도 제국의 통고로 인해 주어졌다. 그러나 이동의 대가로 무엇이 요구될지 그들은 전혀 알지 못했다. 아버지의 무능이나 부재 속에서 딸들은 '정신대'를 일종의 기회로 오인했고 징병, 징용을 나가는 청년들과 전혀 다른 감정 속에서 조선을 떠났다. 그들은 처음 보는 기차에 설레서 "어디 즐거운 여행이라도 떠나는 듯" 앞다투어 기차에 올랐다고 서술되는데, 이 구절은 내내 묘사되는 어떠한 눈물과 통곡보다도 인상적이다. 이 설레는 몸짓이야말로 제국주의와 가부장제가 함께 부여한 여러 겹의 고통을 안타깝게 환기하기 때문이다.

3. 사할린, 미귀환과 이산의 역사

『월례소전』은 월례가 집을 떠난 이후, 해방과 한국전쟁 발발, 그리고 전후 시기를 스케치하듯 다루고 1970년대 초반으로 급격하게 이월한다. 이제 월례의 미귀환은 "모든 것이 팔자소관"이라는 개인적 불행의 차원에서나 해석될 뿐 왜 월례가 끌려가야 했고 돌아올 수 없는가를 끈질기게 탐문하는 자는 더 이상 존재하지 않는다. 주목할 만한 점은 이것이 가족의 무감함이 아니라 한국전쟁의 충격에서 비롯된 것으로 풀이된다는 사실이다.

> 6·25동란은 사람들의 넋을 온통 홀랑 빼앗아버리는 듯한 엄청난 난리였다. 일제 말엽, 소위 그 대동아전쟁 때와는 비할 바가 아니었다. 그때는 징병이니, 징용이니, 데이신타이니 하고 젊은 남녀들이 전쟁 마당으로 끌려 나가고, 무슨 공출이다, 무슨 공출이다 해서 쥐어짜이는 정도에 그쳤지만, 이번에는 그게 아니라, 직접 전쟁의 불길이 휩쓸어 와 마을이 잿더미가 되고, 사람이 수없이 죽어 가고…… 온통 세상이 아비규환이었다. 그런 정신을 차릴 수 없는 판국이니, 월례 걱정 같은 것은 싹 사라질 수밖에. 그러나 몇 해 뒤, 배성녀의

수심은 다시 되살아났다기보다도 충격적으로 머리를 쳐들었다고 하는 편이 옳겠다.

(…)

"어무이, 누부야(누나)가 있는 데가 소련 땅이란다."

(…)

"아이고, 아이고— 이 일을 우야노. 이 일을, 이 일을……. 우리 월례가 공산당 세상에 살고 있다니…… 아이고, 맙소사……."

(…)

6 · 25 때, 공산당의 만행을 직접 보고 들었기 때문에 공산당이라고 하면 절로 소름이 끼쳤다. 그 자들은 사람을 죽여도 총으로 쏘아 죽이는 것이 아니라, 몽둥이나 곡괭이, 도끼 같은 것으로 두들기고 찍어서 죽이는 것이었다. 반동분자의 자식이라고 철없는 아이들까지 서슴없이 타살을 하는 야차 같은 무리들이었다.(519-520)

아시아태평양전쟁 때문에 고생은 했어도 결국 이것이 남의 전쟁이었던 데 반해 한국전쟁으로 인한 피란, 이별, 공습, 학살, 사망, 부상, 빈곤 등은 한반도에 사는 사람들에게 식민 기억을 압도할 만한 트라우마를 생성했다. 특히나 '반동분자'들을 하루아침에 색출해서 살해한 공산당의 기억은 남한의 지역민들에게 반공 정서를 확산시키는 매개체로 작용했다.

그러나 전세에 따라 점령군이 국군에서 인민군으로, 또한 인민군에서 국군으로 바뀌었으며 이 때문에 학살의 악순환이 생겨났다는 역사적 사실에 대해서 소설은 굳이 언급하지 않는다. 여전히 반공이 최대 국시인 상황에서 대놓고 말하거나 재현할 수 있는 사안이 아니었기 때문이다. 따라서 내전의 폭력성은 공산당에 대한 공포로 강조되고, 사할린에 있다는 월례의 귀환은 감히 바랄 수도 없는 일로서 언급된다. 공산주의 종주국 소련은 그저 언급하는 것만으로도 단절감과 적개심을 불러일으켰던 것이다. 무엇보다도 당시 남한 사람들은 월례의 가족들이 그러했듯 사할린에 남겨진 한인들의 사정을 제대로 알지 못했다. 이 문제를 이해하기 위해서는 일본 패전 이후의 사할린 상황에 대해 잠시 짚어볼 필요가 있다.

1945년 8월 일본이 사할린 남부를 소련에 반환하자 소련은 이곳에 거주하던 일본인들과 조선인들의 이동을 금지했다. 일본인들의 경우 연합국최고사령부(GHQ)와 일본 정부의 요청에 따라 1946년 12월부터 순차적으로 귀국할 수 있었으나, 2만 5천여 명의 조선인들은 협정에서 제외된 채 사할린에 그대로 남게 되었다. 일본 정부는 이에 대해 도의적 책임은 있으나 법적 책임은 없다는 입장이었기에 향후 책임 소재를 둘러싸고 남한, 북한, 미국, 소련, 일본 사이의 치열한 공방전이 전개되었다.*

다만 일본인과 결혼한 조선인들은 일소공동선언(1956) 이후 일본과 소련이 국교를 회복하면서 일본으로 들어갈 수 있는 길이 열렸다. 그래서 박노학, 이희팔 등은 일본에서 '사할린억류동포귀환한국인회'를 조직해 사할린 한인 귀환운동에서 중요한 역할을 하게 된다. 소련과 한국이 국교 관계가 없는 상황에서 이들은 사할린과 한국 사이를 오가는 편지를 일본에서 받아 중계했으며 이를 토대로 1965년 말부터 귀환 희망자를 모집해 7천 명이 넘는 귀환 희

---

* 이연식, 「사할린 한인 문제의 역사적 배경과 주요 쟁점들」, 아르고(ARGO)인문사회연구소, 『책임과 변명의 인질극』, 채륜, 2018, 52-59쪽.

망자 명부를 작성했다. 그리고 이를 한일 양국 정부에 전달하며 사할린 한인 귀환 문제를 정면으로 제기했다.*

물론 그전에 한반도로의 귀환이 이루어지지 않은 것은 아니다. 북한은 한국전쟁을 전후하여 적극적인 사할린 한인 포섭 정책을 통해 사할린 한인들의 북한 방문을 추진했고 소련 국적을 취득하지 않은 무국적자에게 북한 국적을 취득하도록 했다. 그 결과 많은 수의 한인들이 북한으로 건너갔으나 소식이 끊기면서 사할린 한인 사회에서는 북한에 대한 불신과 의혹이 커져 갔다. 1959년부터 북한은 사할린 한인 귀환과 더불어 '재일조선인 북조선 귀환 사업'을 추진하며 체제 선전과 노동력 확보를 도모했다. 이에 반대 입장을 표명하던 남한 정부는 사업이 본격화되고 파장이 커지자 결국 일본 측에 '거주지 선택의 자유'와 '인도주의'의 원칙을 들어 사할린 한인 문제의 책임을 묻고 귀환을 요청하기 시작했다.**

남한의 공론장에서는 1965년 한일협정 이후 사할린 한인 문제와 박노학의 활동상에 관한 보도가 늘어났고, 1970년대 초반, 특히 1973년을 기점으로 사할린 한인의 귀환과 관련된 여러 쟁점을 다룬 기사 수가 폭증했다. 당시 한국 신문은 일소정상회담에서 소련이 사할린 한인 송환 문제에 긍정적 의사를 표명했다는 사실에 주목했고, 1972년 대구에서 결성된 '사할린억류동포귀환촉진회'에 박노학이 보낸 사할린 한인 생존자 및 사망자 명단을

* 현무암 · 파이차제 스베틀라나, 『사할린 잔류자들-국가가 잊은 존재들의 삶의 기록』, 서재길 역, 책과함께, 2019, 291-292쪽.

** 최상구, 『사할린-얼어붙은 섬에 뿌리내린 한인의 역사와 삶의 기록』, 미디어일다, 2015, 146-149쪽.

게재하며, 사할린 한인 송환 문제를 일본, 소련, 한국 모두가 지체할 수 없는 "시급한 인도주의적 국제정치상의 문제"*로서 거듭 부각시켰다.

『월례소전』이 해방 이후의 상황에 대한 요약적 서술을 멈추고 본격적인 서사를 다시금 가동하는 것은 바로 이 시점부터이다. 월례의 담임이었던 임 교장은 사할린 한인 생존자 명단이 실린 신문을 월례의 조카인 안 선생에게 가져다주며 그전엔 이름도 몰랐던 고모의 생사를 확인하게 한다. 이때 "한번도 본 일이 없는 고모라서 안 선생 자신은 별로 가슴 아픈 것도 아니"고 "괴롭거나 심란할 것까지는 없"다는 것이 안 선생의 솔직한 심정이었다. 그런데 이처럼 월례와 접점이 가장 적은 조카에게 생사 확인이라는 중요한 역할이 부여된 이유는 무엇일까? 그가 식민지를 직접 체험한 것이 아니라 듣고 배워서 알고 있는 세대라는 데 답이 있다. 다시 말해 안 선생은 포스트식민 세대를 대표하는 존재로서 식민지 역사를 대면하고 각성하는 임무를 부여받은 것이다. 이는 소설을 읽을 젊은 독자들에게도 공히 적용되는 임무였다.

『월례소전』이 연재된 《여성동아》는 식민지 시기 강제 폐간된 《신가정》을 연원으로 둔 잡지로서 젊은 주부와 직업여성들을 주된 독자층으로 상정했다. 이 잡지는 교양과 재미를 추구하는 일반적 여성지의 외연을 지니고 있었으나, 한국적인 것을 탐구하고 재발견한다는 목표를 강조하며 범사회적 문제의식에 동참했으며 실제로 한국 여성의 현재 및 과거와 관련된 기획물을 집중적으로 게재

* 「사할린 교포의 송환 교섭」, 《조선일보》, 1973.12.11.

했다. 『월례소전』은 이러한 목표를 문학적으로 구현한 연재물로서 《여성동아》 내부의 다양한 콘텐츠들과 조응했다. 물론 이 소설의 문제의식은 시대와 매체의 지평을 뛰어넘어 오늘날에도 여전히 유효하다. 안 선생이 의미심장하게 보여주듯 누군가의 이름을 알게 된다는 것은, 그의 삶을, 나아가 그를 둘러싼 세계를 이해하는 길의 시작이기 때문이다.

4. '정신대'='일본군위안부' 여성의 국민화

한 가지 주목할 점은 안 선생이 월례의 삶에 진정성 있게 다가서는 결정적 계기가 가족의 기억이 아닌 영화의 재현으로부터 비롯되었다는 사실이다. 막연히 알고 있던 '정신대'와 '일본군위안부', 그리고 고모의 과거가 중첩되는 순간 안 선생은 성 착취의 트라우마를 추체험하게 된다.

> 여자정신대라는 것이 바로 위안부(慰安婦)가 아닌가. 북지 전선(北支戰線)의 일본군 위안부로 끌려간 한국 처녀들이 겪는 가지가지 수모와 고난을 내용으로 한 영화인 것이다.
>
> 그렇다면 고모도 바로 화태(樺太)라든가 어디라든가…… 지금의 사할린 땅으로 끌려가서 강제로 위안부가 되었었단 말인가. 생각만 해도 아찔한 노릇이었다. 도대체 그럴 수가 있는가. 멀쩡한 남의 처녀들을 강제로 끌고 가서 위안부로 만들다니……. 어처구니가 없었다. 도대체 한국의 처녀들이 그들의 눈에는 성(性)의 노예 도구로밖

에 보이지 않았단 말인가.

안 선생은 절로 몸서리가 쳐졌다. 그동안 일제시대의 가지가지 사건을 학교에서 배우고, 책에서 읽고, 또 더러 사람들에게서 듣기도 하고 했지만, 이 영화 기사를 읽은 지금처럼 분노가 느껴지기는 처음이다. 같은 처녀의 몸이라 그런지, 고모도 그런 처지를 당했을지 모른다는 생각 때문인지, 이상할 정도로 몸이 떨렸다. 치욕의 역사라고는 하지만 정말 그렇게까지 그랬던가 싶다. 만일 자기가 직접 그런 처지를 당했다면 어떠했을까 생각하니 치가 떨리고, 눈물이 비어져 나오려 한다. 정말 너무하다 싶다.

고모는 공장에서 일한다는 편지가 몇 번이나 왔었다고 하니 설마 위안부가 되지는 않았었겠지 하고 안 선생은 애써 그 생각을 지우려고 머리를 두어 번 내두르고는 얼른 신문을 넘긴다.(546-547)

영화 〈여자정신대〉는 1974년 개봉된 나봉한 감독의 작품으로, 오빠를 대신해 정신대에 나가고 애인을 위해 일본군의 수류탄을 빼내는 등 자기희생으로 일관하던 주인공이 결국 폭격으로 죽음을 맞이한다는 것이 주요 내용이다. 개봉 당시 〈여자정신대〉는 "여자정신대라는 이름으로 강제 동원"돼서 "청춘과 정조를 유린" 당한 "이십만" 조선 여성들의 넋을 위로하며 "이 영화를 민족 앞에 바치는 바"*라는 거창한 헌사를 내세웠다. 에로티시즘과 민족주의를 결합해 상품화한 이 영화는 '일본군위안부' 여성을 시각적 쾌락의 대상으로 재착취한 멜로드라마에 불과했다. 그러나 당시에

* 「영화 〈여자정신대〉 광고」, 《조선일보》, 1974.10.1.

는 영화의 문제성을 비판할 만한 학술·문화적 토대와 지식의 아카이브, 젠더적 문제의식이 마련되어 있지 않았고, 당연한 결과로 이에 대한 비판적 논의도 제기되지 않았다. 하근찬 역시 이 영화의 재현 방식에 이의 없이 후세대 여성의 각성을 불러일으키는 유용한 매개체로 삼았다.

그렇다면 작가는 왜 '정신대' 여성의 탈향 이후를 영화로 간접 처리한 것일까? 『야호』에서 살펴볼 수 있듯 식민지 말기에 탈향한 남성들은 조선, 중국, 소련, 북한, 남한을, 또한 공장과 전장, 각종 수용소와 병원을 떠돌다 다치고 병들지언정 모두가 고향으로 돌아왔다. 반면 『야호』에서든 『월례소전』에서든 '정신대'로 끌려간 당사자는 부재 상태로 처리된다. 『야호』에서 갑례의 친구 분임은 "도대체 어떻게 되었을까? 죽은 것일까, 아니면 아직도 어느 하늘 아래 살아 있는 것일까?"*라는 풀릴 수 없는 질문의 형태로만 언급된다. 여기서 작가는 분임의 피해 사실을 "'헤이타이상(兵隊さん:군인)'의 '시다지키(したじき:깔개)'" 혹은 "밑에 깔려 그 짓 하는 것"으로 돌려 이야기하고, 생사가 모호하니 공적 추모는 물론 개인적 애도도 제대로 펼쳐놓지 않은 채 '정신대'에 대한 언급을 종료한다.

한편 징용, 징병이 한글로 표기되는 것과 달리 유독 '정신대'만은 '테이신타이(ていしんたい, 挺身隊)'라는 용어로 지칭되고 있다는 점도 특징적이다. 『월례소전』에서 "여자 공출", "처녀 징용", "처녀 공출" 등을 둘러싼 소문들은 마침내 통지서가 도착하던 순간 "테이신

* 하근찬, 『하근찬 전집 9 : 야호 下』, 산지니, 2021, 179쪽.

타이"라는 용어로 전환된다. 해방 이후 오랜 시간이 흘렀음에도 불구하고 이 단어만은 당대의 충격과 그것이 지닌 폭력성을 은유하며 구제국의 단어 그대로 쓰이는 것이다. 전시 성폭력은 민족적 수난을 가장 강렬하게 입증하는 증거로서 빈번하게 소환되었으나, 그것이 지닌 트라우마적 성격 때문에 이를 대면하는 것 그리고 재현하는 것, 심지어 언급하는 것조차 어떤 공포일 수 있음을 하근찬의 소설은 안 선생 캐릭터를 통해 드러낸다. 그러므로 월례의 탈향 이후를 소련 영토 사할린이라는, 남한에서는 공식적으로 접근이 불가능한 지평에 둔 것은 '정신대' 재현이라는 난제를 해결하는 하나의 방법이기도 했다고 생각된다.

결말에 이르러 『월례소전』은 월례의 현재를 남한의 국민화된 기억으로 소환하는 작업을 시작한다. 월례의 이름은 안 선생의 각성 이후에야 신문의 생존자 명단에서 모습을 드러낸다. 일본 국민 '야스모토 게쓰레이(安本月禮)'로서 집을 떠난 구식민지 조선인 안월례는 한글 이름을 되찾았으되 이제 "무국적" 상태에 놓여 있다. "안월례. 여성. 무국적"이라는 표지는 과거나 지금이나 "나라 없는 백성"인 그의 위치를 가시화한다.

흥미로운 것은 이 문제를 둘러싼 반응이다. 우선 임 교장은 소련과 남한은 국교가 성립되어 있지 않으므로 사할린 한인 귀환은 일본이 나서서 해결해야 할 문제라 주장한다. 한편 월례의 부모는 공산국가 소련에 대한 비난은 물론 소련 국적을 택한 조선인에 대한 비난을 내놓는다. 이러한 발언들의 공통 전제는, 사할린 한인 문제를 남한이 해결할 수는 없지만 국적을 소련이나 북한으로 택한 것은 "엄연히 자기 나라를 두고 남의 나라 국적"을 댁한 일종의 배신

행위라는 데 있다. 사할린으로 송출되는 심야 방송 역시 상동적인 논리 구조를 지닌다. 라디오 방송은 사할린의 한인들을 향해 "이국의 하늘 아래 부디 단잠들을 이루십시오. 여기는 여러분의 고국 대한민국의 서울입니다."라는 메시지로 마무리된다. 사할린 문제에 내내 거리를 취해왔던 과거가 무색하게 편지를 읽어주고 아리랑을 틀어주는 것만으로 대한민국은 스스로에게 고국의 지위를 부여한 것이다.

소설은 월례 어머니가 달밤에 두 손을 모은 채 "우리 딸 월례"의 무사 귀환을 빌고 또 비는 광경으로 종결된다. 아마도 월례가 소련 혹은 북한 국적이었다면 월례의 어머니는 흔쾌히 우리-가족-민족-국가의 딸로 월례를 호명하지 못했을 것이다. 영화 〈명자, 아끼코, 쏘냐〉(이장호 감독 작품, 1992) 속 명자가 북한 국적을 취득해 남한으로 '귀국'할 수 없었듯이 말이다. 무국적 상태임을 공식적으로 증명함으로써 월례는 남한 국민의 일원으로 초대받긴 했으나, 여기서 다시금 질문은 제기된다. 도대체 월례는 누구인가? '테이신타이', '일본군위안부', 사할린 한인, 무국적자 등 월례를 스쳐 지나간 용어들은 월례가 거쳐 온 삶의 어떤 단면도 제대로 해명해내지 못한다.

안 선생은 이러한 불가지의 지평에서 고모가 '정신대'='일본군위안부'였다는 당대의 상식마저도 "설마 아닐 것"이라 부인하고 그 정체에 대해 생각하길 회피한다. 이는 『야호』의 명확한 결말과 매우 대비되는 것이다. 주인공 갑례는 징병 및 징용의 당사자인 남편 및 연인과 이별한 이후 대대손손 이어져 내려오는 꽃요강을 동생에게 전달함으로써 결코 소실될 수 없는 생명력을 기약한다. 이는 남편과 연인이 각각 남긴 (남한의) 아들과 딸이 헤쳐 갈 미래이기도 하다. 그러나 월례의 미래, 귀국과 귀향은 여전히 미지수로 남은 채 서사는 종결된다. 그러므로 이 소설의 제목이 '월례소전'인 것은 매우 역설적이다.

하근찬은 식민 말기를 재현하는 동안에는 그간 구체화하지 않던 각종 균열을 드러내며 민족 서사의 도식성 문제를 해결하고자 했다. 그러나 소설의 시간대가 한국전쟁 이후에 도달하자, 강제 동원된 식민지인들의 과거와 현재를 남한의 국민적 지평에서 다루게 된다. 이는 또 다른 도식성을 예비하는 것이었으나 그렇기 때문에 1970년대 남한 사람들의 상식과 감정들을 텍스트에 생생하게 기입할 수 있었다. 따라서 하근찬의 『월례소전』은 식민지 말기를 재조명하고자 했던 작가의 원래 의도는 물론, 남한 사회가 식민 유산 및 피해자를 대상으로 구축해온 해석 체계에 비추어 역사성과 문학적 가치가 재검토되어야 할 것이다.